LE ROYAUME DES MÉCRÉANTS

DU MÊME AUTEUR

Ce sacré Hemingway, Fayard.
Dernières Nouvelles du monde, Acropole.
Du miel pour les ours, Acropole.
La Folle Semence, Laffont.
L'Homme de Nazareth, Laffont.
Monsieur Enderby, Acropole.
New York, Time-Life.
L'Orange mécanique, Laffont.
Le Pays où poussent les glaces, Gallimard.
Les Puissances des ténèbres, Acropole.
Rome sous la pluie, Seghers.
Shakespeare, Buchet-Chastel.
Sur le lit, Denoël.
La Symphonie Napoléon, Laffont.
Le Testament de l'orange, Laffont.
Un agent qui vous veut du bien, Gallimard.

ANTHONY BURGESS

LE ROYAUME DES MÉCRÉANTS

roman

traduit de l'anglais par
ROBERT PÉPIN

BERNARD GRASSET
PARIS

L'édition originale de cet ouvrage a été publiée
en 1985 par Hutchinson & Co sous le titre :

The Kingdom of the Wicked

I

Je tire mon titre du nom que, dans la tradition juive, on donne à l'Empire romain. Paillardise, adultère, bigamie, sodomie, bestialité, cruauté sous ses formes les plus ingénieuses, assassinat, adoration de faux dieux, impuretés alimentaires et autres péchés d'incirconcision, attendez-vous à tomber sur toutes sortes de vilenies dans ce qui va suivre. Vous pouvez même vous en lécher les babines d'avance : corrompu, pour ainsi dire par procuration, des mains de votre auteur. Que la pratique de la littérature soit un mode de dépravation à justement condamner, voilà qui n'est que trop probable. Cela étant, et c'est connu, elle cesse d'être de la littérature dès qu'elle s'attache à redresser la morale et devient alors éthique ou affaire tout aussi assommante. Acceptons donc, afin de dissiper l'ennui de cette existence, d'endosser vous et moi des damnations complémentaires. La mienne sera, bien sûr, plus grande que la vôtre puisque là où vous ne ferez qu'en être le destinataire, c'est moi qui serai à l'origine de cette relation du mal. Qui plus est, vous pourrez toujours jeter mon livre au feu si jamais le dégoût devenait trop fort : je suis, moi, forcé de l'écrire. Prenez donc encore une coupe de vin et reconnaissez que nous autres humains, nous ne sommes que des voyous.

Mon père ? C'était Azor, fils de Sadoc — je m'appelle, moi, Sadoc, et suis donc, forcément, le fils d'Azor. Il y a, depuis toujours dans notre famille, alternance, mais minimale, du prénom : le grand-père refile le ballon au petit-fils. La coutume se perd dans la brume des temps. Cela ressemble à du manque d'imagination mais a probablement plus à voir avec d'anciens tabous, menaces, règles d'héritage, pactes avec les dieux et semblables sorts jetés par le passé. Je n'ai pas de fils légitime, ni non plus beaucoup de respect pour la tradition, mais s'il me fallait être vague au flot continu des eaux familiales, et non point barrage qui en marque la fin, j'éprouverais quelque peur superstitieuse à l'idée de rompre héritage pareillement binaire. De toute façon, les noms sont, chez nous, toujours viande insipide dont nous laissons aux autres le soin de relever le goût avec de la sauce à sobriquets. C'est ainsi que mon gras et courtaud de père — à plus d'un titre l'homme le plus malchanceux qui ait jamais vécu — se fit appeler Psilos, ce qui veut dire « grand », Leptos, ce qui veut dire « maigre » et Makarios ce qui, là, signifie essentiellement « fortuné ». Je fus moi-même, en mon temps, qualifié de Mégas — soit : « gros » — et d'Onigros — soit : « âne » —, l'un et l'autre terme faisant référence à certain don de la nature qu'il serait malséant de préciser ici. Après avoir passé une grande partie de ma vie à exercer le métier d'expéditionnaire — les manifestes me donnaient mal à la tête, et contempler notre méchante belle-mère par-delà les entrepôts, la très damnable et verte mer, me faisait cligner les yeux — et épuisé mon temps libre à, hélas ! plus qu'indistinctement, exploiter le même dit don de la nature et m'adonner à d'autres activités (mais ne s'agirait-il pas plutôt de passivités ?) qui me valurent le surnom de Dipsa, j'en suis venu, ô meute de maladies qui jappent à ma remorque, à me retirer loin à l'intérieur des terres. Je vis dans une villa abîmée. Sise au flanc d'une colline, elle domine un lac de cette province d'Helvétie où les effets de l'exécrable parodie d'empire qu'est le règne de Domitien ne m'atteignent guère, hormis lorsque, chaque année, son percepteur vient me rendre visite. Pour lui je dois alors convertir un de mes moutons ou une de mes chèvres en sesterces et en abattre un ou une de plus pour son seul divertissement.

Mes derniers jours de souffrance, je les passe à regarder des Alpes embrouillardées, ou alors leurs capuches enneigées, et à coucher par écrit ce que mon père, avant de mourir sous les morsures d'une meute de maux autrement plus féroces que les miens, m'imposa en guise de devoir filial : j'achève, soyons précis, la rédaction de certaine chronique qu'il entama afin de relater la carrière de Yehoshua Naggar, alias Iesous Naggar, ces deux noms désignant le charpentier Jésus. Comme lui j'écris en grec, ce qui n'empêche pas que vous puissiez, vous, être en train de me lire dans une des autres langues de l'Empire. Mon grec n'est ni celui d'Homère ni celui d'Eschyle qui, sabir incorrect et fangeux, manque de sel attique et, saccharinité oblige, me fait souvent grincer les dents. C'est donc à la langue même que j'écris, et non à celui qui la pratique, qu'il faudra vous en prendre. J'aurais pu travailler en latin — voire en araméen, quoique là, mon orthographe soit hésitante. Je connais aussi une espèce de punique abâtardi mais il y a longtemps que les choses de Carthage sont passées sous terre, ou sous la mer. Quiconque me traduira, au cas où cela devrait jamais se produire, pourra donc fort bien me faire aboyer comme un Goth, ou roucouler tel le Celte, grâce à notre alphabet romain. C'est dans son essence même que le latin est trop froid et légaliste : il n'est pas jusqu'aux écrits pornographiques de Pétrone qui ne se lisent comme une suite de dépositions devant une cour de justice. Je n'ai jamais beaucoup aimé cette langue : aussi glacée que le fer du bourreau, tout n'y fut, pour moi, qu'ordres, réquisitions et rebuffades.

Il n'est pas impossible que certains d'entre vous aient connaisssance du livre de mon père sur ce géant qui se proclama Fils de Dieu et, tonnant ou enjôleur selon les circonstances, prôna la voie nouvelle. Mon père chercha à la suivre comme s'il s'agissait d'une éthique mais en rejeta l'arrière-plan théologique. J'ai hérité de son scepticisme pour tout ce qui est doctrine de la récompense et du châtiment éternels : je tiens en effet pour monstrueux que la moindre action humaine puisse être jugée digne de l'une comme de l'autre et, plus que tout, méprise ces balivernes que sont la résurrection physique et la vie après la mort. Qui donc, je vous le demande, pourrait avoir envie de ressortir sa carcasse de la terre pour la revêtir d'une chair qui, immonde magie du renversement, aurait été régurgitée par les vers? Tout ça dans le seul but d'être à même de contempler un Dieu qui, à moins qu'il ne soit vraiment l'empereur Domitien lui-même, ne saurait, par définition, être qu'invisible? Qui donc, je vous le demande encore, souhaiterait vivre éternellement?

Nous ne sommes pas assez importants pour une semblable transfiguration. Pas davantage nous ne sommes, et pourtant nous le sommes certainement, assez méchants pour mériter les flammes éternelles. J'ai, moi, suffisamment vécu comme ça et suis prêt, et dès maintenant, pour le grand quitus. Si la vie m'accorda quelques instants de plaisir intense, elle m'en offrit encore plus de douleur. Or, pour moi, dans ce que je vous laisse tout loisir de prendre pour une théologie de pervers, la douleur est œuvre de Dieu, et le plaisir, que toutes les Écritures condamnent, bénédiction d'un démiurge bien trop huileux pour que Dieu puisse l'attraper et étrangler. Je ne crois pas que lorsqu'il parlait de l'amour de Dieu, Jésus se référait au massif et capricieux Jéhovah que les Hébreux adorent dans la crainte : la relation écrite de la manière dont il se mêla des affaires des hommes montre que pour faire beaucoup dans la vindicte, il n'avait guère de charité. Il devait plutôt, ce n'est pas inconcevable, vouloir parler d'un Dieu qui, contrepartie spirituelle de lui-même, se serait, pour ainsi dire, vu forcé d'exister sous la pression des humains qui croyaient en lui. Peut-être aussi son Dieu n'était-il que métaphore de la seule chose qui sauvera le monde — et c'est à savoir l'exercice de la décence, de la tolérance et de l'humour sceptique.

À très souvent revenir dans ce récit, vous trouverez aussi, je m'y attends, la belle expression de *una nox dormienda* que j'emprunte à Catulle. Seuls les poètes semblent capables de prêter humanité et douceur à cette langue raide de la loi. Mais voilà : les poètes n'ont jamais été beaucoup aimés par les gardiens de l'Empire — sauf lorsque, comme Virgile, ils faisaient semblant de le chanter. Ovide fut envoyé en exil pour avoir écrit des vers sur le plaisir et Catulle mourut trop jeune pour que la pleine force de la *virtus* romaine ait le temps de le punir d'avoir immortalisé le baiser. Cette *una nox dormienda* désigne la nuit qu'il nous faudra toute passer à dormir après quelques décennies de souffrances et de palliatifs à ces souffrances — et aussi de plaisirs... et de dégoût après ces plaisirs. Pour tolérable qu'elle soit peut-être au plus ancien employé d'une compagnie maritime, la vie du corps n'est que tourment pour l'esclave, le captif, le difforme et le malade chronique et ce sont surtout ces gens-là qui s'enivrent de la doctrine nazaréenne de la résurrection. Qu'ils croient donc à ce que leur misère leur fait croire ! L'*una nox dormienda,* ils la trouveront tout comme nous autres. Dans l'enthousiasme qu'ils mettent à se récompenser et à punir leurs ennemis (au nombre desquels la Nature en personne), c'est la vérité essentielle de la voie nouvelle qu'ils manquent : celle qui a à voir avec la fondation et la croissance d'une société terrestre un peu abusivement appelée Royaume des Cieux. Les membres de cette société font serment de pratiquer ce que mon père appelait le *lusus amoris,* ou jeu de l'amour. En fait, les termes d'*agapê* ou d'*ahavah* lui semblaient plus appropriés, *amor* évoquant plus l'exercice auquel s'adonne le patricien de Rome après avoir passé sa journée au tribunal ou au camp militaire. Ce jeu qui consiste à tenter d'aimer son ennemi constitue la seule réponse pratique à l'injustice et à la cruauté. L'inspiration qui les amena à avancer cette vérité est, on serait tenté de le penser, presque surhumaine. Affirmer que la première victime de l'amour est le fils de Dieu est une belle métaphore mais il est peut-être une signification plus littérale que, l'homme aidant, le temps révélera un jour.

Je me propose donc, en ce jour gris et bien inhabituel pour un mois qui, verdure détrempée et vents astucieux, Alpes dans leur suaire et grives silencieuses (et encore cinq brebis dégoulinantes et un bélier solidement monté en train de grignoter, solitaire, sous la maigre protection de mon peuplier et de mon arbousier), a jusqu'ici rendu bel hommage à la déesse Maia qui préside à ses destinées, de commencer à coucher par écrit tout ce que je sais de ce moment historique qui vit les règles fondamentales de ce jeu de l'amour s'étendre dans notre royaume des mécréants. Je m'y attaquerai en relatant les événements qui suivirent le soi-disant trépas de son fondateur et m'arrêterai à l'époque terrifiante d'une éruption du Vésuve qui, en détruisant deux belles cités, nous rappela à tous que s'il est, peut-être, une mère Empire, et peut-être même une mère l'Église, il en est certainement une plus ancienne et plus capricieuse qui nourrit ses enfants sans amour et, sans aucune inimitié, sait bien les condamner à périr. Des cendres de Pompéi il semble qu'il n'y ait aucune résurrection à attendre. À mourir dans sa chair, l'homme meurt aussi dans son âme. Quand les temples s'effondrent, rouleaux et tablettes toutes les fois disparaissent : on voit alors combien les dieux sont impuissants. L'homme, lui, doit pourtant essayer de se battre contre l'adversité et de poser les règles de son existence. La nature ne les comprend pas, ni non plus les tyrans humains. Mais peut-être est-ce que ce qui ne s'entend pas entièrement ne saurait être mêmement détruit. La profession de foi sur laquelle s'ouvre mon récit est bien faible mais c'est celle qui m'aida à pousser mon style tout au long de cet *exordium* — et me fera poursuivre. Quoi ? On bâillerait déjà devant ce qui ressemble fort à du moralisme ? De la vilenie, vous en aurez bien assez tôt ! Comme s'il fallait jamais l'attendre longtemps !

Pour ce qui est de la résurrection de Jésus, que chacun y croie comme il peut. Je sais bien, moi, que je refuse toujours le miracle lorsque l'explication rationnelle est à portée de main. Qui plus est, je n'ai pas la moindre preuve qu'il soit mort sur la croix. L'homme était, à tous points de vue, d'une force et d'une stature immenses, dont les poumons, déjà énormes, avaient d'autant plus de capacité qu'il s'entraînait à certains exercices oratoires. Si, certes, corps laissé à pendre tel poisson échoué qui cherche à respirer autant qu'il peut, il fut cloué sur une croix par les poignets et les pieds, lorsque l'épuisement survint, la mort était encore bien loin : à contrôler les muscles d'un diaphragme solide, ses vastes poumons contenaient encore assez d'air pour le maintenir en vie. Il n'avait pas, nous le savons, les jambes cassées, et la lance qui lui avait transpercé le flanc ne semblait pas lui avoir déchiré un seul organe interne. Ce fut donc un homme sain qu'on décrocha de cet arbre de la honte : pour avoir été tenue en respect pendant un bref instant, sa vitalité était restée entière et ne demandait qu'à s'épanouir à nouveau après un sommeil réparateur. Pousser de côté la pierre qui servait de porte à son tombeau n'eut rien d'un exploit ; l'y remettre fut bien dans sa veine humoristique. Parler de sa résurrection ainsi que le firent tous ses sectateurs ne fut donc pas couvrir quelque astuce : les tombes sont faites pour les morts et que quelqu'un qui semble l'être soit couché dans l'une d'elles et puis vivement en ressorte, voilà qui peut être considéré comme une résurrection. Une prophétie avait été accomplie de manière satisfaisante, le Fils de l'Homme, ou de Dieu, avait rebâti son Temple après avoir passé trois jours dans le sépulcre. Cela étant, si l'on déclare que la mort survient après que l'on a cessé de respirer et que, le cœur ne battant plus, le pourrissement de la chair s'instaure aussitôt, personne alors, pas même Lazare, jamais ne fut ressuscité d'entre les morts. Le sommeil de ce dernier ayant été exceptionnellement long et profond, le ramener à la vie constitue un bel acte de thaumaturgie, mais briser le sceau de la mort, à condition même que ce fût possible, serait assurément un blasphème contre le Créateur-Destructeur qui, inexorable, l'imprima.

Et lors, ce Jésus ressuscité, ou réanimé, se montra à un grand nombre de personnes : d'abord à une prostituée ordinaire, ensuite, certains l'affirment, à un Ponce Pilate pris de boisson, et enfin à deux de ses moindres partisans, Cléophas et Zachaeus, ce dernier étant poissonnier de Jérusalem qui puait son métier à plein nez. Que ceux-ci attrapent le poisson, le vendent ou l'achètent, Jésus fut toujours proche des pêcheurs et, très vite, jeu de mots nazaréen typique oblige, on en vint à l'identifier à un poisson. Cléophas et Zachaeus avaient été mis brièvement en prison pendant la pâque qui venait juste de prendre fin pour avoir, censément, fait de vilaines grimaces à un décurion romain. En réalité, Zachaeus avait montré à son ami la dent gâtée qu'il avait au fond de la bouche et celui-ci avait réagi en lui adressant un rictus de sympathie. Un des gardiens de la prison connaissait assez bien Zachaeus, à tout le moins son poisson, et la libération avait, bien que sans excuse, suivi en son temps. Les deux humbles de Nazareth, comme les sectateurs de Jésus commençaient à les appeler, avaient manqué la crucifixion, qui n'y étaient arrivés que pour assister au démantèlement de la grande croix et au déclouage des deux larrons par un détachement romain ; l'arrachage des clous et des bois qu'on avait jetés à la poussière de Jérusalem s'était effectué aux cris de *Pone in culum, fili scorti,* et autres obscénités. Cléophas et Zachaeus virent aussi un aveugle qu'un gamin amenait sur les lieux de l'exécution. Ce mendiant ne savait pas très bien s'il valait mieux rester sans yeux et en faire son métier ou bien alors consentir à ce qu'on lui fît une imposition pour le guérir. Il était venu, en toute innocence bénie, à Golgotha, qui est la colline du Crâne, pour en discuter avec Jésus après avoir appris que ce dernier était l'objet de toutes les attentions en cet endroit. Sauf que « Dieu est le mieux placé pour en juger, n'arrêtait-il pas de répéter, c'est Lui qui veut que je sois aveugle, tout est providentiel, béni soit le nom du Très-Haut. Ayez pitié de l'aveugle, beaux Messieurs et gentes Dames. »

Un autre mendiant — il était, celui-là, en haillons qui empestaient le rance et évoluait au milieu d'un halo de mouches — se coula auprès des deux compères en hochant la tête. Il vivait surtout de méchantes soupes de têtes et boyaux de poissons à lui donnés par l'aimable Zachaeus.

Il dit :

— Votre homme est mort et voilà que votre homme revit. Vous avez tout raté.

— Revit ?

— L'ont collé dans un de ces tombeaux taillés dans le rocher et y est plus. On a dérobé son cadavre pendant la nuit, une histoire de pots-de-vin, certains de ces borgnes de gardes syriens feraient n'importe quoi pour de l'argent, et maintenant, v'là qu'on raconte qu'il en est ressorti gros comme la maison, à se rire dans toute la barbe, et qu'ils l'ont planqué quelque part. Naturellement ! Faut dire que les prêtres ne le manqueraient pas, pensez ! revenir à la vie, c'est illégal. Quant aux Romains ils n'auraient qu'une idée en tête : le reclouer là-haut et, cette fois-ci, en se débrouillant un peu mieux. Enfin quoi, v'là l'histoire. Bien sûr, y a un truc, et un bon, mais tous ses tours d'avant, ils étaient pas nuls non plus, non ? En fait, il est tout ce qu'il y a de plus mort, allez !

— Tu sais où sont les autres ? demanda Cléophas.

— Les autres ? Tu veux dire les un par tribu moins une ? Y en a qui disent ceci, y en a d'autres qui disent cela. On suppute qu'y en aurait cinq ou six qui seraient partis à Emmaüs. Vous savez ? ce gros tas d'excréments à dix kilomètres de la ville ! On se planque, quoi, enfin... en quelque sorte. Les autres se seraient éparpillés ici et là, en gros. Une espèce de conseil de guerre, histoire de décider de la suite. Jérusalem, c'est plutôt malsain pour ceux qui le connaissaient. Son cadavre, ils le veulent, et vite !

On était en train de charger les poteaux verticaux et transversaux ainsi que le *titulus* IESUS NAZARENUS REX IUDAEORUM dans une charrette. On lava le sol avec un grand baquet d'eau. Une éponge, un flacon de vin vide, l'arête d'un poisson, du sang, autant de traces d'une vie que la passion romaine de l'ordre se devait de faire disparaître. A grands cris, on réclama le passage pour la charrette afin de franchir la porte de la cité. Cléophas et Zachaeus, eux, prirent la route. Ils quittèrent la ville sous une pluie fine qui, un bref instant, se fit plus lourde ; ils se frayèrent un chemin à travers la foule, furent bousculés par la police et des colporteurs qui beuglaient en poussant leurs carrioles, évitèrent le crottin d'âne, les bouses de vaches et les merdes de chevaux pour enfin déboucher dans un endroit où l'air était plus doux et, bientôt aussi, trouver que la lumière du soleil avait faibli. Sur la route, *sin dex sin dex,* un manipule leur passa à côté en se dandinant, deux ou trois prisonniers enchaînés et en sang les suivant. Cléophas et Zachaeus se cachèrent dans un bosquet d'oliviers, attendirent qu'ils soient loin. Ils avaient fait plus de la moitié du chemin qui conduit à Emmaüs lorsqu'un gros homme en cape sortit de nulle part pour leur adresser un très cordial chalom. Où c'est qu'on va, comme ça ? Moi aussi. Fait un bout ensemble ? Pourquoi pas ? C'est quoi, les nouvelles de la grande cité ?

Cléophas et Zachaeus le regardèrent d'un air soupçonneux, avant de se dévisager. Espion romain choisi, et délibérément, pour sa carrure, visage dissimulé, parlant l'araméen comme un étranger. Mais connaissant les Écritures comme aucun étranger ne le devrait. C'est qu'ils étaient bien dressés à cette époque !

— Sauf que si c'était vraiment le Messie dont on avait prédit la venue dans les textes sacrés, il fallait absolument qu'il ressuscite d'entre les morts. Les prophéties, c'est fait pour qu'on les accomplisse. Suis persuadé qu'il était bien ce qu'il disait être et vous, il vous faudra croire qu'il passa trois jours au royaume des morts et là, racheta tous les hommes bons qui moururent avant qu'il ne vienne leur donner la rédemption pour enfin s'en retourner dans le monde de la chair.

Cléophas et Zachaeus comprirent alors qu'il ne s'agissait pas d'un espion mais du bonhomme en personne. Mais comment étaient-ils censés réagir ? C'était encore un de ses petits jeux, où il fallait faire semblant de ne rien savoir de son identité avant qu'il ne vous en donne la clé. Sauf qu'il l'avait déjà fait. Toujours en cape et capuchon, en fonçant vers Emmaüs à une allure qu'ils ne pouvaient tenir qu'en haletant, l'étranger leur récita beaucoup de chapitres et encore plus de versets. Il leur cita même tous les prophètes jusqu'à ce que, le cerveau leur tournant suffisamment dans la tête, ils en viennent à oublier la douleur qui brûlait la plante de leurs pieds qui couraient. La dent du fond de Zachaeus n'oublia pourtant pas, elle, de se rappeler au souvenir de son maître, qui l'élança juste au moment où l'autre attaquait Jérémie IX, III. L'inconnu remarqua sa grimace et lui dit :

— Que je te cite les Écritures te ferait donc mal ?

— Non, non. C'est juste une dent du fond, une broyeuse. Faudrait que je l'arrache.

— Et c'est à Emmaüs que tu vas chercher quelqu'un pour la soigner ? Tu aurais été plus avisé de te la faire arracher en ville.

— Non, à Emmaüs, lui répondit Cléophas, celui que nous cherchons, c'est le chef des compagnons de Jésus. Et toi, on pourrait te demander pourquoi tu y vas ?

— L'air de la campagne. Et aussi un bon repas dans une auberge avant de passer la nuit à méditer. Je suis ce que vous pourriez appeler un homme qui pense.

— Et qui lit, le reprit Zachaeus d'un air pincé.

— Il faut bien se charger la cervelle des pensées du passé avant de pouvoir en trouver de nouvelles sur l'avenir. Bon. Nous y sommes.

A Emmaüs, voulait-il dire. La ville était petite, misérable, pleine d'enfants nus en train de courir après des poules maigrelettes. Un vieil homme était assis sur le pas de la porte d'une maisonnette d'où montaient, comme en un flot, des vapeurs d'huile et d'ail. Il les regarda venir en se suçant des dents rares. Le toit en chaume de l'auberge s'était effondré. Les dernières gouttes de l'averse faisaient doucement scintiller la surface de l'eau qui était tombée dans le baquet spécialement installé à cet effet dans la salle à manger. Est venu quelqu'un de Jérusalem ? Non, pas que je sache, fit le patron. On avait vu des soldats qui ramenaient des prisonniers, ils avaient recraché du bon vin par terre et avaient refusé de payer. D'où est-ce que tu dis ? Non, ceux-là y allaient. Et ça sera quoi ? Une carafe de rouge et du poisson sur la braise. L' pain est dur comme de la brique. Faut dire qu'avec les fours arrêtés ces derniers jours... Faire avec ce qu'y a, v'là c' que j' dis.

Le trio ne prit pas son souper dans la salle à manger où, mélancolique, l'eau du toit continuait à goutter, mais à une table dans le jardin. Si ce dernier n'était que méchante affaire envahie d'herbe, à l'abandon et pleine de chatons qui miaulaient, le soleil, lui, leur offrit, et gratuitement, un joli déploiement de rouges écarlates, de verts, de pourpres et autres jaunes d'œufs renversés. Ce fut au moment où leur bavard d'étranger tendait la main pour attraper le cruchon de vin que Zachaeus vit enfin la chose. Le spectacle de la blessure rouge sombre n'apaisa pourtant pas la douleur qu'il ressentait à sa dent. Et bien sûr, ils le savaient, l'un comme l'autre, depuis toujours.

Cléophas dit alors :

— C'est donc vraiment arrivé ?

— Oh oui, vraiment.

— Et nous qui...

Cléophas commença à s'étrangler sur une arête de poisson. L'inconnu qui n'en était pas un lui tapa doucement dans le dos à deux reprises. Cléophas recracha son arête dans son écuelle.

— Merci. Nous sommes, c'était ça que j'essayais de te dire, les premiers à savoir. Nous sommes aussi les moindres. Nous ne sommes même rien du tout... et cet endroit se trouve sur une route qui ne mène nulle part.

— Le hasard, tu peux le dire, lui répondit Jésus. La vie en tant qu'affaire du hasard. En réalité, vous n'êtes pas tout à fait les premiers à savoir. Il y a d'abord eu une prostituée qui s'était refait une conduite, et puis... aucune importance. Sans tambour ni trompette, pour ainsi dire. Pas de flamboiements, sauf dans ce coucher de soleil derrière ton épaule. Les couchers de soleil, ça a quelque chose de romain. Ne jamais mépriser le fortuit. Vous êtes, tout autant qu'eux, les gardiens de la vérité, ceux qui sèmeront la Parole. Et toi, ton mal aux dents te dit déjà des douleurs plus grandes...

— Zachaeus, c'est ainsi que je m'appelle, Zachaeus.

— Je le sais, et aussi le métier que tu fais : tu le sens. Les temps difficiles vont arriver, ceux où on te mettra à l'épreuve de l'amour. Finissons cette cruche et prenons-en une autre.

— A l'épreuve de l'amour ? lança Cléophas en ravalant sa salive.

— Bien sûr. C'est ce que vous allez prêcher au monde et ce monde pensera qu'il y a un hic. C'est pour l'amour que vous serez fouettés, écorchés, déchiquetés, brûlés, cloués à des arbres. L'amour, je n'ai jamais rien prêché d'autre.

Il commença à faire sombre. Zachaeus frissonna lorsque le vent de la nuit se leva.

— Tu y étais habile, dit-il. A prêcher la Bonne Parole, je veux dire. Enfin bon, quoi... T'es toujours aussi habile, habile à prêcher, s'entend. Et que vas-tu faire, Seigneur ?

— Mon œuvre est finie, lui répondit Jésus. Je vais bientôt quitter ce monde. Votre monde. Un petit mot d'encouragement... La mort, ça n'existe pas, *et caetera,* et après... vaudrait mieux ne pas me demander où je vais. M'en vais, oui, mais reste aussi, d'une certaine manière. Je suis sur cette table.

Ils virent que ses mains s'y trouvaient, mais comprirent aussi qu'il leur en disait plus.

— Et encore dans ce pain, aussi dur que brique soit-il, et dans ce vin où, regardez, la mère de vinaigre est déjà à l'œuvre. Tout cela est fort simple. Croyez, quand vous prendrez de l'un et de l'autre, que je m'y trouve. Je suis sur cette table, dans votre bouche, dissous dans votre estomac, je suis en train de devenir votre chair et l'esprit qu'elle sert, en suis excrété, oui, mais aussi renouvelé chaque jour. Lorsque le pain et le vin ne seront plus, le monde aura touché la fin. Mais jusqu'alors, je serai là. Voilà qui est vérité comme l'est l'amour mais, plus important encore que la vérité, est le jeu que vous jouerez, celui où en mangeant le pain et buvant le vin, vous me goûterez dans votre bouche. Celui où l'on s'efforce à aimer, car aimer n'est pas facile. Même si c'est la seule réponse.

— Bon, et maintenant ? demanda Zachaeus.

Sa dent lui faisait un mal horrible.

— Enfin, reprit-il, je veux dire : ce soir. J'aime pas beaucoup l'aspect de ces ténèbres.

Jésus le comprit.

— Oui, l'ennemi qui y rôde et les yeux des bêtes des bois et des oiseaux charognards qui indûment y sont ouverts parmi les branches. Rien à craindre. Les bêtes se rouleront à vos pieds pour que vous les chatouilliez et l'ennemi connaîtra l'amour. Passez la nuit ici avant de repartir pour Jérusalem. Il faut que j'y aille, j'ai d'autres gens à voir. Eux aussi, on devra les renvoyer à Jérusalem.

— Ce qui veut dire qu'ils sont vraiment là ? demanda Cléophas.

— Oui, dans une vieille ferme. Il faut que je leur parle. Qu'ils se rendent à la maison de Nicodème, s'ils peuvent en supporter l'odeur de trahison. Je réglerai la note avant de partir. Et aussi de rester, ainsi que je vous l'ai dit. Dans ce morceau de pain qu'on a laissé et cette lie de vin rouge. Or donc, acceptez ma bénédiction alors que je vous quitte.

L'un comme l'autre, ils eurent l'impression que la nuit, dont toute leur vie durant la tombée les avait amicalement invités au sommeil, était maintenant devenue visitation malfaisante où aucun lever de soleil n'était plus en germe.

— Reste avec nous, le supplia Cléophas avec urgence. Ne nous quitte pas, Seigneur.

— Je demeure et m'en vais.

Et il s'en fut, après avoir réglé la note avant de sortir. Qui lui avait donné de l'argent ? La prostituée qui s'était refait une conduite ?

Qu'il reconnût la bassesse de pareille pensée n'empêcha pas Zachaeus de se dire que ç'aurait été sympa au ressuscité de lui calmer sa rage de dents. Songeur et le doigt tremblant, il tâta sa bouche sèche. Sa dent y branlait. Il la tripota du pouce et de l'index et sentit qu'elle branlait plus encore. Il la secoua comme on ferait d'un bébé qui hurle dans son berceau. Et, confiant, fut certain que le lendemain matin, s'il devait jamais en être un, il pourrait l'arracher. Il y avait quand même des choses qu'on pouvait faire pour se soigner.

— Être mis à l'épreuve de l'amour ? rumina Cléophas. Ça ne me plaît guère.

Les diverses formes d'amour qu'on pratiquait dans l'île de Capreae n'étaient pas d'une espèce que l'on aurait osé remettre en question. Refuge de l'empereur Tibère, l'endroit était aussi appelé Capri mais avait surtout reçu le surnom de *Caprineum,* ce qui signifie lieu des appétits de bouc. Faisons-y la connaissance de Tibérius Claudius Néron, alias « Biberius Caldius Mero » depuis sa jeunesse, ce qui, là, signifie sac à vin chaud. Amateur d'orgies, il accepterait rarement une invitation à dîner à moins d'être sûr que toutes les servantes y seront nues. A élevé un moins que rien à la questure parce qu'il était capable de descendre une chope d'un litre sans reprendre son souffle et nommé Flaccus gouverneur de Syrie et Piso préfet de la cité de Rome parce qu'ils passaient toutes leurs nuits à s'imbiber et riboter. Sent bien, à soixante-dix ans et quelques, que ses appétits commencent à faiblir — surtout dans le domaine de ce que, lui, il appellerait l'amour : on a besoin de stimulants variés.

Voyez-le se réveiller à une heure tardive devant un grand tableau où Atalante et Méléagre sont représentés en train de s'adonner au rite de la fellation. Écoutez-le gémir parce qu'il n'arrive pas tout de suite à sa petite émission de sperme d'avant le déjeuner — le giton qui n'a pas réussi à susciter en lui la montée du plaisir qu'il exigeait, il l'a fait fouetter. Regardez-le encore avaler gloutonnement du fromage, boire du vin et s'empiffrer de pain léger comme plume — son boulanger en a appris la recette chez les Arabes — avant de s'en aller jeter un coup d'œil à ses *spintriae*. Ce sont là jeunes garçons et filles qu'il a fait venir des quatre coins de l'Empire à cause de leurs talents dans l'art du coït contre nature. Aussitôt, il leur ordonne de copuler en triades afin de donner un coup de fouet à son désir fatigué. Après quoi, il s'en va visiter des fourrés et petits bois où, avec les gestes les plus obscènes, des Pan et Syrinx l'invitent dans leurs grottes. Mais voilà que déjà il se dirige vers les lieux du sacrifice : là, il aura désir immédiat du porteur d'encens et de son trompette de frère, les fera sortir du temple avant la fin de la cérémonie afin de pouvoir les enfiler tous les deux. L'affaire traîne en longueur, est sèche et ne porte pas ses fruits : il grogne. Les deux frères ayant faiblement protesté contre l'horrible manière dont il les a traités, il leur fait briser les jambes. Apprenant ensuite que la femme de son chef cuisinier vient d'avoir un enfant, il ordonne que le nourrisson qui n'a pas encore ouvert les yeux lui soit apporté... et lui suce son membre flasque entre ses mâchoires molles. Pendant ce temps-là la mère se lamente... et est battue parce qu'elle pleure. Et puis, l'heure est venue d'aller nager dans la *piscina* en marbre chauffée : les petits garçons qu'il appelle ses vairons lui passeront comme flèches entre ses jambes écartées et n'oublieront pas de lui mordiller les couilles. Tel est, ô Romains, votre empereur, celui qui succéda au grand Auguste.

Il s'essuie, s'emmitoufle et s'installe dans un jardin impérial où tout est magnificence de pierre. Nus, des garçons et des filles de toutes les provinces sauf une lui servent du vin blanc frais et des morceaux de poisson salé. Patricien âgé et respectable, Curtius Atticus arrive alors et reçoit la permission de s'asseoir devant son empereur. C'est depuis toujours qu'il détourne les yeux des excès de son maître. Il est venu à Capri pour essayer d'exercer, du mieux qu'il pourra, une bonne influence sur le vieux bouc mais il sait que pareille entreprise est sans espoir. A ses yeux l'essentiel est que Rome ait un maître. Or, il n'y en a pas et le Sénat est aussi corrompu qu'incompétent. Curtius Atticus s'est, depuis peu, pris d'intérêt pour le stoïcisme.

Tibère lui dit :

— D'autres sages et sinistres pensées à me proposer ?

— Je ne vois pas qu'elles seraient sinistres. Le stoïcisme a pour but de dissiper les idées noires.

— Seuls les plaisirs des sens sont à même d'apaiser la douleur morale, lui répond Tibère dans le grec de la Rhodes où il a été exilé autrefois.

Il adresse un hochement de tête à l'un de ses secrétaires. Esclave grec aussi astucieux qu'il a frais minois, celui-ci sourit en son for intérieur : il a reconnu l'accent dorien de son maître. C'est au moins la douzième fois qu'il retranscrit cette même maxime des plus vulgaires. Les serviteurs, garçons et filles mélangés, se dévêtent entièrement et, les grives chantant dans les pins, se lancent dans un ballet relativement chaste. AP LA DOUL MOR, écrit l'esclave.

— Mais les sens nous font défaut, lui renvoie Curtius à juste titre. A ton âge... à *nos* âges.

— Parle pour toi ! Et ta philosophie, tu peux te la garder aussi ! Or donc, ce matin, je regarde mes *spintriae* et qu'est-ce que je remarque ? Qu'il n'y a parmi eux qu'une seule race qui n'est pas représentée : les Hébreux. Pourquoi, lance-t-il en chevrotant d'un ton irascible, notre procurateur de Césarée ne m'envoie-t-il pas des petits cadeaux comme les autres gouverneurs ?

— Le mois dernier, il t'a fait livrer un chargement de dattes et deux chameaux.

— Les Hébreux ne jurent que par la truculence et l'incorruptibilité. Voilà qui ne me semble pas humain et il ne me déplairait pas de voir un de leurs petits se faire corrompre. Des agences spécialisées, nous en avons ici plus qu'il ne nous en faut. Oui, il me plairait même beaucoup de voir quelques jeunes Juifs et Juives se faire lentement vider de leur intégrité. Le plaisir serait nouveau.

— Pourrais-je te rappeler au sens du mot devoir, ô César ?

— Pas question ! Je ne retournerai pas à Rome.

— Bien. Mais, au moins, acquitte-toi de certains d'ici même. Ni l'Espagne ni la Syrie n'ont de gouverneur de rang consulaire. Les Daces et les Sarmates s'affairent à croquer Moesia comme une prune bien mûre. Les Germains occupent la Gaule. En Arménie, les Parthes...

— La ferme, Curtius ! Je t'interdis de me parler de ces choses. Les devoirs du gouvernement, tu ne pourras m'en parler que lorsque tu auras toi-même senti le fardeau, oui, éprouvé le cauchemar de la trahison ! Ma conservation, voilà la seule chose qui me préoccupe aujourd'hui. C'est pour ça que je suis ici. Du roc, cette forteresse naturelle, et son seul accès par la plage est bien gardé. Je suis à l'abri. Et il est sûr, parce que j'ai fait ce qu'il fallait.

A l'abri, il l'était effectivement mais, pour être rocailleuse, l'île n'était pas aussi imprenable qu'il le croyait. Tout en bas se dandinait en effet, sur le bleu de l'eau calme, un petit bateau de pêche : juste en face de la Villa Jovis, à une encablure du pied de la paroi rocheuse. Noueux, maigre et brûlé par le soleil, un pêcheur y travaillait dur à ramener ce qu'il avait attrapé dans ses filets : un énorme bar, ou *morone labrax* que, furieux, des crabes lui disputaient.

— On rentre à la rame, ordonna-t-il à son jeune fils.

— Pourquoi ?

— « Pourquoi » ?

Il abattit son poing sur l'œil du bar qui, de désespoir, bondit dans sa prison tel un homme sur la croix.

— T'as déjà vu un truc pareil, toi ?

— Un sacré bâtard, ça !

— De toute façon, ça part là-haut. Pour Son Honneur l'empereur. Je le prends avec moi et j'escalade le rocher. Des racines où s'accrocher, y en a des tas. Tu parles d'une surprise qu'il va avoir ! Ce que je vais y dire ? Ceci : « Du dieu de la mer au dieu du monde. » Histoire de lui montrer que des livres, j'en ai lu moi aussi. C'est pas la première fois qu'un homme sans importance deviendrait grand en faisant quelque chose d'inattendu. C'est même ça, le souffle qui fit de l'Empire ce qu'il est aujourd'hui

— Ça ressemblerait pas à une effraction ? demanda le gamin. Y a des soldats partout.

— A la rame, jeune homme !

Sans se douter qu'un cadeau était en route, Tibère reprit en ces termes :

— Tu n'as pas vu ton propre fils, ni non plus ne l'as entendu hurler tout couvert de sang alors que les couteaux le frappaient encore et encore et qu'elle, elle restait là, à grimacer un...

— Sauf mon respect, César, tu ne l'as pas vu non plus.

— C'est toutes les nuits que je le vois. Que je me réveille en sueur.

Drusus, son propre fils. Assis à la table du souper que l'on vient de débarrasser, son épouse Livia en train de jouer au jeu qui consiste à lever vite les doigts en l'air pour deviner combien il y en a... Et alors Séjan, le seul homme en qui l'empereur pouvait avoir confiance à Rome, Séjan, le préfet du prétoire, arriva avec ses tueurs, et Drusus passa sous la table en rampant pendant que Livia riait. Ils l'en firent sortir en le tirant par les cheveux et puis le frappèrent et le frappèrent encore. Livia riait parce qu'elle allait, maintenant, pouvoir épouser un Séjan qui, lui, deviendrait bientôt empereur. Séjan, le maître de Rome en qui l'on a confiance alors que vieillissant, on goûte à un repos mérité à Capri.

— Et quelle satisfaction trouvas-tu à te venger ?

— Celle d'infliger un juste châtiment.

— A la famille tout entière ?

La fille, qui n'était qu'une enfant, criait :

— J'ai pas fait exprès d'être méchante. Je le ferai plus. Je vous en supplie, ne me faites pas de mal !

Le capitaine du détachement qui dit au bourreau :

— La petite est probablement vierge. Or, les vierges, on ne les exécute pas. C'est la loi.

Et le bourreau qui lui répond :

— Donc, je la viole. Après, la loi, on pourra la respecter.

Tibère finit sa coupe de vin blanc en tremblant.

— Du calme, César. Refuse que cela t'émeuve. C'est l'esprit serein qu'il te faut rentrer à Rome. À Rome où tout n'est plus qu'immonde chantier. Où Macro est pire que Séjan. Rome a besoin de son empereur.

— Je ne retourne pas à Rome. C'est ici que je veux mourir. Dans mon lit.

— Et la succession ?

— Elle est assurée. Caius a l'armée derrière lui. Personne ne va le tuer.

— Un *poisson* ? fit Curtius.

Ils tournèrent tous les deux la tête et regardèrent l'homme souriant qui s'approchait d'eux un énorme bar dans les bras. La bête avait encore des soubresauts. Le bonhomme était déjà encadré par deux gardes. Qui souriaient, eux aussi.

— Du divin Neptune, ce présent pour le divin Tibère.

Il n'avait cessé de se répéter cette nouvelle version de son compliment (elle était meilleure en effet) en remontant la paroi difficile. Tibère s'approcha de lui.

— Pas si divin que ça si les mortels sont capables de faire l'ascension de son Olympe. Vous, gardes, vous oubliez vos consignes. Jetez-moi cet homme-là d'où il vient, poisson et tout le tintouin. Après ça, rapport à votre officier, qu'il puisse prendre les sanctions disciplinaires appropriées. Non... attendez ! Pour moi, dis-tu ? Un présent de Neptune ? Bizarre qu'il ne me le remette pas lui-même en mains propres !

Il prit l'énorme poisson des bras du pêcheur, vacilla sous son poids mais, malgré son âge, eut assez de force pour le porter. Il sourit, et l'autre lui renvoya son sourire. Soudain Tibère attrapa le poisson par la queue comme on ferait d'un gourdin et se mit à en assener de grands coups sur son pêcheur. Tels des éclats de silex, les écailles coupantes lui lacérèrent la figure. Il hurla, porta vite comme un masque de sang qui eût remué.

— Si des pêcheurs peuvent entrer ici, je ne vois pas ce qui pourrait empêcher des assassins sous contrat de le faire.

Il jeta le poisson meurtri par terre, haleta.

— Qu'est-ce qu'il dit ?

— Il dit, César, lui répondit l'un des gardes, qu'il est bien content de ne pas t'avoir offert ses crabes en plus.

— Qu'on l'emmène ! ordonna Tibère avec une promptitude qui disait bien le don tout impérial qu'on avait de prendre des décisions rapides. Au réservoir à poissons ! Et qu'on lui mette tous les crabes dessus ! Après, on pourra l'expédier enfin là d'où il vient.

Curtius s'accrocha à son stoïcisme et à son petit déjeuner. Hurlant, le pêcheur fut emmené. Tibère se rassit. Curtius, lui, resta debout. Arriva pieds nus (et plats) un serviteur avec, sur un coussin de velours, un serpent noir de Sabatum.

— Columba ! Ma chérie ! roucoula Tibère en portant la chose à son sein. Ma petite mignonne ! La seule créature vivante en qui je puisse avoir confiance. Elle a faim. Metellus ! Apporte-lui des grenouilles et des souris. Assure-toi qu'elles sont bien vivantes.

Le serpent siffla d'un air joyeux.

Ayant balancé le pêcheur qui hurlait par-dessus les rochers — horreur indifférente, les crabes s'étaient accrochés à sa tête et à sa face —, les deux gardes se présentèrent au rapport devant leur centurion, Marcus Julius Tranquillus. Homme décent et jeune, il appartenait à la branche plébéienne de la lignée des Julien et, dans la carrière des armes comme son père avant lui, faisait fonction de centurion en second qu'on avait détaché de la Garde prétorienne. Il écouta gravement ce qu'ils lui racontèrent et passa jugement :

— Il espère sans doute que j'ordonne votre exécution, fit-il. Nous poserons donc que la chose est déjà faite et qu'à cause de la chaleur qui est grande, vos cadavres ont été aussitôt enterrés au dépôt d'ordures communal. Allez remonter la garde sur la plage. Je vais voir à ce qu'on vous remplace immédiatement. Cela étant, j'espère que vous mesurez bien combien vous avez été sots.

— Mais nous le connaissions, Chef ! Nous avions bu des coups avec lui dans les bars. Pas un gramme de méchanceté chez ce bonhomme ! Escalader ces rochers à son âge ! Avec un poisson qui gigotait dans son dos ! Tout ça par respect et amour de l'empereur, comme il l'a dit lui-même. Ah ! Comme qui dirait que plus personne pourrait faire quoi que ce soit de bien depuis quelque temps.

— Parce que c'est ça que tu dirais, toi, hein ? Bon, bon... Alors, comme ça, c'est ça que t'en penses, pas vrai ? Allez, rompez !

Solitaire et sensible, le jeune homme était bien bâti et ne manquait pas de beauté. Il avait, tout au long de sa brève carrière, essayé de s'en tenir à certains principes de *virtus.* Son incorruptibilité congénitale ne lui avait rapporté que peu de récompense. Il avait eu la chance d'être un des premiers à subodorer, à certains indices, que Séjan était responsable du meurtre de Drusus et ce, bien que le même Séjan se fût fait le vigoureux instructeur d'une affaire qui, au début, était restée sans solution : on avait retrouvé, véritable festin pour les mouches, le fils de l'empereur coupé en morceaux dans une ruelle près du Tibre. Bah ! les grands hommes avaient toujours des ennemis. Jugements et exécutions farcesques, les indicateurs et les faux témoins n'avaient pas manqué. Et puis un esclave avait lâché quelques mots à un autre — parce qu'ils ne possédaient rien, ils étaient devenus les dépositaires de l'honnêteté. Machines théoriquement dénuées de sentiments, ils voyaient et entendaient plus de choses que ce à quoi les hommes libres pouvaient avoir accès. On était donc tombé sur un billet doux envoyé par la dame Livia à Séjan. Tout froissé. Sous l'oreiller d'un lit qu'un autre esclave était en train de faire. Et puis encore… bref, ceci avait conduit à cela. Marcus, qui faisait fonction de secrétaire du mess, s'était vu remettre la pièce à conviction par un esclave qui travaillait à la cuisine des officiers — moyennant cent sesterces. Ceci avait conduit encore plus à cela. Jusques et y compris au viol et à l'assassinat d'une enfant innocente. L'ensemble de la Garde prétorienne avait été récompensé — dix pièces d'or par homme — pour avoir refusé de suivre Séjan dans sa révolte ; les légions de Syrie avaient, elles, reçu des sommes égales pour ne pas avoir mêlé des effigies (toutes spécialement bénies) du même dit Séjan à leurs étendards. Et lui, Marcus Julius Tranquillus, avait eu, loyauté oblige, l'honneur de se faire nommer au poste qu'il occupait maintenant, s'était alors vu contraint de se chauffer les mains aux flammes mêmes de la corruption, de la folie et du danger. A ceci près que Tibère ne pouvait plus vivre bien longtemps. Ce serait, à n'en pas douter, le fils de Germanicus qui hériterait de la pourpre. Fils adoptif de Tibère, grand soldat et homme droit qui, malheureusement, devait mourir subitement en Syrie, et tout le monde savait pourquoi et comment, Germanicus n'avait aucun désir de vengeance à transmettre à ce gamin qui était la coqueluche des camps militaires. Toujours en bottes de soldats ; on lui avait donné le surnom de « Petites Bottes ». Caligula, ce qui signifie très exactement cela, était déjà un nom qui, par report d'affection, faisait sourire tout le monde. Il ne pouvait y avoir que du bon chez un fils de Germanicus.

Dans l'une des cours extérieures du Temple, que les gardes syriens contemplaient d'un œil indifférent du haut de la tour d'Antonia, le rabban Gamaliel débattait avec sa terminale des dangers du zélotisme et des vertus du compromis.

— Le compromis ! fit-il. Certains d'entre vous retroussent le nez et ourlent la lippe comme s'il s'agissait d'un gros mot. Sachez pourtant que ce n'est que par les compromis que nous pourrons, peut-être, garder notre foi vivante. Nous sommes ici, sur le territoire sacré d'Israël, en présence de gens qui, d'une race impure et qui n'a que mépris pour nos lois religieuses, oui, nous gouvernent pourtant. C'est d'un seul coup d'épée qu'ils pourraient trancher le cordon de soie qui nous unit en un seul peuple. Avec leurs béliers, ils pourraient même détruire entièrement le Temple. Que nous soyons mal à l'aise avec les Romains n'empêche pas que nous vivions.

— Bavardage de sadducéen.

Ainsi parla Caleb fils de Jacob.

— Mais, s'écria Seth, fils du Zachaeus qui n'était pas pêcheur, et qu'est-ce qu'il a de si méchant que ça, ce bavardage de sadducéen ? Sans nous, sadducéens, vous en seriez à baiser le petit orteil de la statue de Tibère ! Et aussi à brûler de l'encens pour Jupiter et Mercure, voire pour tous les autres ! Non, moi, je dis que le rabban

Gamaliel a raison. La diplomatie, voilà le salut. L'intelligence juive saura toujours défaire la bêtise romaine. Mais non ! Vous, Zélotes, vous nous feriez tous pendre au sommet de la colline, là-bas !

— *Clouer,* le reprit Étienne en haussant les épaules.

Étienne était un Juif grec.

— Écoute, dit Caleb. Tout ce que demandent les zélotes, c'est qu'on remette le droit d'aînesse en vigueur. Que la loi juive règne sur la terre juive. Rome s'affaiblit, Rome commence à avoir peur. Que sont ce vieil empereur fou et ce Sénat plein de trouillards ? Intérim en Syrie et... combien de temps pourront-ils encore tenir le pays ? Frapper Rome en Palestine ? Toute la structure du pouvoir provincial s'effondrerait. Car Rome n'enverrait pas ses légions. Quant au Sénat, il dirait : « Bon débarras de la Judée »... « Que les Juifs se gouvernent eux-mêmes »... « Nous collaient presque plus d'ennuis que ce qu'ils valaient. » Après quoi, on irait dîner.

— Je crois, lui renvoya Gamaliel, que tu sous-estimes la soif de pouvoir des Romains. Je ne vois aucun signe de faiblesse chez Ponce Pilate. Ses troupes syriennes se rueraient sur nous et ne feraient qu'un petit déjeuner de tous vos zélotes.

— On dit, l'interrompit Étienne, que la lumière se serait faite en lui.

— Si tu veux parler du Galiléen, lança Caleb, ce fut une lumière qui eut la vie courte.

— Une lumière qui eut la vie courte pour tous ses sectateurs.

C'était Saül qui venait de parler. Jeune encore, il était pourtant en train de devenir chauve, avait les yeux enfoncés dans de sombres orbites et les lobes frontaux qui bombaient de manière peu naturelle.

— De ces faux prophètes, nous en avons déjà eu toute une série ; presque un par an depuis environ dix années. Je dois reconnaître que la plupart d'entre eux connaissaient les Écritures. Même qu'elles les poussaient à la folie. Cela étant, le petit dernier ne fut guère qu'un charpentier ignorant qui bafouillait sur l'amour.

— Le métier de charpentier, fit remarquer Gamaliel d'un ton rusé, n'est pas inférieur à celui de fabricant de tentes.

— Si je fabrique des tentes, lui rétorqua Saül, c'est en complet accord avec notre tradition juive. Nous devons tous travailler de nos mains. Il n'en reste pas moins que je me considère d'abord comme un érudit.

— C'en était un aussi, déclara Étienne. Les Écritures, il en avait toujours plein la bouche. Et puis, qu'est-ce qu'il y a de mal à « bafouiller sur l'amour », comme tu dis ?

— Je vais te le dire, moi, ce qui n'allait pas, et ne va toujours pas, là-dedans ! lui répondit Caleb. C'est que par amour, il entendait soumission : on tend l'autre joue et s'accommode de l'injustice étrangère. La tyrannie, il la sanctionnait. Jamais il ne parla d'un Israël libre.

— Caleb, mon fils, le reprit Gamaliel, reconnais qu'il y avait quelque chose d'intéressant dans ce qu'il prêchait. C'est notre être même que nous devons transformer avant de changer la loi séculière. L'âme humaine, voilà ce qui compte avant tout.

— Une âme enchaînée, oui ! fit, ainsi qu'on s'y attendait, remarquer Caleb avec amertume.

— Les vraies chaînes, c'est dans les péchés de chacun qu'elles se trouvent, pas dans l'oppression étrangère. Ne dénigre pas l'amour. L'amour est quelque chose qu'il nous faut tous apprendre et, oui ! aussi dans la peine et l'amertume. À un niveau plus pratique, il se peut même que ce soit l'amour qui nous sauve. Nous autres Juifs faisons le jeu des Romains en nous haïssant les uns les autres... le pharisien contre le sadducéen, le zélote contre l'un et l'autre. Secte contre secte, tribu contre tribu, nous sommes divisés et pas du tout unis.

— Alors, comme ça, dit Saül, tu deviendrais galiléen ?

— Comme toi, Saül, lui répondit Gamaliel, je suis de la tribu des pharisiens. Au moins accepté-je la doctrine de la résurrection. Quant à l'étroitesse, la xénophobie de petit fermier... c'est une autre histoire. Dieu me garde néanmoins de jamais approuver son blasphème ! Se prétendre... rien que de penser à ces mots me fait frissonner... non, je n'arrive pas à les dire.

— Fils de Dieu, dit Étienne. Oui, le Messie. Et alors ? Comme si la venue du Messie n'avait pas été annoncée !

— Elle l'a été, oui, Étienne, le reprit Saül, et l'est toujours.

— Du genre interminable, non ? Pourquoi faut-il que nous croyions à la venue du Messie et que dès que quelqu'un prétend l'être, nous le condamnions et mettions à mort ? Faudra-t-il toujours qu'il en soit ainsi ?

— Oui ! s'écria Caleb. Aussi longtemps que tu vivras sous la loi d'une puissance étrangère qui étouffe la liberté de parole. Aussi longtemps que le conseil juif sera entre les mains d'une secte qui adore les Romains.

— Tu vas me faire le plaisir de reprendre tout ce que tu viens de dire ! lança Seth avec animosité. Tout ça n'est que mensonge et calomnie. Une insulte des plus grossières aux gardiens de la foi...

— Allons, assez ! s'interposa doucement Gamaliel. Ne pouvons-nous discuter de rien dans le calme ? raisonnablement ? Pourquoi ne pas essayer de songer plutôt, et toujours, aux choses qui nous unissent au lieu d'insister sur ce qui nous divise ? Juifs, nous le sommes tous, et devons absolument mettre un terme à pareilles dissensions. Moquez-vous de l'amour et du compromis ! Allez-y ! Mais je vous mets au défi de me trouver une autre réponse.

Sur quoi il congédia ses élèves.

Ils se transformèrent en petite bande de jeunes gens pleins d'ardeur dès que, un chameau qui blatère, un âne dont la tête disparaît sous un bonnet de mouches, plus quelques colporteurs, ils entrèrent au contact de la vie séculière de la rue. Seth et Caleb n'en continuèrent pas moins de se quereller.

Caleb lui assena :

— Espèce de lèche-cul de Romains ! Dieu bénisse l'empereur

Tibère et tous les petits garçons qu'il s'enfile ! Allons, bourre-nous de coups de pied, ô toi ! divinité suprême ! balance la sauce, et sec !

— C'est idiot, et tu le sais, dit Seth. Tu crois vraiment que je les aime, ces crapules étrangères avec leurs piques, leurs aigles et leurs jambes poilues ? Moi aussi, je suis pour un Israël libre. Sauf que ce n'est pas en crachant sur leurs ombres que nous l'obtiendrons...

— Que l'aigle romaine déploie ses ailes ! railla Caleb.

— Jusqu'à ce qu'il en dégueule ses...

— Sycophante de sadducéen !

— Xénophobe de zélote !

Ils se mirent à se bousculer de bonne humeur, commencèrent à lutter. Saül leur garda leurs capes, n'encouragea personne. Un sous-officier fatigué de la légion italienne à Césarée — on l'avait affecté à Jérusalem afin de maintenir l'ordre dans les troupes syriennes —, s'arrêta pour regarder le match avec son manipule couvert de poussière. Tapage. Bruits de Juifs. L'un des deux gamins avait coincé l'autre par terre, dans la poussière. La chose même que l'on qualifiait de désordre sur la voie publique. Il y avait des spectateurs qui criaient et applaudissaient. Le moment de se montrer. Il entra en lice.

— Allez ! Ça suffit ! lança-t-il en mauvais araméen. Si vous voulez vous battre, entrez dans l'armée romaine. Ce qui ne veut pas forcément dire qu'on vous accepterait, mais... Allons ! Rentrez chez vous ! Toi là-bas, debout !

C'était Caleb qu'il avait désigné mais celui-ci s'était foulé la cheville et ne put se redresser que lentement : il avait très mal. Le sous-officier l'agrippa par le col de sa tunique pleine de sueur. Et Caleb ne prononça pas des paroles avisées, qui lui cria :

— Tire-moi tes sales pattes de Romain de là, espèce de porc incirconcis !

— Incircon... quoi ? Porc, ça, je sais. *Chasir,* ça veut dire *sus,* c'est ça ? Très vilain, ça. Une bande de sales petits mecs, que vous êtes, vous, les Juifs, pas vrai ?

Toujours aussi peu avisé, Caleb le frappa. D'avoir repéré une petite bande de zélotes très connus dans la foule l'avait encouragé : enfin des actes. Il y avait des moments où il le fallait. Où parler de ce qu'on allait faire ne suffisait pas.

— Bien, bien. Je t'arrête. Désobéissance, désordre sur la voie publique, insulte aux forces d'occupation. Allons-y.

Saül intervint :

— Excusez-moi, Officier, mais... il est un peu excité. Vous voyez ? Il souffre. Je suis sûr qu'une excuse vous suffirait.

— Et qui es-tu donc ? Et au nom de quoi ?

— Qui je suis n'a pas d'importance. Mais citoyen romain, je le suis.

— Tu n'es qu'un Juif.

— Oui, un Juif. Mais qui est aussi citoyen romain. Lucius Saül Paulus, si vous voulez le savoir. Mon nom est sur les registres du prétoire...

— Écoutez, Citoyen, si c'est bien comme ça qu'il faut vous appeler, nous avons, nous, des obligations. Et celui-ci mérite une leçon. Il l'apprendra là-haut, en regardant la campagne environnante. Allez ! toi ! Allez !

Au moment où il commençait à l'entraîner derrière lui, la petite bande de zélotes se dit que se lancer dans la bagarre ne serait peut-être pas une mauvaise idée. Cinq pirates syriens et un rouquin de Romain un peu enveloppé d'un côté, sept Juifs de l'autre, et qui faisaient plus que le poids. Ce fut alors que le buccin grinça au sommet de la tour de guet. Des renforts s'étaient mis en route. Poings et gourdins contre épées et lances. Un zélote efflanqué matraqua brièvement le sous-officier. Après quoi ce fut au tour d'un manipule essoufflé de se mettre à jouer de la lance. Manifestation réprimée. Elle n'avait pas été bien importante.

— Juste à l'heure pour un peu de justice expéditive ! dit Quintilius.

Pilate venait à peine d'arriver de Césarée. Couvert de poussière, mourant de chaleur, fatigué, il but une gorgée de vin au goulot de la cruche qui rafraîchissait au pied d'une statue de Mercure, patron des voleurs.

— Une petite émeute juive pour fêter ton arrivée.

— Ils remettent ça ? encore ? Trop calmes pendant trop longtemps. Ça devenait douteux.

— Un étudiant à la synagogue. A craché sur l'uniforme d'un sous-officier, mots insultants, blasphèmes contre l'empereur, s'est opposé à son arrestation. C'est là que ça a commencé. Aucune victime. Mais un soldat romain grièvement blessé.

— Oui oui oui oui oui oui. La dernière lettre de Capri parlait de tes talents en matière de maintien de l'ordre en Palestine. Aurions-nous donc, à ton avis informé, montré de tels talents ?

Ils se dévisagèrent sans affection. Pilate était obligé d'y aller doucement avec un sous-fifre qui, il le savait, n'arrêtait pas d'intriguer dans de longues lettres : on voulait le gouvernorat de Syrie. Trop gentil avec les Juifs, mais on arrangeait ça en faculté de coopérer avec des partisans du compromis qui, eux, aidaient à tenir en laisse une dissidence qui montait. Et on acceptait des pots-de-vin, ça aussi. Mais n'y voyait que cadeaux contre lesquels on n'offrirait jamais rien en retour. Les donateurs gardaient leur innocence, incurables, croyaient qu'on pouvait marchander avec Rome. Et lui, Ponce Pilate, avait été un des protégés de feu Séjan. Il lui avait écrit des lettres amicales, lui avait souhaité d'obtenir tout ce qu'il désirait lui-même. Toutes ces lettres étaient sans doute au dossier. La procuratèle de Judée, ce n'était pas du gâteau. On n'en avait plus pour longtemps avant la retraite. On avait envie d'une sinécure, de jouer les présences nominales sous un climat agréable, de ne même pas avoir à signer la paperasse. Il se sentit brusquement désespéré. Mais souriant et comme toujours rusé comme un renard, Quintilius était déjà en train de lui dire :

— Eh bien, Procurateur, je ne sache pas qu'on ait fait appel à des renforts de Syrie. Plus une affaire de basse police qu'une situation où il faudrait invoquer la loi martiale. Évidemment, tous ces messieurs du Sanhédrin, et qu'est-ce qu'ils puent !, nous ont beaucoup aidé...

— Pas par amour de Rome. Ces prêtres juifs aiment la tranquillité. Ils savent d'où viennent les meilleurs vins. Et les villas au bord de la mer, on adore.

— Des rusés, lui renvoya Quintilius d'un air également rusé. On prend ce qu'il y a de mieux des deux côtés.

— Nous avons joué leur jeu, dit Pilate. Ah ! cette histoire de Jésus de Nazareth ! Ça fait encore du bruit. Ils nous ont forcé à crucifier le mauvais bonhomme. Ça ne se reproduira pas.

— Assurément, Procurateur. Et maintenant, à propos de ces zélotes...

— Y a pas une fête juive bientôt ? La Pentecôte. Mettre un nom grec à une bouffonnerie juive !

— Il ne s'agit pourtant pas d'une bouffonnerie. Mais de la fête des premiers fruits... enfin, quelque chose dans le genre. Pentecôte, ça veut dire cinquante jours après la pâque.

— Je sais, Quintilius, je sais. Même que je me dis que ça serait peut-être le moment de leur rappeler de quel côté se trouve le pouvoir. Des crucifixions, ils en ont eu trois pour la pâque. En plus, on a laissé filer un de leurs zélotes. Parce que c'était le peuple qui le voulait ! Après ça, il nous a assassiné trois types.

— Lucius Publius Strabo.

— Ne t'occupe pas du nom. C'était un des nôtres. Ce coup-ci, allez ! on leur cloue trois zélotes. Et si la foule gueule, on la laisse faire.

— Jusques et y compris ce Caleb bar je ne sais quoi ? Ce n'est qu'un gamin, Procurateur.

— Tu ne m'as pas dit qu'il était étudiant ? Allons, tant mieux. Plus on les prendra jeunes... Détruire tout ça dans l'œuf. Ce qui me rappelle que j'ai faim. Dînerons-nous ensemble ?

— Je suis déjà invité, Procurateur.

— Par des Juifs ?

— Rien que pour maintenir de bonnes relations avec le peuple assujetti. C'est toi qui m'en as enseigné l'importance.

— Ne pas trop s'en approcher, Quintilius. N'oublie pas qui et ce que nous sommes.

Et, en disant cela, il se sentit encore plus désespéré.

— Oh mais, Procurateur, je ne l'oublie jamais.

Pilate grogna et s'en alla rejoindre ses quartiers. Du haut de la terrasse, Quintilius observa la rue et y vit un Juif à l'air cossu qui pressait le pas comme s'il était en retard pour quelque rendez-vous. Un peuple affairé, une ville affairée. Ils croyaient à l'argent. Ils avaient, parfois, l'air d'être plus solides que l'Empire romain. Ce dernier n'était soutenu que par des soldats... et ces soldats ne gagnaient pas beaucoup d'argent.

Dans la salle du haut, là où la Cène avait eu lieu — on y avait, semblait-il, à tout le moins rétrospectivement, mangé sans grand appétit et pourtant, le mouton avait été rougi jusqu'à l'os et la dernière goutte de sauce aux herbes amères avalée avec le dernier morceau de pain dur —, les onze étaient encore assemblés. Simon-Pierre et Matthieu — on avait autrefois été, l'un triste percepteur et l'autre triste imposé — étaient debout avec Thomas, le très sombre Galiléen du Nord qui s'adonnait au scepticisme et, pessimiste, ne se laissait pas facilement satisfaire. Philippe ayant chantonné un air que Thaddéus avait repris à la flûte, Thomas s'écria :

— Ah ! Pour l'amour du Seigneur... !

Silencieux, Barthélemy nursait sa dyspepsie pendant que le gros Jacques, dit le Mineur, s'entraînait aux flexions musculaires du lutteur de foire qu'il avait été. L'autre Jacques, lui, se mordillait une envie. André, Jean et Simon, ce dernier ancien zélote, parlaient doucement à un homme assez nerveux qui avait nom Joseph Barnabas.

Simon disait :

— Bon. S'il ne vient pas, l'endroit te revient. Ce n'est que raison...

C'est alors qu'ils entendirent des bruits de pas. Quelqu'un montait, et vite, l'escalier de bois extérieur. La porte s'ouvrit et le Juif à l'air cossu que Quintilius avait regardé d'un œil paresseux entra dans la pièce et reprit son souffle.

— Je suis vraiment navré d'être tellement en retard. Mon neveu... Caleb... il est arrêté. J'essayais d'avoir un rendez-vous avec le procurateur...

— Bon. Eh bien maintenant, Maître, dit Jacques le Mineur à Pierre, on peut commencer.

— Ne m'appelle pas comme ça. Je n'ai vraiment rien d'un maître.

— Pierre ! Voilà les... Tu crois qu'on fait bien de s'en servir ?

Pierre les prit dans sa main gauche et les fit claquer l'un contre l'autre. Après quoi, un peu méfiant, il s'adressa à l'assemblée :

— Mes amis, mes frères, du temps où il était encore parmi nous, le maître avait beaucoup de sectateurs mais seulement douze disciples. Ce nombre, il l'avait retenu, ainsi que vous le savez, à cause du nombre de tribus que compte Israël. Or, l'un de ces douze a péri... de sa propre main, ce qui est honteux. Il repose en cette terre du potier qui est, aujourd'hui, le lieu où l'on enterre les étrangers qui meurent à Jérusalem. Le Champ du Sang, tel est le nom qu'on lui donne. Je ne dirai pas de qui il s'agit. Et espère que son nom ne sera plus jamais mentionné lorsque nous nous réunirons encore ensemble. Bon. Et si aujourd'hui nous sommes assemblés, c'est pour quelque chose de joyeux. Oui, c'est pour remplir notre quorum, en choisissant entre Matthias et Joseph Barnabas. Ils sont également bons, et nobles, l'un et l'autre... même si... car enfin : digne, qui d'entre nous pourra jamais se déclarer tel ?

Il baissa la tête comme s'il attendait que le coq se mît à chanter mais non : ils étaient bien loin de tout parcours de poulailler.

— Nous sommes tenus d'ajouter une personne, mais une seulement, à notre confrérie. La chance, dit-on parfois, est l'un des jouets de Dieu. Les jouets sont faits pour les enfants mais le maître nous a dit de devenir comme eux. Ce sera donc la chance qui choisira pour nous. Voici les dés.

Il les montra.

— Je crois que vous savez tous d'où ils viennent. De certain soldat romain qui en joua pour se procurer certain vêtement, et regretta de l'avoir fait. Joseph Barnabas, prends-les et jette.

Jeune homme noiraud, ce dernier portait une barbe ronde et bien soignée. Il avait de grands yeux et le regard mouillé. Il prit les dés d'un air timoré et les secoua dans le creux de sa main gauche. Il les lança. Tout le monde regarda le plateau de la table : trois et deux.

— Matthias !

Matthias les fit rouler entre ses deux mains, qu'il serra comme pour se féliciter d'avance. Il les laissa tomber plus qu'il ne les jeta : deux et quatre.

— Cela n'a pratiquement aucune importance, dit Pierre. Matthias, bienvenue en notre sein.

Joseph Barnabas se montra beau joueur. Une affaire de hasard, rien de plus. Matthias fut serré sur diverses poitrines et on lui donna des claques dans le dos comme à un nourrisson qui aurait des gaz. C'était, tous le remarquèrent, le premier, et aussi le dernier des disciples à être bien habillé : il portait une chaîne en or autour du cou, la barbe était non seulement bien rasée mais encore huilée comme il fallait, et la tunique, qu'on avait longue, était ornée, à l'encolure et à l'ourlet, d'un motif de clés à la grecque. Bah ! Il lui faudrait quand même se mettre en haillons et avoir l'air d'un pouilleux ainsi qu'il convenait pour un proche compagnon du Seigneur Jésus. Ils pourraient, eux, se servir de son argent — un argent propre et de bon aloi parce que produit de l'exploitation de la terre.

— Je propose que nous nous asseyions autour de la table, dit Pierre. Après quoi, si Jacques était assez aimable pour descendre à la cuisine et nous remonter notre dîner, sans oublier le vin, nous pourrions prendre le premier repas de notre nouvelle, de notre nouvelle...

— Dispensation ? lui suggéra Barthélemy.

— J'allais plutôt dire quelque chose dans le genre de... charge solitaire, reprit Pierre. Les mots, ce n'est pas mon fort, vous le savez, et des mots, il va falloir que nous en crachions tous beaucoup. Écoute, Joseph Barnabas, je ne vois vraiment pas pourquoi tu t'agites comme si tu n'avais pas le droit d'être ici. Si jamais l'un d'entre nous se fait ramasser par les Romains ou le Sanhédrin, c'est la lapidation ou la croix et ce sera toi qui devras le remplacer. Combien sommes-nous à Jérusalem aujourd'hui ? Moi, je dirais environ deux cents...

— Plus près de cent cinquante, le corrigea Matthieu.

— Bah, nous sommes tous frères et ce que nous allons tenter de faire n'a rien de secret. Ce qui fait qu'à l'avenir, des réunions des douze seulement, nous n'en aurons pas beaucoup. Nous aurons besoin de toute l'aide possible. Oui, celle de tous, et plus que toute autre, ça veut dire la tienne, Joseph Barnabas. Il n'est que les dés pour avoir dit que tu ne faisais pas partie de notre compagnie.

— Très bien, Chef.

— Ah non ! Pas de chef avec moi ! C'est Pierre que je m'appelle. Va chercher le dîner, Jacques. Ils ont dit que ça serait prêt.

Aussi embarrassé de sa carrure que d'habitude, Jacques le Mineur se leva et se tourna vers la porte. Un vent sec s'y engouffra lorsqu'il l'ouvrit.

— Il est de retour dans le monde, soupira Pierre, mais nous, c'est le fardeau de la Parole qu'il nous laisse... enfin, pour ainsi dire. Crier la gloire de sa résurrection d'entre les morts et la vérité de son message, nous n'y sommes guère préparés. Cette nuit, j'ai rêvé que j'avais retrouvé le lac et m'étais remis à travailler avec mes filets. Ce que c'était bien d'être... enfin, ce que l'on pourrait qualifier d'innocent et de... en paix, voilà... de n'avoir aucune responsabilité. Sauf que ce fardeau, il faut bien que je l'accepte comme vous tous. Le seul ennui, c'est que nous ne savons pas très bien comment le porter.

La porte s'ouvrit et Jésus entra, porteur d'une cruche de vin et d'un panier de pain. Jacques le suivait avec du poisson à la braise qui avait refroidi, des coupes à vin et de grandes assiettes disposées sur un plateau carré. D'un coup de pied il ferma la porte au nez du vent. Tous se levèrent gauchement. Ceux qui étaient assis près du mur eurent même du mal à y arriver. Jésus attendit qu'ils soient tous debout, et puis il dit :

— Asseyez-vous. Vous êtes treize ? Bien sûr... je comprends. Toi, c'est Matthias. Prends la place de notre pauvre et cher Judas que tuèrent ses propres amour et innocence.

Ils se regardèrent tous d'un air gêné. Parler de ce qu'il ne fallait pas mentionner, il avait toujours eu le chic pour ça.

— Et toi, Barnabas, tu es donc le malheureux treizième ? Bah, des épreuves et des tribulations, il y en aura pour tout le monde. Cela ne nous fera pas défaut.

Il fit un sourire à Thomas en s'asseyant à côté de Barnabas sur le banc qui branlait.

— Et comment vont les doutes aujourd'hui ? fit-il.

— T' sais c' que j' m' disais, gronda Thomas dans son parler rocailleux du nord de la Galilée, oui, c' matin ?... Et j'avais raison, remarque. Eh b'en, c'est qu'y a trop de tricheries par les temps qui courent. Y en a pas beaucoup qui reviennent de la tombe. Je sais qu'y a eu Lazare, celui qui s'est fait tuer dans une bagarre de taverne trois jours plus tard et, moi, je m' dis que c'est gaspiller sa peine, non ? Et y a eu aussi la fille de là où je travaillais et c'est toi qui m'as entraîné dans c'te confrérie en disant que t'avais b'soin de ce que t'appelais un sceptique. Sauf que des faux prophètes, on en a déjà assez dans les environs et j' vois pas ce qu'aurait pu empêcher un autre de se balader dans le coin avec des taches de peinture rouge aux chevilles et aux poignets ! J'avais drôlement raison de le dire que pour croire, il faut d'abord voir.

— Et moi, je répète, dit doucement Jésus, que bénis sont ceux qui croient et point n'ont vu.

— C'est pas toi qui vas me convaincre de ça. Enfin, pas tout le temps.

— Écoute. Et mange pendant que tu écoutes.

Les écuelles en bois claquèrent avec des bruits mats, les coupes à vin bon marché tintèrent. Arithmétique lourde, le couteau de Matthieu se mit en devoir de diviser le poisson en quatorze parts.

— Tous vous devrez, à ceux qui entendront la Parole, essayer de communiquer la faculté de croire innocemment. Ma parole mais aussi, à partir de maintenant, la vôtre. C'est la dernière fois que vous me voyez dans ma chair mais n'oubliez pas que dans ces simples présents de Dieu je reste avec vous. C'est moi qui commencerai la cérémonie, ce sera à vous de la terminer. Je prends ce pain et le romps. Ceci est mon corps. Faites-le en souvenir de moi.

Il déchiqueta le pain grossièrement. Ses blessures aux poignets semblaient presque guéries. A ceux qui se trouvaient le plus loin de lui il jeta ses morceaux de pain, les tendit à ceux qui étaient à ses côtés. En mâchant et puis avalant le corps de Jésus, Pierre dit alors :

— La dernière fois, Seigneur ?

— Oui. Je vous quitterai demain matin à l'aube. Ne me demandez pas où je vais.

— Nous le savons très bien, dit Thomas. Nous n'avons pas besoin de le voir. Tu retournes à ton père.

— Difficile, dit Jésus en ôtant les arêtes du morceau de poisson qu'il avait dans la main, de faire en sorte que cette chair devienne esprit. Mais dites-vous bien que c'est cela qui va se produire. Je ne prendrai aucune des routes toutes plates qui conduisent à Jérusalem. Je gravirai le mont des Oliviers et disparaîtrai à son sommet, sans laisser de trace. Vous pouvez venir m'y dire au revoir de la main si vous le désirez. Après, il vous faudra attendre certaine visitation particulière. Cela ne sera pas long. Et maintenant, je vais aller dire un mot à ma mère. Achève la cérémonie, Pierre.

Il se leva et se mit les doigts sur les lèvres. De l'autre main, il leur fit signe de rester assis. Il ouvrit la porte, ne permit point qu'aucun vent n'y entre, la ferma. Ils n'entendirent point ses pieds descendre les marches en bois de l'escalier extérieur. Ce fut le silence.

Pierre poussa un gros soupir, prit la cruche de vin, remplit sa coupe, dit :

— Et maintenant, Son sang.

Il la fit passer. Ils en burent tous une gorgée.

— On n'a plus qu'à attendre, c'est ça ? demanda Thomas.

Personne ne répondit. D'avoir vu, pour la dernière fois, et si brièvement, le Dieu vivant si capricieux, si vague, ne leur apportait que peu de réconfort. Et de réconfort, ils avaient grand besoin. Le vent sec se fit plus fort, secoua bruyamment le loquet du volet.

— Un jeune homme, Votre Honneur, disait la mère de Caleb, et vous savez bien comment ils sont... la tête pleine d'idées folles. En plus, il n'a pas de père qui pourrait le tenir dans le droit chemin. Comme si une mère pouvait faire quoi que ce soit quand la tête de son fils déborde d'idées insanes ! D'idées de liberté et autres semblables idioties.

— Ainsi donc, la liberté serait une folie ? fit Quintilius. La liberté une folie... Qu'en penses-tu, toi ?

C'était à Sara qu'il s'adressait. À l'aînée. À celle qui, dix-huit ans, pâle de peau, grande, sans voile, le regardait obstinément, ne le jaugeait point sexuellement, non, mais l'observait plutôt avec une espèce d'air de défi tranquille et froid qu'il avait du mal à interpréter. La Judée contre Rome ? Une génération contre l'autre ? Le champion d'un projet de contrat social rigoureux contre celui qui, insouciant, le viole ? Car Quintilius avait insisté pour que l'entrevue se déroulât dans sa salle à manger. Il mangeait pendant qu'elles restaient debout. Seize ans, entièrement voilée sauf pour les yeux, Ruth le regardait avaler chaque bouchée de viande avec ce qui aurait bien pu être de l'horreur. Un Syrien aux pieds nus mélangea le vin à de l'eau de puits. La loi juive interdisait au croyant de demeurer sous le toit d'un infidèle. Matthias, qui les avait conduites chez Quintilius, avait tenu à attendre dans la cour ; et pourtant, c'était les abandonner. Elles avaient, elles, estimé que la tâche de plaider pour un fils et un frère les libérerait d'un tabou que, parce qu'elles étaient femmes, elles ne pouvaient pas prendre au sérieux de toute façon.

— Il y a deux sortes de liberté, dit-elle. Il n'est d'aucune importance que le corps soit enchaîné si l'esprit, lui, est libre.

— Libre de quoi faire ?

— De penser. De croire. Voilà une liberté qu'on ne saurait vous ôter... même pas les...

Peut-être était-elle allée trop loin.

— Même pas l'oppression romaine ? C'est ça que tu voulais dire ?

Il se mit à mâchonner une arête.

— Ça, nous l'acceptons, dit Sara. Enfin, je veux dire : la loi romaine. Ceux de notre génération n'ont jamais rien connu d'autre. — Et puis elle ajouta : Notre araméen semble vous poser quelques problèmes. Préféreriez-vous que je parle en latin ?

— La question n'est pas de savoir si j'ai ou n'ai pas de difficulté à parler votre araméen, lui répondit-il en latin. C'est là une langue que je n'ai tout simplement aucune envie de maîtriser. Rendons à César ce qui est à César. Tu connais ce proverbe ?

— Et à Dieu ce qui Lui appartient, lui renvoya-t-elle en un latin où les *r* lui sortaient du plus profond de la gorge. L'expression est commune.

— Et ton frère la recrache toujours comme s'il s'agissait d'une mauvaise figue. Où as-tu appris le latin ?

— À la maison. C'est là que, nous autres femmes juives, nous restons. Cela ne m'empêche pas de découvrir le monde à travers les livres.

— C'est une fille intelligente, dit sa mère comme pour l'excuser. Il y en a pas mal comme ça chez les jeunes d'aujourd'hui. Toujours à poser des questions. Cela ne me plaît pas.

— Écoute, femme, voilà où ces questions ont conduit ton fils. Je ne peux rien pour lui. Il défie l'État romain, il lui faudra subir son châtiment.

Mère, elle commença à se lamenter.

— Attends, dit Quintilius, je n'ai pas fini. Il n'est pas tout seul. Des individus de son espèce, il y en a d'autres. En fait même, pour moi, il n'a pas de nom. Que donnerais-tu pour voir un autre à sa place... je veux dire, en train de porter la croix ?

Sara lui demanda prudemment :

— Qu'entendez-vous par là ?... Donner ? Voudriez-vous dire que nous pourrions... acheter sa liberté ?

Ils étaient repassés en araméen ; sa mère ne savait rien d'autre.

— Plutôt grossier, cet « acheter ». Très très grossier même. Disons que sa peine pourrait, peut-être, être commuée en amende. En grosse amende, cela va de soi. Il y a de l'argent chez vous ?

— Mon mari exerçait le métier de potier. Il ne nous a rien laissé. Cela étant, il y a mon frère...

— Mais, Mère, dit Ruth, oncle Matthias a rejoint les rangs des nazaréens. C'est à leurs pauvres qu'il va donner son argent.

— Parce que ce ne serait pas nous, les pauvres ? sanglota la mère. Est-ce que le fils de sa propre sœur ne serait pas plus méritant que... que ces mendiants de la ville qui ne se lavent même pas ? Nous lui parlerons, Votre Honneur. Laissez-lui une heure et il reviendra avec l'argent.

— Dirons-nous cinquante *aurei*... en pièces d'or ?

Sara lui répondit fermement :

— C'est impossible. Je sais que c'est impossible. En plus, nous n'avons aucune...

Elle chercha ses mots, ne les trouva pas.

— Aucune garantie, je crois bien que c'est ça que tu voulais dire. Ainsi donc, tu n'aurais aucune confiance en la pitié romaine ? Ou dans la parole d'un officier de Rome ?

— Juste une demi-heure, l'implora la mère. Je suis sûre qu'il arrivera à trouver l'argent.

— En contrepartie, dit Quintilius, parce que je vois que vous êtes, Mesdames, dans la plus grande nécessité, je vous offrirai un poste dans la maison du procurateur adjoint de Judée. Sans solde, cela va de soi.

— Vous voulez dire, demanda Sara, les yeux grands ouverts... en qualité d'esclaves ?

— Allons, Ruth ! Mère ! Comme l'a dit le procurateur adjoint : « Caleb défie l'État romain, Caleb devra subir son châtiment. »

Mais déjà la mère de Caleb s'était mise à genoux et s'accrochait à ceux du procurateur adjoint. Un petit chien — il était presque sans poils et avait des yeux qui ressemblaient à des lumignons — leva, d'étonnement, la tête de dessus le morceau de cartilage qu'il rongeait. Quintilius la repoussa du pied et appela le garde :

— Flanque-moi ces Juives à la porte !

Matthias, qui les attendait dans la cour et portait maintenant un vêtement très simple et, semblait-il, fort artistement sale et déchiré, leur demanda comment les choses s'étaient passées... Elles s'étaient mal passées.

— Jamais eu le moindre espoir, dit Sara. Ses manières, ce n'est pas la première fois que j'en entends parler. Il prend l'argent mais ne donne rien en échange.

— Sauve-le, Matthias ! pleura la mère. Cinquante pièces d'argent.

— Non ! dit fermement Sara. Caleb savait très bien que ça arriverait tôt ou tard. Il parlait d'être tel flambeau vivant qui brûlerait pour la cause. Je le savais, moi, que cela ne servirait à rien d'y aller. Mais on ne pourra pas dire que nous n'avons pas fait tout ce que nous pouvions.

— Tu es une fille très très dure. Toutes ces choses apprises dans les livres.

— Sauf qu'il n'est pas encore mort, lui répondit-elle sèchement. On ne l'a même pas encore fouetté ! Non, tout ça n'est pas fini.

Avant de rentrer à sa maison de veuf, Matthias les raccompagna jusqu'à leur logement, une pièce seulement, chez Élie le Fou. Cet Élie était un cousin germain auquel son frère Amos qui, lui, était parfaitement sain d'esprit, avait légué sa maison. Fou, Élie ne l'était d'ailleurs qu'au sens où il croyait que le monde allait être bientôt envahi et dominé par les rats, ou *achbroschim,* et que les Romains qui, selon lui, parlaient la langue des rats, annonçaient leur arrivée. Matthias possédait une grande maison pas très loin du Temple. Il avait dépassé la trentaine mais était devenu veuf vers l'âge de vingt ans, au moment où son épouse, Hannah, était morte d'une infection qu'elle avait contractée en se coupant du pain, et le doigt avec. C'étaient les *achbroschim* qui, toujours selon lui, étaient responsables de la chose. Alors qu'ils avançaient vers chez eux, en ce début de soirée, ils virent avec tristesse qu'on était en train de décorer les toits dans les petites rues afin de préparer la fête de la Pentecôte, ou *Shabu'oth,* qui célèbre les semaines ou le jour des premiers fruits. Des jeunes gens grimpaient à des échelles pour attacher des guirlandes de feuilles sèches au sommet des maisons — guirlandes que l'on tendrait ensuite en travers de la rue à l'aide de crochets emmanchés sur des gaules avant de les fixer aux toitures d'en face. C'était sur des rues entières que la ville était ainsi festonnée.

Ayant aperçu les trois femmes en noir et le riche Matthias en haillons du haut de son échelle, le Juif grec Étienne comprit leur douleur et leur cria :

— Ne vous en faites pas ! La partie n'est pas encore jouée.

En rentrant chez lui, Matthias longea le Temple. Derrière lui, splendide mais comme d'une richesse insouciante, le soleil couchant rougeoyait ainsi qu'une manière de bénédiction. Était-ce donc toujours, se demanda-t-il, à proprement parler la maison de sa foi ? Oui : c'était encore plus son Temple que celui de tous ces gens qui refusaient d'admettre que l'histoire de la race était parvenue à son achèvement. C'était, solide et immuable, le tabernacle du vivant *numen* dont il avait connu, quoique brièvement et pas intimement, le fils dans sa chair, celui-là même dont il acceptait le message de tout son cœur. Pourquoi alors, dans ce coucher de soleil, le Temple lui faisait-il l'impression de lui être légèrement hostile ? Parce qu'il était entre les mains des gardiens d'un passé déjà poussiéreux. Parce qu'il n'avait rien à dire au présent. La tâche des nazaréens serait de s'emparer du Temple, doucement, lentement, en laissant la foi s'y infiltrer. Il serait alors Temple de l'accomplissement. Mais non : pas encore. Il faudrait, dans un certain sens, qu'il soit aimé encore davantage, que, telle créature idiote mais vivante, on lui apprenne qu'il était tout à la fois maison du Christ et du Père éternel. Et pourtant, les cœurs durs mettraient longtemps à admettre cette vérité.

Un cœur dur, il y en avait au moins un. Même jeune, il s'était prématurément endurci à l'intolérance antique, et têtue, des prêtres. Le jeune étudiant en théologie de Cilicie logeait chez sa sœur, tout près de la maison de Matthias. Assis, jambes croisées, devant chez lui dans le jardin poussiéreux et sans murs, il travaillait, doigts raides, à ravauder une tente avant que la lumière du jour ne disparaisse. Il lui adressa un hochement de tête légèrement menaçant. Matthias lui en renvoya un plus aimable.

— Alors comme ça, dit Saül, tu remplaces celui qui s'est pendu ?

— Le douzième du cercle intime ? Oui. Comment l'as-tu appris ?

— Je considère qu'il est de mon devoir de garder l'œil et l'oreille ouverts à tout ce qui pourrait, si cela était possible, mettre en danger la force sereine et la sempiternelle vérité de la foi juive.

— Tu parles bien pompeusement pour un homme de ton âge. Mais, c'est vrai que trop d'étude a souvent cet effet-là. Pourquoi me regardes-tu avec autant d'aigreur ?

— D'aigreur ? Et moi qui ne voulais que te prendre en pitié ! Tu es tombé dans une bien terrible erreur. Et l'erreur, dit-on, doit être promptement brûlée avant qu'elle ne puisse prendre racine. Tu n'as pas peur du feu ?

— Je suis un bon Juif qui, par la grâce de Dieu, s'est vu accorder quelque vision du salut. Bon, bon : je suis, aux yeux du monde, dans l'erreur. Mais il n'est, dans le Livre sacré, que peu de prophètes pour ne pas s'être fait lapider et mépriser parce qu'il leur était venu un éclair de la vérité. C'est dans le temps, et pas dans l'éternité, qu'un Messie nous a été promis. Sous le règne d'Auguste il naquit, sous celui de Tibère il fut mis à mort. Serait-ce qu'à porter les habits de l'histoire humaine il abaisserait l'éternel en induisant le temporel ?

— C'est à ton tour de parler pompeusement, non ? Tu sais aussi bien que moi que ces dernières années ont vu trop de ces faux sauveurs tout gonflés de leur folle vision intérieure. Ils sont tous aussi nuls les uns que les autres. Et nous en aurons d'autres. Certains d'entre eux, je le reconnais, eurent la sagesse de ne pas cracher leur défi à la face de l'autorité. Ton bonhomme, lui, blasphéma contre tout... même le Temple.

— La beauté du Temple dans les rougeoiements du coucher de soleil, je viens juste de la voir. Jamais il ne blasphéma contre ce qui y est la maison de Dieu. Au contraire : il l'adorait, comme nous tous. Mais, de même que la présence du Seigneur en personne sait habiter un morceau de pain — et le pain, ce n'est rien de plus que de la farine et de l'eau —, de même le Temple n'est-il, sans la présence de Dieu, rien de plus que briques, pierre et chaux, avec un peu d'or et d'argent par-dessus. Ce furent des mains humaines qui le construisirent. Les mains humaines font aussi le pain. Mais le corps, dit-il, est un temple plus grand, que jamais elles ne fabriquèrent. S'il nous faut choisir entre les deux, alors même celui qui erre est plus sacré que ce que Salomon érigea, que ce qu'après lui, pour satisfaire son vice et sa gloire, Hérode encore améliora. Ne dis pas : *même* le Temple, jeune homme. Il est des choses plus nobles que les Temple, Sanhédrin et autres grands prêtres.

— Tu vois ! parut s'émerveiller Saül. On dirait qu'il a réussi à t'induire en une dangereuse erreur.

— Je suis un homme simple, pas un théologien comme toi. Sa simplicité parlait à la mienne. Mais il n'est pas que les théologiens à sauver.

— Bien, bien. Serre-toi-la bien sur la poitrine, ta simplicité ! Sinon, ça sera encore pire.

Et il enfonça l'aiguille forte et pointue dans la toile raide.

— Toi, un simple étudiant, tu aurais le pouvoir de menacer ?

— A travers moi, c'est la Loi qui parle. Et aussi à travers tous les vrais fils de la foi.

Ce fut alors que sa sœur l'appela pour le souper. Il rangea son aiguille avec d'autres dans un petit coffret en bois et, d'un hochement de tête impétueux, souhaita bonne nuit à Saül.

Je me perds un peu, comme beaucoup d'autres, dans la suite des événements qui, ainsi qu'on nous le dit, transfigurèrent le sixième jour du mois de Siwan. Tôt le matin, avec une Marie, mère de Jésus, qui leur avait raconté une anecdote remontant à la première jeunesse de celui qui, à l'aurore, avait disparu dans les brumes du sommet du mont des Oliviers, les disciples s'étaient rassemblés dans la pièce du haut : ils avaient l'intention de se rendre au Temple afin d'assister à l'offrande des premiers fruits. Irritable et fatigué, Thomas s'était assis à la table pendant que les autres restaient debout avec la mère. Il s'endormit.

— Il était en train de grimper à l'échelle pour passer sur le toit de la maison, il était même presque en haut lorsqu'elle s'effondra. Il tomba et... oh ! ça avait l'air si terrible ! Il était si jeune qu'on se dit qu'il allait pleurer. Mais non : il ne semblait pas s'être blessé. Il se leva, éclata de rire et puis... il brandit son petit poing à l'échelle ! Mais aussitôt, il parut vouloir la consoler, il l'enlaça comme s'il s'était agi d'un chaton qui l'aurait griffé et ne comprenait pas pourquoi il se fait gronder...

A ce moment-là, Thomas se réveilla en poussant comme un grand cri de terreur. Tous se tournèrent vers lui.

— Vous l'avez pas vue ? demanda-t-il en haletant. C'était la bouche de Dieu ! Elle s'apprêtait à m'avaler et dedans il y avait une langue toute rouge, et voilà la langue qui se fend en deux et y a tout le feu qui sort !

Il comprit qu'il avait rêvé.

— Ah, fit-il, j'ai un sale goût dans la bouche. Passez-moi la cruche d'eau. Toi, Jacques. Enfin, quelqu'un. N'importe lequel d'entre vous.

Plus tard, Pierre raconta que Thomas avait recraché toute son eau parce que, soudain, un vent s'était levé à l'intérieur de la pièce, non, pas dehors. Dehors il n'y avait pas eu le moindre remuement de drapeau, de feuilles ou de vêtement. Cheveux et barbes, ce vent, ils l'avaient vu, avait tout soulevé. Et encore avait chanté dans leurs figures comme un chœur et, avec une force énorme, les avait, en petit tas regroupé, poussés jusqu'à la porte.

Les rues étaient pleines de gens de la Diaspora : Parthes, Mèdes et Élamites, citoyens des autres provinces de Palestine, de Cappadoce, du Pont, des territoires de l'Asie, de Phrygie, Pamphylie et d'Égypte, Crétois et Arabes et même hommes et femmes de Rome, juifs tous, ils étaient venus dans la Ville sacrée afin de prendre part au rituel de la présentation de la première gerbe d'orge de la récolte. Beaucoup d'entre eux virent alors douze hommes qui riaient dévaler l'escalier de bois et plus nombreux encore ils furent à les voir et entendre dans les rues qui conduisaient au Temple. Thaddéus, le joueur de flûte, avait, semblait-il, trouvé une corne de bouc, ou *shofar,* et soufflait dedans, non point à la manière dont, ordinairement, on use pour lancer de pressants appels mais de façon à en faire sortir une mélodie de quatre notes propre, disons, à appeler au défilé, ou au dîner dans un camp militaire. Le rire des autres ressemblait fort à de l'ébriété ou à de l'inspiration — les deux ont quelque chose de commun —, et, ainsi que tous ceux qui cherchent diversion, même lorsque l'occasion est solennelle, les gens les suivaient en souriant, hochant la tête et faisant semblant de les applaudir.

Pendant ce temps-là, on poussait, à coups de pique, Caleb vers le lieu de sa crucifixion, le long d'une rue plus étroite. Il avait les poignets attachés par une corde à la barre transversale qu'il portait sur ses épaules. Il allait nu, à l'exception d'un linge qu'on lui avait enroulé autour des hanches mais qu'on lui arracherait, en temps voulu, afin de souligner l'obscénité de son exécution. Visibles, les marques sanglantes de la séance de fouet à laquelle il avait été obligatoirement soumis striaient son dos. Derrière lui s'avançaient, victimes inconnues, ses deux compagnons zélotes ; un manipule de Syriens leur assenait à tous les trois des coups de lances, et point n'oubliait non plus d'en donner à la foule qui murmurait dans la rue. Le sous-officier syrien l'avait préférée à l'artère principale. Il croyait innocemment que le lugubre petit cortège y attirerait moins l'attention. Syrien quelque peu timoré, il redoutait la violence juive. De fait, si elle lui fut épargnée, il eut droit à pire. Des grappes de gens qui, à contre-courant du défilé, suivaient le *shofar* mélodieux, se butèrent, sans avoir peur, aux petits Syriens hérissés de lances. Dans le grand bruit qui s'ensuivit, Caleb entendit des zélotes pousser des alléluias. Sa mère et ses sœurs qui, en pleurs, étaient accompagnées par les dames de Jérusalem au cœur généreux qui, en dépit de l'opposition romaine, essayaient de donner du vin mêlé de drogue aux crucifiés, tentèrent de se joindre à lui le long de sa marche au supplice. Et toujours elles pleuraient et sanglotaient avec toute la force jugée nécessaire en pareille circonstance. Tant et si bien que Caleb s'écria :

— Tu les entends, Mère ? C'était ce tumulte-là que je voulais entendre. Je ne regrette rien. Laisse-moi.

Au même moment, des jeunes gens se penchèrent des toits des maisons et mirent le feu aux guirlandes de feuilles et de fleurs sèches tendues en travers de la rue. Escorte syrienne et spectateurs aussi bien, tout le monde eut de la fumée âcre dans les yeux et les narines et chacun, ou presque, crut qu'il s'agissait d'une manière nouvelle, quoiqu'un peu brutale, de se réjouir. Protégés des soldats syriens qui hurlaient par le rempart des visiteurs qui, graves mais éberlués, se dirigeaient vers la ville, d'autres jeunes gens s'attaquèrent aux poignets de Caleb et les libérèrent d'un grand coup de ciseau. La barre transversale dégringola et en emporta plus d'un dans sa chute. Une échelle de corde fut déroulée du haut d'un toit. Caleb commença à y grimper. Le sous-officier syrien poussa un beuglement, donna plusieurs coups de lance qui restèrent sans effet : le manche de son arme était maintenant entre les mains de deux gaillards qui lui montraient de très jolies dents blanches. Embrasées et fumantes, d'autres guirlandes n'arrêtaient pas de tomber. Caleb arriva à la hauteur du toit et l'échelle fut retirée avec une promptitude remarquable. Par Jupiter, il y avait là quelqu'un qui allait avoir des ennuis !

On pourrait donc dire qu'à ce moment-là, natifs du lieu et visiteurs, une grande partie de la population de Jérusalem avait réussi à se frayer un chemin jusqu'aux cours ouvertes d'un Temple où, en sa qualité de chef des douze, Pierre s'était installé sur un pilier dont le socle laissait assez de place pour ses pieds nus et les volutes offraient de bonnes prises pour ses mains. C'était de là qu'il parlerait. Toujours à tenir en respect les deux prisonniers qu'il lui restait, l'escorte des Syriens s'était détournée du chemin de l'exécution dans l'espoir de retrouver Caleb. Ce dernier était maintenant juché sur un toit, ce qui revient à dire qu'il était impossible de savoir où il se trouvait. Le sous-officier pleura des larmes sincères, et de désespoir se mit à faire de grands moulinets avec sa lance. Par Castor et Pollux, ça allait chauffer !

Dans la cour, des prêtres psalmodiaient :

— Nous T'offrons, Seigneur Dieu des Armées, ces premiers fruits de Tes semailles et grands soins, et encore ce pain consacré que nous avons cuit avec les premiers grains de la nouvelle orge...

Mais ils n'avaient que peu de fidèles. Ils se tournèrent vers les babils de la voix innombrable. Musclé quoique plus tout à fait dans sa première jeunesse, un nazaréen était en train de hurler :

— Hommes et femmes de Judée et vous tous aussi qui habitez Jérusalem, prêtez l'oreille à mes paroles !

Quelle langue parlait-il ? Certains prétendent qu'un miracle s'étant accompli, il se serait exprimé en araméen fondamental et que ses auditeurs se seraient alors vu offrir des cours intensifs de si haut niveau qu'ils l'auraient compris dans l'instant. Il est plus sage de penser qu'il ne parla ni l'araméen, ni même un étrange amalgame de toutes les langues de la Diaspora, mais un hébreu des plus purs parce que sans accent galiléen (les habitants de cette province avaient toujours eu des problèmes avec les gutturales). Que la langue des textes sacrés doive aujourd'hui devenir moyen propre à tenir conversation me semble déjà tenir du miracle. Pierre n'avait jamais eu beaucoup d'éloquence et, de fait, ne devait que très rarement en avoir par la suite. Une espèce de sceptique à la Thomas (à la Thomas d'autrefois : il y avait en effet déjà danger qu'il se montre trop crédule dans peu de temps) se tenait près de lui et, l'entendant recourir à l'élocution laborieuse de celui qui, consciemment, est obligé de contrôler les moindres mouvements de sa langue et de ses lèvres, déclara, on l'assure :

— Mais il est soûl ! Mais ils sont tous soûls ! Ils ont tous tâté le vin nouveau !

Permettez que j'émette un doute sur le soi-disant *nouveau* de son accusation. On en était encore à plusieurs mois de pouvoir parler crus de l'année. Il n'est pas impossible qu'il ait dit le... « vin *doux* ». Il savait, comme nous tous, que mettre le vin nouveau dans une jarre dont le bouchon aura été recouvert de poix et placer cette dernière dans un bassin à poissons dont on la retirera au bout de trente jours, il n'est pas meilleure méthode pour s'assurer que le vin restera doux pendant toute l'année.

Pierre lui répondit en riant :

— Je t'ai entendu ! Je ne suis pas soûl, et mes amis ici présents ne le sont pas davantage. Nous n'en sommes qu'à la troisième heure du jour et je ne vois pas que les tavernes seraient ouvertes. Non, je ne suis pas à parler comme un pochard : je dis et proclame la Bonne Nouvelle. Vous le savez bien, certains d'entre vous au moins, ce que dit le prophète Joël : « Je répandrai mon esprit sur toute chair. Et vos fils et vos filles prophétiseront. Et vos jeunes hommes auront des visions. Et vos vieillards feront des rêves. Et je vous montrerai des merveilles dans les cieux tout là-haut, et vous ferai des signes dans la terre sous vos pieds, et lors seront le sang, le feu et les vapeurs de la fumée. » Et là-bas, certains assurément le virent. « Et le soleil se fera ténèbres, et la lune se fera sang avant que ne vienne le grand, le très remarquable jour du Seigneur. » Eh bien, ce grand et très remarquable jour est sur nous. Jésus de Nazareth, reconnu de Dieu à ses œuvres, à ses signes, à ses merveilles. Jésus crucifié, assassiné par les sans-loi... celui-là Dieu a ressuscité et pour lui les tourments de la mort ont été défaits.

Paroles dangereuses. Les prêtres l'écoutèrent avec sévérité.

— C'est lui, Jésus, répéta-t-il, que Dieu a ressuscité d'entre les morts. De cela, nous tous qui sommes douze assemblés devant vous avons été témoins. Lors élevé à la droite de Dieu et ayant reçu du Père la promesse du Saint-Esprit, ce sont ces mots mêmes qu'il prononça et que vous entendez par ma bouche. Que toute la maison d'Israël sache donc qu'assurément Dieu le fit à la fois Seigneur et Christ... oui, celui-là, Jésus, que vous avez crucifié.

Plusieurs membres du Sanhédrin étaient maintenant arrivés. Saül, qui au lieu de se trouver là aurait dû soigner son compagnon d'études Caleb, s'approcha d'eux le visage empreint de tout le saint respect qui convenait.

— Hommes et femmes d'Israël, cria Pierre, sauvez vos âmes ! Car les merveilles et les signes sont déjà sur vous !

Ceux de la foule qu'il avait impressionnés lui lancèrent :

— Comment ?

— Repentez-vous ! Que chacun d'entre vous soit baptisé en Son nom afin que ses péchés lui soient pardonnés. Sauvez vos âmes ! Soyez saufs de cette génération perverse !

Et, les dés en ayant été enfin jetés, il montra du doigt les derniers rangs où se tenaient les prêtres. Quelques-uns s'éloignèrent d'un pas majestueux. Rouge de colère mais silencieux, Saül ne bougea pas.

Matthieu, l'ex-percepteur des impôts qui n'ignorait rien des détails concrets genre quelle somme était due à quelle date, annonça que les baptêmes commenceraient le lendemain à l'aube sur les rives du Cédron.

Sur un toit qui offrait une vue lointaine de l'énorme rassemblement de gens auxquels, les mots en étant indistincts, on semblait s'adresser sur un ton qui, pour avoir des relents de zélotisme, dénotait aussi un manque évident de préparation à la moindre mesure de rétorsion contre la tour d'Antonia, Caleb le zélote était en train de se faire nettoyer ses blessures au vin blanc. Plus tard on les apaiserait à l'aide d'un onguent couleur vert pré. C'était un Étienne qui, lui, n'avait rien d'un zélote, qui s'acquittait de ces tâches pendant que six jeunes hommes qui, eux, l'étaient vraiment, et c'est à savoir Josué fils de Sabbath, Tobias, Élie le cadet, Joseph bar Joseph, Jonathan Lévi et Abbas Barabbas, surveillaient les mouvements des Romains. Ceux-ci ne se bougèrent d'ailleurs pas beaucoup sauf pour crucifier, ainsi qu'il l'avait été prévu mais avec une cruauté inhabituelle, les deux condamnés qui n'avaient pas réussi à s'échapper. Ceux-là n'avaient pas fait d'études de théologie.

— Attends la tombée de la nuit et alors pars pour Qumrân, dit Étienne. Tu y arriveras à l'aube. J'y ai un ami, Ananias. Il s'occupera de toi.

— Un des nôtres ?

— Si c'est ça que tu veux dire, non, ce n'est pas un zélote. Il est en train d'essayer de passer à l'essénisme mais il a ses doutes. Quoi que tu puisses penser des esséniens, et tu n'en penses probablement pas grand bien, ils sont, eux aussi, contre les Romains.

— La fumée et l'échelle... c'est toi qui en as eu l'idée ?

— Ça n'aurait jamais marché sans cette foule. À propos : on dirait que les nazaréens sont sortis de leurs cachettes. Tu devrais t'en montrer reconnaissant à Jésus.

— Tu n'es pas des nôtres et pourtant tu l'as fait. Et maintenant, c'est toi qui vas être en danger. Allons-y ensemble.

— Non. C'est en qualité d'ami que je te viens en aide, pas autrement. Je pense que les zélotes ont tort, ou bien alors, faut-il dire qu'ils n'ont pas le sens pratique ? Vous ne prévaudrez jamais. La vraie voie, elle est ailleurs.

— Les Sadducéens ? Les pharisiens ? Les... qui sont ces gens vers lesquels je suis censé aller ?

— C'est la vie de l'esprit qu'ils vivent. Ils se sont coupés de la chair. C'est une voie aussi peu pratique que la vôtre. Je suis juif grec, moi, Caleb, pas palestinien. Nous raisonnons autrement. L'idée que je me fais de Dieu n'a rien à voir avec la tienne. Un Jéhovah tribal qui protège les Siens en hurlant... et sans grande efficacité, si je puis me permettre de l'ajouter, non, je ne saurais l'accepter.

— Saül dirait que tu blasphèmes. Ce n'est d'ailleurs pas impossible.

— Que Säul dise ce qu'il lui plaît. Je remarque, en passant, qu'il ne nous fut pas d'un grand secours. Autre chose à faire, a-t-il dit, que de confirmer les sots dans leur folie. Je remarque aussi que vous ne vous souciez guère de vos femmes. Les zélotes auraient-ils donc quelque chose de vaguement nazaréen ? On abandonne sa famille pour suivre le droit chemin ? Très peu juif, tout ça.

— Je sais. J'y ai pensé trop tard. Mais les Romains ne les connaissent pas et ne les trouverons pas à moins que quelqu'un dans le genre de Saül ne les trahisse.

— La citoyenneté de Saül ne va pas bien loin, et Quintilius les connaît : elles sont allées le voir mais n'en ont rien tiré. Mais non, c'est vrai : Quintilius ne les retrouvera pas. Elles se sont déjà réfugiées chez moi. En plus, j'ai comme l'impression que Ponce Pilate ne va pas faire de vieux os. Les Romains, eux, sont censés être efficaces...

Cette dernière pique fit sourire Caleb — faiblement.

Dans le prétoire le procurateur chassait les mouches avec une tapette. Elles avaient l'air plus affairées que d'habitude, elles piquaient plus fort. On aurait dit des Juifs qui ne dédaignent pas d'entrer dans une demeure de gentil ou de sucer un miel qu'aucun prêtre n'aurait consacré. Quintilius lui ayant présenté son prisonnier sous escorte, Pilate fit quelque chose de tout à fait déplacé chez un officier romain : il frappa le pauvre bougre au visage par deux fois avec son chasse-mouches.

— Tu n'es qu'un méchant Syrien mais tu es quand même encore dans l'armée romaine. C'est donc à la manière romaine convenue que tu vas répondre de ton crime : aiguise-moi donc la pointe de ton épée ! On va en chanter des chansons, ce soir, dans les tavernes, sur l'aigle qui a perdu ses serres ! C'est Rome et ma procuratie que tu as avilies. Surtout ne pas s'en aller bâcler son suicide comme on a déjà bâclé son... Ah ! hors de ma vue !

Les gardes l'emmenèrent. Il hurlait et sanglotait à la syrienne.

— J'imagine, dit Pilate à son second, que vous avez enfin retrouvé le bonhomme, n'est-ce pas ?

— Totalement impossible, Procurateur. Ces Juifs se ressemblent tous. En plus, la ville est bourrée de touristes. Comment aurions-nous pu le retrouver ? À quoi aurait-il servi d'arrêter le premier venu arbitrairement en faisant croire que c'était le coupable ? Mieux vaut broder sur le thème de la clémence de dernière minute... enfin, si nous voulons dire quelque chose. Y en a deux d'accrochés en haut du Golgotha et ça devrait suffire à montrer l'autorité du... euh... plénipotentiaire de Rome. Bien sûr, on pourrait déclarer la guerre à la ville mais ça voudrait dire ramener des légions de Syrie et risquerait de susciter l'intérêt soudain de l'empereur. Ils t'ont roulé et donc il serait plus astucieux de laisser tomber. Ce n'est pas la fin du monde.

Pilate regarda Quintilius un bon coup.

— Alors, comme ça, ce serait moi qu'ils auraient roulé, hein ? fit-il. Je ne t'aurais donc pas laissé la haute main sur ces affaires ?

— Si, certes, mais je n'en reste pas moins celui qui obéit aux ordres.

— Reniflerais-je quelque insolence ?

Quintilius haussa les épaules et se tut. Pilate dit alors :

— As-tu au moins passé justice, et à la romaine, sur la famille de ce Juif ?

— Pas encore. Une mère et deux sœurs, ces dernières étant, il faut le croire, vierges. Le droit romain ne permet pas que...

— Mais, débrouille-toi pour qu'on me les déflore, mec ! Et après, qu'on les enfile à l'épée ! Allons ! Qu'est-ce que tu attends ? Non, non, un instant... fouette-les jusqu'à ce que la peau se décolle et mets-les-moi sur le prochain bateau en partance pour Putéoli. Il se pourrait bien que Tibère ne dédaigne pas un peu de chair juive pour ce qu'il appelle ses « petits jeux amoureux ».

— C'est à Rome ou à la Syrie qu'il va falloir rapporter cette... cette malheureuse humiliation ? demanda Quintilius.

Ils se dévisagèrent. Pilate répondit :

— A l'une ou à l'autre, Quintilius, je n'ai pas l'impression qu'on s'en souciera beaucoup. L'incident est plus que mineur. Ce sont des choses qui arrivent. D'un autre côté, tu ferais peut-être bien de préparer ton rapport aux autorités... et d'y laisser entendre que le procurateur de Judée est tout ce qu'il y a de plus mûr pour un remplacement...

— Loin de moi l'idée d'un pareil acte de déloyauté !

— Bien sûr, Quintilius ! Mais écoute-moi un peu : si je tombe, tu tombes avec moi... ne l'oublie pas. Et maintenant... hâte-toi d'aller rendre la justice !

Quintilius le salua d'un air plutôt ironique et puis s'en fut avec lenteur. On aurait dit qu'il s'éloignait d'un enterrement.

La journée avait été longue et fort chaude pour la saison. Les tavernes n'avaient pas désempli mais on n'avait pas arrêté grand monde. Les douze étaient restés tranquillement dans la salle du haut, certains allongés sur leurs grabats, tous à démêler le fil de la matinée. L'euphorie était passée, il y avait comme un air de mal aux cheveux. Pierre n'y allait que de quelques paroles, qui en avait déjà dit assez. Barthélemy, le médecin de campagne dont le savoir ne dépassait guère celui des herbes médicinales, était néanmoins resté assez homme de la pensée pour soulever la question de cet « Esprit Saint » dont, grand orateur, Pierre avait abondamment parlé sans pour autant le définir.

— Selon moi, dit-il, il s'agit de ce vent qui souffla, du bel hébreu dont se servit Pierre, du fait que tout le monde comprit et, aussi, je l'ajoute, du cauchemar de la langue fendue et en feu que fit Thomas.

— Non, ça, lui répondit l'ex-zélote Simon en se grattant la joue, c'est ce qu'on pourrait appeler les manifestations extérieures de cet Esprit Saint. Car cet Esprit Saint m'a tout l'air d'être cette force qui monte de l'un et de l'autre. Le Père et le Fils s'occupent, là-haut, de vaquer à Leurs obligations diverses et, ici-bas, nous laissent cet Esprit Saint, voilà.

— Mais ce que tu ne vois pas, le reprit Thomas, c'est que tout est singulièrement bouleversé. Là où il n'y avait qu'un Dieu, il semblerait bien qu'il y en ait trois aujourd'hui.

— Cela ne se peut, les interrompit Jean d'une voix douce et pourtant extraordinairement puissante. Le Père et le Fils ne font qu'un, et c'est la même chose pour cet Esprit Saint.

— La même chose que quoi ?

— La même chose que ces deux êtres qui ne font qu'un. Trois en un. Ce qui fait que si, demain, il y a des gens qui viennent pour le baptême de masse, il faudra que nous y allions d'une formule du genre : « Je te baptise au nom des trois. » Ça risque d'en troubler plus d'un.

— Y en a des tas qui vont se pointer, dit Thomas. Surtout parmi ceux qui sont venus de loin. Histoire de ramener quelque chose de gratuit à la maison. D'une certaine façon, Jean, tu as raison : c'est vrai que la situation est devenue un peu compliquée. Voilà maintenant que Dieu a un fils, et que tous les deux, Ils nous envoient une espèce d'oiseau...

— D'oiseau ? s'écria Pierre en cessant de faire le décompte de ses connaissances en hébreu.

Il revoyait aussi sa prestation du matin tout comme s'il avait fait partie de la foule.

— Ah non ! Je vous en prie ! Ni bêtises, ni blasphèmes ! Qu'est-ce que cette histoire d'oiseau a à voir avec ce dont nous parlons ?

Surpris, Matthieu se tourna vers lui.

— Sauf que moi, cet oiseau, je l'ai vu au plafond quand le vent s'est mis à souffler. On aurait dit un pigeon. Mais un pigeon aussi gros qu'un aigle.

— Quel vent ? s'enquit André.

— Tout le monde serait-il devenu fou ? s'exclama Pierre.

— Ben, c'est-à-dire que... oui, on pourrait dire ça comme ça, dit Matthieu. Faut croire qu'on était tous un peu fous ce matin. Sinon, nous n'aurions jamais fait ce que nous avons fait après. Même que c'est comme ça que ça va se passer à l'avenir. Ce sera une autre façon de dire qu'on est touchés par l'Esprit Saint.

Ils mangèrent un peu et allèrent se coucher tôt : la journée du lendemain serait, ils le devinaient, très chargée. Enserré dans son ravin profond, le Cédron ne ressemblait pas au Jourdain. Des rives pentues et pas vraiment dégagées, un flot hostile et qui roulait fort. C'était une journée difficile qui s'annonçait et, après elle, un avenir qui le serait encore plus — sans même parler de cet Esprit Saint qui un coup descendait et un autre se retirait, tout aussi capricieusement que ce Jésus qui l'avait promis, ou promise étant donné qu'on ignorait toujours s'il s'agissait d'un vent, d'un oiseau ou de la langue en feu qui avait surgi dans le rêve de Thomas. On raconte que Jean, le disciple préféré de naguère, les réveilla tous avant l'aube en poussant de grands cris (d'où, selon le Livre des Proverbes, une malédiction à lui imputer). Il déclara avoir inventé un signe, ou plutôt qu'il lui en était venu un en rêve. Ce signe que l'on faisait en posant le pouce sur le front, puis sur le sternum et, enfin, sur les deux épaules, symbolisait tout ensemble la croix sur laquelle Jésus avait péri et le Père, le Fils et l'Autre. Cela clarifiait les choses. Cela faisait aussi entrer dans la foi du simple un élément que Pierre le pêcheur, qui n'avait jamais encore entendu le mot *mustikos,* considéra comme dangereusement fantaisiste. Mais laissons-les donc s'embarquer sur les voies de la chance, des rêves, des visitations du Saint-Esprit et des contre-mesures de leurs ennemis. Amen.

A l'aube, alors que les nouveaux croyants, ou simples curieux, se frayaient un chemin divers par-dessus les rochers, racines et étendues de terrain plat qui conduisaient à la gorge encaissée, le zélote Caleb arriva devant une colline sur laquelle de pauvres habitations de pierre avaient été grossièrement érigées. Bâton à la main et cape sur le dos, il était fatigué jusqu'aux os. Dans ses oreilles résonnaient encore faiblement certaines paroles qu'Étienne avait prononcées : « Je te supplie de repenser ta philosophie quand tu seras là-bas. Si c'est Dieu qui a fait le monde, Il l'a certainement fait pour plus que les Juifs. La fin de la vie n'a rien à voir avec la proclamation d'un Israël qui, nouveau, serait libre. » A quoi Caleb lui avait rétorqué : « Et la fin de ma vie, à moi ? » Étienne lui avait alors répondu : « Tu y fus presque. »

Le voyage nocturne avait été rude, au clair de lune, accompagné des aboiements, des chuintements, des sifflements des créatures de Dieu, mots tirés de quelque livre illisible que Lui savait déchiffrer avec maestria, comme les renards et les chouettes. Caleb s'était assis sur une pierre et avait grignoté du pain et du poisson salé qu'il avait fait descendre avec de l'eau de Jérusalem. « Que ma main droite perde son adresse si jamais je t'oublie, ô Jérusalem ! » Et voilà que maintenant que le soleil s'était mis à blanchir la pierre, il entendait faiblement des hymnes : les fidèles de la secte qui avaient abandonné Jérusalem, le Temple et le Sanhédrin. Tous étaient en train de saluer ce jour nouveau sur lequel régnait l'esprit du soleil. Caleb grimpa encore parmi les rochers où quelques chèvres maigrichonnes s'évertuaient à brouter une herbe jaunissante et découvrit un portail ouvert. A l'intérieur de la bâtisse des hommes aux habits délavés s'apprêtaient à prendre un petit déjeuner en plein air. Et il y avait là quelqu'un qui évidemment l'attendait. Comment la moindre consigne aurait-elle pu lui parvenir ? Tout cela avait-il donc été prévu dès l'instant où les guirlandes de la Pentecôte avaient été installées ? Au seuil du bel âge, l'homme portait une robe blanche encore plus crasseuse que celle de l'essénien décharné qui l'invitait à cesser son jeûne.

Caleb lui demanda :

— Anias ?

— Non, Ananias, lui répondit l'autre. On m'a dit que tu passerais peut-être.

— Quand ? Comment l'as-tu appris ?

— Le jeune homme qui me donnait des leçons de grec à Jérusalem m'a laissé entendre qu'il se préparait des choses. Il n'y a que quatre jours que je suis ici. Je ne fais pas encore partie de la confrérie.

Caleb s'assit devant une maigre collation de pain, eau, racines, figues séchées et raisin rabougri. On ne chercha pas à savoir pourquoi il était là mais on ne l'accueillit pas non plus à bras ouverts. Qu'il arrivât de Jérusalem signifiait qu'il l'avait rejetée, et cela suffisait. Caleb ne comprit pas les prières qui furent dites au moment où l'on rompit le pain. De droite à gauche tout autour de la table, chacun embrassa son voisin sur la joue. Ce fut sans grand enthousiasme qu'il bécota celle, bien rasée, d'un jeune hermaphrodite exsangue. Après le petit déjeuner, il reçut la permission de visiter la cellule d'Ananias, s'y lava à l'eau d'une aiguière et s'essuya avec une serviette blanchie au pré.

Et il dit :

— Tout est si blanc ! Pas une goutte de sang dans tout cela. Même le pain qui est blanc...

— L'élixir même de la foi, lui répondit Ananias. Ici, c'est aux limites de la pureté que nous allons. Défèque et urine tout ce que tu veux mais prends soin de bien enterrer tes ordures avec des gants blancs. Ni mariage ni fornication... le plaisir corporel est un péché. C'est de poussière et de boues rouges que le corps est fait. Il faut apprendre à le transcender, à vivre dans le monde de l'esprit.

— Ce n'est pas si facile que ça d'oublier qu'on a un corps, dit Caleb. Or donc aucun de ces hommes ne serre jamais de femmes entre ses bras ? Et... comment se multiplie-t-on ?

— On ne se multiplie pas. Après tout, la fin du monde est bel et bien une prophétie et se réalisera bientôt. Nous purifier, voilà ce qu'il faut.

— Mais on m'a appris que le monde ne faisait que commencer, que la fin n'était pas en vue... La libre nation d'Israël...

— Le rêve en est cavalier. Non : la purification, voilà ce qui compte. Alors, c'est l'âme pure qui monte au ciel.

— Et tu veux te joindre à eux ?

— C'est-à-dire que... cela fait un bon moment que je cherche la voie juste. C'est pour ça que je voulais savoir le grec. Je considère les esséniens comme le dernier avant-poste sur ce chemin. Jean-Baptiste était de leur nombre, tu le sais. Et puis il prit, ou se laissa emmener, dans une autre direction. Je ne pense pas, moi, que le monde doive finir. Il n'est pas bien de se couper d'un monde où tant de choses doivent être corrigées. Si je suis ici, c'est pour étudier cette nouvelle doctrine. As-tu fait la connaissance des sectateurs de Jésus ?

— Mon oncle Matthias vient juste de devenir le douzième de ses disciples. Absurde, tu ne trouves pas ? Être le disciple d'un homme qui est mort...

— Son message vient tout juste de naître.

— Et c'est un message de soumission à Rome. Ça ne marchera jamais.

— Sauf que tôt ou tard les Romains finiront par disparaître. Inutile de gaspiller sa salive ou ses muscles là-dessus. C'est hors du *politikon* que les choses se passent.

— C'est Étienne qui t'a appris ça ?

— Bien sûr. Étienne... ? Je n'ai jamais été très bon avec les noms... Non, ça, je l'ai lu dans un livre.

— On dit que Jean-Baptiste est enterré à Samarie. On dit aussi qu'il leur apparaît pour leur crier que l'heure de la délivrance est proche.

— Et que croient-ils donc que ce mot signifie, ces Samaritains ?

— Ce qu'il signifie pour moi. C'est là que le grand Hérode construisit de puissantes fortifications. Il se pourrait bien que le grand coup soit frappé en Samarie... et non pas du tout en Judée ou en Galilée. C'est ce qui m'est venu pendant la nuit. J'errais, je ne savais plus où j'allais et puis je m'y retrouvai et, au même moment, songeai à la Samarie. Tu connais cette région ?

— Je sais que les Samaritains sont censés être méchants. Une fois même, ils ont déversé de la merde sur les marches du Temple. Et des ossements humains avec. Ce ne sont pas de vrais Juifs... Ils ne le sont qu'à moitié seulement...

— Ça aurait donc quelque importance ?

— Oh, je ne doute pas qu'il y en ait aussi de bons. Même que selon certaine histoire...

Reposante pour Caleb, la matinée se passa, pour les disciples, à écouter des récits de péchés noyés de larmes de repentir : ce ne fut pas l'eau qui manqua dans les environs. Tout en haut, de part et d'autre de la gorge encaissée, des troupes venues de Jérusalem avaient pris position. Il y avait même un centurion de Césarée : du solide, pas de ces âneries à la syrienne. Faire attention aux foules juives était un mot de passe assez répandu en Palestine. Ce qu'ils avaient tous l'air de faire là-bas en bas, à la rivière ? Marmonner quelques mots avant de boire la tasse. Certains d'entre eux portaient du feuillage autour de la tête. Aucun mal à ça, semblait-il, mais on ne sait jamais.

Thaddéus, un baptiste maladroit, avait composé une chanson dont les paroles s'inspiraient des vers prophétiques de Joël :

Des filles à la langue de prophète,
Et des visions, des visions pour les jeunes,
Et des rêves que feront les vieux,
Tout dira Jésus-Christ
Et son sacrifice.

C'était ce qu'il apprenait à tout le monde mais, à le faire, retardait le cours de la cérémonie. Et le travail était pénible. Les disciples avaient la tête pleine des péchés d'autrui : on parlait surtout tricherie, vol et désir sexuel de la personne interdite.

Pendant ce temps-là, dans une Jérusalem où le calme était revenu après la Pentecôte, un manipule recherchait Ruth, Sara et leur mère. Pour finir, leur logis fut découvert, où, en souvenir de la défunte, on avait arrêté la roue du potier et permis que l'argile séchât. Élie le Fou accueillit la troupe avec des rires, parla de la venue des *achbroschim* à favoris. Ils essayèrent de le bousculer mais le bonhomme était plein d'allant et tout en tendons. Ses locataires, dit-il, avaient été dévorés par les rats. Les soldats demandèrent aux gens de la rue où se trouvaient les trois femmes mais personne ne le savait.

En fait, elles avaient maintenant élu domicile dans la maison d'Étienne et de ses parents. Le père, un maître d'école qui n'enseignait plus et répondait au nom de Tyrannos, avait renoncé à la foi juive mais se montrait encore fort tolérant des dévotions de son érudit de fils. Il avait décoré les murs de sa demeure de scènes tirées d'Homère et mourait d'envie d'apprendre le grec à ses filles. Sara, qui avait un penchant pour l'étude, fut prompte à écrire les lettres de l'alphabet et, très vite, déclina *autos, auton, autou, auto*. Ruth et sa mère aidèrent Maia, la dame à cheveux noirs comme jais de la maison, à faire la cuisine et le ménage. Parfois on sanglotait de terreur. Et Étienne dit :

— Ici, vous serez relativement en sécurité. Nous avons une cave très profonde.. En sécurité... enfin : si tant est qu'on puisse parler de sécurité par les temps qui courent. Vous le seriez encore plus chez les nazaréens.

— Chez un oncle qui donne son argent aux pauvres et le refuse à sa famille ! s'écria Sara.

— Les nazaréens se font une autre idée de la famille. Ils disent que pour eux la famille, c'est le monde en son entier.

— Serais-tu en train de devenir nazaréen toi aussi ? lui demanda-t-elle.

— J'en ai assez de ces disputes entre sectes, lui répondit-il. J'en ai assez des hurlements que poussent les zélotes.

— Et pourtant tu as sauvé Caleb.

— Oui, malgré son zélotisme.

Dehors, à l'extérieur de la salle à manger où, leurs aînés ayant déjà mangé, les trois jeunes gens faisaient traîner les choses en longueur devant des dattes, des olives et de minces tranches de pain qui n'avait pas levé, un vieux mendiant passait en se lamentant. Le jeune garçon qui le guidait répétait d'une voix morne : « L'aumône pour l'amour du Ciel, l'aumône ! »

C'était au Temple qu'il l'emmenait, car la neuvième heure était proche où l'on prierait et ferait oblation. A intervalles réguliers, des fidèles jetaient quelques pièces aux aveugles et aux infirmes. Il s'agissait plus d'une habitude que de réelle générosité.

Pierre et Jean se rendaient eux aussi au Temple pour la cérémonie de la neuvième heure. Les autres disciples avaient sommeil : baptiser un bon millier de personnes n'avait pas été une petite affaire. Or donc, Pierre et Jean montaient à la cour d'Israël. Ils avaient traversé la cour des Gentils, dépassé la pancarte où, en grec et en latin, il était écrit que l'incroyant serait lapidé s'il allait plus loin. Neuf portes séparaient les cours extérieure et intérieure et l'une d'entre elles, celle qui conduisait à la cour des Femmes, avait nom porte de Nicanor ou porte Belle. Tout en bronze de Corinthe, elle avait été habilement travaillée. Elle avait, évidemment, coûté une jolie somme. Au moment où ils s'en approchaient, ils aperçurent un infirme dans une carriole tirée par un gamin. Le mendiant tenait un petit bâton en forme de croix à la main.

Il leur dit :
— Au nom du Seigneur, donnez, pour l'amour du Seigneur, faites-le...
Pierre aperçut alors l'ombre cruciforme de son bâton sur le pilier droit de la porte : on était en train de lui dire quelque chose. Et Pierre regarda le mendiant droit dans les yeux, attendit que, capricieux, l'Esprit Saint veuille bien lui venir.
— Regarde-moi, dit-il. — Et ajouta : Nous n'avons ni or ni argent. Nous sommes aussi pauvres que toi. Mais ce que j'ai, je te le donne. Descends de cette carriole. Au nom de Jésus-Christ de Nazareth, marche.
Rien que pour lui montrer qu'il ne le pouvait pas, le mendiant fit grotesquement semblant de marcher et puis, à sa surprise tout autant qu'à celle de Jean et de Pierre, se mit debout sur ses pieds qui ne lui servaient plus. Pierre lui tendit la main et il la prit. Et découvrit qu'il pouvait marcher.
— Je l'ai toujours dit que c'était pas un vrai, lança un Sadducéen. Y en a beaucoup trop comme ça dans le coin. Ça, c'est vrai qu'il a tenu longtemps !
Le mendiant permit que l'indignation usurpât la place de la peur, de l'étonnement, de la gratitude et du regret, aussi, qu'il éprouvait à ainsi perdre son travail. Mais... demandez et vous recevrez toujours trop ou pas assez, jamais ce qu'il faut.
Il dit :
— Je te connais, Tsadok le Gros, et toi aussi, tu me connais. J'arrive sur mes quarante et un ans et je ne me sers pas de mes chevilles depuis que je suis né. Et maintenant, regarde-moi ces os et ces muscles et loue la bonté du Seigneur avant de te mettre à ricaner, tu veux ?
— Mais, va falloir que tu danses pour gagner ta vie, maintenant ! se gaussa l'autre.
— Regarde-moi ! fit-il.
Et le mendiant commença à bondir et pirouetter.
Terreur sacrée, un pharisien hocha la tête et dit :
— Isaïe, chapitre trente-cinq, verset six. « Alors l'infirme bondira comme le lièvre. »
— Entre avec nous, fit Pierre d'un ton gêné. Prie. Prends part au sacrifice.
Le mendiant ouvrit le chemin en sautillant jusqu'aux ténèbres pleines de chandelles de l'intérieur et puis, tout simplement, se contenta de descendre au lieu du sacrifice d'un air dégagé. Lorsqu'ils ressortirent tous les trois, une grande foule les suivit jusqu'aux colonnades de Salomon. Sachant qu'il lui faudrait dire quelque chose, Pierre attendit qu'il lui vienne ce qu'il prit pour une émanation du Saint-Esprit et, oiseau qui battait des ailes dans sa poitrine et feu qui lui brûlait la langue, parla en ces termes :
— Peuple d'Israël, ce que tu vois, tu le vois vraiment : il n'est point de tricheries là-dedans. Ce qui vient d'arriver à ce mendiant qui

maintenant bondit n'a rien à voir avec un quelconque pouvoir ou une quelconque bonté que j'aurais en moi ou que Jean ici présent posséderait. Le Dieu d'Abraham, d'Isaac et de Jacob, qui est le Dieu de nos pères, glorifie ainsi le Seigneur Jésus, Son serviteur. N'oubliez pas que c'est vous qui, dans votre ignorance pateline, le livrâtes à ce que vous appelez la justice. C'est vous qui l'étendîtes sur un arbre et vous moquâtes alors même qu'avec votre permission, un assassin s'en allait commettre d'autres assassinats. Le Prince de la Vie, voilà ce qu'il était, car nous le vîmes ressusciter d'entre les morts. C'est la foi en son nom qui se fit alors force capable de le rendre à lui-même. Voyez donc comment ce dont on avait fait prophétie n'était pas une bêtise. Repentez-vous et soyez baptisés dans l'Esprit Saint. Allez, et posez le pied sur la route nouvelle.

— Tricheries que tout ça, marmonnèrent quelques Sadducéens... Même si on a le blasphème plutôt grandiose. Mais... nous allons bien voir.

Car la foule et la rumeur qui volait de ce qu'il y avait miracle avaient amené le chef de la police du Temple jusqu'aux colonnades de Salomon. Oui, le *sagan,* ou *segen,* l' « homme de la montagne de la maison », enfin... si c'est bien cela que veut dire *ish har ha-bayith* — je ne vois pas comment le rendre autrement —, était arrivé à la tête d'un détachement de lévites tout en muscles. Aussitôt, les sadducéens et certains des grands prêtres — ceux du bas clergé restèrent à l'écart — y allèrent de leur accusation habituelle : on prêchait la résurrection, on jouait les saltimbanques, on rassemblait les foules pour causer du désordre... tant et si bien que belle cuirasse et joli casque, le *sagan,* ou *segen,* lança soudain :

— Toi et toi ! Vous êtes tous les deux arrêtés... et aussi celui qui sautille. Qu'on les enferme pour la nuit ! Vous serez jugés à l'aube.

— Sauf qu'à l'aube nous avons des choses à faire ! rugit Jean. Nous devons baptiser de nouveaux fidèles.

— Bah ! Vous ne serez pas disponibles, c'est tout. Allons.

L'*ish har ha-bayith* et sa douzaine de lévites à dagues décoratives emmenèrent Pierre, Jean et l'ex-infirme jusqu'à une petite prison sacrée (sacrée, elle se devait de l'être puisqu'elle n'était pas romaine) près de l'extrémité est du pont qui traversait la vallée de Tyropoeon. Là, ils furent jetés dans une cellule froide dont la lourde porte fut fermée à l'aide d'une grosse clé qui grinça dans le mentonnet rouillé de la serrure. Condamné par une grille à sept barreaux, un soupirail s'ouvrait au-dessus de leurs têtes. Le mendiant sauta en l'air pour voir s'il y avait quelque chose de l'autre côté.

— Ça suffit. Arrête ça ! lui dit Pierre d'un ton las.

Jean, lui, hurla à travers les barreaux de la porte :

— À manger !

— Si vous voulez manger, lui cria un garde, faudra payer !

— Tu as de l'argent ? demanda Jean à celui qui avait cessé de sautiller.

— J'ai pas ramassé grand-chose aujourd'hui. Et pis j'ai une

question à votre service : comment est-ce que je vais gagner ma vie maintenant ?

— La question est rituelle, lui répondit Pierre qui était de plus en plus fatigué. Apprends un métier convenable. La poterie, la charpente, n'importe quoi.

— À mon âge ? Mais qui veux-tu qui me prenne comme apprenti ?

— Alors, t'en as ou t'en as pas, de l'argent ? beugla Jean.

— Bon, bon ! Mais c'est pas avec cette ferraille que tu pourras acheter grand-chose.

On leur vendit du pain rassis et de l'eau saumâtre. Ce fut d'un sommeil agité qu'ils dormirent sur la pierre froide. Lorsque (qui-de-vous-vaut-quoi… qui ?), indiscret, le coq de l'aurore chanta, on les fit sortir de leur cellule pour les conduire à la chambre du conseil ou *lishkath ha-gazith*. Cette « salle à côté du Xystos » — ledit « Xystos » étant un lieu de rendez-vous en pierre polie à l'ouest de la colline du Temple — ne se trouvait pas très loin de la prison. Le mendiant ne cessa pas de bondir tout au long du chemin rien que pour montrer que sa guérison était véritable.

Tout à sa lassitude, Pierre lui dit enfin :

— Je t'en prie, marche comme un homme.

On les fit attendre dans l'antichambre pendant plus d'une heure. Non loin de là, un marchand ambulant vendait du poisson cuit au four, dont l'arôme puissant était torture à leurs ventres vides. A la fin on les fit entrer, et tous, ils restèrent bouche bée devant ce qu'ils voyaient : c'était l'essentiel du Sanhédrin qui s'était rassemblé pour eux. Néanmoins, il s'y trouvait plus de Sadducéens que de pharisiens. Les pharisiens étaient des gens avec lesquels on avait toujours au moins une chance de s'en sortir.

Nommé grand prêtre par un Quirinius qui avait exercé les fonctions de légat de Syrie vingt-six ans plus tôt, Annas y siégeait. On l'avait certes déposé neuf ans plus tard mais qu'importe ? Le pouvoir d'un haut clergé tout entier recruté dans sa famille, c'était quand même lui. Quant à son beau-fils, Caiaphas, que Valérius Gratus, procurateur avant Pilate, avait élevé à sa succession, ils ne le connaissaient que trop. Il y avait encore là le fils d'Annas, Jonathan, et aussi un petit homme bien doux qui répondait au nom parfaitement inepte d'Alexandre. Plus, un tas de prêtres et de laïques qui marmonnaient dans leurs barbes.

Président de la cour, Caiaphas ouvrit la séance en ces termes :

— On prétend que vous auriez guéri quelqu'un qui, de l'avis général, était incurable. Est-il présent dans cette salle ? Oui, il l'est, je le vois. Ah ! ces sautillements sont déplacés ! Bon. De quelle autorité et au nom de qui avez-vous procédé à cette guérison ?

Pierre n'avait pas préparé sa réponse. Aussi bien Jésus avait-il toujours insisté sur le côté judicieux d'une attitude où l'on garderait la tête et la bouche vides afin que l'oiseau de l'inspiration pût y entrer en voletant, ou le vent en soufflant. Ayant senti que des flammes faisaient rage au fond de son gosier, il s'écria :

— Dirigeants du peuple, Anciens, il semblerait donc qu'on nous accuse, Jean et moi ici présents, d'avoir commis le crime de rendre service à un infirme qui, par la grâce de Dieu, ne l'est plus. La puissance et l'autorité, dites-vous ? C'est d'un Jésus-Christ de Nazareth que, vous vous en souvenez, vous avez crucifié et que Dieu, Lui, a ressuscité d'entre les morts, qu'elles nous viennent. Il est, dans un des Psaumes de David, lequel ? je l'ai oublié car mon savoir n'est point livresque, un verset qui dit ceci : « La pierre que les bâtisseurs ont rejetée est devenue la pierre d'angle. » Il n'est de salut qu'en Lui. Il n'est d'autre nom sous les cieux qui puisse ainsi nous sauver. La guérison de ce mendiant atteste, ou témoigne, je ne suis pas sûr du mot qui convient car je suis ignorant, de Sa gloire. Je n'en dirai pas plus.

On en discuta beaucoup en marmonnant et nombreux furent les regards assassins qu'on jeta à Pierre et à Jean mais qui manquèrent leur cible. C'est alors que Caiaphas ordonna que les deux disciples fussent emmenés dehors afin que les murmures puissent croître et devenir discussions ouvertes quoique secrètes.

— Bon alors, écoutez, saints pères et révérends Messieurs, dit un vieil Annas dont le visage parcheminé était comme marqué de coups de griffes et les fanons battant furieusement. Dans ce genre d'affaire, tout ce que je puis vous donner, ce sont les fruits de mon expérience. Je n'ai, ainsi que vous le savez, aucune autorité sur cette cour.

Il les gratifia tous d'un sourire hideux.

— Bélial, Belzébuth et les autres démons, reprit-il, ne passent pas leur temps à guérir les infirmes. Non, eux, ils s'efforceraient plutôt de les rendre encore plus infirmes qu'avant. Donc, se sortir toute idée de pouvoirs diaboliques de la tête : ça ne marchera pas. C'est la ville entière qui parle de ce petit chef-d'œuvre de thaumaturgie. Bien sûr, poursuivit-il en admirant les membres d'un mendiant qui, incapable de tenir en place, faisait impunément les cent pas dans la salle, bien sûr, on pourrait toujours lui casser les chevilles et prétendre qu'il n'y a jamais eu guérison. Mais, à mon avis, ce serait quand même un acte de cruauté gratuite.

Certains membres du Sanhédrin hochèrent la tête en signe d'assentiment.

— Le Dieu de nos pères, dit-il encore, se lance parfois dans des prodiges qu'aucun érudit ne saurait expliquer. Non : ce qu'il faut faire, c'est séparer l'acte de la soi-disant force spirituelle qui l'a rendu possible. Voilà : dire à ces gens qu'ils doivent absolument cesser de faire de la propagande au nom du Galiléen. Si mon beau-fils ici présent ne le fit pas effectivement mettre à mort, puisqu'il en laissa la tâche aux Romains, songez au terrible embarras qu'il doit éprouver à entendre proclamer ce charpentier de rabbin amateur « Fils ressuscité du Très-Haut ».

Et, décochant un sourire malveillant à Caiaphas, il conclut :

— Sans même parler de tous les miracles indéniables qu'on lui attribue.

— Vous ne pourrez jamais les empêcher de continuer ! dit Jonathan. Il n'aurait jamais fallu les arrêter. Ou alors il faut, aujourd'hui, absolument les faire lapider pour blasphème. Sauf que ça veut dire les faire lapider *tous* et qu'on peut s'attendre à ce que les gens qu'ils sont en train de convertir se retournent encore plus violemment contre nous que par le passé. La situation est embarrassante. Ce qu'il nous faudrait, c'est quelqu'un dans le genre de Rabban. Gamaliel... à propos : comment se fait-il qu'il ne soit pas ici ? Quelqu'un qui soit capable de faire tellement tourner les mots et les théories qu'à la fin on pourrait dire que ce Jésus est certes prophète, mais mineur et donc, parfaitement acceptable par les prêtres et le peuple.

Les hurlements furent si forts qu'il se rassit.

— Non, non, l'admonesta Caiaphas, il faut faire attention. Il ne saurait y avoir de compromis acceptable car c'est le fait même de se proclamer Messie qui est dangereux, sans parler de tout ce que nombre de gens diront en être la preuve. Chaque chose en son temps. Commencez par les menacer des châtiments les plus sévères s'ils se remettent à prêcher la parole du Galiléen.

— *Apeile apeilesometha,* répéta Annas en se léchant les babines, c'est ça : menacer de les menacer ! Ce qui n'est pas vraiment une tautologie : il n'y a qu'avec des menaces qu'on peut menacer.

— Alors, on les laisse filer ? Avec un avertissement à la clé ?

— Voilà. Jusqu'à la prochaine fois.

Pierre et Jean arrivèrent en retard aux baptêmes de la journée. Pierre soulagea un Barthélemy qui, lui, avait besoin de se soulager derrière un buisson. A l'ouest, les targes romaines absorbèrent les rayons d'un soleil nouveau.

— Et tu t'appelles ? demanda Pierre au jeune homme qui se tenait debout devant lui.

— Étienne.

— Et quels péchés as-tu commis, Étienne ?

— Des péchés ordinaires : ceux qui sont propres à l'humain. La luxure, mais la luxure qui jamais ne passa aux actes. L'impatience, et aussi la colère. Celui d'avoir tardé, encore et encore, à voir la lumière.

— Mais, et maintenant... tu la vois ?

— Je la vois.

— Je te baptise Étienne, au nom du Père, du Fils et du Saint-Esprit.

C'est alors qu'à Jérusalem commença à s'établir une communauté où la propriété privée n'existait plus. Matthias transforma sa maison isolée en un marché où mobilier, vaisselle précieuse et actes de propriété sur champs et manses, tout pouvait être apporté, estimé et transféré entre les mains des douze fondateurs maintenant élevés au rang d'administrateurs. D'habiles marchands qui avaient envie de convertir des biens personnels et immobiliers en argent liquide s'y présentèrent aussi... mais ne lui abandonnèrent que le strict minimum. Matthias, qui n'était pas encore devenu nazaréen sans énergie, inaugura un système de vente aux enchères. Les employés grattaient dur dans leurs registres. Tout à son manque de charité et à sa colère, Saül vint voir ce qui se passait dès qu'il entendit le premier coup de marteau du commissaire.

— Monstrueux... et sale ! fit-il. Gaspiller de l'argent durement gagné pour le donner à des mendiants pleins de morve et des boiteux qui puent !

— Et pourtant je ne rachetai point la liberté de mon neveu aux Romains... Assez peu naturel, tout ça... C'est ça que tu veux dire ? Écoute, c'est Dieu qui a pris la barre. Il savait aussi bien que moi que les Romains ne marchent pas au pot-de-vin.

— Toujours commencer par le commencement, Matthias : la famille. L'assemblée des fidèles. Mais, bien sûr, tu n'en fais plus partie.

— Je me considère comme un Juif qui craint et respecte Dieu et auquel une nouvelle grâce vient d'être accordée. Tu es jeune, Saül, et aussi intelligent qu'érudit. Pourquoi ne pas reconnaître le signe des temps ? C'en est fini de la vieille manière.

— La vieille manière, comme tu dis, je continuerai à la défendre jusqu'à mon dernier souffle. Et la nouvelle, je l'attaquerai.

— Rien que parce que c'est la nouvelle ?

— Non : parce qu'il n'y est que blasphèmes. Dieu est pur esprit qui se situe bien au-dessus de tout pourrissement de la chair humaine.

— Nous n'avons pas la même opinion là-dessus.

— Eh bien, continuez de croire ainsi. Mais attendez-vous à souffrir. A vous faire détruire entièrement. Les meules de la justice sont déjà en train de tourner.

Et, irrité, il se fraya à grands coups de coude un chemin à travers la foule des affairistes et autres experts-priseurs. La voix de Matthias le poursuivit jusque dans la rue.

— Puisse la grâce de Notre-Seigneur Jésus-Christ t'amener bientôt au droit chemin !

Saül cracha, et puis bouscula un peu ses voisins les plus faibles. Il n'avait aucune envie de fabriquer des tentes. Qui plus est, il avait mal à un pouce. Il arriva près de l'ancienne maison de Joseph Barnabas et y découvrit du nouveau : on y avait installé des auvents et, sous ces auvents, des litières — des litières où l'on avait étendu des malades. Étienne et Barthélemy étaient en train de panser une blessure que quelqu'un s'était faite au genou. Ananias, lui, passait un panier de provisions et une fiasque de vin de lit en lit. Il sourit en apercevant Saül.

Et dit :

— Enfin tu viens à nous ! Pour apaiser les raideurs du cou, il n'y a pas meilleur endroit pour ça !

— Et alors, lui renvoya Saül, ça va durer encore longtemps ? On abandonne les pharisiens pour rejoindre les esséniens ? Et maintenant, voilà que tu appartiens à cette secte de blasphémateurs ? Et Étienne aussi, je vois ! Pure folie. Est-ce que tu aurais, toi aussi, tout vendu pour l'amour de ces éclopés qui bavent ?

— Tout, Saül, tout !

Ce qui n'était pas entièrement vrai. Plus tard ce jour-là, dans l'ancienne maison de Matthias, Pierre lui répéta, quoique avec plus de gentillesse, les paroles de Saül.

— Tout, Pierre, tout ! Compte l'argent... il est là, sur la table.

— Et l'acte de vente ?

— Ça, fit Ananias d'un ton gêné, ça n'est pas tout à fait du ressort de la communauté. Je n'étais pas obligé de vendre ma ferme. Si je l'ai fait, c'est volontairement. Serait-ce donc que tous nos actes ne sont plus volontaires ? Que nous vivrions déjà sous la contrainte ?

— De même que nous, nous faisons le vœu de vivre sans rien posséder et en partageant tout ce que nous avons, de même tu étais, toi, tenu de tout donner. Et donc, Ananias, je te repose la question : tout ?

— Tout.

— Que signifie ton nom, Ananias ?

— Mon nom ? Mais pourquoi me parles-tu de mon nom ? En fait, enfin, c'est ce qu'on dit, je m'appelle Hananiah. Soit quelque chose dans le genre : don gracieux de Jéhovah...

— C'est des actes de Dieu même, et aussi de ton nom, que tu te moques, Hananiah. Sache que je vois jusque dans ton âme. Et toi, Saphira, tu te rends complice de ce mensonge ?

De son vrai nom Shappira, ce qui veut dire : « la belle », elle était l'épouse d'Ananias. Comme quoi il est dangereux de donner à ses filles des prénoms à la hauteur desquels, plus tard, elles ne pourront peut-être pas se montrer. Le cheveu plat et noyé dans l'huile de Dieu, elle avait en effet l'œil petit et la lèvre mince.

Un peu confuse, elle lui répondit :

— La ferme appartenait à mon père. C'est un cadeau d'outre-tombe et lui, il n'avait jamais fait de promesses aux nazaréens. Les nazaréens, ça n'existait pas encore lorsqu'il mourut.

— Il vous appartenait quand même, à toi et à ton mari, de nous donner cet argent. Or donc, je te le demande une deuxième fois : te rends-tu complice de ce mensonge ?

— Je ne suis pas une menteuse ! s'écria-t-elle. N'aurions-nous donc pas droit à un petit coin à nous ? Où donc un homme et sa femme sont-ils censés vivre ? Il est des choses que mari et femme doivent faire en privé ! On ne saurait vivre comme dans une prison avec des inconnus qui se proclament frères et n'arrêtent pas de ronfler ou restent éveillés pour regarder ce qu'ils n'ont pas le droit de voir !

— Ce qui veut dire que vous avez gardé un peu de cet argent. C'est ça, Ananias ?

— Nous n'avons rien gardé pour nous. Ça, je le jure.

— Notre maître nous a donné l'ordre de ne jamais jurer mais, toujours, de répondre par oui ou par non. Es-tu en train de me mentir, Ananias ?

— Qu'est-ce que ça veut dire, ça, « mentir » ? On ne nous avait accordé qu'un petit manse sur la ferme, rien qu'une dépendance. Cela étant, tout l'argent de la vente est ici.

— Ainsi donc, lança Pierre, Ananias le menteur dit enfin la vérité. Va, et que Saphira t'accompagne. Nous ne sommes point comme les Romains ou le Sanhédrin. Nous n'exigeons aucun châtiment, qui laissons cela à Dieu. Car dorénavant savoir que l'on a mal fait devrait être punition suffisante. Savourez donc votre crime tout seuls… l'un comme l'autre.

Et il leur tourna le dos.

— Donnez-moi un peu d'eau, demanda Ananias. Je me sens mal. Je n'ai pas le cœur solide.

Personne ne lui donna rien.

— Je vois, dit-il. Ici, on ne donne qu'à sens unique. Ce sera votre malédiction, vous verrez !

Et, soutenu par Saphira, il s'en alla en vacillant. Alors Matthias dit à Pierre :

— Pardonne-moi mon audace, je sais que, dernier membre de votre compagnie, je suis celui qui comprends le moins de choses, mais je n'arrive pas à voir en quoi Ananias avait tort. J'ai eu, moi, la chance de faire libérer mon neveu… enfin, je veux dire : Caleb. Il ne m'en a coûté que de payer ce qu'il fallait. Que se serait-il passé si j'avais gardé de l'argent qui m'appartenait vraiment ?

— T'appartenait, Matthias, lui répondit l'autre Jacques, fils de Zébédée, t'appartenait ! ne l'oublie pas. Car aujourd'hui tu es en bonne posture. Avant, tu avais l'esprit confus car, si d'un côté tu savais bien que les pots-de-vin ne servent à rien, de l'autre tu avais encore le vague espoir que, venant de toi, cela marcherait peut-être. Il vaut toujours mieux être sans argent. Transformer son argent en quelque chose que l'on peut consommer, et consommer vite, voilà ce qu'il faut faire. L'embarras disparaît et, avec lui, la cupidité et beaucoup d'autres vices encore.

— Cet argent, tu l'aurais perdu, dit Pierre. Si, Dieu nous garde, les choses n'avaient pas tourné autrement, c'est ton neveu qui y aurait perdu la vie. Jacques a raison : les Romains ne traitent pas. Mais tout a marché pour le mieux. Toujours chercher la main de Dieu.

— Comme maintenant ? demanda Matthias.

Il contemplait la rue où Ananias venait de tomber dans la poussière. Saphira s'était penchée au-dessus de lui pour lui palper une poitrine qu'elle avait dénudée, afin d'y sentir les battements de son cœur. Elle leva la tête et appela à l'aide d'une voix forte. Un chameau chargé de marchandises passa devant eux. Tout à déblatérer son mécontentement intérieur, il était conduit par un homme qui, pour ne pas déblatérer, n'en avait pas moins bien des ennuis personnels. Un vent sec jeta encore plus de poussière sur Saphira et son mari. Deux grosses femmes chargées de paniers pleins pour le marché passèrent, elles aussi, devant eux — en bavardant.

— Et moi qui croyais que c'était la charité que nous prêchions ! s'écria Matthias. Faudra-t-il donc dire qu'il y a un abîme entre prêcher et pratiquer ?

— Dieu déteste les menteurs, lui répondit Pierre d'un ton hésitant.

Caleb arriva à Sébastê, capitale de la Samarie. Ville qui autrefois avait porté le nom de ce pays, elle avait été reconstruite dans le style grec par le grand Hérode et rebaptisée du nom grec de l'empereur romain Auguste, soit : Sébastos. Dans le soleil du matin, Caleb y aperçut la colline de Gérizim, sur laquelle, afin de rivaliser avec celui de Jérusalem, les Samaritains avaient érigé leur propre temple. L'affaire n'était pas extraordinaire à regarder, qui avait pourtant, donnant vers l'est, des portes d'or et d'argent qui, au soleil, brillaient tout aussi fort que celles de la cité de la vraie sainteté. Aussi bien les Judéens estimaient-ils qu'il ne pouvait être aucune vraie sainteté en ces lieux. Tous de races mélangées. Du sang assyrien, du sang hasmonéen : de mauvaises gens. Sauf qu'ils ressemblaient beaucoup à Caleb. Que comme lui ils étaient vêtus de robes sales, qu'ils barguignaient devant les étals de marchands de fruits, qu'ils crachaient et se grattaient. Une fille dévoilée à la peau pâle et d'une rare beauté regardait tristement la rue d'une fenêtre haute : on la réprimanda et ramena brutalement dans l'ombre. Des mendiants demandaient l'aumône au nom de Jéhovah. Robe noire à bords blancs et barbe assyrienne, un homme faisait des tours de magie devant un petit groupe de citoyens qui badaient. La police les rossa fermement afin de les chasser d'une avenue où passaient des ânes et des chameaux lourdement chargés : portée par des esclaves pratiquement nus qui avaient l'air éthiopiens, une litière à longs brancards rugueux et rideaux fermés à la romaine était en train d'arriver. Il y vit aussi, comme à Jérusalem, des troupes syriennes. Les décurions étaient pourtant surtout de sang italien. Sur lui, Caleb avait encore quelques pièces d'argent marquées à la tête de Tibérius César qu'Ananias lui avait données juste avant de quitter sa communauté d'esséniens pâles et maigres. Il trouva une taverne et rompit son jeûne. Ici, on faisait cuire le pain en tranches dures sur un gril plein d'huile. Le vin était plus rose que rouge. La fille qui le servit remarqua son accent. D'où ? Jérusalem. Cela ne l'impressionna guère.

Il était près de midi lorsqu'il rencontra enfin des Samaritains de son âge et, presque, de son tempérament. Cela se passa dans un établissement de bains rattaché au temple de la colline de Gérizim. À peine se fut-il déshabillé pour se laver à grande eau qu'ils virent les cicatrices encore fraîches qu'il avait dans le dos. Ils appelèrent aussitôt un vieil homme qui s'en vint vers eux en travaillant ses cheveux mouillés à l'aide d'un peigne en fer à cinq dents. Il regarda les cicatrices avant de s'adresser à celui à qui elles appartenaient.

— Qui es-tu ? lui demanda-t-il. Qu'est-ce que tu fais ici ?

— Je m'appelle Caleb. Je viens de Jérusalem. Je fais partie des zélotes. Les Romains m'ont fouetté. Mais j'ai échappé à la crucifixion.

— Nous ne sommes pas en très bons termes avec ceux de Judée, lui renvoya l'autre. Les Romains nous ont rendu un fier service lorsqu'ils nous ont libéré du joug judéen.

— Sauf que maintenant c'est une Judée romaine qui vous fait la loi. Ça vaudrait donc vraiment mieux ?

— On n'entend guère parler de votre Ponce Pilate. Il s'en remet entièrement à son préfet. Une espèce de bâtard qui n'arrête pas de lorgner du côté de notre temple. Un certain Gracchus. Enfin quoi, l'ordinaire. Piller, piller et piller encore.

— J'imagine que tu es à la tête des combattants de la liberté.

Le vieillard éclata d'un rire sec.

— Voilà une façon bien pompeuse de dire les choses. Non, je n'ai rien d'un chef ou de quoi que ce soit d'approchant. Disons que je suis plutôt un espion. Je suis employé à la préfecture. Mais que je te dise un truc que j'ai découvert : ils sont en train de réduire la garnison. Et de l'augmenter en Judée. Qu'est-ce qu'il se passe là-bas ? Un rapport quelconque avec toi ?

— C'est-à-dire qu'il y a cette nouvelle secte... les nazaréens. Faut croire qu'il y a eu un miracle : en tout cas, l'enthousiasme bat son plein. Ça ne durera pas, ce genre de chose ne dure jamais, mais les Romains, eux, ils sont toujours inquiets lorsque les Juifs sont pleins d'enthousiasme, pas ?

— Qu'est-ce que tu cherches ici? Nous ne sommes pas de ton peuple.

— J'aurais plutôt cru que l'heure n'était pas à la division. Oui, j'aurais plutôt cru qu'où qu'il se trouve, un zélote est un zélote. Le moment est venu de frapper.

— Et ça rapporte quoi, de « frapper » ?

— Ça rapporte qu'on se débarrasse de la présence romaine. Ça fait trop longtemps qu'ils sont ici. Ça rapporte que nous ramenons la maison de David sur le trône de Judée.

Le Samaritain se frotta une joue, et puis l'autre. Et dit :

— C'est que nous ne sommes pas très sûrs, ici, de vouloir nous retrouver sous les ordres d'un roi judéen. C'est vrai aussi que nous n'avons aucune envie de rester sous la dictature romaine. Il vaudrait mieux que tu en parles avec Jean.

— Jean ? Qui est-ce ?

— Son père l'avait d'abord appelé Jean Hyrcanus. Et puis il a laissé tomber cet Hyrcanus pour des raisons évidentes. Car tu sais qui était Hyrcanus, n'est-ce pas ?

— Celui qui s'empara du pays il y a un peu plus de cent ans, c'est ça ? Celui qui détruisit votre Temple qui, selon lui, n'était que parodie blasphématoire, que... *et caetera, et caetera ?*

— Il faut dire que le père de Jean s'était mis une bien folle idée en tête : il était persuadé qu'il y avait du sang de conquérant dans sa famille. Jean et lui en sont souvent venus aux coups. Mais... Jean, c'est Jean... un beau nom biblique. Et Jean veut tuer Gracchus.

— Le préfet ?

— Il faut dire que Gracchus l'a fait fouetter. Tout comme toi tu l'as été. Une histoire de détournement de fonds... fausse évidemment. C'était Jean qui transportait l'argent du trésor avec lequel on paie les troupes. L'escroc, le vrai, nous savons parfaitement qui c'est.

— Eh bien alors : pourquoi il ne le donne pas, son coup de poignard ?

— Pas facile. Tu sais te battre ?

— J'ai déjà dirigé un raid sur un camp du désert. A mon avis, l'heure est venue de frapper plus près du centre. Voici comment je vois les choses : l'essentiel n'est plus de remporter des batailles rangées sur les Romains mais, bel et bien, de les convaincre qu'ils n'ont plus rien à gagner en Palestine. Ça s'est déjà vu. Ils seront tout prêts à remballer leurs gouverneurs et à céder la place aux héritiers d'Hérode. Le sang n'est pas très bon mais c'en est de l'ancien et, surtout, d'ici. Alors, les choses commenceront à aller mieux.

Bien qu'encore jeune, ce Jean que Caleb avait rencontré était déjà tout barbe noire et complète calvitie. Assis en tailleur, il s'affairait à réparer des sandales. Il habitait un taudis poussiéreux aux abords de la ville.

Il dit :

— Des inconnus dans ton genre, ce n'est pas la première fois qu'on en voit par ici. Les Sadducéens sont payés par les Romains.

— Bien sûr, lui renvoya Caleb. Et le fouet, c'est moi qui me le suis donné. Ah ! mais ce que j'aime ça, moi !

Il lui montra. Jean siffla. Caleb dit :

— Combien as-tu d'hommes ?

— Je peux en rassembler deux cents. Du bon matériel pour les raids. Entraînés à poignarder et garrotter. Aux avant-postes essentiellement, c'est normal. La situation est assez calme depuis quelque temps. Un peu mou, même faire un raid sur la préfecture, la caserne de la ville est à côté. Pas prêts. Mais enfin... je ne sais pas. On peut pas attendre indéfiniment. Il faut que Gracchus soit crucifié.

— Tu parles sérieusement ?

— Un couteau dans la gorge... trop facile. Non : crucifié, et après... brûlé.

— Tu es dur, Jean, sourit Caleb.

Le raid fut audacieux et Dieu, ou autre, fut de leur côté. Ils attaquèrent la caserne avant l'aube, étranglèrent le garde, poignardèrent un centurion qui dormait et deux ou trois décurions qui, eux, étaient déjà réveillés. Ils sautèrent sur des hommes qui, nus, tremblaient de peur dans les dortoirs, et puis mirent le feu au bâtiment en bois. Ils eurent du mal à incendier la préfecture qui était en pierre mais brisèrent tout ce qui se trouvait à l'intérieur, tuèrent le veilleur de nuit et partirent vers la villa du préfet située dans la banlieue. Gracchus s'y montra en chemise de nuit. Encore pleine de la chaleur de son lit, une *succuba* samaritaine essaya de s'échapper mais fut rattrapée : ses cheveux s'enflammèrent comme torche. Les gardes se firent trancher la gorge. Gracchus alors fut traîné, en sanglots, le long de la route qui descend vers le centre de la ville. Tout le monde était déjà debout. Des hommes armés de seaux d'eau essayaient d'enrayer l'incendie qui, de la caserne, avait maintenant gagné les échoppes et les maisons des innocents. Les flammes et la fumée fournirent un bel arrière-plan à la cérémonie que Jean supervisa personnellement. Les Samaritains avaient déjà trouvé assez de croix en bois dans la cour de la caserne : les nouvelles — celles avec la barre transversale préclouée sur la verticale, cette dernière étant elle-même prétaillée en pieu pour pouvoir s'enfoncer dans la terre. Et Gracchus fut adorablement cloué sur l'une d'entre elles, et sanglota et hurla des choses dans un dialecte que personne ne comprit — une variété d'oscan ou d'ombrien sans doute, ce qu'on parlait dans son village natal. A un moment donné il appela sa mamma, et tout un chacun enregistra ce qu'il disait sans la moindre compassion. Avec célérité, et pas mal de sueur, un trou fut creusé afin de recevoir la pointe de la croix. Qu'on y planta avec son chargement. Qui oscilla, trembla, mais qu'importe. Avant qu'on se mette à jeter de la poix noire sur le corps qui vivait encore, Jean, d'un seul coup de son rasoir de cordonnier, trancha les organes génitaux de la victime. A sa grande honte, Caleb ne put s'empêcher de vomir.

Pour être moins désespéré, le hurlement que poussa Tibère inspira beaucoup de crainte. Tout comme ceux qui apportent de mauvaises nouvelles, le messager qui lui avait tendu les courriers de Syrie ruisselait de sueur alors qu'il se tenait debout devant lui. Enroulé autour des épaules de son maître, le serpent chéri de l'empereur répondit à son cri en sifflant. Tibère abattit son poing sur la table en bois de la charmille : les coupes à vin volèrent. Air sinistre, Curtius Atticus ne bougeait pas.

Enfin Tibère réussit à ouvrir la bouche :

— Combien de temps encore faudra-t-il que nous supportions ça ? N'ai-je pas fait plus pour ces Juifs que que que...

La manière dont il répétait *quam quam quam* devint folle.

Curtius lui répondit alors :

— Si, César. Tu leur as rendu ce qui leur appartenait... En partie.

Tibère siffla comme son serpent.

— Point de ces sarcasmes de stoïque avec moi ! Ce ne sont pas tes cheveux blancs qui te garantiront l'immunité, Curtius.

— Fais-moi tuer, César, si cela doit apaiser ta frustration. Sache cependant que c'est toi qui en es la cause. Cette révolte en Palestine n'est que symptôme parmi d'autres d'une maladie qui, elle, affecte l'ensemble de l'Empire. Des armées se soulèvent sur le Rhin. Il y a des étrangleurs au Sénat. Et moi, je dis que, même si j'en ai assez de le dire et redire, que...

— *Je ne retournerai pas à Rome!* Voyons un peu ce que cet idiot a fabriqué.

Il relut la dépêche encore une fois.

— La 3e légion a été ramenée de Syrie. Il veut qu'on rappelle la division Miliara d'Égypte. La loi et l'ordre romains. Du sang romain versé en Samarie... et ça se trouve où, ça, la Samarie?

— C'est une partie de ton empire, Tibère. Continue de lire et tu verras où était vraiment sa folie. Raid sur un temple local. Chariots chargés de vaisseaux sacrés. Pillage du trésor du temple. Est entré officiellement en Samarie pour ramener l'ordre, et non pas pour provoquer encore plus de troubles.

Sans s'en rendre compte, un couple de jeunes garçons nus s'était retrouvé, riant et gambadant, en travers du chemin que le fauve Tibère était en train d'arpenter. Il les griffa de ses mains. Un serviteur les chassa en les battant... avant de se faire battre à son tour. Un deuxième serviteur lui tendit une autre coupe de vin (anses en bronze en forme de corps nu et réceptacle qui ressemblait à un ventre de femme enceinte, l'objet était magnifique, qui avait été façonné à Herculanum) et se la vit arracher des mains.

— Une autre, espèce de crétin maladroit! glapit l'empereur. — Après quoi, il cria encore à Curtius : Il faut que Pilate déguerpisse. Envoie immédiatement une dépêche pour le faire rappeler...

— Il est sous les ordres du gouverneur de Syrie. Il vaudrait mieux laisser ce genre de travail à Flaccus.

— Qu'on expédie Marcus à sa place! Mais non! Lui aussi, il est bête, corrompu et incompétent. Qui, mais *qui* peut-on donc envoyer?

— L'Empire, dit Curtius, a oublié d'instruire de nouveaux administrateurs. Peut-être serait-il plus sage de placer toute la province sous le commandement d'un prince local.

— Si c'est d'Hérode Agrippa que tu parles, sache que ça fait un âne de plus. Toute une famille d'idiots cruels et corrompus...

— Il faut dire que c'est de l'exemple romain qu'ils sont nourris, César.

— Ah! mon cœur! gémit Tibère d'un air tragique.

Ce n'était pourtant pas que ses lèvres avaient viré à un bleu particulièrement remarquable.

— Les palpitations me reprennent. Ces sots et ces ingrats seraient-ils en train d'essayer de me tuer? Ramène-moi à ma chambre. Qu'on aille me chercher une litière! Quant à toi, tu es le plus sot de tous! Alors que c'est à peine si je peux me traîner, tu veux que je rentre à Rome!

A l'autre bout de l'île, Caius Caligula et le prince Hérode Agrippa jouaient à la balle. L'affaire était simple : on se la lançait et puis on la ratait, essentiellement. De petites esclaves nues au corps souple allaient alors rechercher la boule en soie bourrée, à craquer, de plumes de canard. Une guêpe atterrit sur le bras de Caius.

Il poussa un cri extravagant, bien dans la manière de son grand-oncle impérial :

— Elle m'a piqué ! Elle m'a piqué ! Je vais mourir ! J' t'ai eue !

Il tint l'insecte dans la lumière du soleil couchant, soigneusement lui arracha les ailes. Las, Hérode Agrippa se laissa tomber sur une pile de coussins. Des seins se balancèrent au-dessus de lui : une esclave s'était penchée pour essuyer la sueur qui perlait à son front. Caius vint le rejoindre en boitillant. Il prit un sein dans la main gauche et l'examina avec curiosité, comme s'il en avait cherché les défauts. Et puis retirant la main, il le laissa rebondir et trouver le repos. Caius n'était pas beau. Il avait le cou maigre et des mollets de coq. Le front était large mais aucun cheveu, ou presque, ne le couvrait. Il compensait son absence de poils sur la tête par d'épaisses pilosités sur le torse et le ventre, qu'il avait gros. Sa peau avait la couleur du lard rance. Il s'adossa, jeta ses petites bottes au loin.

Hérode Agrippa lui dit :

— Il t'en faudrait de plus grandes.

— L'empereur « Petites Bottes », lui répondit-il en pouffant de rire. L'armée m'adore, Hérode. « Petites Bottes ? » Jamais ils ne le trahiront.

— Empereur plutôt que... Enfin, à en juger à...

— C'est son cœur, Hérode. Il a un cœur de vieux. Il a vécu trop longtemps. Mais bah ! on laissera quand même faire la nature. Ce sont tes gens à toi qui lui ont collé ça, tu sais ? Les serres de l'aigle impériale se planteront dans le cœur de la nation juive. Paroles bien dures, Hérode. Après, il a fallu le mettre au lit.

— Il n'y a que les Juifs pour comprendre les Juifs, lui renvoya Hérode. Vous avez fait une belle erreur. Des procurateurs romains à peine capables d'ânonner deux syllabes d'araméen à la file ! Parler de Jupiter, Vénus, Mercure et de leur « divin » empereur à des Juifs ! Et, après ça, s'étonner que ces Juifs se marrent quand ils ne pleurent pas !

Caius le regarda longuement dans les yeux et parla très doucement :

— Alors, comme ça, fit-il, l'idée d'un empereur divin ne te plaît pas ?

Hérode Agrippa sourit, certes, mais n'en ressentit pas moins comme un petit coup de botte dans le bas-ventre.

— Pour toi, mon cher, bien sûr que je me transforme en vrai Romain avec tout ce qu'il y faut de paganisme ! Et oui, encore j'adorerai devant ton autel. Et même, ta divine divinité, je la ferai tousser sous trop d'encens ! Cela étant, tu ne peux pas en vouloir aux Juifs de trouver tous ces petits dieux plutôt puérils et fatigants. Après tout, c'est nous qui y avons pensé les premiers. Un seul Dieu, créateur et pilier de l'univers. On dirait que les Romains, et les Grecs aussi d'ailleurs, sont plutôt lents à saisir ce concept, pas vrai ?

— Oh, pas moi ! Votre Royale Bassesse juive, lui renvoya Caius. Je trouve l'idée d'un seul Dieu très attirante. Ah ! tout contrôler ! Tout ! Absolument tout !

— Ce qui signifie ?

La petite botte frappait plus fort.

— Dis-moi donc un peu... et qu'est-ce qu'il reste à faire une fois que l'univers est créé ?

— A le maintenir en bon état. Et ça, c'est Dieu qui s'en occupe.

— Très ennuyeux et fatigant, ça, pour Dieu. L'acte de création fut Son grand frisson, pas ? Et donc, Il ne saurait trouver de plaisir, comment c'est, déjà ? comparable ? qu'en le détruisant. Ça ne te semble pas raisonnable, à toi ? Tout mettre en pièces et puis recommencer à zéro ! Ah, je t'ai bien eue, ma vieille !

C'était d'une deuxième guêpe qu'il parlait (à cette saison, Capri en était pleine) — d'une qui s'était soûlée dans un peu de vin renversé sur la table en marbre. Tibère cligna un œil afin de mieux lui déchiqueter les ailes.

— Oh ! mais c'est qu'on en fera de belles parties, quand je serai installé à Rome et toi à Jérusalem ! On se rendra visite, tu vois ? on jouera ensemble. Sauf qu'il faudra toujours que je gagne, Hérode Agrippa... parce que je serai empereur. Tu comprends ? Et que toi, tu ne seras jamais qu'un roitelet. Mais quoi ? même petit, un roi est plus grand qu'un prince... même grand, n'est-ce pas ? J'espère que tu m'en seras reconnaissant comme il faut, ô toi, Future Majesté juive.

— Seigneur de l'univers, ici, je m'abaisse devant toi.

Jouer à ces petits jeux avec un empereur désigné qui, il le devinait, était en train de sombrer, et très rapidement, de la bêtise dans la démence, oui... mais Hérode Agrippa n'en ressentait pas moins une certaine nausée. Après tout, il avait déjà, lui, la quarantaine passée, un ventre qui commençait à bedonner et des cheveux qui viraient au gris. N'était-il pas déplacé de s'amuser avec un gamin d'à peine vingt-cinq ans, même si ce dernier était sur le point de devenir sinon le Seigneur de l'univers, au moins de ce que les Romains prenaient pour tel ? Il aurait dû se trouver là-bas, avec son peuple. La faute à sa mère, tout ça : l'envoyer à Rome alors qu'il n'était encore qu'un enfant ! L'y faire élever comme un Romain ! Son père Aristobule, qu'il n'avait jamais connu, avait, c'est vrai, été brutalement, et peut-être injustement, exécuté. D'où : veiller à la sécurité du fils. Mais à quelle fin ? Roi, il ne le serait pas ; ça, au moins, il en était sûr — la Judée serait toujours sous la coupe d'un gouverneur romain. Il se sentit fatigué, gavé de nourriture, comme enrobé dans un miel qui, curieusement, avait un goût de matières fécales.

Caius lui dit alors :

— Un jour, tu m'as raconté que les Juifs ont un nom secret pour désigner le Seigneur de l'univers. Un mot ineffable. Allez, Hérode, quel est-il ? Dis-le-moi.

— Je n'en ai pas le droit.

— Dis-le-moi ! Dis-le-moi !

— Je ne peux pas. Seuls les prêtres le connaissent.

— Ce qui fait que pour le savoir, il faut les battre jusqu'à ce qu'ils le crachent, c'est ça ? Et que s'ils refusent encore, il faut alors les aligner en rang d'oignons et, hop ! leur couper la tête, non ? Ah ! le bon temps qu'on va se payer tous les deux !

Et, langoureusement, il se mit à le bourrer de coups de ses petits poings sans force.

Douze ils étaient, alignés, eux aussi, et il n'en manquait pas un, devant le Sanhédrin. Annas leur décocha un horrible sourire et enchaîna :

— Reprenons encore une fois tous ces noms. Vous deux, je vous connais déjà — ce n'est pas la première fois que vous venez, n'est-ce pas ? Jamais prêté attention aux paroles solennelles de l'admonestation sacerdotale : très désobéissants... pas très sage. Là, toi : montre-les-moi, un par un.

C'était de Saül qu'il voulait parler, un Saül qui, en l'absence d'un Ezéchiel qui souffrait de crampes d'estomac, avait été nommé, temporairement, clerc à la cour.

— Deux Jacques, je vois. Et le vieux, là-bas, celui qui fronce les sourcils, qui est-ce ? Inutile de me faire les gros yeux. Ici, les gros yeux, c'est nous qui les faisons. Matthias, bon, je te connais bien : un vrai pilier séculier de la foi. Dommage de te voir inculpé de ce crime qui, bien sûr, est toujours le même. Enfin quoi : un petit troupeau bien ordinaire. Allons-y ! Dépêchons.

— Un instant, fit Rabban Gamaliel.

Tous s'apprêtèrent à écouter, avec un respect bougon, le pharisien qui, chef de l'école de Hillel, n'était pas seulement rabbin, mais rabban.

— On parle beaucoup trop de ces nazaréens qui, soi-disant, auraient une influence capable de distendre les liens entre les communautés. Je crois qu'il faudrait faire clairement ressortir que s'ils ont, sans aucun doute, troublé la tranquillité des chefs du peuple juif, ils n'ont en aucune manière joué les incendiaires de notre vie publique. On parle beaucoup trop, disais-je donc, des liens qui les uniraient à Jean-Baptiste et à tout le zélotisme. Jamais ils n'ont revendiqué hautement la nécessité d'abattre l'ordre établi ou de se lancer dans l'insurrection. Ce qui s'est passé en Samarie, et cela pourrait très bien se produire ici, et j'entends par là un soulèvement suivi d'une répression brutale, est d'ordre strictement politique. Ce que recherchent les sectateurs de ce Jésus, c'est l'exercice de la charité envers tous et c'est là un phénomène que nous pourrions qualifier de quiétisme parfaitement apolitique.

— Mais jamais personne n'a parlé de ces liens ! fit remarquer Caiaphas.

— En es-tu bien sûr ? N'ai-je pas raison de dire que le Sanhédrin est devenu très soucieux de convaincre le pouvoir de Rome que c'est lui qui est l'agent zélé de la *pax romana* et que, voyant dans le zélotisme et le culte nazaréen des manifestations voisines d'une même agitation et d'une semblable déraison, il les déteste tous les deux ?

— Les Romains, lui répondit Caiaphas, sont incapables de voir une quelconque différence entre l'enthousiasme de l'hérétique religieux et la... la *furor* de l'activiste politique. Néanmoins, revenons-en à la question qui nous occupe, et c'est à savoir que nous avons devant nous douze hommes qui prêchent l'hérésie et se livrent à des actes blasphématoires.

— Comme de guérir les malades, par exemple ? s'enquit Gamaliel.

— Qu'ils guérissent ou ne guérissent pas les malades n'a pas grand-chose à voir avec notre problème, lui répliqua Caiaphas. C'est la superstition qu'ils nourrissent. Il en est déjà certains qui cherchent à guérir de leurs maux en se tenant dans l'ombre de ce Pierre ici présent ; or il n'est, après tout, qu'un pêcheur ordinaire. Quant à ce qu'ils racontent... on les a déjà avertis de ne plus prêcher au nom de ce criminel reconnu qu'est Jésus. Auras-tu, toi, demanda-t-il en se tournant vers Pierre, le front de nier, oui : de *nier* que tu es allé à l'encontre de notre ordonnance ? Que tu as rempli nos synagogues de tes hurlements blasphématoires ?

— Ils veulent que son sang nous retombe dessus, marmonna un sadducéen qui répondait au nom de Jonah.

— Ça suffit ! lança Caiaphas d'une voix rauque. Et toi, Pierre, qu'en dis-tu ?

— Ceci, répondit-il. Qu'il faut obéir à Dieu plutôt qu'aux hommes. Car c'est le Dieu de nos pères qui a ressuscité Jésus. Et vous, vous L'avez tué. Vous L'avez cloué à un arbre.

— Nous n'avons rien fait de semblable ! cria Jonah.

D'autres crièrent aussi, et d'autres encore murmurèrent. Quelques-uns poussèrent des « Argh ! » comme si du sang leur remontait dans la gorge.

— Dieu, reprit Pierre, l'a élevé à main droite afin qu'il soit prince et sauveur... qu'il donne repentance à Israël, que nos péchés nous soient pardonnés. Et nous sommes, nous, témoins de ces choses, ainsi que le Saint-Esprit que Dieu accorde à ceux qui lui obéissent.

— Avec de pareils blasphèmes, hurla Caiaphas, vous vous mettez tous en passe d'encourir la peine suprême...

— La peine suprême, comme tu l'appelles, lui fit remarquer Pierre, repose entre les mains des Romains. Et vous le savez parfaitement. Or, ils ne nous reprochent rien, eux !

— C'est en cela que vous remettez en cause l'autorité de cette sainte assemblée — c'est elle qui doit répondre de tout devant la puissance occupante...

— Ce n'est pas là penser bien droit, dit Pierre. Tout ce que vous êtes capables de faire, c'est de nous envoyer des gens pour nous lapider. Mais tuez-nous donc si vous le voulez ! Comme vous l'avez déjà tué, lui. La parole divine, elle, jamais vous ne pourrez la tuer !

— Écoutez ! lança Jonathan. Vous répétez à tout le monde que c'est un ange qui vous a ouvert la porte de la prison et vous a libérés. Vous avez même déclaré que quiconque était légalement jeté en prison pouvait espérer, Dieu nous prenne en Sa sauvegarde, la même intervention... angélique. Et ce ne serait pas s'en prendre aux fondations mêmes d'un ordre et d'un châtiment dictés par la Loi ?

— Personne n'a jamais dit ça, gronda Thomas. Z'allez un peu vite, tous autant qu' vous êtes, à mettre des paroles dans la bouche des gens, non ? Y a quelqu'un qu'a ouvert c'te porte au beau milieu de la nuit et personne ne sait qui c'est. Même que ç'aurait pu être un d' vos gardes que, comme ça, y s' serait mis à croire comme y faut. Oui, ç'aurait pu être un type convenable et tranquille qu'aurait entendu le message du Seigneur.

— Un messager du Seigneur, dis-tu ? Mais tu blasphèmes !

— Je n'ai pas dit : un « messager » du Seigneur.

— T'as dit : *mal'akh* et nous savons tous ce que ça veut dire.

— Dans ma jeunesse, le reprit Annas, cela signifiait « messager » Même chose qu' « *angelos* ».

— Mot désignant les serviteurs spirituels du Très-Haut.

— Pas forcément.

— Écoutez, s'écria Thomas, si le Seigneur nous avait envoyé un messager pour nous sortir de vot' prison, Lui et Son messager auraient tous les deux besoin qu'on leur soigne la tête ! Comme s'il était pas clair que nous nous remettrions à prêcher, guérir les malades et nous faire ramasser par vot' gardien du Temple, enfin... si c'est comme ça qu'on l'appelle... et à quoi cela aurait-il rimé ?

— Tu ne peux pas t'empêcher de blasphémer, c'est ça ? fit Jonathan. On dirait que tu as le blasphème cousu à la peau.

— L'expression est belle, dit Thaddéus. Le péché de sacrilège.. Cousu à la peau.

— Cessons ce petit jeu, cria Pierre comme s'il était le chef du Sanhédrin, et revenons-en à ce qui nous occupe. Quelqu'un nous a ouvert la porte et nous sommes sortis. Et maintenant nous voici, calmes et « rugissants » dans notre innocence. Finissons-en. Nous avons du travail.

— Ah non !

Caiaphas hocha la tête. Gamaliel dit alors :

— Écoutez-moi.

Ils l'écoutèrent.

— On a dit, et dira encore, que toute assemblée formée au nom de Dieu sera établie, et que toute autre formée différemment devra périr. Des exemples de prophètes autoproclamés, nous en avons déjà eu deux, et remarquables, dans un passé récent. Il y a quelque trente ans de cela, Théudas se leva lui aussi et entraîna quatre cents sectateurs à sa suite. Or où en est-il aujourd'hui ? Dieu n'était pas avec lui et donc, il disparut. Après, il y eut Judas de Galilée dont certains d'entre vous se souviennent sans doute encore bien. Cela se passait à l'époque du recensement ordonné par les Romains pour évaluer le montant de notre tribut. Et que dit-il, ce Judas ? Que Dieu seul était roi d'Israël et que c'eût été tout à la fois blasphémer et commettre un acte de haute trahison que de payer ce que réclamait César. Rome l'écrasa et il n'est plus aujourd'hui qu'un nom parmi d'autres. Des faux prophètes et des insurgés qui ratèrent leur coup, nous en avons eu beaucoup. Et maintenant, venons-en à nos nazaréens. A mon avis, il vaudrait mieux les laisser tranquilles. Car si leur œuvre, ou leur conseil, n'est qu'humain, il sera, à cause de sa nature même, nécessairement renversé. Si, au contraire, il était avéré qu'il fût de Dieu, alors, et dans ce cas-là seulement, vous ne pourrez absolument pas le renverser. Sans parler du fait que ceux qui s'y essaieraient risqueraient fort de se retrouver dans une situation des moins enviables. Car, sans même le savoir, ils seraient à se dresser contre le Seigneur notre Dieu.

Si l'on murmura quelque peu, la majorité des pharisiens hocha du chef devant tant de bon sens. Jean, Jacques le Mineur, Thaddéus et Barthélemy eurent un sourire radieux, mais prudent. Pierre et Thomas, eux, froncèrent le sourcil, et songèrent : du bon sens certes, mais il y a sûrement un hic quelque part. Caiaphas délibéra avec son beau-père.

Et finit par déclarer :

— Ainsi parle l'esprit de modération qui nous est légué par le grand Hillel. Modérés, il est des fois où nous le sommes, et d'autres où nous ne le sommes point. Il se trouve qu'aujourd'hui nous ne le sommes pas. Notre verdict sera donc que vous devez cesser de prêcher et pratiquer...

— Alors, comme ça, dit Thomas, il faudrait que ceux qui sont malades et gisent dans notre bave disparaissent avec leurs lits ? On ne ferait plus de bonnes actions ? Mais c'est à la face du Seigneur que vous crachez !

— Ah, j'oubliais, reprit Caiaphas, encore une chose : pour votre insolence, votre obstination et la truculence de votre langage, vous recevrez le châtiment prévu au Deutéronome : le fouet. Quarante coups moins un.

— Tu veux dire trente-neuf ? demanda Thomas. Pourquoi est-ce que tu ne le dis pas ouvertement ?

Les autres disciples y allèrent de bruits réjouissants que la sainte assemblée ne comprit pas très bien.

Jonathan s'écria :

— Nous aurons le droit à un peu moins de vos alléluias lorsque les fouets seront sortis, mes amis !

— Soyez bénis d'ainsi faire le jeu du Seigneur, dit Pierre. Car maintenant nous allons partager ce que vous Lui avez infligé à Lui.

Et, sans même attendre qu'on le renvoie, il emmena les onze jusqu'à la cour des Châtiments qui, fermée, se trouvait près du *lishkath ha-gazith*.

— Faiblesse, dit Saül à son maître. Et toi, Rabban, tu t'en rends complice.

— J'entends la raideur de l'autorité dans ta voix. Saül serait-il en train de devenir plus qu'un disciple ?

— Oh ! mais je te respecte et honore plus que jamais, Rabban ! Néanmoins, je ne vois pas que cela m'interdirait de me faire une opinion.

— Étudie plus et juge moins.

— C'est l'entier d'Israël qui est mis en péril par de fausses doctrines, lui répondit Saül. Oui, il faut que le fouet les lèche un peu, et après, qu'ils s'en aillent.

— Écoute, Saül, je ne trouve pas grand-chose à reprocher à ces hommes. Il n'y avait pas que rhétorique dans ce que je disais.

— C'est la vérité qu'ils subvertissent. Le Messie dont ils parlent est connu et a été rejeté par les grands prêtres qui sont la voix même d'Israël.

— Relis tes Écritures, Saül. Un Messie, il nous en a été effectivement promis un. Qu'il soit mauvais de l'accepter sans plus de preuves n'empêche pas qu'il serait sot de le rejeter en bloc. Ces gens ne font aucun mal. Que dis-je ? Ils ne font même que le bien. Tu l'as vu.

— Pure astuce. Leurs sectateurs, c'est avec leurs bonnes actions qu'ils les achètent. Les pauvres, on commence par les bourrer de pain et ensuite on leur assène la fausse doctrine. Il faut que tu t'élèves contre eux.

— Il « faut », Saül, il « faut » ?

— Moi, je m'en vais assister à la séance du fouet. Je veux les entendre hurler.

— Un instant, Saül, dit Gamaliel en se tiraillant la barbe d'un air troublé, tu m'intéresses. Non pas parce que tu es si dévoué à la foi mais à cause de la violence de la vindicte dont tu accables ceux qui, à ton avis, s'en montrent les adversaires. Pareil sentiment est excessif... tourne à l'obsession. Tu grondes. Tu fronces le sourcil comme si tu avais constamment mal à la tête. Tu te sens bien ?

— Ça peut aller. Ça fait un peu plus de dix-huit mois que l'*epilepsia* me laisse tranquille.

— Tu as en toi un très fort instinct de persécution. N'oublie pas que le désir de persécuter n'est pas du tout positif. Que c'est la peur qu'il engendre. Jusques et y compris en moi. J'en viendrais presque à vouloir fouiller ma conscience dans l'espoir d'y trouver de sales traces d'hérésie et autres blasphèmes sans propos. Cela, mon cher Saül, n'a pas grand-chose à voir avec la religion.

— Mais de là à défaire des siècles d'efforts ! s'écria Saül. Pense à ceux qui enfin sortirent du désert et bâtirent le Temple. Comme si ce n'était pas notre maison ! Notre stabilité même ! Et voilà que cet homme s'en moque ? Le vrai Temple, c'est le corps humain. Détruis-le et en trois jours il sera de nouveau debout. Tu devrais en trembler aussi fort que moi.

— Non, aujourd'hui, lui renvoya Gamaliel, je ne tremble guère que lorsque j'ai froid. Bah ! il se peut que le Temple soit notre maison et notre stabilité, et qu'il abrite même le Saint des Saints. Il n'en reste pas moins que ce sont des mains humaines qui le bâtirent. L'œuvre de Dieu, c'est notre corps, et il est superbement fait. Aussi vieux que je sois, je me réjouis dans ma chair et, comme toi, espère y être ressuscité. C'est cette foi-là qui fait de nous autres pharisiens ce que nous sommes. Et voilà que maintenant je vois que tu trembles vraiment. Très peu pharisien, ça, Saül. Tu n'aimerais donc pas le corps humain ?

— Ce n'est qu'une tente où abriter l'esprit.

Gamaliel s'interdit de dire quoi que ce soit sur le fait qu'une tente avait un piquet ; si Saül méritait bien qu'on le choquât, peut-être valait-il mieux lui épargner une obscénité à laquelle il n'était pas préparé. Il lui demanda donc seulement :

— Et comment interprètes-tu ce texte que nous n'avons jamais étudié en classe, et c'est à savoir le Cantique de Salomon ?

— Un épithalame bien ficelé. Un peu vulgaire. Il dénude celle qu'il aime et montre sa chair au monde entier. Comme au marché aux esclaves. La chair, il vaut mieux la tenir celée.

— Sauf pour le fouet, bien sûr.

Rougir, Saül n'en avait jamais eu le talent. Cela étant, il ne se rendit pas à la cour des Châtiments où, trois par trois, les disciples étaient en train de se faire lacérer. Bras croisés, Petit Jacques attendit son tour pendant qu'on attachait Pierre, Thomas et Barthélemy au poteau de punition en pierre. Poignets liés, ils s'y tinrent comme s'ils voulaient l'enlacer d'amour. Déférence envers l'âge du criminel sans doute, un petit homme noueux qui répondait au nom d'Esra ne fouettait le corps à demi nu de Thomas qu'avec mollesse.

— Allons, mec ! beugla Jacques. Balance ! Tu veux que je le fasse à ta place ?

Thomas dit alors :

— Tu t'appelles Esra, c'est ça ? Tu es le frère de Jephta, hein ? Sache qu'il s'entend bien avec nous. Rejoins-le, aïe ! Y m'a fait mal, celui-là ! Ça me semble une façon assez lamentable de gagner sa vie, ça !

Thaddéus improvisa une chanson du fouet dans le genre rengaine de marins et tous ceux qui le pouvaient encore la chantèrent avec allégresse, et fausses notes :

Battez-nous, cognez-nous,
Rossez-nous et fouettez-nous,
Quarante coups moins un,
Et quand y en aura plus,
Filez-nous-en un de plus,
Que ça fasse deux fois vingt.

Alors même qu'on le fouettait, Matthieu s'écria :

— On dirait qu'y va falloir dormir sur le ventre, c'te nuit, hein, les copains ?

Tous s'esclaffèrent devant tant de sérénité typiquement galiléenne. A moins qu'il ne se soit agi d'humour. Enfin quoi : dormir sur le ventre, ils y furent bien obligés et, pendant plus d'une nuit, ils ne trouvèrent guère le sommeil.

Cette nuit-là, l'empereur Tibère, lui, dormit sur le dos, et s'éveilla avant l'aube la bouche ouverte et la gorge sèche d'avoir trop ronflé. Alors il s'étonna de ce que sa main fût moite et légèrement luisante à la lumière de sa chandelle. Il comprit enfin qu'il s'était gratté les écorchures suppurantes qu'il avait au visage. Il avait rêvé de son fils mort, Drusus, et, pour la centième fois, l'avait revu gisant, festin pour les mouches romaines, au beau milieu de son sang séché, quelque part dans une allée près du Tibre. Et pourtant, il n'était plus maintenant tout à fait sûr que son rejeton eût péri sous les coups de poignard qu'on lui aurait infligés avec une espèce de candeur animale. Une histoire avait enfin fait surface où il était question d'un eunuque : un certain Lygdus qui, mort depuis longtemps bien sûr — on l'avait garrotté après lui avoir tranché le pénis —, aurait administré de faibles doses de quelque poison égyptien à son fils. Il l'aurait fait année après année, sur les ordres de Séjan. Qui donc était encore assez vivant pour dire la vérité sur quoi que ce soit ? Écorchures qui suppuraient. Rome jetée à la fosse et taillée en pièces en son corps de marbre. La vérité était morte, et avec elle l'honneur et l'honnêteté : l'Histoire ? une bataille de mensonges. Lui, Tibère, n'avait pas mal commencé, même si toujours il lui avait fallu garder à l'esprit que son beau-père, le divin Auguste, ne l'avait jamais choisi que comme obscur repoussoir à son propre éclat. Très mauvaises fanfares pour son règne, cet assassinat du petit-fils d'Auguste, Agrippa Postumus. Cela ne s'était certes pas produit sur ses ordres à lui, Tibère, mais il aurait quand même mieux valu lancer une enquête plus approfondie et coller le centurion responsable à la torture plutôt que de l'exécuter aussitôt à la hache. Sauf que ça, c'était du Livia, évidemment — Livia, l'impériale maman, celle qui détestait le gamin, qui voyait en lui, même s'il n'était jamais que terne et lent à comprendre, un foyer de désaffection possible. Non, il aurait dû, lui, Tibère, parler haut au lieu de se cantonner dans un silence lugubre qui, pour beaucoup, avait ressemblé au mutisme du coupable.

Des choses qu'il aurait dû faire et n'avait pas faites, il y en avait en grand nombre. Comme de s'occuper de l'armée de Pannonie, de payer au moins aussi bien que les membres de la Garde prétorienne tous ces vétérans qui grognaient à juste titre. De réfréner la jalousie qu'il éprouvait envers Germanicus. De ne pas nommer Cnéius Calpurnius Piso gouverneur de Syrie. Car Germanicus avait eu raison de s'opposer à Piso en l'accusant d'avoir mal administré la province. Et Piso, lui, avait eu tort de croire que lui, Tibère, serait ravi d'apprendre que lui, Piso, avait ordonné que le poignard fût planté un peu plus profond, ou même que le poison fût versé lentement, goutte à goutte, dans la coupe à pied de griffon qui faisait la fierté puérile de Germanicus (de bons artisans, ces Germains, intelligents, valant bien qu'on s'emparât de leur pays). Non, lorsqu'en le méritant, un homme s'élevait très haut et dangereusement se faisait aimer de la multitude, c'était à des moyens plus subtils qu'il fallait songer pour assurer sa chute : faux documents qu'on amasse pour démontrer la corruption et la trahison ou encore, par exemple, preuves grossières de quelque manquement aux lois qui régissent la sexualité. Or Germanicus avait été obscènement pur et incorruptible : sans parler de sa compétence — à faire vomir. De tels individus étaient dangereux, vraiment.

Et pourtant : quel genre d'hommes fallait-il donc dans un État qui avait été si prompt à déifier Auguste et n'avait guère traîné lorsqu'il s'était agi de marmonner : « Tibère au Tibre » ? Des Séjan (mort) ? Des Macro (toujours en vie) ? Des Piso (assécheur des richesses de la Syrie) ? Les provinces étaient affreusement gouvernées. Il s'était, lui, Tibère, joint au divin Auguste pour considérer que le tas de poussière qu'était la Palestine ne valait guère qu'on y exportât des sommités en matière d'administration. Il n'en restait pas moins qu'on ne pouvait pas ne pas voir à quel point ce Ponce Pilate, que, protégé d'un Séjan qu'on avait massacré, et à juste titre, il ne connaissait pas, était incompétent. Pas suffisant pour pousser la rumeur à l'abattre en Syrie avant de le laisser filer vers quelque retraite opulente à Corinthe ou à Ephèse. Non, le ramener à Rome. Et mettre bien à plat devant le Sénat et les juges les preuves de sa prévarication, de sa traîtrise et du cynisme avec lequel il avait épouillé et coupé les ailes de l'aquiline *potestas*. D'autant plus que son adjoint, ce Quintilius, ou Sextilien, à moins que ce ne fût autre chose, et là, on n'avait pas été nommé par Séjan, avait envoyé des lettres fort rusées qu'il avait fait suivre à Capri et que lui, Tibère, n'avait pas lues mais dont le stoïque Curtius (ô très lassante voix de l'impériale conscience !) avait parlé à l'occasion pour dire combien elles prouvaient encore plus la nullité de son travail d'administrateur. Bah ! Il avait, lui, Tibère, suffisamment poussé son travail d'enquête judiciaire pour qu'on le déclare impartial et sans désir de vengeance. Il pourrait donc encore brièvement scintiller au firmament des empereurs et y jouer les justes *principes* avant de se laisser aller à la... c'était quoi, déjà, cette expression ?... à l'*una nox dormienda*.

Car il n'y avait rien d'autre. S'il était des dieux et des avatars qui, dans les provinces, promettaient des éternités de bonheur au juste aussi bien qu'à la victime de l'injustice, Rome n'en ordonnait pas moins, et sévèrement, un très bref éclat de *virtus* avant que fièrement on rejoigne, au pas cadencé, les ténèbres éternelles. C'était là, dans cette *nox* aussi vaste que l'univers mais aussi étroite que la tombe que justes et injustes dormaient ensemble. Il y avait bien, il fallait le reconnaître, quelque injustice à recouvrir ainsi le juste et l'injuste sous les pelletées de la même terre, mais pas à la lettre, évidemment : à l'injuste il revenait, d'habitude, la dernière injustice d'une belle, et funèbre, magnificence. Peut-être convenait-il qu'il y eût, après la mort, quelque compensation à la vie lamentable qu'on avait menée : lui, Tibère, qui, les dieux le savaient bien, avait eu plus que sa dose de misères, serait donc emballé avec cinquante esclaves qui n'avaient jamais éprouvé les angoisses de la responsabilité et, hop ! expédié dans l'*una nox*. Les dieux n'étaient, naturellement, qu'invention farcesque quoique nécessaire à, disons, l'exaltation marmoréenne des vertus civiques. On sacrifiait à Jupiter avant ou après le bain, les jeux, ou quelque querelle sans fruit avec des sénateurs aussi débauchés qu'ils étaient ânes bâtés, mais il ne demeurait dans tout ça qu'une seule vraie déesse : la chance. Alors, il La vit en train de le regarder étendu sur sa couche solitaire, de secouer ses dés sans pourtant encore les jeter. Elle avait les traits de sa très détestable, et très détestée, mère impériale.

Et il dit tout haut :

— Maman, ô toi, increvable salope, je m'en vais à Rome.

Couche solitaire, oui, en travers de laquelle ne s'étalait aucun giton en train de ronfler avec une belle santé. Bannis, tous bannis. Il s'empara de l'impérial pénis qui, aussi flasque que bourse plate en chevreau, ne se réveilla nullement à l'idée qu'on allait le stimuler. Sa mère l'observa d'un air acariâtre. Increvable mais officiellement morte. Dans son lit, à quatre-vingts ans ; il avait refusé d'aller à l'enterrement de l'immonde. Alors qu'il avait quatorze ans, elle l'avait surpris en train de se masturber. Déplacé, antiromain, grec, juif. Bah ! dans un sens, il n'avait jamais fait que se masturber depuis qu'il avait endossé la pourpre. Les fantasmes amoureux de son enfance étaient devenus de plus en plus extravagants, s'étaient transformés en êtres de chair et de sang mais, rétrospectivement, les apparitions de son cerveau surchauffé, là, au-dessus de sa main droite qui continuait de frotter, avaient plus de réalité. Insuffisant ? Mais c'est toi, Biberius Caldius Mero, qui l'es, insuffisant !

— Oui, espèce d'ordure crevée, je m'en vais à Rome, et irai cracher sur ta tombe ! lança-t-il à l'aube qui, un centimètre après l'autre, gagnait sur l'intérieur des terres.

Il moucha la chandelle et l'impérial pénis s'en retourna à sa torpeur. Sur la table était posée une cloche. Il la souleva et le petit battant y alla de sa chanson matinale habituelle. Y répondit une cloche plus grosse, et puis une seconde, plus grosse encore, quelque part dans le lointain. Deux esclaves nus, Félix et Tristis, apparurent aussitôt avec sa potion du matin : un posset de vin et de lait de chèvre glacé. Enfin, il se leva.

Sur la terrasse de la Villa Jovis, il vit qu'on était en train de changer la garde. Inspection aurorale oblige, le jeune centurion vérifia les tenues du manipule montant. Cette sandale-là était bien mal agrafée. Tu aurais besoin de passer chez le coiffeur, Balbus. Tibère observa. L'officier s'en aperçut, se raidit et lui lança un *ave*.

— Viens ici, lui cria Tibère.

Pieds légers, le jeune centurion se précipita vers la terrasse. Assez beau garçon, musclé, bien fait de sa personne.

— Je sais comment tu t'appelles mais j'ai oublié. La mémoire des vieux, comme on dit.

— Marcus Julius Tranquillus, César, lui répondit le soldat.

— Julius ? Julius ? Julius ! Mais tu plaisantes ! Sache qu'il est encore trop tôt pour plaisanter.

— Je ne plaisante pas, César. J'appartiens à la branche plébéienne.

— La lignée des Julien n'a pas de branche plébéienne.

— C'est possible, César, mais il faut croire que mon père et mon grand-père pensaient autrement. Julius est bel et bien mon deuxième nom.

— Bon, bon... Or donc, Marcus Julius, tu vas avoir beaucoup à faire aujourd'hui. je te charge de superviser tous les détails de mon embarquement.

— De ton embarquement, César ?

— Oui, nous partons pour Rome. Dans un jour ou deux ; il convient d'abord de consulter les entrailles sacrées, bien sûr. Une formalité, tout au plus. Ah ! Il va aussi falloir que tu me trouves Apémantus.

— Apémantus, César ?

— Oui, oui, mon astrologue. Dis à tes hommes que la plus grande efficacité dans le travail va nous être absolument nécessaire. Des ennemis, nous en avons. Il faudra être en alerte. Je m'en vais à Rome. Oui, César se rend à Rome. Il y a beaucoup à faire. Des messages à envoyer. Prendre toutes les précautions possibles. C'est une époque bien dangereuse que celle où nous vivons, Marcus Julius.

— C'est vrai, César.

— Mais dis-moi, jeune homme, tu peux parler en toute confiance, ceci n'est qu'une conversation d'homme à homme au petit matin, comment vois-tu donc l'avenir de l'Empire ?

— La question est vaste, César. Pour ma part, je souhaite bonne continuation à César et me réjouis qu'ainsi il doive se montrer à Rome. Car, après tout, Rome, c'est l'empereur.

— Allons, allons, gamin, tu sais bien que je n'en ai plus pour longtemps. Les devoirs qui te retiennent ici ne t'auraient-ils pas amené à faire la connaissance de mon petit neveu ?

— Je ne l'aperçois que de temps à autre. Et encore : de loin.

— Et... on n'a pas d'opinion sur lui ? Enfin, je veux dire... en tant qu'héritier impérial... ?

— C'est César qui l'a choisi. Que dire de plus ?

Tibère sentit la colère monter en lui tel un flot de bile.

— Et si je te disais que je n'ai fait que réchauffer une vipère dans mon sein ?

— Le fait que César chérit son serpent est bien connu.

— C'est toute une race de sycophantes, de dissimulateurs et de fuit-la-vérité que j'ai élevée ! Et je ne peux m'en prendre qu'à moi-même. Allons, dis-moi tout ce que tu veux : je n'ordonnerai pas qu'on te crucifie.

— Le prince Caius, lui répondit le jeune centurion, est le fils d'un Germanicus que l'on pleure beaucoup. De lui nous attendons le meilleur, naturellement.

Tibère eut envie d'évacuer son posset du matin.

— Ah ! Tire-toi de là ! cria-t-il. Va me chercher Apémantus ! Vous autres, Romains, vous aurez ce que vous méritez. Comme vous l'avez toujours eu.

Son serpent, Columba, resta à dormir lové sur son bras gauche pendant qu'il écoutait l'astrologue lui interpréter la configuration dans laquelle se trouvaient les étoiles. Jamais les auspices ne seraient meilleurs.

— Ah non, ils ne seront jamais meilleurs, répéta Curtius.

— Je l'entends bien, ton petit ton sardonique, Curtius. Apprends donc que j'écoute les devins, et jamais les raisons du stoïque. Mais réjouis-toi : le résultat est le même.

— Dieu, ou les dieux, soit loué ! lui renvoya l'autre. Quand partons-nous ?

— Les vents sont jolis, ajouta l'astrologue.

Âge moyen, rusé, ce Grec romain avait l'œil franc lorsqu'il étudiait ses cartes, mais plus que fuyant dans les contacts humains. Il s'était inventé un costume remarquable afin que le monde entier sût bien qu'il était astrologue — il portait une robe bleue avec des étoiles dorées et stylisées cousues dessus et dissimulait sa calvitie sous un turban enroulé à la manière orientale. Sept bagues aux doigts : une pour chacun des corps célestes d'importance. Onyx, améthyste, pierre de lune, rubis, opale, saphir et or simple.

— Quant aux augures qui président à la santé de César, ils sont, eux aussi, vraiment excellents.

Vers le milieu de la matinée, Tibère piqua une tête dans la *piscina*. Un de ses vairons le mordit cruellement aux testicules. Il le fit fouetter, naturellement. Et puis, comme le fouet était toujours à portée de sa main, il fit aussi fouetter l'astrologue. Tibère n'avait confiance en personne.

Barthélemy sortit de la chambre à coucher obscure pour dire aux deux jeunes filles que leur mère dépérissait à vue d'œil : elle ne réagissait plus aux décoctions d'herbes médicinales, n'était même plus capable de garder une goutte d'eau — il valait mieux s'attendre au pire. Sauf, bien sûr, si elles désiraient une autre opinion...

— Nous avons confiance en toi, lui répondit Sara en soupirant.

Ayant posé son raccommodage, elle ajouta :

— Donc pas de miracle nazaréen ?

— On ne sait jamais. Ils sont imprévisibles. Et parfois il est difficile de faire la différence entre un miracle et un acte de foi dans la personne du guérisseur. Personne jamais ne comprendra le temple humain comme il faut.

— Le... ?

— Le temple humain. C'est une métaphore. Je reviendrai demain. Mais je crois que vous...

— Nous savons, dit Ruth.

Elle regarda une tenture en toile peinte où l'on voyait Ulysse en train de bander ses muscles enchaînés pour essayer d'attraper les Sirènes. Encore un homme nu qui mourait d'envie d'ajouter ses os à un monticule déjà haut. Grec. Dans la pièce d'à côté on parlait grec avec véhémence.

— Si seulement elle pouvait revoir Caleb, fit-elle.

— Savoir qu'il est encore en vie lui suffit, dit Sara. Elle s'accroche à ce petit billet comme s'il s'agissait de sa propre vie.

— Elle n'est pas très pressée de vivre, reprit Barthélemy. Et ça, ça doit signifier qu'elle n'espère pas un miracle. Et maintenant, il faut que je m'en aille.

Sur quoi, petit homme à barbe bien taillée et tenue noire qui virait au roux, il s'éloigna.

— Tu aurais dû lui parler de cette pauvre femme, dit Ruth.

— Saphira ? demanda Sara. Ç'aurait été gênant. Avec son mari mort... et elle qui reste toute seule à crever en attendant de se faire dévorer par les rats ? Non, ces nazaréens ne valent pas mieux que les autres. Tous à prêcher l'amour et la charité mais à laisser les leurs se faire bouffer par les rats. — Et elle précisa : Enfin... la plupart.

— Reverrons-nous jamais notre petite chambre ? Y entendrons-nous jamais encore Elias délirer sur ses rats en train de s'emparer du monde ? s'enquit Ruth. — Avant d'ajouter : Je n'aime pas beaucoup ces nazaréens... Sauf Étienne et sa famille.

— Il n'y a pas une religion pour sauver l'autre, fit remarquer Sara. Des bêtises, tout ça ! Comme si elles avaient jamais fait du bien. On bat les gens, on les crucifie et on blablate pieusement. Les religions, ce sont les hommes qui les inventent pour menacer d'autres hommes. Sans parler des femmes. Radotages hypocrites !

Ruth dévisagea sa sœur d'un air stupéfait et terrorisé.

— Mais c'est horrible, ce que tu dis, Sara ! fit-elle. Dieu pourrait bien te tuer. Il entend tout. Il pourrait te muer en statue de sel !

— Eh bien, qu'Il le fasse ! De toute façon, Il est bien trop occupé pour l'instant. Ça doit être un sacré travail que de se couper en deux, même quand on est Dieu ! Un coup pour les Juifs, un coup pour les nazaréens... Et je ne compte même pas les religions de Syrie, d'Égypte et autres.

— T'as pas le droit de dire ça des Juifs et des nazaréens. Les nazaréens répètent partout qu'ils sont de bons Juifs. En plus, ils n'ont jamais parlé d'un Dieu différent.

— Oh ! Ça vaut pas la peine d'en discuter. Y a un Dieu qu'a un fils et un autre qu'en a pas. C'est aussi bête que ça.

On parlait toujours grec avec autant de force dans la pièce d'à côté : les voix étaient nombreuses. Rien qu'au bruit, la discussion devait être importante.

— Ça doit être important, leur truc, fit remarquer Ruth. Rien qu'au bruit ! Qu'est-ce qu'ils disent ?

— Je ne sais pas assez de grec pour pouvoir te répondre... Ça parle religion.

— Ce sont des Grecs et pourtant ils se disent juifs !

— Et le sont. Ce sont des Juifs grecs.

— Mais comment ça se fait ?

— Ça, Ruth, c'est une longue histoire. Un jour, Israël s'est scindé. La Diaspora, qu'ils appellent ça.

— Où est-ce que tu apprends tous ces grands mots ?

— Certains Juifs partirent pour Rome, d'autres s'en allèrent dans les îles grecques. Il y en eut aussi beaucoup qui décidèrent de rejoindre Jérusalem. Le retour au pays, qu'ils appellent ça.

— Non mais, écoute-les !

Dans la pièce d'à côté Tyrannos, le père d'Étienne (et je suis persuadé que ce prénom était, en fait, un sobriquet à lui donné par ses étudiants), Étienne et d'autres Juifs grecs — Prochorus, Nicanor, Timon, Parménas, Nicolas, etc. — s'étaient lancés dans une chaude discussion devant une amphore de vin résineux de Mytilène. Philomène, la seule femme présente, en versait des rasades dans des coupes en pierre ornées d'une grecque à motifs de clés. Nicanor était alors en train de dire :

— C'est ce que je répète depuis toujours. Ils se prennent pour les seuls Juifs véritables. Ils croient qu'il n'est d'autre langue juive que l'araméen. Ce qui fait que nous autres, Grecs, nous sommes en dehors du coup. Bien, très bien : on accepte. Sauf que quand on en vient à de l'injustice véritable...

De sa profession fabricant de métal — argent, surtout — et de chandelles, Nicanor approchait du bel âge. Dire qu'il avait les traits grecs serait affirmer que semblables caractéristiques auraient été notablement distinctes de celles que l'on trouve chez tous les autres enfants du Mare Nostrum. En fait, tous les fils et filles de ses doux climats (et doux, je dois le préciser, ils ne le sont que lorsqu'on les compare à ceux qui, brûlures du soleil obligent, firent des Noirs des enfants de Cham) se ressemblent, qui ont la peau de la teinte même de l'olive, des cheveux si crépus que, chez les hommes, le peigne n'y résiste pas, petitesse de taille comme on n'en voit pas chez les pâles tribus du Nord et de l'Ouest, et générosité de nez que, c'est du moins ce que raconte certaine légende juive particulièrement myope, Dieu leur aurait accordée afin de mieux renifler le mal et la chair de la bête que l'on n'a pas abattue selon les règles rituelles. Parfois pourtant, il arrivait aussi que, chez ces Grecs, présent d'Aphrodite dirait sans doute un païen, l'or enflammât la chevelure et le duvet par tout le corps... Semblables reflets métalliques Philippe avait dans la toison, et le soleil s'était niché dans les poils qui, enchevêtrés et comme de brouet, lui couvraient les avant-bras.

C'était lui qui parlait maintenant :

— Négligence plus qu'injustice, Nicanor, fit-il remarquer.

— Très bien, lui répondit ce dernier. Prenons le cas de la pauvre Philomène ici présente. Veuve depuis six semaines et personne pour faire sortir un as du fonds commun. Ce qui, naturellement, n'empêcha personne de faire diligence pour l'enterrement quelque peu clinquant de cette... cette comment déjà ?

— Saphira, dit Philippe. Mais c'était inévitable. D'une négligence honteuse. Même chose pour l'argent versé à la pauvre infirme qui vivait avec sa tante en Galilée.

— Je pourrais te citer d'autres exemples, reprit Nicanor. Et pas seulement des histoires d'argent. Sauf que l'argent, c'est là où c'est le plus visiblement honteux. Il est temps que les Juifs grecs se fassent entendre.

— Tu veux donc que Philippe et moi, nous en parlions à... ? demanda Étienne.

— C'est ça ! fit Nicanor. Et que ça cingle ! Parlez-lui le langage des pêcheurs. Rappelez-lui ce passage de la Genèse où il est dit : « Et Dieu donnera la beauté à Japhet, et demeurera dans les tentes de Sem. »

— Ce qui signifie ? demanda Parménas à la lourde barbe huilée.

— Que la parole de Dieu vaut aussi bien en grec qu'en hébreu.

Philippe et Étienne sortirent donc dans la pleine chaleur de midi et, ayant parcouru deux rues, arrivèrent à la maison qui, autrefois, avait appartenu à Matthias mais était maintenant devenue le quartier général des douze — là, dans une pièce du haut où, avant, tout avait senti la trahison. Difficile, Philippe remarqua que les lieux étaient en désordre et pleins de poussière : à la différence de leur maître, on craignait la présence plus que troublante des femmes. En entrant, les deux Grecs découvrirent que c'était le vieux Thomas qui apportait maintenant le plat de haricots, d'oignons en tranches et d'olives assaisonnées d'huile et de vinaigre à la table. Barthélemy, les deux Jacques, Matthieu et Pierre s'étaient installés autour de son plateau couvert de taches de graisse. Jacques le Mineur était en train d'y couper un pain si rassis qu'il lui fallait y appliquer toute sa force.

— On vient manger, c'est ça ? leur demanda Thomas en le prenant de haut. De la bonne bouffe galiléenne, allez ! Rien à voir avec vos cochonneries à la grecque ! Tenez, asseyez-vous.

— Des haricots, fit Barthélemy en hochant tristement la tête. Rien de mieux pour les vents.

— L'Éole des légumes, le coupa Étienne en passant la jambe par-dessus le banc. — Et, s'adressant à Pierre, il ajouta : Est-ce qu'on pourrait pas discuter d'un sujet important en mangeant ?

— C'est à propos des veuves ? s'enquit Pierre.

— Donc... tu sais.

— Difficile de ne pas être au courant avec vous autres, Grecs, qui n'arrêtez pas de crier à l'injustice ! Bon, bon : c'est vrai que des choses comme ça, c'est forcé qu'il en arrive. Cela étant, je suis le premier à reconnaître que ce n'est pas bien.

— Forcé que ça arrive, forcé que ça arrive ! lança Philippe en tripotant les haricots qu'il ne trouvait pas assez cuits. Uniquement parce que vous autres, Juifs de Palestine, vous prenez les gens de la Diaspora pour une race inférieure et complètement à part. Que je te rafraîchisse la mémoire, Étienne... Qu'est-ce qu'elle dit, déjà, la Genèse ?

— « Et Dieu donnera la beauté à Japhet, et demeurera dans les tentes de Sem. »

— Ce qui signifie ? demanda Thomas.

— Que c'est à vous de nous le dire, avança Philippe avec audace. Comme si vous n'étiez pas les grands explicateurs de la Parole ! Mais... laisse-moi faire le travail à votre place. La langue de Japhet n'est pas celle de Sem mais quand nous y lisons la parole de Dieu, Il nous en bénit tout autant, sinon plus que vous, lorsque vous la déchiffrez en araméen. En d'autres termes, les Juifs hellénisés, comme vous nous appelez, n'ont pas des droits inférieurs à ceux de Palestine. Sauf que c'est jour après jour qu'ils sont bafoués par les présents que vous faites à la veuve et à l'orphelin. Et nous, nous exigeons que cette situation soit dûment corrigée.

— Si je comprends bien, dit Thomas, ce serait donc que les Hébreux favorisent les Hébreux ?

— Dieu sait s'il a raison ! soupira Pierre en laissant tomber une rognure d'oignon dans sa barbe. Même qu'il n'y a qu'une seule solution : nous verrons bien comment vous autres, Juifs grecs, vous allez aujourd'hui vous débrouiller dans l'art de tendre la main. Je parie que toutes les plaintes viendront de l'autre côté. En plus, les douze ont autre chose à faire que servir à table.

Il avait parlé en araméen. Philippe lui demanda :

— C'est quoi, cette expression ?

— *Diakonein trapezais.*

— Il veut dire, fit Thomas, que nous passons trop de temps à refiler du pain aux pauvres et à faire tinter la ferraille. Nous avons autre chose à faire qu'à être seulement ce qu'à parler votre langue on appellerait des *diakonoi.*

— Et donc... aux Grecs de le devenir ? s'enquit Étienne.

— Tu peux dire ça comme ça si tu veux, lui répondit Pierre. Si, à condition que ce soit le mot juste, un *diakonos* est un serviteur, alors oui, nous sommes tous serviteurs ou diacres. Il y a cependant manière et manière d'être diacre. Bon, et maintenant les Grecs ne nous feront plus d'ennuis.

— Combien sommes-nous ? voulut savoir Philippe.

— Eh bien, pas douze, non, mais il y a d'autres nombres sacrés... Sept, par exemple. Tu peux en nommer sept ?

— Oui. Étienne et moi ici présents, et aussi Prochorus, Timon, Parménas, Nicanor et Nicolas.

— Plutôt extraordinaires, ces noms ! fit remarquer Jacques le Mineur. Ça ne sonne pas très juif, tout ça !

— Et ça a sans doute un sens, ajouta Étienne.

Pierre en fut d'accord :

— Oui. Ça veut dire que les Juifs grecs veillent sur l'argent pendant que les Hébreux s'occupent de l'Évangile.

— Comme quoi, demanda Étienne, grec, juif et hébreu, ces adjectifs n'auraient plus de sens ? Nous serions tous unis dans le Christ et devrions oublier ce que nous étions ? Hommes et femmes avec des noms encore plus bizarres que les nôtres, tous nous serions aujourd'hui prêts à entendre l'Évangile ?

— Nous ne le sommes pas encore, nous, dit Pierre.

— Mais les Samaritains, eux, le sont, lui rétorqua Philippe. L'évangile de la souffrance, ce sont les Romains qui le leur enseignent. L'étape suivante consistera seulement à leur expliquer le sens de cette souffrance qu'ils endurent.

— Ce qui viendra en son temps, précisa Pierre. Les Samaritains sont Juifs de certaine sorte, c'est vrai, mais ils ont le droit d'entendre la Parole...

— Et ce Grec-là est aussi une espèce de Juif ! ajouta Étienne en souriant. Même qu'il est décidé à partir pour les îles grecques afin d'y prêcher la Parole dans sa langue.

— Pas encore, l'interrompit Pierre. Si tu veux dire la Parole, commence par prêcher dans les synagogues d'ici. Va à celle que fréquentent les libertins[1]...

— Les libertins ! s'écria Philippe en fronçant les sourcils. Ceux qui pèchent dans la chair ?

— Le *libertinus,* lui fit remarquer Barthélemy, n'est jamais qu'un homme libéré ou son fils. On aime bien rester ensemble. On vient d'Alexandrie, ou de Cilicie et autres lieux. Tu pourras leur parler grec.

— La Cilicie ? dit Matthieu. Mais c'est de là qu'est Saül !

— Justement, lui répondit Pierre. Essayez de le convertir. Il y aura du pain sur la planche, ça, je peux vous le garantir ! Ah, Messieurs ! fit-il encore en se levant, mes frères, soyez les bienvenus ! Du fond du cœur !

C'est alors qu'à la surprise d'Étienne et de Philippe deux hommes en costume de prêtre entrèrent dans la pièce.

— Excusez le désordre sur la table, dit Pierre. Nous sommes humbles et devons nous débrouiller nous-mêmes.

— Allons-y ! lança Philippe. Nous vous remercions pour ce que vous nous avez accordé.

1. Aussi appelés « affranchis » *(NdT).*

— Ramenez les autres demain ! s'écria Pierre. Il y a une petite cérémonie à accomplir. C'est devant une maison pleine de fidèles que l'on vous imposera les mains et bénira et alors, vous saurez, et officiellement, que vous êtes ce que vous êtes. Dieu soit avec vous. Asseyez-vous, mes frères.

Encore plus étonnés, les deux Grecs virent les deux prêtres s'incliner devant Pierre avant de s'asseoir. L'ennemi aurait-il été en train de se convertir ? C'est vrai qu'ils avaient l'air bien pauvres et prêts à donner le peu qu'ils avaient au nom du Seigneur. Il en serait allé différemment avec des gens comme Annas et Caiaphas. Il n'empêche : la foi nouvelle avait brisé le mur de pierre de l'orthodoxie. Le miracle était sans doute moins spectaculaire que celui de donner la vue à l'aveugle mais miracle il y avait, et qui silencieusement se déroulait au royaume de l'esprit. Étienne n'en éprouva pas moins un malaise : voilà qu'on préservait la foi dans la famille même dont la maison était le Temple. Or cette foi ne se devait-elle pas d'être tel chargement de navire ? Respiration nouvelle ? Satisfait, le Temple demeurait éternellement à l'ancrage.

Si Tibère avait bien parlé de partir pour Rome sous un ou deux jours, les préparatifs du voyage impérial prirent, de fait, plus de trois semaines : ne convenait-il pas que, chagrin, le *princeps* eût au moins le temps de changer trois ou quatre fois d'avis ? Enfin, par une journée radieuse où le ciel et la mer se faisaient l'un l'autre miroir de leur sérénité, la trirème dépêchée du continent leva l'ancre pour y retourner. Alors, l'énorme grand-voile frappée à l'aigle de Rome se gonfla sous le vent chaud qui la poussait plein est et, déjà à peiner sur trois niveaux, là, dans les profondeurs empuanties du navire, sous les coups brutaux des porteurs de fouet et dans les roulements de tambours qui battaient le rythme, les esclaves rameurs entendirent sonner le buccin : là-haut, dans le monde des vivants, l'embarquement de Tibère et de son entourage avait commencé. Le personnel navigant était considérable, qui incluait jusqu'à trois médecins : plaies suppurantes nettoyées certes, et aussi joues fardées au point de lui donner un vague air de bonne santé, l'empereur ne se sentait pourtant pas très bien. Caius se montrait hypocritement empressé. Hérode Agrippa, pour qui la mer la plus calme même n'était que déchaînements de lions qui mordent, resta dans sa cabine et, pendant toute la traversée, se demanda si l'empereur désigné allait tenir sa promesse : il pensait que non. Ni les « vairons » de la *piscina* impériale, ni les jeunes pervers entraînés aux plaisirs des grottes de Vénus ne se trouvaient faire partie de la compagnie : silencieusement ils se tenaient sur la plage et les promontoires afin de regarder appareiller le bateau. Tous ils connaissaient mieux leur avenir qu'Hérode Agrippa le sien : on retomberait en esclavage et verrait ses jeunes os violés jusqu'à ce qu'ils cassent, ou que leur jeunesse ne soit plus. Les plus innocents rêvèrent de la manumission que acte de justice et de clémence propre au début d'un nouveau règne, le prochain empereur leur accorderait. Ceux qui avaient surpris Caius tout à la joie de faire dégringoler des corps mutilés du haut de la falaise n'espéraient rien.

La traversée fut brève. Putéoli qui, port adjacent à Néapolis, était, en temps ordinaire, bourré de bateaux, en avait été entièrement vidé (on les avait envoyés se balancer sur d'autres routes) afin que la trirème impériale eût la voie dégagée. Dès qu'elle y entra, cors, trompettes, tambours et cymbales, les quais explosèrent en musiques de fête. Tibère en eut les tempes qui battirent mais Caius se contenta de les accueillir avec des sourires et de grands gestes de la main. Des dockers attrapèrent les amarres qu'on leur jetait, amenèrent le navire dans son bassin et en enroulèrent les cordages autour des bornes de pierre. D'autres avancèrent promptement une passerelle pourpre et or marquée à l'aigle de Rome, et d'autres encore déroulèrent un tapis d'Alexandrie afin que du bateau à la litière qui l'attendait avec ses grands et robustes porteurs de Germanie l'empereur parcourût le bref chemin le plus douillettement possible. De toute sa hauteur, là-bas, près des entrepôts, la statue de Tibère contemplait leur arrivée — la copie en bronze coulé se moquant avec solennité de son original un peu trop frêle. Cuivres qui bramaient et tambours qui battaient, la Garde prétorienne salua ; Tibère lui répondit d'un faible mouvement du bras. Sous les vivats de rigueur il sentait bien qu'on était satisfait de le voir plus malade et âgé qu'on ne le pensait. L'accueil réservé au fils du bien-aimé Germanicus était, on ne pouvait pas en douter, beaucoup plus chaleureux. Il n'aurait, lui, Tibère, jamais dû revenir. Une fois déjà il l'avait fait, il y avait bien des années de cela, et s'était alors contenté de remonter le Tibre pour regarder de loin les murs de la ville — la troupe ayant été postée sur les rives du fleuve afin d'écarter le peuple. Il était très vite reparti pour Capri. Cette fois-ci cependant, il allait lui falloir remonter lentement et solennellement la Via Appia, faire bruyamment entrée dans la cité et assister à d'innombrables cérémonies et banquets où il serait obligé de parler. Il en serait incapable : il avait soixante-dix-sept ans, il allait mourir, il avait gagné le droit d'être en paix. Sauf que non, il ne l'avait pas encore gagné : d'où ce dernier martyre auquel il s'était résolu. Plus pitoyable que lui, aucune de ces créatures misérables qui balayaient le quai n'aurait pu l'être.

Dans une litière décorée, et pleine de coussins, qui se balançait aussi doucement qu'un berceau, il fut transporté en procession le long d'une Via Appia aux arbres couverts de feuilles. Son serpent chéri, Columba, dormait enroulé autour de son bras gauche : la traversée l'avait sonné, peut-être même rendu malade.

— Mon amour, roucoula-t-il, siffle-moi toute ta tendresse !

Mais l'animal ne fit que s'enrouler encore plus profondément dans sa léthargie. A la septième borne milliaire il donna l'ordre de s'arrêter. Il écarta les rideaux juste à temps pour voir Caius en train de fouetter un esclave qui avait laissé tomber dans la poussière les bagages encordés qu'on lui avait confiés.

— Réchauffer une vipère pour le peuple de Rome ? Qui a dit ça, Columba ?

Les consuls Cnéius Acerronius Proculus et Caius Pontius Nigrinus se montrèrent à la petite fenêtre.

Tibère leur déclara :

— Je n'irai pas plus loin aujourd'hui.

— Comme César voudra, lui répondit Pontius Nigrinus. Nous ne sommes pas très loin de la villa de Pomponius Naso. Peut-être César voudrait-il y passer la nuit...

— Pomponius est-il chez lui ?

Proculus eut un drôle d'air.

— Mais Pomponius Naso a été exécuté il y a cinq ans ! dit-il. Sur les ordres mêmes de Ton Impériale Majesté.

— Il n'y aurait pas... pas d'autre endroit ?

— Si, un mille en arrière. L'ancien pavillon de chasse de feu Séjan.

Tibère trembla comme s'il avait un accès de fièvre.

— La villa de Pomponius fera l'affaire. Tout y sera prêt ?

— La maison impériale a prévu les désirs de Sa Majesté.

— Parce que tu les connais, mes désirs ? lança-t-il, en proie à une colère soudaine. Comme si un seul d'entre vous connaissait mes besoins !

Debout au portail de la villa, une foule de gens, des campagnards pour la plupart, s'était massée pour regarder, bouche bée, passer le tremblant Seigneur de l'univers. Grande barbe, vêtement de fabrication domestique couleur caca d'oie, un homme s'avança et, baguette divinatoire à la main, lui cria au moment même où il descendait de sa litière :

— Prends garde à la force de la populace, César !

Et puis, bien entraîné à une agilité plus que nécessaire, il s'enfuit avant que le fouet du licteur ne pût l'atteindre. Tibère gagna dans l'instant un lit qu'on lui avait réchauffé à l'aide de pierres brûlantes enveloppées dans de la laine. Et demanda un gruau. Et s'endormit et refit un vieux rêve, celui-là même qui avait gâté le repos aviné de son dernier anniversaire. Gigantesque, la statue d'Apollon de Téménos, qu'il avait fait rapporter de Syracuse afin qu'on la dressât dans la bibliothèque du tout nouveau temple dédié à un Auguste déifié, soudain remuait les lèvres pour lui dire :

— Et toi, Tibère, jamais tu ne me dédieras.

Ce fut au bruit du tonnerre qu'il se réveilla au beau milieu de la nuit. Il avait peur des éclairs. Il appela faiblement, demanda qu'on lui donne une couronne de lauriers. Enfin un esclave lui en apporta une (il y en avait plusieurs dans les bagages) et, en tremblant, l'empereur la ceignit en un geste de défi apotropaïque aussi malheureux qu'il était pitoyable. La foudre ne le frappa point : l'astuce avait toujours marché.

A l'aube il se leva enfin, pour découvrir que son serpent adoré n'était plus enroulé autour de son bras mais gisait, raide mort, sur le plancher. Encore n'y reposait-il pas en entier : les fourmis en avaient dévoré la moitié, voire davantage. Il couvrit d'insultes la minuscule armée qui s'agitait sous lui, l'écrasa de ses pieds nus. *Prends garde à la force de la populace, César !*

Il appela encore :

— Nous rentrons à Capri ! Annulez le voyage à Rome !

Le cortège fit demi-tour et, veuf de son serpent, César s'en revint en Campanie. Crampes d'estomac et vomissements secs, il tomba très malade à Astura. Son médecin principal, Chariclès, lui prépara un posset de vin additionné de lait et d'opium. Il dormit trois jours et se sentit plus fort à son réveil. César était en bonne santé ! Aux jeux des garnisons de Circeii, César montrerait qu'il était guéri ! On applaudit, mais aussi murmura, lorsqu'il s'assit dans la loge impériale qu'on lui avait installée à la hâte. Hérissé et grognant, un sanglier sauvage fût lâché dans l'arène. « Passez-moi un javelot. — Un javelot, César ? — Oui, un javelot, maudit. » Et, pour prouver qu'il avait recouvré la santé, il lança l'arme qu'on lui tendait vers l'animal, le manqua, lui en lança une autre, puis une autre encore sous les applaudissements de quelques soldats. Enfin, il poussa un cri : « Aaaarg ! » : il s'était fait une entorse au côté et semblait maintenant adresser quelque grotesque salut à la foule assemblée sur les gradins. L'effort avait été bref mais déjà l'empereur suait de douleur. Bientôt un vent froid se leva, qui le glaça.

— Allons, fit-il d'une voix rauque.

Le lendemain, tout le monde gagna Misénum où on lui avait préparé un banquet. Tibère n'y connaissait presque personne mais sourit à tous les convives. La rumeur était fausse : voyez comme il va bien. Encore une tranche de ce rôti de sanglier ! Et un peu de ce pain de froment bien doré ! Et remplissez-moi cette coupe à ras bord ; voyez, mes amis, je vous donne raison.

Chariclès, son médecin, lui dit alors :

— César, il faut que j'aille préparer ta potion au mortier. Permets que je te quitte.

Et il lui prit la main pour l'embrasser. Tibère murmura :

— C'est mon pouls, n'est-ce pas ? Tu me le prends parce que j'ai l'air d'aller mal ? Reste avec moi, Chariclès. Dis-moi, Chariclès, dis-moi la vérité : vais-je bien ! Te donné-je l'impression d'être en bonne santé ? Passerai-je encore cette soirée sans m'effondrer ?

— Avale cette poudre, César, avec un peu d'eau. Ça te soutiendra comme il faut. Fais-le en cachette. Que personne ne te voie.

Complètement ivre, Caius cria à l'autre bout de la table :

— Ah ! très cher et très illustre Grand-Oncle ! mais c'est que tu as l'air de te porter comme un charme ! Tu nous enterreras tous, allez !

Le lendemain, alors qu'il se trouvait dans sa litière on lui apporta le compte rendu de récents débats au Sénat. Il y lut que les trois patriciens dont il avait ordonné la condamnation pour trahison avaient été libérés sans même qu'on les eût entendus.

— Crime de lèse... essaya-t-il de crier.

L'étreinte réconfortante de son serpent autour de son bras gauche lui manquait beaucoup.

— On se moque de moi, finit-il par dire. Repartons pour Capri.

C'est alors que Pontius Nigrinus arriva, porteur d'étranges et terrifiantes nouvelles. Il y avait eu un tremblement de terre dans l'île. De courte durée, il avait pourtant été assez violent pour abattre le phare qui balisait le cap.

— L'œil du monde n'est plus, gémit Tibère. Et qui est-ce qui m'a joué ce vilain tour avec le feu à Misénum ? Ah ! vous êtes tous à me concocter de mauvais augures !

Car, dans sa chambre, à la villa de Misénum, le feu qui, jusque-là, était resté éteint, soudain s'était réveillé dans un bond de flammes et, toute la nuit durant, l'avait observé de son œil vermillon.

— La maison qui appartenait à Lucullus ? demanda Pontius Nigrinus. A un demi-mille d'ici, à peine. Ton Impériale Grandeur voudrait-elle s'y reposer ?

— Il n'est de repos nulle part, s'écria l'empereur.

On pourrait croire que tout cela n'a que peu de rapport avec ce qui se passait en Palestine, mais non : déjà l'état de santé de Tibère était connu à Césarée et, de là, une rumeur s'était propagée jusqu'à Jérusalem, selon laquelle Caius Caligula allait bientôt reprendre la pourpre. Une de ses premières mesures serait d'élever le prince Hérode Agrippa à la royauté de Judée — cela n'étant d'ailleurs que prélude à la libération du pays et à la restauration de la monarchie salomonienne. L'heure était à l'unification de la foi juive, à la glorification, aussi, d'un Temple qui ne serait plus seulement maison du Saint des Saints mais encore symbole du pouvoir qui alors régnerait sur la terre sacrée d'Israël. Et non, ce n'était pas du tout l'heure où, jeune Étienne, aller se tenir debout dans la synagogue pour prêcher la voie nouvelle aux libertins.

Néanmoins, là il se trouvait, et disait à des barbus qui fronçaient le sourcil :

— De ce nouvel évangile de l'amour et du pardon, il vous faut d'abord savoir deux choses avant de pousser plus loin. La première, c'est qu'il remplace la loi de Moïse.

Saül était présent. Il se leva et dit :

— Rien ne saurait jamais remplacer la loi de Moïse.

Étienne lui répondit en souriant :

— Ah, Saül ! mon vieil ami et compagnon d'études ! Que je suis content d'entendre ta voix ! Débattons de la chose en bonne intelligence ainsi que nous le faisions autrefois sous la direction de notre cher rabban. Pourquoi ne pas reconnaître que la loi de Moïse convenait certes en son temps mais n'est plus appropriée aujourd'hui ?

Car, oui, œil pour œil, dent pour dent, le peuple nouvellement libéré de la prison d'Égypte avait besoin de la dureté de la loi du talion. On était encore très loin de pouvoir entendre les doctrines plus amènes du pardon et de l'amour de l'ennemi. Alors, il n'y avait en effet aucun pardon à attendre, même lorsque l'infraction au pacte était mineure. La vie dans le désert était cruelle ? La Loi l'était tout autant. Moïse aurait bien ri d'apprendre que ce n'est pas sept fois, mais soixante-dix-sept que nous devons pardonner. L'heure de l'évangile d'amour n'avait pas encore sonné mais, aujourd'hui, cet amour nous est révélé — c'est celui qui procède de l'amour du Père pour son Fils, de l'amour de l'Un et de l'Autre pour l'humanité tout entière.

— Tu as dit qu'il y avait aussi autre chose, le reprit Saül. De quoi s'agit-il ?

— De ceci, lui répondit Étienne. Que la Loi ne réside point dans le Temple, ni non plus ne siège avec ses ministres. Que le vrai Temple n'en est pas un, que la main humaine fabriqua. Je ne fais là que répéter les paroles de notre Messie qui, tout autant que n'importe lequel d'entre vous ici présent, adora le saint édifice érigé par Salomon. Toujours cependant il vit sainteté plus grande au Temple qu'aucune main humaine jamais ne dessina ni n'édifia... au Temple que, certes, semblables mains peuvent détruire mais qu'ainsi qu'il le montra lui-même dans notre cité, la grâce de Dieu pourrait très bien vouloir relever de nouveau.

« Il blasphème contre Moïse », « C'est le Temple et donc la nation qu'il met en péril », murmura-t-on. Saül, lui, se contenta de lui dire avec calme :

— Continue.

Matthieu et Barthélemy qui, jusque-là, étaient restés assis sans rien dire en jouant aux moniteurs autoproclamés (enfin le premier Juif grec prêchait l'Évangile), se levèrent alors et, toujours en silence, quittèrent l'obscurité étouffante du bâtiment pour retrouver l'air étincelant que Dieu faisait régner au-dehors. Ils ne se parlèrent pas avant de s'être installés dans le petit jardin attenant à l'arrière de l'échoppe où Zacharie le Sobre vendait son vin. Là, ils étanchèrent leur soif avec de l'eau, et puis se ragaillardirent un cœur qui doutait avec du vin.

Matthieu dit alors :

— Il y arrive encore mieux que nous tous.

— Comment ça ?

— Les Grecs adorent pousser les choses jusqu'au bout. J'ai lu quelques-uns de leurs écrits, en grec ancien, et c'est une langue difficile, et alors j' suis tombé sur un dénommé Socrate : un type qui poussait tout à la limite « avec sa logique », comme ils appelaient ça. Même qu'ils le mirent à mort en l'obligeant à boire de la ciguë. Ça ! il ne faisait pas de compromis ! Même chose chez Étienne. Sauf que la lumière, elle était en lui : comme qui dirait l'acquiescement et l'approbation divins. Il brillait, mais y avait plus que de la sueur là-dedans.

— Il n'est pas grec, l'interrompit Barthélemy. Il est juif, comme nous tous. Il connaît encore mieux ses Textes que ce satané Saül qu'arrêtait pas de le regarder comme s'il voulait lui lancer des dagues !

— Moi, j'ai du mal à comprendre, lui répondit Matthieu en fronçant les sourcils. Nous avons tous été élevés dans la foi juive et rien d'autre. Enfin, je veux dire : c'est comme si Jéhovah nous avait entourés. Alors que dans les îles grecques, y en a beaucoup qui ont dû arriver à Dieu par la voie la plus rude — en partant des principes premiers. Tous nos écrits à nous sont sacrés : pas chez eux. Dieu, c'est par la logique qu'ils sont obligés de l'atteindre. Ah oui : autre chose encore — il n'y a pas vraiment de réponse à Ses arguments, et ils le savent. Moïse était bon en son temps mais ne convient plus au nôtre et ça, ils ont la trouille de l'admettre. Quant au Temple… enfin… c'est là que sa logique va le défaire. Il y va de trop de choses : positionnement dans la hiérarchie, argent, affaires dont profite la cité, etc., etc. Ce qui lui manque, c'est la retenue — tout comme Socrate, alors que nous autres, Hébreux, il y a longtemps que nous savons que pour prêcher l'Évangile ici, il faut absolument en avoir. Aussi sage que le serpent et inoffensif que la colombe, etc., etc. Christ porte Moïse à son achèvement et fait en sorte que ses cornes resplendissent d'un or plus profond. Si nous prêchons au Temple, c'est parce que l'or de sa porte brille plus fort sous l'accomplissement messianique qui le polit. Bon sang, c'est quand même deux fois vingt prêtres que nous avons maintenant avec nous. Étienne, lui, les aurait mis en fuite !

— Alors, qu'est-ce qu'on fait ? On lui recommande de cesser ?

— Il faut laisser faire Dieu. Nous n'y pouvons rien. Mais j'ai bien peur que nous n'ayons bientôt un mort sur les bras.

De la synagogue Saül alla tout droit à la maison de Caiaphas. Il dit ce qu'il avait à dire et ajouta :

— Bien sûr, ce n'est pas parce que je suis en service commandé que je viens ici.

— Et j'en fais grand cas. Mais, à être honnête, ce service commandé, ce devoir, est un peu trop souvent, excuse-moi de te le dire, mon fils, manteau sous lequel tu caches ta vindicte. Ils te font bouillir, ces nazaréens. Comme si tu leur reprochais quelque chose de personnel. Pardonne ma candeur.

— Être sincère, c'est ton devoir, lui répondit calmement Saül. J'ai fait mon examen de conscience là-dessus. Étienne a été mon compagnon d'études, et même un ami. Mais pas intime, c'est vrai. Cela étant, notre premier devoir serait peut-être quand même de lui parler, justement, en ami… de lui montrer ses erreurs, de le ramener dans le droit chemin. Sauf que, vois-tu, c'est la foi de toute une secte qu'il donne à entendre. S'il parle ainsi qu'il le fait, c'est parce qu'on l'y encourage. En plus, il ne manque pas d'éloquence, même en un araméen qu'il considère comme une langue inférieure au grec.

— Mais, lui demanda Caiaphas, comment une langue pourrait-elle être supérieure à une autre ? Toutes nos langues naquirent de la chute, toutes se confondent également avec la destruction de Babel.

— La langue de Sem, c'est du moins ce qu'il affirma en présence de notre maître Gamaliel, ne serait que tribale, fermée sur elle-même. Elle refuserait de s'ouvrir aux coups de boutoir du monde païen.

— Dieu veille !

— Il affirme que le grec a longtemps lutté pour atteindre à une vérité non révélée et que c'est cette lutte qui l'a rendu nerveux, subtil et musclé. Quoi qu'il en soit, ce n'est pas là le problème essentiel. Observe-le et tu verras qu'il est aussi illuminé que le fanatique. Ce que raconte le dénommé Pierre est tolérable, jusqu'à un certain point. Et, de fait, mon maître Gamaliel ne prêcha-t-il pas la tolérance à toute l'assemblée sur cette histoire de proclamation parfaitement hérétique du Messie ? Étienne, lui... frappe beaucoup plus fort et profond.

— Profond ?

— Tu ferais mieux d'aller l'écouter toi-même.

Dans l'ombre, au fond de la synagogue des libertins, Caiaphas l'écouta, Saül se tenant debout à ses côtés. Il entendit, faible dans les gutturales araméennes, sa voix claire s'élever au-dessus des murmures de l'orthodoxie :

— Nos pères avaient le tabernacle du Témoignage dans le désert tout ainsi que le leur avait ordonné celui qui parla à Moïse... tabernacle que nos pères, l'ayant reçu, introduisirent, sous la conduite de Josué, dans le pays qui était possédé par les nations que Dieu chassa au-devant d'eux, et là il demeura jusqu'aux jours de David...

— Et maintenant, attention ! grogna Saül.

— Mais le roi Salomon lui bâtit une maison... la maison d'or qui est la gloire de Jérusalem. Or le Très-Haut ne saurait demeurer en des maisons construites par l'homme. Que dit le prophète ? Il dit : « Le ciel est mon trône. Et la terre mon marchepied. Quel genre de maison veux-tu me bâtir ? Quel sera l'endroit de mon repos ? Ma main ne fit-elle donc point toutes ces choses ? »

— Voilà. Tu entends ? fit Saül.

— Oui, oui : j'entends. Dieu lui vienne en aide.

— Je suis prêt à témoigner.

— Ce sera inutile. Il y assez de gens ici pour le faire.

— J'appelle le garde tout de suite ?

— Tu es toujours trop pressé, Saül. Je ne crois pas que tu saisisses bien tout ce qu'il en découle.

— Sauf mon respect, saint Père, je ne pense plus à rien d'autre. Tu veux avoir les mains propres. Il n'en reste pas moins vrai qu'il est des moments où la foule de Jérusalem peut être très utile.

Caiaphas le dévisagea dans l'ombre avec un dégoût sadducéen plus que certain. Le fanatisme n'était jamais une bonne chose.

Saül s'avança jusqu'à la table de la synagogue. Étienne dit encore :

— Le peuple de Dieu ne se trouve pas plus en un seul lieu que le siège de Son adoration. — Et, découvrant Saül, il ajouta en souriant : Que la contradiction soit la bienvenue ! Dans les îles grecques, nous faisions grand cas d'une dialectique en laquelle nous voyions la route en zigzag qui conduit au trône. Mon ami et compagnon d'études, Saül, a quelque chose à dire.

Et Saül lui répondit :

— J'ai effectivement quelque chose à dire. Cet Étienne qui autrefois fut mon ami, mais ne l'est plus, qui n'apprit pas grand-chose lorsque nous travaillions aux pieds de Gamaliel, oui cet homme-là pare de toute l'éloquence de la Grèce une idée subversive absolument terrifiante en sa simplicité. C'est contre la Loi qu'il s'élève. Contre le Lieu saint qu'il parle. Je ne saurais dire les choses plus simplement. Ce sont ses propos mêmes qui souillent notre synagogue. Vous savez ce qu'il vous reste à faire.

Caiaphas en fut atterré. Des poings se levèrent, à côté d'Étienne on retroussa ses manches pour montrer des bras aux muscles tendus, des mains qui s'apprêtaient à saisir. Étienne se contenta de sourire.

Saül, lui, s'écria :

— Pas ici ! Le sol que nous foulons est sacré !

A l'extérieur de la synagogue, ce fut le grand prêtre en personne qui dut retenir les manifestations d'une colère par trop vertueuse pendant que Saül s'empressait d'aller chercher l'*ish har ha-bayith* et ses lévites armés... afin de protéger Étienne, cela s'entend. Lorsque la police arriva, une foule menaçante s'était déjà rassemblée. Qu'a-t-il fait ? Rien, mais il a dit des tonnes de choses. Il a dit quoi ? Que le Temple est un tas d'ordures et que les prêtres ne sont que des opportunistes. C'est bien ou c'est pas bien ? C'est mal, que vous dites ? On le conduisit à la prison au pas cadencé. Les deux Jacques, qui rapportaient des figues et du pain pour leurs frères, l'aperçurent alors. Mais en le voyant, ils comprirent aussi qu'il valait mieux ne pas s'en mêler. Ils coururent jusqu'à la maison, et c'est à savoir celle qu'on avait confisquée à Matthias.

Plein d'une grande tristesse, Pierre hocha la tête.

Thomas lui dit :

— J'ai toujours senti au plus profond de mes os qu'il faudrait s'attendre qu'à des ennuis dès qu'on céderait aux Grecs.

— Nous ne faisons qu'un, tous tant que nous sommes, gémit Pierre.

— Tu ne vas quand même pas nier qu'il a pas arrêté de dire tout c' qu'y fallait pas ! Juste au moment où ça allait si bien ! Ah, trop bien, que je me suis même pensé. Qu'est-ce que tu vas faire ?

— Les choses iront jusqu'au bout, lui répondit Thaddéus avec l'intuition prophétique que lui, le petit artiste, savait parfois montrer. Il est entre les mains de Dieu. Ce qu'il faut faire sera fait : on demandera vengeance au Ciel. Sauf que de vengeance il n'y en aura pas. Que Sa gloire en sera plus grande encore.

— Vas-y ! fais-en une chanson ! railla Thomas. Pourquoi tu la jouerais pas sur ton flutiau ?

Le lendemain une foule considérable se rassembla à l'extérieur de la chambre du conseil. A dit que le Temple n'était qu'un tas d'ordures, que Moïse avait tout du pitre et moi, j'ai toujours pensé que les nazaréens ne valaient rien, que c'était rien que des bâtards sans Dieu et voilà qu'il arrive, lui, un Grec, rien que des pourris, ces Grecs, ma sœur en a épousé un et où c'est que ça l'a menée, la pauv' conne ?

Annas montra un front ridé à Étienne. L'air propre malgré la nuit qu'il venait de passer dans une prison crasseuse, la barbe clairsemée, et les yeux grands ouverts mais où ne se lisait aucune peur, celui-ci se tenait au centre du demi-cercle que dessinait le Sanhédrin assemblé. La lumière d'un soleil matinal qui tombait de hautes fenêtres le baignait.

Annas déclara :

— « Encore plus d'ennuis du côté des nazaréens », je cite.

Il citait, en effet, les termes d'un rapport écrit sur un papyrus que lui tendait son beau-fils. Il poursuivit :

— « Le bonhomme ne cesse de s'élever contre le Temple et la Loi : nous l'avons entendu affirmer que ce Jésus de Nazareth le détruira et modifiera les usages à nous transmis par Moïse. » Tout cela est-il vrai ?

Étienne contempla la sinistre assemblée, y remarqua une prépondérance de Sadducéens. Un pharisien : greffier du tribunal, adossé au mur sans fenêtres, encore plus lugubre que tous les autres.

Étienne lui sourit, et prit la parole :

— Mes frères, Pères sacrés, l'accusation est grave. Peut-être me permettrez-vous d'y répondre par une récapitulation qui, à nombre d'entre vous, paraîtra sans doute superflue mais, je vous en prie, un peu de patience : accordez-moi seulement quelques instants et ma logique devrait, si Dieu me vient en aide, prévaloir et vous illuminer.

— Nous n'avons nul besoin de pareille logique, dit Caiaphas. Nous pouvons très bien nous débrouiller sans recourir à semblables importations de la Grèce.

— Très bien : nous ne ferons donc pas dans le grec et nous cantonnerons aux vérités contenues dans les textes sacrés. Comme vous le savez tous, Dieu, dans Sa gloire, parla à notre père Abraham qui, alors, se trouvait en Mésopotamie où il s'apprêtait à rejoindre Charan, pour lui dire, justement, que c'était à Charan qu'il devait se rendre. Or donc, Abraham quitta la terre des Chaldéens et s'installa à Charan, dans la vallée de l'Euphrate supérieur. Il devait y demeurer jusqu'à la mort de son père, Térakh. Plus tard, guidé par Dieu, il alla jusqu'en territoire de Canaan. Vous remarquerez que ce lieu n'était pas le sien et qu'il n'en possédait même pas la moindre parcelle. Disons qu'il y vécut comme une espèce de résident, un étranger.

— Au fait ! lui lança Jonathan. Tout ça, nous le savons.

— Sauf que voilà : ce « fait », vous l'avez déjà sous les yeux. Ouvrez-les seulement et vous le verrez bien, lui renvoya Étienne avec audace. Abraham n'avait pas de terres mais ajoutait foi à la promesse que Dieu lui avait faite d'en donner une à ses descendants. Il y aurait oppression, exil et esclavage pendant des générations et des générations mais l'exil, lui, ne serait pas éternel. L'heure en étant venue, Dieu vengerait les injustices perpétrées contre Ses enfants et ramènerait ces derniers sur la terre de Canaan où, en paix, ils l'adoreraient. Un signe fut alors donné à Abraham, celui de la circoncision, emblème extérieur d'une grâce tout intérieure et d'une promesse divine. Isaac étant né, Abraham le circoncit au huitième jour et ce signe fut transmis de génération en génération, d'Isaac à Jacob, de Jacob à ses douze fils, ces douze fils étant eux-mêmes les ancêtres des douze tribus d'Israël.

— Écoute, l'interrompit Alexandre, prêtres, nous le sommes et, je le crois, connaissons assez bien nos Écritures. Nous faudra-t-il attendre encore longtemps réponse à la grave accusation qui est portée contre toi ?

— Patience, dit Étienne avec patience. À ceux qui ont des oreilles pour écouter, la réponse déjà se fait entendre. Je vous promets de ne pas vous retenir plus longtemps avec ce récit des temps anciens. Vous remarquerez cependant que même en cet âge reculé des patriarches, il en était certains pour s'opposer à la manière dont Dieu voulait guider les enfants d'Abraham. Les fils de Jacob ne vendirent-ils pas ainsi leur frère Joseph en esclavage en Égypte ? Mais, par la grâce de Dieu, esclave, il ne le resta pas longtemps, et s'éleva au rang de grand vizir de Pharaon. Lorsque la famine s'abattit sur la terre de Canaan, après avoir eu l'idée de génie de rentrer du blé dans les granges d'Égypte, il fut en mesure d'en vendre à ses frères en quantités suffisantes. Ainsi sauva-t-il des hommes qui, au début, n'avaient même pas reconnu leur propre frère en lui. Ils en avaient usé très durement avec lui mais il pardonna et il y eut réconciliation. Et moi, je suis sûr qu'il faut en tirer une leçon... Toujours est-il que cette réconciliation eut pour effet de faire venir l'ensemble des soixante-quinze membres de la famille de Jacob en Égypte, où ils s'installèrent et prospérèrent.

— Le chiffre exact est soixante-dix, le reprit Annas. Le texte que tu cites est grec... et fautif.

— Fautif, pardonnez-moi de vous le dire, il ne l'est pas, rétorqua Étienne. Le vôtre mentionne Jacob, Joseph et ses deux fils. Le nôtre ne parle ni de Jacob ni de Joseph mais fait référence aux neuf fils de ce dernier. Maintenant... si vous avez envie de vous étendre sur ces différences de calcul...

— Nous n'avons aucune envie de nous étendre sur ces trucs à la grecque ! hurla Caiaphas. Qui plus est, nous ne voulons pas non plus de disputes avec le grand prêtre.

— Ainsi que père Annas le sait parfaitement, reprit Étienne, son titre est purement honorifique. Pour hors du sujet qu'il soit, un petit interlude arithmétique serait plus que séant. Cela étant, excusez mon effronterie : elle m'a échappé. Puis-je poursuivre ?

— Sois bref, bonhomme ! lui cria Annas en souriant quand même un peu.

— Très bien. Les Israélites, donc, prospérèrent en Égypte : la question restait néanmoins pendante de savoir comment on atteindrait la Terre promise. Afin que le propos de Dieu se réalisât, il devint nécessaire qu'un tyran se lève en Égypte, qui, parce qu'il les persécuterait, leur ferait désirer la délivrance. Astuce humaine et grâce de Dieu, l'enfant Moïse, qui aurait dû périr avec le reste des enfants mâles israélites, fut sauvé et élevé dans la maison de la princesse. Ce ne fut que parce qu'il avait un grand sens de la justice qu'il en vint à assassiner un contremaître égyptien qui, particulièrement brutal, martyrisait les ouvriers israélites ; alors il fut condamné à l'exil. Et maintenant, notez ceci avec soin : cet exil le conduisit au nord-ouest de l'Arabie, jusqu'en un désert du mont Sinaï qui se trouvait très très loin de la Terre sainte. Or, c'est là que Dieu lui parla et fit de ce sol une terre sacrée. J'espère maintenant que vous n'aurez aucun mal à comprendre l'importante vérité qui se cache dans tout cela et qui est que, non : il n'est aucune terre sacrée en soi et que c'est à l'endroit même où Dieu se révèle que réside le sacré. D'où le fait qu'on peut, en toute légitimité, mettre en doute les prétentions de la cité de Jérusalem à on ne saurait quelle sainteté innée.

Comme il fallait s'y attendre, on cria au blasphème et à l'hérésie mais Annas leva la main pour obtenir le silence.

— Il est en train de se trancher la gorge de ses propres mains, fit-il. Pourquoi l'en empêchez-vous ? Laissez-le continuer.

— Une chose encore, reprit Étienne sans se démonter. Tout comme Joseph avait été répudié par ses frères, Moïse fut rejeté par les enfants d'Israël. Dans l'un comme dans l'autre cas, il vint un deuxième moment où ils furent obligés d'accepter leur sauveur. Dans le désert certes ils l'étaient, et très très loin de toute terre promise, mais ils avaient l'arche, et encore les vivants oracles qui parlaient par la bouche de Moïse, Ange de la Présence. Mais alors même qu'ils avaient le *qahal* ou *ekklesia* pour les accompagner dans le désert, point ils ne s'en satisfaisaient. C'était un dieu d'or aussi visible que tangible qu'on désirait. On refusa l'autorité de Moïse. On m'accuse de blasphémer contre le prophète mais qui m'accuse ? Les enfants de ceux-là mêmes qui le rejetèrent ! Car ils n'avaient qu'une envie : retourner en Égypte afin de mâcher de l'oignon, du poireau et de l'ail, afin, aussi, de souffler de l'air impur à la face invisible du Très-Haut. Ils quittèrent l'Égypte mais leur idolâtrie n'en cessa pas pour autant. Tous les prophètes furent, les uns après les autres, rejetés et lapidés. Comme le dit Amos, on passa du tabernacle de Moloch à l'étoile du dieu Réphan. Ce n'était pourtant pas que celui du seul vrai Dieu leur eût manqué : la tente dans le désert demeurait lieu de rendez-vous avec Lui. Et pourtant, rebelles qu'ils étaient, ils ignorèrent le sanctuaire qui leur disait la présence de Dieu en eux-mêmes — non pas en un seul lieu mais où que leurs errances les conduisissent. C'est de l'arche du Témoignage, ce qu'en grec nous appelons la *skenè tou Martyriou,* soit, en hébreu, l'*ohel mo'ed,* ou encore « la tente du rendez-vous avec Dieu » que je parle. Mon vieux compagnon d'études Saül, celui-là même qui, à ma grande tristesse, s'est fait le chef de mes accusateurs, sachez-le, n'ignore rien de ce que sont les tentes. Oui, la place du Très-Haut n'est autre qu'une tente ! David ne parla, lui, que de Lui construire une simple habitation, un bivouac, un tabernacle. Il resta à son fils Salomon d'ériger un immuable *bayith,* ou *oikos,* en pierre recouverte d'or et d'argent, mais jamais pareille bâtisse ne répondit entièrement aux vœux de son père. Et d'ailleurs, Salomon lui-même parla de l'insuffisance de son temple, qui demanda : « Mais quoi ? Dieu consentirait-il vraiment à habiter sur cette terre ? Voyez comme les Cieux, comment le ciel même des Cieux ne saurait le contenir ! Comment alors cette demeure que j'ai édifiée saurait-elle jamais le faire ? »

— Nous avons beaucoup de respect pour ton savoir, l'interrompit un Caiaphas légèrement sarcastique, mais nous ne voyons pas que tu l'appliques beaucoup à ce que tu entends nous démontrer.

— Ah non ? s'écria Étienne. Comme si ce que je disais n'était pas maintenant des plus clair ! Ce n'est pas contre le Temple de Salomon que je blasphème, non. Si je m'élève contre quelque chose, c'est bel et bien contre la raideur d'esprit qui est capable de conférer la moindre sainteté à une bâtisse en pierre et d'oublier la grandeur de ce qui, jadis, résidait seulement sous une tente en peaux. Semblable tente n'aurait-elle donc pas plu tout autant à Dieu que ce Temple que Salomon Lui construisit ? Notre foi ne serait-elle pas celle d'un peuple pèlerin ? D'un peuple que les vents de l'oppression éparpillèrent par toute la terre ? D'un peuple qui déjà disséminé par le passé le sera sans doute encore dans l'avenir ? Que vous garantira donc votre Temple lorsque, comme les miens, vous rejoindrez ceux qui ne possèdent rien ? Non ! La terre appartient au Seigneur et c'est de cette terre qu'est Son peuple ! Que ferait-Il donc d'un endroit fixe, d'un lieu en pierre au beau milieu d'une cité populeuse ? Et ici je redirai, ainsi que je l'ai déjà souvent fait en citant les propres paroles du Seigneur : « Le ciel est mon trône, et la terre mon marchepied. » De quel droit, alors même qu'il prend la peine de bâtir son Temple de ses propres mains, pourrait-on se moquer de lui en disant : « Ceci que nous avons édifié sera le lieu du Seigneur ? »

Caiaphas leva les mains en l'air pour apaiser la tempête qui éclata aussitôt. Et il dit :

— Ainsi donc, le Temple n'est rien et les prêtres qui y servent moins que rien ?

— Allons ! lui renvoya Étienne, c'est me faire dire ce que je n'ai jamais dit. Il n'y a pas besoin de ça. Des mots, j'en ai déjà assez aux lèvres.

Et puis, pour la première fois, il se laissa aller à la colère, et hurla :

— Écoutez, vous autres qui avez la nuque si raide, vous autres qui, chefs du peuple, êtes incirconcis dans vos cœurs et oreilles ! Tout comme le firent vos pères autrefois, c'est à l'Esprit Saint que vous vous opposez aujourd'hui ! Dites-moi un seul prophète que vos pères n'auraient point persécuté ! Proclamer la venue du Juste ? Mais c'était se faire assassiner sans pitié ! La Loi, certes vous l'avez reçue ainsi que l'ordonnaient les anges mais jamais vous ne l'avez respectée. Comme si, sous le règne de Manassé, vous n'aviez pas taillé Isaïe en pièces ! Et Jérémie ! Ne l'auriez-vous donc pas lapidé jusqu'à ce que mort s'ensuive ? Oh, bien sûr, certains d'entre vous me diront : « Nous ne sommes pas comme eux. Aurions-nous vécu à leur époque que nous ne nous serions pas roulés avec eux dans le sang des prophètes ! » Oh oui ! On honore aujourd'hui les prophètes qu'on tua hier ! On leur érige même des monuments afin de leur rendre hommage ! Mais quoi ? Ils sont morts et ne sauraient donc vous inciter à agir ou penser comme des justes ! Et moi, je vous dis : attention ! vos pères ont assassiné les messagers du Juste mais n'ont fait que cela. Alors que vous, vous vous êtes d'abord moqué de Lui avant de Le livrer aux bourreaux ! Accusé, moi ? Non, non ! Les accusés, c'est vous !

Annas et les autres eurent beaucoup de mal à contenir la colère des pères de la Loi qui, n'ayant plus que les mots de « Blasphème ! », « Indignité suprême ! » et autres « À mort ! À Mort ! » à la bouche, rattrapèrent alors leur bêtise hurlante en griffant droit devant et, aveugles qui trébuchent, essayèrent de s'emparer d'Étienne pour l'abattre. Sentant que la situation lui échappait, Caiaphas dit à Annas :

— Nous n'y pouvons rien. Peut-être vaut-il mieux laisser faire ainsi. Au moins n'aurons-nous pas son sang sur les mains.

Pris, et puis déchiqueté, Étienne connut l'extase et, levant les yeux, s'écria :

— Enfin les Cieux s'ouvrent à moi ! Enfin j'y vois le Fils de l'Homme assis à la droite du Tout-Puissant !

Mais déjà on avait ouvert grandes les portes du Temple : Étienne fut traîné dehors, tomba sous les griffes de la foule qui attendait. Pierre, lui, retenait un Jacques aux muscles bandés. Apercevant les disciples, Étienne leur cria de se retirer : rien de ce qu'ils pourraient faire ne lui viendrait en aide. Et encore il vit, et hurla d'angoisse, son père Tyrannos et sa mère Maia : avec les deux sœurs de Caleb qui, elles aussi, semblaient vouloir braver un péril évident, ils s'en venaient vers lui.

— Allez-vous-en ! leur cria-t-il. Rentrez chez vous et priez pour ceux qui ainsi retournent à la bête. Qu'ils soient pardonnés ! Ils ne savent pas ce qu'ils font.

Ce qui était à la fois vrai et faux. Si elle se réjouissait à l'idée de se lancer dans un acte de violence vertueuse, la foule de Jérusalem ne savait pas pourquoi pareil acte l'eût été, la piété qui, brièvement, ennoblit ce qui n'est que bestialité faisant référence à des sources qu'il serait dangereux d'analyser puisque apaisant forcément la brute qui vient de se réveiller. Saül, qui se trouvait là avec une corde, attacha Étienne les mains dans le dos afin qu'il ne puisse pas essuyer les crachats qu'il avait reçus dans les yeux. Ainsi ligoté, il fut poussé vers les portes de la ville : de l'autre côté, Dieu étant dans le peuple et n'existant que par lui, s'étendait un carré de terre consacré par la coutume à l'exécution des peines. Amis d'Étienne et compagnons qui, avec lui, œuvraient à la propagation de la foi, tous furent rejetés au pourtour de ce lieu, et là gémirent et prièrent même si certains d'entre eux ne pouvaient s'empêcher de jurer. Quelques soldats romains contemplaient la scène : de l'appréhension du début on passa vite au soulagement en comprenant qu'il ne s'agissait là que d'une affaire strictement juive dont on n'aurait pas à se mêler. Jusqu'au moment où un homme, qui jadis avait été infirme mais maintenant gagnait son pain en bondissant et dansant — un gamin le secondait en jouant maladroitement de la flûte —, montra au sous-officier du manipule les deux jeunes Juives qui, autrefois, avaient habité près de chez lui dans la maison d'Élie le Fou. Enfin, disait-il, la lumière leur avait été révélée ; oui, c'était bien elles qu'on recherchait sur les ordres du procurateur ; vite, vite, emparez-vous d'elles et (main tendue) n'oubliez pas ceux qui sont toujours du côté de la justice. On lui jeta quelques pièces, sur lesquelles il se rua. Les deux jeunes filles qui avaient deviné la suite essayèrent de se sauver mais, une des brutes de la foule ayant alors frappé à la bouche Étienne qui priait, Sara ne put se retenir davantage : voyant le sang qui dégouttait de ses lèvres, elle se précipita sur l'idiot qui ricanait et le martela de coups de poing. Les capturer, elle et sa sœur Ruth, fut un jeu d'enfant. Dieu merci, leur mère, elle, était déjà morte.

Étienne ayant enfin été amené sur les lieux de son châtiment, la foule commença à ramasser des pierres avec un bel et noble empressement : empilées en tas, il n'en manquait jamais lorsqu'il fallait punir la prostituée, la femme surprise en flagrant délit d'adultère ou celui, j'en passe, qui, soi-disant, aurait blasphémé. Saül se dit prêt à garder les tuniques de ceux qui allaient se mettre au travail : non, il ne lancerait rien lui-même — on s'était acquitté de son devoir de piété et n'avait rien d'un goinfre de la vengeance.

Étienne lui dit :

— Délie-moi les mains, Saül. La requête est minime, qui vient d'un ami. Je n'ai pas l'intention de me défendre. Je désire seulement pouvoir joindre les mains et prier.

Saül les lui libéra à contrecœur et puis, très strict sur le protocole, s'adressa à la foule :

— Ainsi que le veut le Deutéronome, la main du témoin sera la première à frapper, qu'après seulement suive celle du peuple : chapitre sept, verset sept. Arrière, vous tous, de dix coudées, ainsi que le stipule aussi la Loi. Et maintenant, qu'à quatre coudées de l'endroit où on le lapidera il soit dépouillé de ses habits.

Ses vêtements lui furent arrachés et Étienne resta debout dans sa nudité. Maigre, son corps n'était guère plus fort que celui d'un gamin — sa honte, ainsi que l'exigeait l'obscénité de la coutume, s'étalant au regard de tous. Un membre de la congrégation des libertins — on était adorateur mais aussi disputant — fut tout heureux de s'avancer en qualité de premier d'entre les témoins. Et de ramasser un silex tranchant et de le lancer : la lèvre d'Étienne en fut ouverte et saigna. Les autres pierres volèrent aussitôt. Le nez se brisa, du sang coula sur ses mains jointes. *Seigneur Jésus, reçois mon esprit!* Sa supplique déjà était déformée à ses lèvres. Il fallait que cette bouche qui priait fût close, tout ainsi que ces yeux qui buvaient le ciel et les oiseaux qui, bénédiction, volaient au-dessus de ces hommes qui n'agissaient, c'est ce que du moins ils auraient dit, que sous l'empire de la foi. Bientôt le visage d'Étienne ne fut plus qu'une seule et même blessure, où pendait une oreille que ne retenait plus son cartilage. Il tomba à genoux et, paroles que Saül seul entendit, s'écria :

— Que ce péché ne leur soit pas compté !

Ce furent là ses derniers mots : par trois fois son crâne éclata, d'où l'esprit s'envola, à moins qu'il n'y ait péri avec l'os et les tissus dont le jeu avait paru l'élever. La lapidation n'en cessa point pour autant. Déjà il gisait, immobile, sur le ventre. La coutume exigeait maintenant qu'on le fît rouler sur le dos. Trois ou quatre hommes soulèveraient ensuite la plus grosse pierre du tas afin de lui en briser les côtes : il fallait que le cœur du coupable fût entièrement écrasé. Mais Étienne était mort et l'on ne pouvait en douter. Alors Saül leva la main de l'autorité (le bonhomme aurait pu, chapitre et verset, citer la Deuxième Loi sur le rituel de la sainte mise à mort) et, quelque peu stupéfiée, la foule contempla son œuvre. Saül rendit alors les manteaux qu'il avait gardés pendant que Pierre, Jean, André et les deux Jacques s'avançaient.

Pierre lui dit :

— Je suppose que rien dans ton interprétation de la loi sacrée ne nous empêche de prendre le corps de notre frère et de le préparer pour l'enterrement ?

— *Skenè tou Martyriou,* lui répondit Saül en ricanant.

Personne ne comprit à quoi il faisait allusion mais Jean qui avait saisi le dernier mot de sa remarque lui lança :

— Protomartyr.

— Il y en aura d'autres, lui renvoya Saül.

Bouche ouverte sur des dents cassées, le pauvre corps déchiré fut hissé sur quatre épaules et, en cette manière, emporté jusqu'à la maison de ses parents, qui le pleuraient. Saül, lui, s'éloigna pour rejoindre celle de sa sœur. Arrivé dans une rue des Pains bondée de gens, il tomba. Heureux hasard, après s'être, toute la matinée durant, affairé à poser une attelle à un bras cassé, Barthélemy était justement en train de courir vers l'endroit d'où il venait, vers ce lieu où, il avait été atterré de l'apprendre et ne parvenait pas à y croire, l'horrible chose était en train de se dérouler. Reconnaissant Saül, il devina que tout était fini et puis, soudain, Saül ne fut plus que quelqu'un qui vient de succomber au mal qui fait tomber. Il vit ses membres qui tremblaient, entendit le cri suraigu qu'il poussait. De sa robe il sortit une petite baguette dont il se servait pour abaisser les langues et examiner les gorges ulcérées. Cet instrument il plaça entre les dents de Saül de peur que, dans les spasmes dont étaient secoués les muscles de sa mâchoire, cette langue particulière ne fût profondément entaillée. Autour de lui on parla possession des diables mais Barthélemy s'écria :

— Bêtises ! Ça s'appelle *epilepsia.* Aidez-moi à le soulever. Le lieu où le guérir n'est qu'à quelques pas d'ici.

Saül ouvrit les yeux peu de temps après, pour se demander ce qu'il faisait là, étendu sur un grabat branlant au milieu de douze autres où, en ligne, gisaient le brisé et le souffrant. Deux hommes étant en train de parler de lui, il ferma les yeux pour les écouter.

— Tu le connais ?

— Oui. Et je sais ce qu'il a fait. Il se peut cependant que le médecin n'éprouve rien. Ne jamais oublier, Joseph Barnabas, qu'il lui suffit de le désirer pour retaper son malade.

— Assez pour qu'il se remette à faire le mal ?

— Ou le bien. On a toujours la possibilité de choisir. Regarde son visage. Il y a quelque chose qui lui presse très fort sur le front ; on dirait une eau retenue par un barrage et qui voudrait s'échapper. Grande capacité à faire le bien ou le mal sauf que, peut-être, pour un pareil cerveau se lancer dans ceci ou cela n'a guère d'importance. Non, pour lui, ce qui compte, c'est le pouvoir. Parce que de ce côté-là, on n'est pas tiède !

Saül ouvrit les yeux, se redressa sur son lit, et dit :

— Faire du bien à ses ennemis ? Je vois !

— Vraiment ? lui demanda Joseph Barnabas. Tu peux rester plus longtemps si tu veux. Mais tu me parais quand même en assez bon état pour rentrer chez toi.

Encore faible mais debout, Saül vit pas mal de nazaréens autour de lui. Ils le regardèrent avec étonnement, et une certaine pitié. Amère humiliation, il prit un air maussade et essaya de s'éloigner d'une démarche pleine de prestance. Mais ne put s'empêcher de beaucoup vaciller.

On ne sait pas très bien où le corps d'Étienne fut enterré. Ses parents avaient un caveau de famille mais Thaddéus fut soudain pris d'une inspiration d'artiste. Joseph d'Arimathie — qui avait quitté la ville — avait laissé une tombe pour les frères et cette tombe, dont on avait dérobé le contenu, était toujours disponible. Personne ne pensait qu'Étienne serait ressuscité. Il n'en restait pas moins qu'aucune sépulture n'aurait pu mieux convenir au premier martyr ou témoin de la foi en son sang même. Cela étant, on ignore encore si parfumé d'onguents et enveloppé dans un linge propre, son corps y fut déposé. Ce que l'on sait par contre, c'est qu'inhumation il y eut ce soir-là et que, la lune étant pleine, les chiens du désert se mirent à hurler à la mort. Perversité, peut-être admirable, de cette foi nouvelle, on se réjouit plus qu'on ne pleura.

Par cette même nuit de pleine lune, ou une autre, le jeune centurion Marcus Julius Tranquillus patrouillait aux abords de la propriété qui, autrefois, avait appartenu à Lucullus : il tenait les soldats affectés à ses sept postes de garde sur le qui-vive, il mentait à son cognomen ; troublé, il l'était, et des plus inquiets. Il avait, ce jour-là, demandé qu'on l'affectât à l'une des légions combattantes, en Gaule ou en Pannonie, mais sa requête avait été rejetée par le *tribunus*. Il devrait rester avec le détachement de la Garde prétorienne responsable de la sécurité de l'empereur et ce, que ce fût en Italie ou ailleurs. Mais tu es complètement idiot ! lui avait dit le tribun. Faire partie de la première cohorte de la Garde alors que tu es si jeune ! Sans compter que dans un an ou deux tu seras, malgré ta jeunesse et à condition que tu ne commettes aucune bêtise particulièrement spectaculaire, à peu près sûrement promu au rang de *primipilus* ! Pas que cette bêtise (ceci avec un sourire quelque peu méprisant), tu doives nécessairement la commettre, non ! Oui, il savait : intégrité, souci assez vieillot que l'on a de polir sa *virtus* comme s'il s'agissait d'une pièce de son équipement, quelque chose que son centurion de père qui, lui, n'avait jamais réussi à être *primipilus,* lui avait refilé. On se moquait de lui, ça aussi il le savait : son air collet monté, tout ce qui, aux yeux de beaucoup, passait pour une chasteté bien peu masculine. Sauf que de la licence, il y en avait déjà assez à Capri, et aussi assez de vomissements après que, vin additionné de sirop de raisin, on a trop bu autour de la table impériale : être tout à la fois sobre et chaste n'était pas très difficile. Les corrompus se gaussaient de lui : le centurion plein de la raideur des vieilles légendes n'avait jamais d'opinion sur quoi que ce soit. Et quelle maladresse lorsqu'il fallait faire assaut d'esprit et de goujaterie ! Se montrer reconnaissant de ce que les corrompus eussent pareils gardiens, il le fallait néanmoins. Protéger l'ordre civil, tel était le devoir du soldat — quel que fût le degré de pourriture dudit « ordre civil ». A ceci près que semblable hypocrisie était devenue de plus en plus difficile à admettre. Serviteur, mais de loin, du haïssable Tibère, il avait espéré que tout changerait lorsque le fils de Germanicus accéderait au trône. Encore jeune, l'homme méprisait un exil qu'enviaient les autres, était prêt à trancher, avec la fougue de sa jeunesse et de ses muscles, au cœur même des racines serpentines du mal. Tel était, ou aurait dû être Caius. Mais Marcus Julius en doutait aujourd'hui. S'il ne pensait pas qu'il fût, à l'instar de son grand-oncle agonisant, médiateur du mal de propos conscient et délibéré, il commençait à croire que le bonhomme était fou. Mais... un empereur fou était-il pire qu'un autre qui faisait le mal avec talent ? De cette folie il avait eu, du moins en était-il persuadé, l'occasion de découvrir la preuve pas plus tard que la nuit d'avant.

Alors qu'il marchait parmi les cyprès, une voix s'était fait entendre au-dessus de lui. Il avait cherché d'où elle venait et, toujours bien dissimulé entre les arbres, avait découvert un Caius qui, entièrement nu, se tenait debout au clair de lune, sur le balcon du deuxième étage de sa villa. Levant les bras à l'astre des nuits, l'autre avait alors crié :

— Ô mon amour, viens à moi ! Je t'aime ! Pourquoi ne me

retournes-tu point mon amour ? Mon désir est si grand ! Oui, je veux enlacer ton corps qui luit. Car oui, ma divine, divin, je le serai aussi bientôt. L'empereur ne serait-il pas tout aussi dieu que toi, tu es déesse ? T'appellerais-je trop tôt, mon amour ? Ne viendras-tu à moi que lorsque je serai tout aussi empourpré que toi, tu brilles de tous tes argents ?

Après quoi, il s'était emparé de son gros membre dressé à deux mains et mis à le frotter sans cesser de roucouler sa passion à cette planète qui, Cynthia au visage grêlé, dispensait la lumière de trois grosses chandelles. Fasciné et plein de terreur, Marcus Julius avait tout observé jusqu'à la fin. Caius avait tremblé de joie en déchargeant, abondamment, dans la nuit argentée. Sur quoi il avait pouffé de rire, avant d'aller se coucher.

Marcus Julius avait le sentiment très net que Caius finirait par tuer un Tibère qui, gémissant et mortellement atteint par la maladie, n'arrivait pourtant pas à mourir. Car Caius avait interdit qu'on montât la garde devant les appartements impériaux, en déclarant que son grand oncle chéri lui aurait confié, à lui, l'empereur désigné, qu'il ne voulait plus des insignes du pouvoir, qu'homme nu que la mort emporterait au moment opportun, il s'en irait, seul avec sa conscience, lorsqu'elle l'appellerait et que lui serait étendu sur le lit le plus simple. Qui plus est, Marcus Julius avait aussi surpris la conversation fort grave que Chariclès, le médecin de l'empereur, avait eue avec le patricien Curtius Atticus alors que, tous deux, ils se promenaient sous les figuiers :

— Il fait des cauchemars sur le tremblement de terre de Capri. Il semble s'identifier au Pharos aujourd'hui en ruine. L'Œil du monde. Ce sont ces troubles de l'imagination qui l'épuisent.

— Et le voyage à Capri ?

— Il est trop faible. Et la mer est loin d'être calme.

— Combien de temps lui reste-t-il ?

— Une semaine tout au plus. L'Œil du monde s'est éteint... Hummh. Très poétique.

— Le serpent qui meurt ne saurait plus se cacher dans la verdure de Capri. Les fourmis l'attendent.

C'était en la compagnie de Caiaphas et Gamaliel que, dans les appartements du grand prêtre sur lesquels s'ouvrait la salle du Conseil, se trouvait Saül. Il parlait avec une éloquence vive mais ne pouvait s'empêcher de faire les cent pas dans la pièce, sous le regard de ses aînés qui, eux, restaient assis à l'observer. Lorsque enfin il se tut, Caiaphas lui fit remarquer :

— Ton zèle est, bien sûr, tout à fait admirable. Mais aussi complètement destructeur.

— Comme si le mal, on ne nous avait pas, justement, appris à le détruire ! Le bon grain étouffe sous l'ivraie. Arrachons l'ivraie !

— Et le bon grain avec ? lui renvoya Caiaphas. Il me semble me souvenir que ton défunt ennemi, le charpentier, parlait d'attendre au moins la récolte. Mais... il suffit. La mission que tu cherches est de destruction. Que dit ton maître Gamaliel ?

— Je dis d'abord que je regrette vraiment de n'avoir pu assister à ce soi-disant procès du nazaréen Étienne. C'était, je m'en souviens, un étudiant remarquable. Sa défense, si du moins sa transcription est exacte, montre un savoir qui me fait honneur. Je suis très choqué de ce qui lui est arrivé. Bon ! Bon ! Accusons-en une foule idiote ! Mais que cela ne se reproduise pas ! Ne pas oublier ce que j'ai déjà dit : nous ne savons toujours pas si c'est à l'œuvre de Dieu ou à celle d'un homme que nous avons affaire.

— Mais, l'interrompit Caiaphas, c'est quand même contre le Temple et les chefs du peuple juif qu'il s'est élevé ! Et, dans l'assemblée, certains en furent indignés, à juste titre. Après, la situation nous a échappé.

— Tu es, Rabban, un grand partisan du compromis, reprit Saül. Or, c'est bien cela que je propose en traitant avec cette secte. Non, je ne cherche point à la détruire entièrement : il me semble en effet que, en temps utile, nombre de ses membres palestiniens sauront voir leur erreur. Pierre, Thomas, Matthieu et quelques autres sont toujours des bons fils du Temple, qui en suivent les services avec diligence et ne restent pas inactifs lorsqu'il faut guérir et faire la charité. Non, ce sont les Juifs grecs qui m'inquiètent. Ceux qui se rangent aux avis d'Étienne.

— On le suivrait donc ?

— Seulement au sens où il énonça une hérésie particulièrement hellène qui leur plut... et plaira sans doute encore plus à tous ses amis grecs : oui, plus que jamais.

— Plus que jamais ? Tu ne crois pas que c'était inévitable ? Tu en as fait un martyr, Saül, un martyr ! Et ne viens pas me dire que tu n'as rien eu à voir avec cette lapidation. Un martyr, je le sais, n'est rien de plus qu'un témoin. Cela étant, ce terme a pris un sens aussi nouveau que dangereux. Suggères-tu qu'on en livre d'autres à la foule ?

— Non, Rabban. Pas au début. Je proposerais plutôt un cours de... de rééducation, dirons-nous ?

Gamaliel eut un sourire sans joie.

— Comme si ces Juifs des îles grecques avaient jamais pu beaucoup révérer un Temple qui se trouvait si loin au-delà des mers ! Ici, à vivre à Jérusalem, ils ont déjà eu le temps de commencer à apprendre. Il n'en reste pas moins vrai qu'ils croient toujours à un peuple juif qui erre à travers le monde avec une tente en guise d'arche d'alliance, comme le dit Étienne. Ils ne comprendront jamais. Comment pourraient-ils avoir beaucoup de respect pour les prêtres alors qu'ils en ont si peu pour la maison du Très-Haut où ils officient ? Plus encore que pour les Palestiniens, c'est le culte de Nazareth qui les éloigne de l'orthodoxie.

— Errer, nous l'avons fait quarante ans dans le désert, dit

Gamaliel. C'est là que les Grecs voudraient nous renvoyer ? C'est bien ça que tu es en train d'essayer de me dire ?

— Tu me prends les mots de la bouche, Rabban.

— Que propose exactement Saül de Tarse ? demanda Caiaphas.

— Saül de Tarse, lui répondit Saül de Tarse, ne suggère rien d'aussi brutal qu'un massacre des nazaréens grecs. Il recommande seulement qu'on les empêche de répandre leur hérésie. Qu'on les séquestre. Qu'on les emprisonne. Qu'on les ramène dans le droit chemin. Et qu'uniquement dans les cas les plus rebelles, on les livre à la justice sans finesse du peuple.

— Et c'est à savoir : qu'on les lapide ? s'enquit Gamaliel.

— Notre précédent, nous l'avons. Et le peuple l'approuva.

— J'ai même comme l'impression que ledit peuple fit preuve de quelque enthousiasme ! C'est vrai que lorsqu'il s'agit de détruire, il est toujours enthousiaste. Même lorsqu'il ne comprend pas ce qu'il est en train de détruire.

— Il va me falloir un détachement spécial de lévites armés, dit Saül à Caiaphas. Et aussi des spécialistes de l'interrogatoire.

— On le soumettrait à la torture ? voulut savoir Gamaliel.

— La fin, pourvu qu'elle soit noble et sacrée, justifie les moyens les plus rudes. C'est écrit quelque part.

— Quelque part ? Pas que je sache.

— Allons, dit Caiaphas. Va formuler tes exigences à Zérah. Nous verrons si ton zèle sera de quelque effet sur ces Grecs à nuque raide.

« À nuque raide » : il se souvint de la manière toute grecque dont Étienne l'avait dit.

— Allez, fit-il.

— Au nom du Très-Haut, dit Saül.

— S'il te faut absolument qu'il en aille ainsi...

Le seizième jour du mois du dieu de la guerre, trente-sept ans après la naissance de celui que beaucoup appelaient le Prince de la paix, Tibère rendit le dernier soupir. On ne sait toujours pas comment il mourut. Certains affirment que Caius l'aurait empoisonné lentement en lui donnant des possets qu'il aurait tenu à lui servir lui-même. D'autres prétendent que l'empereur n'aurait cessé de demander de la nourriture en gémissant mais qu'on la lui aurait refusée. Le philosophe Sénèque dont nous ferons la connaissance plus tard écrit quelque part que, conscient de ce que la fin était proche, il ôta la bague-sceau qu'il portait au doigt comme pour la donner à quelqu'un, et puis s'y accrocha un instant, et puis encore la remit et serra le poing autour de l'emblème de son pouvoir avant d'appeler un serviteur d'une voix faible. Personne ne se montrant, il se leva, vacilla, tomba et mourut par terre. D'autres histoires racontent franchement comment Caius poignarda Tibère à l'aide d'une dague damasquinée sous le regard horrifié d'un homme libre qu'il étrangla ensuite de ses propres mains tant il l'irritait de savoir que son assassinat avait été découvert. Plus vraisemblable est le récit selon lequel Caius aurait étouffé son grand-oncle avec un oreiller tout pollué du sperme dont il aurait fait présent à la déesse de la lune. C'est en plein royaume des mécréants que nous nous trouvons — s'en souvenir.

La méchanceté de l'empereur ne fut pas oubliée dans l'instant. À Rome, la joie qui éclata à l'annonce de sa mort se doubla d'une colère et d'une haine d'autant plus fortes qu'elles n'avaient plus à être contenues par la peur. On adressa des prières à notre mère la terre et aux dieux d'en dessous, Dis et son épouse Perséphone (soit Pluton et Proserpine), afin qu'il ne lui soit accordé aucun repos après le trépas, que même on lui crée un enfer tout particulier avec feu et serpents autrement moins dociles que sa très chère Columba. On hurla que son corps devrait être déshonoré et taillé en pièces que, sanglantes, on jetterait sur les degrés de l'Escalier des Gémissements. Il semblait à beaucoup que sa cruauté était encore capable de fleurir de manière posthume. Sentant que sa fin arrivait, le Sénat accorda un délai de grâce de dix jours à tous les criminels qu'il avait condamnés : on pensait qu'il mourrait avant. Mais non : Tibère expira le jour même où les exécutions ne pouvaient plus être repoussées. Caius n'ayant pas encore été déclaré empereur officiellement (il faut se souvenir que dans son testament, Tibère avait désigné deux héritiers à la couronne, Caius et Tiberius Gemellus, fils de Drusus le Jeune, et que le Sénat n'avait pas eu le temps de faire pencher la balance du côté du fils du bien-aimé Germanicus), il ne se trouva personne à qui faire appel et les criminels qui, après avoir été emplis d'espoir, en étaient soudain vidés, furent dûment étranglés et précipités du haut en bas de ce même Escalier des Gémissements. La rage débordait et la foule tenta de s'emparer du corps de Tibère alors qu'on le transportait à Rome en vue de la cérémonie funèbre ; la Garde, et Marcus Julius Tranquillus n'y était pas le seul à accomplir son devoir d'un visage blanc, parvint néanmoins à apporter le cadavre déjà pourrissant jusqu'au lieu de son incinération. Bientôt les yeux de l'Empire délaissèrent un très vilain passé pour se tourner vers un avenir radieux. En Palestine on eut même le ferme espoir que, Caius étant forcément un ami du peuple juif puisque déjà celui d'Hérode Agrippa, les jours de la violence romaine viendraient bientôt à leur terme et que la très sainte indépendance s'ensuivrait. S'il n'avait rien d'un Salomon, Hérode Agrippa n'en était pas moins de sang royal et c'était cela qui comptait par-dessus tout. Il faudrait aussi nettoyer le royaume de ses hérétiques : Saül se chargerait d'offrir, bien empaqueté dans un joli coffret d'or, un Israël enfin uni dans son orthodoxie aux pieds mêmes du monarque nouvellement couronné. Alléluia !

Voyons donc comment il s'attela aussitôt à ce travail. Un soir, un certain nombre de nazaréens juifs grecs s'assirent devant leur festin d'amour dans la maison de Nicanor, le fabricant de chandeliers d'argent. Parménas se trouvait parmi eux, avec son épouse et ses enfants, et aussi Philippe. Un Philippe qui, ainsi qu'on l'apprit plus tard, avait la chance de ne plus avoir d'épouse depuis trois ans et d'être resté sans enfants. Supporter la persécution quand elle ne fait que vous toucher, vous et vous seulement, tout le monde en est capable. Ce fut Nicanor qui, en sa qualité de chef de la maison, prit le pain pour le rompre, avant de déclarer ceci :

— Car le soir qui précéda sa mise à mort des plus cruelles — c'est à un arbre qu'on le pendit afin que par son sacrifice l'homme fût absous de tous ses péchés —, il dit à ses disciples : « Ceci est mon corps. Prenez et mangez. Faites-le en souvenir de moi. » Et semblablement il dit encore : « Ceci est le sang de l'ordre nouveau : abondamment il sera répandu pour la rédemption du plus grand nombre. Prenez et buvez. »

Et alors, au moment même où le pain qu'on avait rompu et l'unique coupe de vin que l'on avait passaient de main en main, la porte de la maison s'ouvrit dans un grand bruit et Saül apparut. Cuirasses légères bien polies et épées, six lévites armés l'accompagnaient. Les célébrants se figèrent, certains ayant encore le pain dans la bouche.

Joliment onctueux, Saül dit alors :

— Je m'excuse d'ainsi troubler votre cérémonie avec... dirons-nous, si peu de cérémonie ? Mais, au nom du saint conseil du clergé et des gardes du Temple, il me faut dans l'instant procéder à certaines recherches. Et d'abord : toi, là-bas... comment t'appelles-tu ?

C'était Parménas qu'il dévisageait. Parménas lui répondit :

— Parménas. Toi, bien sûr, tu n'as nul besoin de te présenter plus que tu ne l'as déjà fait.

— Foin de ces facéties hellénistiques, lui renvoya Saül. La question que je vais te poser est simple : est-il, à ton avis, vain et idolâtre d'adorer en un Temple érigé par la main de l'homme ?

— Je ne vois aucun mal à pareille adoration.

— Ni non plus beaucoup de bien ?

— Si tu crois, lui rétorqua Parménas, que je m'en vais contredire les paroles de notre frère Étienne...

— Oui ?

— La vérité demeure la vérité. As-tu l'intention de nous inculper, comme tu l'as fait pour lui, devant le conseil des prêtres ?

— On pourrait se passer de jugement. C'est vous-mêmes qui vous condamnez dès que vous ouvrez la bouche.

— Je n'ai rien dit.

— Tu en as dit assez.

Sur quoi il se tourna vers ses gardes et leur cria :

— Arrêtez tout le monde !

Le chef des lévites lui demanda :

— Les femmes et les enfants aussi ?

Les enfants furent plus faciles à attraper que les adultes. Trois de ces derniers en avaient : Parménas deux fils et Nicanor une fille. Elle poussa des cris pitoyables lorsque les brutes s'emparèrent d'elle.

— Ces enfants sont innocents ! lança Parménas.

— Et leurs parents ne le seraient pas ? Ainsi donc, on reconnaît son crime. Qu'on les prenne tous !

Les lévites levèrent l'épée et commencèrent à pousser le troupeau hors de sa bergerie. Humblement tous se soumirent jusqu'au moment où Parménas s'écria :

— C'est le moment !

On s'était, semblait-il, préparé à pareille éventualité. Nicanor se rua sur le poing dans lequel l'un des gardes serrait son épée et tenta de lui arracher son arme.

Saül se moqua :

— C'est donc comme ça que vous tendez l'autre joue ?

Nicanor avait le bras gauche éraflé. Il hurla :

— Parfait ! Les autres arrivent.

Au moment où Saül et ses lévites se tournaient vers la porte de devant qui était restée ouverte, Philippe se dégagea de l'emprise d'une main aussi musclée que celle d'un forgeron et s'enfuit vers l'arrière de la maison. Le chef du détachement aboya : « À ses trousses ! », mais Saül s'y opposa :

— Non, fit-il. Il n'ira pas loin.

Philippe fila par la porte de derrière, passa en courant dans la cour de l'atelier, bondit par-dessus le mur. La rue était vide mais, en faisant sonner ses chaussures de tout son poids sur les pavés, il réveilla un chien qui se mit à aboyer. Le fugitif se précipita dans la direction du Temple, obliqua près de la maison des disciples, y entra par la porte de derrière. Contrairement à l'habitude, les douze y étaient présents. Ils venaient de terminer la cérémonie de la communion et, plus qu'autre chose, en étaient à ronger des os. Épuisé, Philippe s'assit. Ils lui tendirent une coupe de vin.

Il leur dit :

— Saül... Les persécutions ont commencé...

Ils gardèrent le silence : on voulait en savoir plus long.

— ... Des types avec des épées... Ils ont arrêté...

— Qui ? l'interrompit Pierre.

— On dirait qu'ils cherchent ceux qui parlent grec.

— Je vois, fit Thomas. Ceux qui sont comme Étienne.

— Plus personne n'est en sécurité, dit Philippe. Quittez Jérusalem. Les Grecs d'abord, les Hébreux ensuite.

Pierre hocha la tête.

— Ils ne peuvent pas nous faire de mal. Pas encore. Leurs accusations ne tiennent pas. Elles ne tiendront d'ailleurs pas tant que Gamaliel sera en vie. Mais pour vous, l'affaire est différente. C'est vous qui devez quitter Jérusalem. Bah ! dit-il encore à tous, il semblerait que le Saint-Esprit soit en train de nous souffler quelque chose. Qu'il se serve de nos persécuteurs pour nous pousser à porter la Parole à l'étranger. C'est ce que signifie ce *Dieu bénisse nos ennemis* qui tant nous surprit. Toi, Philippe, tu ferais mieux de partir pour la Samarie. Le sol y est fertile, et le peuple battu à mort. Pour nous, le moment n'est pas encore venu de nous en aller. Passe la nuit dans la cave et sauve-toi à l'aurore. Nous te donnerons de l'argent.

— Ainsi donc, ce sont les Grecs qui dissémineront la Parole ! dit Thomas. Qui l'eût cru ?

— Dieu œuvre de bien étrange façon, lui fit remarquer Matthieu. Dieu est un grand plaisantin.

Or donc, Philippe fit faux bond à Saül mais Saül attrapa tous les autres. Il réquisitionna la maison de Nicanor bien qu'on eût dû la remettre à l'assemblée des nazaréens et y installa un centre d'interrogatoires, dans un atelier dont le plancher était jonché de pointes d'argent. C'est là qu'il fit amener Timon. L'homme était vigoureux, mais vieux. Et là, déjà meurtri et vacillant, il l'obligea à se tenir debout entre les bras de deux lévites à demi nus : la torture réchauffe. Et il lui dit :

— Prêt à abjurer ? Jésus le charpentier est-il le Fils de Dieu ?

— Il l'est.

Saül hocha la tête. On se saisit de la main droite de Timon, on lui retourna le bras dans le dos, presque à le casser.

— Il l'est il l'est il l'est !

D'un geste apaisant de la main, Saül fit comprendre que le supplice devait cesser pour l'instant. Il dit encore :

— Timon, te torturer ainsi est déplacé. Qui plus est, ce n'est pas raisonnable. C'est vrai que la foi n'a pas grand-chose à voir avec la raison. Tu es Juif grec qui a renoncé à la foi de ses pères. C'est à cette foi qu'il faut te ramener. Quelle est la meilleure méthode ?

Timon haleta pendant trente secondes, et puis lui répondit :

— Je n'ai pas renoncé à la foi. C'est toi qui l'as fait brûler et prétendu après ça que le gâteau était cuit.

L'image disait bien sa profession.

— Cela se passa avant que, Christ, Jésus, sorte du four. Je ne suis qu'un honnête Juif tout simple qui a trouvé le Messie.

Saül hocha la tête à nouveau. On recommença à lui tordre le bras. Timon essaya de respirer, cria tout haut.

— Le Messie n'est pas encore arrivé, n'est-ce pas, Timon ?

— Si si si !

Le bras se brisa, Timon s'évanouit.

— Un dur, fit le bourreau.

Aucune langue n'a de termes propres à désigner les centres de détention en plein air que Saül imagina pour ses nazaréens grecs dissidents. Des palissades grossières furent érigées autour d'un terrain appartenant au Temple, à l'extérieur de la cité, et là on amena, comme troupeaux, des familles entières d'Hellènes sectateurs du Christ. Aucun abri pour se protéger des rayons du soleil — sauf la tente que brièvement on faisait de ses bras et de ses manteaux pour soulager un vieillard ou un malade. L'eau manquait et, pour toute nourriture, on avait droit à du pain rassis. Enfants qui gémissaient, nombreuses furent les familles qui abjurèrent la foi nouvelle : le plus rigoureux des patriarches nazaréens même, disons : une espèce de

Saül du nouveau culte, n'aurait pu leur reprocher d'ainsi renier le Messie. Une fois libérés, on pourrait mesurer leur foi à la manière dont ils accepteraient l'exil avec joie, voire en usant de subterfuges ingénieux. Mais plusieurs enfants moururent, ainsi qu'un très grand nombre de vieillards. Au loin brillait le Temple, et personne n'espérait plus qu'un cri de protestation s'élevât enfin de l'autre côté du voile.

II

J'entamai cette chronique à la fin d'un printemps inhabituellement pluvieux et y peinai, pour ce petit résultat dont déjà vous avez pu juger, tout au long d'un été inhabituellement chaud. J'ai beaucoup souffert des piqûres de certain insecte qu'en grec nous appelons *kounoupi* et qu'en araméen nous dénommons *yitusch*. À gratter ces caractères grecs et araméens sous la lampe, ma main droite a enflé jusqu'à devenir boule rouge pendant que mes chevilles nues, elles, se mettaient à saigner tant ma main gauche les grattait. J'ai eu du mal à respirer, me suis réveillé en essayant de reprendre haleine dans le noir, ai supplié qu'un dieu ou un démon m'assommât d'un grand coup de gourdin — pas tant pour me libérer de la vie que pour me soulager de l'agonie que ce peut être d'essayer de la maintenir avec des poumons au souffle invisible. Et encore j'ai eu l'estomac dérangé, au point que le vin, son grand consolateur, m'y tourna au vinaigre et m'expédia chercher certaine fontaine d'eau pétillante dans un Savosa où, j'aurais dû m'y attendre, tout avait séché avec l'été. Je n'ai guère mangé : à peine quelques poissons du lac grillés, à peine un peu de miel, à peine un peu de pain noir qu'on achète au marché de Lucanum. Le régime est simple mais je n'en garde pas grand-chose. C'est aujourd'hui que commence le neuvième mois, celui qu'on appelle le septième : il le fait dans une chaleur très féroce qui ne promet aucune douceur automnale. Cela étant, bientôt, aucun doute là-dessus, je me plaindrai de ce que les matins et les soirs sont glacés. Ni la chaleur ni le froid ne nous satisfont : affligé de l'un, on soupire après l'autre. Je rêve, moi, de pousser les portes de la mort sur un pré vert et calme où le soleil d'avril brillera doucement et là reposer à jamais, sans qu'on me dérange, en l'aimable compagnie d'un âne broutant son herbe.

Il est assurément déplacé qu'un auteur s'en aille imposer à ses lecteurs pareils comptes rendus sur son état de santé : la main de l'écrivain serait-elle donc plus que simple instrument abstrait et, nerfs, muscles, sang et digestion qui, pour telle ou telle part, la font agir, faudrait-il penser à tout cela ? Chez l'homme qui écrit, seuls comptent les mots même si, par ailleurs (certes on grogne à l'admettre mais cela est nécessaire), on peut leur reprocher d'être autant de barrières entre le lecteur et ce qu'il est en train de lire. Être qui vit et qui souffre, c'est, pourrait-on dire, comme en parallèle de ce qu'il écrit que l'écrivain est placé. Comme si l'on avait envie de savoir en quel état Virgile avait les intestins lorsqu'il écrivit tel ou tel autre vers de *l'Énéide* ! Pas davantage on ne cherchera les liens qu'il pourrait y avoir entre les poèmes d'amour de Catulle et les peines de cœur du même dit Catulle. Et pourtant, de même qu'à la grande fureur de Domitien l'*hydraulis* lâcha l'année dernière pendant les jeux de Rome, de même il arrive que la machine s'effondre. Tout auteur s'étant lancé dans une vaste entreprise ne peut que se demander s'il en verra jamais le bout. Un tant soit peu sensé, il veillera à se mettre à l'abri du danger pour mener à bien son travail. Il refusera de se baigner de peur d'être pris de crampes et de se noyer, il évitera les coquillages et les querelles de taverne. Un peu comme Dieu cependant, la mort adore plaisanter, ou s'amuser à rôder enfouie dans un grain de poussière au bord de la table. Sans se méfier parce qu'il s'est enfermé en sécurité dans sa cellule à écrire, l'auteur sucera un noyau de prune pour se rafraîchir... et s'étouffera dessus. Ou bien alors il découvrira que, soudain lasse de surveiller les battements de tambour de son cœur, la vie est en train de le quitter alors même qu'il se lève pour se dégourdir les jambes. En tombant, et pour toujours, il comprendra avec amertume, à l'instant où sa tête passera sous le bureau, que la phrase inachevée qu'il a sous les yeux le restera à jamais.

Sinistres pensées que tout cela et je m'en excuse. Au lieu de gaspiller une heure d'écriture à songer à la manière dont je vais laisser cette chronique inachevée, je ferais mieux de m'y mettre à fond : il n'est, je le vois bien, pas une seconde qui ne soit précieuse. Mais, je le sens aussi, c'est que je répugne à parler d'un empereur Caius Caligula dont l'anniversaire était hier : avançons, espérons-le au moins, qu'il sera universellement oublié, ou que si jamais l'on s'en souvient, ce ne sera qu'avec un frisson d'horreur. Dyspepsie, mélancolie philosophique et désenchantement devant cet été oppressant, tout m'est prétexte, que j'appelle à mon aide, à repousser la relation pourtant nécessaire de ce règne lamentable. Permettez donc que je remette à demain notre première visite de la sanglante cité sur le Tibre — le sang y coule encore plus fort depuis qu'elle a ce nouveau maître —, permettez que brièvement, avec vous, je m'en aille transpirer dans certain petit village des environs de Jéricho où, enflammés par des idéaux opposés, deux jeunes gens des plus décents, chance ou malchance, un jour se rencontrèrent.

Philippe, le nazaréen grec aux cheveux couleur de braise, était prêt à commencer sa mission d'évangélisation de la Samarie et, las, était arrivé, peu avant midi, au village de Mamir qui est à une ou deux lieues de Jéricho. Soleil écrasant, il fut heureux de trouver l'abri que lui offrait, près d'une petite taverne, un grand arbre à larges frondaisons. Il s'assit, laissa tomber sa besace dans la poussière et à la servante à vaste poitrine qui sortait de la cuisine commanda un pain et une chope de vin. Elle s'émerveilla de sa beauté cuivrée, s'étonna aussi de son accent où le judéen se mêlait aux intonations ancestrales des îles grecques. Alors qu'il était en train de rompre son pain et de siroter son vin, Caleb le Zélote qui, lui aussi, cherchait à s'unir à son divin maître, émergea des profondeurs de la taverne, l'aperçut, se dit qu'il le connaissait de vue, ça, au moins, c'était sûr, audacieux, s'avança vers le banc et la table que le soleil avait gauchie et, après un *chalom,* s'assit à côté de lui. Ils se dévisagèrent avec méfiance. Philippe, enfin, se souvint de son nom. L'œuvre de subversion à laquelle Caleb s'était livré en Samarie avait été récemment reléguée au second plan par des événements d'ordre plus privé. Caleb, lui, avait déjà vu Philippe à Jérusalem mais ignorait qui il était et ce qu'il faisait. Cité célèbre, Jérusalem débordait de citoyens.

— Quoi de neuf à Jérusalem ? demanda-t-il.

— On commence à y persécuter les nazaréens de langue grecque, dit Philippe. J'ai eu la chance de pouvoir m'échapper. Je porte l'Évangile en Samarie. Rien qu'à voir la manière dont tu tortilles les lèvres... on désapprouve ?

— Qui est-ce qui les persécute... les Romains ? Non, bien sûr que non. Les Romains, les nazaréens se sont toujours aplatis devant. On tend l'autre joue ! On aime l'ennemi !

— Et pourtant si. Mais leur chef est un Romain bien spécial... qui est aussi juif !

— Saül de Tarse ! Mon ancien camarade d'études. Les nazaréens, il leur en voulait beaucoup. Et voilà qu'il les persécute ! Connaîtrais-tu un certain Étienne ?

— Oui : je connaissais effectivement un certain Étienne.

— Un homme bon. Disons que je lui dois la vie. Mais... connais-*sais,* dis-tu ?

— Étienne n'est plus. Ils l'ont lapidé. Parce qu'il était nazaréen de langue grecque.

— Saül ?

— Oui : on pourrait dire ça comme ça.

— Et la famille d'Étienne ? Que lui est-il arrivé ?

— « Son père et sa mère sont de bons enfants du Temple », lui répondit Philippe en crachant ce dernier mot avec quelque amertume. — Et puis, il ajouta : Ah oui, c'est ça ! On pose ses questions de façon détournée ! On est discret. On a peur, peut-être... ? C'est de tes sœurs que tu parles ? Sache que les soldats les ont conduites devant le procurateur, Pilate, et que celui-ci les a expédiées à l'empereur. En guise de cadeau. On leur a adjoint quelques chameaux, des chevaux et un chargement de dattes et de figues sèches.

— Et ma mère ? voulut savoir un Caleb dont le visage n'avait pas encore changé de couleur.

— Un jour, j'ai entendu dire à Étienne que la mère de Caleb était morte. Elle aurait eu droit à un enterrement des plus paisibles.

Mais... tes yeux et ta pâleur soudaine me diraient-ils que tu t'accuses de tout ?

— Ça ne te viendrait pas à l'idée ?

— S'il fallait que toujours l'idée précède l'action, on ne ferait pas grand-chose en ce monde. Ne pas en déduire pour autant que les trois quarts de ce que l'on fait en vaillent vraiment la peine. Nous avons appris que tu avais incité les Samaritains à la révolte. Et aussi que la rébellion avait été écrasée. La conséquence de tout cela ? Tu la connais peut-être. Pilate n'est plus procurateur de Judée. Vitellius l'a rappelé...

— Vitellius ? Qui c'est ?

— Le légat de Syrie. Pilate s'est fait mettre en retraite anticipée. On pense, apparemment, que c'était une erreur de vouloir piller le temple du mont Gérizim.

— Il vaut toujours mieux connaître les gens qu'on se propose de convertir.

— D'un certain point de vue au moins, tes amis et contremaîtres ne se sont pas trompés dans leur choix : tu n'as pas l'air hébreu.

— Pour ce que c'est que de ressembler à un Hébreu !

— Ils les détestent. Ils ne m'ont accepté que parce que j'avais des traces de coups de fouet dans le dos. Parler du Temple de Jérusalem, ça les fait vomir. Prends garde !

— Tout cela est bien étrange, dit Philippe. Je me demande si notre maître l'avait prévu. Déjà la foi nazaréenne se scinde. Si Étienne fut condamné, c'est parce qu'il osa mépriser le Temple et toute la hiérarchie qui gravite autour. Cela étant, Pierre et les autres ont toujours l'air de bons descendants d'Abraham et de Moïse.

— Oui, vous vous êtes déjà divisés, reprit Caleb en hochant la tête. Mais, des scissions, il y en aura d'autres. Vous n'êtes pas des gens sains : vous manquez d'unité. Vous ne savez pas répondre à Rome comme il le faudrait. Vous êtes aussi nuls que les sadducéens.

Philippe eut un sourire, mais pincé.

— Et votre manière à vous, c'est quoi, maintenant que vous vous êtes débarrassés de Pilate ? lui demanda-t-il.

— Ne pas se faire prendre par le procurateur d'après, quel qu'il soit. Pour commencer.

— On dit beaucoup que votre rêve se réaliserait sans ennuis ou coups de couteau. Un roi-client, cet Hérode Agrippa ? Finis les procurateurs ?

— Un roi-client n'est jamais qu'un procurateur en habit d'apparat, lui renvoya Caleb.

S'il contemplait le spectacle de la rue animée, il ne le voyait pas : un chameau y lâchait pourtant avec hauteur son crottin couleur sable. Il y était aussi des femmes qui portaient des paniers, qui, voilées jusqu'aux yeux, avaient le regard bien vif. Plus loin, yeux et dents à briller telles lames de canifs, des filles se disputaient l'honneur d'être la première à tirer l'eau d'un puits. Soûl, un vieil homme sommeillait à l'abri d'un palmier poussiéreux.

— Il me faut absolument frapper à la tête, ajouta-t-il.

Tout tendresse nazaréenne, Philippe sauva une guêpe qui, à tourner et retourner dans sa coupe de vin à moitié pleine, commençait à sombrer dans une noble torpeur.

— Tu veux dire, fit-il, que tu irais à Rome ?

— Exactement : commencer par le commencement. Donc, aller à Rome. C'est là, dans la capitale de cet empire d'esclaves, que mes pauvres sœurs ont, sans aucun doute, été emmenées. Le premier coup à la tête sera celui qui les libérera. À condition qu'elles soient toujours en vie.

— Les esclaves de l'empereur devraient être, à mon avis, à l'abri de tout mauvais traitement, lui fit remarquer Philippe avec son beau détachement d'Hellène. C'est à la traversée que je pense : celle qui, écoutilles fermées et esclaves enchaînés qui rament en cadence, a dû les conduire à Putéoli ou ailleurs. Le marchand d'esclaves aime bien qu'on ait bonne mine et que la peau soit entière. Ce qui se passe après ? Tout dépend du tempérament du même dit marchand d'esclaves. Sauf qu'ici, c'est l'empereur. Et ce n'est plus à ce pauvre fou de Tibère que l'on a affaire. Non : le bonhomme est sain d'esprit, tout le monde l'adore et c'est « Caius aux petites bottes » qu'il s'appelle.

— On dirait que depuis quelque temps, les nouvelles qui circulent à Jérusalem sont aussi fraîches que bonnes.

Ailes faibles et mouillées, la guêpe clopinait sur le plateau de la table. Caleb s'imagina à Rome : palais de marbre aux envolées de marches éreintantes, jardins ombragés de platanes, de pins et d'oléandres fermés à la populace, femmes au regard dévoilé et prédateur, taudis en bois prompts à s'embraser et effigies gigantesques de tous les faux dieux, sa connaissance de la ville se réduisait à des visions fantastiques. Là pourtant, il déambulait, dans les rues de la cité, étranger qui parlait mal le latin s'il se débrouillait en grec : on vivait de fruits tachés et de choux pleins de vers jetés par les vendeurs de marchés monstrueux, on buvait l'eau de fontaines somptueusement décorées. Le jour du sabbat, les Juifs se rassemblaient en d'innombrables synagogues et Caleb, lui, était prêt à les haranguer sur la libération d'Israël : qu'on frappe sans attendre ! qu'on épargne l'empereur pour l'instant mais qu'on tue tous les fonctionnaires grecs : il n'était pas pire ennemi métaphysique ! Tout semblait désespéré. Armure leur moulant le torse, des soldats les entouraient. Ils parlaient toutes les langues de l'horrible Empire, la moindre dissidence les mettait en alerte. Oui, tout était désespéré. Caleb ne s'en réjouissait pas moins de cette petite action à laquelle il pouvait consacrer ses pensées : libérer ses sœurs, les arracher aux anneaux de cuivre qui, aux bras et aux chevilles, disaient leur esclavage, était un acte de piété que, même obligés de le réprimer brutalement, les Romains ne pourraient pas ne pas admirer. Commencer par le commencement.

Philippe dit :

— Frapper au cœur. La manière d'Étienne était meilleure.

— Le premier imbécile venu est capable de mourir ! dit Caleb en voyant sa propre fin, cinq ou six lances romaines qui le transperçaient. Vous autres nazaréens n'arriverez jamais à rien.

— T'est-il jamais venu à l'idée que l'Empire pourrait être déjà en train de pourrir ? De succomber parce que la violence n'engendre que la violence. Il est terrible, le vide qu'il nous faut combler.

— Nous sommes les seuls à le pouvoir, lui renvoya Caleb. Ce qu'il nous en aura fallu de temps pour arriver à la vision accomplie d'un Dieu unique ! C'est le monde entier qui devra adorer Jéhovah. Jérusalem, voilà la capitale du vrai empire de demain ! Et, au cœur de cette capitale, le cœur de l'Empire : le Temple. Rien d'autre ne saurait se produire.

— Le bélier qui défonce tout, dit Philippe. L'or et l'argent que l'on pille. Ce qu'elle a fabriqué, la main de l'homme sait aussi le détruire. Je crois que nous avons raison. J'en suis sûr.

Mais il repoussa à plus tard l'idée de finir son vin et de se traîner, dans la poussière, jusqu'à la capitale de la Samarie.

J'ai fait la connaissance d'un vieil homme qui, Livius Silanus, prudemment au centre des affaires de Rome en sa qualité d'avocat à la cour (efficace mais guère brillant), put suivre en son entier la brève carrière de l'empereur et bien remarqua, en particulier, le moment où, chez lui, la folie prit le pas sur la modération.

— Je me souviens très bien, me dit-il ainsi, du jour où Caius accompagna la dépouille de Tibère de Rome à Misénum. Il était en grand deuil et gardait un air de profonde affliction. La plèbe le fêtait pourtant avec tant de force que la procession funèbre ressemblait à un triomphe : à croire que le jeune Caius qui pleurait à chaudes larmes avait déjà réduit quelque royaume des ténèbres. « Notre petit chéri », « notre bébé impérial à nous », « notre fils qui pourtant est déjà notre père », « ô étoile de l'occident et de l'orient », « ô petit poussin qui bientôt sera aigle », etc., etc., on ne lui criait que les amabilités les plus folles. Ça me donne envie de vomir rien que d'y repenser. Je fais, moi, partie de ces citoyens qui, sans en avoir le droit, le suivirent jusqu'au Sénat afin d'assister à la cérémonie où, après avoir annulé le testament de Tibère, on allait lui conférer tous les pouvoirs. Une fois ce document invalidé, Tibère Gemellus fut en effet incapable de faire valoir ses droits à une autorité partagée. Les fêtes qui célébrèrent l'événement furent d'une dangereuse extravagance : deux cent mille bêtes, et êtres humains, des esclaves, naturellement, on le dit, furent sacrifiés en public. Tout ça en son honneur et oui : en moins de trois mois ! Mais à extravagance, extravagance et demie. Ce qu'il y a d'étonnant là-dedans, c'est qu'il n'ait pas cédé plus vite à la griserie du pouvoir absolu. L'adoration que lui vouait le peuple tenait de la démence. Un jour qu'il s'était gavé d'œufs de tortues au point de s'en rendre malade, des gens se déclarèrent prêts à offrir leur vie — on alla même jusqu'à se promener en ville avec des avis libellés à cet effet —, si, en échange, les dieux consentaient seulement à lui accorder la guérison. Ayant effectivement recouvré la santé, il ne perdit pas de temps à oublier ses serments.

La chaleur de septembre a quelque peu diminué. Il est tombé beaucoup de pluie hier soir et, alors même que j'écris ces lignes, mes deux esclaves, Félicia et Chrestus, sont en train d'en éponger l'inondation.

Livius Silanus poursuivit en ces termes :

— Caius se rendit cher aux Romains en montrant une piété filiale qui me parut excessive. C'est ainsi que, par très mauvais temps, il s'embarqua pour Pandataria et le Pont dans le seul but de ramener à Rome les restes de sa mère et de son frère Néron (ce n'était pas encore, à l'époque, un nom qui puait le mal : tous les noms sont neutres, que seuls les actes de leurs propriétaires peuvent, selon qu'on a tel ou tel autre tempérament, couvrir d'excréments ou de miel). Leurs cendres il honora de prières et de larmes et déposa lui-même dans leurs urnes. Pour glorifier sa mère il organisa plusieurs journées de sacrifices funèbres et de jeux dans les arènes. Son père ? Septembre devint le mois de Germanicus ! C'est là un changement qui laisse nombre d'entre nous dans l'embarras : si le respect qu'il lui témoigna ainsi nous plaît bien, nous ne pouvons que mépriser celui qui en eut l'idée. Faut-il donc que je continue à énumérer tous ces actes de noblesse ? Son oncle Claude ? Le bégayeur qui boitait ? Celui qui, Balbus, pour n'avoir érigé aucun mur n'en rédigea pas moins une énorme piles d'annales aussi douteuses que mal écrites ? Au moment où Caius accédait au trône, il n'était encore que simple chevalier : on l'éleva sans tarder au rang de consul, de « Compagnon de l'Empereur en Personne » pendant que le pauvre Tibère Gemellus qui, lui aussi, avait droit à la couronne, se voyait « adopté » et nanti du titre de « Prince des Jeunes ». Ses sœurs ? Celles avec qui il allait bientôt se lancer dans l'inceste ? Il leur fit partager sa gloire en ordonnant aux consuls et aux sénateurs de conclure toutes leurs cérémonies officielles sur cette invocation : « Que la chance soit avec Caius et ses sœurs ! »

Et encore il nettoya la ville de tous ses pervers, ceux qu'on appelait les *spintriae*. Il voulut même les noyer dans le Tibre mais, au dernier moment, s'interdit de commettre un acte aussi excessivement vertueux. Il abolit la censure, renoua avec la publication d'un budget annuel inaugurée par Auguste, redonna un nouveau souffle au système électoral et sut combler la plèbe avec des jeux inédits — on harcela des panthères, boxa et lutta contre les meilleurs athlètes d'Afrique et de Campanie, procéda à des illuminations nocturnes de toute la ville. L'empereur n'oublia pas non plus de distribuer, et de ses propres mains, abondance de bons-cadeaux. Ce ne fut pas dans une arène mais sur la mer, entre Baiae et Putéoli, qu'il offrit le plus grandiose de ses spectacles. Là, il donna l'ordre d'ancrer tous les navires de commerce de la côte ouest sur deux rangs et de recouvrir de montagnes de terre les planches qui les reliaient. Ceint d'une couronne à feuilles de chêne et d'une cape tissée de fils d'or et armé d'une épée et d'un bouclier, il s'avança alors et, suivi par la Garde prétorienne et quelques-uns de ses amis montés dans des chars rapportés de Gaule, se mit à caracoler sur un étalon richement caparaçonné d'un bout à l'autre de ce pont extraordinaire. Je crois que la chose n'avait pourtant pour but que de faire mentir la prophétie d'un devin Thrasyllus qui, un jour, avait déclaré : « Caius n'a pas plus de chances de devenir empereur que de jamais traverser le golfe de Baiae à sec sur un cheval. » C'est là, peut-être, qu'il faut voir la première manifestation publique de sa folie.

Il semblerait que ce soit d'abord en la compagnie de certains souverains étrangers qu'il ait proclamé sa divinité. Au nombre de ces potentats aurait, en particulier, figuré un Artaban qui, roi des Parthes, avait haï Tibère mais faisait tout pour se rendre agréable à Caius. Ce dernier avait déjà alors obligé tout le monde à le parer du titre de « Père de l'Armée » et autres « Plus Grand de tous les Césars ». La discussion entre têtes couronnées, et c'était en termes fort amicaux qu'on la menait, roulant sur la question de savoir qui avait la plus noble ascendance, Caius s'écria soudain qu'il les enfonçait tous : puisqu'on était le plus grand de tous les rois, il fallait bien qu'on fût un dieu. C'est à partir de ce moment-là qu'il commença à forger les preuves de sa divinité. Il agrandit son palais jusqu'aux limites mêmes du Forum de façon que le sanctuaire de Castor et Pollux qui s'y trouve n'en fût plus que simple annexe ou vestibule. A se tenir à côté des deux frères statufiés, il se plaça dans la position de quelqu'un qu'on ne saurait plus qu'adorer avec eux. Certains allèrent trop loin et lui donnèrent du Jupiter Latiaris. Bientôt cependant, il en vint à se croire plus grand que tout le panthéon mis ensemble. Il se fit bâtir un autel avec statue de lui-même en or et grandeur nature. On la couvrit de vêtements qu'il fallait changer tous les jours afin qu'ils fussent rigoureusement identiques à ceux que la divinité portait elle-même. Sans parler de tous les paons, faisans, flamants et pintades que, victimes de grands prix et rareté, on lui sacrifia aussitôt. Il se mit à converser avec la statue de Jupiter qui se dresse au Capitole, menaça même de mettre à bas le céleste père et le jeter en enfer s'il refusait plus longtemps de l'élever lui, le divin empereur, jusqu'aux plus grandes hauteurs du ciel. Il va sans dire que ses copulations rituelles avec la déesse de la lune se poursuivirent mais, bien sûr, plus en secret. Pour finir, il fit décapiter toutes les statues des dieux et, là où, pierre ou métal, le cou est musculeux, ordonna de planter une effigie de sa propre tête au visage ricanant. Telle est la conversation que, selon certains, il aurait eue avec un artisan grec au début de sa démence :

— Tous ces dieux... tu sais ce qu'ils croient, les Juifs, eux ?

— Non, César.

— Eh bien, ils croient qu'il n'est qu'un seul dieu. Des malins, ces Juifs. Or donc, tu comprends bien ce que je te dis en t'ordonnant de planter la tête du seul Dieu qui soit sur cette multitude de corps divins ?

— Oui, César, mais qu'est-ce qu'on fait quand ce sont des corps de déesses ?

— Du calme, crétin. Tu mets ma tête là, mais tu y rajoutes des cheveux... des tas et des tas de cheveux.

Sur quoi, du geste, il fit surgir un véritable débordement de boucles de son crâne chauve et se mit à pouffer de rire comme un dément. Caius Caligula ! Rien que d'y penser, j'en frémis encore. Ah ! ce nom ! Oui, j'en ai presque la nausée. Je t'en prie : ne m'en demande pas plus.

Ce fut vers une Rome encore gouvernée par un Caius qui, raisonnable, était même plein de bonnes intentions, que les deux sœurs de Caleb furent conduites de force ; on ne les roua pas de coups de fouet et leurs chaînes étaient légères. Elles avaient, l'une comme l'autre, beaucoup souffert pendant la traversée : dès l'embarquement à Césarée, elles étaient restées tapies sous les écoutilles au milieu d'une foule d'autres esclaves, dont certains même venaient de Samarie. Grand voilier dont la progression ne dépendait que de la seule force du vent, et non point de l'effort fourni par des rangées entières d'esclaves rameurs (qu'effectivement on ne mettait à contribution que dans les birèmes, trirèmes et quadrirèmes voguant sur les eaux territoriales, du moins à cette époque-là), le *Cytherea* s'était souvent retrouvé immobilisé et avait dû jeter l'ancre dans de nombreux ports du Levant romain : on avait eu le temps de se remettre de son mal de mer. Ruth et Sara n'en étaient pas moins devenues fort maigres et, incapables de manger du porc salé et de boire de l'eau saumâtre, en étaient vite arrivées à avaler du poisson frais à peine grillé et même à se battre comme des bêtes pour en avoir plus tellement elles avaient faim. Si Ruth y pleura toutes les larmes de son corps, Sara, elle, se fit peu à peu une beauté farouche et sévère qu'elle ne devait d'ailleurs jamais perdre tout à fait — même lorsque, bien plus tard ainsi que nous le verrons, elle fut enfin affranchie : elle avait pris la ferme décision de vivre et ne rêvait que de se venger. Elle se disait aussi, perversement peut-être, qu'il valait toujours mieux découvrir le vaste monde, même en étant esclave, que d'étouffer, chez soi, dans la servitude métaphysique qu'imposait la loi juive. Car le fouet romain n'avait, lui, absolument rien de métaphysique. Il y avait même, quoiqu'un peu brutale, une certaine honnêteté dans ces doctrines romaines de l'achat et de la vente. Non, les Romains n'étaient pas hypocrites : debout, gisants ou vacillants, on savait toujours où on en était avec eux. Trois jours durant elles avancèrent le long de la Via Aurélia. Chaque soir, on tombait, épuisés, dans les champs, après avoir eu droit à des bassines d'eau et des rations de pain.

Enfin, Janicule, théâtre marin d'Auguste et pont sur le Tibre permettant d'accéder au mont Palatin, Rome s'offrit à leurs yeux. Dans les rues, les gens du bas peuple se moquèrent d'eux, des esclaves, certains allant même jusqu'à leur cracher à la figure. Dévoilée à jamais, Sara répondit de la même manière mais le vent soufflait de l'est. Là-bas, au nord, se dressaient le Forum, le temple de Jupiter, le cirque de Flaminius et le théâtre de Pompée mais les esclaves ne devaient rien en voir, qu'on divisa en groupes et, selon les fonctions qui leur avaient été imposées, dirigea sur telle ou telle autre partie du quartier qui, au-delà des bosquets plantés au nord du palais impérial, leur était réservé. Sara et Ruth avaient été condamnées à travailler aux cuisines. Elles y furent accueillies par une surveillante des bords du Rhin qui, aussitôt, leur aboya dessus. Sara lui renvoya la politesse — et se fit calotter. Après quoi elles furent, avec d'autres femmes, dont beaucoup gémissaient, conduites dans une caserne qui, sans fenêtres et remplie de paille, ressemblait à une étable monstrueuse. Ruth s'y coucha en pleurant Jérusalem. Sara, elle, vit qu'il n'était aucune fuite possible.

— Notre maître nous a demandé d'être ses témoins à Jérusalem, dans toute la Judée et en Samarie, dit Philippe aux Samaritains rassemblés dans l'une des synagogues de Sébastê. Voilà pourquoi je suis ici.

Le rayon de soleil qui tombait de la fenêtre haute embrasait si fort ses cheveux qu'on aurait dit un signe.

— Vous avez dans votre langue un mot dont vous faites grand usage : *ta'eb,* il signifie « celui qui rétablira ». Mais que rétablira-t-il ? Il rétablira la santé et l'intégrité après la maladie et les blessures. Il rétablira cette vision de la religion que nous avons perdue et en fera une foi d'amour. C'est en Judée que le *ta'eb* est apparu et c'est son message que je vous apporte. Il est de tolérance, d'indulgence et de charité. Voilà qui est bien bavard et inutile, diront certains d'entre vous qui souffrez sous la fureur romaine et devez supporter les spoliations d'un procurateur injuste. Il en est même quelques-uns pour rêver vengeance et nouvelle insurrection populaire. Sachez que nous autres, nazaréens, nous ne rêvons pas. Qu'au lieu de cela, c'est une réponse pratique aux tribulations de la vie et à la douleur que nous vous offrons. Il nous faut aimer nos ennemis et cet amour dont il serait vain de croire qu'il pourrait surgir spontanément de notre cœur, il va falloir l'apprendre, comme n'importe quelle autre technique. Lorsque vous vous brûlez le doigt à la flamme et qu'alors il vous élance et fait mal, vous mettez-vous donc à le haïr ? Non — et c'est parce qu'il est morceau de vous-mêmes. Lorsque des hommes vous feront mal, condamnez le feu qui les dévore mais n'oubliez jamais qu'ils sont aussi vos frères, que, tout autant que vous, ils font partie intégrante du Corps de Dieu. L'amour n'est pas facile à apprendre mais nous nous perdrions à ne pas essayer.

Si les membres de la synagogue l'écoutaient, ce n'était pas tant parce qu'ils auraient trouvé sensés les propos qu'il leur tenait que parce qu'il avait fait montre de talents thérapeutiques que les gens les plus simples avaient aussitôt jugés thaumaturgiques. Deux invalides avaient été guéris et, qui plus est, en public. Laisser croire au miracle me trouble beaucoup mais comment, à être rationnel et là, j'insiste (et le fais au nom de mon vieil ami médecin disparu Sameach, Efcharistimenos en grec, ah ! que j'aimerais l'avoir à mes côtés !), ne pas s'étonner de ce que la cause de certains états du corps se trouve dans l'âme et qu'on puisse les guérir en la déverrouillant et y ôtant ce qui est à leur origine ? C'est ainsi que certain qui, dans sa colère, avait frappé sa mère découvrit, ou le crut, que Dieu avait frappé sa main et l'avait paralysée. Il se repentit de son acte mais, sourd et muet, l'organe qui sert à saisir et toucher n'entendit point sa contrition. Alors, apparemment, Philippe l'aurait calmé, lui aurait fait admettre son sort d'être humain et reconnaître en lui-même la présence du démon inconjurable qui entra en l'homme avec Adam. Après quoi, lui ayant représenté que ses propres rage et violence filiales faisaient partie de ce lot inéluctable, il l'aurait libéré de la tension intérieure qui, par quelque inexplicable circulation des nerfs, lui avait raidi la main jusqu'à en faire un objet aussi incassable que bloc de pierre. « Alléluia !, s'écria le bonhomme en remuant les doigts, Christ Jésus est un grand monsieur ! »

Après son discours à la synagogue, Philippe effectua ce qui ressemblait fort à une guérison spontanée au coin d'une rue de Sébastê. Une vieille femme s'y était évanouie et gisait, comme morte, *tout à côté* et non : pas du tout, en travers d'un énorme tas de crottin de chameau qu'on n'avait pas encore nettoyé. Les Samaritains qui ne recouraient jamais aux services de balayeurs des rues avaient depuis longtemps la réputation d'être des gens crasseux. Philippe s'agenouilla près de la dame et, posant l'oreille sur sa poitrine, y entendit battre son cœur — faiblement certes, mais en bonne cadence. Il comprit aussitôt qu'elle s'en sortirait et, astuce de Grec oblige, profita de la circonstance pour faire avancer sa foi :

— Méditez ici sur la bonté de Dieu et de son Fils le Christ Jésus ! lança-t-il à la foule qui l'entourait et aux abords de laquelle, mal à leur aise, deux policiers en armes faisaient les cent pas. Car à Dieu, oui, tout est possible ! Prions.

Deux hommes munis de bâtons et de ballots entendirent la prière que Philippe enseignait aux badauds — « Notre Père qui êtes aux Cieux, que Ton nom soit sanctifié... », *et cætera* — et, dans l'instant, remercièrent Dieu de ce que le travail était en bonne voie. S'étant remise debout en vacillant, la vieille femme poussa un hurlement en apercevant le tas de crottin de chameau. Les deux pèlerins, eux, fendirent la foule pour aller saluer Philippe. Qui s'écria :

— Pierre ! Jean ! Vous arrivez au bon moment ! Il y a beaucoup à faire en Samarie.

— Et à Jérusalem les temps sont durs, lui renvoya Pierre.

Couvert de la poussière de la route, il était aussi blanc que boulanger alors que Jean, lui — et l'on avait un corps qui, exquisement frêle, contrastait bizarrement avec le tonnerre de la voix —, s'était nettoyé et brossé dans une taverne à l'autre bout de la ville.

— Saül ?

— Après avoir liquidé les Juifs grecs, le voilà qui s'attaque aux Hébreux, lui répondit Jean. Comme le dit toujours Pierre, qui aurait jamais cru que ce serait à coups de pied dans le derrière que nous irions porter la Bonne Parole à l'étranger ! Tu as de la place pour nous ?

— Je loge chez un certain Simon, dit Philippe. Le Grand Magicien, qu'il s'appelle. Enfin... il l'était autrefois. Réussissait des tours qui faisaient baver la foule. « Ses miracles égyptiens », comme il dit. S'est réformé. Je l'ai baptisé la semaine dernière. Je crois que vous y serez les bienvenus.

Simon avait gagné beaucoup d'argent grâce à ses spectacles, tant ceux qu'il avait joués dans la rue que ceux qu'il avait montés sur scène : sa vaste maison, il l'avait meublée dans le plus mauvais goût d'Alexandrie. C'était dans la pièce principale de ladite maison qu'il se tenait à cet instant précis : habit propret, barbe taillée et graissée à la manière assyrienne, il contemplait d'un air sinistre un petit moineau mort qui, pattes en l'air, reposait sur un coussin rose saumon. Sa maîtresse et assistante en tours de magie s'était assise par terre à côté de l'oiseau et pleurait. La demoiselle était jolie, qui portait une robe en soie bleue, avait rivière de cheveux noirs et lustrés, et répondait au prénom de Daphné.

En sanglotant, elle lui dit :

— Ça n'aura pas servi à grand-chose... enfin, je veux dire : que tu te convertisses à cette foi nouvelle.

— Sache que là-dedans il faut absolument que le sujet y croie. Et croire, on peut quand même pas attendre ça d'un moineau, non ? Quoique... quoique selon notre ami Philippe, Dieu veille même sur les petits moineaux. Enfin, tout ça est inutile. Je t'en achèterai un autre au marché.

— Mais ce ne sera pas le même ! La mort est une horrible chose. Même celle d'un moineau.

— Ma douce Daphné, tu as le cœur trop tendre. La mort, il n'y a que les animaux pour la connaître : les hommes et les femmes, eux, vivent éternellement. C'est ce que nous enseigne cette nouvelle doctrine.

— Et tu y crois ?

— C'est une pensée qui console. Nous mourons... mais aussitôt recommençons une vie nouvelle... ailleurs... quelque part. Moi, l'*una nox dormienda,* ça ne m'a jamais beaucoup enchanté.

— Comme si tu ne savais pas que le latin, je n'y comprends rien... si c'est du latin.

— Une longue nuit à dormir, jusqu'au bout. Sans se réveiller. C'est du Catulle. Il a aussi écrit un poème sur un moineau.

— Le pauvre petit chéri.

C'est alors que Philippe arriva, avec Jean et Pierre.

— Je vous présente Pierre... et Jean, dit-il.

Daphné leva les yeux sur eux, essuya ses larmes dans ses cheveux.

— Simon... Daphné.

Jean découvrit une jolie fille aux cheveux aussi noirs et lustrés que rivière et en éprouva une sensation bien masculine. Etait-il bien ou mal de réagir ainsi ? Et si la demoiselle avait été l'épouse de cet homme ? Non, il ne le pensait pas. On n'avait, c'est vrai, guère eu le temps de s'occuper de savoir si les réactions glandulaires à la beauté des dames étaient ou n'étaient pas convenables. L'époque était dure, il ne fallait pas en douter.

— Nous vous serions tous très reconnaissants de permettre à mes amis de partager ma chambre, dit Philippe. Ces miens amis sont tout à fait exceptionnels : ce sont les premiers qui aient suivi notre Seigneur Jésus.

— Soyez les bienvenus ! lui répondit Simon qui s'était relevé. Les amis de Philippe sont les miens et aussi ceux de ma, ah... que je vous présente...

Jean avait eu raison de penser que ce n'était pas son épouse.

— Ainsi donc, vous êtes venus ici pour ajouter quelques miracles à ceux qu'a déjà faits Philippe ?

— Ce n'est pas là notre tâche principale, lui répondit Pierre. Non, notre tâche principale, c'est de prêcher la Parole salvatrice. Mais... on dirait que ce petit oiseau est mort !

Daphné se remit à pleurer.

— Là, là ! dit Pierre. Il vaudrait mieux l'enterrer et s'en procurer un autre. Ah ! j'avais une petite grive quand j'étais gamin. Quand elle est morte, ma mère l'a fait cuire. Pas grand-chose à manger là-dedans.

Daphné sanglota de plus belle.

Un homme entra alors, que Simon ne connaissait pas.

— La maison est ouverte, dit-il d'un air sarcastique. Bienvenue à tous !

Il mâchonnait encore quelque chose, comme s'il s'était brusquement enfui au milieu du déjeuner. Il avala et dit :

— C'est mon frère. Il bondit comme une carpe et fait de drôles de bruits. Il faut que le Philippe, y vienne.

— Il faut ? Il faut ? le réprimanda Simon. Il viendra quand il sera prêt. La volaille devrait être cuite, ajouta-t-il en se tournant vers Daphné.

Les oiseaux du ciel. Elle pleura encore.

— Ça ne se fait pas de pleurer devant des invités, reprit-il. Vaquez à vos devoirs, jeune fille !

Elle s'en fut donc à la cuisine.

— Allons jeter un coup d'œil au frère, dit Pierre.

Ce dernier habitait au coin de la rue. Du poisson cuit au four refroidissait sur la table, il y avait une grande flaque de vin par terre. De l'arrière-grand-père au petit garçon étonné qui suçait son pouce, toute la famille, et elle était nombreuse, s'était tassée contre les murs afin de permettre à un jeune homme au corps poilu et nu de sauter ici et là en poussant des cris du genre *nagfalth* et *worptush.* Il avait, à l'évidence, déchiré ses vêtements. Pierre, Jean, Philippe et Simon l'observèrent.

Pierre gronda soudain :

— Dehors ! et vite !

C'était aux démons qu'il s'adressait. Plus cérémonieux, il s'écria encore :

— Je vous en conjure au nom du Seigneur Jésus-Christ, laissez-le ! Allez-vous-en ! Cessez de le tourmenter !

Il faut croire que la doctrine de la possession par les mauvais esprits explique, au moins pour les ignorants, certains phénomènes que nous voyons souvent dans nos villes : ici c'est un homme, là une femme (mais on est jeune, d'habitude), qui, brusquement, se met à se ruer partout, et puis à baver de la gueule et se lancer dans ce qui ressemble à des discours prononcés dans une langue bizarre mais pourrait bien n'être que bruits émis par la mécanique d'un organe de la parole complètement déréglé. Je dirais, moi, que cette extase ou émeute des membres renvoie à des causes physiques du genre mauvais régime alimentaire. La crise ne dure pas. Très vite, le malade s'épuise et gît immobile, « exorcisé » comme diraient les exorcistes. Pierre ayant grogné ou hurlé quelques objurgations de plus, le jeune homme laissa sortir de sa bouche ouverte un tel flot d'obscénités que les femmes de la maison se bouchèrent des oreilles qu'elles n'arrivaient plus à croire. A bout de forces, le bonhomme, lui, se mit à ronfler.

— Encore un miracle, dit Simon en ramenant ses hôtes manger chez lui.

— Se méfier de ce mot, lui renvoya Pierre. À propos : moi aussi, je m'appelle Simon... mais c'est une autre histoire. Et donc, nous n'y sommes pour rien. C'est la grâce du Seigneur qui a tout fait.

— Mais, reprit Simon, ce pouvoir, il n'est pas en toi ? Et aussi en Philippe ? Et il n'y aurait pas là comme une sorte de magie ?

Il les fit entrer chez lui, les accompagna jusqu'à la table qu'on avait servie : brûlée, la volaille les y attendait, pattes en l'air. Pierre s'assit, regarda Simon d'un œil sévère et lui demanda :

— Qu'entends-tu par magie ?

— Le pouvoir de changer des choses que le cours de la nature ne saurait altérer. C'est l'apparence de ce pouvoir que j'avais autrefois. J'appelais ça magie mais il ne s'agissait que de tours de passe-passe. J'en avais appris les ficelles à Alexandrie. Ces astuces, Moïse, lui, les apprit en Égypte. On se saisit d'un serpent qui, drogué, semble avoir la raideur du bâton, on le jette par terre et, tout d'un coup, il sort de sa transe et se met à siffler en se tortillant sur le sol.

— Sauf que ce pouvoir-là, nous ne l'avons appris nulle part, lui fit remarquer Pierre. Et que s'il n'est pas en nous, c'est que, tout simplement, il réside en Dieu.

Sur quoi, mourant de faim, il s'attaqua à une cuisse de poulet et, ce faisant, montra qu'il avait des dents aussi jaunes que solides.

— Ah, j'aimerais bien l'avoir, ce pouvoir ! reprit Simon.

— Et pourquoi ça ? voulut savoir Jean. Pourquoi donc aimerais-tu l'avoir ?

— Mais pour faire le bien ! Partout dans le monde ! Pour montrer que je suis au nombre des favoris de Dieu ! Comme vous !

— Tu veux dire : pour ta gloire personnelle ? s'écria Pierre en se léchant les doigts.

— Non : je n'ai rien dit de semblable et n'en avais aucune intention. Ne pas oublier qu'autrefois, j'étais magicien. Et qu'après, grâce à l'aide de Philippe, j'appris à suivre le Christ et abjurai tous ces faux-semblants. Ce qui fait qu'aujourd'hui, je n'ai plus rien d'un magicien. Que je ne suis plus qu'un homme sans aucun savoir-faire. Or, tous tant que vous êtes, vous en avez un, vous, et des plus précieux ! C'est ça que j'aimerais bien avoir.

Jean venait de trouver le bréchet du poulet. Il sourit à la jolie Daphné aux yeux rouges qui, telle servante, se tenait debout à côté de la table. Histoire de faire un vœu, il lui tendit son morceau de cartilage. Elle le refusa. Pierre dit alors :

— Guérir les malades, redonner ses jambes au boiteux et ses yeux à l'aveugle, tout cela n'est rien, Simon. Étincelles qui s'envolent des flammes de la foi en Dieu, oui, mais rien de plus. Qu'elles montrent bien la puissance divine n'empêche pas que nous ayons, nous, une tâche plus importante : celle d'apprendre la pitié de Dieu.

— L'amour d'Jieu ! marmonna Philippe qui avait la bouche pleine.

Mais Simon s'écria :

— Ce pouvoir, je le veux ! Je peux payer !

Tous le dévisagèrent, tous restèrent sans voix devant la volaille dévastée.

— Oui, j'ai de quoi payer... et bien ! De l'or et de l'argent, je m'en suis fait beaucoup en trompant les gens avec mes astuces. Et maintenant que ma fortune peut vous revenir... enfin... que je suis en mesure de faire ce que vous, ou Dieu, voudrez que je... Mais en échange, ce pouvoir, je le veux.

Pierre se tourna vers Philippe qui était assis à sa gauche.

— Tu ne lui as pas appris grand-chose, fit-il. Il ne comprend rien. Ni de notre mission, ni de la foi nouvelle.

Et, s'adressant à Simon, il ajouta :

— La grâce de Dieu, son pouvoir, sa pitié, c'est ça que tu veux acheter ?

— Tout ce dont j'ai envie, c'est de faire le bien... de soigner les malades, de ramener les morts à la vie...

— Rien que pour satisfaire tes envies d'honneurs et de gloire ? lui demanda Pierre.

— Ce pouvoir, vous l'avez entre vos mains. C'est le même que celui de Philippe. Ce que je veux, moi, et c'est pour la gloire de Dieu, c'est l'avoir entre mes mains, à moi. Oui, je peux payer... dix mille sesterces... vingt mille...

— Va te faire voir ! rugit Pierre. Au diable ton argent ! Tu ferais mieux de te repentir de ta méchanceté pendant qu'il en est encore temps.

— De ma méchanceté ? lui renvoya un Simon aussi étonné que durement peiné.

— Quelle méchanceté ? répéta Jean d'un ton inhabituellement faible.

— Tu ne vois donc pas toute la méchanceté qu'il y a à vouloir acheter Dieu ?

— Non. La vraie question qu'il faut se poser, l'interrompit Philippe, c'est celle-ci : est-il autant de méchanceté à ignorer les choses volontairement qu'à faire exprès de pécher ? L'ignorance étant manière de péché, le péché serait-il, lui aussi, manière d'ignorance ?

— Assez de ces absurdités à la grecque ! lança Pierre. Le problème que nous avons à résoudre est déjà assez difficile comme ça ! J'ai mangé de ses victuailles et ne sais toujours pas s'il faut m'en réjouir ou le regretter. Je ne saurais, certes, passer son hospitalité sous silence mais ne crois pas en vouloir davantage.

— Mais, s'écria un Simon qui n'en revenait pas, comme si ici même, à Sébastê, Philippe n'avait pas déclaré que Jésus-Christ avait, lui aussi, fait affaire avec Dieu ! Comme s'il ne s'était pas vendu lui-même ! Oui, sur la croix ! Comme si, notre rédemption, il ne l'avait pas achetée ! C'est pas ça que tu nous as dit, Philippe ? Toute la vie ne se réduirait-elle donc pas à vendre et acheter ? Allons ! Non, moi, je le répète encore une fois : ce pouvoir, je veux que vous me le vendiez !

— Dommage que nous ne puissions rester plus longtemps, dit Pierre... et merci pour ton offre. Cela étant, partir ailleurs, il le faut absolument.

Sur quoi il se leva et, maladroit, fit une révérence à la jeune fille à la rivière noire et lustrée, à celle qui avait les yeux rouges d'avoir tant pleuré la perte de son moineau. Et les deux autres se levèrent avec lui et Simon en fut encore plus sidéré.

Marcellus, le nouveau procurateur de Judée, avait déjà débarqué à Césarée. *Célestes Gémeaux* à la proue ornée d'une effigie en bois peint de Castor et Pollux, le navire était resté à l'ancre après avoir été vidé de son chargement tant de marchandises que d'êtres humains. Soldats en permission ou en fin de service, vins doux de Palestine et fruits séchés de la campagne, sans même parler de certains impôts enfermés dans des coffres, on attendait d'avoir réparé quelques dommages à la coque et d'avoir recousu un hunier déchiré pour y entasser un nouveau chargement. Cheveux coupés à la romaine et barbe rasée, Caleb le Zélote se trouvait lui aussi à Césarée. Parlant grec dans cette ville de Grecs, il entra dans un des bureaux du port et s'offrit à travailler à bord en qualité de cuisinier qualifié. Ses papiers ? Volés par de sales Juifs. Oui, poursuivit-il, c'était ainsi qu'il avait envie de payer son voyage : là-bas, sur le continent, sa famille l'attendait. On lui répondit qu'il n'y avait plus de couchettes disponibles. Au cours d'une conversation qu'il eut avec le bosco dans une des tavernes des quais, il découvrit l'identité de l'aide-cuisinier en titre : le bonhomme était syrien, suait beaucoup et avait un énorme tour de taille. Sans le moindre remords, Caleb le poignarda dans une rue pleine de bordels : si on ne le tua pas tout à fait, on s'assura qu'il ne pourrait pas embarquer de sitôt. S'étant représenté à l'embauche sur un vaisseau qui allait prendre la haute mer, il apprit qu'enfin la chance lui souriait. Et se fit passer pour un certain Metellus.

— Tu t'appelles Metellus ? lui demanda le chef cuisinier. Bon, bon, alors moi, je m'appelle Pompée... le grand Pompée.

Petit et noueux, ce Calabrais avait le grec pour première langue. A bord, tous les serveurs étaient insolents — mais d'une insolence qui ravissait les officiers : on y voyait la spécialité des natifs de Césarée.

— Alors, pas encore prêt, ce poisson ?

— On est en train de le pêcher. T'as pas dit que tu voulais qu'il soit frais ?

— Faudrait voir à faire gaffe à ses manières !

— Ah ! ah ! ah ! (ceci en s'éloignant et éclaircissant la gorge).

— Avoir le caractère de ce type-là ? J'en voudrais pas pour dix mille sesterces !

Et maintenant, observons un peu ce nouveau Caleb qui, coupe de cheveux à la romaine, mâchoire puissante, joues bleues, jambes abondamment duveteuses, pieds nus fermement collés au sol et taille aussi forte que celle d'un marmiton, surveille les feux de bois emprisonnés dans leurs cages de fer des cuisines, fait frire les œufs qu'on a embarqués à Tyr, vide les poissons qu'on a attrapés le long des côtes de Chypre, découpe en tranches le pain dur d'Aspendus. Large d'épaules, le bonhomme est tout en muscles. Cuisinier pour l'instant, il espère bientôt gagner sa vie en terre italienne en s'adonnant à la lutte. Il connaît les clés grecques, les feintes judéennes, sait bien en quels points de la carcasse humaine il faut appuyer lorsqu'on entend paralyser son adversaire pendant un moment. C'est depuis toujours qu'il se voit guerrier frustré qui s'entraîne pour le grand jour de sa libération. Dague, épée et corde pour garrotter, on a appris à s'en servir. Sa mission est claire : libérer ses sœurs. Il en a aussi une autre plus brumeuse : libérer tous les Juifs de la tyrannie de Rome. Ce qu'il pourra faire dans la capitale afin d'y arriver, il n'en est pas encore certain. On rêve vaguement de rassembler des bandes de jeunes Hébreux qui si fort terroriseront les populations que le Sénat, d'un seul cri, demandera qu'on laisse aller le peuple de Dieu. Cela étant, réaliser pareils rêves n'est pas pour demain car on brûle aussi, et plus calmement, de commencer par vivre dans la capitale et d'en découvrir tous les recoins. On s'imagine en train de lutter sous les acclamations de la foule romaine : un grand homme, ce Metellus ! Tout ceci étant, bien sûr, absolument sans valeur étant donné que, bon combattant juif, on ne veut de Rome qu'une chose : qu'elle retire ses percepteurs armés (les procurateurs seraient-ils autre chose ?) de la Terre sacrée. Mais, tout comme Sara, à laquelle on ressemble par le caractère, on sent qu'il vaut mieux être obligé, même à cause des malheurs les plus grands, de découvrir le vaste monde que de rester chez soi à étouffer dans l'univers étroit de la loi et des coutumes juives. C'est souvent que les glandes l'emportent sur les idéaux. Il en va ainsi depuis toujours.

— Alors, ça vient cette soupe de poisson ? lui hurle le chef cuisinier. Y a l'estomac du capitaine qui crie famine. Comment t'as dit que tu t'appelais déjà ?

— Metellus.

— Metellus ? Alors moi, c'est Marc Antoine. Tu m'as tout l'air d'un Juif.

— Dis donc, lui lance Caleb en lui montrant toutes ses dents (on approche de la Crète, elles brillent au soleil de la mer), ça te plairait que j' te la balance sur la gueule, espèce d'ordure insolente ?

Sur quoi il prend le plat de fer à deux mains : on est prêt à passer aux actes. Le Calabrais voit que les muscles se sont mis à rouler comme serpents, ronchonne qu'y a des gens qui sont pas capables de supporter la moindre plaisanterie.

Dans la mer Égée la tempête se lève et déporte le vaisseau vers la côte achéenne. Caleb vomit sur sa couchette, on se moque de lui. Il se remet (le navire cingle vers Syracuse et la mer est plus calme) et se bat avec le plus costaud des railleurs (originaire de Pergame, l'homme est de sang mêlé). L'amour de l'ordre qui prévaut à Rome transforme ces violences hargneuses en combat en bonne et due forme sur le pont avant du voilier. Caleb jette son adversaire par-dessus bord. L'autre ne sait pas nager. Élégant et gracieux sous les applaudissements de tous, Caleb se jette à l'eau ; on les repêche tous les deux dans un filet. Un patricien qui répond, je crois, au nom d'Aureus Gallus — il fait partie des services du Trésor et a mené une enquête sur certaines allégations de malversations de fonds proférées à Alexandrie et Pétra —, lance quelques paroles louangeuses au lutteur qui ruisselle. Chercherait-on à travailler aux arènes ? Sera-t-on capable de ne pas oublier le nom qu'on va lui donner maintenant ? Le métier est des plus virils : la Rome des sybarites est en train de virer à l'efféminé. Il serait grand temps de voir de pareils muscles à l'œuvre. Cela rappellerait à tous des gloires plus primitives. « Merci, Votre Honneur », dit Caleb.

On passe trois jours à Syracuse : Caleb et son voyou en profitent pour se soûler ensemble. Et puis on tire au nord à travers le détroit et embrasse enfin la côte italienne. Bientôt on se retrouve, aux abords de Putéoli, au milieu d'une foule de navires marchands qui attendent la permission de se ranger à quai avant de commencer à décharger. Il y a là d'énormes quantités de blé d'Égypte : Rome est en train d'oublier les arts de la terre que Virgile a immortalisés dans ses *Géorgiques*. Le *Célestes Gémeaux* déborde de troupes et de fonctionnaires impériaux, il exige la priorité. Très vite Caleb quitte le bord ; déjà ses pieds en sandales foulent le sol italien. Il découvre une statue grimaçante, celle d'un empereur Caius qui, là-bas, au loin, contemple la mer. Massives, des balles de marchandises entrent dans les entrepôts ou en sortent en roulant. Les vaisseaux tirent sur les cordages entourés autour des bornes d'amarrage. Debout sur un tas de ballots, un barbu cherche à attirer l'attention des marins d'Israël.

Il leur crie en araméen :

— Ô vous autres qui voguez sur les mers, enfin vous touchez au port. Mais que faites-vous donc du havre de l'âme que tout le monde recherche ? C'est dans le sein de Jésus-Christ que vous le trouverez. Il est Fils du seul Dieu et, Sauveur de l'humanité, est mort pour elle et a été ressuscité.

Ah çà, se dit Caleb, la foi nouvelle est déjà en train de s'étendre. Quand même bizarre qu'un culte aussi passif puisse faire preuve de tant de vigueur. Et puis il songe à ce qu'il a entendu dire du travail de Saül : c'est lui, Saül, qui pousse les nazaréens à emprunter les voies de la mer, c'est lui, Saül, qui, comme le diraient les païens, fait monter les enchères entre deux divinités opposées. Mais il en est une troisième qui, Caius ricanant, semble pointer le doigt dans la direction de Rome ; Caleb le Zélote respire un bon coup et prend la route qui mène droit au cœur du royaume des mécréants.

Le nouveau procurateur de Judée chevaucha de Césarée à Jérusalem avec le doyen des centurions qui, pour l'instant, lui servait de second. Appelons ça une visite de courtoisie. Marcellus, qui s'était fait un visage à la mesure des masques et bustes de Jules César, fronça les sourcils en découvrant ce qui se passait dans la rue des Forgerons : des Juifs armés, qu'il prit pour des gardiens du Temple, étaient en train de sortir de chez eux des citoyens apparemment respectables. Des mères et des enfants pleuraient, des hommes étaient couverts de contusions. Comme s'il se souvenait vaguement d'autres batailles sous d'autres maîtres, son cheval renâclait chaque fois que le plat des épées s'abattait sur des dos et que des cris de douleur montaient dans les airs. Marcellus entendit le mot *meluchlach* et pria le centurion de lui en expliquer le sens.

— Ça veut dire « sale », lui répondit Cornelius. C'est comme ça qu'on appelle les nazaréens d'ici.

— Les nazaréens ? Et c'est quoi, ça ?

Cornelius se garda de lui rappeler qu'il était du devoir du procurateur de Judée de s'être au moins fait quelque idée, même vague, de ce qui se passait dans le pays.

— Ils suivent un nouveau prophète et en sont punis.

— Ah oui ! l'esclave Chrestus, celui qui déclara être un dieu...

— Non ; pas Chrestus mais Christus — ce qui veut dire l'« oint ». On se sera mélangé les voyelles. Ce qui fait que Chrestus étant un nom d'esclave, on en est venu à prendre ce culte pour une religion d'esclaves. Sauf que voilà : comme tu peux le voir, ces gens ne sont nullement des...

— Désordre sur la voie publique, Cornelius, l'interrompit Marcellus. Il semblerait que la discipline romaine se soit relâchée pendant le... comment dire... pendant l'interrègne.

C'était de la période qui, du renvoi de Pilate, avait duré jusqu'à sa propre accession au pouvoir qu'il voulait parler.

— Il s'agit d'une affaire religieuse, Procurateur, et les affaires religieuses, nous avons ordre de ne pas nous en mêler. Les Juifs ont le droit de faire régner leur discipline à eux.

— Ça ne me plaît quand même pas, Cornelius.

— Il a dit que ça ne lui plaisait pas, devait déclarer Caiaphas un peu plus tard, alors qu'avec Gamaliel et le prêtre Zérah il buvait du vin. Il a fait remarquer qu'il était de son devoir de faire régner la paix dans le pays. Il n'entendait pas intervenir tout de suite et nous laisserait le soin de rétablir l'ordre. Qu'il finisse néanmoins par y mettre le nez, voilà qui n'est pas difficile à deviner.

— En quoi il aurait raison... dans un certain sens, dit Zérah en s'arrachant un à un les poils de sa barbe noire (cela lui faisait mal un court instant, mais aussi grand plaisir : l'homme n'était pas marié). Les nazaréens sont des semeurs de pagaille. Que les Romains les réduisent ! Si, ainsi que je le pense, il devait jamais y avoir des erreurs dans les arrestations... — après tout, le vieil Ezra n'avait rien d'un nazaréen, ce qu'on apprit plus tard... — quel dommage...

— Il est mort de mort naturelle, l'interrompit Caiaphas.

— Naturelle ? le reprit Gamaliel. Parce que mourir de soif et d'épuisement en plein soleil serait naturel ?

— Non, ce que je dis, moi, lui renvoya Zérah en continuant de s'ébarber, c'est qu'il vaut toujours mieux laisser aux Romains le soin de faire la discipline... enfin... quand la situation le permet. Comme ça, nous, on a les mains propres.

— Malheureusement, dit Caiaphas, ce n'est pas comme ça que le procurateur Marcellus voit les choses. Pour lui, les empêcheurs de tourner en rond, ce sont Saül et sa petite armée. Après tout, du sang, c'est vrai qu'ils en répandent. Je dois dire que le camp qu'il a installé est un véritable affront à toute personne ayant un tant soit peu de principes humanitaires.

S'il ne sourit pas, Gamaliel, lui, le fit — et d'un air aigre-doux.

— Hier, reprit Caiaphas, j'y ai vu mourir un vieillard. Pendant ce temps-là, y avait toute sa famille qui marmonnait le credo nazaréen... « Pardonnons à nos ennemis ». Après quoi, on passa à la prière. Plutôt belle, rien d'hérétique là-dedans. Celle qui commence par *Notre Père qui êtes...* À mon avis, il faut empêcher Saül de continuer.

— Dieu merci ! s'exclama Gamaliel.

— Et pourtant, ajouta Zérah, on pourrait farder les faits et dire qu'il fait du bon travail. Du travail sacré même. Parce que personne n'arrivera jamais à le convaincre du contraire. Et si on l'envoyait faire son joli travail ailleurs ?

— Ça, c'est une idée de génie, dit Caiaphas. En Samarie, par exemple ?

— Les Samaritains le mettraient en pièces.

— Sauf qu'à être taillé en pièces, il mourrait saintement et pour la bonne cause, lui renvoya Caiaphas. Non, tu as raison : dénazaréaniser les Samaritains ne les amènerait pas nécessairement plus près du cœur de la vraie foi. Ce qu'il nous faut, c'est un endroit où il y a beaucoup de colons juifs et où les nazaréens ont déjà remporté des succès. Et si on disait Damas ?

— Et on l'y envoie à pied, bien sûr, précisa Zérah.

— Évidemment. Personne n'a envie de l'y voir arriver trop vite. À pied. Absolument. Mais on se met en route immédiatement.

— Ça ne sera pas facile de le convaincre, fit Zérah. À ceci près que les Juifs de Damas sont les fils du Temple... ici. Et donc, qu'il faut les sauver d'eux-mêmes.

— En faisant couler leur sang ? demanda Gamaliel.

— Je ne vois pas grand mal à recourir aux voies de fait, lui renvoya Zérah. Ce qui compte là-dedans, c'est que le choc soit salutaire. Si ces nazaréens de Damas refusent d'écouter les avertissements des prêtres... alors, oui, c'est la manière de Saül qui est la bonne.

— Efficace, sans doute, dit Gamaliel, mais « bonne »... ce n'est peut-être pas le mot qui convient.

Les premiers disciples n'étaient déjà plus très nombreux à Jérusalem. Si personne ne sait où ils se dispersèrent, je suis, moi à peu près sûr que le Juif qui prêchait lorsque Caleb l'aperçut sur le quai n'était autre que Matthieu. Jacques, lui, le fils de Zébédée, avait fermement refusé de quitter son poste ; on en était devenu presque pédant dans sa manière de suivre les services du Temple, se montrait fort soucieux de ne jamais distinguer entre Juif véritable et nazaréen lorsqu'il fallait faire la charité. À ne plus se lancer dans aucun prêche on défiait les forces de la persécution de l'arrêter : Saül eut la sagesse de le laisser tranquille. La veille du jour où Thomas devait être pris, la nouvelle se répandit que ce dernier venait de recevoir une autre mission. Thomas n'en partit pas moins pour la Samarie où il avait promis d'aller rejoindre Pierre et Jean. Ce fut aussi lui qui, bien qu'on eût du mal à le comprendre à cause de son fort accent du Nord de la Galilée, mit, bien malgré lui, dans la tête des Samaritains convertis que c'était le Christ lui-même qui les avait élus : il n'aurait choisi les Judéens que par la suite.

— Si fait, notez bien ceci, vous tous ! Oui, les voyageurs qui de Jérusalem faisaient route vers Jéricho ignorèrent, et volontairement, le pauvre homme en sang qui gisait au bord du chemin. Et le lévite en fit autant et tous en firent autant sauf le marchand de Samarie, celui que le Seigneur appela le Bon Samaritain. Car il ne fait aucun doute que si point Il n'avait été mis à mort par les forces hypocrites de vot' désir d'ordre, la Parole, c'est Lui-même qui l'aurait portée ici. Non, le Seigneur n'en aurait point confié la tâche à Ses humbles sectateurs.

Par une matinée pluvieuse, Pierre décida que la Samarie était maintenant capable de se débrouiller toute seule. Il avait nommé un *episcopos,* ou surveillant, à sa tête, Justin, qui avait plusieurs diacres sous ses ordres. Si ce que Thomas lui rapportait était vrai, il pourrait bientôt y avoir une Église à Jérusalem, dont la tâche consisterait à veiller à l'établissement des missions et aussi... mais là, Pierre se trouvait en face d'un problème qu'il avait du mal à formuler. Le soleil venait juste d'inonder la rue de sa lumière lorsque Simon le magicien se montra. Pierre, Jean, Philippe et Thomas l'observèrent de la porte de la taverne où ils avaient déjeuné. Simon avait planté une petite tente rectangulaire et la jeune Daphné — on n'avait plus les yeux rouges mais toujours les cheveux ainsi que rivière noire et lustrée — y était entrée par une ouverture que, cérémonieux, Simon maintenait largement béante.

— Et maintenant, regardez ! lança-t-il à la foule des badauds.

Sur quoi il ficha la poignée de dagues qu'il avait dans les mains dans les quatre côtés de la tente. Un flot de sang coula des déchirures. Et puis il rouvrit l'abattant et, indemne, la jeune fille reparut.

— Miracle, miracle ! s'écria Simon. Et c'est tous les jours que vous allez en voir. Les nazaréens seraient-ils donc capables de ramener les morts à la vie ? Absolument pas.

— Eux, au moins, ils ne nous demandent pas d'argent ! lui renvoya un borgne dans l'assemblée.

Alors un nuage creva et la foule s'enfuit. Simon courut se mettre à l'abri sous la tente mais elle était loin d'être imperméable. Debout sur le seuil, Daphné se moqua de lui. Jean sentit encore une fois que ses glandes se réveillaient. Pierre dit :

— Y a quelque chose qui me trouble, les amis. C'est quoi au juste qu'on est réellement censés faire ? Prêcher la parole ou guérir les malades ? Car ce n'est que lorsque nous guérissons les malades que les gens croient à la vérité de ce que nous prêchons... sauf que... prêcher ne suffirait-il donc pas ? Enfin, je veux dire : la vérité est la vérité et la doctrine... eh bien, ou elle est bonne ou elle ne l'est pas. Mais eux, on pourrait leur faire croire n'importe quoi pourvu, après ça, de leur servir ce qu'ils appellent un miracle.

— C'est la vérité de Dieu ! s'écria Jean par-dessus un coup de tonnerre. Il fut, lui aussi, obligé de leur montrer qu'il était le Fils de Dieu. Se contenter de le dire n'aurait servi à rien. La seule façon qu'il eut d'y arriver fut d'aller à l'encontre de la nature.

— Parce que guérir les malades serait aller à l'encontre de la nature ? demanda Thomas.

— Bien sûr que oui si ladite nature ne fait rien pour soigner la maladie, lui répondit Jean.

— À ceci près, fit remarquer Pierre, que nous sommes très loin d'être les fils de Dieu. Et il est beaucoup de choses que nous avons faites... Tenez ! ce bras tout étiolé qui se mit à grossir lorsque la jeune fille s'écria qu'elle croyait... oui, beaucoup de choses que l'on pourrait expliquer autrement. C'est Barthélemy qui l'a dit et c'est un homme de l'art. Ce que je veux dire par là, c'est que je serais drôlement plus heureux si les gens ne nous amenaient pas leurs grand-mères hydropiques et autres neveux paralytiques chaque fois qu'ils viennent à nos prêches. Parce que ce n'est pas notre prêche qui les intéresse. Vous le voyez pas, comment le Simon, il... Ah ! la malédiction que c'est d'être affligé du même prénom que lui !... enfin quoi, vous voyez bien ce qu'il pense de tout ça, lui ! Il n'y a pas à dire : ce bonhomme m'inquiète. Ferais peut-être mieux d'aller lui en toucher un mot — le dernier.

Et c'est ainsi que Pierre qui n'était pas homme à craindre l'eau s'avança fermement au cœur du lac vertical et, l'ayant traversé à grandes enjambées, passa la tête à l'entrée du pauvre abri sous lequel Simon s'était réfugié :

— Ton cœur n'est pas en accord avec Dieu, lui dit-il, et je ne peux pas te laisser comme ça. Repens-toi de ta méchanceté et peut-être le Seigneur te pardonnera-t-Il.

Très malheureux sous la pluie, Simon commença à renifler.

— Tu es, dit Pierre en citant quelque chose qu'il avait lu — mais quoi ? il n'arrivait plus à s'en souvenir exactement —, dans le fiel de l'amertume et les chaînes de l'iniquité.

Simon se mit à trembler d'hystérie, ou de fièvre.

— Eh bien, prie pour moi, fit-il. Je n'ai aucune envie d'aller en enfer.

— Tu n'iras pas si tu te repens. Te repens-tu ?

— Tout ce que je voulais, c'était faire le bien dans le monde. Tout ce que je désirais, c'était le pouvoir...

— Ah ! va-t'en au diable ! s'écria Pierre.

Et, trempé, il s'en retourna vers ses compagnons en poussant des soupirs.

— Il ne comprend toujours pas, fit-il. Je me demande s'il a saisi ce que je lui disais. Comment se fait-il que tout le monde comprenait ce que je racontais à la Pentecôte et que maintenant j'aie tant de mal à m'exprimer ? Je ne sais plus que ma langue maternelle et les nasillements du galiléen et il y a beaucoup de gens que ça n'intéresse pas. Il va falloir que je commence à me balader avec — un quoi, déjà ?

— Un interprète, lui répondit Philippe. Je te donnerai des leçons de grec lorsque nous ferons de nouveau route vers Jérusalem.

— L'ennui, c'est que je suis trop vieux pour ça. Bah, le ciel se dégage, on ferait mieux de bouger. Y a pas mal de villages samaritains à voir sur le chemin du retour. Et toi, Philippe, toi qui es jeune et en forme, tu devrais pousser à l'ouest, aller à Gaza où Samson se fit crever les yeux.

— Mais il n'y a que du désert par là-bas ! s'écria Philippe.

— Alors, va vers le nord, jusqu'à Césarée, là où il n'y a rien que des Grecs. Ce n'est pas le boulot qui manquera.

Il me revient maintenant (en ce jour de septembre ou « germanicus » des plus agréablement frais, le Ciel en soit remercié — déjà les premiers picotements d'une délicate mélancolie automnale se font sentir) la tâche navrante de vous présenter un Caius qui, fou, est en train de présider un banquet impérial absolument délirant. Rares sont les invités qui, bien que près d'une centaine, y montreraient un quelconque appétit. Représentez-vous donc la grande salle de la résidence impériale sise au sommet du mont Palatin (c'est de là que le mot « palais » tire son origine). Les piliers en ont été couverts de fleurs et de feuillage et toute la forte lumière de midi en a disparu, que l'on a empêchée d'entrer à l'aide d'un lourd rideau de brocart lamé. Caius tenant à ce qu'il y règne une illusion de nuit (l'empereur est puissant, il a conquis le soleil), des milliers de lampes à huile qui puent l'ambre gris y ont été accrochées. Une statue ricanante de César, ou plutôt non : une statue de Mars surmontée de sa tête, ploie maintenant sous les guirlandes au beau milieu de ce champ de marbre. L'endroit n'en regorge pas moins de petites ingéniosités sculpturales, toutes d'un immonde érotisme : ici c'est un âne qui a collé son membre dans l'*antrum amoris* d'un jeune garçon qui hurle, là deux femmes nues et grasses qui, tête-bêche ainsi que les poissons du zodiaque, se sucent la vulve, là encore une vierge qui s'étouffe sur le phallus d'un Priape qui rit, là enfin la déesse Vénus qui, tête de Caius à moitié cachée par un flot de cheveux de pierre, se fait enfiler par un Jupiter caiusifié. L'énorme table de marbre, en forme de C pour honorer Caligula, est jonchée, comme si l'on y avait négligemment jeté des friandises, d'images d'Alexandrie représentant les spécialités en vogue dans les bordels de l'endroit : on y copule avec des chiens et des chèvres, des cadavres fraîchement décapités ou à demi pourrissants et autres semblables énormités qui me soulèvent suffisamment le cœur pour que je m'interdise d'en dresser la liste. La nourriture que l'on sert est telle (on la contemple mais se garderait bien d'y toucher) que n'importe quel être raisonnable en ferait le vœu de ne plus jamais vivre que de pain et d'eau. Rien ne ressemble plus à rien. Ici ce sont des crottes de chien et boules de crottin de cheval qu'on a modelées en forme de petits gâteaux délicats recouverts de sucre d'argent, là, pâlot, un morceau de veau qu'on a fait bouillir et puis sculpté ainsi que mains humaines. Des mains humaines, véritables cela n'est pas impossible, sont d'ailleurs sans doute nichées dans d'énormes tourtes fumantes farcies de hachis plus orthodoxes. Des homards bouillis grimpent le long d'une effigie d'homme crucifié. Le bœuf? En tranches grossièrement roulées comme phallus. Les cochons de lait? En train, bien sûr, de se faire sodomiser par d'autres cochons de lait. Lassant tout cela, très lassant. Il y a des limites à l'ingéniosité la plus scabreuse. Ici et là certes, il n'est pas impossible que tel ou tel autre invité tombe sur un plat parfaitement ordinaire. Jamais pourtant il ne saura si l'on n'y a pas glissé une horreur. Le pain est couvert d'or mais a le goût du pain. Au bout de la table où Caius est assis, on sert le vin dans de petits pots de chambre, en or, eux aussi. Là il est, le ricanant empereur, allongé à demi (et déjà gris avant même le début du banquet), avec sa sœur Drusilla, sur la même couche. C'est elle qu'il a fait enlever avant d'avoir atteint sa majorité, celle-là encore que, lorsqu'elle épousa le colonel Lucius Cassius Longinus, il séduisit ouvertement. L'impératrice Ennia Naevia (qu'il a volée au commandant en chef de la Garde prétorienne, Macro) est, elle, ignominieusement vautrée, seule, à l'autre bout de la table. Étoilée de bijoux, Lollia Paulina, l'épouse de Caius Memmius, gouverneur de rang consulaire absent de ces festivités, honore elle aussi le repas de sa présence : Caius l'a rejetée et elle n'a plus, par décret impérial, le droit de coucher avec un autre homme. En face de Caius, Hérode Agrippa : on a les chairs gonflées, on est maussade.

Caius lui dit :

— Jamais content, c'est ça ?

Hérode Agrippa a l'audace de lui répondre :

— Les empereurs devraient tenir leurs promesses.

Caius lui renvoie mais sans qu'il y ait menace :

— Ne pas s'en aller dire à cet empereur-ci ce qu'il doit ou ne doit pas faire. Tout le plaisir d'être empereur se résume à la totale liberté que ce titre lui confère. Et je dis bien : totale. Ce qui inclut, évidemment, celle de ne pas tenir ses promesses. Allons, Hérode le Petit, contente-toi donc de ce que tu as.

Ce qu'il a déjà, c'est le titre de roi et les tétrarchies qui, autrefois, appartenaient à Philippe et Lysanias en Syrie méridionale. Il règne aussi, depuis peu, sur un territoire qui, comprenant la Galilée et la Pérée, était jadis le domaine d'un sien oncle Antipas que Caius déposséda d'un seul coup de stylet arbitraire.

Hérode Agrippa lui rétorque :

— C'est à Jérusalem que mon trône devrait se trouver.

— Ah, je t'en prie, ne me fatigue pas ! Province romaine, la Judée restera sous notre autorité. C'est ce que veut le Sénat et le Sénat, il y a des fois où je l'écoute. Pas vrai, Oncle Claude ?

Claude est assis un peu plus loin et je dis « assis » parce qu'il est trop tendu pour pouvoir être à demi allongé. D'âge moyen, il a la tignasse qui a blanchi prématurément. Il hoche la tête à la question de son neveu.

— *N'est-ce pas, Oncle Claude ?*

— À l'occasion.

— Allez, Oncle Claude, amuse-nous un peu. Debout ! Tiens, récite-nous de la poésie... Du Quintus Horatius Flaccus.

Alors, en tremblant, Claude se lève du mieux qu'il peut (sa couche est coincée tout contre la table) et émet les bruits suivants :

— *Ppppone sub cccccuru nimium pppppppprpppppinqui...*

— Ah ! assis, vieux fou ! s'écrie l'empereur. Mon ami, le roi Hérode Agrippa le Petit va nous obliger d'un petit poème hébreu... N'est-ce pas, Votre Majesté ?

— Toute la poésie hébraïque est sacrée, César. On ne saurait réciter les Psaumes de David devant du homard et du cochon de lait.

— Mais enfin, comment se fait-il que tout le monde soit aussi *assommant* ? Que tout le monde soit aussi *lugubre ?* Et pourquoi les musiciens sont-ils silencieux ? Aufidius ! lance-t-il alors à l'affranchi presque nu qui se tient toujours debout derrière lui, fouette-moi ces joueurs de flûtiau et de tambour ! Ramène-les-moi à la vie !

Aufidius a toujours un fouet sur lui — le fouet impérial : il est lesté de grains de plomb, a langues multiples et poignée taillée dans l'ivoire éléphantin le plus chaste. Les musiciens ont entendu la menace et, bien qu'ayant à peine fini leur morceau depuis trois secondes, se lancent aussitôt dans un galop d'origine parthe. Il y a là quatre flûtes, une harpe à vingt cordes, un triste chalumeau et plusieurs tambours en peau de bœuf — certains à frapper, et d'autres à fesser.

Nous avons, nous autres, tout loisir, protégés que nous sommes par notre invisibilité, de considérer avec pitié, et même un certain mépris, ce demi-cercle d'invités qui, là-bas, pignochent leur nourriture, ne boivent que rarement et, tous, tremblent pour leur peau. La vie serait-elle donc présent si magnifique qu'homme ou femme, on devrait ainsi festoyer dans la plus grande des humiliations aux pieds d'un empereur fou ? Ils ne sont pas en meilleure posture — non : pas un —, que les esclaves qui autour d'eux ne cessent de se ruer dans la pièce avec de nouveaux plats, ou que les soldats de la Garde prétorienne qui, immobiles, en tuniques de fête qui dissimulent des dagues (qui sait quel fou ne pourrait pas, soudain, se précipiter sur l'empereur et le tuer ?), restent en alerte — ici sur les marches de l'escalier de marbre qui conduit au grand vestibule, là dans le couloir qui relie la salle du banquet aux cuisines. Certains d'entre eux n'ont pas oublié la fois où, et attention : en public, ils reçurent l'ordre de se déshabiller et mettre en rang afin d'enfiler, l'un après l'autre, la personne de leur empereur. Le premier assaut avait suffi. Au troisième ou quatrième coup, l'empereur avait hurlé qu'on était en train de l'assassiner. Mais voilà : l'enfilage ne s'étant effectué que sur ordre supérieur, punir ce garde d'y être allé trop fort avait été, et le centurion avait beaucoup insisté là-dessus, absolument hors de question. Bon, bon, très bien, mais veiller à ce que cela ne se reproduise plus. Mais... et cet esclave... là-bas... ne dirait-on pas qu'il a le rictus moqueur ? Fouette-le, Aufidius, fouette-le !

Ce centurion, c'était, et c'est toujours, Marcus Julius Tranquillus : il vient encore une fois de demander qu'on le verse dans une légion combattante mais, encore une fois, sa demande vient d'être rejetée. Et maintenant, permettez que je vous assaille (ha !) d'un temps du passé pour vous raconter tout ce qui va se produire. C'est fait, c'est fini depuis longtemps — tout cela appartient à un passé de cauchemar.

Marcus Julius Tranquillus était très séduit, jusqu'à la folie même, par la beauté d'une jeune Palestinienne qui, des grands feux et fours des cuisines, apportait les plats à la desserte. Belle, elle l'était mais, plus encore, semblait indomptable. Point il n'était, pourrait-on dire, d'anneaux de servitude autour de son esprit farouche. Le mépris qu'elle vouait aux cuisiniers qui hurlaient n'avait d'égal que celui qu'elle éprouvait pour les freluquets timorés qu'ils nourrissaient. Elle ne s'en montrait pas moins d'une très tendre sollicitude envers une autre Palestinienne qui, plus jeune, ne cessait de trembler et paraissait entièrement soumise. L'esclave — elle en portait les anneaux —, avait l'air d'être sa sœur. Marcus Julius, qui ne comprenait pas la langue qu'elles parlaient, attrapa néanmoins au passage des noms aussi exotiques que charmants, qui, Ruth et Sara, lui firent l'effet de brefs appels d'oiseaux. L'aînée était Sara. Le gris de l'esclavage, elle le recouvrait, cyniquement, d'un tablier. La cadette, Ruth, était, elle, en sa qualité de serveuse, plus joliment chaussée de sandales teintées à l'argent et, pour porter une robe blanche qui lui descendait jusqu'aux chevilles, avait les bras nus (ils étaient maigres et bronzés) et les cheveux retenus par un filet (ils étaient noirs). Marcus Julius eut un haut-le-cœur, tout comme moi j'en ai un à le raconter, en voyant l'objet, comestible sans doute, qu'il lui fallait maintenant apporter aux convives. L'affaire ressemblait à une tête humaine, qui était pâtisserie moulée et remplie de Jupiter sait quelles horreurs : deux œufs durs piqués de grains de raisin y avaient l'air d'yeux vivants, le tout étant orné de cheveux en sucre filé et posé sur un plat où nageait un sirop de fruits couleur sang. De cette monstruosité il fut, en tout, servi douze exemplaires et tous avaient un visage différent : un ou deux même lui rappelèrent quelque chose... non, ce ne pouvait pas être Cremutius Cordus ! Et celui-là : dame Lollia Paulina ?

— Alors comme ça, disait Caius, on refuse de divertir son empereur ? Eh bien, c'est l'empereur lui-même qui va vous divertir ! Aufidius ! Le fouet impérial !

Il s'en empara à l'instant même où, porteuse de sa pâtisserie en forme de tête baignant dans son jus, la jeune Ruth s'approchait en tremblant de la table. Avec allégresse, et quelque dextérité aussi, Caius fit partir son fouet d'un coup sec et trépana le gâteau : des jets de ce qui ressemblait à de la crème épaisse et brune allèrent éclabousser trois sénateurs qui, fort graves, étaient assis un peu plus loin. Caius éclata de rire. Plusieurs invités l'imitèrent, mais un ton plus bas. Terrorisée, Ruth laissa tomber son plat. Laissa tomber son plat ! La tête éclatée, de la sauce rouge cramoisi et un énorme plat en argent sur le dallage de marbre ! Mais non : déjà Caius lui parlait avec grande gentillesse :

— Maladroite ! Maladroite ! Et d'où es-tu donc, ma petite colombe ?

La jeune fille ne le comprit pas. Hérode Agrippa traduisit.

— *Ayeh ?* répéta-t-elle.

Et puis, en latin, répondit :

— De Judée.

— Une Juive ! s'écria Caius. Mais pas de tes sujets, mon Hérode Agrippa chéri ! Dis-moi donc un peu, Votre Majesté, le nom de ta grand-mère.

— Salomé.

— Je m'en doutais. Celle qui dansait, c'est ça ?

— Non, celle-là, c'en était une autre... la belle-fille de mon oncle.

— Et c'est bien nue qu'on dansait, n'est-ce pas?

— Oui, enfin... en quelque sorte.

— Et après, on lui offrit un prix, c'est bien ça?

— Oui : la tête de...

— Voilà : la tête de quelqu'un! Exactement! Bon. Des réjouissances de prince, en somme. Allons, Demoiselle, dansons!... Mais de qui sera-ce la tête?... Bah! nous en déciderons plus tard. Allons, danse! Musique!

Un rythme après l'autre, les tambours se mirent à battre. Les flûtistes ne savaient pas trop quoi jouer. Suraiguë, la plainte du chalumeau commença à s'élever dans les airs. Ruth, elle, était toujours aussi éberluée.

— *Rikud,* lui souffla Hérode Agrippa.

Caius enjamba le dossier de sa couche et, tout au bout du grand *C* de la table, se planta devant la servante.

— C'est ça, *rikud*! comme te l'a ordonné Sa Majesté. Danse.

Et il lui assena un coup de fouet pour qu'elle s'y mette. En larmes, elle commença à remuer maladroitement ses membres raides.

— Plus vite, jeune fille! Plus vite!

Il recula pour lui laisser de la place, et aussi s'en ménager pour pouvoir mieux la frapper. Et la frappa.

Près de la desserte, Sara avait tout vu. Elle se précipita vers l'endroit où on découpait les viandes et s'empara d'un couteau. Marcus Julius était prêt. Il le lui arracha des mains.

— Non! fit-il. Ça ne servirait à rien.

Elle était d'une férocité surprenante. Elle éclaira toute la scène de son regard, à sa bouche monta un grondement de gutturales profondes.

— Non! répéta-t-il, et la retint. Nous sommes en pleine folie et n'y pouvons rien.

Paroles dangereuses aux lèvres d'un serviteur de César.

— Danse, Salomé! Ah! je vois! C'est ta robe qui te gêne!

D'un très joli coup de fouet, Caius fit tomber le haut de son vêtement. Elle hurla, plus de honte que de douleur. Et de ses bras protégea sa poitrine, plus des yeux d'autrui que du fouet.

— Danse, Salomé, danse! Comme ceci.

Gauchement Caius se mit à tourner en rond en criant :

— Allons! Qu'on m'applaudisse! Qu'on m'applaudisse! *Plaudite!*

On battit des mains, faiblement.

— Danse, jeune fille, danse!

— *Lo, lo!* hurla-t-elle.

— Très bien. Je vais te faire danser, moi!

Et il la fouetta d'un bout à l'autre du plancher. Elle ne fut bientôt plus que haillons et zébrures ensanglantées. Marcus Julius ne manquait pas de force mais eut peur de n'être plus à la hauteur avant longtemps. La fille qu'il retenait entre ses bras tempêtait comme lionne prise dans les rets et, tout ainsi que cette bête, mordait les liens qui, muscles bandés de Marcus Julius, la retenaient prisonnière.

Tu ne peux rien y faire ! avait-il envie de lui crier mais, au lieu de cela, il poussa un juron lorsque, soudaine, la douleur l'atteignit et que son sang se mit à couler. Il la ramena de force à l'abri de la cuisine grouillante de monde. Voyant que son territoire était envahi par un membre de l'appareil militaire accroché à une fille qui se débattait, l'eunuque grec responsable de la nourriture impériale poussa un glapissement de protestation.

— Hors de mon chemin ! gronda Marcus Julius.

Et puis, son côté romain sardonique reprenant le dessus, il lança d'un ton raisonnable et tendu :

— La sœur de cette demoiselle est en train de se faire fouetter à mort. Petit dessert aux réjouissances impériales.

Ruth gisait déjà sur le sol ; pas encore morte, elle n'était plus que masse de sang, d'entailles profondes et de vêtements lacérés. Caius rendit le fouet impérial à son gardien.

— Et maintenant, ma chère Salomé, dit-il, permets que je t'offre une tête coupée pour te récompenser d'avoir si bien dansé. Allons ! La tête à qui ? À qui ? À qui ? Ah ! Choisir est si fastidieux ! À qui ? Ah ! *La tienne ?*

C'était à un vieux sénateur qui avait tout vu et, à la retraite, ne faisait plus maintenant qu'étudier la philosophie stoïcienne, qu'il s'adressait. Le bonhomme avait été fort étonné de se retrouver sur la liste des invités, il avait dû y avoir une erreur, c'était sans doute à son frère qu'on avait songé, son frère qui, plus jeune, était aujourd'hui en exil à Mytilène... mais quoi : comme si cette liste qu'on avait dressée n'était pas des plus arbitraires ! Pendant toute la séance de fouet à laquelle la pauvre fille avait été soumise, il s'était efforcé de garder l'attitude du stoïque qui entend rester de glace : la vie n'est que maux, on ne saurait rien y changer, faire preuve de compassion pourrait amener des maux encore plus grands. Un peu avant, il avait médité sur la nature d'un pouvoir absolu qui ne saurait l'être à ne s'exprimer que dans l'exercice du mal — étant entendu que déjà alors il y a eu auto-imposition d'un choix limité. Or, en ne devenant que simple agent de ce mal, Caius avait fait fi de sa propre liberté. Il ne valait donc pas mieux que l'esclave.

— Bon, et quand est-ce qu'on y va, hein ? Et c'est à tout le monde que je parle ! M'entendez ? Caius brama-t-il alors. A la fin de notre petit banquet ? Ou alors maintenant... ? En guise de clou à nos festivités ?

Le vieux sénateur lui montra un visage sans peur. Il leva sa coupe à ses lèvres et, raide sérieux, fit raison à son empereur qui s'écria :

— Oh ! mais qu'est-ce que je m'ennuie !

L'ennui du choix auquel on a renoncé, se dit le sénateur à lui-même.

— Et toi... là-bas! hurla encore Caius en montrant du doigt un jeune officier du bureau des affaires municipales qui, en l'enlaçant, protégeait une belle jeune femme revêtue d'une robe en toile simple et parée d'une coiffe en forme de nid de grives abondamment peuplé que lui avait laissée sa mère en mourant. Toi... là-bas! Enlève tes pattes de dessus ma femme!

— Sauf ton respect, César, lui répondit courageusement le jeune homme, c'est *la mienne*!

— Oh! elle aura tout loisir de l'être demain si les dieux... enfin, je veux dire : *le* Dieu... a la gentillesse de l'autoriser à vivre... Toujours est-il que, ce soir, elle est pour moi.

Et, grimaçant, il s'avança sur elle qui plus était une jeune mariée qu'une épouse. Elle ne put s'empêcher de pousser un hurlement cependant que son époux, le jeune marié plutôt, ne pouvait, lui, s'interdire de resserrer son étreinte protectrice autour d'elle. Et puis, aussi changeant que chien, Caius parut perdre tout intérêt pour la dame.

— Ah! fit-il, avec ça, j'ai oublié à qui nous avions décidé de couper la tête! Mais ça ne fait rien, reprit-il en adressant un sourire au jeune homme, tu feras l'affaire. — Et, faisant claquer ses doigt pour que le garde se saisisse de la victime, il conclut : Le banquet est terminé. Je vous remercie tous d'être venus.

Et maintenant, respirons un air plus doux, celui d'une Jérusalem où il semble pourtant avoir recuit. Sous l'épaisse croûte de chaleur qui la recouvre, c'est la chair même de la ville qui mitonne, qui bientôt sera gâteau fortement épicé de relents de crottin de chameau et autres souillures jamais nettoyées. Nous ne nous trouvons dans cette cité que pour observer la manière dont certains personnages sont en train de la quitter. Entouré de quatre gardes armés — dont l'un n'est autre que son vieux camarade d'études, Seth —, Saül est au marché : il s'achète des fruits pour faire le voyage à Damas. Le Grec Philippe a échappé à sa dernière rafle (plus que spectaculaire) de nazaréens hellènes et se dirige présentement sur Gaza. Dans un jour ou deux, il y rencontrera quelqu'un que Saül et ses compagnons sont, en ce moment, en train de regarder avec beaucoup de curiosité. Grand, musclé, très noir de peau, superbement habillé à la manière éthiopienne, l'homme est monté dans une voiture fermée tirée par deux chevaux bais. Aussi noir que lui, son cocher est revêtu d'une livrée coûteuse. Il n'hésite point à se servir de son fouet pour s'ouvrir un passage à travers la foule qui bade. L'Éthiopien, lui, si c'est bien là ce qu'il est, ignore superbement ce qui l'entoure. Il tient un rouleau à la main et le lit à haute voix ainsi qu'on le faisait à cette époque. Il est, aujourd'hui encore, peu de gens pour considérer la lecture comme une activité silencieuse. Saül en saisit quelques mots au passage. Du grec. Il en saisit même soudain une expression entière : *Ainsi que la brebis que l'on conduit à la boucherie ou l'agneau qui reste muet devant celui qui le tond...*

Saül sourit à Seth et lui dit :

— Ainsi donc, voici qu'un membre de la tribu noire est en train de lire le prophète Isaïe ! Tu vois comme la Sainte Parole se répand vite ! Allons. Encore dix milles à couvrir avant le coucher du soleil.

Philippe se trouvait, lui, sur un chemin qui allait en sens contraire de celui que Saül et son escorte avaient emprunté. Il était en route pour Gaza après avoir passé sa nuit à se faire dévorer par les mouches d'Eleuthéropolis. Cette cité de Gaza vers laquelle il s'en allait n'était pas, malgré ce que lui en avait dit Pierre, celle où, aveugle, Samson avait, en rêvant à quelque tournée de juge ancienne et se soumettant au fait que ses cheveux coupés étaient en train de repousser, écrasé, sous le fouet, du grain pour les Philistins. Cette ville-là avait été détruite, un siècle avant la naissance de Jésus, par le souverain hasmonéen Alexandre Jannaeus. On en voyait encore les ruines et, repaire de serpents et de lézards, c'était à cela que le nom de Désert de Gaza s'appliquait. La nouvelle Gaza, que Gabinius avait érigée près de trente ans après que l'ancienne place avait été rasée, s'étendait, elle, au bord de la mer et c'était vers elle que, cheveux presque blancs sous le soleil et la poussière, Philippe s'acheminait en peinant. Hormis quelques vautours qui y tournoyaient au loin, le ciel était vide. Personne sur la route — d'un côté comme de l'autre, on n'apercevait que du sable.

Entendant le grondement de roues et de sabots d'un octapodium derrière lui, le pèlerin se retourna et, découvrant un nimbus de poussière devant lui, crut tout d'abord que, s'étant fort coûteusement équipé sur les écuries du grand prêtre, Saül s'était assez extraordinairement lancé à sa poursuite. Il haussa les épaules (les jeux étaient faits) et attendit au bord de la route. Bientôt la voiture s'arrêta, les bais suants qui la tiraient se mettant à renâcler et trépigner sur place. Un Noir revêtu d'habits pourpres et cramoisis le salua joyeusement en un grec étrangement suraigu pour un homme de ses masse et musculature. Son visage rond ruisselait tout autant de sueur que de gentillesse. Sur la tête, il portait une coiffe de fils d'or au dessin compliqué et, à la main, tenait un éventail en plumes de paon. Un dais de toile blanche le protégeait du soleil. Sur ses genoux l'homme avait posé un rouleau déroulé.

— Gaza, dit Philippe.

On l'invita à monter dans la voiture et s'asseoir sur des coussins jaunes. Noir mais avenant. Philippe s'installa en souriant.

— J'y passerai pour rentrer chez moi. Je vais en Éthiopie, à Napata. Je viens juste de visiter la Ville sainte.

Il fit signe au cocher et clip clop, on repartit.

— « Sainte » ? demanda prudemment Philippe. Mais sûrement pas pour vous.

Le texte qu'il avait en travers des genoux était écrit en grec. Philippe y lut : *Hos probaton epi sphagin ichthi...*

— Tu connais notre peuple ?

— Je sais que vous adorez votre roi comme un descendant du Soleil. Qu'il est même trop sacré pour avoir le droit de régner. Que c'est la reine mère qui détient le pouvoir. Que le nom de ladite reine mère ne change jamais... Que je l'ai oublié.

— Candace, lui répondit l'autre. Oui, Candace — depuis toujours. Mon oncle a servi sous les ordres de la vieille et moi, je sers sous ceux de la jeune. Il était trésorier de la cour, je le suis aussi... Et il ne fait aucun doute que mon neveu suivra le même chemin.

— Tu me fais un grand honneur... — Et puis : Ainsi donc, cette charge se transmet en tout népotisme ? Et nullement de père en fils ?

L'Éthiopien éclata d'un rire qui ressemblait à un hennissement.

— Le trésorier doit être un eunuque, dit-il, toujours ! Tu ne le savais pas ? Il n'est pas question que les officiers aient des enfants : on ne veut pas qu'ils puissent créer des dynasties. Sauf que nous en sommes venus à considérer nos neveux comme des fils subrogés. Le mien, qui a espoir de me succéder, s'est déjà fait castrer. C'est comme moi qu'il est devenu stérile afin de servir une communauté qui l'est elle aussi. Comme disait Aristote, l'argent ne se reproduit pas.

— A voir ton rouleau, on dirait que tu es féru de grec. Ne s'agirait-il pas d'un texte du prophète Isaïe ?

— Je me demandais justement si tu n'étais pas un gentil comme moi. Tu as l'air grec. Et pourtant, rien qu'à avoir lu quelques mots de ce texte, tu sais qu'ils sont du prophète Isaïe ?

— Je suis juif grec mais obéis aux lois nouvelles de Jésus qui est oint. Je m'en vais à Gaza et de là gagnerai Césarée pour y répandre la Parole.

— D'après ce que j'ai vu à Jérusalem, vous feriez l'objet de persécutions. Ne serait-ce pas là une déviation de la vraie foi ?

— Comment peux-tu me parler de la vraie foi et adorer le fils du Soleil ? La tradition ne dit-elle pas que tu es enfant de Cham et, en tant que tel, coupé des élus ?

— C'est-à-dire que... lui répondit l'Éthiopien en agitant vivement son éventail en plumes de paon, pour la majorité d'entre nous, l'héliolâtrie n'est que pure convention. Notre peuple est ancien et a quelque sagesse. Juif, je ne saurais l'être, mais ce qu'on pourrait appeler un gentil qui craint Dieu, ça, oui. Que le vingt-troisième chapitre du Deutéronome interdise aux eunuques d'appartenir à la société des croyants n'empêche pas qu'Isaïe semble promettre un changement d'attitude là-dessus.

Ayant fermé les yeux, Philippe lui cita ce verset :

— « Aux eunuques qui garderont mes sabbats et s'en tiendront au pacte d'alliance, je donnerai en les murs de mon temple nom et place préférables à des fils et à des filles. »

— Bien, bien, dit l'Éthiopien. Tu es plus érudit que moi. Je sais très peu de choses par cœur. Ce que je sais, par contre, c'est ce que les prêtres de ton Temple n'ont jamais cessé de m'inculquer : « À l'émasculé par écrasement ou coupure, il est interdit d'appartenir à l'assemblée du Seigneur. » Selon eux, Isaïe ne fait jamais que fantasmer sur un édit de Moïse dont on ne saurait contourner la sévérité.

Philippe prit le rouleau qu'il avait sur les genoux et, sourire aux lèvres, lui demanda :

— *Ara ge ginoskeis ha anaginoskeis?*

L'Éthiopien lui répondit en riant :

— Ah ! comme le grec est gracieux ! Avoir presque le même mot pour dire « lire » et « comprendre » ! Mais c'est bien la même délicatesse que l'on retrouve dans la langue des Romains : *Intellegis quae legis,* non ? La nôtre est plus grossière, qui dirait carrément : « Comprends-tu ce que tu lis ? » Bah ! ma réponse est toute simple : « Non, je ne comprends pas. Relis-moi donc ce passage : peut-être aura-t-il plus de sens lorsque je l'entendrai dans ta bouche de Grec. »

Philippe lui lut donc ce qui avait été écrit sur le serviteur affligé :

— « Il allait, opprimé et souffrant, et pourtant point n'ouvrait la bouche. Et, telle la brebis, il fut mené à la boucherie et, de même que le mouton reste silencieux devant celui qui le tond, point il n'ouvrit la bouche. »

— De qui parle-t-il ? De lui-même ou de quelqu'un d'autre ?

Prudent, Philippe lui répondit :

— Ne pas oublier qu'ici, le prophète fait vraiment œuvre de prophète : au moment où il profère ces paroles, celui dont il parle n'existe pas encore... qui aujourd'hui est enfin venu parmi nous. Et, tout comme Isaïe l'avait prédit, fut tué, trois jours durant demeura muet en sa tombe et puis fut ressuscité. Sur le corps, afin de montrer qu'homme souffrant il l'était, il avait les marques sur lui laissées par ses bourreaux et pourtant... Fils de Dieu, il l'était aussi, et encore témoin... mais te raconter son histoire prendrait trop de temps...

— Non, non : nous avons tout le temps qu'il faut. Comme s'il était autre chose à contempler que le désert ! Dis-moi toute l'affaire.

Au nord-est de Gaza coulait un oued. Les enfants qui en ce coucher de soleil jouaient le long de ses bords et les femmes aussi, qui remplissaient d'eau leurs cruches en clignant les paupières sous les derniers embrasements du ciel, virent alors, avec quelque surprise, un jeune homme aux cheveux comme de flammes et encore un grand homme noir à la robe comme de crépuscule descendre d'une voiture tirée par deux chevaux bais et lentement se rapprocher, ensemble, du lieu où roulait le flot. Point ils n'avaient entendu les paroles que les deux voyageurs avaient prononcées avant que le cocher ne tire sur les rênes de l'attelage afin d'immobiliser le véhicule dans un ultime grincement de ses roues.

— Voici un cours d'eau, fit l'un. Y aurait-il quelque empêchement à ce que je sois baptisé dans l'instant ?

— Aucun, si tu crois de tout ton cœur...

— Oui, je crois que Jésus-Christ est le Fils de Dieu.

Ce ne fut point par immersion mais aspersion que Philippe le baptisa en murmurant les paroles sacramentelles. Et alors l'Éthiopien, qui maintenant était nazaréen, reprit son voyage vers la première cataracte du Nil pendant que Philippe, lui, repartait vers Gaza. L'un et l'autre avaient en effet éprouvé qu'il était séant de se séparer sans plus tarder. Parler encore, prier ou se lancer dans une autre exégèse d'Isaïe, c'eût été retomber dans l'ordinaire et ils ne l'auraient pas voulu maintenant que la plénitude régnait dans leurs deux cœurs. Pourtant, cette nuit-là, dans une auberge lamentable de Gaza où il avait sombré dans un profond sommeil, Philippe se réveilla avec une grande douleur au côté : avait-il fait ce qu'il fallait ? Non seulement l'homme n'avait pas de testicules mais, en plus, n'était pas circoncis. L'accepter au sein de l'assemblée des fidèles alors que sur ces deux points — l'un et l'autre se référant aux organes sexuels — le Deutéronome l'interdisait absolument ? C'était pour le rachat d'Israël, et non point de l'Éthiopie, que Christ était venu. Faire passer la circoncision avant le baptême, n'était-ce pas jouer une manière de mauvais tour à quelqu'un qui avait connu le couteau d'un pacte qui pour être moins spirituel était autrement exigeant ? Allons, allons : tant qu'à y mettre la main, ne valait-il pas mieux tout couper ? Mais aussi : pourquoi Dieu avait-il décrété que tailler dans le prépuce et non point, disons : découper un bout du lobe de l'oreille, il ne saurait être d'autre condition pour rejoindre les rangs de l'armée des élus ? Parce que c'était l'arbre même des générations à venir que coiffait le prépuce, parce que c'était dans la procréation humaine que la lune reflétait le grand soleil de la création divine. Or cet eunuque de Méroé qui s'en allait vers Napata (et Philippe avait déjà oublié jusqu'au nom qu'il avait prononcé en le baptisant) n'avait, lui, aucun arbre de procréation, qui n'était muni que d'un flasque conduit par où évacuer les déchets liquides de son corps : rien là-dedans qui eût mérité les honneurs de la lame du grand pacte. Incirconcis et incirconcisable, l'homme aurait-il été imbaptisable ? De ville en ville, Philippe reprit la route vers le nord afin d'accomplir sa mission, et à chaque instant crut, à moitié, que Dieu lui manifesterait Son déplaisir en frappant le blasphémateur qu'il était de Son éclair — car : n'était-ce point sûrement blasphémer que d'accomplir une cérémonie qui, elle, était évidemment vide de sens ? Et pourtant Dieu n'en fit pas plus que d'habitude qui, un jour suivant l'autre, Se contenta de hisser le soleil au zénith avant de le laisser retomber lentement dans le ciel, qui encore permit à l'herbe de pousser aussi vite que l'ongle au bout du doigt (car, lui aussi, Il voulait bien qu'il grandît), qui enfin, alors même qu'à certains hommes Il permettait de vivre, en tua nombre d'autres.

Arrivé à Césarée, Philippe était presque enclin à se jurer de ne plus jamais remettre les pieds à Jérusalem. Ou alors si, mais voilé et anonyme — pour la Pâque : poser la question au chef des nazaréens, il ne l'osait pas. Point il ne savait encore que, plus tard, certains en viendraient à voir dans ce baptême de l'Éthiopien incirconcis le moment même où Dieu reprend son souffle avant d'éclater d'un grand rire silencieux. Car, de fait, les fils de Cham et de Japhet devaient partager l'héritage de ceux de Sem alors même que nombre desdits fils de Sem devaient en être exclus. Ce n'est pas une coïncidence si, un jour ou deux après que, par hasard semble-t-il, Philippe eut rencontré son eunuque noir, Saül fut pris d'une révélation d'épileptique, si, un ou deux mois plus tard, Pierre fit, lui, un rêve plus que choquant sur la nourriture.

Toujours à Césarée, Philippe épousa une des femmes qu'il avait converties : la fille était belle qui, Déborah, avait un entrepreneur de marine pour père. S'étant lancé dans cette profession, Philippe ne prêcha plus que dans ses moments de loisir. Dieu lui refusa un fils, mais lui accorda quatre filles qui, sourcils noirs qui se rejoignaient, devinrent toutes championnes fort bavardes de la foi nouvelle.

À cinq kilomètres, environ, de la ville de Damas, un des hommes de l'escorte de Saül — on était noueux et, taciturne, s'appelait Ezra — fit un rêve frappant, dans lequel un ange du Seigneur lui disait que sa femme et sa fille allaient être violées par un soldat syrien au service du procurateur de Rome : on ferait mieux de rentrer à Jérusalem au plus vite afin de prévenir semblable outrage. Fort agité, le troupier raconta son affaire à Saül. Dans l'auberge qui sentait le renfermé où il s'était attablé pour rompre le pain du déjeuner, celui-ci en manifesta quelque impatience. Ayant cessé de hocher la tête, il dit :

— Tu ne m'as pas l'air d'avoir le cœur à ta mission.

— C'est que... on aurait dû nous donner des chevaux...

— Ou alors, des chameaux, lui répondit un autre qui, Enoch, avait, pendant toute la journée précédente, pris grand soin de lui montrer qu'il boitait. Ce n'est pas une question de cœur à l'ouvrage, mais de pieds.

— Et la voix que j'ai entendue était aussi claire que chanson de la sauterelle, et me disait : *Retourne-t'en d'où tu viens car aussi raide que la flèche, le païen fera gicler sa semence dans les vaisseaux de l'amour.*

Saül leur répondit alors :

— Vous n'arrêtez pas de grogner depuis que nous avons quitté Jérusalem ! Oui, tous les trois ! Mais je suis sûr que Seth, qui point ne doute, et moi-même, nous trouverons tout ce qu'il nous faut de vrais Juifs à Damas. Que c'est du fond du cœur qu'on s'attachera aux saints devoirs de la persécution. Allez ! Vous pouvez rentrer chez vous, tous les trois ! Cela étant, je ne vois pas très bien pourquoi vous voulez partir maintenant que vous avez déjà fait tout ce chemin.

— On nous avait dit qu'il fallait t'accompagner jusqu'à Damas afin de te protéger de tous les ennemis qui pourraient rôder dans les buissons. Pas qu'on en aurait vu des masses, de ces buissons, d'ailleurs... mais... Toujours est-il que Damas est droit devant toi. Vois comme elle tremble dans la brume de chaleur. Notre mission, nous l'avons menée à bien.

Homme au visage long que piquaient les mouches, Jethro se tut.

— Ce n'est pas tout à fait en ces termes qu'on m'avait décrit votre « mission », lui renvoya Saül. Mais il suffit : vous pouvez faire demi-tour. Enoch, certes, boitera mais Jethro le soutiendra... Il faut dire que toi, Jethro, tu nous as montré une mine propre à faire tourner le lait ! Et pendant tout le voyage, encore !... Oui, et toi, Ezra, tu ferais mieux de prendre tes jambes à ton cou !

Sur quoi Saül et Seth leur tournèrent le dos et reprirent de bon cœur le chemin qui conduisait à Damas.

S'ils n'avaient jamais encore, ni l'un ni l'autre, visité la ville, le prêtre Zérah avait tenu à mettre brièvement Saül au courant de son histoire, jusques et y compris la plus récente. La cité était des plus anciennes, qui, capitale du très impétueux royaume araméen, avait succombé aux attaques des Assyriens quelque huit siècles plus tôt. Elle faisait partie de la province romaine de Syrie depuis l'époque de Jules César mais les Romains en laissaient plus ou moins le contrôle à un roi des Arabes de Nabatène dont les terres s'étendaient du golfe d'Akaba aux limites mêmes de la ville. Le nombre des Nabatéens qui résidaient entre ses murs était tel qu'il en revendiquait plein droit de possession, ce que les Romains ne lui contestaient guère. Cela ne les empêchait pas d'y faire de temps à autre étalage d'emblèmes fraîchement frappés à l'aigle impériale, ni non plus d'exiger qu'on leur payât un tribut en signe d'amitié : telle était, parfois, la manière dont il fallait procéder pour les satisfaire. Zérah avait encore souligné que c'était par l'effet d'un droit tout divin que lui, Saül, allait devoir harceler et torturer les hérétiques nazaréens qui se cachaient parmi les Juifs de Damas : agent du grand prêtre, on l'était. En vérité cependant, c'était à cause de certain traité passé entre les Romains et les Juifs à l'époque reculée de la dynastie hasmonéenne que le grand prêtre de Jérusalem avait pouvoir de réclamer l'extradition de tout Palestinien qui, après avoir transgressé la Loi, aurait cherché refuge dans un autre territoire romain. Cela faisait, avant même la naissance de Jésus, déjà près d'un siècle et demi que les Romains avaient donné ordre à Ptolémée VII Euergetês II d'Égypte et à leurs alliés en Asie de remettre semblables criminels entre les mains d'un grand prêtre qui, aujourd'hui, avait nom Simon. Très récemment encore, ce privilège avait été de nouveau ratifié par Julius Céééééééé...

Cri suraigu que poussaiT Saül et bave qui, soudain, lui coulait aux lèvres, Seth faillit bien sauter hors de sa peau en voyant, sur le coup de midi, son chef s'écrouler dans la poussière du chemin. La maladie qui fait tomber. Il comprit que, très vite, on allait fermer la bouche et se sectionner la langue à coups de dent. Il se mit aussitôt à genoux et lui plaça la frêle baguette qu'il portait sur lui en travers de la bouche : image ridicule, Saül ressembla bientôt à un chien frappé d'hydrophobie au moment même où il rapporte le bâton que son maître lui a lancé. De droite et de gauche, Saül ne cessait de s'agiter dans un sommeil troublé, les deux bouts de la baguette marquant les limites extrêmes de son roulis. Enfin il se calma et, yeux clos et bâton fermement serré entre les dents, commença à ronfler et gémir lorsqu'il ne ronflait plus. Seth, lui, n'arrêtait pas de marmonner *Dieu nous vienne en aide! Dieu nous vienne en aide!* Détresse mais aussi vague soulagement, il se disait qu'en revenant à lui, Saül prendrait peut-être ses paroles pour un signe du Ciel tendant à lui faire comprendre qu'il valait mieux interrompre des persécutions que lui, Seth, n'approuvait que très modérément. C'était trop souvent que Saül allait un peu trop loin et, à y réfléchir, il y avait quand même quelque chose de déplacé à vouloir ainsi tirer des Juifs dissidents hors de leurs lits, surtout dans une ville où l'on ne pouvait invoquer aucun droit de résidence ni même se targuer d'avoir la plus infime connaissance des lieux, coutumes et lois séculières qui en étaient l'essence. Pour embarrassante qu'elle fût, Seth avait fini par accepter sa mission par pure dévotion à la personne d'un Saül dont il admirait beaucoup l'énergie. Ne l'aurait-il pas fait que d'aimable invitation l'affaire aurait pu virer à l'ordre catégorique. A contrecœur certes, il s'était donc résigné à l'aider à ramener tous les nazaréens de Damas à Jérusalem : c'était là en effet que, dans l'enceinte d'un camp déjà bourré de transfuges gémissants, il leur faudrait faire face à leurs crimes.

Ayant repris ses esprits, Saül garda le silence : les suites d'une attaque à laquelle il avait, évidemment, le plus grand mal à croire méritaient bien qu'il leur consacrât toute son attention. Aussi morts que pierres, il avait les yeux qui roulaient ici et là comme si toute vision en avait été arrachée pour être, ô plaisanterie, cachée dans telle ou telle portion d'un ciel de midi où le soleil brillait avec férocité, où, plus tard, on pourrait la retrouver sans difficulté.

Seth lui demanda :

— Saül, dis, Saül, ça va?

La baguette tomba de la bouche de son maître.

— T'as entendu? lui renvoya Saül. Il m'a couvert de sa nuit! Aide-moi à me relever.

Une fois debout, il se prit à tourner et tourner encore, comme si, habile à ce petit jeu de feintes, le détenteur de sa vue ne cessait de se placer derrière lui.

— Tu n'as rien vu? Rien entendu?

— Je t'ai entendu hurler et vu t'effondrer. Encore une attaque de la maladie qui fait tomber.

Tonnerre et éclairs, une voix lança :

— *Sha'ul Sha'ul ma'att radephinni?*

— De l'araméen?

— Oui... et pour me parler monture et cavalier. C'est Dieu qui tient les rênes et Il m'a donné un coup d'éperon. Il faut absolument que tu me guides, Seth.

— On rentre à Jérusalem?

— Non. On va à Damas.
— Tu en es sûr ?
— Damas : c'est ce qu'a dit la voix.
— Bien, bien. Peut-être que si j'attachais la ceinture de ma robe à la tienne…
Ce qu'il fit d'une main tremblante.
— Peut-être recouvreras-tu la vue dans peu de temps. Il n'est pas impossible que ta cécité fasse aussi partie de cette maladie.

Ce fut dans une nuit noire que, tiré par une corde tendue tel le chien au bout de sa laisse, Saül découvrit, ainsi que dans un bain de lumière surnaturelle, les pièces et couloirs de son propre cerveau. C'était le même qu'avant et pourtant la voix ne cessait d'y résonner. Ce qu'il savait n'avait pas plus changé que la férocité contenue qui l'habitait mais tout cela s'offrait maintenant à lui sous un angle nouveau dont jamais encore il n'avait vu les jeux d'ombre et de lumière. Oui, sa férocité était toujours au service d'un grand redressement des torts mais ces torts avaient changé de nature. Tout ce qu'il avait jamais été, il l'était encore sauf que maintenant (c'était avec une espèce de jubilation que la voix avait formulé son accusation), il allait lui falloir promouvoir au lieu de persécuter : son acharnement à torturer n'avait jamais été, il le sentait déjà, qu'acharnement à croire. C'était depuis toujours qu'il comprenait que tout compromis était impossible et c'était pour cela qu'il s'était fait l'agent même de ce refus qu'Étienne lui avait lui aussi signifié par le sang. Oui, l'homme qu'il était depuis toujours, il l'était encore, mais bien il sentait que sa cécité était bandeau qu'on lui appliquait sur les yeux avant de le faire tourner et tourner sur lui-même pour qu'enfin revenu à la vue, il puisse découvrir le monde sous un angle nouveau. Et ce monde et celui qui le verrait n'auraient point changé : seule la lumière qui l'éclairerait serait différente. Le zélote qu'il avait été jadis, voilà ce que le Dieu de la foi nouvelle cherchait en lui après avoir, d'un divin coup de pouce, transmué la cause qui l'habitait. Et pourtant, d'une certaine manière, cette cause n'avait point changé : il n'était, en effet, aucune séparation véritable entre l'ancienne et la nouvelle, l'une devenant l'autre telles les eaux d'un même flot.

Et c'est ainsi que, tiré comme la bête placide, il fut introduit dans la ville par la porte sud. Roues qui grincent, cheval qui renâcle, chameau qui blatère, fillettes qui pouffent de rire en apercevant l'aveugle qu'il était devenu et oiseau qui pépie dans une cage à sa droite, il en entendit les bruits.
— À quoi cela ressemble-t-il ? demanda-t-il.
— À toutes les autres villes de la terre, lui répondit Seth.
— C'est à la maison de Judas que nous devons nous rendre. Dans la rue Droite. Il va falloir que tu demandes où elle se trouve.
— Bah ! celle-ci m'a l'air assez droite. Il nous attend ?
— Il est de Jérusalem et a tout ce qu'il faut pour loger ses compatriotes.

Et Saül trébucha : un chat, ou quelque autre petit animal de ce genre, avait soudain filé entre eux deux. Un rire enfantin se fit entendre au moment où il allait tomber. Mais déjà Seth semblait avoir raccourci la corde qui les unissait. Saül sentit que, masse et chaleur, son compagnon s'était rapproché de lui.

— Si on marchait côte à côte ? fit-il.

Et puis, d'une voix plus calme et confiante, il lança aux ténèbres :

— La maison de Judas ! Dans la rue Droite !

Judas, le cordonnier ? voulut-on savoir. Cordonnier, oui, il l'était peut-être. Et c'est ainsi que très vite Saül sentit que la chaleur et le bruit se transformaient en froid et silence. Sauf que là-bas, on tapait sur quelque chose à coups de marteau. Un apprenti en train de fabriquer une sandale ? Possible. Enfin, d'un ton paisible, les présentations — ce ne pouvait être que ça. Seth à Judas et puis lui, l'aveugle, le calme étant plus qu'approprié à une chambre de malade. Sauf que malade, Saül ne l'était pas : tout juste aveugle et très fatigué. Doucement — le rebond des voix le disait assez —, il fut conduit dans une petite cellule et déposé sur une paillasse dure. Ce fut là que, pressentant déjà que le sommeil contribuerait à sa transformation, il se laissa aller à quelques secondes de flottement avant de sombrer dans les profondeurs de la nuit.

Les rêves qu'il fit, je ne saurais que les deviner, qui durent être multiples et complexes. Disons qu'il y vit le Temple, qu'à l'aurore la lumière qui venait de la porte principale l'aveugla plus encore, que, sous ses yeux, elle se dissipa avec grâce, qu'alors ses angles s'adoucirent pour se faire arcs d'une forme humaine et qu'enfin cette forme humaine fut celle d'une femme aussi belle qu'elle était nue. Si les traits du visage manquaient de netteté, les contours des membres et de la poitrine étaient clairs et firent naître en lui un désir qui, pour n'être point sanctifié par le moindre contrat de mariage en bonne et due forme, ne lui en parut pas moins entièrement sain, que dis-je ? sacré. Dans ce rêve, il comprit que, tendu qu'il avait été par la haine de son zèle religieux, son corps en venait à accepter ses propres fonctions et que c'était de la peur, qui l'avait noué et avait jusque-là façonné son comportement, qu'il était en train de se libérer. Les attaques du mal qui fait tomber — son rêve le lui disait clairement — ne reviendraient plus jamais, cette maladie n'ayant été que la protestation d'un corps qui se rebelle contre la raideur des muscles et de la foi qui les gouverne. Ce que Dieu avait créé était bon. La forme humaine était un chef-d'œuvre miraculeux et la réussite à laquelle Il était parvenu dans l'agencement de la sensibilité de l'homme avait trop de prix pour qu'on la jetât aux orties. Non content d'accepter de l'habiter, Dieu était revenu au monde de l'esprit pur afin que, nerfs et sang, ainsi cette forme pût être modifiée. C'était homme que Dieu était monté au Ciel et certes sa sensibilité humaine en avait été purifiée mais, plus encore, élevée à un ordre nouveau qu'aucun des termes propres à l'ancienne hiérarchie n'aurait pu nommer. Homme, Dieu était retourné chez Lui et c'était en tant qu'homme que l'homme L'y suivrait : il ne serait alors pas angélique, les anges n'étant que pur esprit, mais être d'une chair transfigurée jusqu'à... et là les mots lui manquèrent... la sainteté ?

Amor, agapè, houb, ahavah, ai, upendo, le mot « amour » remplissait maintenant tout le ciel qui, farouche, s'étendait au-dessus du Temple dissous ; or et ivoire liquides, il coulait dans les caniveaux d'une Jérusalem qui avait été transfigurée. Qu'il ignorât certaines des langues dans lesquelles apparaissait ce mot n'empêchait pas que toujours le sens qu'il avait transcendât tel ou tel autre accident de la bouche et des dents. Dire amour, c'était proclamer l'unité d'une création divine où, entier, l'homme serait chez lui si seulement il parvenait à le vouloir. Sauf qu'à de nouveau le prendre pour figure du cosmos de Dieu, ce chez-soi était déjà, au sens le plus humble, sacré, qui exigeait un amour bien plus grand que simple et douillette accoutumance. Les fourmis qui, sur le dallage, se sauvaient au pas cadencé en emportant une miette de pain couverte de miel, le rayon de soleil qui, oblique, tombait de la fenêtre, et les grains de poussière qui y dansaient, le vieux chanteur des rues qui, voix cassée, passait chaque jour devant la maison de sa sœur, la petite souris grise qui risquait un œil hors de son trou, tous faisaient partie de cette unité. Ayant entendu le mot un — *ena, wahid, echad* —, il vit que l'or et l'ivoire qui chantaient dans les caniveaux s'étaient mis à les remonter, qu'encore le Temple commençait à réoccuper l'espace qu'il avait déserté et qu'à le faire il retrouvait ses force et beauté anciennes. Tout faisant partie de l'unité du divin chef, il n'était rien à détruire ou profaner. Alors il entendit plusieurs voix qui tentaient de l'appeler — aucune cependant ne semblait connaître son nom. Saül, leur répondit-il, mais Saül plus il ne l'était.

Et puis il s'éveilla, sentit qu'encore lourdes de sommeil ses paupières essayaient de s'ouvrir et, à ses surprise et déception par trop humaines, comprit qu'il ne voyait toujours pas. Un homme, il s'en rendait compte, était assis à côté de son lit et grognait, et cet homme était fort troublé.

— Seth ? fit-il.

— Y a moyen de savoir ?

— As-tu entendu la voix ?

— Non, je n'ai rien entendu. Sauf le cri que tu as poussé en tombant.

— C'était Sa voix... à Lui. Il m'a demandé pourquoi je Le persécutais. Je ne persécuterai plus jamais personne. Tu peux rentrer à Jérusalem.

— ... Notre tâche serait finie ?

— La mienne, oui. Et toi, tu fais ce que tu veux.

— Je reste avec toi. Mais... et ce qu'on faisait aux nazaréens... terminé ?

— Nazaréen, je vais le devenir. A toi de choisir.

Douleur et étonnement, l'autre grogna.

— Tu vas te joindre à eux ?... Comme ça ?

— Je n'ai pas cessé de combattre ce que je ne pouvais qu'être

Pourquoi faudrait-il qu'encore et encore j'essaie de me prouver que l'ancienne manière est immuable ? Je vais bientôt devoir rentrer à Jérusalem... et y remettrai les choses à l'endroit. Pendant ce temps-là... est-ce que tu te souviens du nom du chef des nazaréens ?

— Ananias, fils d'Ananias.

— Trouve-le et ramène-le-moi. Dis-lui que mon cœur a changé.

— Et s'il ne me croyait pas ?

— C'est impossible. Il faut absolument que je m'en remette à lui.

— Très bien. Désires-tu manger un peu avant de le rencontrer ? Cela fait longtemps que tu jeûnes.

— Et je dors depuis... ?

— Depuis presque trois jours.

Saül, puisque c'est ainsi qu'il nous faut encore l'appeler, réfléchit beaucoup à ce que Seth venait de lui répondre. Et dire qu'il n'avait pas l'impression d'avoir dormi plus d'une heure !

— Je suis incapable de manger, fit-il. De l'eau, voilà ce qu'il me faut avant tout.

— Je t'en apporte tout de suite, dit Seth d'un ton empressé.

— Non, non. Je l'entendais dans un autre sens.

Deux heures plus tard, il se fit conduire à un cours d'eau qui avait nom « Mayim », ce qui, appliqué à beaucoup de ruisseaux et de rivières, signifie tout bonnement l' « eau ». S'il ne pouvait voir cet Ananias fils d'un Ananias qui mourait de honte d'avoir menti, bien il entendit l'aimable voix d'un jeune homme fort convenable. Mais déjà il tremblait sous le choc de l'immersion.

— Je te baptise, toi, Saül, afin que tes péchés te soient pardonnés. Que dans la plénitude de la grâce du Très-Haut...

— Non ! Plus Saül ! Saül, c'est le nom d'un autre homme... Qui, aujourd'hui, est mort.

Et peu à peu il sentit qu'en même temps que ses péchés lui étaient pardonnés, les ténèbres se dissipaient. Il aperçut, encore faiblement, une allée d'arbres qu'il n'aurait su nommer, comme une nappe, aussi, de ce qui ne pouvait être que de l'eau. S'étant tourné vers le visage de celui qui le baptisait afin de s'en remplir, il n'aperçut qu'une forme vague, qu'un bras levé, qu'une généralité qui avait nom « homme ». De cette généralité il sortirait bientôt un être particulier, bientôt il lui faudrait avoir commerce avec les hommes.

— Paul est mon nom, dit-il.

Or donc, plus tard, Paul, puisque c'est ainsi qu'il nous faut l'appeler maintenant, s'assit à la table d'Ananias et se mit à manger avec appétit. Il y avait là du pain nouveau, du mouton un peu trop cuit, du vin de Damas à la saveur acidulée. Une jeune fille, la sœur sans doute d'un des nazaréens qui, sans nom encore, étaient assis à la même table, lui en versa une larme. Il contempla la courbe de son bras, vit qu'elle était couverte d'un léger duvet et, dans l'instant, sentit le picotement même de la vie lui monter dans l'aine.

Il dit :

— Bien je vois maintenant que ce qui n'aurait dû être que trop évident ne l'était pas. Jésus n'a-t-il pas déclaré : « Parce que tu n'es ni flamme ni glace mais restes tiède, je te vomirai de ma bouche » ? C'est au zèle et non point à la vertu qu'on me destinait.

— Tu reprendrais donc notre travail ? demanda Ananias.

— La connaissance précéda la haine. Et cette même connaissance encore précéda l'amour. Mais la connaissance ne suffit point. Se pourrait-il que j'en apprisse plus en enseignant ?

Assis à la table, Seth se tenait aussi loin de Paul qu'il le pouvait : son étonnement n'était encore que trop visible, toujours il ignorait ce qu'il valait mieux faire.

— Très souvent, reprit le jeune Ananias, les mots me sortent de la bouche sans que je les y aie convoqués. Ce n'est qu'après les avoir dits que je comprends ce qu'ils signifient. Oui, enseigne dans notre synagogue. Nous autres, nazaréens, devons nous montrer rusés. Notre astuce, aujourd'hui, sera de savoir nous servir de toi. Saül qui devient Paul... Oui, raconte-leur ton histoire.

— La croiront-ils ?

Certains n'y furent que trop enclins. D'autres, au contraire, s'y seraient même entièrement refusés si, minuscule et étouffante, leur synagogue s'était muée en chemin de Damas, si son toit s'était fait voûte tout emplie du tonnerre du divin araméen. A l'assemblée des fidèles qui se pressaient devant lui et, là aussi, ail et sueur, il fallait en aimer la puanteur, Paul dit ainsi :

— Oui, j'ai fait emprisonner, fouetter, lapider et mettre à mort les sectateurs du Christ. Et pourtant, tel le levain qui fermente dans les ténèbres, pas un seul instant la grâce divine ne cessa d'œuvrer en moi. Je n'en voulais pas, je ne l'avais point appelée. Et puis, en un éclair, la vérité me fut révélée. Non, point ce ne fut dans les pâleurs d'une aurore qui m'aurait surpris dans l'engourdissement du sommeil mais au plus haut de midi qu'ainsi je fus saisi, que...

L'orthodoxe dévisagea l'orthodoxe, cependant que le païen qui craignait Dieu ouvrait grandes les oreilles.

— ... J'étais cheval qui n'a que mépris pour son cavalier, fort je ruais sous l'éperon et le fouet. Or, voici qu'aujourd'hui je me soumets au cavalier, que...

Un gros hommes se leva qui, Réchab, vendait du cuir. Il dit :

— Tu étais, toi, Saül de Tarse, que tous ici nous connaissons et révérons comme le grand nettoyeur du blasphème et du mensonge, censé venir à Damas afin que, joie du vrai croyant, l'hérétique et l'infidèle enfin pussent être appréhendés, enchaînés et déférés devant les grands prêtres de Jérusalem. Et voilà que toi aussi, tu te révèles digne d'être appréhendé, condamné et châtié... !

— L'homme n'aurait-il pas le droit de changer ? Serait-il interdit à la lumière d'enfin se faire jour ? Ce que j'étais, oui, je le fus. Ce que je suis, vous le voyez bien : né une seconde fois, remodelé, au point même de porter un autre nom. C'est dans ma chair transfigurée et dans mon âme radieuse que, je le sais, vit mon rédempteur et qu'encore je sais Son nom, Jésus qui est oint, Jésus vrai Fils de l'Éternel, Jésus mis à mort et ressuscité à la vie. Croire ainsi que je le...

— Hors de Damas ! lui renvoya Réchab. Tu fais honte à la foi. Tu profanes la maison du Seigneur !

— Oh, ne craignez rien : je ne serai pas long à quitter Damas, répondit Saül. Quant à la foi, elle est bien assez vigoureuse pour n'avoir nul besoin du soutien de mes paroles. Soyez sans peur, vous autres qui êtes sans foi. Là où je vais, la Parole n'est point encore arrivée. Étranges sont les routes qu'il va me falloir fouler, inconnues les mers que je vais traverser.

Transfiguré en dedans et pourtant toujours le même, Saül, ou Paul, ne montrait aucun signe d'avoir été ainsi transformé. En lui, ceux qui l'écoutaient ne voyaient qu'un jeune homme qui avait choisi un très mauvais moment pour mal tourner, qui, taille au-dessous de l'ordinaire, teint basané et barbe clairsemée, avait comme une lumière d'eau dans ses yeux bruns et resserrés, semblable éclat pouvant être tout aussi bien la marque de sa folie ou de sa maladie que celle de son inspiration. Certes il rêvait d'unité mais, parfois, le corps se moque de l'esprit. Sa carcasse était celle de quelqu'un qui, à projeter dans l'avenir, donnait déjà l'impression d'être enchaîné et fouetté, de quelqu'un qui, un peu courbé, aurait dit dans les mots de son corps les coups qui font grimacer de douleur. Il ne pouvait être question de passer aussi facilement de l'état de persécuteur à celui d'évangéliste. Qui sait même si écarter en un tournemain tant de martyres infligés à autrui se pouvait encore alors qu'on avait toujours les pouces et les doigts raides du ravaudeur de tentes ? Saül avait fait beaucoup de mal et, afin d'enseigner le bien, peut-être fallait-il d'abord qu'en partie au moins son châtiment prît l'aspect de l'autopersécution. Dieu n'est pas être dont on saurait se gausser. Quantum positif de grand poids, le mal n'est pas seulement la négation du bien. C'était Saül que Paul portait maintenant sur son dos.

Édifice aux angles droits des plus sinistres qui, en son exact milieu, renfermait une vaste esplanade réservée aux défilés, la Castra Praetoria s'étendait, au nord-est de la ville, entre les Via Nomentana et Tiburtina. C'est là que, Marcus Julius Tranquillus à leur tête, les hommes et officiers de la Garde furent un jour obligés d'assister à certain déploiement de talents gladiatoriaux. Plus grand et plus fort que son adversaire, l'un des deux combattants, ce n'était que trop évident, cherchait à éviter le contact en se servant de l'épée de bois peint qu'il portait. L'autre, qui était plus petit, plus gras et plus maladroit, piaulait faiblement chaque fois qu'il enfonçait son jouet émoussé dans le ventre de son ennemi mais ne s'aperçut point du geste de grâce que ce dernier avait eu en tombant dans la poussière : il avait fait semblant de recevoir un coup mortel. Son adversaire une fois par terre, le vainqueur appela l'arbitre d'un claquement de doigts. Bien ennuyé, celui-ci lui tendit aussitôt un vrai glaive dont la lame refléta le soleil de midi. Le piauleur en poussa la pointe dans les tripes de l'autre, pouffa de rire au moment où, surpris, le vaincu essayait de se relever en portant les mains à son ventre : elles se couvrirent en un instant de tout le rouge de ses intestins.

— *Plaudite, plaudite!* s'écria Caius Caligula.

Les spectateurs de devant s'exécutèrent sans grand enthousiasme. Derrière, il y eut des haut-le-cœur.

Suivi par ses adjoints et porteurs de coussins et de sucreries, l'empereur trottina dans ses petites bottes jusqu'à la porte qui donnait sur la Via Tiburtina (Vetus). On était en train d'y ériger un sanctuaire non loin de la salle de garde attenante à l'entrée. Déjà ciment qui n'avait pas encore séché, le buste de Caligula y avait été mis en place. Front ceint d'une couronne de lauriers, l'effigie détournait modestement les yeux du CAIUS CALIGULA DIVUS qui y était gravé mais la bouche y était toujours déformée d'un rictus méprisant.

Il dit alors :

— Un Dieu et un seul... Bah! les Juifs avaient déjà le leur et maintenant c'est notre tour. Et attention : le nôtre n'est point divinité tribale mal lavée mais seigneur des terres et des océans. Notre sainte mission sera donc d'inculquer cette nouvelle croyance dans la tête de tous les barbares qui peuplent notre univers. Ceux de Bretagne comme ceux de Germanie. Et de Thrace. Et autres endroits.

Le tribun Cornélius Sabinus lui demanda :

— De Palestine aussi?

Il avait surpris l'empereur et Hérode Agrippa en violente discussion là-dessus, Caius Caligula ayant d'abord, et fort gracieusement, cédé aux arguments plus que sérieux du monothéisme pour, la folie reprenant le dessus, se rétracter aussitôt.

Caligula lui répondit :

— Ils ont déjà le... Tu n'as donc pas entendu ce que j'ai dit? Cela étant... logique, logique, il y a de la logique là-dedans. Bon, ça suffit : fin du défilé.

Sur quoi il salua son propre buste avant de fouler le tapis de pourpre jusqu'au vieux tas d'or ouvré sans aucun goût qui lui servait de voiture. Plusieurs officiers allèrent prendre un bain avant le repas de midi qui aurait lieu au mess. Déjà on apprêtait le cadavre d'Opsius en vue des obsèques. Personne n'en eut l'appétit coupé : la mort n'était, après tout, qu'un compagnon de jeu bien ordinaire! Marcus Julius Tranquillus se débarrassa de son armure comme si on l'avait profanée et, une pièce ici, une autre là, l'abandonna au serviteur qui la nettoierait et astiquerait. Il se rua ensuite vers les écuries qui se trouvaient au nord de la caserne afin d'y seller et monter la jument pie Euphémia : elle finissait de mâchonner son avoine et ne l'accueillit pas avec de grands hennissements de joie.

Il chevaucha, vers l'ouest, jusqu'au Viminal, obliqua dans la direction du Vicus Patricius et, non sans quelque difficulté, trotta dans les rues centrales d'une ville envahie par les foules de midi. La Via Sacra. Le Forum. Le Palatin... Il avait le droit de pénétrer dans son enceinte. Le quartier des esclaves avait été rejeté aux limites nord de l'endroit et, pins, peupliers, cyprès et noyers, disparaissait derrière cette plantation d'arbres divers. Quelques mètres plus loin, au cœur d'un territoire de maîtres où poussaient des fleurs, il retrouva Sara qui l'attendait. Nerveuse, elle tortillait une rose entre ses mains. Marcus Julius Tranquillus les lui prit. Pétales détachés, la fleur tomba. La situation était absurde et ils le savaient l'un et l'autre. Ils parlèrent grec : ils étaient à peu près au même niveau dans cette langue. Et Ruth ? Ruth avait péri deux jours auparavant sans recevoir d'autres soins que ceux de sa sœur. Un fichu embêtement, cette chair d'esclave qui ne servait plus à rien : la jeter vivante à l'incinérateur central. Sara avait fait preuve de courage. Brièvement respectée pour cela (rien de mieux que le feu intérieur), elle avait exigé qu'on l'enterrât, qu'on fît appel à l'un des rabbins de la ville, qu'on entonnât le kaddish. Sauf que les esclaves n'avaient aucun droit, surtout dans la mort : Ruth avait été jetée en terre comme un chien crevé. Sara était restée calme — du calme même de celui qui ne saurait dire bien sa rage dans un pays inconnu : sa fureur, à Rome, n'eût été que langage inutile. Mais la rage est liquide là où le calme est de pierre — et avec la pierre on peut casser des têtes : Sara gardait sa pierre en elle. Au cas où... pour le jour où.

— Je ne devrais pas me trouver ici, fit-elle.

C'était de la zone qui s'étendait à quelques pas du quartier des esclaves qu'elle voulait parler.

— Ni moi non plus, lui répondit-il. Mais moi, j'entends ça dans un sens plus large. La folie ne fait qu'empirer.

— Tu pourrais partir.

— Partir ? Avec mes traditions familiales ? Service de l'empereur avant tout ! Comme mon père et mon grand-père. Sauf que leurs empereurs étaient différents. Et que, des hommes libres, il y en avait, à cette époque-là.

— Comment cela va-t-il se terminer ?

— Un jour, quelqu'un osera planter sa dague dans le divin Caius. Tout comme il l'a fait lui-même ce matin dans le ventre d'Opsius. Non, je t'en prie, ne me pose pas de questions là-dessus. Ça n'arrête pas.

— Pourquoi en va-t-il ainsi ?

— Comme si tu avais besoin de le savoir après avoir vu ce qui est arrivé à ta sœur ! Le pouvoir a divorcé de la raison. Moi, j'appelle ça de la folie. Et quand je frapperai, de la raison, il y en aura au bout de mon glaive...

— Toi ?

— Ou quelqu'un comme moi. Dans l'armée, c'est certain. Il croit qu'elle l'adore : lamentable ! Il se pourrait même bien qu'elle soit le bras qui le frappera au nom du peuple.

— Je ne comprends rien à ces choses. Pour moi, Rome n'a pas de réalité.

— Peut-être... mais la torture et la mort, elles, sont tout ce qu'il y a de plus réel. Et aussi la banqueroute générale. Tous ces millions qu'on engloutit dans ces temples et sanctuaires dédiés au divin Caligula ! Le peuple qu'on impose jusqu'à ce qu'il n'en puisse plus. C'est à la folie de Rome que tu as été vendue. Et dire qu'on nous a toujours enseigné que les fous, c'était vous, les Juifs ! Quand je pense qu'on vous a obligés à ingurgiter les vertus de la stabilité romaine !

— Oh ! La folie, ce n'est pas ça qui manque en Judée non plus ! Beerk... Regarde un peu qui c'est qui vient.

C'était d'une femme d'âge moyen qu'elle parlait. Nattes de cheveux jaunâtres qui grisonnaient, la dame respirait la vulgarité, qui, d'une famille qu'on avait ramenée dans les chaînes des bords du Rhin, portait aujourd'hui la tunique bleue des marchands ou surveillants d'esclaves.

Elle lui grogna en mauvais latin :

— Toi là-bas que j' sais pas ton nom !... t'as pas entendu que je t'appelais ?

— Je ne vois pas très bien comment je pourrais savoir si tu m'as appelée si tu ne sais même pas mon nom...

— Y a une centaine de volailles à plumer. Allez ! Faut s'y mettre ! Quelle bande de paresseuses, ces Juives !

— Et toi que j' sais pas ton nom... tu es en train d'interrompre une conversation privée.

— Les conversations privées, les esclaves, ça y a pas droit... Monsieur que j' sais pas ton nom !

— Je m'appelle Marcus Julius Tranquillus et suis centurion en chef de la Garde prétorienne. N'oublie pas ton rang, femme.

— Non ! murmura Sara d'un ton alarmé. J'y vais.

— Et il faudrait voir à bien se tenir avec cette dame ! ajouta Marcus Julius. Oui : cette *dame* ! Ce mot d'*esclave* n'a aucun sens ! Des reines qui furent esclaves, il y en a eu !

— Ça ne servira à rien, fit Sara en s'éloignant.

— Ça changera, dit Marcus. Il le faudra bien. On essaie de se voir demain.

Demain : le terme avait une tout autre signification pour Caleb. Frère de Sara, il s'entraînait à la lutte dans l'un des gymnases du mont Palatin où l'on recrutait les combattants qui participaient aux jeux impériaux. Je m'appelle Metellus, avait-il déclaré avant de mentionner le nom du patricien qui l'avait patronné après avoir été si fort impressionné à bord du navire qui les ramenait vers la capitale. « À poil ! », lui avait aboyé le responsable des jeux. Il s'était dévêtu et tous ceux qui étaient là avaient ricané, sans méchanceté cependant : *Nullum praeputium.* « Si toi t'es Metellus, alors moi, je suis le fantôme de Jules César. Voyons un peu ce que tu sais faire, jeune homme. Aïe ! Aïe ! Aïe ! À poil, on a les roustons qui ballottent ! *Testibus ponderosis,* pour reprendre la formule de Cicéron. » Caleb avait aussitôt été mis en présence d'un lutteur borgne et noueux qui, mi-grec mi-arabe, avait le corps souple et déjà tout couvert d'huile d'olive. Mais cette astuce-là, Caleb la connaissait. Il avait saisi une serviette et ordonné à son adversaire de s'essuyer jusqu'à ce qu'on puisse avoir prise sur lui. Pas question. Mais pour qui se prenait-il donc, lui, un Juif, pour ainsi oser lui donner des ordres ? Metellus s'était rué sur lui et, tout glissant qu'il fût, l'avait attrapé par ses longs cheveux qui, bizarrement, n'étaient pas couverts de graisse. Il l'avait alors jeté dans le sable de la fosse aux lutteurs et l'y avait roulé du bout du pied tel poisson qu'on se prépare à faire frire dans la farine. Et puis, au moment où, couvert de poussière, l'Arabe grec se relevait pour protester, il lui avait fait goûter à quelques-unes de ses prises palestiniennes. « Tu feras l'affaire, jeune homme. Enfin, je veux dire... le temps aidant. Il va falloir acquérir un peu de style et de grâce. Il est hors de question de refiler du n'importe quoi au public. Allons : voyons voir comment le géant de Germanie va s'y prendre pour te mettre en forme. Ou te la briser à jamais. Apprendre, tout le monde doit en passer par là. »

Ledit géant de Germanie était une espèce de Goliath dont le front s'ornait d'une énorme verrue : à croire que quelqu'un y avait enfoncé une pierre d'un coup de fronde. Costaud, il évoluait avec lenteur. Il avait le corps comme semé d'une pelouse de duvet couleur sable, sauf à la poitrine qui, elle, était couverte de poils aussi épais que ceux de trois balais. Il secoua Caleb dans tous les sens tel vulgaire sac de viande avant de l'expédier à ses pieds que, germains, il avait grands et plats : on attendait que Metellus s'y traînât. Caleb lui planta les dents dans le petit orteil gauche et le lui aurait bien arraché si la brute ne lui avait pas assené une manchette à la nuque en hurlant. Le coup lui fit très mal. Sa rage fut telle qu'il sentit aussitôt qu'il convenait de la contenir : si la rage était liquide, le calme, lui, était de pierre. Des cailloux jumeaux de ses deux poings fermés, Caleb tenta de casser le nez du Germain en lui sautant à la figure. Des narines de la brute, telles deux cornes d'abondance, il sortait comme des fougères de poils. Fou furieux, le Germain battit des bras, fit tomber le sang qui lui dégouttait de la lèvre supérieure. Caleb bondit encore afin de lui arracher ses pâles yeux de Germain... le coup de poing du géant lui écrasa la mâchoire, il eut, ô surprise ! l'impression que son maxillaire changeait de place. Deux secondes d'arrêt ; Caleb s'écarta en dansant d'un pied sur l'autre de la pluie de coups qui continuait de tomber et remit sa mâchoire en place. Après quoi il plongea droit sur le grand tronc moussu qui servait de jambe droite à son adversaire et l'enferma dans une prise dont, malgré claques et taloches, il lui interdit de se dégager : il allait le clouer au sol, par le dieu des armées ! c'était bien ça qu'il allait lui faire ! Et y parvint. Et dansa sur l'énorme corps. Assez, jeune homme ! Inutile de nous en montrer davantage. Allez ! Une révérence au champion. On entre à la caserne dès demain.

Demain : le mot avait aussi un autre sens, qui désignait le jour de l'expiation. De qui et de quoi ? l'affaire n'était pas des plus claires. Mettre le feu au palais. Armer les Juifs. Immobiliser l'empereur d'une clé au bras horriblement douloureuse et s'écrier : « Laisse aller mes sœurs ! » Chaque chose en son temps : demain viendrait bientôt, mais ce ne serait pas demain.

— Demain ? s'écria Paul. Mais il se pourrait qu'il soit déjà mort ! Non, moi je dis : ce soir. Tout de suite.

— Ce n'est pas en tant que nazaréen que je parle, dit Seth, parce que nazaréen, je ne le suis pas... enfin : pas encore. Cela étant, j'espère quand même que tu me considères toujours comme un ami.

— Comme un ami et comme un frère. Qui plus est, tu as souci de ma vie. C'est que... moi aussi, elle me fait souci. J'ai beaucoup à faire et m'y prends bien tard. Mais avoir peur ne servirait pas la cause.

— La nuit, les rues sont toujours dangereuses, lui fit remarquer Ananias. Ce serait folie de sortir.

— Et d'où vient-il, ce danger ? s'enquit Paul. Des Juifs ou des Arabes ?

— En ce qui te concerne, lança un vieil homme assis près du feu, il pourrait aussi bien venir des uns que des autres.

Paul acquiesça d'un signe de tête : cela lui semblait raisonnable. Déjà il avait quitté la ville pour se rendre en territoire nabatéen. Il avait même effectué un pèlerinage au mont Horeb afin d'y voir plus clair en lui mais le Dieu de Moïse et d'Élie ne lui avait rien révélé de particulier — à moins qu'il eût fallu entendre quelque chose dans le temps particulièrement mauvais qui s'était déchaîné aux alentours : comme si l'on avait été très en colère, de grands éclairs avaient embrasé tout le sommet du mont. Les Arabes nabatéens auxquels il avait adressé son prêche à l'extérieur de la ville avaient fort bien compris son araméen mais avaient réagi d'une manière plutôt cruelle à son message sur le Fils de Dieu. Qu'on les laisse tranquilles avec leurs marmites et leurs chevreaux qui bêlaient ! On n'appréciait guère que des étrangers sans rien sur le caillou s'en viennent perturber l'agréable monotonie des jours avec des idées nouvelles. L'ethnarque de la cité, celui-là même qui, archiconservateur, devait rendre des comptes au roi Arétas, s'était montré plus que désireux de se ranger à l'avis des Juifs de Damas lorsque ces derniers s'étaient mis à hurler contre le blasphémateur qui avait osé retourner sa veste : aussi bien la doctrine de l'amour était-elle hautement subversive. Paul contempla le feu que la mère d'Ananias avait allumé : la soirée était frisquette. Mais, dans les flammes qui crachaient comme Arabes de Nabatène et leurs chameaux, il ne découvrit aucun augure.

Il dit :

— Il y a là un nazaréen qui agonise parce que plusieurs canailles au service de Réchab l'ont battu. Il est couché par terre, il a besoin de mon soutien et il faudrait que je fasse la fine bouche parce qu'on a poussé quelques cris de menace et brandi des couteaux à pain ? En plus, j'ai un garde du corps, non ?

Il sourit bien mais n'obtint aucune réponse de Seth, Ananias et Abdeel et Mibsam (si du moins ils s'appelaient ainsi) qui, jumeaux fort costauds, n'étaient pas d'un courage remarquable et n'arrêtaient pas de se mordiller les lèvres. Paul se leva et, s'étant éloigné du feu, annonça :

— J'y vais.

La maison où le nazaréen était en train de mourir se trouvait près du mur d'enceinte de la ville. Le chemin qui en faisait le tour était courbe et étroit et des sentiers s'en échappaient en un fouillis de rayons tout tordus. Presque pleine, la lune luttait contre des nuages qui traînaient lentement dans le ciel. Paul marchait à si grandes enjambées que, derrière lui, ses amis étaient forcés de courir au petit trot pour le rattraper. Partisans de l'amour et donc, sans arme aucune, ils auraient été incapables de le protéger contre le moindre coup de dague. Heureusement, Seth, qui, lui, n'était pas encore converti, portait son poignard sur lui : lorsque les trois assassins sortirent en hurlant des ténèbres pour lui trancher la gorge, ce fut lui qui frappa le premier. Paul vit alors Ananias — c'était Ananias, il ne fallait pas en douter — s'effondrer en râlant. Du sang plein la gorge : c'était là qu'on frappait, toujours. Et puis il trébucha sur des marches en pierre à sa droite. En haut de l'escalier quelqu'un agitait une lanterne. A sa lumière il découvrit un Seth en train de se débattre entre deux assaillants; déjà un troisième rejetait sa dague en arrière afin de le frapper au ventre. Alors la lanterne s'éloigna. Celui qui la tenait lui cria :

— Paul ! Paul ! Par ici ! Vite !

Et Paul gravit les marches en vacillant, en trouva d'autres qui conduisaient à une porte ouverte. La façade de la maison ne faisait qu'un avec le rempart.

— Entre ! Vite !

Et encore il entendit un hoquet au-dessous de lui, se dit que c'était sans doute Seth en train de rendre l'âme, discerna aussi des bruits de pas : des gens s'enfuyaient — les jumeaux qui n'arrêtaient pas de se mordiller les lèvres, c'était probable.

Haletant, il jeta un coup d'œil autour de lui, scruta les ténèbres de la maison. Son maître, dont, en oscillant, la lanterne rehaussait les traits d'éclats d'or et de rouge sur fond d'ombres noires comme de l'encre, semblait homme robuste et d'âge moyen. De sa main libre, il poussa trois verrous de fer qui grincèrent. Il n'était pas impossible qu'autrefois, sa demeure eût servi de poste de garde — à l'époque qui avait précédé la pacification romaine. Paul entendit alors que, dagues et poings couverts de bagues, on s'efforçait d'ouvrir la porte verrouillée : déjà on en martelait le bois dur.

— Nous le voulons ! Oui ! Saül le renégat ! Qu'on lui tranche la gorge ! Sommaire ou pas, rendez-le à la bonne justice de Dieu !

— Rébecca ! Léa ! s'écria le propriétaire du lieu.

Deux vieilles femmes sortirent du trou noir d'une pièce : elles n'avaient qu'une petite lampe pour les éclairer. L'homme s'approcha de Paul et, fromage de chèvre et oignons qu'il avait avalés au souper, lui souffla au nez la bonne odeur d'un chez-soi où l'on se sent en sécurité.

— Je vais être obligé de leur ouvrir, fit-il. Vite ! Suis-moi !

Léa et Rébecca se dirigèrent vers la porte, hochèrent la tête d'un air complice et se lancèrent dans un grand discours aussi bruyant qu'émaillé de jurons sur les vilains messieurs qui osaient déranger les bonnes dames alors qu'elles étaient couchées nues dans leurs lits. Paul, lui, fut conduit jusqu'à une fenêtre dont les volets avaient été tirés : au-delà, sombre et lugubre, c'était la nuit. Sous ses pieds — la lanterne le lui révéla —, le précipice d'une muraille de pierre : celle qui faisait le tour de la ville. Il n'y avait aucune anfractuosité où poser un orteil. Paul hocha la tête.

— Attends ! lui dit l'homme.

Et, tout en hurlant « Un instant ! Un instant ! » à ceux qui continuaient de marteler la porte, il lui apporta un sac en filet du genre de ceux que les Grecs dénomment *sagranê* et dont on se sert pour soulever les balles de foin. Une corde y avait déjà été fixée. Pendant ce temps-là, les deux vieilles ne cessaient pas de jurer de grand cœur en s'adressant de petits signes de tête : il ne semblait pas que le subterfuge fût des plus efficaces à contenir la colère de persécuteurs imbus de leur droit divin. Paul se glissa dans le sac.

— Et maintenant, reprit l'homme, on y va doucement.

Retenant le cordage en même temps qu'il le laissait glisser en cadence entre ses mains, il regarda Paul amorcer sa descente. Celui-ci leva les yeux, vit que, là-haut, de plus en plus loin, l'autre grognait et libérait la corde, agita les bras en sentant qu'enfin ses pieds rebondissaient doucement sur la terre ferme. Incapable de discerner ce qui se passait, l'homme comprit néanmoins que le sac se vidait. Paul se réfugia dans l'ombre d'un contrefort, s'y tassa en tendant l'oreille. Où est-il ? Pas ici, Votre Honneur. Où l'as-tu caché ? Parfaitement insaisissables, ces nazaréens : comme qui dirait que le client est plus que fuyant. Grognements. Bruit d'une porte qui claque, encore plus de cris et de grognements. Et puis le silence retomba sur le sentier de périphérie. Là-haut, quelqu'un siffla un petit air en forme de question. En bas, Paul siffla un autre petit air en forme de réponse. Avant de retrouver la nuit et ses larmes de colère.

Éducation juive oblige, il lui fallut encore les contenir, et avec elles les grands cris qu'il avait envie de pousser, jusqu'à ce que la ville se fût un peu éloignée. Il se reposa, frissonna sous le vent de la nuit, s'en mit à couvert derrière des meules dans un champ. Des vaches meuglèrent dans des étables, un âne lui donna une brève leçon dans l'art de braire. Le hurlement qu'il poussa fut plein d'une rage qu'aucun nazaréen jamais n'aurait pu lui apprendre. Lapider Étienne et tailler dans les chairs de Seth et Ananias, où voir la moindre différence ? Dans l'un comme dans l'autre cas, sa responsabilité était entière. Il n'avait pas changé : porteur de mort, il l'était et cela ne faisait que commencer. *Aurait mieux valu ne jamais être né,* caqueta de la volaille dans le lointain. Bien ces mots lui appartenaient, qu'amer il avait prononcés alors qu'il étudiait la parole sacrée du grand Gamaliel. Se conduire comme un juste alors qu'on avait affaire à un Dieu aussi dyspeptique et capricieux, jamais personne n'y était arrivé. Oui, l'odeur de la chair qui brûle lui plaisait, tout autant que l'instant où l'on coupe le prépuce du nourrisson. Complètement hors du sujet, les réponses qu'il donnait aux justes plaintes de Job qui souffrait ! Jusqu'à quel point s'était-il transformé sous l'influence humanisante de son fils béni ? C'est toi que j'ai choisi, ô Saülpaul, et c'est à cause de la rigueur avec laquelle tu sais apporter la mort. Des chouettes hululèrent : on chassait la souris. L'univers de la nuit puait l'horreur de la poursuite. Il n'était aucune unité, tout n'était qu'amère division et cette division était l'œuvre d'un créateur qui, douillettement sûr de sa propre unité, s'amusait du spectacle de la douleur, du doute, d'une loi où il n'était question que de dévorer avant de se faire dévorer à son tour. Les nuages avaient fui vers le sud-ouest, au-dessus de la route de Tyr avaient découvert une lune qui, pleine, était aussi marquée de veines qu'un gros œil rouge. Aux champs plats et aux collines qui s'étendaient plus loin, elle donnait les lueurs argentées d'un semblant de bénédiction.

L'amour. Tout ce qu'il n'aurait pas donné pour se retrouver dans le lit d'une femme ! Comme Ève elle n'aurait pas eu de visage, mais d'Ève, notre première mère, notre première maîtresse, elle aurait eu le corps et, pensées absentes, aussi impénétrables que celles de Dieu, rêve de trahison et cerveau en fouillis de caprices, de son corps elle l'aurait réconforté. Mais non : aimer le corps d'une femme, c'eût été tomber dans le panneau d'un Dieu qui, rusé, avait ainsi trouvé le moyen de faire naître encore plus de monde aux rigueurs de la souffrance. Et, bien sûr, il souhaita revenir dans le lit de sa mère, par elle être libéré des mauvais rêves qui l'avaient appelée au bord de sa couche d'enfant : comme il est prompt à l'éveil, le sommeil d'une mère qui toujours attend les pleurs, le vagissement presque inaudible même de l'enfant qu'enserrent, cadeau de Dieu à l'innocent, les pièges innombrables du cauchemar. Sauf qu'il se savait maintenant entièrement seul à porter le fardeau d'un amour qui, fort différent, était peut-être même inutile : jamais il ne connaîtrait le réconfort d'un corps de femme. L'image qu'il se faisait de cet apaisement était l'œuvre de nerfs et de muscles qui lui annonçaient que l'*incubus* du mal qui fait tomber touchait à sa fin. La douleur ne lui viendrait plus désormais que du dehors. Fort, armé, il était prêt à enseigner que, présent d'Ève, tous les hommes étaient atteints de ce mal. Il eut même l'étrange pressentiment que c'était contre Elle qu'il allait devoir livrer bataille. Sur le petit mont, là-bas, Ève se tenait, toute d'argent, lui montrait un corps aux seins aussi protubérants que verrues monstrueuses. Il essuya ses larmes sur la manche de son vêtement. Et puis il tenta d'emplir son esprit de tout l'amour qu'il avait pour un monde qui en était dénué et, sans bâton ni besace, se mit à marcher sur la route qui, interminable, conduisait à Jérusalem.

Très tôt la veille, à Césarée : du navire marchand arrivé de Putéoli la première chose qu'on a débarquée est une énorme caisse. Le procurateur Marcellus et le centurion en chef Cornélius savent fort bien ce qu'elle contient. Debout sur le quai, ils la regardent sortir de la cale et se poser, sous les jurons bien sentis des *stipatores* — ou acconiers —, juste au-dessous du crochet qui l'emportera, ballottante au bout de ses câbles en cuivre, jusqu'à la rive.

Marcellus lui demande :

— Et maintenant, qu'est-ce que je fais, Cornélius ?

— Tu temporises, lui répond-il. Tu repousses. L'art suprême de celui qui gouverne. D'un autre côté... si tu tiens absolument à un massacre général, tu obéis au bonhomme... enfin, je veux dire : au Dieu pour lequel il se prend. Inutile de te faire remarquer tout ce que cela peut avoir de blasphématoire !

— Blasphème ! blasphème ! dit Marcellus. *Blasphemos :* voilà un mot que les Juifs ne cessent d'avoir à la bouche. Sauf que moi, je ne le comprends pas. Comme si c'était une idée de Romain ! Mais peut-être qu'on ne m'a pas donné l'éducation qu'il fallait. A supposer qu'ils croient en un Dieu unique... ben... pourquoi qu'ils ne la colleraient pas au beau milieu de leur putain de Temple, cette petite idée ?

— C'est vrai, lui concède Cornélius. Notre éducation romaine ne nous sert pas à grand-chose dans le coin. À moins que Rome n'ait qu'une envie : celle de leur prendre tout leur argent. Je suis bien sûr que tu as souvent dû songer au sens profond du titre que tu portes : comme si, ici, le procurateur n'était pas celui qui « se procure des choses » ! Parce que, en dehors de leurs oboles et de leurs sicles, je ne vois pas très bien en quoi ils pourraient nous intéresser. Ils devraient être plus que contents de faire semblant de croire qu'au fond l'image de notre Caius Caligula déifié est bien celle de leur Jéhovah. Allez ! Qu'on se prosterne devant elle et qu'on l'adore. À ceci près que Dieu n'a pas d'image. Et que ce n'est pas non plus un homme.

— Ça fait longtemps que tu sers dans ce pays ?

— Assez longtemps pour avoir compris à quoi ils croient. Mais pas assez pour parler leur langue au point de gagner leur confiance. Non, pas assez pour être capable de lire leurs livres. Je n'ai plus que trois ans à faire avant la retraite et je pense avoir alors le temps de m'y mettre.

— Ce qui, tu le sais bien, lui fait remarquer Marcellus, est tout à fait contraire à nos devoirs. Tu n'es pas ici pour gagner leur confiance ou lire leurs livres. Ne pas oublier que nous avons affaire à un peuple colonisé. Que nous ne sommes ici que pour leur donner des ordres.

— Ils préféreraient crever plutôt que d'obéir à certains de ceux que Rome leur inflige. Qui plus est, n'est-il pas établi que leur religion est inviolable ?

— Est quoi ?

— Qu'on ne doit pas s'en mêler. Leur inculquer que l'empereur est leur Dieu, ce serait s'immiscer dans leur foi.

— Mais bon sang ! c'est quand même bien à lui qu'ils doivent obéir, non ?

— Non : à ses percepteurs... et rien de plus.

C'est alors que Marcellus avait poussé un grognement : la grande caisse était déjà à quai. Une latte en chêne s'en était détachée. Lueur de métal chaud, quelque chose brillait à l'intérieur. Il reprit :

— Selon les dires de cette nouvelle secte, Dieu se serait fait homme. Un esclave répondant au nom de Chrestus.

— Non, non, le corrigea Cornélius. Ainsi que j'ai déjà pris la liberté de te le signaler, il y a légère confusion là-dessus. Cela étant, je t'accorde bien volontiers qu'en fait de nom d'esclave, Chrestus est tout ce qu'il y a de plus courant. Ce qu'il signifie ? « Joyeux », « prêt à rendre service », « utile ». Sauf qu'ici, le nom est Christus. Le bonhomme n'avait rien d'un esclave, qui était descendant de la maison du roi David. Ne pas s'en aller croire que la statue de l'empereur ne serait rien d'autre que celle de ce Christus : ce serait se mettre dans de beaux draps !... et des deux côtés, encore ! Fourrer ça dans leur Temple est impossible : aucune image n'y a droit d'asile. Non, je te dis : sauf ton respect, tu t'es mis dans un beau merdier.

C'était l'aurore : le vent eut comme un soupir, que Marcellus reprit aussitôt.

— Il vaudrait mieux que je cesse de me renseigner auprès de toi, Cornélius. Tu me donnes toujours trop de conseils. Mais je me souviendrai de ton avis. Il faudra bien que le divin Caligula se fasse à son entrepôt... pour le moment. A nous de nous excuser si jamais... ou plutôt : lorsque le moment sera venu d'accueillir la délégation sénatoriale. Ou de se débrouiller de la curiosité intempestive dont on nous accablera en Syrie. L'effigie ? Mal fondue. Ou défigurée par la foule en colère... enfin quoi : quelque explication de ce genre. Mais attention : nos meilleurs ouvriers s'affairent à la réparer ! On a déjà assez d'ennuis comme ça avec ces putains de Juifs sans aller s'en flanquer d'autres sur le dos !

Malheureusement, ainsi qu'on ne le sait que trop, c'est souvent que les bonnes intentions — et semblable politique pouvait prétendre à ce qualificatif —, sont battues en brèche par les gens mêmes pour lesquels on entend les mettre à l'œuvre : c'est à Rome que la Judée fut poussée aux périls de la révolte. Chef de la communauté juive, Philo Judaéus y avait exigé, et obtenu, une entrevue avec l'empereur en personne : on voulait lui faire des représentations. Accompagné de cinq ou six hommes de sa race et de sa foi qui, tous bons Romains, n'en étaient pas moins fort barbus, lourdement calottés et habillés selon leurs traditions, il s'en vint jusqu'aux jardins du Palatin : Caius Caligula s'y prélassait dans une chaise longue en caressant le corps d'un jeune Grec. Il but du vin mais ne leur en offrit pas et, sous les cyprès, ne tendit qu'une moitié d'oreille aux propos de Philo.

— L'idée d'un Dieu unique... au lieu de ce panthéon... Jupiter, Saturne et les autres, fit-il en contemplant les statues qui bordaient une allée du jardin et, corps aux musculatures diverses, on y avait, tonnerre, tridents, talons ailés, tous les attributs de la pseudo-divinité, et aussi la même tête grimaçante... enfin, César... cela fait longtemps que l'État romain a admis que cette idée juive devait être respectée par les forces d'occupation...

— Seul l'empereur, lui renvoya l'empereur, a le droit d'exiger le respect. Ta foi, dont il se trouve que je sais quelque chose étant donné que c'est celle de mon vieil ami Hérode Agrippa, est très certainement tolérée et cela devrait suffire. Elle est bizarre, exotique et distrayante. Oui, elle ajoute une couleur bien particulière à la splendide tapisserie de notre Empire. Elle lui a même appris quelque chose et c'est à savoir l'idée de ce Dieu unique dont tu me parles... Sauf que l'empereur est ce Dieu et que ce Dieu est l'empereur. Plus satisfaisant pour l'esprit, je ne vois pas.

— À ceci près que cela ne satisfait guère les Juifs. Que pour nous Dieu est esprit, justement... Que jamais il ne naquit et jamais ne mourra là où l'empereur, lui, devra le faire un jour.

Caius Caligula pinça la cuisse de son éphèbe à l'en faire hurler.

— Je t'interdis bien de me parler de la mort, tu m'entends ? Il ne saurait être de Dieu qu'immortel, par définition.

— Permets qu'avec ton pardon, ô César, reprit Philo, je réduise ma supplique à ceci : jamais, nous t'en conjurons pour l'amour et la tranquillité de tes possessions en Palestine, non, jamais n'exige que ta statue soit installée dans le Temple sacré de Salomon qui est à Jérusalem !

— C'est déjà fait et, j'insiste, à la grande satisfaction du peuple juif. Au moins n'entends-je point qu'on s'en plaigne. Car maintenant, leur Dieu, tous peuvent Le voir. Enfin, oui, on peut s'incliner devant du solide.

— Je bafouerais la foi de nos pères à te répondre : « Oui, César, il en va bien ainsi. » Car ce n'est pas le cas. Il semble que ton procurateur Marcellus ait encore quelque bon sens et veuille faire honneur à l'empereur qui en lui sut voir un bon administrateur...

— Mais ce n'est pas moi qui l'ai choisi ! C'est Tibère ! Je ne le connais même pas... Mais, ajouta-t-il bouche bée en se penchant en avant, serait-ce qu'il aurait désobéi à nos ordres ?

— Les lettres que notre communauté a reçues de Jérusalem nous disent clairement qu'il a eu la sagesse de repousser le moment où il lui faudra obéir. Cela étant, les ordres de ton gouverneur de Syrie l'obligent aujourd'hui à passer aux actes sans tarder. Inutile de te faire remarquer que...

Caius Caligula s'était déjà mis debout pour mieux trépigner dans ses petites bottes.

— Comment se fait-il, hurla-t-il en fronçant horriblement le sourcil à l'adresse des deux officiers, Torquatus et Strabo, qui le servaient, qu'on ne m'ait pas parlé de tout cela? Pourquoi me cache-t-on la vérité?

Ils furent, l'un et l'autre, incapables de lui répondre. Philo reprit en ces termes :

— Ceci pour conclure : ton procurateur Marcellus s'est vu contraint d'ordonner que ta statue... Reviens sur ta décision, nous t'en supplions... dans l'intérêt de la paix et de la tranquillité...

Bave qui lui coulait à la bouche, Caius Caligula cria en dansant d'un pied sur l'autre :

— Hors d'ici, Juif impur! Quant à ton oh! si amical procurateur, je saurai bien m'en débarrasser! Je m'en vais le rappeler et châtier comme il faut! C'est sa tête, oui! que je vais te coller au milieu de ta synagogue! Vous aurez tout loisir de larmoyer dessus! Oui, votre seul ami romain, hélas! hélas! sera mort. Ah! vous voulez un roi juif à la tête de toute votre juiverie, n'est-ce pas? Eh bien vous l'aurez! En la personne d'un Hérode Agrippa qui, lui, est vraiment notre ami, *à nous*. Et ce sera lui qui veillera à ce qu'on installe mon effigie là où il convient. Oui, et encore il veillera à ce qu'on la révère selon tous les rites impériaux appropriés. Et maintenant : videz-moi les lieux de vos carcasses mal lavées!

— Sauf ton respect, César, lui renvoya calmement Philo, le peuple impur, c'est vous. Sans même parler du fait que vous n'êtes pas circoncis. Et que c'est la mission même du peuple juif que de purifier le monde. Là où toi, tu ne proposes que de l'avilir encore plus. Il en coulera du sang! Crois-moi...!

Mais l'empereur leur montrait déjà le fouet. On s'enfuit aussi dignement qu'on le pouvait en courant comme des dératés le long d'une allée de buissons symétriques. Habillé d'une tunique bleu ciel brodée de crocus jaunes qui bien laissait voir ses jambes poilues, l'empereur tempêta contre Torquatus et Strabo. Parla garrot, crucifixion et confiscation. Ils hochèrent sagement la tête : on avait déjà entendu.

— À propos de confiscation de biens, finit par dire Strabo, je suis bien content que César soulève ainsi la question. Quoi que tu décides de faire de ces Juifs, l'autre proposition est inacceptable.

— De quelle autre proposition s'agit-il? Inacceptable? Qu'est-ce qui est inacceptable? Que ceci ou cela me semble acceptable, à moi, devrait suffire, non?

— Sauf le respect qui t'est dû, ô César, lui fit remarquer Strabo, c'est aller à l'encontre de nos traditions que de faire arbitrairement exécuter un patricien à la seule fin de lui confisquer ses terres.

— L'affaire n'aura rien d'arbitraire, lui renvoya l'empereur qui s'était calmé. Il suffira d'y attacher quelque crime. J'ai besoin d'argent. Et cet argent, j'ai la ferme intention de me le procurer.

— Il est certains biens, dit Torquatus, que l'on pourrait vendre aux enchères. De provenance impériale, ils devraient aller chercher un bon prix.
— Moi ! s'écria l'empereur, vendre mes biens et mes meubles ? à moi !
— Rien que les objets dont César ne se sert jamais et qui donc ne lui manqueraient pas, suggéra Strabo. Tiens, par exemple, le plus vieux de tes chars dorés. Les cinq cents hectares que tu possèdes près de Néapolis. Comme si la maison impériale n'avait pas plus d'esclaves qu'il ne lui en faudra jamais...
— Va-t'en ! s'écria Caius Caligula, va-t'en ! Rien qu'à te regarder, j'ai envie de vomir. Non mais ! Un Dieu en train de vendre ce qu'il possède de droit divin ! Il y a des moments où tes idées sont tellement insensées que j'en ai la tête qui tourne ! — Et puis il hurla : Maudits Juifs ! Tu vas me faire le plaisir de prendre le premier navire en partance pour la Palestine. Et on veille à ce que mes ordres soient exécutés, hein, Strabo !
— Sauf le respect qui...
— Sauf le respect le respect le respect ! Pour en entendre causer, j'en entends causer ! Quant à en avoir !... l'empereur, c'est bien moi, non ?
Pour l'instant, se répondit Torquatus en lui-même.

Ce fut tout encapuchonné que Paul arriva à Jérusalem. Et ce fut aussi à la nuit tombée. Cela n'empêcha pas Joseph Barnabas de le reconnaître à sa démarche. La rumeur qui lui était parvenue de Damas était bien difficile à croire. À ceci près que Saül s'avançait seul et que ce n'était nullement pour se protéger de nazaréens qui n'avaient rien que de très pacifique qu'il s'était couvert d'une capuche. Joseph Barnabas le regarda se diriger vers la rue où se trouvait l'ancienne demeure de Matthias. Risquant le coup, il le héla :
— Saül !
Saül se retourna.
— Joseph Barnabas ? Mais oui ! On a des nouvelles de Damas ?
— Elles ne sont pas faciles à croire.
— Et pourtant il le faut. Consentirais-tu à m'accompagner jusqu'à mes frères ? Je suis seul, tu le vois. Et ne suis pas armé non plus.
— On ne saurait prêcher la foi après l'avoir tant haïe. Changer pareillement n'est pas possible. En tout cas, pas comme ça. Pas en une nuit.
— Cela me prit bien moins longtemps, Joseph Barnabas. Mais, après tout, votre foi ne dit-elle pas la nécessité de reconnaître le miracle quand il est là ? L'homme que tu vois a changé. Jusqu'à son nom.
— Ça aussi, nous l'avons appris.

Seuls Pierre, Thomas et les deux Jacques se trouvaient à la maison. Elle était aussi sale que jamais depuis que les nazaréens se l'étaient appropriée. Les apôtres s'étaient assis autour de la table de la salle à manger : tel quelque pauvre ersatz de repas, une lampe y crachotait faiblement. On observa Paul d'un œil prudent.

Pierre dit :

— Ce que je n'arrive pas à comprendre, moi... c'est pourquoi, si tu as si peur que ça de te faire arrêter, punir et tout le reste, tu as tenu à revenir à Jérusalem. Bon sang de bonsoir, bonhomme, c'est se jeter droit dans les bras de tes assassins... !

— Je suis revenu au rapport.

— Bah ! dit Thomas, au moins c'est honnête. On raconte au grand prêtre qu'on fait semblant d'être nazaréen et... et bon, et maintenant qu'est-ce que je fais, Votre Sainteté ? Très très astucieux !

— Ne sois pas idiot, Thomas ! lança Pierre. Le rapport, c'est à nous qu'il est venu le faire.

— C'est vrai que le changement fut rapide, lâcha Paul. Instrument du pouvoir, je le suis toujours... mais au service d'autres gens. Que veux-tu que je fasse ?

Thomas marmonna quelque chose du genre quand on a retourné sa veste une fois, on peut le faire une deuxième.

— Du calme, Thomas ! cria Pierre. Non, moi, ce que je te conseille, Saül...

— Paul...

— C'est de filer d'ici. De bien réfléchir.

— C'est déjà fait. Ou plutôt, non : disons qu'on l'a fait pour moi.

— Mort, tu ne nous serviras à rien... et mort, tu le seras si tu restes ici. Rentre chez toi. Tu y seras en sécurité.

— Chez moi ? À Tarse ?

— Retourne-t'en à ton père, ta mère, tes livres, tes tentes... enfin, tout ce qui t'appartient. Et essaie-toi à la conversion, sans forcer.

— J'ai envie d'essayer en Judée, pas ici... Au moins pas nécessairement. Sauf qu'il y a quelque justice à prêcher aux Juifs grecs... et c'est ça que j'ai en tête.

Sa voix se fit hésitante.

— Et à propos de Juifs grecs...

— Dès que tu es parti, l'interrompit Jacques fils de Zébédée, ils ont libéré les prisonniers que tu avais fait souffrir. Ça depuis ton départ, c'est plutôt calme. Cela étant, si jamais tu te mets à prêcher, ils vont te couper en rondelles et puis se rappeler que nous aussi, on existe. Les ennuis, on en a déjà assez comme ça, non ? conclut-il en toute innocence.

— Le Seigneur m'a dit ce qu'il fallait faire, lui renvoya Paul, et je ne sache pas qu'Il m'ait parlé de filer chez moi pour éviter les persécutions. J'ai beaucoup à faire pour me rattraper. Il faut absolument que je puisse tenter ma chance.

— Écoute, le reprit Pierre, tu commences par venir ici pour, tout humble, nous déclarer que tu veux que nous te donnions des ordres et après, tu nous balances que ce serait le Seigneur en personne qui t'aurait dit ce qu'il faut faire ! Sache que le Seigneur ne t'a rien dit du tout ! Et que c'est, tout simplement, parce que tu ne L'as jamais vu... alors que nous, si ! Même qu'Il se montra des plus clairs en nous informant que toute l'affaire reposait entre nos mains — nos mains à nous ! Alors ? Tu veux que je te le dise, ce qu'il faut faire, ou tu ne veux pas ?

— Il pourrait essayer avec les Grecs qui se sont rassemblés à Béthanie, dit Jacques le Mineur. Le méchant qui maniait le fouet se joindre aux fidèles ? L'arme ne me semble pas négligeable. Non, le renvoyer réfléchir chez lui, ça serait gaspiller.

— D'autant plus que c'est déjà tout réfléchi, répéta Paul.

— Bon, bon : alors, vas-y, lui dit Pierre d'un ton résigné. Mais on s'en tient aux abords de la ville. Et dès qu'ils te jettent la première pierre pour te briser le crâne, tu reviens ici : on te donnera de l'argent pour déguerpir. M'est avis que Barnabas et Thomas feraient mieux de t'accompagner. Histoire de voir comment tu te débrouilles. Autoriser le premier venu à prêcher la Parole n'est pas dans nos habitudes, tu sais. Tout savoir, comme ça, en un tournemain, ça ne se fait pas.

— Moi, je suis pas dans le coup, s'il vous plaît, dit Thomas. J'ai passé l'âge de ces lapidations.

Marcus Julius Tranquillus respira l'air marin qui soufflait du nord : l'aurore était glacée. Cou tendu, il regarda les falaises d'un blanc fantomatique qui se profilaient au-delà des eaux d'un vert bilieux. Il s'était emmitouflé dans une cape en laine. Il admira les petits nuages qu'il faisait en respirant, passa à ceux de son compagnon de quart, un certain Rufus Calvus qui, pourtant, ni n'était chauve ni n'avait les cheveux d'un brun roux.

— Britannia Britannia Britannia, chantonna-t-il en trépignant sur les galets, non loin de la longue enfilade des navires de débarquement. Comment appellent-ils ce pays, les gens du coin ?

— Ils ont plusieurs noms. Il faut dire que chaque tribu règne sur un petit territoire dont elle croit qu'il est le vaste monde en son entier.

— Et voici que déjà le vaste monde se précipite sur nous ! Que déjà l'aigle romaine déploie ses ailes...

Il était inutile d'aller jusqu'au bout d'une plaisanterie qu'en diverses langues on connaissait dans tout l'Empire. Rufus Calvus rit d'un air coupable. Et dit :

— C'est ce qui s'appelle bâtir un empire. L'ultima Thulé. Les confins de l'univers. Et qu'y apportons-nous ?

— La loi. L'ordre. Des routes. Des temples... où adorer le divin Caligula. Et maintenant, une question plus pertinente : qu'est-ce qu'on va en rapporter ?

— Des esclaves. De gros tributs. De l'or. De l'argent. Afin que de remplir, dit Rufus Calvus en se moquant de la rhétorique sénatoriale, des coffres... euh... qui s'étaient vidés. Britannia, Britannia... ô souverain remède à l'impérial dénuement !

Du camp qui s'étendait derrière eux monta un puissant concert de buccins.

— Ferions mieux de nous mettre en faction.

Vastes forces de l'invasion. Le camp se déployait très loin. Des soldats y enfilaient des armures autour de feux qu'on avait alimentés pendant toute la nuit, en tremblant de froid. Boucliers et pilums empilés : ça tinta et grinça. Il y eut des roulements de tambours. Tuba et buccin qui grognent : antiphonie. Des hommes de troupe s'alignèrent en compagnies sous les aboiements de leurs sous-officiers. On traîna des chevaux hennissants jusqu'à leurs bateaux de transport. Ils reniflèrent le froid et n'aimèrent pas. Bruissement des épées qu'on sort du fourreau pour l'inspection et puis qu'on rengaine. Une forêt de piques se leva sur les dunes. Visages rougis par le feu du matin, des officiers beuglèrent. On replia des tentes, les entassa sur des chariots qu'on tira jusqu'aux embarcations. Les vagues qui s'écroulent, les mouettes qui gueulent. Le tribun Cornélius Sabinus en train de s'examiner avant la revue que va passer l'empereur. Trompettes. De sa tente, en bâillant, sortit Caius Caligula : on avait le cœur encore fade du vin de la nuit. Pompeusement il s'avança, état-major aligné derrière lui, jusqu'au lieu où allaient défiler des légions auxquelles on avait adjoint des soldats de la Garde prétorienne. La revue fut longue, frissonnante, minutieuse. L'empereur se plaignit amèrement du froid : ça tenait de l'affront à sa dignité. Le soleil était levé depuis longtemps lorsque enfin il accepta qu'on l'installe sur une charrette afin d'y aller d'une proclamation. Il s'exécuta avec la solennité qui convenait mais ne fut guère entendu par ceux des derniers rangs :

— Soldats de l'Empire ! lança-t-il. Déjà vos cœurs de braves et vos jolis corps sont arrivés au rivage septentrional de notre province de la Gaule. C'est ici que vous allez embarquer, d'ici que vous allez voguer vers la Bretagne. Oui, cette Bretagne tombera sous nos coups et sera nôtre. L'occasion est particulièrement solennelle. La dernière province de l'Empire romain attend que nous nous en emparions. Mais d'abord... il est quelque chose d'important à faire. Vous voyez ces coquillages qui s'étendent à perte de vue sur la plage ? Sachez qu'ils sont propriété romaine. Et que donc ils doivent revenir à Rome. Qu'on me les ramasse !

Personne ne voulut en croire ses oreilles. Mesquin, l'empereur répéta :

— Qu'on me les ramasse ! Qu'on me les ramasse ! Vite ! Allez ! Baissez les bras et ramassez !

— Tous, César ? lui demanda Cornélius Sabinus d'une voix presque inaudible.

— Qu'on me les ramasse ! Qu'on me *les ramasse* !

Incrédule et tremblante, la grande armée disciplinée en fut réduite à jouer la horde de gamins qui ramassent des coquillages sur la plage.

— Où est-ce que... Où est-ce qu'ils vont les mettre, César ?

— Qu'ils les mettent dans leurs casques ! Il se pourrait d'ailleurs bien qu'on les ait conçus pour ça : recueillir des coquillages. Et après, qu'ils les vident dans ces chariots.

— Ce coup-là, c'est trop. Non... ! haleta faiblement Marcus Julius en ramassant les siens.

— Quoi, c'est trop ? lui demanda Rufus Calvus le visage blanc.

— Il n'y survivra pas. L'armée humiliée. La honte. Non, il ne peut pas nous... il ne peut pas.

Les coquillages qu'on ramasse. Tout au long de la plage. Les coquillages ramassés. Les bruissements secs du marché aux crustacés de Néapolis multipliés jusqu'à l'horreur. Caius Caligula examina une belle pièce avec minutie, déclara :

— Joliment fabriqués, n'est-ce pas ? Superbe travail. Cette vieille baderne divine... enfin, vous voyez qui... L'avait quand même des talents remarquables côté création. Sauf que c'est le nouveau Dieu qui saura en profiter. Voilà qui est dans l'ordre des choses.

Les phalanges de Cornélius Sabinus blanchirent et blanchirent encore alors que sa main se fermait et refermait sans cesse sur la poignée de son épée.

Mais Dieu, Caius Caligula l'était toujours. C'était son effigie qu'on était en train de sortir d'un des entrepôts des docks, que déjà on s'apprêtait à traîner jusqu'à Jérusalem alors que Paul montait à bord du navire qui le conduirait à Tarse en Cilicie. Tout ainsi que Pierre le lui avait prédit, on lui avait cassé la figure et, de gros bleus à la mâchoire, il marchait en boitant. C'étaient Pierre et Thomas qui l'avaient accompagné jusqu'à Césarée, et là, l'avaient, pour la sécurité de sa mission de nazarénisation, remis entre les mains de Philippe. L'endroit se trouvait non loin d'une Joppa où Simon-Pierre avait été convoqué par un autre Simon qui, tanneur de son métier, venait de découvrir certains aspects encore cachés à son travail d'évangélisation. Le vent gonflait les voiles, la marée montait. Pierre et Thomas regardèrent le bateau rejoindre, en glissant avec une grâce toute païenne, les chemins de la haute mer.

Pierre dit :

— Peut-être que je ne devrais pas, mais je vais quand même le dire...

— Le dire quoi ? Que, Dieu merci, nous sommes enfin débarrassés de lui ?

— Non, il ne faut pas le penser... et encore moins le dire.

Il aspira l'air marin à pleins poumons, comme si, quoique Joppa se trouvât sur la côte, il ne devait plus jamais en avoir l'occasion.

— Le bonhomme n'est pas du genre commode. Et on a ses petites pensées bien à soi ! Le laisser à Tarse est la meilleure solution : on verra bien ce qu'il y fera. Ça, qu'il revienne à Jérusalem ne m'enchanterait pas.

— Tu veux que j' te dise ce qui cloche chez lui? Eh bien voilà : il pense trop.

— Bah! c'est à cause de l'endroit d'où il vient. Qu'est-ce qu'on ne m'en a pas raconté, des histoires sur Tarse! De grosses universités; c'est là qu'on va pour apprendre. Il a lu des tonnes de livres et c'est pas le temps qui va lui manquer pour en avaler encore davantage. Le savoir livresque, nous, on peut pas dire que ça nous étouffe.

— Il y avait... fit Thomas qui n'avait pas envie de mentionner son nom tant l'affaire lui laissait un mauvais goût dans la bouche... enfin, tu sais de qui je veux parler.

— Oui oui. Et tu vois où ça l'a mené, son savoir?

Pierre resta pensif un instant, et puis ajouta :

— C'est quand même dommage. Le pauvre : trop innocent pour vivre.

— Bon, bon, et alors quoi? Il est mort, c'est tout, lui renvoya Thomas d'un ton abrupt. On fait appel au grec Philippe?

Pieds bien à plat contre le roulis, Paul faisait les cent pas sur le pont en savourant toutes les douleurs de son corps. Certes on l'avait châtié mais pas encore assez. Déjà il attendait la suite. Pour l'amour de moi on quittera père et mère. Ainsi soit-il. Bientôt la jolie maison d'un homme qui avait fait fortune dans la toile à voiles allait être souillée par la présence même du seul fils qu'il avait eu. Depuis toujours un buste de l'empereur y trônait sur un piédestal à volutes. Il serait remplacé par celui d'un Dieu sous lequel, peut-être, on déposerait une lampe votive. Je t'en prie, Père, ne viens pas me parler d'hérésie. Il y a longtemps que tu es passé du côté de ces païens de Romains. Même que ton Dieu, tu l'as installé dans ta salle à manger! Le père, en bafouillant : Je le respecte, rien de plus. Bon Juif et bon Romain je demeure. Et ne change pas, moi, Monsieur. Oui, mais moi, je dis que le Messie est venu et que j'ai trop de respect pour l'ordre romain pour avoir envie de le voir s'écrouler sous les coups d'un forcené. *C'est comme ça que tu parles de ton empereur?* Je ne reconnais plus qu'un maître aujourd'hui. Oui, j'abjure la folie du monde, que ce soit celle de Caius Caligula ou celle de l'homme qui, autrefois, avait nom Saül de Tarse.

Douloureux, ô combien douloureux! Habillée en matrone romaine, sa mère qui pleure : Renoncer à ton nom! À celui auquel tu répondais lorsque la table était mise ou qu'il était l'heure d'aller se coucher. Oh, Saül, Saül...! *Sha'ul Sh'aul ma'att radephinni?* (« Tu n'as jamais pu t'empêcher de persécuter les gens. ») Non, non, jamais je n'arriverai à le croire, gémit son père. Il le faut, Père. Et aussi que tu fasses la paix. Les choses changent. C'est l'Histoire qui le veut. Un Empire qui se brise du dedans, une foi que déchirent ses contradictions. *Double hérésie, oui : double!* Je t'en prie, Père, ne viens pas me parler d'hérésie.

Il n'y a pas de place pour toi ici, il faut que tu le saches, *Paul,* comme tu tiens à t'appeler aujourd'hui. *Je m'y attendais.* Désavoué et déshérité. Ton grand-père servit Rome du temps où Jules César était en Égypte. Et moi, je n'ai jamais cessé de servir la foi de nos ancêtres depuis le jour où j'arrivai enfin à réciter les versets de la Torah. On est toujours récompensé d'être bon Juif et bon Romain. Je suis bien sûr que toi aussi, tu le seras un jour. Peut-être même bientôt : la hache du coupeur de têtes, les pierres que te jetteront les croyants que tu outrages ou alors... la honte de la croix. *Non, Père, pas la honte. Ne me parle pas de honte.* Et puis... sa mère : *Sha'ul, Sha'ul, lama sabachthani ?*

Tout il prévit : retour et moment où il lui faudrait quitter sa maison à jamais, il ne s'agirait que d'un simple rituel. Bah ! Tarse était tout autant sa ville à lui que celle de son père. Il irait voir le vieil Israël (et comme il avait droit à ce titre, lui dirait-il, lui à qui l'on avait donné le nom de Jacob), oui, celui-là même qui lui avait appris le métier de fabricant de tentes. Assis au soleil, devant l'échoppe, ce ne serait pas avec Dieu qu'il se battrait mais avec de la toile bien raide et un passe-lacet. On était un homme libre quand on avait un métier. Il ne troublerait pas les fidèles qui se rassemblaient à la synagogue que fréquentait son père. La piété filiale était un vice aux serres acérées. Il faudrait seulement attendre, se dit-il. Mais s'asseoir au soleil pour ravauder et attendre, il le pourrait. Quoique déjà chauve, il était encore jeune.

Paul et lui devant un jour se trouver en contact étroit, il n'est pas aussi hors de propos qu'il y pourrait paraître de dire maintenant le dialogue filioparental d'un Marcus Julius Tranquillus en train de rêvasser dans son bain, d'éprouver la rigidité de son lit de soldat ou d'arpenter l'esplanade de la caserne avant que le tribun ne passe les troupes en revue. La salle à manger d'une jolie petite maison du Janicule. Buste de l'empereur qui trône au sommet d'une colonne à volutes. Son père qui lui dit :

— Ça, c'est la fin de ta carrière. Et d'une carrière, permets-moi de te le rappeler, que nos ancêtres embrassèrent dès les premiers jours de la république. C'est depuis toujours que nous avons envie de te voir épouser une fille de la famille de Callidus Marcellus : la loyauté qu'ils vouent à l'État romain est de plus en plus rare. Oui, j'ai toujours espéré qu'un jour tu aurais des fils qui reprendraient les traditions que partagent nos deux familles.

— Selon le vent la voile ? C'est bien de cette tradition-là que tu parles, Père ? La bonne politique prenant le pas sur les convictions profondes ?

— Ta remarque est déplacée.

— Mais c'est que le monde est en train de changer, Père ! S'il est en train de s'effondrer, c'est afin qu'on puisse le refaire et moi, j'ai très envie de prendre part à ce travail.

— En épousant une Juive ? lui lance sa mère, le visage fort bien transformé en masque de souffrance. *Une esclave ?*

— La condition d'esclave, ma chère mère, est un statut qu'impose le tyran : cela n'a rien à voir avec le sang ou le manque de talent. C'est notre administration tout entière qui se trouve entre les mains de ces esclaves ou d'affranchis qui, même à essayer de cacher ça sous des masses de cheveux passablement efféminées, jamais n'arriveront à faire oublier qu'un jour on leur perça l'oreille. Qu'à cause de la vindicte de quelque officier de Rome, une fille de bonne famille palestinienne se voie condamnée à l'esclavage ne la rend pas méprisable pour autant. Non, ce qui est alors méprisable c'est le système qui l'a amenée là.

— Paroles bien étranges dans la bouche d'un fils de Rome, dit son père.

— Rome n'est plus ce qu'elle était. Dieu sait si elle le redeviendra jamais.

— *Dieu?* Qu'est-ce que c'est que ce mot ? Les Juifs t'auraient-ils appris quelque chose ?

— L'homme qui s'arroge le titre de Dieu est en train de vendre une partie de ses biens. Oui, le divin Caligula est si lourdement endetté que tous les impôts du monde ne pourraient plus lui être d'aucun secours. Et moi, j'ai envie de lui racheter une esclave juive de haute naissance. On a assez d'argent pour ça ?

— On ? Qui ça « on » ? C'est ton affaire, fils, et pas du tout la mienne ou celle de ta mère.

— Et mon patrimoine... il n'existerait plus ?

— Quand je mourrai, pas avant. En plus, ça ne va pas chercher loin. Ainsi que tu devrais commencer à le savoir, les soldats de carrière, ça ne s'enrichit pas facilement.

Rassembler de l'argent pour s'acheter une épouse. Qu'on ne vienne pas me parler de la folie du monde ! Il allait lui falloir aborder calmement la question avec un *tribunus militum* qui, semblait-il, n'était pas trop mal disposé à son endroit. Caius Caligula n'avait-il pas, après tout, vidé le trésor du régiment par coffres-forts entiers au moment de son accession au pouvoir ? L'acte n'était-il pas même l'un des rares à témoigner de quelque sagesse ? Affranchir un bien impérial dont la sœur avait été fouettée à mort par son dément de maître, n'était-ce point là vouloir user de manière plus que légitime de fonds qui n'avaient plus rien à voir avec la moindre marque de fidélité ? Que ce sale argent lui retourne donc ! Raide comme un piquet à la revue ou entièrement détendu dans son bain, Marcus Julius Tranquillus trouvait quelque espoir à ruminer ces pensées d'un sentimentalisme qu'on n'aurait pas soupçonné sous sa dure carapace de militaire. Le centurion en chef amoureux d'une esclave ! Relisez Lucrèce : toujours Vénus frappe où elle veut. Vider les coffres pour acheter son épouse ! Qu'on ne vienne pas me parler de la folie du monde !

Pierre et Thomas se reposèrent à l'extérieur d'une auberge au bord de la mer, à Joppa. Ou Jeppa, Jeffa ou Jaffa, le nom n'étant pas des plus clairs lorsqu'on l'entendait dire aux gens du lieu. Thomas ôta ses sandales et remua ses vieux orteils tout raides dans la brise marine.

— Je commence à me faire un peu trop vieux pour ce genre d'expédition à pied, dit-il. J'ai les os qui grincent.

— Tu n'avais pas besoin de venir, lui renvoya Pierre. Il y assez de travail au pays.

— Au pays ! À Jérusalem, si fait si fait. Sauf qu'au pays, y a des fois où j'ai sacrément envie d'y retourner... mais au vrai. À celui qui se trouve de l'autre côté du grand lac. Tu te souviens quand on s'y est rencontrés ?

— Ça ne remonte pas à si loin que ça, Thomas.

La serveuse leur apporta des coupes, un pot de vin et un petit pichet d'eau. Pierre regarda tristement ses fesses mutines qui s'éloignaient.

— Oui... à c't' époque-là je travaillais au jardin pour le compte de c'te famille et v'là que la fille commence à aller mal et que tout le monde est persuadé qu'elle va mourir. C'est à ce moment-là que toi, tu arrives, avec *lui.*

— *Talitha cumi,* se souvint Pierre. « Lève-toi, jeune fille. » Et, nom de Dieu, elle le fait ! Ah !... Et après, le grand repas et toi qui nous sers. On avait toujours faim en ce temps-là !

— Ça n'a pas changé. Et c'est pas qu'un vieux aurait besoin de beaucoup. Du bon air, voilà ce qu'il me faut et du bon air de la mer, c'est pas ça qui manque dans le coin... En plus, les gens ne sont pas trop horribles.

— Simon n'est pas un méchant bonhomme mais il espère toujours trop de choses.

Pierre observa le contenu de la cruche à vin avec une espèce d'attention sacerdotale. On aurait dit qu'il cherchait les augures dans des entrailles. Il y plongea le bout du doigt, en retira une mouche. Il la fit sécher au soleil, la regarda s'envoler en tremblant dans l'air bleu. Là-bas, les vagues soufflaient comme des coureurs fatigués.

— Il s'est mis en tête qu'être capable de faire des miracles est un devoir.

— Comme je ne cesse de le répéter, fit Thomas, tout dépend de ce qu'on entend par là. Non : l'autre affaire est bien plus préoccupante... surtout après l'histoire de Philippe et du grand Noir qu'avait pas de couilles.

— Il n'y arrivera pas, dit Pierre, le débat est clos. Si le grand Noir est parti en pensant qu'on l'avait sauvé, eh bien tant mieux : qu'il savoure son plaisir jusqu'au jour où il lui faudra bien être déçu. Parce que déçu, il le sera dès que la nouvelle l'atteindra lors de son prochain voyage à Jérusalem. J'essaierai de le retrouver si je suis encore en vie. Un grand Noir avec une petite voix, ça devrait être difficile à louper. Bah ! ce fut la seule et unique erreur de Philippe. Sauf qu'avec l'ami Simon qui déverse des tonnes de bonne eau bénite sur les gentils, ça ne peut pas marcher. Les gentils, ça n'a jamais été au programme.

Des nazaréens qui mangent du porc et gardent leurs prépuces ? Non, non : ça ne marchera jamais. Et l'autre truc non plus, sauf qu'il faut quand même bien leur accorder le peu de réconfort qu'ils espèrent.

— Ça fait combien de temps qu'il y est conservé, ce corps ?

— Trop longtemps, si tu veux mon avis. Mais ces femmes jurent qu'il est encore... enfin, tu sais : ce qu'elles appellent en état de purification.

— Par opposition à celui de putréfaction ?

— Il n'est pas impossible que j'aie mal entendu.

Pierre avala une grande gorgée d'eau et de vin, rota et dit :

— J'aime mieux ça.

— Pour dire les choses brutalement mais honnêtement : on n'en est pas au point où ça pue. On ne peut pas en dire autant de Simon : son métier, il le pue par tous les pores. C'est comme sa maison.

— Tanner les peaux est une occupation odorante, reprit Pierre. Tu le savais, toi, qu'on faisait ça avec du crottin de chameau ?

— J'ai pas envie de le savoir. Mais, bien sûr, du crottin de chameau, y en a partout. Regarde-moi c't' espèce de brute rugissante ! Les chameaux, ça m'a jamais beaucoup attiré. Bon : sur ce, nous ferions peut-être mieux d'aller voir si ça s'est mis à puer. Ça ne devrait pas encore dépasser les mauvaises odeurs pour dames.

Las, ils se levèrent et, s'appuyant sur leurs bâtons, s'éloignèrent au milieu d'un fouillis d'étals de vendeurs de fruits devant lesquels on plaisantait bruyamment. C'est trop cher ! Là-bas en bas, je paierais pas autant ! Mais, M'dame, je perds déjà de l'argent à vous le faire à c' prix-là ! Devant le portail d'une maison aux volets fermés, deux femmes en noir les attendaient. On s'enfonça dans l'obscurité mais point ne sentit d'odeur de putréfaction. Il y avait des tas de lis dans des pots. Deux autres femmes en noir étaient assises et buvaient une espèce de décoction d'herbes chaude. Restez assises, Mesdames.

— C'était quoi déjà, ce nom ? demanda Pierre.

— Dorcas... Dorcas.

— Ou Talitha.

— Ouais, fit Thomas. Toujours est-il que, l'un ou l'autre, c'est un nom qui désigne un animal qui court très vite, un...

— La gazelle.

— C'est ça : la gazelle. Et donc, elle aurait filé dans l'autre monde, c'est ça ?

Sa grossièreté les fit toutes pleurer derechef. L'une d'entre elles alla même jusqu'à sangloter en continuant de siroter son breuvage.

— Un peu de discrétion, Thomas ! le reprit Pierre. Et... où est le... euh... ?

Elles leur firent gravir une courte volée de marches pour entrer dans une chambre aux volets fermés. Il y régnait une étouffante odeur de nard. Et aussi (Thomas la renifla avec prudence) de camphre. Une chandelle à la tête de la morte, une autre à ses pieds. La demoiselle était des plus jeunes si la gazelle n'avait plus le pied léger. Et jolie, avec ça. Ressemblait un peu à la fille de ce... Comment s'appelait-il ? Ah, Jairus... voilà.

— Hmmh, m'a l'air tout ce qu'il y a de plus mort... mais va savoir.

— Et c'est quoi qu'il a dit ? Ah oui : *Talitha cumi.*

— Et maintenant, va falloir que tu le dises. Il faut faire exactement comme lui, Pierre. C'est lui qui l'a dit.

— C'est pas pour nous, ça.

— Y'a des fois où la nature aime bien nous jouer des tours à la Simon Magus. *Être* et *paraître,* ça fait deux.

— J'aime pas beaucoup ça, dit Pierre. Mais quoi ? Y a pas de mal à essayer. *Talitha cumi.* Lève-toi, jeune fille.

Le corps ne réagit pas.

— C'est beaucoup demander, dit Thomas.

— Trop même. Lui, c'était lui. Et nous, on n'est que nous.

Mais, ses yeux s'ouvrant de plus en plus grand, Thomas posa la main sur la manche de Pierre et, en marmonnant quelque chose qui ressemblait à une prière, lui fit entendre que non ! ce qui pourtant lui avait tout l'air de se produire, non ! non ! n'était pas possible ! Bouche béant bêtement, ils regardèrent une bouche qui, elle, s'ouvrait doucement pour laisser s'exhaler un petit filet d'air qui semblait y être resté enfermé. La flamme d'une des chandelles se mit à trembler. Ce vieux souffle une fois dissipé, un autre, tout jeune, s'empara du corps qu'ils avaient devant eux et le fit respirer aussi faiblement que celui d'un être sur le point de mourir. Les deux hommes eurent peur de la voir ouvrir les yeux, ne voulurent point y découvrir le message de lumière qui leur revenait d'un monde que personne n'avait, autant que faire se pouvait, aucune envie de connaître. En trébuchant à qui mieux mieux, ils sortirent de la pièce au plus vite. Arrivés au bas des marches sur le derrière, Pierre dit aux femmes en noir :

— Vous pouvez monter.

On renversa les coupes pleines de décoction d'herbes sur le vieux tapis grec aux motifs en forme de clé. Pour la première fois, Pierre remarqua alors la présence d'un oiseau aux couleurs criardes qui, tête de côté dans sa cage, le regardait comme s'il venait d'un autre monde. Une envolée de gros oiseaux noirs remonta les marches à grands coups d'ailes noires. Dans une minute, elles se mettraient, à la manière des femmes, à beugler une joie qui ressemblerait à de la douleur. Les deux hommes quittèrent la maison avec toute la célérité du cambrioleur.

Au même moment, le centurion Cornélius était, lui, en train de présider une réunion des sous-officiers les plus âgés de son unité. La chose se déroulait dans sa propre maison, dont les fenêtres donnaient sur la baie de Césarée. Son épouse chantait dans la cuisine pendant que son jeune fils bavait sur un centurion en bois que le charpentier de la garnison avait eu la gentillesse de lui sculpter au couteau.

— Écoutez, les gars, lança Cornélius, la situation n'est pas claire.

En ce qui concerne Rome, ça fait d'ailleurs longtemps qu'elle ne l'est plus. Nous, nous restons mais lui, il s'en va.

— Pas de procurateur ? demanda le décurion Fidélis. On n'en aura plus jamais ? Devant qui sommes-nous responsables ?

— Devant moi, pour l'instant. Et moi, on dirait bien que mes comptes, je doive les rendre au chef qui dirige en Syrie, Lippius.

— Caius Lippius, le reprit un jeune Junius Rusticus qui faisait souvent dans une pédanterie inutile.

— Sauf qu'il va aussi falloir obéir à cet Hérode Agrippa qui arrive de Galilée. « Roi de Palestine », qu'on se dit. Comprend qui peut.

— Ce qui fait qu'on nous envoie à Jérusalem, c'est ça ? voulut savoir Fidélis.

— On aura plus besoin de nous là-bas qu'ici, lui répondit Cornélius. Surtout s'il tient absolument à faire installer sa statue.

— Ça me dépasse, lança un décurion Androgéus qui, à moitié grec et très olive de peau, en était à son troisième décurionat après qu'on l'avait par deux fois rétrogradé pour rixe. Non, je ne vois vraiment pas comment un Juif peut faire un truc pareil. Même à se prétendre roi. Tu parles comme ils vont la lui trancher, la gorge, les autres !

Cornélius déclara alors :

— Il semblerait que ce soit à l'armée romaine de veiller à ce que ça ne se fasse pas. L'armée romaine, c'est-à-dire : nous. Et les copains de Syrie aussi... de gros méchants, tous. Le Dieu Caligula, hein ? Et ce, pour les Juifs autant que pour les Romains ? Non, fit-il encore en se mettant inconsciemment à l'unisson d'un autre centurion qui se trouvait à des milles et des milles de là, la folie du monde, je ne crois pas que je pourrai la supporter davantage.

Sur quoi, il passa sur son petit balcon afin de contempler la rade et les bateaux qui s'y pressaient. Tout cela avait pourtant l'air assez sensé. Et puis il se retourna et, sans voir ses hommes, balaya la pièce du regard. Oui, c'était bien chez lui qu'il se trouvait. Chez lui !... enfin, passons : dans ce lieu bourré de bibelots ramassés ici et là, au gré de divers bazars étrangers qu'il avait visités — tous disaient le mauvais goût, les trois quarts ne valant rien hormis, peut-être, un buffle en bronze.

Il leur demanda :

— Le bon sens là-dedans, vous savez où il est, vous ?

— Tu nous en as déjà parlé, centurion, lui répondit Junius Rusticus.

— Il faudrait que quelqu'un nous en dise davantage, fit Cornélius en baissant les yeux. Le bonhomme que j'ai en tête était ici il y a à peine deux jours. Vous savez, le type qui se trouvait chez l'entrepreneur de marine, un Grec. Il a dit qu'il était parti pour Joppa. Ou Jeffa... enfin, le nom qu'ils donnent à cette ville. C'est un pêcheur. Un dénommé Pierre. C'est lui le patron. On raconte qu'il a fait des choses bien étranges. Il n'empêche : un humble entre les humbles.

— Des choses étranges ? le reprit Fidélis.

— Oh, tu vois ce que je veux dire. Je sais pas quel mot utiliser.

Jusqu'aux mots qui perdent leur sens en ces temps de folie du monde ! Demandez après ce Pierre... à Jappa, ou Juffa. Tout le monde devrait savoir où il se trouve. Tenez ! Toi, Rusticus, et toi, Androgéus ! C'est vous les volontaires.

En fait, c'était sur le toit de la maison de son hôte Simon le tanneur que Pierre se trouvait alors. Il y était grimpé pour deux raisons — la première étant que les effluves du repas qu'on préparait en bas avaient bien du mal à l'emporter sur la puanteur des activités auxquelles on se livrait dans les ateliers situés derrière la maison. Un quartier de mouton vieillissant était en train de se faire tourner et retourner à la broche par une femme qui, mère de Simon le tanneur, était encore plus vieillissante et n'arrêtait pas de râler. Il va falloir attendre, lui avait-elle lancé sans gentillesse. Le temps et les saisons n'attendent personne : ceci, hors de propos. La deuxième raison était, elle, qu'il voulait échapper à la foule qui avait entendu parler de la guérison soudaine d'une jeune gazelle qui, très tôt orpheline, avait dépensé l'essentiel de son bel héritage en vêtements pour les pauvres. Or, desdits pauvres envestimentés par la gazelle, il y avait grand rassemblement là-bas en bas : chacun exhibait ses blessures purulentes et autres membres rabougris en exigeant d'être guéri par la foi. Ce qui ne signifiait pas qu'on fût des plus nombreux à croire. Un escalier permettait d'arriver au toit, escalier au sommet duquel se trouvait une porte, que Pierre avait verrouillée. Epuisé par la violence de ses sentiments, il reposait sous un dais en toile blanchâtre qui le protégeait du soleil. Il n'avait pour toute compagnie que les baquets d'eau de mer dont, en plus de ses tas de crottin de chameau, Simon se servait pour exercer son métier. Un coup de poing se fit entendre à la porte.

— Qui est-ce ?

— C'est moi, Thomas. Ta présence, Maître, est requise afin que d'autres miracles s'accomplissent.

— Dis-leur qu'ils blasphèment ! Dis-leur de prier. Dis-leur que je ne suis rien, et toi non plus.

— Comme si je ne le savais pas que je ne suis rien ! Non, ce que je vais leur dire c'est que tu tiens absolument à piquer un petit somme avant le dîner et qu'ils feraient mieux de s'en aller.

— Non, le dîner, c'est *avant* le petit somme que je le veux. Tu peux l'apporter.

— Par ma foi, tu as bien raison. Cette puanteur n'est pas bonne pour l'appétit. Mais voilà : le repas n'est pas encore prêt.

À n'avoir nul besoin dudit petit somme, Pierre s'endormit néanmoins. Et presque aussitôt fit un rêve — un rêve qui lui apprit combien il avait faim. La lumière qui baignait ce rêve était celle-là même qui brillait sur son toit. Qui plus est, elle tombait sur le même nombre de baquets d'eau de mer — moins un, peut-être — et sur les deux ou trois plantes maigrichonnes qui poussaient là dans des pots. Et puis un chat arrivait sur le toit pour le dévisager. Et puis encore ce chat remarquait qu'un moineau venait d'y atterrir, tel l'éclair se ruait sur lui... et sortait du rêve. Le dais en toile blanchâtre ne restait pas davantage à sa place : s'étant envolé par-dessus la tête de Pierre, il se déployait et fort tendait dans le ciel, à quelque neuf pieds de lui environ. Déjà même il commençait à se remplir des victuailles qu'on avait avalées à l'un de ces banquets romains dont il avait entendu parler. Il y découvrait des flancs de cerfs, un bébé chameau entièrement rôti, des homards qui se contorsionnaient, des crabes qui, quoique sortis tout fumants de la marmite, se battaient encore entre eux, des cochons de lait, des saucisses de porc (que son regard ne pût en transpercer l'enveloppe n'empêchait pas qu'il sût bien de quoi il s'agissait), un chevreau aussi, en train de bouillir dans du lait, celui de sa mère, il ne fallait pas en douter. Du lait, de chèvre ou de vache, reposait dans des pots en terre, tout à côté du rôti de porc. Or, dans ce rêve, il n'était aucune abomination : une voix qui montait des quatre coins du monde lui criait même qu'il n'y avait rien là que de très bon. « Mange, mange. Rien n'est interdit. Tout vient de Dieu. » Mais Pierre s'entendait lui répondre : « *Je ne peux pas. Tout ceci est impur.* » Tonnante, la voix lui répondait : « Dieu l'a purifié. Mange. » Et Pierre s'éveilla. Le dais avait retrouvé sa place. Il entendit Thomas donner des coups de poing dans la porte, lui crier : « T'as dit que tu voulais manger ? Eh bien, mange ! » Pierre se traîna jusqu'aux verrous en vacillant, les tira : cruche, pain et viande qui fumait sur un plateau de bois qu'il tenait à la main, Thomas se tenait devant lui.

Les yeux larmoyants, Pierre lui dit :

— De la chair de cochon. On fait descendre avec du lait de chèvre.

— Beueueurkk ! T'as fait un mauvais rêve.

— On peut manger de tout, Thomas. Il vient juste de le dire. On a le droit de faire comme les gentils.

— Et si tu te réveillais comme il faut, hein ? Et qu'après t'avalais ton repas, hein ? Il n'est ici que bonne provende bien casher. Du lait et du cochon rôti ? C'est que le diable t'aura rendu visite. Beueueurkk !

Pierre était en train de dévorer son mouton rôti à belles dents lorsque les deux hommes de la *speira* italienne arrivèrent à cheval à la maison de Simon le tanneur.

— Qui c'est que vous voulez ? leur demanda sa vieille mère. Qu'est-ce qu'il a fait de mal ?

— Il n'a fait aucun mal. On a besoin de lui à Césarée.

— Quelqu'un en train de mourir ?

— On pourrait dire ça. Oui, quelqu'un en train de mourir mais d'envie... de quelque chose.

Pierre s'assit derrière Rusticus et Thomas derrière Androgéus. C'était la première fois qu'ils montaient à cheval. L'expérience les secoua, ne leur fit guère de bien à l'estomac. Il leur fallut s'accrocher aux ceintures des cavaliers, serrer les flancs brûlants de leurs montures entre leurs cuisses. Il leur arrivait trop de choses nouvelles à la fois. À contre-vent Thomas s'écria :

— C'est pas possible ! Entrer dans la maison de l'incirconcis, non ! Jamais il ne l'a fait, *lui.* C'est s'opposer à la Loi.

— Quelle loi ? Celle qui nous persécute ?
— Nous sommes juifs, nous. Et ceux qui le suivent le sont toujours. La Loi, nous la respectons.
— Sauf que mon rêve à moi l'a fait voler en éclats. Et cette voix d'En Haut qui me disait ce qu'il fallait manger, hein ?
— Quoi ? tu mangerais de la chair de cochon ? Et des homards de la mer aussi ?
— Je le sais bien, moi, ce qu'il signifie, ce rêve. Même que si je n'avais pas été aussi bête, je l'aurais su, le moment où la loi nouvelle fut instaurée ! Au moment même où Philippe baptisait son grand Noir...
— Il n'en avait pas le droit. Pas seulement incirconcis, son bonhomme ! Un eunuque ! Pour ce que nous en savons, un cannibale, quoi !
— T'as le cerveau qui grince aussi fort que les jointures ! lui hurla Pierre. Comme si la foi ne devait pas aussi s'étendre aux gentils !
— Dixit ? gronda Thomas en couvrant le hennissement de sa monture. De toute façon, moi, je n'y vais pas. Sur ta tête, ainsi soit-il.
Cornélius avait rassemblé grande compagnie pour accueillir Pierre. Entendant le martèlement des huit sabots sur la route, il s'écria :
— Parfait ! Portons-nous à leur rencontre.
Pierre faillit tomber en descendant de cheval. Thomas, lui, refusa de bouger avant qu'on ne vienne l'aider. Ils se retrouvèrent dans un petit jardin sur lequel s'ouvrait un grand portail. Thomas se démarqua de toute l'affaire en allant s'asseoir sur un banc de pierre sous un figuier. Sourire incertain, Pierre resta debout, fut fort choqué de voir son centurion se mettre à genoux devant lui. Certains autres, qui, eux aussi, entendaient se conduire comme il fallait, en firent autant. Pierre n'eut de cesse que Cornélius se relève.
— Debout, debout ! fit-il. Je n'ai rien d'extraordinaire. Homme, je le suis tout autant que toi. — L'honnêteté du pêcheur reprenant le dessus, il ajouta quand même : Enfin... des différences, il y en a certaines. La Loi... si tu vois ce que je veux dire.
— Oui, Maître. La Loi de vos ancêtres. Je la connais.
— Je t'en prie : point de « Maître » avec moi...
— Vous n'avez pas le droit de frayer avec l'incirconcis. Pareilles fréquentations vous abaissent. Et voilà que malgré tout, pour moi, pour nous tous, tu vas enfreindre ce commandement. Oui, voilà que tu te prépares à entrer dans ma maison. C'est pour ça que je me suis mis à genoux.
— Entrons, dit Pierre avec fermeté.
Il entendit Thomas grogner sous son figuier.
— Il semblerait que Dieu ne respecte guère les gens. Tant que, nation, on le craint et se conduit bien... bon, bon, cela m'a tout l'air de lui suffire. Tu veux être baptisé ?
Cornélius y alla d'un hochement de tête solennel. Il était en grand uniforme — comme s'il s'apprêtait à défiler.
— Daigne entrer dans ma...

Une figue tomba sur les genoux de Thomas. Il la ramassa et commença à l'éplucher. Le fruit était rouge : mûr. Il se mit à en manger en secouant la tête.

— Une figue romaine… d'un figuier de Rome ! Aurais-je donc Ta permission, ô Seigneur ?… Ach ! Sale affaire !

La cérémonie — on procéda par aspersion —, se déroula dans un petit lac salé près du bord de mer. Aspersion plutôt qu'immersion, voilà qui semblait convenir : demander à des soldats en tenue de se tremper jusqu'aux os ne se fait pas.

Le nom de « Cornélius » était devenu courant peu après que Publius Cornélius Sulla eut affranchi dix mille esclaves et leur eut permis de faire partie de la « gens Cornelia » dont il était le chef. Cela s'était passé quelque quatre-vingts ans avant la naissance de Jésus. Depuis, bien des choses avaient changé. Les esclaves s'étaient transformés en biens privés auxquels il n'était plus que les sots pour vouloir renoncer. Pendant la semaine de braderie des biens impériaux — on y avait vu des esclaves voisiner indifféremment avec des pots de chambre en or, de la statuaire grecque, des haridelles qui avaient fait plus que leur temps et des titres de propriété sur des champs éloignés remplis de ciguë et de mauvaises herbes —, soudain saisi d'une honte inhabituelle, Caius Caligula avait préféré s'absenter de la ville. Il avait assisté à des jeux de deuxième zone près de Néapolis mais n'avait pas détesté les matchs de lutte qu'on lui avait préparés. Le Juif Caleb — qui se faisait passer pour un certain Metellus sans que personne s'y laissât prendre — arrivait à la fin d'une tournée provinciale et semblait mûr, on l'affirmait, pour les arènes de la capitale. Il avait roulé un géant pannonien dans la poussière avant de casser le bras d'un Athénien grimaçant. Caius Caligula avait beaucoup loué son travail. Le Juif Caleb Metellus se serait-il trouvé à Rome avec son empereur qu'il aurait pu voir sa sœur mise en vente au marché aux esclaves sis en retrait de la Via Sacra, à deux pas du Forum.

— Alors on ne monte pas les enchères ? avait lancé le commissaire-priseur à un moment donné. Du bon muscle de Syrie, ça ! Pas une once de graisse dans la bête !

L'individu dont il parlait était un esclave bûcheron au sourire grimaçant.

— Allons, allons, citoyens ! Arrivage direct de la maison impériale ! C'est pas de la camelote, ça ! Je suis sûr que vous pouvez mieux faire… deux mille cinq cents ? Aurais-je bien entendu ?

Les grimaces du Syrien n'étaient rien auprès de la mine qu'avait prise une Sara qui, en plus, s'était débrouillée pour faire croire qu'elle avait une jambe plus courte que l'autre et s'était tordu l'épaule pour avoir l'air paralysée.

— Et une fille de Jérusalem, la cité enchantée de l'Orient, une !

Allons, redresse-toi, jeune fille ! Et cesse de faire la sale gueule ! Comme vous le voyez, on sait plaisanter ! Et on parle latin et grec ! Une vraie perle pour la maison... et déjà pliée au métier... si vous voyez ce que je veux dire, Messieurs ! Alors ! Qui est-ce qui va ouvrir à cinq cents sesterces ? Le vénérable sénateur au fond ? Sept cents. Mes respects, seigneur Lépidus. Personne à mille ? Quinze cents ? Personne ? Vendu à mille au citoyen en toge verte. En or et argent sonnants, s'il vous plaît. Pas de billets à ordre. Injonction de l'empereur !

Toutes griffes dehors, Sara fut emmenée par un acheteur inconnu qui, sans souffler mot, la conduisit jusqu'à un petit jardin public, situé non loin du Vicus Patricius. Il tira alors une paire de petites cisailles de la poche qu'il avait sous sa tunique et se mit à lui couper sa chaîne. Stupéfaite, Sara le regarda. C'est alors que Marcus Julius Tranquillus sortit de derrière un pin parasol et dit :

— Merci, Gracchus. Je me charge de lui ôter ses bracelets.

Selon ses collègues de Jérusalem, Pierre avait passé plus de temps qu'il n'en fallait à Joppa. L'accusation qu'on devait porter contre lui était grave et lui, il en était revenu, disaient-ils, à pêcher des poissons au lieu que des hommes.

— Des hommes, j'en ai assez pêché là-bas, leur répondit-il, et des femmes aussi. Du travail, croyez-moi, il n'en manquait pas et si je retournai à mon ancien métier, ce fut pour gagner assez d'argent pour m'en acquitter. Je ne pouvais plus rester dans la maison de Simon le tanneur tant la puanteur m'y tuait et donc, me trouvai un logement à moi. Ce qui coûte de l'argent. Je m'affiliai à une espèce de...

— De syndicat de pêcheurs ?

— C'est ça. C'est bien le mot dont ils se servaient. Et puis je me dis que je ferais mieux de rentrer ici... La mer pourtant, j'aimais, et le bon air aussi, pas comme ici... donc rentrer ici, histoire de voir comment ça se passait. Après tout, ajouta-t-il sur la défensive, le responsable, c'est moi.

Jacques, fils de Zébédée, s'abstint de lui annoncer qu'il avait pris la direction de l'Église de Jérusalem.

— Thomas nous a appris des choses plutôt troublantes, fit-il.

— Et où est-il, Thomas ?

— Il est parti dans le Sud.

— Dans le Sud ? Qu'est-ce que ça signifie ?

— Il a dit qu'il avait envie de voyager avant d'être trop vieux pour le faire. Il nous a souhaité bien de la chance. S'il allait répandre la Bonne Parole ? Il n'en était pas si sûr que ça. Méditer au soleil, nous a-t-il lancé... va savoir ce que ça veut dire. Il nous donnera de ses nouvelles.

Les deux Jacques observèrent Pierre d'un œil grave. Il ne restait maintenant plus que trois disciples à Jérusalem. Les autres, qui s'étaient rassemblés chez Matthias, n'étaient pour la plupart que des convertis, des pharisiens surtout, au nombre desquels on comptait un ou deux prêtres en froc. Ils avaient l'air encore plus grave que les deux Jacques. Jacques le Mineur demanda à son homonyme :

— Parlerai-je ?

— Parle.

— Bien. L'histoire, la voici : tu t'en serais pris violemment à la loi de Moïse.

Pierre fronça les sourcils d'un air féroce.

— Or, Pierre, tout ce que nous pratiquons est énoncé dans les Écritures. La loi de Moïse n'est en rien altérée par la nouvelle.

— Et c'est quoi que j'aurais fait pour la défier ?

— Pour commencer, tu as mangé des mets impurs... en précisant que les mets impurs, ça n'existait pas... Tu as aussi prétendu que porc, homard et pourquoi pas ? crapauds et araignées, le Seigneur t'aurait affirmé que tout était également bon à manger...

— Oui, j'ai fait un rêve, lui répondit Pierre, un rêve que Dieu m'accorda. Je ne puis vous en donner que ma parole... mais peut-être que vous avez déjà dépassé le stade où l'on accepte la parole de roc sur laquelle l'Église est bâtie. Quant à avaler des trucs avec du sang dedans, oui, je l'ai fait... dans la maison de certain Romain que j'avais amené à la foi par le baptême. Que faire ? Mépriser leur hospitalité ?

— Oui, lui renvoya Jacques fils de Zébédée. Et d'abord, tu n'aurais jamais dû te trouver dans sa maison. C'était bien un centurion romain, pas ?

— Oui, dit Pierre. Même qu'il y avait d'autres membres de sa famille et pas mal de ses soldats qui voulaient devenir nazaréens. La grâce du Seigneur les avait éclairés mais... il faut croire que la grâce du Seigneur a mal agi.

— Et nous qui avions compris, lança un prêtre dénommé Kish, que le destin d'Israël devait s'accomplir avec la venue du Messie ! Or çà, moi, un centurion romain, ça ne me semble pas très proche d'Israël... à moins, bien sûr, que ce ne soit pour saigner le pays et y envoyer des statues blasphématoires afin de profaner la Ville sainte.

— Qu'est-ce que c'est que toutes ces histoires de statues blasphématoires ? voulut savoir Pierre.

— On y viendra plus tard, lui répondit Jacques le Mineur. Chaque chose en son temps.

— Très bien, lui renvoya Pierre. Ce qui signifie que tous les bonshommes devraient se faire trancher le prépuce avant de pouvoir être baptisés... C'est ça ?

— C'est une façon un peu rude de dire les choses, reprit Kish. La circoncision est quand même le signe par lequel Dieu marque qu'Il a choisi un peuple entre tous les autres. Et que ce peuple est racheté par la venue de Son Fils.

— Alors, comme ça, lui rétorqua Pierre, il aurait d'abord fallu que je transforme mon centurion en Juif pour avoir le droit d'en faire un nazaréen ?

— Il n'est pas possible de transformer un homme en Juif, lança un autre prêtre qui répondait au nom de Nathan. Donc, on ne peut devenir nazaréen qu'en étant juif de naissance. C'est aussi simple que ça.

— D'où, reprit Pierre, on laisse tomber les gentils ? Et moi qui croyais me souvenir qu'on nous avait dit d'aller courir tout partout de par ce satané monde afin d'y apporter la Parole à quiconque voudrait l'entendre ! Je ne sache pas qu'il aurait été question d'aller soulever les jupettes de tout un chacun monsieur afin de vérifier si l'on était oui ou non circoncis ! Quant au fait que nous nous souillerions à entrer dans la demeure d'un gentil, je ne me rappelle pas non plus. Bon sang de Dieu, comme si le Seigneur lui-même n'avait pas été plus que prêt à pénétrer dans la maison de certain autre centurion de Rome afin de guérir son serviteur... enfin, vous voyez qui je veux dire.

— Oui, mais il ne l'a quand même pas fait, le rembarra Jacques fils de Zébédée. C'est même le centurion qui déclara qu'il n'était pas digne de cela, ce qui...

— Et le Seigneur ne se serait pas écrié que jamais encore il n'avait rencontré autant de foi chez ces satanés Israélites ?

— Comme s'il y avait eu besoin de nous rappeler de ne pas entrer dans la maison de l'impur ! s'écria Jacques le Mineur. Comme si on ne le savait pas déjà ! Comme si ça ne s'étalait pas partout dans l'ancienne Loi !

— Parfait, dit Pierre en soufflant lourdement. Donc je baptise une douzaine de soldats romains qui croient que Jésus est bien le Fils de Dieu et, en faisant ça, je me conduis mal ? C'est ça ? Et j'avale un morceau de viande de bœuf romain et le fais descendre avec une coupe de lait de chèvre romaine et, là aussi, je fais le mal ? C'est bien ça ?

— Beueueurkh ! marmonna quelqu'un dans l'assemblée.

— Vous me semblez parfois oublier qui c'est qui commande ! s'écria Pierre. Comment ? Il nous envoie une vision ! Et moi, je l'accepte ! Et vous, vous me dites que j'ai tort ! Après ça, on m'appelle pour convertir tout un troupeau de Romains et là aussi, je fais le mal ? Vous me paraissez un peu lents de la comprenette. Le pauvre Étienne, lui, était plus vif. C'est même pour ça qu'ils l'ont tué. Parce que lui, oui, il avait compris que la manière d'autrefois, c'était fini. Les prêtres, les synagogues, la circoncision, tout le menu à la carte détaillé dans le Lévitique... enfin, le grand jeu, quoi ! Non, nous ne sommes plus ce que nous étions.

— Moi, je peux pas encaisser, dit Jacques fils de Zébédée. Pas moyen.

— Dis que tu ne veux pas et on sera plus près de la vérité. Non : il va falloir qu'on vous débarrasse, et vigoureusement, de certaine obstination. Et si jamais notre Caligula qui est pourtant couvert de sang, tout d'un coup, avait une illumination et déclarait vouloir passer aux nazaréens... hein ? Qu'est-ce qu'on ferait ? On dirait : Ah, non, Votre Majesté pleine de sang, pas question d'être juif donc pas moyen de rejoindre nos rangs. Mieux vaudrait que vous vous en retourniez à vos décollages de têtes, débauches à dix épouses et autres enculages de petits garçons ? Moi, j'ai l'impression que vous avez, tous autant que vous êtes, pas mal de choses à repenser.

— Et le Temple ? demanda Jacques le Mineur.

— Quoi : le Temple ?

— Il est encore à nous ? Faut-il que nous nous joignions aux Juifs qui ne sont pas nazaréens et mourions pour lui ?

— Personne, lança Pierre, non : personne ne mourra pour un morceau de pierre, quand bien même ce serait Salomon en personne qui l'aurait érigé !

Pierre comprit qu'il avait le diable en lui mais que ce diable-là était aussi pur que salutaire.

— Quoi ? Alors qu'il pouvait se reposer avec la reine de Saba et dix mille concubines ?

— Tout ceci est assez déplacé, fit le prêtre Nathan. Nous ne nous attendions pas à tant de frivolité de ta part. Les sujets dont nous débattons ne seraient-ils donc point d'une importance considérable ?

— Tu ne m'as pas l'air d'avoir bien compris ce que je disais, Pierre, lui renvoya Jacques le Mineur. Nous faisons toujours partie intégrante de l'histoire juive. Ce qui signifie que le Temple, il faut que nous le défendions. Je suis sûr que Lui, il n'hésiterait pas à s'y dresser avec un fouet pour le... Allons, tu le sais bien.

— Défendre le Temple contre quoi ? lui demanda Pierre d'un air évidemment abasourdi.

Il y avait longtemps qu'il n'était plus là. Tous soupirèrent.

— La statue de l'empereur Caligula, dit Jacques fils de Zébédée, attend aux abords de la ville. T'as dû quand même bien la voir, non ?

— Ce que j'ai vu, c'est une charrette avec des soldats et tout un chargement d'esclaves syriens. Sur la charrette, c'est vrai qu'il y avait quelque chose qu'on avait recouvert d'une toile pourpre. Mais je n'y ai pas prêté plus attention que ça. Une ânerie de Romain de plus, me suis-je dit... Et donc, c'est la statue de l'empereur. Ah... Vous n'allez pas me dire que...

— L'empereur s'est déclaré Dieu, l'interrompit un certain Nébat, qui était prêtre et dont l'accent tout en montées et descentes avait paru réduire l'horrible blasphème à un petit air de musique inoffensif. Il exige qu'on installe son effigie dans le Saint des Saints. On attend l'arrivée du roi Hérode Agrippa avant que ça puisse commencer. Ce qu'on espère, c'est pour ça que nous prions, c'est qu'il fera une déclaration qui épargnera un bain de sang à la Judée. Sauf qu'il se contentera sans doute de temporiser : d'où nos prières, d'où nos espoirs. Il est devenu aussi païen qu'un Romain. Il faut dire qu'il y a longtemps qu'il est l'ami de Caligula. Il n'empêche : il est aussi de la foi de nos pères. Il est d'ailleurs à craindre que, dans sa tête, ceci s'oppose beaucoup à cela. Or, les zélotes sont en train de s'armer... Non : un bain de sang, il n'en voudra pas.

— Profanation, profanation, profanation, entonna le prêtre Kish.

— Bon, bon, dit Pierre. Lui, Il a dit... Il a dit... Il a dit que ce n'était pas ce qui entrait dans un bonhomme qui le rendait sale, mais ce qui en sortait. Allons ! Nous avons du travail à finir. Nous ne pouvons absolument pas nous payer le luxe de nous faire poignarder ou accrocher à une croix... pas pour l'instant en tout cas. Allons ! Il y a du travail à accomplir. Ce n'est pas moi qu'on va pouvoir couper en rondelles à l'épée rien que parce que...

Il n'acheva pas : il avait vu qu'il allait trop loin.

— La statue de Caius Caligula dans le Temple ? Non, on ne peut pas laisser passer ça, ah, non ! Quel immonde blasphème !

Et encore :

— Et qu'est-ce que c'est que toutes ces histoires sur le roi Agrippa ? Quoi ? Vous voulez dire qu'il serait roi de Judée ?

— Comme s'il ne l'était pas déjà de tous les autres endroits ! fit Jacques fils de Zébédée. Ce qu'il attend aujourd'hui, c'est que l'empereur lui confirme sa grande nomination. Caligula a renvoyé le procurateur en Syrie. On dirait que la Judée va de nouveau avoir un roi. Pas pour longtemps néanmoins : se faire massacrer par les Romains ou par ses propres sujets, ce sera à lui de choisir.

— Nous devons parler haut et fort ! chantonna Nébat. Il faut même que nous y soyons les premiers. La responsabilité d'un Israël s'accomplissant dans la rédemption de l'Oint de Dieu, c'est à nous qu'elle incombe. La vraie voie d'Israël, c'est nous.

— Sans parler du fait, reprit Pierre, que nous devons aussi renier le premier de nos martyrs... et mourir pour le Temple. Non, non : il y a quelque chose qui cloche là-dedans.

— Il se pourrait qu'on ne soit pas obligés d'en venir là, fit remarquer Jacques le Mineur.

Le lendemain néanmoins, aux pleins éblouissements de midi, une énorme effigie aussi dorée que grimaçante fut dévoilée aux yeux d'un peuple morose. L'affaire trônait toujours sur la charrette qu'on avait insolemment placée juste devant le Temple : on attendait de faire un très bref mais ultime voyage. Des troupes de Césarée l'entouraient d'une forêt de lances. Frapper tout de suite, nul zélote ne l'osa. On se contenta de marmonner des jurons.

Vêtu d'une tunique très élégante, Hérode Agrippa se fit transporter en litière jusqu'aux abords de la Ville sainte. Aux portes de la cité, Caiaphas à leur tête, les anciens du Sanhédrin l'attendaient. Un chœur chanta une des Lamentations de Jérémie. Lugubre, cette mélodie accompagna la procession jusqu'au palais qui, construit par le grand Hérode, n'avait pour l'instant toujours pas de locataire. Hérode Agrippa daigna monter les degrés de l'escalier extérieur en marbre — pas une marche qui n'y fût aussi longue qu'une courte rue. Hérode Agrippa allait à pied. Si la salle du trône était pleine de poussière, le trône, lui, avait été épousseté. Il n'y prit point place. Il préféra aller s'asseoir sur un siège plus humble à quelques mètres de là. Ce siège étant couvert de poussière, un chambellan l'essuya avec le bas de sa tunique. Hérode Agrippa s'assit enfin. Les membres du Sanhédrin restèrent debout.

Hérode Agrippa s'adressa à Caiaphas en ces termes :

— Le protocole, Votre Éminence, je le connais bien. À propos : pardonnez-moi de vous parler en grec mais mon araméen aurait besoin d'un grand coup de... dépoussiérage. Bien j'entends, poursuivit-il en prenant un plaisir sardonique à prononcer ses grands mots avec force nasillements, qu'il faille encore à mon haut rang d'être confirmé par l'empereur, que par lui mon élévation à la couronne se doive encore d'être ratifiée. Que je suis roi, vous le saurez lorsque je m'assiérai sur ce trône. L'on me dit que certain navire est présentement en train de jeter l'ancre à Césarée. C'est lui qui m'apporte, revêtu du sceau impérial, le document en question. Et c'est ce document qui, Dieu soit loué, nous confirmera qu'à la Judée il revient enfin de compter au nombre des royaumes de cette terre.

— Un royaume de clients, le reprit Caiaphas.

— Être client, tout le monde en reconnaît la valeur. Je ne sache pas que la liberté soit plus qu'un terme relatif. César sera toujours César.

— Étant donné que roi de Judée, tu ne l'es pas encore, dit Caiaphas, je parlerai sans humilité excessive. Si jamais la statue de César devait pénétrer dans le Temple sacré de Jérusalem, le...

— Je sais, je sais : le peuple juif se trancherait la gorge.

— Après avoir eu tranché quelques-unes de romaines. Alors seulement il accepterait son humiliation.

— Allons, Éminence, soyons raisonnable. L'empereur Caius se prend pour un dieu... que dis-je ? pour le seul et unique Dieu qui soit. Tu sais aussi bien que moi qu'il est fou et que les fous, il convient de les ménager. Fais entrer sa statue dans le Temple en signe d'allégeance à la loi romaine et tu verras que ça ne fait de mal à personne. Une simple décoration, voilà comment, peut-être, il faudrait voir la chose.

— La réponse à ça, tu dois pourtant la connaître.

— Je la connais, je la connais. Donc, temporisons. Laisse l'effigie là où elle est pour l'instant. Fais entendre qu'elle symbolise la déférence toute particulière de notre César à l'endroit du Dieu des Juifs : le dieu Caius reconnaît l'existence d'un être plus grand que lui. Si sa statue demeure aux abords du Temple, c'est qu'il entend montrer qu'il n'est que le vassal du Dieu des Armées. Que la rumeur s'en répande. Tu verras alors combien ton peuple, combien mon peuple à moi, sera content d'y ajouter foi.

— Répandre un mensonge ? C'est bien ça que tu veux dire ?

— C'est quoi déjà, la vérité ? Que pour l'instant le peuple s'accoutume à cette effigie impériale. Il sera toujours temps de passer à l'étape suivante.

— Qui serait pour quand ?

— Qui le sait ? Ce sera celle de faire entrer ladite statue à l'intérieur du Temple lui-même. Mais, chaque chose en son temps. Habitués à sa présence, les zélotes mêmes oublieront vite de quoi il s'agit. Qui plus est...
— Qui plus est quoi ?
— Rien. Rien pour le moment.

Ce qu'Hérode Agrippa était peut-être en train de se dire sans avoir, superstition oblige, tout à fait le désir de l'énoncer noir sur blanc ? Qu'ainsi que le veut l'expression, les jours de Caius Caligula étaient sans doute comptés. C'étaient ses rêves mêmes qui le lui disaient, ceux auxquels il refusait de prêter la moindre attention. On a parfois tendance à confondre la relation de certaines de ces images issues d'un cerveau endormi avec celle de faits avérés. C'est ainsi qu'il est des gens pour croire qu'au moment où on l'ôtait de son socle afin de l'apporter à Rome (ceci au propos que le même Caius pût enfin voir sa tête grimaçante au lieu de l'auguste visage bien barbu du père de tous les dieux), la statue du Jupiter olympien serait partie d'un éclat de rire tellement gigantesque que ses échafaudages se seraient effondrés et que, terrorisés, les ouvriers auraient fui. Il s'agit à n'en pas douter de la fantaisie d'un esprit endormi et confus, qui fait penser au rêve qui le réveilla la nuit avant son assassinat : l'empereur s'y vit en effet debout au pied du trône céleste de Jupiter. Le dieu l'aurait alors, tout hurlements et roulades, précipité vers la terre en le frappant de son gros orteil gauche (et non point droit ainsi que l'affirment certains). L'assassinat lui-même ? Le complot en fut ourdi par Cassius Chaéréa et Cornélius Sabinus qui, l'un comme l'autre, étaient tribuns des armées. Le bras qu'ils requirent pour perpétrer leur acte ? Celui d'un Marcus Julius Tranquillus qui, jeune marié, se ravissait de son épouse jusqu'au délire et découvrait qu'homme, on n'a jamais rien sans rien. Ce fut dans la maison de Cornélius Sabinus que les trois conspirateurs se réunirent. Le bonhomme étant grand lecteur, son bureau était plein d'étagères treillissées bourrées de rouleaux.

Amer, Cassius Chaéréa avait attaqué en ces termes :
— Ses crimes, je pourrais encore les lui pardonner. Les crimes ne sont rien.
— Rien ? le reprit Sabinus. Viols, incestes, mutilations, confiscations de biens, exécutions arbitraires et autres sodomisations, tu la connais, la liste de ses forfaits ?
— Un jugement ne saurait se limiter au quantitatif, lui répondit Chaéréa. Reconnaître que le mal l'habite, c'est du même coup accepter qu'il tue le monde entier. Non, moi, ce que je ne peux pas tolérer, c'est l'humiliation de...
— Ton humiliation à toi ?
— Écoute. Moi, voici ce que j'ai à en dire : j'en ai assez qu'il

s'amuse à me traiter d'efféminé en public. Me donner du « petite Vénus » ! À mon âge, en plus ! As-tu déjà vu comment il me tend toujours le petit doigt pour que je l'embrasse mais en prenant à chaque fois la précaution de la tenir à bonne hauteur d'entre-deux ? C'est souvent que des petites choses, à condition qu'on les répète sans arrêt, finissent par rendre fou un bonhomme. Mais non : l'humiliation à laquelle je pensais est celle qu'il ne cesse d'infliger à toute l'armée...

— À la Garde prétorienne ou aux légions ?

— Comme si on pouvait les séparer ! Quand je pense à cette espèce de fausse invasion de la Bretagne qu'il nous propose. On se limite à un deux raids, on fait quelques prisonniers et pendant ce temps-là, lui, il se repose bien confortablement dans sa tente et impose à l'armée d'avaler le mensonge selon lequel il l'aurait conduite à la bataille... à la victoire, pourquoi pas ? sur toutes les tribus du sud du pays ! Et après, bien sûr, grand triomphe à Rome. Ramasser des coquillages, ce n'était déjà pas mal dans son genre mais là, non...

— Et le successeur ?

— Douterais-tu de son identité ? Un homme de bien. Qui boit son vin au mess de la Garde prétorienne tout comme un soldat sans jamais perdre pour autant le sens d'une humilité de bon aloi en présence de ses supérieurs. Un homme sûr qui s'adonne à l'étude. Oui vraiment, le seul homme qu'il nous faut.

Sabinus rumina ces propos un instant avant de se tourner vers Marcus Julius Tranquillus.

— Et maintenant, Centurion, tu sais pour quoi je t'ai convoqué.

— Ce que tu me proposes de faire est terrifiant.

— Ça ! Assassiner quelqu'un qui se proclame Dieu est assurément des plus terrifiant. Mais... et si tu allais demander à ta charmante épouse ce qu'elle pense de la *lex talionis,* hein ?

— Je ne crois pas saisir ce...

— Allons ! Et le crime ? Ça reste sans punition ? Comme si tu ne nous avais pas raconté de long en large comment il a fait fouetter sa sœur jusqu'à ce qu'elle en crève ! L'énormité qu'il y aurait à frapper César te glace ? Pense un peu à la satisfaction de venger la famille. Quoi qu'il en soit, tu ne seras pas tout seul. Qui donc tua ce Julius dont tu portes le nom ? Mais toute une nation qui n'en pouvait plus d'être folle d'appréhension. Ton bras ? Ce ne sera plus le tien. En plus, nous aurons nos dagues nous aussi.

— Certes, dit Marcus Julius Tranquillus, mais le seul assassin à être payé, ce sera moi. Cette somme, je promets de la reverser, avec intérêts, à la caisse de la Garde prétorienne dès que je serai en mesure de la...

— Laisse tomber. Avoir racheté une esclave à César est déjà un joli coup porté à son honneur, dit-il en remplissant les coupes de vin. Allons ! Buvons au succès de l'entreprise et prêtons serment.

— Où et quand ? s'enquit Chaéréa.

Avant le dernier banquet donné par Caius Caligula, tunique romaine et poignets de cuir, un Juif qui répondait au nom de Caleb, mais se faisait appeler Metellus, se porta à grandes enjambées vers les cuisines impériales. Il était enfin arrivé au cœur de ce qui, jusque-là, lui était demeuré inaccessible, le Palatin, où il devait à nouveau paraître devant l'empereur. Cette fois-ci cependant, ce serait à l'occasion d'une réception privée au cours de laquelle on l'opposerait à un lutteur grec qui, cheveux blonds et force immense, avait nom Philémon. Peu de temps auparavant, toute une troupe d'amuseurs professionnels s'était rassemblée dans une antichambre qui donnait dans la salle du banquet. Il y avait là des Parthes avaleurs d'épées, des danseuses de l'île de Lesbos, des musiciens syriens avec gongs, chalumeaux et cithares, une petite bande de lions dressés et deux jeunes panthères — dont une femelle en chaleur — qui copuleraient en public dès qu'on ouvrirait leurs cages séparées au milieu du rond carrelé qui servait de piste d'attractions. Les humains n'ayant eu droit qu'à des friandises et à du vin léger, Caleb avait suivi l'un des serviteurs jusqu'aux cuisines et avait commencé par lui poser une question à laquelle, parce qu'on lui avait arraché le larynx, l'autre n'avait pas pu répondre. Or donc, ainsi il s'était enfoncé dans le grand antre plein de flammes où l'on mettait la dernière main décorative à d'innombrables plats parfaitement fantastiques lorsque, dans l'instant, un marmiton l'accosta et, poêlon en fer brandi d'un air menaçant, lui lança :

— Dehors !

— Vous avez deux esclaves de Palestine, fit Caleb.

Il n'en savait rien mais tenter le coup ne lui avait pas paru déraisonnable.

— Hors d'ici ! répéta le marmiton. Hé, Bubo ! Sors-moi ce type !

Couvert de furoncles, le dénommé Bubo avait pour tâche de gratter les casseroles avant de les laver. Un énorme moule à gelée à la main, il s'avança sur Caleb. Lequel lui montra sa musculature : on grogna. Plus loin, une vieille copine dudit Bubo — elle était en train d'astiquer un plat à pâtisser — ouvrit bien grande une bouche où il ne lui restait plus que quelques dents.

— De Palestine ? demanda-t-elle.

— Tu vois de qui je parle ? s'enquit-il en tremblant déjà.

— C'est-à-dire que... l'histoire est un peu longue...

Cassius Chaéréa et Cornélius Sabinus avaient, l'un comme l'autre, été invités au banquet... Au moment où il entrait dans la salle accompagné de son affranchi qui, Aufidius, portait un sac en cuir où l'on avait, sans aucun doute, déposé le fouet impérial, Caius Caligula qui, en rêve, les avait peut-être vus tous les deux baignant dans une mare de sang, leur cria ces mots :

— Ne craignez rien, Messeigneurs. J'aurai votre peau avant que vous n'ayez la mienne !

Sur quoi il pouffa de rire. Et puis, s'allongeant sans grâce, il ordonna qu'on lui servît le premier mets — quelque monstruosité sans doute (peut-être même s'agissait-il de pâtisseries en forme de nourrisson à l'anus béant sur de la cervelle d'alouette hachée). Caius Caligula pria son oncle Claude de lui réciter quelque chose. Celui-ci se leva avec difficulté, repoussa sa couche afin d'avoir un peu de place et, sans beaucoup bafouiller, annonça qu'il allait déclamer certain passage d'un philosophe inconnu. Ce passage, le voici :

— « À celui qui est tout-puissant est donnée la liberté de faire le bien comme le mal. Le bien étant plus difficile à faire que le mal, il aura tout intérêt à montrer sa ffffforce en s'essayant au bien. Car celui qui ne ssss'attatache qu'au mal, très clairement en est l'esclave, quiquiqui a renoncé à la fffaculté qu'il a de choisir. À gouverner par le mal, on ne gouverne rien. »

Il se rassit dans un silence gêné.

— Qui c'est qui a écrit ça ? lui demanda Caius Caligula. Ce vieux fou de Sénèque ? Un de ces bêlants sectateurs de l'esclave Chrestus ? Y décèlerais-je quelque relent de trahison ? Non, non : espérons que non.

S'étant remis debout, Claude lui répondit calmement :

— Ainsi que je l'ai déjà dit, il s'agit d'un philosophe inconnu. La cinquantaine, on n'a d'autre richesse que celle d'une abondance de cheveux blancs.

Ayant ainsi identifié son auteur, il s'allongea sur sa couche avec une certaine grâce.

— Mais c'est qu'on est devenu assez agile de la langue, Oncle Claude ! lui renvoya Caius Caligula. Le serait-on autant avec son corps ? Il ne me déplairait point de te voir te dévêtir et lutter un peu. Non, point il ne me dégoûte d'assister, de temps en temps, à des spectacles de... voyons : comment dire ?... de gérontomachie ?

— Hélas ! hélas ! César ! Je ne me déplace plus qu'avec lenteur, lui répondit Claude. C'est que je boite, Neveu. Oui, que tout comme l'indique mon nom, je claudique et ne saurais t'offrir qu'un bien piètre spectacle.

— De toute façon, le reprit Caius Caligula, aussi vieux que tu sois, tu ne l'es point encore assez. Allons ! Passons à de vrais vieillards ! Toi, là-bas... Et toi aussi !

C'était à deux antiques sénateurs émaciés, sans dents ni cheveux, qu'il s'était adressé.

— Nous préférerions nous en dispenser, César, lui répondit le plus jeune qui ne l'était guère.

— Préférerionsnouch'endichpencher ? répéta l'empereur en se moquant. Allons, mes révérends ! Amusez donc votre maître ! Pas de prix pour le gagnant. Mais, pour le perdant, une couronne éternelle. Enfin... je veux dire : les ténèbres ! L'*una nox dormienda.* Allez, Aufidius ! Mets-moi ces deux-là à poil !

Et c'est ainsi que les deux anciens se retrouvèrent entièrement nus sous les seuls rires de leur souverain. Stupéfaits, ils furent bientôt face à face.

— Allons ! Qu'on se batte ! Allons, mes petits gérontomaches ! Je veux du sport, du vrai !

Ils se lancèrent dans de grandes démonstrations. Le fils de l'un des deux — il avait nom Licinius Calvinus et importait des animaux sauvages — se dressa d'un bond pour protester mais fut promptement ramené à sa couche par sa gaillarde d'épouse.

— Faudra-t-il que je vous donne du fouet ? lança Caius Caligula. — Et encore ajouta : Ah ! ah ! Serait-ce qu'on aurait gaspillé sa jeunesse à l'étude de philosophes un peu trop sinistres ? Que point on n'aurait assez cultivé les fiertés de la chair ? Allons ! Qu'on se batte !

Arthritiques, ils s'accrochèrent l'un à l'autre. Déjà le plus jeune avait les lèvres bleues. Les deux mains sur le cœur, il tomba.

— M'est avis qu'on essaie de tricher, Messeigneurs ! Oui, m'est avis qu'on a affaire à une mort naturelle. Ah ! Qu'on me débarrasse de ça ! s'écria-t-il agacé. Qu'on m'amène des professionnels ! C'est du sang que je veux voir ! Du sang !

Au moins pouvait-il déjà voir quelque chose qui y ressemblait dans le deuxième plat qu'on lui apportait : contenant Dieu sait quoi sous sa croûte, ce dernier était en effet d'un rouge innommable. Licinius Calvinus tira son père loin de la piste : mourir, on n'avait fait que le feindre. C'est alors que le maître des cérémonies ordonna qu'on fît entrer, avec le Grec aux cheveux blonds, un Juif Caleb qui ne s'était pas encore entièrement remis de toutes les nouvelles qu'il avait apprises. Ils prêtèrent l'un et l'autre allégeance à leur empereur et, sans tarder, s'empoignèrent. Par une astuce bizarre, du beurre chaud gicla du pudding couleur sang. Caius Caligula rit beaucoup de voir que l'exquise Lollia Paulina en avait ainsi l'exquis visage tout couvert. Après quoi il se mit à observer les deux lutteurs d'un œil très critique. Quelque chose ne lui plaisait pas là-dedans : du sang, il n'en voyait toujours pas.

— Enlevez-moi ce géant blond, lança-t-il. Qu'on me le réserve pour les plaisirs du lit. Il y a longtemps qu'on ne m'a pas sodomisé... avec assez de bestialité, dirons-nous ? Et maintenant... toi, là-bas : que l'empereur te montre un peu comment on se bat. Aufidius ?... minou minou minou, miaououou ?

De son sac en cuir, l'affranchi sortit un très beau masque de chat fabriqué en Sicile et une paire de gants en peau de chat, elle aussi, et ornée de griffes acérées. Aussitôt transformé en gros matou bouffi de nourriture et sans agilité aucune, il s'avança sur un Caleb qui en resta fort décontenancé. S'étant redressé, le Juif permit que l'empereur lui entaille les bras. Il regarda le sang qui perlait le long des zébrures que l'autre avait laissées dans sa chair, ne sut plus que faire. Des murmures montèrent des couches où, allongés, on les observait, mais il n'en devina pas le sens.

— Allons, gamin ! Miaououou ! ! Grgrgrgr !

Sur quoi l'empereur lui décocha un coup de patte à l'œil gauche. Il avait manqué sa cible mais lui avait ouvert la tempe. Surpris, Caleb s'aperçut qu'il lui tombait comme un rideau de sang sur les yeux ; il laissa entrer en son corps l'âme de sa sœur Ruth. Il tourna sur lui-même et s'essuya : feulant déjà sourdement à l'injustice, Caius Caligula se retrouva à griffer le vide. S'étant porté vers l'avant, il eut la chance de frapper le Juif à la joue, poussa des couinements de triomphe mais, soudain, sentit qu'on l'avait immobilisé par l'arrière et se mit à battre l'air de ses bras impuissants.

— C'est pas de jeu ! essaya-t-il de crier. Lâche-moi ! Qu'on l'oblige à me lâcher ! Qu'on le tue !

Caleb n'eut aucun mal à soulever de terre son adversaire qui s'escrimait toujours en vain : les petites bottes de l'empereur battirent dans le vide. Et puis il le laissa tomber. Caius Caligula décida de ne plus jouer au chat. Mais dans l'instant ordonna à Aufidius de tuer tuer, tuer le...

C'est alors que Cornélius Sabinus se leva d'un bond et hurla :

— Non !

Le ton d'autorité qu'il avait eu surprit jusqu'à l'empereur lui-même. Caleb s'enfuit. Jamais encore Caius Caligula n'avait vu autant d'ennemis oser se démasquer ainsi. Il arracha son masque et gronda :

— Bande de trouble-fête ! Aucun sens de l'humour ! Le banquet est terminé.

Et puis, suivi de ses sycophantes qui, avec de grands gestes de la main, s'excusaient auprès des statues, des colonnes couvertes de guirlandes et des mets qu'on n'avait point finis, il s'éloigna avec une lenteur très peu impériale. Bouche largement ouverte en un rictus nerveux, Claude regarda Cornélius Sabinus : on voulait dire quelque chose mais l'organe de la parole se refusait à attaquer.

Caius Caligula aurait dû, cette nuit-là, avoir la sagesse de se retirer à Antium : malheureusement, jouer au chat ne lui en avait donné aucun des bons instincts. Le lendemain matin il se rendit au théâtre pour y voir un mime intitulé *Laureolus* : à la fin de la pièce, qui était une comédie, le chef de la bande de voleurs mourait en vomissant des flots de sang. Selon la coutume de l'époque, le dénouement fut joué d'une manière comiquement exagérée, les acteurs se lançant dans une espèce d'antimasque où la scène fut bientôt couverte d'un sirop qu'on régurgitait à qui mieux mieux. Parce qu'il avait mis prématurément fin au banquet de la veille, Caius Caligula avait, un peu plus tard, été obligé de reconnaître qu'il mourait de faim. Il s'était alors gavé d'un pâté de faisan froid aux cornichons : le spectacle de ce sang qui dégouttait de partout lui donna mal au cœur mais il resta incapable de vomir. Peut-être avait-il maintenant besoin de se calmer l'estomac en prenant une légère collation. Il n'arriva pourtant pas à se décider. Sur ses ordres, son oncle Claude se trouvait avec lui : pour n'être pas félin, certain instinct lui disait de ne pas le lâcher des yeux pendant trop longtemps. Il n'avait pas, la veille au soir, agi sottement et, curieuse auréole, dans les propos de l'oncle le neveu avait entendu comme l'écho en creux des débats qui secouaient le Sénat.

Claude lui dit alors :

— Apaise ton ventre. Allons faire une petite promenade.

— Il fait trop froid pour ça.

Il avait raison : on n'était plus qu'à une semaine de la fin du mois de janvier.

— On prendra le chemin coucoucouvert.

Il entendait par là le passage qui conduisait de l'auditorium au foyer des artistes. On se promena. Il y avait là Caius, Claude, l'acteur Mnester et une poignée d'efféminés anonymes. Chemin faisant, l'empereur fut ravi de tomber sur certaine danse de guerre troyenne qu'un groupe de nobles jeunesses récemment arrivé d'une des provinces d'Asie était en train de répéter.

— Splendide ! s'écria-t-il. Exquisement exécuté. Qu'on nous prépare une séance spéciale pour cet après-midi.

— Je ne suis pas au mieux de ma forme, César, lui fit remarquer un des jeunes danseurs avec franchise. J'ai attrapé un très mauvais rhume. Rome est une ville où il fait froid.

— Cela arrive en cette saison, lui répondit-il aimablement. Mais si tu restes avec nous, et nous t'en prions instamment, tu verras que le printemps est merveilleux et l'été parfois d'une chaleur insupportable.

C'est alors que Chaéréa et Sabinus sortirent d'un autre passage qui débouchait à angle droit de celui où se tenait l'empereur. Une partie de la première cohorte de la Garde prétorienne les suivait. Elle était conduite par un centurion dont il connaissait bien le visage. Et ce centurion trembla, de fièvre peut-être, en se frappant la poitrine pour le saluer. Il ne faisait pourtant pas assez froid pour frissonner.

Plein de déférence, Sabinus lui demanda :

— Quel est le mot de passe aujourd'hui, César ?

— Ah... ça ? Bon. Disons... *Jupiter.*

— Alors, par Jupiter, maintenant ! s'écria Chaéréa.

Marcus Julius Tranquillus tira sa dague et en frappa son empereur aux côtes. La pointe de son arme parut rencontrer un os qui résistait mais Caius Caligula vacilla sous le choc, se tourna de côté. Chaéréa le frappa à son tour, lui fendit son impériale mâchoire. Sabinus lui assena un coup de ses deux poings réunis sur la tête. L'empereur s'écroula, hurla dans des flots de sang :

— Mais vous ne pouvez pas me faire ça ! Je suis immortel !

Alors, toute la cohorte dégaina et se battit pour l'achever : trente coups d'épée il y eut en tout, le dernier lui transperçant les parties. Les porteurs de la litière le défendirent avec loyauté mais les coups de perches qu'ils donnèrent manquaient de force. Les gardes du corps de Germanie arrivèrent en courant, tailladèrent tout ce qui se trouvait sur leur chemin. Cornélius Sabinus en eut le poignet ouvert jusqu'à l'os. Hurlant à tue-tête, les Germains furent écartés. César gisait dans son sang. Chaéréa lui arracha sa tunique de pourpre, au loin expédia son cadavre qui roulait. Et puis il chercha Claude. Tout le monde chercha Claude. Il s'était réfugié derrière l'une des tentures peintes (celle du viol de Lucrèce) qui ornaient le passage. Les soldats de la Garde prétorienne virent que la tenture tremblait à certain renflement et, élans d'une violence qui ne s'était point encore apaisée, l'arrachèrent de sa tringle. La toile s'affaissa en vagues autour de lui. Il ne sut y aller que d'un vague « quequeque... ». S'étant avancé vers lui, Chaéréa lui tendit la pourpre.

La nouvelle mit moins d'un mois à atteindre Césarée. Déjà un officier y avait été dépêché de Syrie afin d'y exercer les fonctions de procurateur par intérim en attendant qu'Hérode Agrippa fût confirmé dans son titre de monarque de la Judée. Junius Saturninus il était qui, pour l'instant, se tenait sur le quai en compagnie de Cornélius et d'un manipule de soldats. L'un et l'autre, ils comptaient sur l'arrivée d'un ou deux messages : le premier serait cette confirmation et le second l'ordre réitéré d'aller fourrer la maudite statue de l'empereur dans le Saint des Saints sous peine de mise à mort immédiate de... inutile d'en préciser les noms. Ce à quoi l'on ne s'attendait pas ? À apprendre que Caligula venait de se faire assassiner. Son règne n'avait, après tout, duré que trois ans et dix mois. À peine âgé de vingt-neuf ans, l'empereur avait encore tout le temps de perpétrer nombre de vilenies. Mais déjà ils pouvaient voir un courrier militaire, ou frumentarius, à l'avant du bateau qui entrait dans le port. L'homme s'impatientait même qu'on eût encore à abaisser la coupée. L'ayant enfin dévalée, l'officier tendit un rouleau scellé à Junius Saturninus.

— Tiens, ouvre-le ! lança le procurateur par intérium à Cornélius.

Cornélius en lut le contenu en tremblant et s'écria :

— Dieu merci ! Vite ! Quatre hommes à cheval ! On rejoint Jérusalem dans l'instant. Toi, toi, toi et toi.

— Quelles sont les nouvelles ?

— Qu'il n'y a plus à se casser la tête pour cette statue !

Une distance de trente milles sépare Césarée de Jérusalem. Au coucher du soleil, les gardes à javelot se dispersèrent pour laisser aux zélotes le soin de briser entièrement la statue. Ils commencèrent par la renverser dans la poussière. Quand enfin, marteaux et gourdins, on se mit à y travailler, on découvrit que loin d'être d'or pur, l'effigie n'était jamais faite que d'une pierre de qualité inférieure que l'on s'était contenté de recouvrir d'une couche d'or battu. Cet or fut aussitôt fondu en lingot dont, plus tard, on frappa monnaie du Temple. Déjà mauvaise, l'histoire ne se terminait pas bien : mais est-il jamais de fin à quoi que ce soit hormis celle du Jugement dernier ? Le zélotisme se fit plus vigilant et, mieux organisé, dépensa l'argent de César à s'armer. L'échec des nazaréens de Jérusalem à montrer plus que vague embarras de ce que le Temple allait être profané ne leur fut pas des plus favorable. L'apparition dans la ville d'un Cornélius qui entendait faire ses adieux à Pierre avant de prendre sa retraite marquait déjà combien la nouvelle et l'ancienne foi étaient éloignées. Quoi ? Un sale Romain incirconcis s'agenouiller devant un ex-bon Juif de Galilée pour lui demander sa bénédiction ? Hérode Agrippa se mit à attendre confirmation de sa royauté de la main du nouvel empereur et, ce faisant, comprit qu'à avoir évité de peu un blasphème, il serait bientôt obligé d'en réprimer un autre.

III

À ma grande honte, je remarque que cela fait tout juste un an que j'ai entamé cette chronique maladroite et que, pluie, froid, rhume et herbe trop mouillée pour qu'on la fauche, ce nouveau mois de mai n'a rien de meilleur que celui qui l'a précédé. De mes douleurs physiques je ne dirai rien, sauf qu'elles sont, ce que je leur reproche, responsables d'une longue interruption dans mon travail : il m'a fallu, en effet, me rendre à Médiolanum pour y consulter certain médecin sicilien fort célèbre dans l'art de soigner les maux du bas-ventre. Il n'a pas pu faire grand-chose pour moi, hormis me prescrire un régime plus terne encore que celui auquel je me suis habitué et me conseiller de ne point tant lutter contre une constipation chronique qui, inaction oblige, m'affirma-t-il, avait au moins le mérite d'apaiser l'inflammation de tissus inférieurs qui... mais en quoi cela vous concerne-t-il ? Les ennuis, vous en avez, vous aussi. Néanmoins, le corps et l'esprit ne faisant qu'un, certaines déficiences de mon écriture, et aussi de la mémoire qui la sert, devront être ici attribuées à cette paresse intestinale qui tout autant affecte la chair que le cerveau. C'est chaque jour que j'apporte un mal de tête au bureau devant lequel je m'assois et m'abaisser délicatement sur les coussins de ma chaise n'y change rien : toujours la douleur lacère ma syntaxe comme à grands coups de couteau. Qui plus est, je souffre de ne pouvoir me rappeler avec la juste précision qu'il y faudrait tous les détails d'une histoire qui, mienne et multiple, reprend ce que j'appris à tel et tel autre moment et ne saurait être vérifiée à l'aide de documents d'une authenticité indubitable. Sans parler du fait que je me demande à quoi peut bien servir de dire une époque et une foi mortes sans arriver à m'imaginer le moindre lecteur. Cela étant, je poursuis, et c'est avec une manière de désespoir obstiné.

J'en suis maintenant arrivé au règne d'un Tibérius Claudius qui, accédant à la pourpre à l'âge avancé de cinquante ans, ne semblait pas avoir grand-chose pour l'y recommander hormis la gloire défléchie d'être le frère de Germanicus : faible, il l'était de corps, qui frissonnait au plus haut de la chaleur, boitait et bégayait, et encore s'était par trop longtemps fait cocon d'études inutiles tout ainsi que maintenant il s'enveloppait de laine pour avoir moins froid. Le peuple et le Sénat furent donc fort étonnés de la rigueur de son sens de la justice lorsque aussitôt il exigea qu'on jugeât en public, et par la suite exécutât, les assassins de son prédécesseur Caius Caligula. Marcus Julius Tranquillus, qui avait été le premier à frapper, en fut, pendant un temps, plongé dans une terreur mortelle : on reconnut néanmoins que ce qu'il avait fait, il ne l'avait fait que sur ordre et n'avait donc été qu'instrument obéissant à la volonté et à l'intelligence de ses supérieurs — en conséquence de quoi nul châtiment ne s'imposait vraiment. Cela ne l'empêcha pas de souffrir en d'autres manières.

Plus d'une nuit il revit en rêve l'horreur qui s'était peinte sur le visage de Caius au moment où il avait levé sa dague, réentendit les cris de cochon égorgé que l'empereur avait poussés lorsque, la pointe de son arme l'ayant transpercé, le sang s'était mis à sourdre. Parfois il réveillait son épouse à force de hurler. Ils habitaient maintenant une petite maison qu'ils louaient sur le Janicule. Jardin minuscule, mais d'où ils avaient vue sur toute la ville. Le mois de janvier n'était pas encore terminé lorsqu'un matin, il s'éveilla de son vingtième cauchemar et eut la joie de retrouver la grande lumière de l'hiver et les bras protecteurs d'une Sara qui, pour ne jamais cesser de compatir à sa douleur, commençait à en avoir un peu assez de ces rêves.

— Toujours la même chose ? lui demanda-t-elle.

Il acquiesça d'un hochement de tête et essuya la sueur qui perlait à son front.

— Mais il le fallait, c'est ça ? reprit-elle.

— Oui, il le fallait. C'était la seule chose à faire. Alors pourquoi tous ces mauvais rêves ? Peut-être n'était-il pas de mon destin d'être un tueur.

— Mais d'être soldat ?

Nus, ils l'étaient entièrement et se tenaient enlacés sous une petite couverture en laine aux mailles lâches.

— Tuer des barbares, ce n'est pas pareil, fit-il. Pas que j'en aurais d'ailleurs jamais tué ! Bah ! Ça doit faire partie de notre mission civilisatrice !

Julius avait parlé d'ironie, mais Sara ne comprit pas l'expression latine dont il s'était servi. Quoiqu'elle fût déjà une manière de Romaine, la langue du pays lui demeurait encore habit étranger au même titre que la coiffure à cheveux relevés (qu'elle détestait) et la longue robe à ceinture qu'elle portait pour sortir. Elle laissa ses cheveux noirs se répandre sur le blanc de la laine.

— Les races inférieures, il faut bien leur inculquer la discipline, reprit-il.

Ces paroles-là, par contre, elle les comprit : elle les avait déjà entendues à Jérusalem. Elle lui répondit :

— Tuer, c'est tuer. La vie ne serait donc pas sacrée ?

— La vie en général ? Jusques et y compris celle d'un Caius ?

— Je suis sûre que les nazaréens, eux, te diraient que même celle de Caligula avait son prix aux yeux de Dieu.

Elle s'arrêta à cette pensée, et puis la chassa de son esprit. Julius embrassa son épaule brune et dit :

— Il se pourrait bien que j'aie à tuer des Bretons dans peu de temps.

— C'est quoi, des Bretons ?

— Des gens qui vivent dans un pays nordique à vingt milles nautiques des côtes de la Gaule. J'en ai déjà vu les falaises de craie. Ce que Caius ne fit jamais que semblant de vouloir, Claude, lui, dit qu'il le fera vraiment. Des hommes qui ont les cheveux jaunes et de longues moustaches. Qui ne s'expriment qu'avec des beueuh beueuh beueuh ! Il va falloir les faire passer sous la loi romaine et leur apprendre à prendre des bains !

— La Palestine à l'orient et ces gens-là au nord ! Le monde entier sous domination romaine !

Elle bâilla. Il l'avait réveillée trop tôt.

— « Telle est votre destinée, ô Romains... abaisser l'arrogant et épargner le docile »... Virgile. Et pourtant, ces peuples que nous soumettons et gouvernons sont souvent moins puérils que nous. Les Grecs sont philosophes et vous, vous avez la religion. Nous, nous n'avons que des troupes, des jeux de cirque, des routes et des orgies.

— J'espère que ce n'est pas le genre d'idées que tu t'en vas clamer au mess des officiers.

— Non, peut-être que je n'avais pas l'étoffe d'un soldat. Que je me contente de reprendre la tradition familiale. Mais... qu'est-ce que je pourrais faire d'autre ?

— À quelle heure tu reprends le service ?

— À midi.

— Ah ! aujourd'hui, c'est sabbat. J'avais oublié. Qu'est-ce que tu m'en fais oublier, des choses, tu sais ! Allez : encore une conquête romaine !

— Si peu !

Car ce fut elle qui, la première, tendit les bras pour l'enlacer. Jésus Naggar avait, dit-on, sanctifié l'accouplement de l'homme et de la femme non seulement dans ce qu'il avait appelé les liens sacrés du mariage mais en proclamant encore que pareille institution était de caractère essentiellement privé. « Dieu Lui-même, avait-il déclaré un jour, détourne les yeux des amants qui s'enlacent. » Aurais-je donc, moi, le droit de continuer à les observer alors qu'ils s'embrassent, se caressent et gémissent sous la courtepointe ? Force m'est pourtant de reconnaître qu'il y a quelque chose de thérapeutique à contempler leur extase : déjà mon sang se retire des endroits où je souffre et nourrit les glandes qui, en moi, étaient par trop longtemps restées prostrées dans l'hébétude. Allons-y donc ! Ici unissez vos salives et vos heureuses pilosités, là éprouvez comment l'excitation qui s'est emparée des tissus de vos lèvres déjà suscite, tout ainsi que sur la lyre la corde que point encore on n'a pincée sait être en sympathie avec celle qui le fut, le chatouillement d'autres tissus, comment bientôt la folle soumission à la déesse va culminer en une prière aux accents universels ! Feux d'une manière d'enfer bénéfique qui se mue en paradis dont Dieu est absent et puis ensuite fraîcheurs de limbes qui ont nom gratitude, n'y aurait-il point là assez de religion ? Quoi qu'en disent les rabbins, Vénus existe et cette célébration du sabbat en valait bien une autre.

Ceux qui prenaient la chose plus au sérieux, et c'est à savoir en dédiaient le jour à Dieu, se trouvaient, eux, à leurs synagogues. Convenables pour la plupart, ces édifices avaient été construits dans le style romain, où l'on avait mis toute la richesse des marchands et tous les petits sous des pauvres. Dans plus d'une, ce jour-là, il y eut des troubles : les nazaréens s'étaient remis au travail et prêchaient à qui mieux mieux l'évangile du Fils de Dieu incarné et sa doctrine de l'amour universel. Dans celle qui se dressait non loin du théâtre de Marcellus un sectateur du Christ se montrait particulièrement éloquent, qui était sans doute le Matthieu qui, autrefois, avait exercé les fonctions de percepteur de l'impôt. Comme d'habitude « lapidez-le ! », « au nom du Seigneur, mais quelle est cette abomination ? », on criait au blasphème mais, distingué et moderne, un Juif qui répondait au nom d'Eliab ben Henon se leva, exigea le silence d'une voix tonnante et dit :

— Sachez, mes frères, que ce que vous taxez de blasphème et d'abomination n'a rien de nouveau pour nous autres que l'exil a chassés jusqu'à Rome. Abominations et blasphèmes, il en est de bien pires autour de nous que ce que vous venez d'entendre. Tout ceci n'est, à mon avis, que matière à débats et cogitations alors que les horreurs du paganisme romain sont, elles, l'ordinaire de nos vies de tous les jours. Nous les tolérons et, ce faisant, sommes tolérés nous-mêmes. Depuis peu néanmoins, on rapporte des cas de bagarres déplacées, voire de lapidations, aux alentours de nos édifices sacrés, de coups que l'on aurait infligés à ceux que nombre d'orthodoxes prennent pour les agents diaboliques d'une déviation si dangereuse que les archanges mêmes devraient s'en boucher les oreilles avec les plumes de leurs ailes pour ne point l'entendre. Et maintenant je vous le demande : quelle impression tout cela doit-il faire aux yeux des païens de Rome ? Ne doit-il pas leur sembler que les Juifs sont devenus ramassis d'ingouvernables qui plus ne méritent l'accueil qu'on leur fait ? Comment vont-ils donc réagir à ce qu'ils appelleront probablement nos « désordres juifs » ? Au mieux, ils se contenteront d'exiger des impôts plus lourds. Au pire, ils proscriront une foi qui, à leur idée, attente à l'ordre romain. Voilà pourquoi je vous supplie de prêter une oreille attentive à ces doctrines hérétiques car c'est ainsi que vous les qualifierez sans doute : faites-le dans le calme de l'esprit et avec le désir de ne leur opposer que les raisons de l'intelligence ou de la théologie. Permettez à ces gens de vous dire ce qu'ils ont à vous dire et faites en sorte qu'il leur soit répondu dans la sérénité d'un juste débat. Permettez enfin qu'après cela ils aillent en paix. Ainsi je parle non point pour leur sauver la peau mais pour sauver la nôtre, à nous. J'ai dit.

Et il se rassit.

Ses paroles raisonnables restèrent sans grand effet sur les plus passionnés et les moins tolérants de ses frères assemblés. On se remit aussitôt à vilipender, certains allant même jusqu'à sortir du Temple pour ramasser des pierres. Cela étant, à parler bon sens, Eliab ben Henon avait dit plus vrai qu'il ne pouvait le deviner. Le fait est que peu de temps après, païen certes mais respectable, un sénateur romain du nom de Licinus Novatus devait se faire agresser par une bande de jeunes vauriens juifs alors qu'il prenait l'air non loin de l'Ara Pacis sur le Champ de Mars. On jura qu'il n'était autre que le maître en hérésie Azaniah ben Jeshua. Si ressemblance il y avait, elle ne pouvait être que des plus superficielles, Licinus Novatus n'ayant ni barbe, ni cheveux longs, ni même habits juifs. Malheureusement, un certain nombre de nazaréens avaient renoncé à leurs vêtements juifs et quelques-uns de ces voyous étaient Grecs qui ne se souciaient guère des questions d'aspect extérieur. La bande de jeunes barbus avait certes été repoussée et rossée comme il faut. Mais Licinus Novatus qui, stoïcien et ami de Sénèque, détestait l'esprit de vengeance qui animait la Loi, n'avait pas souhaité pousser les choses plus loin : aussi bien n'avait-il pas été blessé sérieusement. Lorsque, à la suite d'une émeute antinazaréenne, un enfant romain qui se promenait avec sa nourrice se fit accidentellement briser le crâne devant une synagogue sise au pied du Janicule, le Sénat finit pourtant par mettre la question des « désordres juifs » aux débats.

L'empereur Claude ne manquait pas d'ennemis en cette enceinte. L'un d'entre eux, un certain C. Silvius Rusticus, y alla d'un violent discours à son encontre et ce, en sa présence même et devant un nombreux auditoire. Le thème de sa diatribe fut plus radical encore que celui-là seul des rouspétances de la communauté juive.

Il dit en effet ceci :

— Il est de notoriété publique que le successeur désigné à la charge d'empereur a soudoyé l'armée pour qu'elle le maintienne dans le statut qui lui a été irrégulièrement conféré. Malheureusement, il reste encore au Sénat de le ratifier et je doute fort qu'il obéisse. L'expérience que nous avons récemment faite de certains empereurs conduit nombre d'entre nous — la majorité, dirai-je même — à désirer, et ce n'est que raison, le rétablissement de la république. C'est république que Rome fleurit autrefois, c'est république qu'elle refleurira un jour. Monarchie impériale, Rome s'est enfoncée dans la honte, patauge aujourd'hui dans le sang des innocents : non, il ne sera pas facile de disperser la puanteur qui monte de ses massacres.

Les applaudissements furent aussi forts que les cris que poussa l'opposition. L'empereur se leva, fit face à quelques huées mais, mâchoires tendues en avant et javelots qui se hérissaient, son escorte armée se hâta de réduire les plus timides au silence.

Claude lui répondit en ces termes :

— Honorables Sénateurs. C'est avec une gggggrande mmémmémé fiance que jejeje...

Son bégaiement déclencha des cris d'animaux dans les rangs des dignitaires en tunique blanche qui se trouvaient le plus loin de sa garde militaire. L'orateur rougit, eut soudain le cou qui gonflait d'une manière remarquable. Mais, effet d'un miracle aussi temporaire qu'inexplicable, ses empêchements de langue s'apaisèrent presque entièrement et ce fut avec vigueur et clarté qu'il lança ces mots :

— Oui oui... ! Ce sont ceux-là mêmes qui, jadis, accueillaient en silence, voire approuvaient ouvertement les excès de Tibère et de Caius Caligula qui, aujourd'hui, s'empressent au plaisir de potache de se moquer de mes talents oratoires limités ! C'est aux poltrons, aux fanatiques du moi-d'abord, aux zéros qui toujours sont prêts à grimacer sous le fouet du tyran mais jamais n'auraient le courage de voir que le mal qui ronge Rome ne saurait être guéri que par un changement profond des dispositions du cœur et non pas seulement à l'aide de quelque réajustement popopolitique de sa Constitution que je m'adresse en cet instant. Vous avez devant vous le médecin, que dis-je ? le chirurgien qui saura administrer l'émétique qui convient, oui, qui saura exciser l'ulcère. Rome sera ce qu'elle était — État où nul n'aura à craindre l'injustice, dont la capitale sera cité où tous pourront se promener librement après la tombée de la nuit, où le peuple de nouveau sera uni dans un grand retour aux vertus d'antan et à l'adoration des dieux de nos ancêtres, où rien plus jamais ne sera souillé par l'efféminé et l'oriental. Ici, oui, j'en appelle à l'élargissement de la nnononotion même de *Romain.* Que de Gaule, de Germanie ou d'Asie, tous ceux qui souscrivent à notre éthique osent enfin se parer du titre de vrais Romains : ils en ont le droit...

On se récria aussitôt, mais Claude balaya courageusement toutes les objections.

— Sachez que déjà la romanisation des Gaules a commencé. Et avec quelles conséquences ? Celle d'abord que plus jamais nous n'aurons à brandir le glaive contre la dissidence ou la rébellion. C'est avec une grande impatience que j'attends de voir des Gaulois se lever au sein de cette noble assem...

Ricanant, C. Silvius Rusticus se leva d'un bond. L'empereur ne fut point fâché de son interruption : il avait la gorge râpeuse et, sans le petit coup de tisane d'orge dont, en cachette, il se régala alors au goulot de certain flacon, aurait fort bien pu sombrer dans des coassements plus que grotesques. Des choses, il en avait encore baucoup à dire mais Rusticus s'était déjà mis à pérorer :

— Il faut aller plus loin, César ! Que céans notre Sénat se remplisse de cette lie d'Orientaux qui méprisent les vertus de la Rome antique et ne cessent de cracher à la face de nos dieux ! Allons ! Fais donc de Rome le centre abâtardi d'un empire de bâtards ! Qu'y entrent ces Juifs barbus qui toujours marmonnent des prières pour leur Dieu tribal ! Conquiers donc la Bretagne que seulement, couverts de poux et puants de ces peaux de chiens qui à peine masquent leurs nudités, les immondes mangeurs d'huîtres à cul bleu puissent proférer leurs propos de barbares dans cette noble maison et en avilir les marbres éternels !

On rugit son approbation au plus haut. S'étant essuyé la bouche du revers de la main, Claude s'écria :

— Comme trop de professionnels de la rhétorique, le noble sénateur fait ici plus de bruit qu'il ne parle raison. La Bretagne, oui, sera conquise mais il faudra encore bien des années avant d'arriver à la transformer en un peu plus qu'un vassal obéissant ! Quant aux Juifs... Rome n'en veut point.

Enfin le Sénat lui accorda un assentiment presque total. Non des moindres à tendre le poing et hurler leurs « oui oui » furent les imprévoyants qui avaient hypothéqué leurs domaines à des prêteurs juifs.

— Les Juifs, reprit l'empereur, ne sauraient et non, jamais ne le feront, s'assimiler à notre façon de vivre. Leurs chamailleries de sectaires font honte à l'ordre public. Une race d'errants, voilà ce qu'ils sont. Qu'errants donc, ils regagnent la Palestine ou s'en aillent en quelque recoin du barbare Orient. Adorateurs de leur Dieu ou de ce Chrestus d'esclave déifié et c'est là, dans l'un comme l'autre cas, blasphémer contre Rome, le roi juif qu'ils trouveront saura bien les satisfaire. Ce roi, c'est Rome qui l'a nommé. Or donc, on continuera d'appartenir à Rome, mais à distance salutaire. Qu'on paie ses impôts et cesse de nous faire vomir avec toutes ces dévotions superstitieuses, avec ce manque absolu de discipline ! Voilà pourquoi je dis, moi, que si ce n'est point là politique acceptable au Sénat, ce Sénat n'est pas digne de conseiller son empereur !

On y alla bien, question de principe, de quelques miaulements, mais on poussa aussi des vivats. Claude se tourna alors vers le chef de ses gardes : déjà il serrait son épée un peu moins fort. Plein d'une calme suffisance, l'empereur lui fit un signe de tête : qu'il était utile, ce peuple juif ! Ah ! l'excellent moyen de rassembler les loyautés !

Toutes graisses inconvenantes celées sous l'or et la pourpre, Hérode Agrippa Ier était en train de se faire transporter au Temple en litière. Devant lui s'avançaient les anciens de la foi. Devant eux, joueurs de sistre et frappeurs de tambours de diverses tailles, allaient, à grandes enjambées, les discoureurs d'une musique de fête solennelle. Alléluia. La Judée saluait son monarque. Bientôt il allait accéder au lieu où depuis des millénaires les rois se faisaient sacrer, là recevrait la robe et la couronne du pouvoir. Jubilant, le peuple déjà hurlait son nom. C'était sans sourire qu'il accueillait ses applaudissements : il n'était pas, il lui fallait bien le reconnaître, en très bonne santé, les baumes et potions que lui avaient administrés ses médecins n'ayant jamais réussi qu'à lui déclencher des nausées et certains battements du cœur qui fort mal s'accordaient au roulement triomphant des tambours. Il aurait, et de loin, préféré rester au lit.

Aux abords de la foule qui se pressait dans l'enceinte du Temple, tenus à l'écart de la procession par les coups de fouet de gardes aux cuirasses astiquées de neuf, se trouvaient Pierre et Jacques fils de Zébédée.

Jacques dit alors :

— Voilà qui devrait calmer les zélotes. Ils ont enfin ce qu'ils veulent.

Ce fut pourtant à la manière d'un zélote insatisfait que Pierre lui répondit :

— Ne pas s'en aller croire ce genre de chose ! Tout ça, ce n'est que de la Rome en jolis habits. Tu veux que je te dise ce qu'il y a de pire dans ces deux univers ? D'un côté l'arrogance de Rome, de l'autre l'intolérance des prêtres. Enfin on donne à nos ennemis un fouetteur officiel.

— On l'attend ou on se met en route ? demanda Jacques.

— Que certains des nôtres voyagent et que les autres restent en l'endroit.

La procession royale était en train de gravir les marches qui, aussi larges que rues, conduisaient au grand portail. Les musiciens avaient cessé de jouer. A l'intérieur du Temple, des voix d'hommes et d'enfants entonnèrent un hymne : Hérode Agrippa Ier se faisait charrier à son couronnement. Qu'est-ce qu'on serait content lorsque tout serait fini !

De Rome les Juifs ne s'étaient pas encore fait repousser jusqu'à leur royaume natal : la loi qu'on attendait n'avait toujours pas été promulguée. Néanmoins, ceux d'entre eux qui, comptables du Trésor, employés municipaux, etc., etc., occupaient des postes, certes inférieurs mais faisant partie de l'appareil d'État, déjà se voyaient démis de leurs fonctions de manière plus que sommaire. Certains avaient fait semblant de jouer les Romains de sang pur et s'étaient déclarés prêts à prouver qu'ils étaient très païennement respectables en sacrifiant aux dieux. Bon nombre de jupettes ayant été relevées, certaines réalités n'avaient pas pu être dissimulées plus longtemps. Dans l'un des gymnases impériaux, le Juif Caleb, alias Metellus, était, lui, en train de contempler d'un œil triste, pour la dernière fois, croyait-il, les lutteurs et gladiateurs qui s'y entraînaient. Ce fut alors qu'il humait leurs joyeuses odeurs de sueur et se remplissait les oreilles du choc sourd de leurs corps qui tombaient que le chef des jeux lui annonça fort gentiment la mauvaise nouvelle.

— C'est comme ça, Metellus... ou bien est-ce que tu préfères que je t'appelle par ton vrai nom ?

— Donc, ce n'est même plus la peine de faire semblant, c'est ça ?

— Si tu étais riche... disons comme un de ces gros lards d'usuriers... là... enfin tu sais bien ce que tu pourrais faire : l'acheter. Pas officiellement, bien sûr. Mais, ça s'est vu. Oui, Sa Putasse de Majesté Messaline est, en ce moment même, en train de s'amasser une jolie fortune sans rien dire à personne. On n'a jamais vu ça !... Mettre en vente la citoyenneté romaine !

— Bah, fit Caleb, disons adieu à une carrière d'athlète qui était pourtant des plus prometteuses !

— Moi, je te garderais bien, tu le sais... Grec, juif ou moricaud, ça m'est parfaitement égal. T'as tout ce qu'il faut, bonhomme... mais ça dépasse mes compétences. C'est après vous qu'ils en ont.

— Tu sais pourquoi j'étais venu à Rome ?

— Oui, pour étrangler l'empereur à moitié. Bah ! tu y es arrivé. Non, non, je sais. Tu sais qui c'est ?

— Un type de l'armée, c'est tout ce qu'ils ont été capables de me dire. Tu parles d'une... comment c'est déjà, ce mot ?... ah oui : d'une « souillure », comme ils appellent ça chez moi ! Un Romain qui épouse une Juive !

— Ça en fait une Romaine ! Au moins elle est à l'abri, *elle* ! Et ne commence pas à me causer sang pur et sang impur, tu veux ? Pour moi, le sang, c'est toujours pareil et si je te dis ça, c'est parce que j'en ai vu assez couler pour être au courant ! Des Romains siciliens arabes, on aurait du mal à en trouver de meilleurs que moi dans le coin ! Non, être romain, y a pas de mal à ça. Voilà. Navré. Et... bonne chance quand même.

Sur quoi il lui serra la main : peau brune comme noix, nez qui ressemblait à un bec, muscles qui avec l'âge se muaient en graisses, c'était un brave type. Caleb le regarda traîner ses sandales usées dans le sable pour s'en aller rejoindre le dernier géant de Pannonie qu'il avait engagé : un mètre quatre-vingt-dix au bas mot, l'autre attendait qu'il lui enseignât l'art d'arracher des yeux et de casser des doigts. Caleb les quitta dans la tristesse.

Et, toujours dans la tristesse, se mit, l'habitude, à chercher Sara dans les rues animées. Des femmes. Des matrones romaines allongées dans des litières fermées par des rideaux (des patriciennes), des mendiants qui demandent l'aumône d'une voix croassante, le poignet plein de bracelets qui, de temps à autre, sort d'entre les rideaux, jette une pièce. Des commères qui vendent des figues. De jeunes Romaines délurées qui pouffent de rire entre elles. Il traversa un marché de moindre importance : on y vendait du mimosa et des crocus dans des petits pots. Qui à la recherche d'une carcasse d'agnelet, qui encore à celle d'un rôti de bœuf rouge comme vin, d'oiseaux, de raisin de palme et de grosses courges, les ménagères du bas peuple y faisaient leurs achats. Il y avait là une femme qui mettait tout autant d'ardeur à marchander avec un vendeur que si elle s'était trouvée à Jérusalem. Il ne la voyait que de dos : ses cheveux noirs lui coulaient sur les épaules. Il eut comme une boule de pain dur en travers de la gorge. Déjà il s'apprêtait à lui crier « Sara ! »... mais non : ce n'était pas elle. Que faire maintenant ? Se joindre aux mendiants ? Solide, jeune, employable, il n'en restait pas moins juif. Peut-être, à l'extérieur de la ville, sur ces terres où l'on pouvait travailler comme journalier sans que personne se souciât beaucoup de vérifier si, oui ou non, on avait conclu alliance avec Jéhovah, arriverait-il à trouver un boulot sinistre où il lui faudrait manier la houe et l'araire. Sauf que... tant qu'à faire de renoncer à sa quête dans la cité, il valait mieux s'en retourner en Palestine par le premier bateau. Il se vit et entendit en chanteur des rues sans répertoire. Chante-nous une chanson de Sion. Il s'essaya à sauter : vieux soldat, belle dame ! mis en pièces par de sales Juifs dans des contrées lointaines, au service de l'Empire. Sauf qu'il n'était pas vieux. Et que pour avoir faim, il avait faim. Au moment où le boulanger lui tournait le dos pour prendre une boule de deux livres dans son panier derrière le comptoir, Caleb soutira un petit pain ordinaire de la pile que l'autre ne surveillait plus. De l'eau gratuite, il n'en manquait pas aux fontaines qui crachaient. Quelques rues plus loin il s'assit au soleil. Il faisait doux. A deux pas de lui se tenait un fabricant de tentes. Quoique ni l'un ni l'autre, ils ne se fussent salués, il lui sembla qu'il était de sa race. Il mâchonna son petit pain sec avant d'avaler deux ou trois gorgées d'eau de source. Dieu seul savait comment il allait se débrouiller de l'avenir.

Celui de Paul, lui, avait déjà commencé. Assis au soleil, il s'était mis à ravauder une toile de tente dans la grand-rue de Tarse lorsque, dans la foule, il aperçut quelqu'un qu'il était sûr de connaître. L'homme marcha dans un gros tas de crottin de chameau sans le voir, jura entre ses dents, ôta sa sandale et, à cloche-pied, rejoignit un mur contre lequel il s'appuya pour gratter sa semelle avec un tesson. Paul songea qu'il était plus maigre lorsqu'il l'avait rencontré à Jérusalem. Il n'arrivait pas à se souvenir de son nom. Et puis, tout d'un coup, le mot « encouragement » lui vint à l'esprit. Ça y était ! « Fils de l'encouragement » !

— Barnabas ! lui cria-t-il.

Barnabas lui adressa un sourire et, sandale qu'il n'avait pas eu le temps de nettoyer complètement toujours à la main, s'en vint jusqu'à lui en sautillant d'un pied sur l'autre.

— Je commençais à me demander si l'on viendrait jamais, dit Paul.

— C'est vrai que ça fait longtemps, lui répondit Barnabas en serrant la main que Paul lui tendait.

Les doigts en avaient durci à force de serrer l'aiguille en os.

— Juste ce qu'il faut pour s'instruire. Lire. Réfléchir. Prêcher un peu. Cela étant, une certaine impatience, oui : je dois le reconnaître. Même éternelle, la vie est courte.

Barnabas acquiesça d'un hochement de tête. Épigrammes, subtilités et paradoxes. Il allait falloir se débarrasser de tout ça dès qu'il...

— J'ai fait l'erreur de me rendre chez tes parents. Ils m'ont lâché le chien dessus. J'arrive d'Antioche. C'est là que nous sommes censés travailler tous les deux. Tu connais ?

— J'y suis déjà allé deux fois. Mais n'y suis jamais retourné depuis ma dernière... incarnation. Des prostituées dans tous les coins.

— Elles préfèrent le titre de « servantes de la déesse ». Il n'en reste pas moins vrai que, crois-moi si tu veux, ce sont surtout les gentils qui ont envie de se convertir. Oui, les païens ! Et pas les Juifs !

— Je te crois : les païens n'ont pas de préjugés.

— Bah ! Toujours est-il que prêcher la venue d'un messie à des gens qui ne savent même pas ce que c'est ne pose guère de problèmes. *Kyrios, soter* et *Christos,* ça, ils comprennent. Même qu'ils nous appellent *Christianoi.* Voilà, c'est ça que nous sommes aujourd'hui : des chrétiens.

— Tu m'as l'air bien nourri. Et pas de bleus... du moins à ce que je vois. Le travail marcherait donc bien ?

— J'ai besoin d'un coup de main.

Paul y alla d'un grognement d'insatisfaction mal définie.

— Pas de disputes ? Pas d'engagements théologiques ? De l'argile et non point de la pierre, c'est ça ?

— C'est aux Juifs que nous prêchons en premier, la chose est établie. Quant aux Juifs qui ne le sont qu'à moitié, il nous en reste quand même un certain nombre... tu sais bien : ceux qui veulent Dieu sans être pour autant prêts à se faire tailler le prépuce pour l'avoir. Des comme ça, il y en a des tas qui viennent à la synagogue et laisse-moi te dire que dès qu'on leur parle du Christ, ils trouvent que c'est bien la réponse à leurs problèmes.

— Notre nouvelle manière serait donc un compromis ? Je n'y aurais jamais pensé. Mais qu'est-ce que tu leur prêches ? La rédemption du péché et le besoin d'amour fraternel ?

— L'essence même de la foi, lui répondit Barnabas. Et l'essence même de la foi, c'est l'amour. Sauf que bien sûr, c'est un mot qu'il faut redéfinir. Pour beaucoup d'entre eux, cela renvoie à la déesse et à ce que les Romains appellent les *Daphnici mores.*

— Je ne crois pas connaître cette expression.

— Les mœurs de Daphné, Daphné étant ce lieu situé à sept ou huit kilomètres de la ville où ils adorent Astarté, à moins que ce ne soit Artémis, Diane ou autre chose encore. Je ne vois pas, moi, grande différence entre cette dame et Vénus ou Aphrodite. Or donc, adore la fertilité et ça te donnera une déesse de la terre à gros tétons, mais laisse la fertilité à la nature et il ne te restera plus à croire qu'à ce qu'ils appellent l' « acte d'amour ». On ira y faire un tour.

— Je connais déjà. Et la résurrection, tu en parles !

— La résurrection de *Christos* ? C'est-à-dire que... c'est quand même à la base de tout, non ?

— Non, la nôtre de résurrection, la nôtre ! Car s'il fut ressuscité, nous aussi nous le serons. Car si c'est dans sa chair même qu'il est monté au Ciel, nous aussi nous le ferons... et je n'entends pas par là que nous allons nous transporter tous nos petits os et boyaux jusqu'au paradis, non. Tu sais que j'ai beaucoup réfléchi à cette question, Barnabas ? Une affaire très subtile, ça. La chair transfigurée... Parce que ce n'est pas la compagnie des anges que nous allons rejoindre, non : les anges, eux, n'ont jamais connu la chair. C'est à un ordre nouveau que nous accédons... enfin, ceux d'entre nous qui seront sauvés, cela s'entend.

Barnabas poussa un soupir.

— Ce sont des gens simples. Le péché, l'amour et la rédemption, ils ont compris. Creuser plus profond, je ne pense pas qu'ils y soient prêts. Pas tout de suite.

Yeux fixés sur ses pensées et doigts pleins d'une agilité indépendante de leur maître, Paul n'avait de tout ce temps cessé de ravauder.

— Quand partons-nous ? demanda-t-il.

— Dès que tu seras prêt. J'ai de l'argent pour le voyage. C'est une grande ville, Antioche... la troisième du monde ! Des richesses, il y en a en abondance. Aucun souci à se faire pour l'argent.

— Donc... on ne s'envoie pas tout ça à pied ? Un petit coup de bateau et hop, on traverse la baie ?

— Tu es prêt ?

— Des sandales et une tunique de rechange. Je couchais au-dessus de l'échoppe. Il faut que j'aille dire au revoir à Pédaiah... l'homme pour qui je travaillais... Il a un jeune apprenti assez doué : il ne me regrettera pas.

A Daphné, aux abords du désert de Syrie, se dressait un temple païen bien doté en fonds... païens, eux aussi. Il était dédié à une déesse Astarté dont l'effigie en or — le bas-relief était opulent, qui avait plus de six mètres de haut —, avait été clouée à même la brique de la façade. Ladite effigie était plutôt fantastique, où l'ample corps de la divinité était piqué de seins en bien plus grand nombre que les deux seuls qui, même des plus généreux, l'auraient rapprochée de ses adoratrices mortelles et oui, aussi, de la bienheureuse Vierge Marie, mère du Christ. Tout autour de l'édifice, jusqu'à des quatre mètres au-dessus de la tête du spectateur, homme avec femme mais jamais homme avec homme, ni non plus femme avec femme, des représentations de l'acte d'Éros avaient été gravées dans la pierre. Il semblait donc qu'ainsi en fût proclamée bien haut la sainteté procréatrice. Il n'était pourtant qu'une seule image où fût montré le franc assaut de l'épée mâle dedans les profondeurs du fourreau féminin, toutes les autres se contentant de glorifier nombre de fantaisies dont la fin n'avait rien à voir avec une quelconque fructification naturelle. Les pénétrations étaient anales, buccales, axillaires, intercruciales, les baisers d'une grossière ingénuité, les appétits aux limites mêmes du cannibalisme. Grecque et syrienne, l'œuvre soulignait la grande différence qu'il y avait entre l'idée que les Hébreux se faisaient du but final d'un désir sexuel d'origine divine — et c'est à savoir donner des enfants à la tribu et peupler la terre de pâtres et de soldats —, et les élans plus raffinés de villes d'Asie et du Bassin méditerranéen où l'on exaltait plus les moyens que la fin, où, que dis-je ? on encourageait lesdits moyens à s'épanouir en une diversité de manières que seules pouvaient restreindre les limites imposées par l'anatomie. Ce qui fait qu'après avoir autrefois symbolisé la fertilité, la déesse aux multiples poitrines n'exaltait plus aujourd'hui que des extases dont le propos était tout autre. Vénus, elle ne pouvait l'être : Lucrèce ne nous rappelle-t-il pas que cette dernière était la déesse des bêtes en rut mais aussi celle d'une humanité philoprocréatrice ? Comme si les animaux entendaient quoi que ce soit à des extases qui transcendent les simples besoins de la biologie ! Astarté elle était donc, ou Ashtaroth, ce que les Grecs avaient hellénisé en Artémis et les Latins romanisé en Diane, en une déesse vierge donc. Mais de la virginité ne pouvait-on pas dire avec élégance qu'il s'agissait d'un état qui dédaignait les fins procréatrices de l'amour ? Comme l'avait déclaré Barnabas, l'amour avait grand besoin, pour l'ordre chrétien au moins (tel est le terme dont il faudrait user selon Antioche), d'être redéfini. Il se trouvait justement qu'à son idée, Paul était l'homme rêvé pour cette tâche.

Un jour — un mois, environ, après leur arrivée dans cette ville —, un jeune médecin qui, Grec païen, répondait au nom de Luc, descendit du cheval qu'il avait surnommé Thersitès (à cause, peut-être, de sa laideur et de son mauvais caractère) pour pénétrer dans l'édifice sacré. Brun de peau, petit, bien bâti et non sans fortune, il portait un ou deux bracelets en or qui bien disaient le modeste succès auquel il était parvenu dans sa profession. Médecin auquel on a fait appel pour soigner un malade, il entra dans le temple avec retenue. Ce fut même sans être touché par le moindre émoi érotique qu'il y respira un air embaumé où le nard et le bois de santal fumaient encore. Plus loin, une prêtresse entretenait un feu d'où s'élevaient, jusqu'au sourire d'une icône en ivoire de la déesse, des senteurs parfaitement délicieuses. Tout autour du temple, dont le sol avait été astucieusement recouvert d'une mosaïque gréco-syrienne représentant l'accouplement d'Apollon et d'Artémis (le culte d'Astarté était, en effet, issu de mythes solaires et lunaires occidentaux auxquels s'était superposé un mysticisme d'origine asiatique), se trouvaient des cabines fermées, délicatesse oblige, par des rideaux de soie. La prêtresse qui, bien qu'ayant passé l'âge, était encore une belle femme à peau sombre, lui en montra une du doigt. Luc acquiesça d'un hochement de tête avant d'entrer dans l'alcôve qu'on lui avait ainsi indiquée. Il y découvrit, étendue sur un lit, une jeune fille qui souffrait. Prostituée du temple, elle offrait ses faveurs à tous ceux qui pouvaient ou voulaient bien payer, en or, un joli tribut à la déesse dont elle rappelait la puissance. Semblables faveurs s'étaient, au début, étendues, et gratuitement, à tous mais, plaintes des professionnelles séculières de la ville d'un côté et sain appétit du gain des prêtres dirigeants de l'autre, pareilles libéralités s'étaient vu imposer des limites rationnelles. La jeune fille en question, qui s'appelait Fengari, avait les cheveux d'un noir d'encre, était aussi pâle que celle qui, lunaire, portait son nom et, de formes exquises, avait le nez droit et de grands yeux noirs bien écartés. Elle était nue et n'en éprouvait aucune honte. Ne voyant dans cette nudité qu'une simple nécessité clinique, Luc examina de près les taches brunes qui, tels champignons autour d'un arbre, entouraient son sexe.

— Ça fait mal quand on touche ?

— Ça brûle comme du feu.

— Tu as été en contact avec un homme qui n'était pas propre. Sale travail que tu fais là ! Prends cet onguent et frotte-t'en d'abondance. Ah !... Cette potion : à boire dans de l'eau... Et, ajouta-t-il, laisse tomber ce boulot !

— Il ne s'agit pas d'un boulot ! Je sers la déesse ! s'écria-t-elle indignée.

— Tu ne m'impressionnes pas. Un bordel de première classe, voilà comment j'appelle ça, moi... et rien de plus.

— Prends garde que la déesse ne t'abatte.

— Comme qui dirait qu'elle a commencé par s'attaquer à toi.

Lèvres boudeuses, elle lui montra du doigt deux ou trois pièces d'argent qu'elle lui avait préparées sur une commode en cèdre. Il les fit tomber dans sa bourse.

— Disons que tes divins services sont momentanément interrompus, lui lança-t-il d'un ton faussement bougon. Je repasserai dans une semaine.

Il repartit en ville à cheval et, chemin faisant, se récita dans la chaleur du jour les vers qu'il avait écrits ce matin-là. Comme beaucoup de médecins, il avait très envie de rédiger un livre. Ce qu'il avait composé — une manière de poème épique où, en hexamètres homériques, un vagabond de type ulysséen errait d'île grecque en île grecque à la recherche de l'Ithaque de la vérité philosophique — ne le satisfaisait point. Où avait-on affaire à la réalité là-dedans ? Résidait-elle dans le monde invisible des idées ou bien alors se réduisait-elle au tangible plus que grossier de l'ordre naturel des choses ? Il avait lu Platon et Platon, non, n'aurait pas aimé son poème pour la simple et bonne raison qu'il ne s'agissait là que de littérature. Comme si la « littérature », et c'est à savoir un bas mélange d'étranges aventures et de contes fantastiques, pouvait, ainsi qu'il le fallait, embrasser toute la philosophie ! Au moment d'entrer en ville, il la vit — sa philosophie — soudain se recroqueviller dans les airs ainsi que fumée avant de disparaître dans le vent. Marchands, mendiants, enfants sales et nus qui se roulaient dans la poussière mais, surtout, femmes et jeunes filles qui, poitrines tendues et hanches qui, *Daphnici mores,* bien savaient leur rôle dans cet univers de plaisirs, le monde matériel lui criait encore sa primauté. Dans l'une de ses satires — la troisième, pensait-il —, Juvénal s'était plaint des ordures d'un Oronte syrien qui, rivière d'Antioche, se déversait dans le Tibre pour le polluer (Luc lisait aussi bien le latin que le grec). Comme pour lui fournir dans l'instant quelque vivant symbole de ladite pollution, son cheval, Thersitès, s'immobilisa et, ainsi qu'il en avait l'habitude, conchia d'abondance les pavés de la route. Son affaire une fois finie, il réagit de nouveau aux pressions du mors et se remit à trottiner vers son écurie. Celle-ci était louée, tout comme l'était, à deux cents mètres de là, la petite maison où il habitait seul. C'était aussi au bout d'un chemin ombreux que, un entrepôt de quatre étages le surplombant, s'élevait la synagogue où, chercheur incirconcis de la vérité, il se rendait parfois. Serrant bien fort sa serviette dans ses mains, il y alla à pied, après avoir étendu du foin par terre pour Thersitès et fermé à clé la porte de l'écurie. Devant le bâtiment une grande foule s'était rassemblée et cela l'intrigua. On avait l'air de vouloir entrer mais ne le pouvait pas à cause du grand nombre de gens qui se pressaient déjà devant le portail. Il reconnut aussitôt les deux Juifs qui s'en plaignirent à lui. Amos, qui avait une bosse aussi grosse qu'un sac d'avoine à moitié vide enkystée dans le dos, lui lança :

— Quand un croyant ne peut même pas entrer dans son lieu d'adoration à lui... parce qu'il est bourré de gentils... cela dit sans vouloir t'offenser, Docteur... de l'éloquence de quatre sous, tout ça... et attention : des étrangers...

L'autre, un borgne (on était frères en difformités), poursuivit en caquetant :

— Surtout reste dehors, païen de Grec !... A moins que tu ne veuilles absolument qu'on s'en prenne à ton innocence !... Prêcher la résurrection et guérir les malades ! Tu vas y perdre tes clients !

— Qui est-ce ? demanda Luc.

— Ce chauve de nabot cilicien.

Se frayant poliment un passage dans la foule, Luc découvrit un crâne chauve et deux mains qui s'agitaient en l'air. Et entendit :

— C'est la vérité de Son immortalité, oui, et aussi de celle de tous ceux qui croient en Lui qu'il nous laisse. Car son esprit descendit sur la terre et se joignit à notre corps à l'instant même de la conception. L'esprit ne saurait s'épuiser comme le corps et, lorsque avec notre mort il quitte cette vie, il le fait sous une forme altérée. Eternellement nous vivons, et c'est à travers Celui qui sut ramener au Ciel les linéaments d'un homme transfiguré. A s'en retourner là-haut sous la forme d'un esprit purement angélique, point il ne ferait un avec le Père : son être ne s'en distinguerait pas et point on ne pourrait justement le dire Son fils. C'est en S'incarnant qu'Il le devint et demeure à jamais. Mais nous aussi, nous sommes les fils du Ciel, car faits d'une substance qui n'est point angélique. Il a vaincu la mort et Ses partenaires nous sommes dans cette conquête. Vous cherchez le renouveau ? Tous nous le cherchons. Sachez donc que le début en est la simple acceptation d'un pacte avec le divin dont le symbole n'est autre que l'acte du baptême. Mais qu'est-ce que le baptême ? Que je vous l'explique...

Le borgne avait nom Eliphaz. A Luc qui s'en allait, il demanda :

— Impressionné ?

— C'est assez puissant, tout ça.

— Puissamment faux, oui ! Pourquoi ces gens ne nous fichent-ils pas la paix ? Pourquoi les choses ne peuvent-elles pas rester comme elles sont ?

Pourquoi, se dit Luc en lui-même, le monde refuse-t-il d'être borgne plus longtemps ? Sur quoi il s'en retourna à son très simple repas de haricots bouillis et de poissons de rivière grillés. Il sortit ensuite son manuscrit plus que fatigué de sa commode : tout n'y était que ratures, griffonnages superposés et mots intercalés. Il l'étudia en se suçant une dent pour y ôter une peau de haricot qui s'y était coincée. « Ici je chante la quête de certain qui, en dépit des autres/ Fouilla les mers et les îles, qui sous un soleil indifférent/Qui point ne lui donnait de réponses, de réponses à sa seule question enfiévrée... » Peut-être n'avait-il pas l'étoffe d'un poète. La poésie ne se réduisait pas à la seule versification. Peut-être n'était-il pas non plus taillé pour faire un philosophe. Qui plus est, oser narrer les exploits d'un grand voyageur alors qu'il ne s'était jamais aventuré à plus de vingt kilomètres de l'Oronte ! Non, cette quête, il convenait qu'il l'entamât lui-même. Pourquoi s'était-il ainsi englué dans un métier qu'on ne respectait guère dans une ville où la magie et la superstition payaient mieux ? Bref, on commençait à rancir.

Ce fut par hasard que, le lendemain, il tomba sur un baptême : l'affaire se déroulait par grand soleil, sur la rive gauche de l'Oronte. Alors il revit le petit homme chauve en plein travail : le patient (car ne méritait-il pas ce titre ?) ayant été suffisamment trempé, l'autre lui redit l'espoir d'une guérison. Barnabas se trouvait à ses côtés, et Barnabas, oui, il le connaissait vaguement. On faisait dans la magie... enfin : en quelque sorte. Il continua de chevaucher jusqu'au village où, sans la moindre efficacité, il s'appliquait à soigner un enfant rongé par un kyste hydatique. Ventre gonflé où s'étaient incrustées des larves de ténia. Rien à faire pour l'en purger. L'enfant dépérissait. Les baptiseurs étaient toujours à l'œuvre lorsqu'il les recroisa sur le chemin du retour. Pas de mal à ça sans doute, se dit-il. Une petite cérémonie, un geste d'espoir, la foi, le signe extérieur d'une grâce qui ne pouvait venir que du dedans... la grâce : et cela voulait dire... ?

Un homme âgé, qui avait nom Agabus, arriva à Antioche. Grand et musculeux, il avait le regard exophthalmique du prophète et portait une longue chemise en toile écrue qui lui laissait les mollets (poilus) à découvert. Autour du cou, attachée à une ficelle, il arborait une croix sur laquelle on pouvait lire : « L'emblème de la honte ici se transforme en signe de victoire. Alléluia. » S'étant assis au milieu d'un groupe de chrétiens — cela se passait dans la maison de la veuve Agathe, une ancienne païenne qui s'était convertie et autorisait Paul et Barnabas à partager une chambre chez elle —, il se mit à avaler de bon cœur et, pour l'essentiel sans faire de bruit, la nourriture qu'on avait placée devant lui. Il sirota son vin doux de Syrie et, s'en étant léché les babines, rota discrètement avant de lancer :

— Il vous a bien dit de nourrir ceux qui avaient faim et de donner à boire à ceux qui avaient soif, c'est ça ? Oui, c'est ça. Bon, alors : de ces gens qui ont faim, je puis déjà vous dire qu'il va y en avoir partout en Judée. Soyons honnête : jamais je n'aurais cru que cette histoire de donner à boire à ceux qui ont soif serait plus que figure de style dans un pays où l'eau, ce n'est pas ça qui manque. Me tromperais-je ? Non, je ne crois pas me tromper. Or, il ne s'agit pas que de rêves, mes amis, mais bel et bien de faits déjà rapportés : on en est à la troisième mauvaise récolte de suite et le blé a tellement augmenté qu'il n'est plus à portée d'aucune bourse.

— Et il n'y a pas qu'en Judée, reprit Barnabas. Oui, même en Italie. Ah çà ! l'empereur Claude va avoir les mains pleines ! Ou plutôt non : vides !

— Qu'il nourrisse donc les siens ! s'écria un homme d'âge moyen qui répondait au nom d'Asaph. Et les siens, ça devrait inclure le peuple de Judée ! Avec ces Romains, c'est rien que du prenant, prenant.

— Sauf qu'aujourd'hui la Judée a son roi, fit remarquer Agabus. C'est vrai que nourrir son peuple et autres bêtises sans importance, on est au-dessus de ça... ou alors, me tromperais-je ? Non, je ne me trompe pas.

— Qu'est-ce que tu veux au juste ? lui demanda Paul.

— Que vos nouveaux chrétiens apprennent donc ce que sont les tâches bien corporelles de la pitié. De l'argent, ici, il y en a plein. Faites-le parvenir à Jérusalem. Barnabas et toi ne parliez pas d'y retourner ?

— Pour aller y chercher de nouveaux ordres, oui, lui répondit Barnabas. Mais pas avant d'avoir terminé notre travail ici. Nous sommes toujours à court de diacres.

— Du travail, vous n'en trouverez pas de meilleur, pour l'instant, que celui de transporter cet argent jusqu'à Jérusalem. Du blé, on peut en acheter en Égypte et des figues à Chypre. C'est cher mais... comme si on pouvait s'attendre à mieux ! Les prix vont monter. Soyez à Jérusalem avant que ça ne commence. Me tromperais-je ? Que vos fidèles d'Antioche se mettent à penser à leurs frères de Judée ! Elle est riche, cette ville.

— Et les greniers à blé de Judée ? s'enquit Paul.

— Ça durera deux mois, à condition que la distribution ait été équitable. Mais les riches font déjà des réserves. Quant à Agrippa, il compte son or. L'affaire que vous avez sur les bras est urgente. Enfin... question priorités, je ne crois pas me tromper... Non, je ne me trompe pas.

Les taches brunes qui entouraient le sexe de la prostituée du temple, Fengari, avaient moins lâché prise sous les effets des médicaments de Luc que sous ceux du temps et des vertus curatives cachées des fluides de la nature. Ayant quitté l'édifice sacré avec ses pièces d'argent, notre médecin fut tout surpris de découvrir un Paul qui, toujours aussi chauve, se tenait à quelque dix mètres de la façade du bâtiment et là contemplait la déesse dans une posture qui n'avait rien de celle qui convient à l'adoration.

Luc ne put s'empêcher de lui crier :

— Alors, on se rince les yeux du spectacle de son ennemie ?

Paul lui décocha un regard vif.

— Tous ces seins en trop ne la rendent pas très attirante. Nous nous connaîtrions donc ?

— Luc, médecin. Je t'ai entendu prêcher un jour à la synagogue de la « rue Aisch », comme on dit. Juste à côté des entrepôts de farine.

— Moi, je crois bien t'avoir aperçu un jour au bord de la rivière. On aurait dit quelqu'un qui a envie de piquer une tête mais a peur que l'eau ne soit un peu trop froide.

— Ta guérison thaumaturgique, appelons ça comme ça, ne me plaisait guère... Tu sais, le vieillard qui croyait ne plus pouvoir se servir de son bras gauche ? Après, je me suis dit : Bah, guérir, ça a souvent beaucoup à voir avec la confiance... ce que vous, vous parez sans doute du titre de « foi ».

— Et ce serait laquelle, la tienne, Luc le médecin ? Mais... tu sors d'un endroit où je ne mettrais jamais les pieds pour rien au monde.

— J'y pratiquais le peu de talents que j'ai... Une maladie de l'amour.

A ces mots, Paul grimaça : et pourtant, le terme *eros* était bien différent de celui d'*agapê*. Il n'en restait pas moins que dans un mariage qu'on aurait pu qualifier d' « autorisation à user des présents offerts par la déesse », ce n'était qu'en partant du premier sens qu'on pouvait arriver au second.

Luc lui demanda :

— Tu n'aurais donc fait tout ce chemin que pour venir te renfrogner à la vue de la polymammaire ? C'est à cheval que je suis arrivé et à cheval que je vais m'en retourner : je te présente la très ombrageuse Thersitès. Si tu veux monter derrière moi...

— Merci, dit Paul. Quant à la polymammaire... pour grotesque qu'il soit, ce terme a quelque chose de joliment homérique... sache qu'elle est et n'est pas mon ennemie... si tu vois ce que je veux dire. J'étais justement en train de songer à notre mère Eve, oui, celle-là même qui nous mit au monde et, curiosité de femme oblige, s'étant mêlée de choses qui ne la regardaient pas, fit la découverte du péché. Comme si, ici, les enlacements de la chair n'étaient point glorifiés d'une manière qui va à l'encontre de la nature ! Or, derrière tout ça, il y a Eve... quelque part. Si je crains l'ennemie, j'eus, moi aussi, une mère.

Sur quoi il resta planté là, à ruminer, pendant que rongeant son mors de ne point trouver l'herbe, la rosse de Luc se mettait à grignoter le poteau auquel on l'avait attachée sur le parvis du temple.

— Il n'est pas du tout dans mes intentions, reprit-il d'un ton où perçait le défi, de partir en guerre contre les femmes. Cela étant, la déesse n'a rien d'une apparition ou d'une fiction de l'esprit. Pour être réelle, elle est réelle ! Et donc, il convient de la combattre. Au-delà d'elle, il n'est, comme tu peux le voir, que du désert. Non, point elle ne règne sur des étendues plantées d'herbe, d'arbres ou de blé.

Ayant soupiré, il conclut :

— Très ennuyeuse, cette déesse.

Les doigts de Paul — et ils avaient durci à force de ravauder de la toile — s'enfonçant dans les reins de Luc — on n'avait aucune envie de perdre l'équilibre —, ils chevauchèrent ensemble jusqu'à la ville.

Paul dit soudain :

— Tu n'as toujours pas répondu à ma question... Enfin, je veux dire : celle sur ta foi.

— Me jeter à l'eau, je n'y suis pas encore prêt, lui renvoya Luc. Elle est toujours trop froide.

— Le temps de réfléchir, certains en ont besoin. D'autres, eux, sont brusquement saisis d'une révélation et c'est à peine si la pensée arrive à entrer en ligne de compte. Bah... prends ton temps. Peut-être t'y seras-tu jeté quand je reviendrai.

— Tu quittes Antioche ?

Aussi gibbeuse que le maussade Amos, la lune était en train de monter au firmament.

— La déesse, dit Paul, n'est jamais que métal mort. A cela près que c'est avec le métal mort que l'on peut acheter de la nourriture. Oui, je pars pour Jérusalem et j'ai les poches bourrées d'argent d'Antioche. Mais je reviendrai.

Étant entré dans la ville pleine de l'entrain des inconvertis, Paul se reprit :

— Ah ! Dieu ! ce que j'aimerais que ce fût vrai ! Enfin, je veux dire : que la déesse ne fût plus que métal mort, fit-il.

De la Garde prétorienne, Marcus Julius Tranquillus fut transféré à la 9e légion, la chose pouvant s'interpréter comme un geste de méfiance sournoise de la part de l'empereur en personne : si c'était de faire couler le sang qui l'intéressait, mieux valait qu'il s'y adonnât chez les barbares. Claude, lui, méprisait la nomination et les emblèmes royaux que le Sénat lui avait triomphalement offerts : un triomphe, on en voulait un, mais authentique et c'était en Bretagne qu'on cherchait à l'obtenir. Or, pour avoir effectivement envahi le pays, l'empereur dont la famille de Julius se proclamait parente — côté patricien, cela s'entend — n'avait pas réussi à le conquérir. L'imposture de Caligula, vous la connaissez déjà. Un jour donc, Claude avait fait voile d'Ostie, Julius l'accompagnant à la tête d'une formation d'officiers qui, plus tard, seraient versés dans une 9e légion qui, à cette époque-là, était stationnée en Gaule. La traversée n'avait pas été des plus faciles. Ils avaient presque fait naufrage, à deux reprises, au large des côtes de Ligurie et l'alerte avait été chaude lorsque, non loin des Stoechades, une tempête s'était soudain déchaînée. On n'en avait pas moins rejoint Massilia sans encombre pour, de là, rejoindre Gesoriacum à marches forcées. On avait alors, par temps clair, fait la traversée de la Manche. De l'autre côté des barbares attendaient de pied ferme. Ils n'en avaient pas moins été réduits sans grand mal.

Claudius s'installa alors dans une tente d'apparat plantée au cœur de terres basses des plus riches et, là, admira le potentiel agricole du Sud de la Bretagne. L'heure d'une colonisation intensive n'avait pourtant pas encore sonné : le but immédiat de l'affaire se réduisait toujours à amasser du butin et ramener quelques barbares à boucles blondes dont on agrémenterait le triomphe impérial prévu dans la capitale. Officier supérieur qui avait beaucoup d'expérience, Marcus Crassus Frugi ordonna donc qu'on incendiât plusieurs campements locaux et massacrât leurs habitants, sans distinction d'âge ou de sexe. Dans des charrettes romaines furent aussitôt empilés un grand nombre d'objets indigènes qui bien démontrèrent qu'aussi compliqué qu'il fût, l'art n'était pas forcément le signe d'une haute civilisation. Décorés d'enjolivures très travaillées, les boucliers, épées et vaisseaux qu'on y entassa étaient en bronze et en fer.

La carrière militaire de Julius ne devait pas durer longtemps. À trois kilomètres de la côte environ, il était, avec ses compagnons de raid, en train d'enchaîner une file de prisonniers avant de commencer à les pousser jusqu'aux bateaux lorsque, risquant un œil à travers un buisson, deux guerriers bretons isolés découvrirent le spectacle d'un officier romain qui, jambes nues, donnait des ordres à tout le monde : on lui lança des javelots. Si le premier n'arriva nulle part, le second, lui — et, bien dirigé, il avait une pointe aussi tranchante que rasoir —, se planta dans sa jambe droite. Julius jura beaucoup en essayant de l'en retirer à deux mains : l'arme s'étant enfoncée profondément dans sa chair, il fut obligé de faire appel à un soldat du rang. Celui-ci lui dit sa commisération en gloussant comme une poule et arracha le bois du javelot : la pointe, elle, resta à l'intérieur. Julius s'évanouit. Il ne revint à lui que pour se retrouver allongé à la proue d'une péniche : brumeuse, une ligne de falaises crayeuses disparaissait de plus en plus dans le lointain. Dédaigneux, des prisonniers bretons tout en muscles le regardaient souffrir ; jamais pourtant ils ne lui dirent prendre plaisir à sa douleur. Il y avait aussi là un ordonnance qui épongeait son sang avec un bout de tissu en laine blanche dont les fibres ne cessaient de se prendre aux lèvres de sa blessure.

— M'est avis qu'y a quelque chose de sectionné à l'intérieur, Chef. Vaudrait mieux s'en remettre à la nature, comme on dit. Tu vas pas pouvoir défiler pendant un bon bout de temps.

Le compte rendu impérial ne parla ni de batailles ni de pertes — et c'est à savoir de tués du côté romain. La partie sud de l'île avait déjà été, pour l'essentiel, soumise et pourvue de garnisons. Le lent processus de colonisation pourrait, dans un avenir proche, être entrepris avec tout ce qu'il y fallait de gravité romaine. Dans la capitale, le triomphe de l'empereur fut des plus grandioses mais Marcus Julius Tranquillus ne put y assister. Il resta chez lui avec son épouse qui venait juste d'accoucher d'une fille. Sara tenait absolument à l'appeler Ruth alors que son père, lui, aurait bien aimé commémorer le souvenir d'une de ses tantes en lui donnant le prénom de Flavia. Flavia ou Ruth : on usa de l'un et de l'autre selon les circonstances. En boitillant tout autour de la chambre à coucher,

Julius berça le nourrisson qui hurlait. Sara contempla la scène du fond de son lit, ne dit rien de ce qu'elle ressentait. Même là, sur les pentes du Janicule, on entendait le bruit des buccins du triomphe.

Debout sur son char, Claude avait un sourire radieux. Il portait la couronne de chef de la flotte qui, ornée d'éperons de navires stylisés, symbolisait sa conquête de l'océan, et c'est à savoir de quelque vingt milles nautiques dans la Manche. Derrière lui, aussi belle que la lune, chevauchait l'impératrice Messaline. Elle avait, ce matin-là, exigé de son très uxorieux époux qu'il lui fît don d'une escorte militaire : elle avait, lui avait-elle dit, beaucoup d'ennemis. Claude lui avait répondu qu'il verrait ce qu'il pourrait faire. Derrière elle s'avançaient les généraux victorieux : étrilleurs de barbares à culs nus qui puaient le vieux chien, ils avaient revêtu la toge à revers pourpre qui rappelait tous les honneurs auxquels ils avaient accédé. Ayant pourtant gagné le droit d'en porter une à la suite d'une campagne récente — et celle-là, il l'avait menée contre un ennemi bien réel, les Danubiens à cheveux roux —, Marcus Crassus Frugi avait, lui, dédaigné d'en parer à nouveau sa personne. Habillé d'une tunique brodée de palmes qui n'avaient rien à voir avec les arbres qui poussaient sous les brumeux climats du pays qu'au nom de son empereur il prétendait avoir conquis, il se contentait de chevaucher une monture richement caparaçonnée.

Pendant ce temps-là, à Jérusalem, Hérode Agrippa Ier était en train de surveiller une séance de torture. La victime en était un jeune nazaréen ou plutôt, restons-en à la terminologie en vigueur à Antioche, un jeune chrétien que, Simon fils de Cléophas, nous avons déjà rencontré et puis quitté. Aux tortionnaires, le roi lança ceci :

— Essayez encore.

Les deux hommes en robe — s'il était séant que les tortionnaires allassent à moitié nus, il faisait quand même assez froid dans les caves royales — ramenèrent les bras de Simon fils de Cléophas dans son dos et les lui tordirent presque jusqu'à ce qu'ils cassent.

Simon hurla :

— Puisque je vous dis que je ne sais pas !

— Bon... mais ce Pierre, insista Hérode Agrippa. Pour la dernière fois... où est-il ?

— Ils ne sont pas à Jérusalem.... Non, aucun d'entre eux.

— Menteur ! Ils se cachent, c'est ça ? Mais où ? Je veux le savoir.

— Mais je n'en sais rien, moi !

Le roi s'assit sur un petit tabouret et regarda Simon d'un œil sévère. La cave était historique qui, taches de sang séché sur ses murs blanchis à la chaux, portait encore les traces du passé. C'était là que son grand-père, Hérode le Grand, avait surveillé les supplices auxquels avaient été soumis les serviteurs de ces Rois mages qui, de l'est, refusaient de dire où ils se rendaient. Ils le savaient bien pourtant — et leurs serviteurs devaient donc bien le savoir aussi —, mais avaient préféré mourir d'un éclatement du cœur, ou autre, plutôt que de l'avouer. Ce que lui, son petit-fils, était en train de faire en ce moment avait ainsi tout à voir avec l'échec d'un Hérode le Grand qui jamais n'avait réussi à obtenir la réponse qu'il voulait en cassant des os. Que l'enfant eût trouvé refuge en Égypte ne l'avait pas empêché d'être, dans un certain sens, responsable de la mort plus que cruelle de tous ces innocents. N'aurait-il jamais vu le jour que ces meurtres n'auraient pas eu lieu. Ceux qu'il envisageait maintenant étaient plus politiques.

Il dit :

— Hier, on t'a vu avec l'un d'entre eux. Qui ?

— Mais je n'ai... Non, je ne...

— Son nom !

Le gamin s'évanouit.

— Baptisez-le encore un coup ! ordonna Hérode Agrippa en plaisantant.

Un plein baquet d'eau de l'Hébron trempa l'enfant jusqu'à la moelle. Il retrouva ses esprits dans un frisson.

— Allons !... Il s'appelait comment ?

Cette fois-ci, un os se brisa, mais sans faire de bruit qu'on aurait pu entendre dans la grande cave vide. Avant qu'un deuxième ne se casse — et la réponse fut arrachée de manière bien plus brutale que s'il s'était agi d'un simple interrogatoire —, Hérode Agrippa obtint le renseignement qu'il cherchait. Il partit alors rejoindre un vieux Caiaphas qui, jambes qui ne marchaient plus déjà, était obligé de se faire porter partout. Ensemble ils s'assirent dans l'un des parloirs royaux dont, aux yeux du vénérable prêtre, le mobilier avait quelque chose d'effroyablement païen. Hérode Agrippa vit aussitôt que son interlocuteur ne goûtait guère, mais n'en dirait rien, que l'on eût un ventre royal aussi gonflé : il ressemblait plus au fruit monstrueux de la complaisance qu'à ce qu'il était vraiment — et c'est à savoir malade, oui : malade, très gravement malade. On le guérirait néanmoins. Son médecin en chef attendait une purge infaillible qui devait arriver de Chypre. Hérode Agrippa pensait beaucoup à la mort, mais toujours pour les autres.

Il dit :

— Ce Jacques est donc, de fait, le grand patron des nazaréens du coin. Cela étant, c'est surtout Pierre que je veux. La tête, c'est lui. Qu'on la lui coupe et tout le mouvement s'effondre.

— Tu en es sûr ?

— Bah ! que je le sois ou pas, le peuple, lui, y trouvera son compte. Tenir la populace en joie ne serait-il pas un devoir royal essentiel ?

— Tu pourrais aussi lui faire plaisir en lui donnant du pain.

— La situation s'arrangera. La récolte promet d'être sensationnelle. Mais... pour en revenir à Jacques : j'ai découvert où il se cachait. On pourrait le juger sommairement et faire retomber la responsabilité du manque de blé sur les nazaréens. On parlerait déplaisir de Dieu, *et cætera, et cætera.*

— À ceci près, lui renvoya Caiaphas, que Jacques ne s'en est jamais beaucoup pris à la loi juive. Même à diriger les nazaréens, il s'est toujours montré attentif à ne pas mettre Juifs et gentils sur un pied d'égalité. Les trois quarts des gens ne voient en lui qu'un bon Juif orthodoxe qui, malheureusement, croit que le Messie est arrivé et puis s'en est allé. Des ennemis, je ne sache pas qu'il en ait.

— Bon, d'accord, lui concéda le roi. Mais si c'est à Pierre et à ceux de ses compagnons qui sont encore là qu'on veut s'attaquer, alors, trancher la tête de Jacques le met hors course... et les autres avec lui. Il n'en reste pas moins que c'est surtout à Pierre que je pense. Le vrai blasphémateur, c'est lui. Jacques, on l'a sous la main — c'est tout.

— Moi, ça me met mal à l'aise, tout ça, lui remontra Caiaphas. Enfin... un peu. Non, celui qui ne me donne aucun scrupule de conscience, c'est ce Saül qui, aujourd'hui, se fait appeler par un autre nom. Un renégat, et de son propre aveu, en voilà bien un. Or, je me suis laissé dire qu'il se trouverait justement en Judée.

— Mais c'est qu'on est très rusé ! Et prêt à plaider qu'on a tous les droits d'un citoyen romain ! Non, trop dangereux, tout ça, trop difficile. En plus, il ne serait pas expédient de l'attraper même si on le pouvait. Il ramène de l'argent d'Antioche afin d'acheter du pain pour le peuple. Or, le peuple étant idiot, il serait dur de le convaincre que le bonhomme est un criminel.

— Comme si les bonnes actions avaient le pouvoir d'effacer les crimes !

— Peut-être, mais va donc le dire à des gens qui ont faim ! Je préfère leur faire croire que s'il y a actuellement pénurie, c'est de la faute des nazaréens. Dieu n'apprécie pas l'hérésie et fait retomber son mécontentement sur l'ensemble du peuple juif. Comme il Lui fera plaisir, au Seigneur Dieu, le sang de Jacques ! Quelle douce odeur il aura à Ses narines !

— Et pourtant, soyons audacieux, Votre Majesté ne croit à rien de tout cela.

— Oh ! une seule foi pour un seul peuple ? Si, j'y crois. Question de ligne politique. Et, naturellement, je crois aussi à la divinité. Tiens, je crois même à tous les attributs humains qu'on y attache. Sache que Caius, qui aujourd'hui pourrit en enfer, si enfer il y a, m'a appris quelques petites choses là-dessus. Le roi est l'Oint du Seigneur et donc, le représentant visible de Dieu sur la terre. Alors, quand est-ce qu'elle y entre, mon effigie, dans le Temple ?

— Ce n'est pas possible... et tu le sais bien. Le Sanhédrin y est unanimement opposé. Dans ton intérêt même. Ne pas oublier que, quoi que tu désires, nous avons une foi à garder.

— Oh, oui ! La foi éternelle et sacrée du peuple juif en ce père si aimant et haïssant et encore si vengeur et plein de miséricorde de toutes ses tribus ! Pardonne-moi ce scepticisme *entièrement* privé. C'est que je connais le monde, moi ! J'ai vécu à Rome, s'entend.

Jacques fils de Zébédée fut ramassé, sans grande difficulté, dans la cave de Cléophas. Après l'avoir emprisonné sans jugement, on le conduisit un jour dans l'avant-cour du Temple afin qu'il y fût exécuté à la romaine — et c'est à savoir, tête sur le billot pour décapitation à l'épée, cette dernière étant très solide, large et exquisement affûtée sur ses deux tranchants. Il s'avança, mains liées devant lui, conscient de ce qu'il était le premier des apôtres à aller à une mort de martyr et donc, fort perversement satisfait de la chose. Son garde personnel, Ezra, l'accompagnait. Avec le bourreau, on gagna le billot sous de légers roulements de tambours. La foule était murmurante mais ne criait point. Hérode Agrippa s'assit sur un trône portatif. Ayant levé le doigt pour qu'on mît fin aux roulements de tambours, il s'adressa à ses sujets, en criant, le moindre élan de la voix le poignardant jusqu'en ses parties :

— Peuple de Judée, frères de la sainte foi, nous sommes ici rassemblés afin d'assister à une juste exécution : nuisible est l'hérésie qui s'attaque à notre religion. Si ceux qui s'en rendent coupables ont jusqu'ici bénéficié d'une belle tolérance, c'est parce que le peuple juif a grand cœur et point ne se laisse aller aux préjugés. Cela étant, la souillure des gentils nous rend malades et déjà a raison de notre bienveillance. Israël est un tout et ce tout doit demeurer. Un seul peuple uni à sa foi nous sommes et la force de cette foi ne saurait trouver expression que dans l'unique passivité de la piété ! Qu'aussi y brille donc, de temps à autre, l'éclair de l'épée qui punit justement. Surtout, permettez que je le dise, lorsque le Seigneur Dieu nous montre Son déplaisir. Serait-ce donc qu'Il ne nous dit point Son mécontentement en nous frappant de famine ? L'homme que vous avez devant vous a été justement condamné. Bourreau, fais ton travail.

Alors, le garde du corps Ezra prit la parole d'une voix claire :

— Permets, ô Roi d'Israël, lança-t-il, que je dise ceci : gardien de Jacques depuis le jour même de son arrestation, je ne trouve en lui que du bien. Voilà pourquoi je l'ai rejoint dans sa foi. S'il mérite la mort, alors, moi aussi, je la mérite. Mais je ne mourrai pas avant d'avoir dénoncé ici l'injustice de ce massacre de bouchers.

Hérode Agrippa se mit à hurler :

— Si c'est l'épée du bourreau que tu cherches, ose donc poser la tête sur ce billot ! Au moins saurons-nous si le tranchant en est suffisamment affûté ! Apprends en effet qu'à l'hérésie tu ajoutes le très grand péché de la trahison. Bourreau !

Tous ne regardèrent point sa décapitation. Il y eut des femmes pour détourner les yeux et empêcher que leurs enfants ne la voient. Dans la foule se trouvaient aussi des gardiens du Temple et certains hommes de la police secrète auxquels on avait enjoint de surveiller tous ceux qui, sectateurs de la foi nazaréenne, auraient, en catimini, quitté les lieux où ils se cachaient afin d'assister à la fin de leur premier martyr apostolique. Alors que, bien salement tranchée, la tête d'Ezra était jetée aux chiens et que, déjà, on essuyait avec un chiffon humide le sang qui avait coulé sur le billot, l'un d'entre eux montra quelqu'un du doigt. Vieillard à barbe grise, le bonhomme ne cessait pas de regarder dans tous les sens. Ayant vu qu'on le désignait du doigt, il essaya de se perdre dans la foule. Toujours à attendre que son billot fût enfin parfaitement propre, Jacques regarda, lui aussi, autour de lui et, d'un signe, trahit toute l'alarme qu'il avait de ce que son exécution pût mettre en danger un de ses frères, voire plusieurs. Son émoi fut remarqué. Bien vite cependant, il ne fut plus en mesure de continuer à trahir quiconque en toute innocence : sans que l'aide-bourreau ait à l'y contraindre, il posa la tête sur le billot et, nettoyée enfin, après qu'on l'eut levée vers le soleil innocent, l'épée s'abattit pour lui trancher le cou comme elle eût fait d'un fromage. Le sang jaillit en flots et, ayant mugi, la foule commença à se disperser. Les gardes et les policiers, eux, se lancèrent dans la direction qu'on leur avait indiquée.

Pierre ne fut pas appréhendé avant le début de la semaine du pain sans levain, et c'est à savoir avant la veille d'un quatorzième jour du mois de nisan aussi appelé « veille de Pâque ». Ce fut presque par hasard qu'on le retrouva dans la cave désaffectée d'une maison abandonnée, et brûlée, sise au nord-ouest de la ville : une balle d'enfant y avait roulé. Son propriétaire descendit aussitôt l'y rattraper : pas de porte certes, mais il y avait là des marches qui s'enfonçaient dans le sol. Deux policiers étaient en train de faire la pause pour manger un bout de pain lorsque la malchance voulut que l'enfant en remontât.

— Y a quelqu'un en bas, cria-t-il.

Une fois pris, Pierre avoua son identité sans détour et, dans l'instant, fut traîné jusqu'à la forteresse d'Antonia qui se trouvait non loin de là. La capture étant de prix, quatre détachements de soldats se relayèrent pour le surveiller. Le premier soir, au moment où, flanqué d'un garde, un marmiton venait lui apporter eau et nourriture, il demanda :

— Combien de temps encore ?

Le geôlier lui répondit :

— La veine que t'as pas ! Figure-toi qu'on est assez gentil pour te laisser vivre jusqu'après la Pâque. T'auras un peu le temps de ruminer, pas vrai ? Allez ! Mange ce bon repas !

Avec son morceau de pain sec et son lambeau de viande innommable et trop bouillie, une gamelle fut déposée par terre dans un grand bruit de métal. Bruit mat de l'argile frappant le sol, un pichet d'eau l'y rejoignit. Après quoi, la porte se referma en claquant. Pierre ignora la nourriture qu'on lui avait présentée. S'étant agenouillé sur la pierre froide, il pria tout haut. Ainsi :

— Seigneur, je T'entends encore me dire cette nuit-là qui, maintenant, me paraît si lointaine : « Non : pas que ma, mais bien que *Ta* volonté soit faite. » C'est ce que je dis aujourd'hui. Et pourtant, Tu m'as mis à la tête de l'Église, as fait de moi le premier Père de la foi qui fût mortel. J'ai une tâche à accomplir et prie que par Ta force il me soit permis de la mener à bien. Tout repose néanmoins entre Tes mains. Je crois, Seigneur, et ai confiance. Et surtout, Seigneur, encore suis plein d'amour. Du moins le pensé-je. Que nos ennemis soient pardonnés. Que vive la foi. Puissé-je découvrir Ton royaume. Mais non — et là il éleva la voix comme s'il s'adressait à un compagnon pêcheur particulièrement dur d'oreille — *non : pas avant que j'aie fini mon travail.* Amen.

Après quoi il poussa un soupir, but un peu d'eau et grignota son morceau de pain. Enfin il gagna son grabat et s'y étendit. Bientôt, la prière étant le meilleur des soporifiques, il se mit à ronfler.

Dans la chambre de son palais, Hérode Agrippa roulait, lui, de sombres pensées sur la purge qu'on lui avait rapportée de Chypre : elle n'avait, pour l'instant, guère eu d'autre effet que d'ajouter à ses douleurs. Il se dit, en cette phase où, précédant le sommeil, les fantaisies s'éloignent à grands coups d'avirons des beaux rivages de la raison, que décidément oui, il méritait mieux de son corps. Il avait attrapé et emprisonné le principal ennemi de l'État — et n'était pas mécontent que les célébrations de la Pâque lui interdissent de répandre le sang. Il n'en restait que plus de temps pour préparer certain procès en grande pompe où, séculier ou sacré, tout un chacun se gargariserait des rhétoriques de l'abomination : les accusations contre les nazaréens n'en étant que d'autant mieux agencées, on pourrait alors faire passer la décapitation d'un père de tous les mensonges qui était aussi pêcheur des plus ignorants pour un acte de piété dont l'ultime honneur rejaillirait sur le monarque d'Israël. Sauveur de la race, voilà comment l'Histoire se souviendrait de lui. Juste avant de s'endormir, longtemps il se dora au soleil de sa noblesse future : c'était presque aussi bon qu'un médicament.

L'impératrice Messaline avait obtenu son escorte militaire — son chef n'en étant autre que Marcus Julius Tranquillus. Or donc, le manipule de vétérans triés sur le volet — certains arboraient leurs balafres britanniques comme s'il se fût agi de médailles — défila devant et derrière sa litière dorée. Munie de poignées à droite et à gauche aussi bien qu'à l'avant et à l'arrière, celle-ci exigeait les services de huit hommes tout en muscles qui, Germains passablement endormis, donnaient l'impression de penser, si penser on y arrivait jamais : autant faire ce travail-là qu'un autre. Couverte, elle contenait une couche sur laquelle l'impératrice s'allongeait. Un ami bien choisi s'y étendait parfois avec elle : fort il plaisait en effet à Messaline de copuler en se faisant transporter dans les rues animées de la capitale — l'acte en devenait presque public. Marcus Julius Tranquillus n'avait jamais couché avec elle ; pas davantage elle ne l'avait encore exigé de lui. L'homme était sévère d'aspect et prenait son travail au sérieux. Qui plus est, il semblait avoir mal et, à chaque pas, devait s'appuyer sur une canne en prunier épineux. Il n'eut, ce jour-là, guère à marcher pour servir son impératrice : sa place était avec elle, là, à l'intérieur de la litière couverte et fermée par des rideaux. Air pincé, il s'assit au pied de sa couche. Il l'intriguait : beau et, c'était évident, courageux, il avait connu la bataille. Et... sérieux ! Or, il arrivait que, jusqu'à des dix minutes par jour, le sérieux, l'impératrice ne détestât point.

L'indubitable beauté de Messaline, et aussi son immoralité, toujours poseront problème au philosophe qui, à discourir sur les liens de parenté qui, selon lui, ne peuvent qu'unir beauté, vérité et bien, immanquablement finit par sombrer dans le mysticisme et désirer que semblables rapports se fondent en une identité : parfois même on va jusqu'à inventer la divinité qui aurait toutes ces qualités pour attributs. En notre monde sublunaire, Dieu, affirment certains, Se manifesterait effectivement dans ces beautés particulières tout autant que dans des vérités et actes de bienveillance. A proprement parler, ces qualités devraient se rejoindre pour dissiper leur identité au sein de la divinité mais la chose se produit si rarement qu'on est bien obligé d'avancer que ladite divinité approuve ce genre de dichotomie diabolique ou alors — et peut-être mon livre le laisse-t-il déjà entendre — donne parfois la preuve de son ineffable liberté en se permettant de bien folâtres inconséquences. En irait-il ainsi qu'il ne faudrait pas s'étonner que Messaline n'ait jamais réussi à assortir sa beauté au moindre amour du bien et de la vérité. Menteuse chronique et mauvaise de bout en bout, elle l'était absolument. Sa beauté n'en tenait pas moins du miracle, nous dit-on. La symétrie de son corps obéissait à toutes les règles d'or des architectes mystiques. Sans le moindre défaut, même le plus minuscule, sa peau luisait comme si l'on avait incrusté de l'or sous un ivoire translucide. À être pleins, ses seins se moquaient insolemment de l'attraction de la Terre, dont les pointes étaient presque toujours dressées — et bien se voyaient sous le byssin comme s'ils s'étaient trouvés dans un état de perpétuelle excitation sexuelle —, et les aréoles avaient pigmentation d'un roux délicat. Découvrir le blanc de ses bras nus et onduleux suffisait, assure-t-on, à ce qu'aussitôt l'on grinçât des dents tant on en désirait l'enlacement. Les douces étendues de son dos — elles ne s'amincissaient jusqu'à l'extrême que pour s'élargir avec encore plus de volupté en l'opulence même de ses fesses parfaites — exigeaient des caresses sans fin. Elle avait le visage d'une vierge dont l'attachement à la chasteté transcendait les seules formes d'un culte de Diane qui, pour l'essentiel, n'est que pure hypocrisie. Marron, les yeux étaient grands et largement séparés, le nez méprisant, lui, cette taille excessive qui, pour certains, signe d'une belle volonté, défigure les trois quarts des visages méditerranéens. Peut-être moins que parfaites dans la seule mesure où elles étaient toujours trop mouillées — ce qui semblait dire une salivation par trop abondante —, ses lèvres légèrement protubérantes faisaient, en leur moue, croire à une insatisfaction permanente. Et, de fait, l'impératrice avait des appétits qu'il était difficile de satisfaire : point ils ne se limitaient, comme chez la plupart des femmes, à ces régions qui, crucialement innervées, défendent le centre même de la procréation, mais, bien au contraire, s'étendaient à des endroits de son corps que l'on aurait pu croire trop éloignés pour ainsi s'enflammer. Sa chevelure, songea Julius en se laissant aller à des idées d'infidélité qu'il fut prompt à réprimer, était d'un noir encore plus riche et odorant que celle de son épouse Sara. Messaline ne devait jamais trouver qu'un homme dans toute sa vie pour lui accorder les multiples plaisirs qu'elle désirait et ce fut de le rencontrer qui consomma sa perte. Pour impérial qu'il fût, son mari était vieux et aussi incompétent au lit que dans nombre d'autres domaines. Celui qui avait manigancé leur mariage ? Un Caius qui, connaissant bien les inclinations de Messaline, avait voulu humilier son oncle bégayant en le jetant dans cette union malheureuse.

En ce premier voyage qu'ils faisaient ensemble, Messaline engagea conversation avec le capitaine de sa garde et la chose fut plaisante, où elle ne mit pas le moindre soupçon de condescendance. Sa voix était aussi belle que sa personne, qui faisait penser à des colombes, à du miel et encore à tous les fruits en espalier au plus épais du mûrissement.

Elle lui dit ainsi, ou chanta :

— On me rapporte que tu t'es fort bien conduit en Bretagne, Junius.

— Julius, Madame.

— Oui, bien sûr : ce César qu'on assassina. Mais les ennemis de César, c'est toi qui les assassines, n'est-ce pas ?

— Traiter les Bretons d'ennemis de César, je n'irais pas jusque-là, Madame. Il ne s'agit jamais que de tribus qui seraient plus que satisfaites si on les laissait s'adonner à la pêche, à l'agriculture et aux plaisirs des luttes fratricides.

— Ainsi donc, roucoula-t-elle, tu réprouves notre « grande mission civilisatrice », comme dirait mon impérial époux ?

— Ce n'est pas tout à fait ce que j'ai dit, Madame.

— Oh, mais c'est que tu peux parler en toute liberté avec ton impératrice, tu sais ! Après tout, nous allons, toi et moi, être bientôt grands amis, n'est-ce pas ?

— L'impératrice est trop bonne et je suis le dernier de ses serviteurs. Cela étant, je dois l'avouer... j'ai un peu de mal à m'y faire. Mon métier était de tuer... Et voilà que maintenant... Il y a des moments où cette nomination m'étonne.

— C'est pourtant bien simple, mon cher ami. En plus d'être courageux, honorable et discret, le chef de ma garde personnelle se devait d'être... présentable. Ton supérieur m'affirme que pour ce qui est de ces trois premières qualités, tu les as. Quant à la quatrième... je le vois bien moi-même. Dis-moi : es-tu marié ?

— Oui, Madame. Et suis père depuis peu.

— Très bien. Les hommes mariés sont plus discrets que les célibataires. Il le faut bien : ils ont quelque chose à perdre. Parle-moi de ta femme. Est-elle belle ?

— Très belle. Mais bien sûr (grincements du courtisan qui revient à la réalité), pas aussi belle que...

— Oui oui oui. Et elle s'appelle ? Le nom est joli aussi ?

— Sara. Un nom juif. Et notre fille s'appelle Ruth. Des noms courts... et vifs.

— Comme des appels d'oiseaux, c'est ça. Et pourquoi donc un officier romain de vieille famille a-t-il choisi de n'épouser qu'une fille de nos colonies ?

— Par amour, Madame.

— Ah ! Alors j'approuve. Oui, Junius, enfin non : Julius, l'amour, j'approuve. L'amour, c'est tout dans la vie. Sans lui, vivre n'est rien. Comme si l'amour ne renversait pas toutes les barrières et toutes les formalités, n'épuisait pas tous nos vœux et tous nos devoirs ! Dis donc à ces esclaves que nous sommes arrivés, ajouta-t-elle en entrebâillant le rideau de trois doigts.

Julius frappa l'extérieur de la litière avec son bâton. Après quoi, toujours souffrant, il se leva avec difficulté et descendit.

— Pauvre garçon, roucoula Messaline.

Devant eux s'étendait un domaine sis au-delà des jardins de Servilie, dans le Treizième District de la ville, juste au nord de la porte d'Ostie. Julius eut l'impression de savoir à qui il appartenait. Mais... de la discrétion, se dit-il aussitôt.

Messaline, elle, lui annonça :

— J'ai l'intention de rester ici pendant une bonne heure. Tu ferais bien de disposer tes gardes tout autour de la maison... voilà : dans les champs, discrètement... très discrètement. Tu sais qui est le propriétaire de cette demeure ?

— Non, Madame.

Toujours discrètement.

— Bien, très bien. Vingt sur vingt pour la discrétion, fit-elle en lui adressant un sourire ensorceleur, et, en balançant les hanches, s'en fut vers le portail.

À peine eut-elle disparu qu'un des hommes de Julius, qui n'était pourtant pas connu pour ses idées subversives, le regarda droit dans les yeux et, en faisant le geste de trancher la gorge à quelqu'un, lui lança :

— Si c'était ma femme à moi...

Ainsi le travail se poursuivit-il, si tant est qu'on puisse appeler ça un travail. Restait, évidemment, la question de savoir comment, côté glandes, le soldat réagissait à la proximité quasi quotidienne d'une impératrice qui, ah ! toujours était si nue sous la batiste ! Déesse aveugle, sœur de Fortuna, le corps obéissait à la nature et point ne savait les mots d'amour et de fidélité. Mais... quel était donc son travail, au juste ? Sara, qui maintenant allaitait Ruth, le lui demandait souvent. Oh !... surveiller les quartiers de l'impératrice, lui répondait-il. Et tu la vois beaucoup ? À peine, à peine. Elle se tient plutôt à l'écart des soldats du rang. Ce n'est pas ce que j'ai entendu dire. Et qui c'est qui t'a dit ça, Sara ? Comme si personne ne la connaissait ! Un de ces jours, il en avait bien peur, elle lui donnerait certain ordre alors qu'en se balançant mollement on irait vers quelque lieu de discrète indiscrétion dont elle avait le secret, sur les pentes du mont Esquilin, ou encore près des arènes nautiques d'Auguste qui se trouvaient à deux pas de la maison qu'il louait lui-même, ou dans la Via Pinciana, bien au-delà des Jardins de Lucullus et alors... Ainsi donc, Junius, non, je veux dire : Julius... tu ne trouves pas ton impératrice très attirante ? Sais-tu que j'en ai fait fouetter plus d'un pour ce genre d'ingratitude ? Allons, approche-toi... Là, mets ta main ici... Ses nuits avec Sara étaient, que l'aveugle nature en soit remerciée, devenues fort tempétueuses. Les femmes n'étaient pas idiotes, non, les femmes toujours savaient ce qui se passait. Bien il imaginait sa Sara en train d'affronter l'impératrice, une femme contre une autre, en face-à-face : « Tu laisses mon mari tranquille ou je t'arrache les yeux ! » Et des yeux seraient arrachés, certes, mais point par des femmes. Des Syriens et des Pannoniens fort cruels, il y en avait sur les registres de paie, qui tous savaient s'y prendre lorsqu'il s'agissait de punir le crime de *laesa maiestas*.

Un jour, tôt le matin, en s'éveillant au grand air de la campagne, Julius entendit des coqs chanter et des cochons grogner. Il avait, avec ses hommes, dormi à la dure dans une ferme. Celle-ci se trouvait en bordure du domaine d'un certain Laturnus, au sud de la porte qui donnait dans la Via Asinaria. C'était là qu'au manoir, l'impératrice avait passé la nuit avec... Julius savait bien qui, mais préféra rester discret là-dessus, jusques et y compris avec lui-même. Il venait d'avaler un petit déjeuner fort grossier : lait mousseux fraîchement trait et morceau de pain de la veille recouvert de confiture de mûres. Ayant reniflé le bon air du matin, il entrevit soudain l'avenir maudit qui l'attendait. Un jour Messaline serait découverte et lui, Julius, serait accusé d'avoir trahi l'empereur : il était, toujours discrètement, de son devoir de faire des rapports à l'un des fonctionnaires du Palatin. À ceci près que les services secrets de Messaline l'auraient fait, toujours discrètement, assassiner avant même qu'il n'ait pu les lui remettre. La détresse qui se peignait sur le visage du jeune homme à barbe noire qui, sorti d'une des granges, venait maintenant dans sa direction en se grattant comme s'il avait passé une mauvaise nuit dans la paille était bien celle, il ne fallait pas en douter, qui l'habitait lui-même. Le jeune homme jeta un coup d'œil quelque peu craintif sur cet officier en uniforme armé d'une épée et, aussitôt, prit le chemin de la Via Asinaria à une vitesse que l'on aurait pu dire furtive.

Julius le héla avec entrain :

— Un instant ! Allons ! tu n'es pas en danger. Mais... ne nous sommes-nous pas déjà rencontrés ?

L'autre s'immobilisa et fronça le sourcil : vraiment ?

— Si si !... à un tournoi de lutte. Tu étais un des combattants. Ton adversaire avait des griffes de chat. Il n'est plus parmi nous aujourd'hui.

Le jeune homme parla. Son latin n'était pas merveilleux, où s'entendaient beaucoup de gutturales de type grec.

— Oui, oui, fit-il, je m'en souviens. Et pourtant, je n'avais pas le temps de regarder les spectateurs. On dirait que j'ai dormi dans un endroit où je n'aurais pas dû. Je ne savais pas que les fermes étaient gardées par l'armée.

— Je fais partie de l'escorte impériale. J'attends les ordres du matin.

— Aucune envie d'avoir affaire à une escorte impériale.

— Tu ne fais plus de lutte ?

— Si, pour vivre ; mais ça ne marche pas très bien. Certains d'entre nous n'ont même plus le droit de gagner leur vie. Par décret impérial.

— Tu es juif ?

— Je n'ai pas dit ça.

— Il ne devrait pas y avoir de Juifs dans le pays. Mais rassure-toi, je ne vais pas te dénoncer à la police. Je suis moi-même marié à une fille d'Israël.

— Qui s'appelle qui s'appelle ? demanda le jeune homme d'un ton haletant.

— Sara.

— Non ! Non ! Ce n'est pas possible ! Est-ce qu'elle t'a jamais parlé d'un certain Caleb ? s'enquit-il encore en ouvrant et fermant les poings.

— Oui, souvent.

Il s'affaissa presque tant cette découverte le soulageait. Julius l'emmena à la ferme et lui donna une coupe de lait. Le liquide avait déjà refroidi.

Dans l'une des chambres du manoir d'un Laturnus qui se trouvait alors en Sardaigne, il y avait un couple qui, lui, n'était pas encore prêt pour le petit déjeuner. La pièce ne respirait pas le luxe mais avait quelque chose de rustique dans son mobilier. Le lit y était énorme et profond. Nue, Messaline y était étendue et de ses bras admirables enlaçait la nudité d'un jeune patricien à la beauté passablement vide, un certain Caius Silius.

— Pourquoi faut-il qu'il y ait tous ces soldats aux alentours ? lui demanda-t-il. J'ai l'impression qu'on... enfin : qu'on m'observe.

— L'impératrice a besoin d'être protégée. De ses nombreux ennemis. Ne te fais pas de souci, cher Caius. On sait se taire. Parler, ils ne l'oseraient pas. Voir ? Non, même pas ça. L'impératrice est en visite. Jusques et y compris d'affaires. Rien de dérangeant là-dedans. Il n'y a rien à craindre. Ni non plus aucune raison de se sentir coupable.

— Ah, mon amour ! lui répondit-il un peu plus à son aise, tu feras toujours partie des êtres éternellement innocents. La culpabilité, tu ne sais pas ce que ça fait. Ta peau jamais ne frémit sous les rides de... oh ! tu sais bien ! du remords, de la compassion... ?

— De la cruauté ? Serais-je cruelle ?

— Parfois.

— La cruauté, déclara-t-elle parce qu'elle l'avait lu quelque part et en avait aussitôt reconnu toute la vérité, n'est qu'un des condiments les plus épicés de l'amour. Tout le reste n'est que... bah ! disons : astuce politique, autoprotection... jeu d'impératrice.

— À cela près, lui renvoya-t-il avec une certaine raideur, que l'empereur a, lui aussi, le droit d'être protégé. Que dirait-il s'il venait à apprendre que nous sommes en train de le cocufier ?

— Accorde-moi au moins, lui rétorqua-t-elle en reprenant un peu de sa vivacité à son compte, que je ne lui secoue pas son cocufiage sous le nez. Ne pas oublier que Claude ne dédaigne pas de faire les yeux doux à sa propre nièce, voire de lui glisser ses doigts goutteux entre les seins dès qu'il croit que personne ne le regarde. Ah ! les concupiscences du vieillard ! Beurkh ! Et... les tabous du genre inceste, on est au-dessus de ça. M'est avis qu'Agrippine sera un jour obligée d'avaler un breuvage qui ne lui fera pas du bien. Peut-être même que son oncle bavouilleur partagera alors la coupe avec elle.

— Il y a des moments, *meum mel,* où tu... comment dire... ?

— Où je te révolte ? Où je te fais peur ? Allons, Caius : ne jamais avoir peur de quelqu'un qui a les idées claires. Et ne jamais se lancer non plus dans la moindre affaire qu'on ne serait pas sûr de vouloir mener à bonne fin. J'ai parfois le sentiment que tu t'es dit que tu pourrais te couler dans le lit de l'impératrice sans être obligé d'en payer le prix. Messaline est une pute, c'est vrai, mais bien différente de ses consœurs : elle ne coûte rien. La salope de village la plus bête et, oui, la première dame de l'Empire ont au moins ça en commun. Sauf que l'impératrice Messaline, mon très cher amour, est quelqu'un qui coûte tout. Et tu t'en apercevras assez tôt. À propos... comment se porte la splendide Lollia Paulina ?

— Je n'en sais rien. Elle est à Herculanum. Elle vit sa vie. Et moi, je me tais. Et elle aussi.

— Sache que si jamais il lui prenait l'envie de dire quoi que ce soit, lui susurra-t-elle tendrement dans le cou, on lui ferait ravaler tous ses bijoux. Une oie gavée, voilà de quoi elle aurait l'air. Oui, je la ferais venir devant moi, ordonnerais qu'on l'en couvre entièrement... Ah ! elle scintillerait comme une étoile, comme dit ce crétin de poète... et après, je la ferais mettre complètement à poil et, un collier de perles et d'améthystes après l'autre, je les lui ferais tous enfoncer dans la gorge.

Caius Silius sentit bien l'excitation qui faisait trembler son souffle chaud.

Elle ajouta :

— Ah ! cher Caius, des choses qu'il faut faire, il y en a. Apprends que toi et moi, nous allons être unis à jamais, ou si souvent ensemble que personne ne remarquera la différence. Je te veux pour moi entièrement... et par Castor et Pollux (ceci en lui agrippant de ses ongles pointus les parties de son anatomie qu'ils avaient ainsi appelées en plaisantant), il n'est pas question de vous laisser filer.

Caius Silius retint un soupir et lui répondit :

— J'en suis flatté mais, pardonne-moi, *cor cordium,* reste sceptique. Dis-moi : combien d'hommes as-tu connus dans ta brève existence ?

— Combien ? Je n'arriverais même pas à les compter ! Leurs noms rempliraient un livre à eux seuls... même si l'on n'y portait que ceux dont je me souviens. La femme, ajouta-t-elle avec véhémence, a plus que droit à des satisfactions de femme ! Et toi, mon rayon de miel, tu y es tout à fait exceptionnel. Oui, tu es vraiment infatigable. Je crois même que c'est là ton seul talent. Tu es loin d'être brillant en bien des domaines mais ça, on ne peut pas te l'enlever. C'est déjà ça. Sans parler de certaines ingéniosité et fantaisie. L'importance de la vie du corps, tu sais ce que c'est. C'est rare. Ah ça non, je ne suis pas prête à te laisser partir. Toi et moi, nous allons nous marier.

Il en tomba presque du lit.

— Nous marier ? Tu veux dire... tu divorces de Claude et moi de Paulina ? Mais c'est impossible !

— C'est ça ! deux divorces aussi longs qu'ils seront obscurs. Sans actuaires ou notaires... enfin, sans l'entremise d'aucun de ces gens du droit dont j'ignore jusqu'aux titres. Ne m'en demande pas plus pour l'instant. Il nous reste encore beaucoup à faire, cher Caius, mais il n'y a pas le feu : comme tu vois, le soleil ne se presse pas de monter au firmament.

Sur quoi, elle se jeta sur lui avec un appétit totalement immodéré. L'heure qui suivit se consuma en enlacements et pénétrations d'une remarquable variété. Messaline y fut succube et incube, jument et cavalier. On abandonna le lit pour le plancher, le mur, jusques et y compris le rebord de la fenêtre ouverte et même alors l'impératrice ne fut point satisfaite. Caius Silius crut qu'elle allait avoir une extinction de voix tant elle hurlait de plaisir. De retour sur le lit, elle parvint enfin à assouvir son désir et, tout aussitôt, son aimable visage fut empreint d'un ravissement auquel seul le qualificatif de saint saurait s'appliquer. Tout cela étant, et je n'en ai rien omis, parfaitement écœurant.

Quoique proleptiquement saint lui aussi, Pierre n'avait pas, là, étendu sur son grabat, le visage empreint d'un semblable ravissement. Qu'on ait pris la précaution de lui annoncer que cette nuit serait la dernière avant son exécution ne l'avait pas empêché de bien dormir. Un jour après l'autre on l'avait, tout au long de la semaine qui avait précédé, sorti de sa cellule pour le faire assister à un lent procès dont la conclusion ne laissait pas le moindre doute. Il y avait remarqué avec intérêt qu'on insistait beaucoup moins sur le côté hérésie inhérent à la qualité de messie de son maître que sur l'ouverture de la nouvelle foi (certains des prêtres cités avaient même, amour de la discussion oblige, paru prêts à n'y voir qu'un élargissement presque légitime de l'orthodoxie) au monde des incirconcis. Si la conversion du centurion Cornélius avait ainsi été présentée comme une souillure portant atteinte au droit, la complaisance qu'on avait pu mettre à assouplir les lois de la religion sur l'hygiène et le régime alimentaire avait, elle, eu droit au qualificatif de « barbare tentative de déracinement ». Au contraire de ce qui s'était passé lorsqu'il y avait eu accusation de messianisme, on n'avait alors parlé ni d' « arrachage de l'écorce », ni d' « émondage des branches ». La métaphore arboricole n'en était pas restée là : on avait encore déclaré que l'arbre du judaïsme devait être élagué et, qui plus est, uniquement par les jardiniers qu'il se serait lui-même désignés. Cela signifiait qu'il convenait de se débarrasser de Pierre et, ce faisant, de décapiter la nouvelle secte dès le départ. Ce fut en vain qu'il protesta que c'était Dieu en personne qui lui avait dicté pareilles innovations : cela n'avait même servi qu'à aggraver son cas. Dans les discours qui avaient clos les débats, tout un chacun avait loué la piété vigoureuse d'un monarque d'Israël qui, cloué au lit par d'atroces douleurs au ventre, n'avait pu assister aux séances du tribunal : très haute serait la place qu'il occuperait dans l'histoire d'un Israël acharné à maintenir l'antique pureté de sa foi. Alors, en toute solennité, Pierre avait été condamné à mort. Innocent qu'il était, il avait exigé qu'on le crucifiât autrement que son maître : le châtiment qu'on avait infligé à Jésus, il n'en était pas digne. Qu'on le cloue donc aux branches d'un *chi* grec, ou à celles plus ordinaires d'un *T* romain renversé. Très romain, lui avait-on renvoyé. À ceci près que c'était là demander une peine de Romain au moment même où Rome cessait de présider aux destinées du pays. À suivre les règles, on aurait dû le lapider à mort, tout comme l'hérésiarque grec Étienne. Cela étant, recourir au précédent d'une exécution à l'épée semblable à celle de Jacques n'était pas à rejeter. Propre, facile et relativement adéquate, la solution n'avait rien d'inacceptable : on avait beaucoup parlé d'étêtage symbolique. Qu'enfin on s'y mette de manière littérale et, espérons-le, définitive ! La tête de Pierre une fois tranchée, ce seraient tous les membres de cette foi aussi détestable que nouvelle qui y perdraient pouvoir de locomotion. Amen et alléluia.

Pierre dormit bien parce qu'on lui avait donné une coupe de vin contenant de la drogue. Il ronfla de bon cœur certes, mais, à passer par là, un ange aurait été prompt à remarquer la pâleur de son visage : comme si l'apôtre avait été profondément malade — avoir accepté la condamnation à mort, avoir même exigé que la façon dont on l'exécuterait fût des plus pénibles ne l'empêchait pas de demeurer un peu poltron, ce que la couleur de son visage trahissait à l'évidence. Alors, une lueur étant montée à la fenêtre, un coq, qui croyait sans doute que l'aurore était venue, se mit à chanter. Pierre se réveilla : même en dormant, il restait sensible au chant du coq. Pierre avait la bouche sèche, Pierre fit claquer ses lèvres. Là-bas, le coq avait cessé de chanter. Un chien, même, se mit à aboyer à la lune — là-bas, quelque part. Pierre fut surpris de voir que les deux gardes attachés à sa personne étaient étendus sur la pierre et dormaient. Il en éprouva même une certaine indignation : faire ce pour quoi on était payé était à ses yeux un devoir. Et puis il s'aperçut que la porte de sa cellule était ouverte. Il y avait là plus que simple négligence de gardien. Quelque part, on essayait de lui tendre un piège. Toujours endormis, les gardes ronflaient fort et pas du tout à l'unisson. Auraient-ils, eux aussi, bu de son vin en croyant qu'il ne s'y trouvait pas de drogue ? La porte était ouverte : n'était-ce pas là, comme à chaque fois, une invitation à la franchir ? Pierre prit le vieux manteau dont il s'était servi comme d'une courtepointe et s'en enveloppa chaudement. Ensuite, prudent, il jeta un coup d'œil dans le couloir : deux torchères l'illuminaient... il était vide. Il y avait quelque chose de terriblement anormal dans tout ça... à moins que, bien sûr, toujours à dormir, il n'eût encore été à rêver qu'il s'évadait. Mais non : il lui suffit de tourner la tête et de regarder sa cellule pour constater que son grabat était bien vide — quelqu'un était bel et bien en train de lui préparer son évasion. Mais qui ? Et comment ?

Il vit alors, sur le côté extérieur de la porte de sa cellule, le nom Ioannis Marcos, soit Jean Marc, gribouillé à la craie jaune. C'était là le nom d'un cousin de Barnabas qui, avec Saül, ou Paul, ainsi qu'on l'appelait maintenant, était censé se cacher à Césarée. Une heureuse intuition lui souffla d'effacer ce nom avec son manteau. Après quoi, sans grande confiance, il longea le couloir sur la pointe des pieds, arriva devant une deuxième porte ouverte. Elle donnait sur un autre couloir, à angle droit de celui qu'il venait de quitter. A quelques pas de là, sur la gauche, il entendit ce qui lui parut être le tapage de gens qui avaient trop bu. Il y avait là une troisième porte ouverte d'où, seule qui éclairât le couloir, de la lumière sortait en rayons. Des gardes qui faisaient la fête. Quelque chose lui dit que donner dans le furtif ne serait pas de saison. Il avança d'un pas plus assuré vers la lumière. Que dis-je ? Il alla même jusqu'à tousser pour s'éclaircir la voix. A l'intérieur, quelqu'un l'entendit et lui cria : « Tout va bien, pas ? » en mauvais araméen. Il lui répondit qu'en effet, tout allait bien, en prenant soin de parler avec l'accent judéen et non point galiléen. Ayant enfin franchi la flaque de lumière, il arriva devant un portail en métal léger — ouvert, lui aussi, ainsi qu'il s'y attendait et, en partie au moins, aurait préféré trouver fermé. Il découvrit alors que l'affaire donnait sur le haut d'un escalier aux marches étroites. Et se retrouva en plein air, au beau milieu d'un jardin mal entretenu où poussaient des buissons rabougris et un jeune arbre de Judée[1]. Au bout d'un sentier envahi par les mauvaises herbes, là-bas, il y avait un portail en fer des plus massifs. Il en prit la direction, se mit à marcher sous la lune. Plus d'un chien y hurlant maintenant, il crut bien qu'on allait le ramasser d'un moment à l'autre. Les soldats seraient bruyants. Peut-être même un officier se trouverait-il à leur tête, qui, intellectuel au corps mince, lui lancerait : « Nous nous disions justement que ça serait pas mal de te faire goûter à l'espoir une dernière fois. Un truc bien, l'espoir, non ? En ai eu moi-même des tas et des tas dans ma jeunesse. Pas que ça m'aurait beaucoup réussi d'ailleurs. Bon, allez, les gars, recollez-le-moi au trou. » Une pré-

1. Ou « cercis », (*NdT*).

sence, il en était pourtant une, mais qui se réduisait à un souffle de vent. Mais qui s'amplifia si fort que, tout d'un coup, le battant gauche du portail s'ouvrit violemment. Grand bruit de métal. Pierre se dépêcha de passer de l'autre côté, arriva aux sept marches que si souvent il avait vues d'en dessous, qu'une fois seulement, au moment où, après avoir perdu sa liberté, il avait tourné la tête pour regarder en arrière, il avait découvertes de dessus. Il les descendit et se retrouva dans la rue déserte. C'était là, au coin, que la police d'Hérode Agrippa l'attendait, sûrement. Fini de jouer — et la partie avait été cruelle. Résolument il se porta à la rencontre de leurs bras ouverts dans l'ombre. Mais n'en trouva point : dans l'ombre il n'y avait personne. Sa liberté était tout ce qu'il y avait de plus réel. Il s'y précipita, enfin, je veux dire : se rua vers la maison où habitait la mère de Jean Marc.

Il emprunta un passage qui s'enfonçait dans les ténèbres. Entendit qu'on se mettait à y chanter d'une voix avinée, en écho, plus loin : deux noceurs attardés qui rentraient chez eux en prenant un raccourci. Il tomba sur une énième porte ouverte, entra dans une cour où, tout à leurs rites prénuptiaux, des chats ne lui prêtèrent que peu d'attention. Les chanteurs passèrent près de lui. Ce qu'ils beuglaient ? Une ballade populaire qui, depuis peu, séduisait beaucoup la jeunesse de Jérusalem : on y parlait d'une fille aussi droite qu'un *dikla.* Il quitta sa cachette à l'instant même où, peut-être en cela encouragés par les feulements de leurs frères humains, les félins *cantores* commençaient à réveiller les habitants de la maison au pied de laquelle ils miaulaient à l'amour : un mâle grognement se fit entendre, on menaça de leur jeter une vieille chaussure. Il sortit du passage, s'engagea dans une rue plus large, tourna enfin à droite pour arriver dans un quartier résidentiel et planté d'arbres où, il le savait, se trouvait la maison de la mère de Jean Marc. Il y vit de la lumière : peut-être s'y était-on réuni afin de prier pour le repos de son âme. Plus vraisemblable : après avoir arrangé son évasion d'une manière qu'il ne s'expliquait pas encore, on attendait qu'il arrive.

Mais voilà : le portail qui donnait sur l'avant-cour plantée d'arbres et de buissons, tous bien entretenus, était fermée à clé. Une clochette pendait au bout d'une chaîne fixée dans le mur à l'aide d'un crampon. Il tira dessus. L'affaire tintinnabula. A peine, lui sembla-t-il, mais assez fort pour réveiller toute la rue. Il y avait toujours de la lumière à une fenêtre du premier étage. Il sonna une deuxième fois, à en faire tomber les murs, lui parut-il. Ce coup-là, la porte d'entrée s'ouvrit sur une jeune fille d'allure grassouillette. Il la connaissait : elle s'appelait Rhode.

— Rhode, lui dit-il en murmurant fort, c'est moi... Pierre. Laisse-moi entrer.

Rhode ne trouva rien de mieux que de pousser un hurlement en lui claquant la porte au nez. Imbécile de crétine de satanée nana ! Il sonna une troisième fois et, ce coup-là, sans même se soucier de savoir s'il réveillait toute cette putain de rue. Satanée imbécile de crétine de connasse. La porte d'entrée s'étant rouverte, il vit la mère de Jean Marc descendre le sentier qui conduisait jusqu'à lui. Elle avait une clé à la main. Elle le fit entrer. Elle referma le portail à clé, derrière lui. Ensemble, ils entrèrent dans la maison.

Jean Marc était couché. Crétin authentique, disait-on, il était à l'abri des enquêtes d'une police qui, dès le moment où Saül avait entamé ses persécutions, s'était beaucoup intéressée aux actes de philanthropie nazaréenne de son père. Celui-ci était d'ailleurs mort de faim dans un des camps d'internement que Saül avait installés dans le pays. Toujours est-il que le crétinisme de Jean Marc était si communément accepté dans la ville qu'il pouvait se promener ici et là au marché en bavant de la gueule tout à loisir, y voler des pommes sans qu'on l'arrête et, même, proférer, en pouffant, toutes les obscénités du genre « Oui, Jésus est vivant » qui lui passaient par la tête : on n'y voyait jamais qu'une formule qu'il avait reprise à son père sans en savoir le sens. En fait, le jeune homme était très instruit qui, alors que terrorisée par cette chose qui lui avait dit s'appeler Pierre, Rhode embrassait encore le mur, lança à son visiteur :

— Elle te prend toujours pour un *fravashi.*

— Un quoi ?

— Le terme est zoroastrien mais je le trouve assez utile. S'applique à un être qui n'est ni tout à fait ange ni tout à fait fantôme. Voilà : un *fravashi.* Allez, touche-la. Enlace-la, embrasse-la, montre-lui que tu es bien réel.

Lugubrement, Pierre s'avança vers elle. Elle se contenta de pousser un deuxième hurlement avant de s'enfuir en se prenant les pieds dans des trucs.

— C'est une bonne fille, reprit Jean Marc. Un peu sotte, c'est vrai... Son nom signifie : « la rose ». Cela étant, elle n'en a pas l'odeur. Bienvenue en terre de liberté.

Pierre s'assit lourdement et reçut, des mains de la mère de Jean Marc, une coupe de vin — où l'on n'avait pas mis de drogue.

— Ce que j'aimerais bien savoir, fit-il, c'est comment tu as fait.

— Comment j'ai fait quoi ?

— Comment tu as fait pour me sortir de là.

— Je n'y suis pour rien.

— La porte de ma cellule était ouverte et il y avait ton nom d'écrit dessus à la craie.

— Il y a plus d'un Jean Marc au monde.

— Peut-être qu'il y avait un autre prisonnier avec ce nom-là, fit remarquer sa mère.

— Alors, lui renvoya Pierre en grommelant dans sa barbe tachée de vin, c'est qu'on aura soudoyé ou tué quelqu'un. Pas que je serais tombé sur des cadavres ici et là...

— Les amis de la foi n'ont pas d'argent, dit Jean Marc. Quant à tuer des gens... Non : ce doit être l'effet d'une intervention divine, ou de quelque chose d'approchant.

— Ça, je le croirai quand je le verrai.

— Et comment sais-tu que tu ne l'as pas déjà vu ?

— Tout ce que je peux en dire, c'est que c'est un satané mystère.

— Satané ? Tu en es bien sûr ?

Femme rusée, la mère de Jean Marc avait la réputation d'être une fille de la vraie foi plus que dévote : on la connaissait partout pour la manière forte dont elle dénonçait l'hérésie nazaréenne et le riche répertoire d'épithètes dont elle accablait ses tenants. C'est ainsi qu'elle n'hésitait pas à les traiter de canidés du désert, fils de chiennes sans tétins, morceaux de fromage pleins de vers à deux pattes, teigneux corrosifs, mendiants constipés de la bourse, voire maladies ambulantes et autres. Certains des termes dont elle usait pour répandre l'opprobre allaient même un peu trop loin aux yeux des membres du Sanhédrin — surtout ceux qui, « enculeurs de leurs mères à grands coups de tête sale » et autres « dégueulasseurs des saints trous du cul des fils et filles de Jérusalem », attribuaient des perversions sexuelles exagérées aux sectateurs de Jésus. Cela étant, être entièrement à l'abri des enquêtes de la police religieuse, personne n'aurait osé y prétendre... et puis, qui sait si un jour ses excès dans l'objurgation n'allaient pas se vérifier ? Pour l'instant, elle se contenta d'un :

— J'espère quand même que tu as effacé ce nom sur ta porte, nom de Dieu !

— Me prendrais-tu pour un crétin patenté ?

— Bon, bon, lui renvoya-t-elle, mais si ce n'était pas le cas, il va falloir faire attention. J'ai bien peur que tu ne sois obligé de rester dans la cave pendant un petit moment. Il y fait froid mais l'endroit est sûr. On a des tas de couvertures. Tu y retrouveras Jacques.

— Jacques ? Jacques le Mineur ?

— Comme s'il y en avait un autre depuis que ton vieil ami pêcheur s'est fait faire sa fête par Notre Majesté le roi ! Dieu sait combien de temps il nous faudra attendre mais vous faire filer, on y arrivera. Sauf que le Jacques, c'est un têtu ! Il prétend que sa place, c'est ici, et refuse de bouger.

— Il ne sait pas encore la nouvelle ?

— Quoi ? Que tu es sorti de prison ? Mais comment voudrais-tu qu'il le sache ? A moins, bien sûr, que cette idiote de Rhode ne soit déjà en train de le secouer pour le lui dire ! L'a pas le sommeil léger, Jacques le Mineur ! Et qu'est-ce qu'elle est bête, cette fille ! Et qu'est-ce qu'elle blablate ! Va falloir s'en débarrasser.

— Mais non, Mère. Si elle blablate comme ça, mieux vaut qu'elle reste avec nous. En plus, elle fait partie de la famille.

— C'est ce qu'elle dit. Sauf qu'excuse mon langage, pour elle, un cul et un petit doigt, c'est dur à distinguer ! Mais ah ! va savoir avec les filles d'aujourd'hui ! Ça a la tête bourrée de bêtises et ça pense qu'histoires d'amour, chansons populaires et beaux jeunes gens ! Ce qu'elle est, elle ? Elle n'en a pas la moindre idée !

Selon certain rapport falsifié que l'on défalsifia plus tard, Pierre fut dûment décapité le lendemain matin. A ceci près que, bien sûr, ce ne fut pas le vrai Pierre qui posa la tête sur le billot mais un autre, en remplacement : criminel à barbe grise, le bonhomme était depuis longtemps incarcéré pour un délit purement séculier (il avait tué son gendre au cours d'une querelle où, en buvant beaucoup, on s'était disputé la possession d'une petite vache en argent qui, fabriquée par l'un des meilleurs artisans d'Éphèse, avait elle-même été volée par l'un ou par l'autre à Untel ou Unetelle). Soûl et yeux lourdement bandés, il ne fut pas fâché de ce quitus qu'on lui accordait à retardement. Le roi, lui, ne serait pas en mesure, ainsi qu'on le savait déjà, d'assister à l'exécution (on était toujours à gémir dans son lit) et personne ne trouva nécessaire d'y aller d'un grand discours sur l'horreur nazaréenne et la juste décision qu'ainsi on avait prise de se débarrasser de son premier porte-parole : tout ceci avait été, à l'épuisement général, plus qu'épuisé au cours du procès. Corps et tête furent promptement enterrés et gardes, capitaine desdits gardes et directeur de la prison, avec ses aides, tout un chacun poussa un énorme soupir de soulagement. Que la nouvelle de la très déconcertante libération de Pierre arrive jamais à sortir de la prison et, remontant les filières du service de sécurité, parvienne aux oreilles d'Hérode Agrippa et il faudrait recourir au *Codex criminalis* que, fou de romanité, le roi avait tenu à faire importer dans le pays. Tout le personnel de la prison aurait alors risqué la décapitation. Longe et lanière, le fouet s'abattit, en silence, ici et là dans l'enceinte de la prison et, mis à part quelques tentatives qu'on fit encore pour expliquer l'inexplicable dans une cantine des gardiens où l'alcool n'était pas interdit, tout le monde fut d'accord pour laisser tomber l'affaire.

Se sentant un peu mieux, le roi Hérode Agrippa se força à sortir du lit pour rejoindre Césarée : revêtu de ses dernières tenues argentées, il y présiderait les fêtes que, tous les cinq ans, on donnait le jour anniversaire de la fondation d'une ville dont, vivant César, il ajoutait encore à la réputation. Quelques officiels romains y descendirent de Syrie et, en mission itinérante, un ou deux sénateurs assistèrent aux jeux plus que sanglants qui attestèrent l'expansion de la culture romaine. Semblable spectacle n'aurait pu se dérouler à Jérusalem ; mais on était à Césarée, ce qui veut dire que, romaine, la ville était pleine de Grecs et passait donc pour la véritable capitale de la province. Au même titre que ces Romains, on y vit aussi des Phéniciens — sous la forme de deux émissaires, craintifs quoique de rang princier, venus de Tyr et de Sidon. Villes côtières phéniciennes à la prospérité respectable, celles-ci étaient en train de prendre tout leur temps pour régler certaines importations récentes de blé de Galilée. La quantité envoyée avait été bien plus faible que d'habitude et, nourrir d'abord la Palestine étant la politique à suivre en cette époque de manque important, on grognait, côté galiléen, à l'idée d'en expédier même le moindre grain. A cela près que Tyr et Sidon étaient entièrement tributaires de ces importations depuis les règnes d'Hiram et Salomon et qu'en Judée, le trésor royal s'enrichissait des confortables commissions à lui versées et par les producteurs galiléens et par leurs agents phéniciens. Alors qu'ils auraient voulu avoir l'occasion d'expliquer à Hérode Agrippa pourquoi ce paiement n'avait pas été effectué et prendrait encore un certain temps (l'histoire était longue et ne risquait pas beaucoup d'intéresser le roi, où il était question de malversations de fonds, d'échec dans la construction de docks et autres investissements miniers qui avaient tourné court), ils n'avaient eu droit qu'à un entretien avec Blastus, le grand chambellan de Sa Majesté, la veille de la cérémonie au cours de laquelle César et la ville qui portait son nom allaient être honorés, où, enfin, le roi procéderait à l'ouverture des jeux.

— Il est malade, leur avait dit Blastus. Dans l'état de mauvaise humeur perpétuelle où il se trouve, ce ne sont pas des mots doux et autres promesses qui vont l'apaiser. Ça fait longtemps qu'il n'est pas très content de vous.

Il parlait, avec lenteur, un araméen qui, proche de la langue en usage en Phénicie, n'était pas difficile à comprendre par les deux émissaires.

— Nous lui avons apporté des cadeaux.

— Ils sont beaux ?

— Ce qu'il y a de mieux. Pur artisanat phénicien. Des bracelets et des cuirasses en or et en argent... enfin quoi : tout le bazar.

— Tout le quoi ?

— C'est-à-dire que... ça ne va pas l'empêcher d'exiger de gros intérêts sur cette facture qui n'est toujours pas réglée et que nous, nous aimons bien traiter avec des hommes d'affaires. Et non, pas avec des monarques qui croulent sous le poids des bijoux et autres bazars. La flatterie, ce n'est pas notre fort.

— N'empêche qu'il faudra quand même le flatter. Depuis peu, c'est la seule nourriture qu'il avale.

— Combien crois-tu qu'il va nous demander d'intérêts ?

— Le maximum. Si j'étais à votre place, je commencerais à songer à importer mon blé d'Égypte. Ils comprennent mieux les affaires que lui, là-bas. Il a trop vécu à Rome.

Ce fut alors qu'Hérode Agrippa était en train de se tortiller de douleur dans son lit (intolérable, le mal avait repris) que sa fille Bernice lui annonça la mauvaise nouvelle d'un cœur léger.

— Il est toujours en vie, ton bonhomme, fit-elle.

— Quel bonhomme, mon enfant ?

— Celui à qui on était censé couper la *rosch*.

Elle avait pris la mauvaise habitude d'émailler son grec de mots araméens empruntés à sa gouvernante.

— Tu sais, reprit-elle, celui qu'attrapait du *dagim* et passait son temps à prêcher ! Celui qu'avait un *sakan* blanc.

Tout ça en se caressant un menton qu'on avait lisse et joli.

— Parle plus clairement, mon enfant.

Déjà son père s'était appuyé sur le coude et la regardait d'un œil furieux.

— Bah ! ils en causaient tous à la *schuk,* enfin : c'est ce qu'elle disait, la vieille Miriam, même qu'ils connaissaient le vieux *yeled* à qui qu'on avait vraiment coupé la *rosch,* y en a qui l'avaient vue après, enfin quoi : la *rosch* que j' veux dire, et qu'y disaient que c'était le vieux... comment c'est déjà qu'y s'appelle ? Et l'autre, y s'est sauvé et il est toujours vivant, dans la cave à quelqu'un qu'y se cache, y a une *naarah* qui l'a vu, même qu'au début elle croyait que c'était un fantôme sauf que c'en était pas un. Comme qui dirait qu'y a de la triche, qu'elle disait la vieille Miriam, même qu'un roi, ça devrait pas s' faire tricher que c'est un devoir, qu'elle disait aussi. Enfin : c'est ce que j'ai entendu à la cuisine.

Le roi agita rageusement la sonnette qui se trouvait près de son lit et Blastus se montra, au bout d'un long moment. Il regarda son maître sans la moindre déférence : il était évident qu'Hérode Agrippa Ier ne ferait pas de vieux os en ce monde. Âgé d'à peine trente ans, Blastus avait devant lui, il faut le dire, tout un avenir non monarchique dont il convenait de s'occuper au plus vite. Le roi permit à sa fille de lui raconter encore une fois son histoire.

— Non mais ! s'écria, farouche, un Hérode Agrippa qui faisait la grimace, t'as entendu parler de ça, toi ?

Blastus fut bien forcé de reconnaître qu'il avait entendu parler de « ça », « lui ».

— Tu rentres à Jérusalem, lui ordonna Hérode, et tu mets tout de suite la police sur le coup. La tête de ce bonhomme, c'est sur le billot que je la veux ! Et avec elle, toutes celles des individus qui ont celé la vérité à leur roi. C'est du sang que je veux et, nom de Dieu, j'en aurai !

— Après la cérémonie ? Enfin, je veux dire : l'ouverture des jeux ?

— Non : maintenant. Tu prends un cheval et tu files !

Sous les clameurs césaréennes Hérode Agrippa parut au milieu de ses hôtes de marque. L'airain résonnait et l'on battait le tambour. Il avait l'air non seulement en robuste santé mais même indiciblement majestueux : robe en argent où les rayons du soleil matinal venaient s'accrocher, il brillait tel un astre. Il avait le visage fardé et s'était fait servir une drogue revigorante : lorsqu'il parla, ce fut en articulant aussi délibérément que quelqu'un de légèrement soûl. Recevant ses visiteurs romains dans l'antichambre criarde de sa loge royale, il leur dit :

— Bienvenue aux honorables sénateurs Auspicius et Cinnus ! Que notre royal port de Césarée les accueille comme il faut. Nous sommes sûrs qu'ils seront satisfaits du spectacle que nous leur avons préparé. Car nous leur avons fait venir... hé ! Blastus, qu'est-ce que c'est qu'on leur a fait venir, déjà ?

Mais celui-ci était déjà parti pour Jérusalem. Ce fut le sous-chambellan qui lui répondit :

— Des bêtes sauvages, Majesté. Et des gladiateurs.

Un des deux émissaires de Phénicie s'empressa de lui présenter un coffret ouvert où reposaient des bijoux étincelants. Ayant aussitôt recours au langage cynique du courtisan, il lui dit :

— Majesté... excusez ce terme qui m'échappe... Divinité plutôt...

Sachez que votre sainte personne resplendit tel un dieu. Non, point ton peuple n'a besoin d'autre dieu qu'Hérode Agrippa. Permets, Très Saint, qu'ici je t'offre des présents qui, indignes d'un dieu, sont tout ce qu'humble et abusée, l'humanité a pu façonner de mieux pour parer quelqu'un qui, déjà, brille d'un éclat plus fort que celui du soleil, de la lune et des myriades de constellations.

Avide, Hérode Agrippa plongea sa main droite couverte de bagues dans le coffret pour en sortir un bracelet particulièrement bien travaillé et le regarder à la lumière. C'est alors qu'il vit quelque chose entrer en voletant par la fenêtre ouverte. Un oiseau. Qui alla se percher sur l'une des cordes autour desquelles on avait enroulé des guirlandes de fleurs de saison fraîchement coupées afin de lui rendre hommage. Une petite chouette blanche. Qui le regarda sans la moindre déférence. Hérode Agrippa se souvint de quelque chose : il y avait bien des années de cela, à une époque où il encourait encore le déplaisir de l'empereur Tibère, on l'avait brièvement mis aux fers et obligé à rester dans la cour d'une prison avec des criminels du commun. S'étant appuyé au tronc d'un arbre, il avait aperçu des oiseaux qui pépiaient dans ses branches. Un seul ne pépiait pas : il hululait. Une chouette, plus âgée que celle-ci. Croyant que les chouettes étaient des oiseaux de mauvais augure, il avait commencé par avoir peur. Jusqu'au moment où, en riant, un prisonnier des provinces d'outre-Rhin lui avait révélé, avec force grondements gutturaux, que sa présence en ces lieux signifiait qu'il allait être bientôt libéré. Ce qui avait été le cas. A ceci près que, sans rire cette fois, le Germain lui avait aussi prédit que si jamais il en voyait une autre, cela aurait un sens entièrement différent : alors il ne lui resterait plus que cinq jours à vivre.

— Enlevez-moi cet oiseau de là ! cria-t-il avant de s'effondrer.

Hurlant de douleur, il fut promptement emmené au palais dans une litière. « N'aurait jamais dû accepter l'hommage du blasphème phénicien, marmonna l'un des conseillers à barbe. On s'élève au divin et le divin réagit en vous jetant à terre. » S'il s'était trouvé là au lieu d'attendre le retour de Paul dans une Antioche où il le baptiserait et amènerait ainsi à la foi, Luc, lui, aurait sûrement eu le diagnostic moins affriolant : rupture d'un kyste hydatique, aurait-il dit, et les petits vers qui se tortillèrent dans les dernières selles du roi lui auraient donné raison.

La mort d'Hérode Agrippa ne fut regrettée nulle part. Son enterrement même ne donna pas lieu aux très extravagantes démonstrations dans lesquelles on est toujours si cyniquement expert à se lancer dans les territoires de l'Orient. Ce fut sans grande cérémonie qu'on le jeta dans la tombe de ses ancêtres royaux. Quoique passivement, il avait blasphémé, et encore, au bout de cinq jours d'une souffrance méritée, avait rendu l'âme en poussant un cri qui avait beaucoup ressemblé à un juron. Après avoir vu leurs projets de libération du joug étranger anéantis pendant un certain temps, les zélotes furent heureux de pouvoir reprendre leurs réunions secrètes et de se remettre à amasser des armes dans des caches : on en était revenu à la seule situation que les trois quarts d'entre eux avaient connue avant les trois ans d'un règne (en Judée, s'entend : les territoires voisins avaient, eux, subi sa loi pendant sept années) où, pour avoir eu un semblant d'autonomie, le souverain n'avait jamais été plus que fantoche entre les mains des Romains. On attendit la nomination d'un nouveau procurateur et espéra retomber dans plusieurs années d'une apathie renouvelée et impuissante : il n'y avait que dans ce genre de situation qu'on était vraiment heureux.

Enfin promulguée par Claude et le Sénat, la loi qui interdisait à tous les Juifs — hormis ceux qui avaient réussi à acheter leur citoyenneté pleine et entière à l'impératrice Messaline — de rester plus longtemps à Rome amena, un bateau après l'autre, des cargaisons entières de réfugiés à Césarée (on parla plus joliment de « rapatriés »). Rares étaient ceux qui connaissaient la Palestine, voire avaient envie de la découvrir. Parmi eux se trouvait un grand nombre de nazaréens et l'Église de Jérusalem fut ravie de s'en accroître d'autant. Dégoûtés par un Hérode Agrippa dont la soif de vengeance n'avait rien à voir avec la vraie piété et se sentant, ça aussi, coupables d'avoir acquiescé à une exécution de Jacques qui les avait mis mal à l'aise, les grands prêtres de la foi juive les laissèrent tranquilles. Certains Philistins convertis — on avait, sous la brève monarchie, été fort prompt à apostasier — ressortirent la foi qu'ils avaient mise au placard et, l'ayant dépoussiérée, exigèrent bien haut qu'on en reconnût et régularisât l'essentielle judaïté.

Pierre, qui n'était plus dans la clandestinité, présida un jour un grand rassemblement de nazaréens. L'affaire se passa en plein air, au mont des Oliviers. Ayant soigneusement préparé son discours inaugural avec l'aide de Jean Marc, il parla en ces termes :

— Membres de la foi, amis des croyants, nous sommes ici réunis en un moment où, semble-t-il, il n'y aurait que peu d'obstacles au développement de notre Église mère à Jérusalem et à l'extension de toutes celles que nous avons en Asie. Le gouvernement de la Judée est, ainsi que vous le savez, en train de repasser aux mains de Rome après la mort très regrettée de notre roi. D'un jour à l'autre, l'empereur Claude va nommer un nouveau procurateur mais... qu'en attendre sinon, romaines l'une et l'autre, un peu de justice et un peu d'indifférence ? Mon frère et collègue Jacques — et c'est là un nom qu'aucun d'entre nous ne saurait prononcer sans aussitôt se souvenir, dans la tristesse mais aussi le triomphe, de celui qui mourut en martyr — vient de se voir accorder le droit de diriger l'Église de Jérusalem. Nous pouvons donc, dès maintenant, lui conférer le titre d'inspecteur, ou *episcopos,* soit encore : « évêque de Jérusalem ». Mon travail à moi est ailleurs, tout comme l'est celui de tant de mes collègues, tels Paul et Barnabas qui présentement s'affairent à porter la Bonne Parole aux gentils. Si nous sommes ici rassemblés, c'est pour débattre d'un problème bien précis : celui des relations entre ces mêmes gentils et ceux d'entre les sectateurs de Notre-Seigneur Jésus-Christ qui, élevés dans la foi juive, se considèrent toujours comme tels malgré tous les changements radicaux par lesquels ils sont passés. La parole est à Matthias.

Matthias, qui était assis dans l'herbe, se leva et, après avoir recraché un noyau d'olive, se lança dans le discours suivant :

— Père Pierre, car c'est ainsi que je dois l'appeler, mes frères en la foi... je parlerai sans détour. Nous autres, sectateurs de Notre-Seigneur Jésus, béni soit Son nom, sommes venus à Son enseignement non point parce qu'il s'agissait d'une nouveauté mais parce que, bien au contraire, il était l'accomplissement même d'une chose très ancienne. Sa venue, les prophètes l'avaient annoncée. Ses ancêtres, on en retrouve jusqu'au sein de la maison de David et Messie, il le fut pour le salut du peuple juif. Permettez que je dise les choses simplement : d'abord les Juifs et après seulement, les gentils. Ainsi pourrait-on résumer la mission d'un nôtre frère Paul qui, arrivé dans telle ou telle autre cité, commence toujours par se rendre à la synagogue afin de s'adresser aux Juifs qui, peut-être ou peut-être pas, accepteront d'entendre la Bonne Parole. Après quoi, il prêche à ces gentils qui, « dans la crainte de Dieu », ainsi qu'on les dit, souvent, selon son expérience au moins, sont plus prompts que les Juifs à suivre et assimiler ce nouvel enseignement. Bon... Mais le gentil qui reconnaît Jésus-Christ est aussi quelqu'un qui obéit à la loi qui a précédé la venue de Notre-Seigneur. Oui, la loi de Moïse, il y est entièrement attaché. C'est elle qui l'oblige à accepter la circoncision, à abhorrer la nourriture impure, à éviter la fornication et les degrés interdits du mariage...

Pierre l'interrompit pour dire :

— Cela signifie-t-il qu'il doit respecter la Loi en tant que Juif avant de le faire en tant que nazaréen ? Je crois sentir dans les propos de Matthias une certaine condamnation de ce que je fis moi-même en baptisant le centurion romain Cornélius sans commencer par exiger qu'il changeât d'habitudes diététiques, voire voulût bien se faire circoncire. Cela étant, nous n'avons aucune ordonnance qui obligerait le gentil que l'on a baptisé à obéir aux lois juives. Voilà qui doit être clair. La foi est pour tous... et couper des prépuces n'en fait pas partie.

Un prêtre du bas clergé se leva pour le reprendre là-dessus :

— Je ne suis pas encore prêt à suivre les enseignements du Christ et pourtant... comme beaucoup de mes frères ici présents, j'incline dans son sens. De fait, à reconnaître la résurrection du corps, nous nous portons, nous autres pharisiens, très nettement à sa rencontre. Vous ne sauriez néanmoins attendre de nous qui nous proclamons juifs et, même à être prêts au baptême, devrons toujours nous déclarer tels, une acceptation sans réserves des mœurs des gentils. Quant à espérer que nous nous mêlions à eux et les traitions en frères alors que, selon nos lois d'avant, ils font partie des impurs !...

A ces mots, Pierre se mit en colère et eut cette vision à l'appui de ses dires :

— Rien de ce que Dieu a créé ne peut être qualifié d'*impur*. Ça aussi, il faut que ça soit clair. Traiter en frères tous ceux qui suivent ses enseignements est quelque chose que Jésus-Christ exige absolument. Circoncisions et règlements diététiques n'ont rien à y faire. Frères, écoutez-moi...

Car on avait le murmure quelque peu belliqueux, là-bas, au mont des Oliviers. Or, ainsi que vous le savez peut-être, l'olive est emblème de paix.

— ... Écoutez-moi, je vous le dis....

Et ils l'écoutèrent, la plupart au moins.

— Il y a assez longtemps de cela, Dieu me choisit entre vous afin que, par ma voix, les gentils puissent entendre la Parole et croire. Et Dieu, qui sait le cœur des hommes, donna aussi aux gentils le Saint-Esprit, tout comme Il nous le donna à nous autres. Et encore Il ne fit aucune différence entre eux et nous, qui leurs cœurs purifia par la foi. Alors pourquoi faut-il que maintenant vous alliez Le juger et tentiez d'assujettir les disciples du Christ à un joug que ni nos pères ni nous-mêmes, nous ne fûmes capables de supporter ? Car voici ce en quoi nous croyons : nous croyons que tous nous serons sauvés par la grâce de Notre-Seigneur Jésus-Christ... tous... Juifs comme gentils.

Il y eut encore plus de murmures et même un ou deux cris poussés derrière. Plus âgé, mais en habits de prêtre lui aussi, un autre se leva et parla de manière plus raisonnable. Il dit :

— On entend beaucoup parler du travail d'évangélisation de celui qui, pour nous, restera toujours Saül, et de celui, aussi, de nombre d'autres. Nous apprenons alors que ces gentils qui se sont convertis à votre foi, qui n'est pas encore la mienne, se prennent pour des gens très spéciaux, voire privilégiés, qui ne sauraient obéir qu'à leurs lois, ou absence de lois. Ils crient partout que c'est le Seigneur Jésus qui les sauvera, que déjà Il les a purifiés de tous les péchés passés, présents et à venir. Or donc, ils pourraient se conduire comme bon leur semble ? Ils pourraient sauter au pieu avec leurs mères, grands-mères, nièces et filles et, pourquoi pas ? avec leurs neveux et fils aussi ? On serait au-dessus de toutes les lois de la plus élémentaire décence ? Vous me suivez... ? Parce que non : aimez-vous les uns les autres, nous savons tous ou ça peut mener. Seule la loi juive pose carrément ce que l'on peut et ne peut pas faire. Grignotez un bout de viande de porc et vous verrez comment vous finirez par bouffer de la merde de chien en prétendant que c'est bon... avec un peu de moutarde... ! Forniquer librement ? Mais on en viendra vite à enculer les moutons ! Ce que je suis en train d'essayer de vous dire ? Que cette histoire d'amour universel et de vie éternelle ne fait pas le tour de la question. Se conduire comme il faut est un devoir. Oui, il faut que les hommes se nettoient les parties, non, il ne faut pas qu'ils aient de la boue des villes, ni non plus du sable des déserts, dessous le prépuce. Les nazaréens doivent d'abord être juifs et je propose, moi, qu'on en fasse une obligation fondamentale.

Sur quoi, applaudi par beaucoup, il se rassit dans l'herbe. Jacques le

Mineur, qui n'avait plus besoin de ce sobriquet pour qu'on le distinguât de l'autre, Jacques le seul donc, Jacques se leva à son tour et dit :

— Frères, écoutez-moi. Nous savons qu'il y a bien des siècles de cela, Dieu approcha d'abord les gentils afin de trouver en leur sein un peuple qui obéirait à Sa loi. Il tomba sur les Juifs mais affirma que le reste de l'humanité avait le droit de chercher le Seigneur. N'est-il pas dit en effet, permettez qu'ici je cite les Saintes Écritures : « Tous les gentils qui invoquent mon nom » ? Ce que j'en conclus ? Que nous cessions d'importuner les gentils sur ces questions mais envoyions des lettres dans toutes nos Églises asiatiques afin d'interdire l'adoration des idoles, la fornication, la sodomie et l'ingestion de viande contenant du sang parce que l'animal a été tué par étranglement. Voilà qui servirait nos besoins. Qui plus est, recourir au compromis est toujours recommandable. Sans compter que semblable arrangement unirait la parole de Moïse à celle de Jésus-Christ.

— Il faut les circoncire ! hurla quelqu'un, et son cri fut repris par beaucoup d'autres.

En colère, Pierre leur hurla :

— Il faudrait donc que la propagation de notre foi soit entièrement attachée à... comment ça s'appelle, déjà, Jean Marc ?

— Au coït. Aux organes de la reproduction.

— Non : ce que je dis, moi, c'est qu'une bonne partie de notre travail dans les provinces asiatiques consiste à combattre des déesses qui...

— Coït !

— Coït ! Oui, contre des gens qui n'arrêtent pas de forniquer et en sont remerciés par la bénédiction d'une déesse qui... On pourrait même dire qu'en ces lieux que fréquentent les gentils, le grand ennemi, c'est... les organes génitaux de la femme. Et voilà qu'ici, à Jérusalem, certains d'entre vous se mettraient à transformer les organes génitaux masculins en on ne sait quelles verges pour empêcher qu'on ne rejoigne l'assemblée du Seigneur ? Or ce dont nous sommes censés nous occuper, c'est de l'âme... et aussi de l'amour et du salut. Voyez comme vous en venez à y attacher moins d'importance qu'à un vulgaire bout de peau que l'on coupe à...

— Nos organes reproducteurs !

— Vos organes reproducteurs !

On n'en continua pas moins d'exiger la circoncision des gentils de la foi nazaréenne.

— Qu'on en parle dans une lettre ! lança Jacques.

Allez savoir pourquoi, jamais il n'aurait cru que la propagation de la foi et les problèmes d'organisation y afférents obligeraient quiconque à écrire des lettres. Comme si le Christ en avait jamais rédigé lui-même ! Comme si... Non : personne chez eux ne faisait dans l'épistolaire. Sauf Paul, bien sûr. Mais Paul, c'était la nouvelle manière. N'avait-il pas, lorsqu'il s'était rendu à Césarée avec tous les fonds d'aide aux victimes de la famine, passé toutes ses journées à en écrire ? Non : jamais encore ils n'avaient, eux, eu affaire à ce que l'on couche sur le papier.

Marcus Julius Tranquillus avait, lui, reçu une lettre, ou plutôt : un billet, où on lui recommandait de faire attention où il mettait les pieds. Signé ? *Quidam amicus.* Il l'avait détruit aussitôt après l'avoir lu mais, assis maintenant dans la salle à manger de la petite maison qu'avec Sara il louait sur les pentes du Janicule, il ne cessait d'en ruminer le contenu. De fait, il ne se contentait pas seulement de faire attention où il mettait les pieds : il était en train de prendre des mesures, il agissait. Il allait avoir un rendez-vous, le soir même. Pourquoi le soir ? Parce que l'affranchi Narcissus lui avait dit « le soir » et qu'il avait ses raisons. L'ennui dans tout ça, c'était qu'avoir des ennemis la nuit était dangereux. Le jour, on pouvait les éviter. La nuit, il en allait différemment.

Le repas ayant pris fin, Sara s'était mise à débarrasser la table. Le beau-frère de Julius, Caleb, y était encore assis et s'efforçait de faire entrer un grain de raisin blanc dans la bouche d'une petite Ruth qui, furieuse qu'on la sevrât, recrachait tous les aliments solides qu'on lui donnait à manger. On n'en suçait pas moins le peu de jus qui se trouvait encore dans le grain de raisin.

— C'est l'heure d'aller au lit, dit Sara à son frère en lui prenant l'enfant.

— Il faut absolument que je trouve du travail, fit Caleb. Que je me marie. Que je fonde une famille à moi...

— Si tu veux dire par là, lui renvoya sa sœur, que tu n'es plus le bienvenu chez nous...

— Non, non. Je suis énervé, c'est tout. Même que ce boulot, quel qu'il soit, ce sera jamais mon vrai boulot.

— Quoi ? Tuer des Romains ? C'est pas très flatteur pour ton Romain de beau-frère.

— Oh ! s'écria Caleb, il pense comme moi. Du chiqué, le « grand » Empire romain ! Ça pue la corruption et ça s'imagine avoir pour mission de « purifier » le monde entier ! Non, je n'ai pas envie de tuer des Romains. Enfin, je veux dire : pas les Romains ordinaires. C'est rien que des êtres humains, eux aussi. Mais l'État, ça, c'est autre chose.

— C'est quand même lui qui paie Julius, lui fit remarquer Sara en berçant l'enfant. Mais Jupiter ou un autre, merci, au moins n'est-il plus au service de l'épouse dudit État romain.

— J'ignorais, s'étonna Caleb. Ça remonte à quand ?

— Hein ? Quoi ? C'est quoi qui remonte à quand ? fit Julius.

— Il écoutait pas, dit Sara. Il ruminait. Parce qu'on l'a écarté du service de la très divine Messaline.

— Il faut que je sorte, dit Julius.

— Ce soir ? Et pourquoi ?
— Il faut que j'aille au Palatin.
— A pied ? Mais c'est loin !
— Un peu moins de deux kilomètres, c'est tout. En plus, ça descend. Comme qui dirait qu'on me donnerait, peut-être, une nouvelle affectation.
— Alors, pourquoi cet air sinistre ? lui demanda Sara. Non, non : au fond, je suis persuadée que la divine Messaline te manque beaucoup.
— Arrête de me taquiner, dit Julius. Je ne me suis jamais senti tranquille avec elle. Ah ! et puis cesse d'employer ce mot de *divine*. Y devrait y avoir un mot pour dire le contraire mais je vois pas lequel.
— Y en a un en hébreu, lança Caleb.
— Il émanait d'elle une espèce de... Ah ! Je ne sais pas comment le décrire, je...
— Elle avait l'air d'un bloc de glace, le coupa Sara.
— C'est que de la glace, t'en as jamais vu.
— Pas comme elle ! Parce que, elle, je l'ai vue ! De loin seulement, je veux bien mais... Oui, belle comme la glace.
— Sauf qu'elle avait rien de glacé, ça, j' peux te le dire ! Des sourires impériaux plus que brûlants, oui ! Quand elle... ah ! Laisse tomber.
— Quand elle quoi ? s'enquit Caleb.
— Quand elle exigeait qu'on soit discret. C'était son grand mot : être discret. Sauf que maintenant, moi, je sais bien qu'il va falloir que je sois tout le contraire. Hé, Caleb... enfin, je veux dire : Metellus... Il va falloir être discret là-bas, non ? Y a quelque chose de... ah ! et puis ça suffit.
— Les Juifs sont en train de revenir à Rome, reprit Caleb. Les Romains n'arrivent pas à s'en passer. Les synagogues vont bientôt rouvrir. Avec des soldats romains autour pour empêcher les émeutes.
Sara ayant enfin emmené la petite Ruth jusqu'à son berceau dans la grande chambre, Julius déclara :
— Non, ce que je voulais dire, c'était que... Dis, tu veux pas m'accompagner jusqu'au Palatin ?
— Avec joie. Mais ce serait pas... ?
— Si, si : c'est dangereux. Y a plus rien de sûr à notre époque. Surtout la nuit.
— J'emporte ma...
— Oui, emporte-la. Je suis peut-être idiot, mais quand on est marié, il convient d'être... enfin quoi... prudent. Un jour, tu comprendras toi aussi.
— La prudence, merci, j'ai déjà appris à comprendre.
Il fit reluire sa dague pendant que Sara endormait la petite Ruth en lui chantonnant :

Oh non ! N'aie pas peur
Quand hurlent les loups.

Ni Romulus ni Rémus n'étaient en pleurs
Quand ils entendaient les loups.
Maman arrive, Maman est là,
Coucou! les loups!

Julius passa devant pour descendre la colline. Il boitait encore, il s'était enveloppé d'un manteau sous lequel il agrippait la poignée de son épée. Habillé en citoyen romain, Caleb le suivait. La Via Aurélia était déserte. Ils avaient à peine fini de longer les arènes nautiques lorsque, bondissant d'un buisson d'arbousiers, trois hommes se jetèrent sur Julius. Se ruant trente pas en avant, Caleb fut plus qu'athlétique à la dague, qui terrassa un des assaillants. Celui-ci tenta de rejoindre le buisson en se traînant dans son sang. Les deux autres s'enfuirent en courant.

— Pas très efficaces, lança Caleb. Vaudrait mieux questionner le dernier. Bah! Comme qui dirait que c'est un peu tard. Regarde-moi c't' estafilade! Au moins en aurai-je enfin tué un, de Romain!

— Inutile de le questionner. Je m'y attendais un peu.

Julius se sentit en sécurité après avoir dépassé les sentinelles du mont Palatin. On le connaissait, il n'eut pas besoin de donner le moindre mot de passe. Il raconta son affaire, on le conduisit — et que ce fut long — jusqu'à une pièce où trônait un bureau encombré de rouleaux. Il lui fallut attendre un instant avant que Narcissus ne se montre. Il lui rapporta ce qui lui était arrivé en venant.

— Inutile de te raidir au garde-à-vous! lui lança Narcissus. Tu n'es pas au défilé.

Très grec, il avait les cheveux frisés et les portait longs, les laissant même lui couvrir des oreilles qui, percées, avaient autrefois été ornées d'anneaux d'esclave. Narcissus avait été émancipé et faisait maintenant partie des affranchis. Dans la haute administration, personne n'égalait les Grecs. Des oreilles percées, il y en avait beaucoup sur les pentes du mont Palatin. Narcissus était sensiblement plus petit que Julius. Il l'invita à s'asseoir. On s'assit.

Narcissus attaqua :

— Aurais-tu des raisons de croire qu'on t'a tendu un guet-apens pour un motif particulier? Enfin... c'était plus que de vulgaires détrousseurs de grand chemin?

— Et moi qui m'attendais à ce qu'on cherche le moyen de ne pas m'obliger à... à ouvrir le bouche. Si mon beau-frère ne s'était pas trouvé là, cette bouche, on me l'aurait close à jamais.

— Oui oui oui. Ton beau-frère, dont j'ignore jusqu'au nom, mérite bien de toi, voire, j'imagine, de l'État. Les Romains qui ont ce genre de bravoure, on n'arrête pas d'en entendre parler, mais on en voit rarement.

— Il se trouve qu'il est juif.

— Juif? Ah oui : c'est vrai qu'ils reviennent, n'est-ce pas? J'ai même dit à César qu'il n'y avait pas vraiment moyen de les tenir à l'écart. Bel os à ronger pour les sénateurs qui leur devaient de l'argent. Bah... Et maintenant, il faudrait que tu ailles parler à l'empereur.

— Je ne m'attendais pas à... dit Julius d'un ton surpris. Enfin, je veux dire que...

— Il vient juste de rentrer d'Ostie. Le nouveau port, tu sais ? Un de ses petits projets favoris. Et demain matin, il repart pour Néapolis. Voilà pourquoi ce soir m'a paru le meilleur moment. Suis-moi.

Narcissus lui fit emprunter un grand nombre de couloirs pour le conduire jusqu'aux appartements impériaux — qui étaient gardés. On procédait justement au changement des sentinelles et ce, sans aboyer aucun ordre. Julius connaissait le chef du détachement, un certain Flaccus. Ils se firent un signe de tête. Ils s'étaient mis à fouler un tapis des plus doux — oh ! comme il faisait du bien aux pieds souffrants de Claude ! — lorsque Narcissus lui dit :

— L'empereur te connaît et a très bonne opinion de toi. Le fait que tu aies été blessé pendant la campagne de Bretagne a suffi à te rendre cher à son cœur. Tu n'auras guère de souci à te faire pour ta carrière si tu... eh bien... si tout se déroule selon nos prières.

— Amen.

— Qu'est-ce que t'as dit ?

— Désolé, Chef, ça m'a échappé. Un mot que j'ai appris. Ma femme. C'est de l'hébreu.

— Tu sais l'hébreu ?

— Pas beaucoup.

— Mais un peu quand même, non ? Je vois, je vois.

Sur quoi il frappa à une porte et entra aussitôt.

— Que l'empereur me pardonne, dit-il sans la moindre sincérité.

Claude était en train de bercer sur ses genoux certaine jeune personne de belle mine en qui Julius reconnut la nièce même de l'empereur, Agrippine. Elle se sauva très vite par une porte de côté. Légèrement embarrassé, Claude déclara :

— Déploiement d'affffection avunculaire, rien de plus.

Il n'avait pas l'air en bonne santé : le cheveu était blanc comme neige, le visage barré de rides et le bégaiement incontrôlable.

— Or ça, vvvoivoici le jeune homme dont ton ton nous dit tant de bien ? Laisse-mmoi meme reprendre avant que tu ne mmme dises... tou-ou-out ? (ce dernier mot prononcé en élevant la voix).

Julius avala sa salive et attaqua :

— Je te supplie de comprendre que je suis un peu partagé là-dessus : disons qu'il y a conflit de loyautés. Le poste que l'on m'avait confié impliquait une certaine discrétion, qu'on m'ordonna d'ailleurs d'observer aussitôt. Loyal envers l'impératrice, je me devais de l'être mais c'était cette loyauté même qui m'amenait à trahir mon empereur. Comprends donc mon embarras.

Ils étaient, Narcissus et lui, restés debout tout ce temps-là. Revêtu d'une robe de chambre qui, entrouverte, découvrait un corps grassouillet et blanc comme limace, l'empereur était assis dans un large fauteuil surchargé de coussins jaunes.

Il dit :
— Je crois que tu ferais mieux de t'asseoir. Je crois aussi que nous fffferions mieumieux de boire un peu de vin. Tu es un soldat et moimoi aussi j'ai bibibiberonné avec les hommes. Détends-toi... cococomme si tu étais au mess. Narcissus ? Tu veux nous... ?
Narcissus leur apporta une carafe de vin des plus simples et des coupes qu'il trouva sur une table dans un coin, à l'autre bout de la pièce. Celle-ci n'était pas très grande, qui donnait au contraire une impression d'intimité quasi familiale. Julius ne fut pas fâché de ce vin qu'on lui tendait : il avait la bouche sèche.
— Vvvvvas va-z-y ! lui ordonna l'empereur.
Julius y alla :
— L'impératrice rendait donc beaucoup de visites en ville... et dans les environs... et alors, c'était moi le chef de son escorte. Elle les faisait essentiellement au même homme — souvent dans l'une ou l'autre de ses maisons mais parfois aussi dans une ferme ou villa qu'il ne possédait pas en propre. A l'occasion, cela se passait dans une auberge sur la route d'Ostie. L'individu en question était Caius Silvius. Néanmoins, je n'entendis qu'une seule fois l'impératrice l'appeler par son nom — le jour où je patrouillais aux abords de la demeure d'un parent de son ex-épouse, la dame Lollia Paulina.
— Ex-époupouse... ?
— Hier, avant qu'on ne me renvoie du service de Son Impériale Majesté, je l'ai entendue donner du *mari* au consul... et celui-ci... le sieur en question... la traiter d'*épouse*. Au début, je me suis dit qu'il devait s'agir d'une espèce de plaisanterie. Mais voilà : une des dernières missions dont on m'avait chargé avait justement été de fournir une escorte militaire pour certaine... ah ! je ne sais pas si je dois dire réception, cérémonie religieuse ou... orgie...
— Tu veux dire, le reprit un Claude qui était devenu très pâle, qu'il y aurait eu une de ces fêtes orientales... que l'esclave Chre-chre-chrestus, enfin, je ne sais pas son nom...
— Non, Majesté, pas « religieux » dans ce sens-là. Cela se déroulait sur les terres d'un certain Silanus... on pourrait appeler ça un hommage rendu au dieu du vin... tout à fait approprié en cette saison de vendanges : du raisin, des feuilles de vigne, des flots de vin et un homme gras et nu qui tenait le rôle de Bacchus. Il y avait beaucoup d'ébriété dans tout ça...
Julius, qui avait bien entendu la raideur avec laquelle il avait prononcé ces derniers mots, s'en sentit assez paradoxalement souillé.
— Le consul Silanus, reprit-il cependant, et c'était peut-être inévitable, se transforma en Silène. Beaucoup de luxure... de nudités.
Et, comme pour les excuser, il ajouta :
— Mais l'après-midi était chaud...
— Cccc...
Il fit ainsi qu'on le lui ordonnait : il continua.
— C'est alors qu'un homme en habit de prêtre entra en scène afin de procéder à un mariage. Peut-être en vis-je plus que je ne l'aurais

dû. J'étais censé rester dans une espèce de futaie. Toujours est-il que je fus témoin de cette cérémonie entre l'impératrice et Caius Silvius. Je crus qu'il ne s'agissait que d'un jeu : on riait beaucoup et la solennité n'était pas de mise. Et puis ce mariage, ou semblant de mariage, fut... ah ! j'ai du mal à poursuivre...

— Il le faut, dit Narcissus.

— Fut... fut consommé dans l'instant... et en public. Et alors, par sympathie, disons... tous les autres invités... une très grande quantité de corps nus. Des hommes et des femmes. De la fornication, pour eux. Et aussi des jeunes garçons, des Ganymède. Pour l'impératrice et Caius Silvius, on parla de consommation du ma...

— Ainsi donc, tu tu avais raison, Narcissus, l'interrompit Claude avec calme et sans beaucoup bégayer. Je te dois pas mal d'excuses. Se donner en bigame afin de montrer tout le mémémé... mépris que l'on a et de son mari et des lois de Rome ! Belle façon de laisser entendre au monde qu'il serait certaine gloglo... gloire à la dépravation ! Et ce Caius Silvius ? Quand pense-t-il donc avoir la force de porter le coup qui lui assurera la coucou... la coucou...

— Je ne crois pas qu'il ait pareille ambition, lui répondit Narcissus. Le bonhomme est un faible auquel l'érotisme est monté à la tête, rien de plus.

Et, s'adressant à Julius, il demanda :

— Et où sont-ils en ce moment ?

— On me fit donc comprendre que l'on n'aurait plus besoin de mes services et qu'il allait me falloir aller au rapport afin de me faire assigner une autre tâche. On précisa aussi que je devais faire preuve de discrétion dans ma façon de rapporter tous ces faits. Cette dernière phrase fut prononcée sur un ton où je crus sentir de la menace... J'ai entendu brièvement parler d'un voyage à Néapolis.

— Et aussi peut-être, s'enquit Narcissus, de prendre un bateau pour l'île de Capri ? La Villa Jovis ?... Celle qui fut assignée à l'impératrice par acte donatoire dûment enregistré, précisa-t-il à l'adresse de Claude qui s'était mis à trembler.

— L'impératrice ? le reprit-il. Ne lui accorde plus ce titre. Parle, si tu y tiens, de l'*ex*-impératrice. Arrestation dans l'instant et exécution presque immédiate.

Il s'exprimait d'un ton clair, pédant même, comme s'il était en train de mentionner quelque personnage peccant au beau milieu de ses écrits historiques.

— Quant au procès, dit-il encore... tout Rome doit déjà savoir cette dépravation par trop nauséabonde pour que ses propres égouts puissent l'absorber ! Oui, tous... sauf l'empereur ! Je fus faible, Narcissus.

— Tolérant, César. Distrait par d'innombrables tâches...

— Jeune homme, lança l'empereur à Julius, ce monde est encore plus mauvais qu'on pourrait le croire. Il ne se passe pas de jour que quelque traîtrise ne s'y découvre, que quelque putride révélation n'y soit faite. Ce sont les temps mêmes qu'il faut laver, récurer, transformer en cette tatablette sur laquelle nous écrirons le nouvel âge. Une vaste pupu… pupurge et que l'on recommence sur d'autres bases ! Mais personne ne veut en donner le signal. Personne personne personne.

Sur quoi, en poussant un étonnant hurlement de terreur animale auquel on ne s'attendait pas, il jeta sa coupe de vin par terre et s'en fut d'un pas chancelant.

Il y eut une pause. Pendant laquelle Julius resta debout : il avait fait son devoir, il était prêt à ce qu'on lui signifiât son congé. Narcissus le regarda du fond de son fauteuil.

— Tu peux m'en dire plus ?

— Pas beaucoup. Rien que cette histoire de voyage à Néapolis. Non, attends… ils ont aussi parlé de *Célestes Gémeaux*. Mais là, je n'y étais pas tellement. Ça ressemblait à une plaisanterie pour initiés.

— Il y a un bateau qui porte ce nom. Il fait la navette entre Néapolis et Capri. Enfin… autrefois. Dis-moi… ça te plairait de mener cette purge à bon achèvement ?… D'appréhender le… les deux criminels ?

— Aurais-je voix au chapitre, Chef ?

— Oui, je crois que oui. Mais je comprendrais très bien que tu ne veuilles plus être mêlé à cette affaire. Je nommerai quelque brute de la Garde prétorienne qui s'en chargera. Tu as bien travaillé…. En plus, permets-moi cette honnêteté, tu m'as beaucoup aidé à retrouver la confiance de l'empereur. Je l'en avais déjà averti mais il n'avait aucune envie de m'écouter. A un moment donné, il s'est même mis à faire des bruits qui m'ont laissé entendre que la colère était en train de monter… comme si je n'avais fait que lui parler trahisons supposées. Bon, et maintenant… m'est avis qu'une bonne semaine ou deux au sein de ta famille ne serait pas mal venue… Une petite prime prélevée sur le trésor, peut-être… ? Ainsi soit-il… Ou plutôt : c'était quoi, ce mot hébreu, déjà ?

— Amen.

— Voilà… Tu as des liens avec les Juifs, c'est bien ça que tu m'as dit ?

— Par le mariage, Chef.

— Ça te plairait de servir en Palestine ?

— Je me considère toujours comme un bon serviteur de l'Empire, mais j'ai perdu le goût du sang.

— Une de tes tâches sera d'empêcher qu'on le fasse couler davantage. Tu ferais peut-être bien de travailler ton hébreu.

— Mon araméen, Chef.

Il serait, je pense, bien lassant de faire le compte rendu détaillé des innombrables voyages qu'infatigable, Paul entreprit au service de la Nouvelle Parole : où qu'il allât, il racontait, en gros, la même chose et suscitait, toujours en gros, les mêmes réactions mitigées. C'est ainsi qu'après avoir versé l'argent destiné à remédier à la famine qui sévissait en Judée, il retourna à Antioche, y baptisa Luc le médecin, trouva que la communauté chrétienne était en bonnes mains et, enfin, se prépara à rejoindre Chypre. Des chefs de l'Église d'Antioche il vaut peut-être de noter qu'il devait y avoir un Noir en leur sein (sinon, je ne vois pas pourquoi il se serait appelé Siméon Niger) et qu'un autre encore, qui avait nom Manaken, ce qui signifie « celui qui réconforte », aurait été élevé avec Hérode le tétrarque. Il semblerait que son grand-père, qui portait le même nom, aurait fait très plaisir à l'infanticide Hérode le Grand en lui prédisant des tas de belles choses — à la suite de quoi ledit Hérode aurait logé toute sa famille dans sa royale demeure et le jeune Manaken serait devenu une manière de prince par adoption. D'où l'image de deux enfants jouant ensemble avec des balles dorées, etc., etc. — le premier devant être par la suite un chef de l'Église et le second obliger Jean-Baptiste à se faire raser la tête pour satisfaire certaine danseuse prénommée Salomé. Voilà qui devrait avoir un sens précis... mais je ne vois pas lequel.

C'est à huit kilomètres au nord de l'embouchure de l'Oronte, à Séleucie, que Paul prit le bateau avec Barnabas. Plus tard, le très savant Jean Marc les rejoignit sur la côte orientale de Chypre, à Salamine. Certains y connurent la grande révélation mais d'autres leur jetèrent des briques. Dans la ville de Paphos, siège du gouvernement provincial où le proconsul Sergius Paulus régnait en maître au nom du Sénat romain, Paul pria pour que, blasphémateur, le sorcier Élymas tombât aveugle : sa prière fut entendue et promptement réalisée. Sergius Paulus en fut impressionné et envisagea de se joindre aux membres de la foi nouvelle. J'ai néanmoins l'impression qu'il ne fit là que se montrer poli à l'endroit de celui qui portait presque son nom. Paphos ayant, elle aussi, sa déesse polymammaire — elle était plus proche d'Aphrodite que d'Artémis —, Paul tonna encore contre la fornication. Beaucoup l'écoutèrent avec plaisir, mais la plupart n'en continuèrent pas moins de forniquer.

Le trio fit ensuite voile pour Perge, ou plutôt Attalia. Là, ils descendirent en bateau la rivière du Ceste jusqu'à la ville qui se trouvait à l'intérieur des terres et, en sa synagogue, Paul y alla d'un long discours sans faille sur la façon dont le peuple juif s'était lancé dans la quête d'un messie, — et était parvenu à ses fins. Petit, chauve et tonnant malgré la malaria qui le faisait trembler, il impressionna beaucoup plus les gentils que les Juifs. Autre chose : il avait aussi l'air de prendre pour argent comptant le fait qu'il aurait été, lui, Paul, responsable de la mission bien que, plus ancien dans le service et donc jouissant d'une plus grande autorité au sein de l'Église mère d'Antioche, Barnabas ait eu le pas sur lui. Jean Marc lui en voulut de cette façon qu'il avait de toujours reléguer son cousin au second rang et le lui dit un jour.

Paul lui rétorqua :

— Je ne vois pas en quoi cela te concerne le moins du monde.

Barnabas, lui, ne s'en plaint pas. Prêcher la Bonne Parole l'occupe beaucoup trop pour qu'il songe même à se dire de la moindre importance. Dépêche-toi de prêcher toi-même et cesse de m'importuner avec ces mesquineries.

— J'ai l'impression que tu te rengorges. Oui, j'ai l'impression que c'est plus d'éloquence que des poumons que tu enfles. Quand tu parles aux fidèles, on dirait presque que c'est toi qui as inventé la foi. En plus, il ne me semble pas que tout ce que tu racontes soit bien orthodoxe.

— Et qui pourrait le dire ?... Hormis toi sans doute — toi qui as lu trop de livres pour réfléchir sur la foi.

— Jésus s'était fait l'ami de la prostituée et toi, tu leur hurles dessus comme si elles étaient le mal incarné !

— Elles le sont.

— Je crois que je vais rentrer à Jérusalem.

— Comment t'y rendras-tu ? Tu te paies la traversée en travaillant ?

— Une semaine de leçons de grec aux filles du bonhomme Nabal me suffira. En plus, on m'a demandé de donner une conférence sur le culte de Zoroastre. Donc pas de soucis à se faire côté argent, ô toi, Père de la foi.

— Comment viens-tu de m'appeler ?

— T'occupe pas. Et bonne chance pour tes prêches.

Et c'est ainsi que Jean Marc s'en revint à Jérusalem pendant que Paul et Barnabas semaient le trouble en remplissant les synagogues de gentils auxquels ils recommandaient d'arriver avant les Juifs. On leur jeta des pierres lorsque, poussant vers l'est, ils prirent la route d'Iconium. Une fois dans la ville, ils eurent encore des ennuis mais, un Iconien qui avait nom Onésiphorus les ayant avertis des violences que certains chefs politiques fomentaient dans les masses, ils furent à même de s'enfuir sans encombre. Onésiphorus fut tellement impressionné par Paul qu'il nous a laissé un petit poème en grec qui à jamais nous dira son apparence physique :

Bien bâti, quoique de petite taille,
Nez large et regard pénétrant,
Et jambes arquées en oméga,
Il a les sourcils qui se touchent
Et certes est aussi chauve qu'un œuf.
Un homme, c'en est un, mais de la grâce,
Oui, parfois illumine sa laideur.

Et puis encore Lystres et puis encore Derbé, avant de rentrer à Antioche. Où ils se disputèrent, Paul lui ayant déclaré :

— Les choses marchent bien ici, je suggère que nous fassions demi-tour pour voir comment ça se passe là-bas.

— Tout de suite ?

— Sans tarder.

Barnabas y alla d'une quinte de toux, comme pour s'excuser. Et puis il dit :

— Il y a ici, à Antioche, quelqu'un qui regrette ses péchés. Mais il t'évite. Je lui ai dit de venir chercher ton pardon mais il a peur.

— Quoi ? Tu oses encore me parler de ton damné de cousin ?

— Oui. Et j'espère que ce terme de « damné » ne te sert qu'à exprimer, bien conventionnellement, ton déplaisir. Jean Marc est un être bon et utile. C'est vrai qu'à Jérusalem il a passé pas mal de temps à faire la mauvaise tête mais il semblerait qu'il ait enfin compris où est sa place. Voilà pourquoi je pense qu'il faudrait lui redonner sa chance.

— Un traître et un transfuge ! Pas question que je m'embarrasse de sa compagnie.

Barnabas soupira.

— Et si je la désirais, moi, sa compagnie ? fit-il.

— Écoute, Barnabas, moi, là-dedans, je subodore surtout de l'esprit de famille. Tu as envie qu'il vienne avec nous parce que c'est ton cousin et moi, je m'y refuse parce qu'il est déloyal et, parlons franchement, parce que, aussi, il a une conception assez peu orthodoxe de notre foi... Non, il ne vaut pas tous les ennuis qu'il nous causera.

— M'est avis, si tu permets, que t'en prends un peu trop sur toi. Personne ne nie que tu sois éloquent et très brillant intellectuellement. Ni non plus que tu aies beaucoup de succès en tant qu'évangéliste. Il n'en reste pas moins que tu t'arroges une prépondérance sur moi à laquelle je ne vois pas de raison. Ne pas oublier que tu en étais encore à te traîner le cul par terre à réparer des toiles de tentes lorsque je fis appel à toi ! Oui, c'est moi qui fondai l'Église d'Antioche et après seulement te demandai de m'aider ! Il n'était nullement question que tu te sentes libre d'usurper ma primauté. Je m'excuse de t'avoir parlé crûment mais tu l'as cherché. Jean Marc viendra avec nous.

— Non, non, non : rien à faire.

— Si, si, si : il vient avec nous.

— Tu es têtu comme un cochon, Barnabas, et tu n'as pas la cause enracinée au fond du cœur. Nous ne pouvons pas nous payer le luxe de nous encombrer de simples badauds... surtout lorsqu'ils sont aussi chicaneurs qu'un Jean Marc qui, en plus, n'arrête pas de vaciller aux confins de l'hérésie dans pas mal de ses vues. Non, il ne viendra pas avec nous, un point c'est tout.

— Parfait. Puisque c'est comme ça, je ne viens pas, moi non plus.

— Oh que si !

— Oh que non !

— Bien, conclut Paul. Aussi regrettable que ce soit, on dirait que c'est ici que nos chemins se séparent. Va donc où tu veux puisque, pour toi, l'importance de la « primauté », comme tu dis, est si grande ! Et emmène ton cousin avec toi ! Un assistant, je m'en trouverai un autre !

— Tu vois ! s'écria Barnabas. Un simple assistant ! C'est tout ce que j'étais pour toi ! Et non, oh non ! pas un collègue qui aurait travaillé avec toi sur un pied d'égalité. Sache que Jean Marc et moi, ce sera en frères que nous irons dans la foi !

— En cousins... et éloignés, encore ! Et où te proposes-tu d'aller ?

— À Chypre, pour commencer.

— Pour y défaire le beau travail que nous y avons déjà entamé ? Pour que Jean Marc s'en aille convertir les prostituées du temple ?

— Les voies du Seigneur sont ouvertes à tous.

— Alors, vas-y ! Dépêche-toi ! De toute façon, dit-il presque avec brutalité, j'ai besoin de quelqu'un qui, comme moi, soit citoyen romain. Se balader avec quelqu'un qui ne pouvait pas arguer de tous les droits d'un citoyen de Rome m'a suffisamment gêné comme ça ! Pourquoi je ne m'en suis encore jamais réclamé, de ces droits ? Mais par loyauté envers toi, Barnabas ! Sauf qu'il y a aujourd'hui un certain Silas qui est de passage ici. Et que tous nos privilèges ancestraux, il les a. En tout cas, c'est ce qu'il dit et je ne vois pas pourquoi il mentirait. Quand je pense que nous en sommes venus à ça alors que c'est l'amour que nous prêchons !

— L'amour que j'ai pour toi, lui renvoya Barnabas avec raideur, n'est en rien diminué par cette altercation.

— Je suis heureux de l'entendre, lui rétorqua Paul.

Ainsi donc, avec un Silas qui était jeune homme très fier d'un latin qu'il parlait avec tant de rondeurs cicéroniennes que les gens de son pays avaient du mal à le comprendre, Paul s'en retourna dans sa Cilicie. Ayant franchi la chaîne du Taurus par un col connu sous le nom de « Portes de la Cilicie », il entra dans un royaume d'Antioche auquel le roi des Commagènes avait, quelques années auparavant, ajouté une partie de la Cilicie et tous les territoires de la Lycaonie orientale. Enfin arrivé en Galatie, il en inspecta les Églises. La première mission de Paul et Barnabas y ayant été raisonnablement fructueuse, beaucoup lui demandèrent avec affection ce qu'il était advenu de son ancien partenaire.

Sans sourciller, Paul leur répondit :

— L'œuf s'est divisé et, Dieu soit loué, là où nous n'avions qu'une équipe itinérante, nous en avons deux aujourd'hui.

Les membres de l'Église de Lystres lui ayant recommandé un jeune homme du nom de Timothée qui, selon eux, avait tout ce qu'il fallait pour bien apprendre l'art d'évangéliser le peuple, Paul le soumit à examen après avoir inspecté la paroisse.

Tout comme Silas, il était jeune et avait l'air timide, mais pas au point d'en être secret. Paul lui dit :

— Parle-moi de toi. Je veux tout savoir.

— Ma mère s'appelle Eunice, commença Timothée avec un léger zézaiement galate. Elle est juive. Mon père, lui, était grec : un gentil. C'est son nom que je porte.

— Ah ! Ce qui fait que tu es juif.

— Ce n'est pas ce que pensent les Juifs. Pour eux, je ne suis que le fils incirconcis d'un Grec et quand ils me le disent, ça ressemble beaucoup à une insulte.

— Te circoncire ne devrait pas poser de problème.

Timothée en fut atterré.

— À mon âge ! s'écria-t-il. Et puis... n'as-tu pas écrit une lettre où tu disais que c'était inutile ? Elle a été lue dans toutes les Églises de Galatie, tu sais ?

— Si, c'est vrai. Mais c'était avant que nous ayons reçu celle de Jérusalem où l'on recommande aux gentils de faire tout leur possible pour se conformer aux exigences de la loi juive... Ceci, ajouta-t-il avec un aimable sourire, afin d'apaiser les dissensions... La circoncision, hmm. Tu es l'homme qu'il nous faut. Qu'est-ce qu'ils vont être heureux, à Jérusalem !

— Mais, lui remontra Timothée en fronçant le sourcil, c'est que ça fait mal ! Et que c'est dangereux !

— Bêtises que tout cela ! Tu verras comme tu te sentiras tout neuf après ça ! Allez ! On s'occupe de régler ça dès cet après-midi :

Ainsi le pauvre Timothée se fit-il pincer et couper le prépuce par un *mohel* qui, surtout forgeron de sa profession, avait les doigts durs et forts. Il ferma les yeux, éprouva la morsure du rasoir, rouvrit les yeux pour découvrir qu'un bout de sa chair reposait sur un morceau de drap blanc, saigna, s'en remit et, en souffrant, s'en fut, avec Paul et Silas, vers des endroits que Paul connaissait en Phrygie galate. On poussa, vers le nord, jusqu'à Philomelium, et puis encore au nord-ouest afin de traverser une Phrygie asiatique où Paul se dispensa de prêcher : on n'y était pas prêt à accueillir la parole du Seigneur. Arrivés à Dorylaeum, ou Cotiaeum — mes informateurs ont des doutes là-dessus —, ils se risquèrent plus à l'ouest et allèrent renifler la mer à Troas, colonie romaine qui n'avait pas oublié son caractère de ville grecque. Y ayant rempli ses poumons d'ozone, Paul s'écria :

— Ah ! *Thalassa !*

— Ou *thalatta,* selon qu'on s'en réfère à tel ou tel autre dialecte ! entendit-il quelqu'un lui faire remarquer dans son dos.

Paul se retourna. C'était Luc, le médecin. Ils se trouvaient alors sur le quai principal de la ville, dans la petite boutique d'un marchand de vin en plein air. Luc adressa un sourire à son ami.

— Je te l'avais bien dit que je serais là ! fit-il en secouant son petit sac en cuir plein de médicaments. C'est mieux qu'à Antioche. Plus de malades. Bah... Et si tu nous présentais ?

Sur quoi il s'assit. Une autre coupe fut promptement apportée.

— Ça fait encore mal, hein ? finit-il par demander à Timothée. C'est parce que ça bat contre les jambes quand tu marches. Tiens, essaie cet onguent.

— La Macédoine ! lança soudain Paul. Je vois que c'est pas les bateaux pour y aller qui manquent ! Philippe de Macédoine. Alexandre le Grand. Les terres du conquérant enfin conquises. Tu viens avec nous, Luc ?

— En qualité de conseiller médical ? Tu sais que je ne peux pas prêcher. Si j'ai rejoint la foi, je n'y suis pas encore expert.

— Comment se porte le poème ?

— J'ai laissé tomber. Les vers, j'ai pas ce qu'il faut pour ça.

— Essaie la prose.

Dans la maison de Luc, Paul se vit accorder le privilège de dormir dans son lit pendant que les autres couchaient par terre. Il y eut le sommeil lourd et y fit plusieurs rêves, tous futiles sauf un qui, lui, pensa-t-il en se réveillant, était fort significatif, voire révélateur et péremptoire. Il y avait vu Alexandre entrer dans sa tente et s'y dévêtir de son armure. S'étant assis à une table, l'empereur s'était mis à discuter avec ses chefs militaires d'une manière incompréhensible et puis, sortant du rêve pour observer celui qui le faisait, il avait lancé : « Étant donné que j'ai déjà bu le sang de tout le monde, je pourrais aussi bien boire le sien. »

Ainsi prirent-ils, tous les quatre et ce, dès le lendemain, le bateau pour traverser la mer Égée, arriver en Samothrace à la nuit tombante, là, du haut en bas de la montagne, se sentir battus par les flots immémoriaux du culte de Cabiri et, le surlendemain, toucher à Néapolis, sur la côte de Macédoine.

— Philippes ! s'écria Paul en apprenant de la bouche d'un des marins qu'à cinq ou six cents mètres près, l'endroit ne se trouvait qu'à quinze kilomètres de la côte.

— Vous rendez-vous compte, demanda Silas alors qu'ils s'étaient mis en route, que nous sommes maintenant en Europe ? Oui, que nous sommes passés sur le continent romain ? C'est là, à Philippes, qu'Antoine et Auguste, qui n'était encore qu'Octave à l'époque, vainquirent Cassius et Brutus. Enfin nous entrons dans l'histoire romaine !

— Intéressant, lui répondit Paul d'un ton absent.

Plus intéressante fut la manière dont ils n'arrivèrent pas à découvrir une seule synagogue dans toute la ville.

— Pas de Juifs dans le coin ? s'enquit Paul.

— C'est aussi ici qu'Auguste installa ses anciens combattants et ce, non seulement après avoir défait lesdits Cassius et Brutus mais encore après avoir rossé Antoine et Cléopâtre à la bataille d'Actium, reprit Silas.

Intéressant : rien que des gentils, pas un Juif à l'horizon. Étant donné qu'il en faut dix pour faire un *minyan* et donc une synagogue, il ne saurait, par conséquent, y en avoir que neuf au maximum.

Ils s'assirent tous les quatre au bord de la rivière Gangites et mangèrent le pain qu'ils avaient emporté pour le voyage. Il y avait là des femmes qui lavaient leur linge en le battant contre des pierres : « On y allait, ainsi que le fit remarquer Silas, d'une manière un peu trop vigoureuse pour espérer jamais arriver au grand âge. » Timothée suggéra, mais sans enthousiasme, de se lancer à la recherche des Juifs.

— Non, dit Paul. Les gentils nous suffiront pour l'instant. Laisse-moi faire.

Et, élevant la voix pour s'adresser aux femmes, il leur dit :

— Avez-vous entendu parler des chrétiens ? Nous sommes ici pour parler en leur nom. Continuez de taper sur votre linge, Mesdames, et m'écoutez... ou pas... comme vous voudrez.

Certaines lui obéirent. L'une d'entre elles, qui ne lavait rien et préférait goûter à la fraîcheur des saules, l'écouta même fort attentivement. Elle s'appelait Lydia, lui dit-elle, et était originaire de Thyatire, ville qui faisait partie d'une ancienne province de Lydie, dont elle portait le nom. Les Juifs de Thyatire, car ils y avaient formé une colonie, elle les connaissait tous, étant elle-même ce qu'on pourrait appeler une femme « dans la crainte de Dieu ». C'était en Lydie qu'on pêchait la créature pleine de piquants dont, murex, on tirait la pourpre. Non, elle n'était pas mariée et gagnait sa vie en important ladite teinture de Thyatire. Intéressant. Avait-elle envie d'être baptisée ? Plus tard, répondit-elle, ne pas précipiter les choses. Et vous, Messieurs, vous avez un endroit où coucher ? Venons juste d'arriver. Y a des fois où je loge des gens. Même qu'en ce moment, j'ai deux chambres de libres.

Or donc, ils descendirent chez une Lydia qui avait l'air de bien s'en sortir en important sa pourpre et s'assirent devant une table où une servante leur apporta une grillade de poisson de rivière accompagnée d'une sauce relevée, le tout présenté, à la manière philippine, dans une sorte d'entonnoir en céramique. Ils s'étaient mis à en manger (sauce à l'ail pilé avec graines de moutarde cuites au vin), lorsqu'ils entendirent, par la fenêtre qui donnait sur la rue principale, la voix d'une fille en train de tenir, leur sembla-t-il, des propos bien incohérents.

Habituée à la chose, Lydia poussa un soupir et leur lança :

— Moi, je dis que c'est une honte ! Oui : un péché ! Cette pauvre fille ne va pas bien dans sa tête et eux — elle est orpheline —, ils se sont mis à deux pour la séquestrer et en faire une espèce de diseuse de bonne aventure. Elle raconte tellement de bêtises qu'il y en a qui prennent ça pour la voix du dieu Apollon ! Ils y posent des questions et eux, ces bonshommes, ils leur expliquent ce que signifient ses réponses de follingue ! Et, bien sûr, ils se font plein d'argent et la retiennent prisonnière dans une cave. Même qu'ils n'y donnent rien d'autre à manger que du pain rassis ! Et moi, je dis et je répète que c'est une honte pas possible ! Vous reprendrez bien un peu de poisson, non ?

Alors qu'elle était en train de tous les resservir — tous sauf un Paul qui lui avait répondu que non, merci, il en avait assez —, la maison se mit à trembler et la terre à gronder. Passionnante, cette ville de Philippes.

— Des secousses, on en a souvent, dit Lydia. Les deux types qui la séquestrent, ah ! la pauvre fille ! ils prétendent que c'est parce qu'Apollon ne touche pas assez d'argent sur ses prophéties. Comme quoi y en a qui disent n'importe quoi pour se faire des bénefs !

Silas leur apprit qu'il y avait effectivement eu un tremblement de terre pendant la bataille de Philippes et que c'était cela qui avait déconfit Brutus et Cassius mais non : pas Octavien.

Le lendemain matin, Paul et Silas laissèrent chez Lydia un Timothée et un Luc qui, sans citoyenneté romaine, avaient tout intérêt à se montrer prudents dans une ville de l'Empire. Qui plus est, ils ne s'étaient pas encore remis de la sauce piquante de la veille. Les deux pèlerins sortirent seuls et, comme prévu, tombèrent sur la pauvre démente. Installée sur la place du marché, elle était tout à la tâche qu'on lui imposait et criait des âneries du genre *Alaba alaba arkkekk* qu'aussitôt on traduisait en : « Le dieu déclare que oui, tu peux faire ton voyage mais non, pas plus de trois jours. » La terre ayant tremblé, on ajouta : « Et d'ailleurs, voilà que le dieu confirme sa prophétie et te demande d'être généreux envers ses serviteurs. » Le regard fuyant, les deux lascars étaient d'âge moyen et portaient des robes maculées de graisse. Paul devina qu'ils tiraient plus que des avantages pécuniaires de la fille. Yeux par trop écartés et cheveux crasseux, cette dernière était revêtue d'une tunique de prêtresse bleue et très propre. Leurs regards se croisèrent : si elle était, elle, faible d'esprit, il l'était lui aussi.

Ce fut d'une voix très claire qu'il lui demanda :

— Comment t'appelles-tu ?

— *Arg werb forkrartok,* lui répondit-elle.

— Pas question de tolérer ces idioties, lui renvoya-t-il. Tu as peur de ces deux-là et c'est parce que ce sont tes geôliers, qu'ils t'exploitent et te transforment en une voix qui, sous couleur de faire dans la vérité prophétique, n'arrive qu'à ânonner des bêtises. Même à ne s'en tenir qu'aux normes de la Rome païenne, c'est déjà une abomination. Viens avec nous et nous nous occuperons de toi. Car nous, nous servons le vrai Dieu, et donc la vérité, la douceur et la décence. Laisse ces infâmes et nous t'emmènerons en un lieu sûr et confortable.

La jeune fille s'étant mise à pleurer amèrement, les deux hommes abreuvèrent Paul d'injures et, quoique Silas n'eût encore rien dit, demandèrent aux badauds de témoigner contre ces deux étrangers qui blasphémaient. La réaction de la prêtresse qui sanglotait toujours fut bien différente : s'étant dressée sur le tabouret où elle était restée assise — un trépied de pythonisse —, elle s'écria :

— Ils ont bien raison : j'en ai marre de tout ça ! C'est *eux* qui m'y obligent ! Oui : il a bien raison de dire que tout ça, c'est que des bêtises !

Sur quoi elle se joignit à un Paul et un Silas qui s'empressèrent de l'emmener jusqu'à la maison de Lydia. Cela ne se passa pas sans mal : le commun n'aimant guère qu'on l'éloigne de ce qu'il prend pour des manifestations divines, certains leurs jetèrent des cailloux. Lydia fut très contente d'accueillir la jeune fille qui, aussitôt, permit à son aînée de l'enlacer et, alors, sanglota et hurla à s'en fendre le cœur.

Paul hocha la tête et dit :

— Laisse-la. Elle est en train de vomir tout son malheur... Ah ! mais c'est que nous avons des visiteurs !

C'étaient les propriétaires de la fille qui, déjà, martelaient la porte d'entrée de coups de poing et criaient qu'ils avaient amené les licteurs avec eux. Paul leur ouvrit et sourit aimablement aux officiers qui, sans uniforme, étaient armés de verges. Symboles de leur autorité, elles leur servaient aussi à châtier les coupables.

— Des étrangers ? s'enquit l'un d'eux. Il va falloir répondre à certaines accusations. Suivez-nous.

Paul et Silas haussèrent les épaules et souffrirent de se faire emmener jusqu'à un tribunal où l'on requit la présence des duumvirs, ou préteurs, afin de pouvoir les questionner.

L'un des plaignants s'exprima en ces termes :

— Ça s'est passé comme ça, Votre Honneur. Rien qu'à les regarder, c'est des étrangers, et même des Juifs, et en plus, ils se permettent de faire obstacle à notre bonne religion romaine et aussi à notre bon commerce que...

Un des préteurs — on avait encore, d'un repas qu'on n'avait pas fini, des miettes de pain sur les bajoues — dit à Paul :

— Seriez-vous donc les individus qui, hier, au bord de la rivière, se sont permis de prêcher certains galimatias phénoménalement superstitieux et contraire aux lois de Rome ?

— Si c'est de la foi chrétienne que tu veux parler, alors oui, nous sommes ces individus. Cela étant, il ne me semble pas que ce soit là ce dont on nous accuse. Ces messieurs nous ont, mon collègue et moi-même, amenés ici pour répondre à une accusation dont ils n'ont toujours rien dit.

— T'occupe pas de ça pour l'instant ! Vous êtes juifs, c'est bien ça ?

— Oui, nous sommes juifs.

— Et aussi... commença Silas.

Mais Paul lui donna un coup de pied pour lui enjoindre de se taire.

— Mais pourquoi... ? fit-il en fronçant les sourcils d'un air étonné.

— Nous n'aimons pas beaucoup que les étrangers s'en viennent chez nous pour semer le désordre et empêcher les gens de vivre à la mode romaine, lança l'emmietté. Licteurs ! ajouta-t-il, mettez vos verges à bon usage et après ça, fourrez-moi ces grands nez en prison !

— Mais, s'écria l'un des bateleurs, y nous ont empêché de travailler et notre travail à nous, c'est quand même d'invoquer l'oracle du dieu Apollon ! Cette fille qui nous appartient, Votre Honneur, y l'ont tellement embêtée qu'elle peut plus faire son travail sacré !

— Ainsi que je l'ai déjà dit, lui rétorqua le préteur en se levant de son banc, qu'on leur applique les verges comme il faut et que, non seulement on me les colle en prison mais oui, aussi, qu'on me les mette aux ceps afin qu'ils se tiennent tranquilles un moment ! Empêcher ceci ! empêcher cela ! Ah ! je m'en vais les calmer un peu, moi, ces gens qui veulent empêcher les choses de tourner en rond ! Allons ! Au travail !

Sur quoi, le deuxième préteur, qui voulait suivre son exemple, demanda :

— Vous n'avez pas entendu ce qu'on vous a dit ?

C'est ainsi qu'ayant perdu la main dans l'art de manier les verges, les licteurs les emmenèrent jusqu'à la place du marché à grands coups de pied et là, ajoutèrent aux spectacles du jour en les obligeant à se mettre à poil et les rossant avec leurs fouets.

— Mais… hoqueta Silas, ils peuvent pas nous faire ça ! À nous ! La loi le leur interdit !

— Laisse-les se fourrer dans leur tort, lui répondit Paul en grimaçant de douleur. Ce genre de truc… Ouille… y a des fois où… Aïe !… ça peut être utile.

Lydia, qui avait laissé la fille — une certaine Eusébia, semblait-il — chez elle afin qu'on lui lave les cheveux et que Luc et Timothée puissent la protéger au cas où les deux vauriens qui affirmaient en être propriétaires reviendraient à la charge, assista à leur supplice. Très respectée dans la ville, elle réussit à entraîner plusieurs femmes à crier à « La honte de Rome ! Si c'est ça, la justice ! » avec elle.

Il y eut encore un tremblement de terre qu'on interpréta diversement, les uns déclarant y entendre la voix d'un Apollon qui approuvait la séance de fouet, et les autres celle d'un dieu qui protestait hautement de ce qu'on rossât ainsi les deux hommes. L'affaire une fois terminée, Paul et Silas refusèrent de renfiler leurs robes en disant, avec bon sens, qu'ils n'avaient aucune envie que le sang les leur collât à la peau du dos : la chaleur du soleil (soit : celle du bienheureux Apollon) ferait du bien à leurs blessures. Ainsi donc ils furent emmenés dans une cellule où leur incarcération se doubla d'une immobilisation des membres à l'aide d'une machine romaine des plus ingénieuses, celle appelée : « ceps ». Lydia et une autre blackboulèrent tellement les gardes qu'à la fin ils acceptèrent que leurs prisonniers soient nourris à la main — ce dont les deux femmes se chargèrent en leur enfournant du pain et du poisson grillé dans la bouche (« Non, non : pas de cette sauce piquante, s'il te plaît », stipula Silas) et encore en leur faisant descendre du vin à grandes rasades dans le gosier. Après quoi, elles les laissèrent tranquilles. Les tremblements de terre reprirent, firent accompagnement en bourdon aux psaumes qu'ils se mirent à chanter à voix haute, Silas les saupoudrant bizarrement ici et là d'une ode d'Horace. Ils n'étaient pas seuls dans leur cellule : deux voleurs s'y trouvaient aussi, que Lydia et sa compagne avaient rassasiés des restes, abondants, de vin et de poisson. Ils apprécièrent beaucoup les psaumes — Paul et Silas avaient la voix forte mais mélodieuse —, et ne détestèrent point l'érotisme d'un Horace dont ils reconnurent pourtant n'avoir jamais entendu parler.

— Ça alors, Romains nous sommes et voilà qu'il nous faut apprendre l'existence d'un de nos concitoyens de la bouche de deux Juifs ! Non… y a pas besoin que vous soyez pris là-dedans, fit le plus costaud des deux, un certain Parvulus, semblait-il, en examinant le mécanisme desdits « ceps ». Enfin, je veux dire : c'est pas que vous auriez envie de vous sauver au plus vite, pas ? Moi, je dis que c'est ajouter la blessure à l'insulte. Hé ! Calvinus ! donne-moi un coup de main !

Habitués à pénétrer dans les maisons par effraction, les deux durs en démantibulèrent les traverses les unes après les autres. Cela ne se passa pourtant pas sans difficulté : ne les aidèrent surtout pas des secousses sismiques qui, à certains moments, rendaient le sol en pierre aussi instable qu'un pont de navire.

— Là ! s'écria enfin un Parvulus triomphant.

Soulagés, Paul et Silas se frottèrent les poignets et les chevilles.

— Pas mal fait, ce machin. Du travail d'étrangers, reprit-il.

C'est alors que, tel un géant souterrain qui, à essayer de briser une paire de ceps, n'aurait jamais réussi qu'à montrer les signes de son épuisement, le tremblement de terre arriva enfin à son but — qui n'était autre que de jeter le trouble dans la stase plus que hautaine de l'architecture de Philippes.

— Par Castor et ce putain de Pollux ! lança un Parvulus rempli de terreur sacrée alors que, la cellule semblant s'abattre au creux d'une lame de fond, la porte se retrouvait soudain séparée de ses gonds.

Son message tellurique une fois transmis, la terre s'en retourna enfin au sommeil dont elle avait privé ses habitants les plus proches.

— Nous, on se casse ! reprit Parvulus en se ruant vers l'absence de porte.

Mais Paul l'arrêta :

— Attendez ! En faisant ça, vous allez mettre les gardes dans l'embarras. Ils seront obligés d'en venir à l'épée : c'est la loi et vous la connaissez.

— Pour ce que j'en ai à foutre, ils peuvent bien aller se faire déchiqueter par Pluton et sa femme ! Quant à la loi, j'en ai rien à secouer : comme si c'était pas à cause d'elle qu'on est là !

A ce moment précis, deux gardes entrèrent dans la cellule et, soulagés, virent que les prisonniers dont ils avaient la charge non seulement s'y trouvaient toujours mais semblaient intacts.

Paul leur dit :

— Alors, vous voyez ? Vous le voyez comment notre Dieu s'occupe des Siens ! De nos chaînes Il nous délivre et nous ouvre la porte afin que nous soyons libres. Mais non : nous avons compris dans quelle fâcheuse posture cela pourrait vous mettre et avons préféré décliner Son offre. Ainsi nous vous donnons à voir la force de notre religion. Rejoignez donc la file des convertis qui va nous attendre dès que nous sortirons d'ici.

Peu de temps après, Paul et Silas furent effectivement relâchés, nos deux bons voleurs — auxquels Paul avait dûment enseigné qu'aux hommes de leur espèce des places toutes spéciales étaient réservées au paradis chrétien — ayant, eux, à purger leur peine jusqu'au bout. Une fois de plus, on les conduisit devant des préteurs qui, posant à la magnanimité romaine, déclarèrent qu'à leur avis, nos criminels avaient enfin compris et qu'il ne leur restait plus à eux, les garants de l'ordre, que de leur faire vider les lieux à coups de botte dans l'arrière-train.

Mais Paul leur dit :

— Attendez ! Mon collègue et moi-même sommes romains : *cives romani sumus*. Il serait, évidemment, facile de le prétendre sans en fournir la preuve mais il est trace de notre statut aux archives, un : de Tarse en Cilicie et, deux : de Césarée en Palestine. Nous exigeons donc que vous vérifiiez l'authenticité de nos dires. Nous sommes prêts à attendre : nous avons beaucoup de choses à faire ici pour enseigner la foi nouvelle aux gens. Les peines que vous encourez pour a) avoir fait fouetter des citoyens romains, b) les avoir emprisonnés sans jugement et c) les obliger à quitter un territoire romain sous la contrainte, vous les connaissez. Déchus de votre poste de préteur, vous le serez l'un et l'autre, et encore châtiés selon les termes des lois valérienne et porcienne. Bien ! N'en disons pas plus là-dessus. A ceci près que s'il vous venait à l'idée de ne pas tolérer que nous exercions, avec discrétion, la foi que nous professons, vous risqueriez de vous mettre, l'un et l'autre, et je ne parle même pas de vos licteurs, dans un très mauvais pas. Sur quoi, je vous salue bien.

Ainsi une Église fut-elle fondée à Philippes et ce, sans grande opposition de Juifs qui étaient toujours moins que dix ou de Romains qui, eux, avaient bien senti tout l'intérêt de certaine discrétion. Luc choisit de s'établir chez Lydia afin de pouvoir y soigner, affirma-t-il, une Eusébia qui, couverte de plaies, souffrait encore d'une très horrible malnutrition. Qui plus est, ajouta-t-il, la ville n'était pas riche en médecins et il avait envie de coucher par écrit — ceci dans la confortable fraîcheur de la pièce qu'on lui avait allouée — certains détails, en prose cela s'entend, des voyages entrepris par son ami Paul le missionnaire. Accompagné de Silas et Timothée, ce dernier poussa vers l'ouest en empruntant la Via Egnatia qui reliait les mers Égée et Adriatique. Enfin ils arrivèrent à Thessalonique, capitale de la Macédoine, et là tombèrent sur une grosse colonie juive dont les membres portaient presque tous des noms hellénisés. La synagogue du lieu était très prospère. Recrutée en sous-main, une partie de la populace tenta d'y traîner Paul, Silas et Timothée devant les politarques, ou édiles municipaux, en les accusant d'essayer d'ériger en rival de Claude un certain Jesus Chrestos qui, criminel palestinien, était devenu esclave grec par la suite. Mais Paul, Silas et Timothée s'étant fait promptement chasser de la ville la nuit venue, le seul membre de la traîtreuse conspiration dont on put s'emparer fut un marchand juif du nom de Jason (il s'appelait, en fait, Joshua) que les politarques furent bien obligés d'acquitter faute de preuves. Furieux, ceux qui avaient ainsi payé une partie de la populace la jetèrent dans les rues de Bérée, cité où nos évangélistes étaient arrivés entre-temps. Silas et Timothée y passèrent aussitôt dans la clandestinité pendant qu'une poignée de convertis aidait Paul à gagner Methone, ou Dium — ou quelque autre port —, où, seul, il prit le bateau pour Athènes.

Athènes. C'est là que Paul eut à faire face à la tâche la plus ardue de toute sa carrière, celle de convaincre des intellectuels versés dans les philosophies de Platon, Aristote, Zénon et Épicure, de bien vouloir prêter l'oreille à ce qu'il avait à dire d'une religion qui, en raison, n'était pas des plus fondées. Sous le joug romain, les Grecs étaient restés un peuple fier : ceux qui avaient inventé la science de gouverner avaient, pour la plupart, toujours le droit de faire ce que bon leur semblait. Il ne rencontra donc aucune résistance à ce qu'il prêchait, tant de la part de Juifs qui étaient bien trop rationnels pour se laisser aller au zèle d'un cagot que de celle d'autorités gouvernementales qui, elles, toléraient toutes sortes de nouveautés religieuses ou intellectuelles. S'étant installé dans une auberge sise au pied de l'Acropole, il eut tôt fait de voir dans cette ville un véritable affront, ô combien séducteur, à sa foi et ce, qu'il se considérât comme Juif ou nazaréen. Là, en effet, se trouvaient tous les dieux et toutes les déesses que, sous des noms d'emprunt, les Romains s'étaient appropriés. À cela près que c'était dans le marbre le plus beau qu'on les avait représentés et, qui plus est, avec une habileté et une recherche que les Juifs, qui en matière d'art ne connaissaient que la littérature, jamais n'auraient pu espérer égaler — si même il leur était venu à l'idée de laisser tomber la charrue et le pis de chèvre pour empoigner le ciseau du sculpteur. Les temples qu'ils avaient dédiés à leurs démons (car démons ils étaient à ses yeux) avaient tous une superbe élégance. Oui, ces gens-là avaient tout — sauf Dieu. Et le bon vin, s'ajouta-t-il presque, tant l'espèce d'urine résineuse qu'ils vendaient lui arrachait l'estomac. Et Paul se sentit seul : censés venir le rejoindre, Silas et Timothée n'étaient toujours pas arrivés et il craignait pour leur sécurité. À Athènes, ils ne seraient pas en danger, où l'opposition à la foi nouvelle se réduisait à quelques bâillements d'ennui.

Manière de place de marché à l'ouest de l'Acropole, il se rendait chaque jour à l'Agora afin d'y retrouver stoïciens et épicuriens. Ils ne niaient pas qu'il y eût, peut-être, un Dieu, ou âme du monde, mais lui prêtaient trop de hauteur pour vouloir se préoccuper des affaires des hommes. Si les stoïciens ne rechignaient pas devant la morale et le devoir (pourvu qu'ils ne fussent point assortis de sanctions scatologiques), les épicuriens, eux, croyaient au plaisir, à la tranquillité et à la possibilité de vaincre la peur de la mort. « Mais, leur remontrait-il, il n'y a rien à craindre dans la mort. La mort n'est que portail grand ouvert sur une vie plus pleine. Mener sa vie dans le sens du devoir et de la morale a ses récompenses et non, les termes de “ plaisir ” et “ tranquillité ” ne sauraient, à eux seuls, décrire la joie éternelle que l'on éprouve à faire un avec Dieu. — Comment le sais-tu ? Qui te l'a dit ? Où en avoir la preuve ? — Dans l'apparition d'un Dieu qui Se fit chair en ce monde, dans la résurrection de Son Fils après la mort. » Nombre d'entre eux confondaient « Jésus » avec *iasis,* qui signifie guérison, et *Ieso* qui, dans le dialecte ionien, était le nom de la déesse présidant à cette opération. Le terme d'*anastasis* (soit : « résurrection ») était, à leurs yeux, synonyme de rétablissement de la santé, et celui de *soter* (soit : « sauveur »), de médecin qui ainsi procède qu'on la retrouve. On ne fut guère impressionné. Il n'y avait pas grand-chose de neuf là-dedans. Ni non plus beaucoup de rationalité. On le traita de *spermalogos* ou « ramasseur de miettes », de « moineau qui picore dans le caniveau », et autres « pourvoyeur en riens inutiles ».

— Mais écoutez-le un peu ! leur dit un jour un très sérieux professeur de rhétorique qui avait nom Cratippus.

Son père, qui avait le même nom et avait été philosophe péripatéticien, ayant réussi à faire de lui un grand maître en poste à Athènes grâce à l'influence de Cicéron, il était un peu moins que les autres enclin à se moquer de tout ce qui ne sonnait pas athénien.

— Ce Juif vient de très loin, reprit-il. Comme si l'on n'avait pas, de toute évidence, affaire à un homme fort intelligent et très versé dans sa théologie bien à lui ! En outre, son grec n'est pas détestable. Non, à mon avis, il perd son temps à l'Agora. C'est devant l'Aréopage qu'il devrait se présenter.

— L'Aréopage ? répéta Paul. Mais je ne sache pas que j'aie commis aucun crime !

— Oh ! mais ce ne sont pas des juges au sens romain du terme. Eux, c'est de notre religion et de notre morale qu'ils sont censés s'occuper et tu ne saurais trouver meilleur moyen de faire connaître tes idées aux Athéniens que d'aller leur en parler. Ils t'écouteront car ils ne sont pas comme ces Romains qui, comme le disait toujours mon père, n'écoutent jamais rien. Après, ils se prononceront sur ce que tu leur auras raconté et te feront savoir si ta doctrine a quelque chose d'intéressant ou si elle est entièrement vide.

— Mais c'est que je n'ai aucun besoin de cet Aréopage pour me confirmer ce que je sais être vrai au plus profond de mon sang, de mes os et de mes tripes !

— Voilà qui est parler en Juif ! Ah ! ce que vous êtes physiques, quand même ! Sache que nous autres, nous en avons un peu plus après l'âme. Prépare ton topo avec soin. Je me charge de t'arranger cette rencontre. On dit demain à la même heure ?

L'Aréopage qui, autrefois, se réunissait sur la colline d'Arès, car « Aréopage » ne signifie rien d'autre, siégeait maintenant sous le Portique Royal, au nord-est de l'Agora. Amené par Cratippus, Paul tomba sur plusieurs personnages à la mine grave : si certains avaient l'air âgé, tous semblaient fort doctes.

Cratippus leur dit ceci :

— Permettez-moi de vous présenter Paul. Venu du fin fond de la Palestine, il se propose de vous exposer les principes d'une religion nouvelle qui, florissante dans cette province, en a déjà de beaucoup franchi les frontières. A notre ville d'Athènes il reste encore d'en savoir plus long là-dessus. Membres de l'Aréopage, voici donc celui qui vous prie de l'entendre.

Et ainsi il advint qu'en un grec dépourvu de toute déformation cilicienne, Paul se mit à leur parler.

Et leur dit :

— Citoyens d'Athènes, j'ai déjà, au cours de mon bref séjour dans votre noble ville, remarqué combien vous vous souciez de religion — ceci quoiqu'on puisse par ailleurs qualifier vos préoccupations de négatives, nombre de vos autels étant, je l'ai bien vu, dédiés à *un dieu inconnu.* Voilà qui sous-entend un désir d'adorer une entité négative que ni la grammaire ni la théologie ne sauraient permettre. Or donc, je vous demande ici d'envisager l'existence d'un Dieu unique et singulier qui, non point un parmi d'autres mais seul, créa le monde et les choses qui s'y trouvent, qui encore, après avoir créé l'homme et la terre aussi bien que les cieux, a grand souci des voies de cet homme. Qui, par-dessus tout, a à cœur que les hommes le cherchent. Car il ne se tient pas loin de nous et facilement on peut le trouver. L'un de vos poètes même, Épiménide de Crète, déclare qu'en lui nous vivons, nous mouvons et trouvons notre être. De Dieu, créatures faites de sa substance, nous sommes les rejetons et il serait absurde de ne le prendre que pour une simple chose, que pour quelque article en or, argent ou pierre, ce qui se produit lorsque, son unité étant scindée, il ne fait que se transformer en objet de nos désirs et besoins d'hommes. Car, personnifiée, toute qualité n'est que morceau de métal. Bon. Cela étant, s'il s'est montré tolérant envers nous qui l'ignorions, il exige maintenant que nous nous repentions de notre dédain. Afin que notre ignorance volontaire plus n'ait l'excuse de ce que, peut-être, il aurait été lointain, ce qui encouragea certains à ne voir en lui que chose ou idée, il vint, en personne, sur la terre et ce, très récemment : oui, en un endroit particulier qui a nom Palestine et oui, à une époque précise — celle que vit ma propre génération —, et oui enfin, sous la forme d'un être humain. A prendre bien garde de n'y voir que simple similitude, nous pourrions même avoir recours à la métaphore du père qui envoie son fils sur la terre. Or donc, ce Fils de Dieu nous enseigna le droit chemin, nous montra que la bonté humaine était aspect de la bonté éternelle enchâssée au cœur de la divinité, et encore nous apprit qu'à suivre le droit chemin l'homme éternellement connaîtrait la fontaine du bien, ou plutôt, afin de changer de métaphore, qu'en dernière analyse, l'infime goutte d'eau que nous sommes devrait clairement apparaître comme partie intégrante de l'océan divin. C'est d'*anastasis* que je vous parle, non point en tant que survie de l'âme dont n'importe lequel d'entre vous, Platoniciens, serait capable de démontrer la possibilité logique, mais bien, aussi, en tant que survie du sensorium — quoique sous une forme transfigurée. Car c'est le Fils de Dieu lui-même qui fut ressuscité d'entre les morts et, sous cette forme filiale ou humaine, rejoignit le Royaume éternel du Père. Tel est, ô Sages d'Athènes, le point essentiel de mon message.

Il s'ensuivit une espèce de silence bourdonnant et grinçant. Et puis, en grinçant, un vieillard avança :

— Tu n'as fait que nous citer un poète bien mineur… ou plutôt : que lui attribuer certaines pensées plus que douteuses. Moi, c'est un grand que je te citerai. Oui, notre grand Eschyle qui, dans ses *Euménides,* déclare qu'il n'est justement pas d'*anastasis.* L'homme meurt, dit-il, et alors la terre boit son sang et c'est là que tout s'arrête.

Telles sont les paroles qu'on attribue à Apollon en personne ; on les aurait prononcées le jour même où notre patronne Athéna fonda notre Aréopage. Les épicuriens, eux, c'est vrai, parlent de l'indestructibilité de ces atomes dont nous serions faits, ainsi que toutes les autres choses de notre univers, mais non : l'idée d'une survie *physique* de l'homme n'est qu'hypothèse indémontrable.

Fatigué de tous ces mots, un autre, qui était plus jeune, lui lança d'une voix tonnante :

— Sache que pour nous, il ne saurait être de proposition qu'on ne l'ait d'abord réduite à ses principes premiers. Nous autres, Athéniens, n'admettons rien de confiance.

— Comme si, lui renvoya Paul, il ne fallait pas toujours admettre les prémisses de toute affirmation logique de confiance ! Comme si nous n'étions pas tous obligés de commencer à raisonner sur ce que nos sens nous disent à l'évidence.

— Ainsi donc, tu aurais, toi, vu cet homme en train d'être ressuscité d'entre les morts ? lui assena un troisième qui était si émacié qu'on l'aurait pu prendre pour de la pure pensée.

— J'ai vécu avec des gens qui, eux, le virent et sont toujours vivants pour le raconter.

— Bon, bon ! Alors envoie-les-nous ! Pas que leur témoignage serait forcément crédible, remarque. Le monde est quand même plein de fous et de menteurs. Non, je crois que nous en avons entendu assez.

Le président de l'Aréopage — air discret et bien légal, il était d'âge moyen et s'appelait Démétrios — dit alors :

— Nous t'écouterons une autre fois, si tu le désires. Ni demain, ni après-demain, mais... un autre jour. Il nous intéresse beaucoup de savoir quelles fantaisies nouvelles on nourrit dans ce noble et vaste monde qui s'étend au-delà des limites de notre cité, fit-il en soulignant « noble et vaste monde » avec quelque ironie. Sache que pour le moment, nous te remercions de t'être montré devant nous et de nous avoir tenu un discours évidemment très sincère.

Sur quoi tout un chacun se leva pour laisser Paul en la seule compagnie d'un autre vieillard qui déclara s'appeler Dionysius. Et ce Dionysius lui dit :

— Intéressant, tout ça. Sans parler du côté exotique : charmant. Des livres sur la question ?

— Non, hélas, pas encore. Le sujet est trop neuf pour avoir trouvé place dans les livres.

— Une nouveauté, je vois. Bon : il faut absolument que tu viennes manger chez moi et m'en dises plus long là-dessus.

L'invitation était vague mais, sentant qu'il allait bientôt sombrer dans une *thalassa* d'indifférence, Paul décida de s'accrocher à cette possibilité — peut-être l'épave accepterait-elle de se laisser convaincre — et, aussitôt, convainquit ledit Dionysius de lui en fixer le lieu et la date. C'est ainsi que, trois jours plus tard, Silas et Timothée n'étant toujours pas arrivés, il dîna, très frugalement, avec lui et là, à la table d'hôte, fit la connaissance de ce qu'il prit pour une *hetœra* qui avait nom Damaris. L'enthousiasme qu'elle montra pour les nouvelles doctrines se faisant un peu trop fort, Paul sentit le cœur lui retomber dans un estomac où, malheureusement, il rencontra les vagues plus qu'acides qu'y avait fait naître l'urine résineuse. Athènes, il le comprit alors, n'était qu'un échec de plus. Ayant, le lendemain, reçu des mains d'un voyageur venu de Bérée un message où Silas et Timothée lui annonçaient leur intention de prolonger un peu leur séjour en Macédoine afin d'y poursuivre le bon travail qu'ils y avaient commencé, il éprouva combien il était seul.

En se rendant à Corinthe, il envisagea la manière d'étendre la Bonne Parole à ceux qui, ayant de l'instruction, stagnaient dans le rationnel. Les Juifs, pour la plupart, y résistaient parce qu'ils étaient satisfaits de ce qu'ils avaient et les païens, eux, ne l'avalaient à grandes goulées que parce qu'ils n'avaient rien d'autre. S'en tenir aux principes premiers. Demeurer crédible. Apercevant, aux abords de la ville, un temple dont la façade s'ornait d'une déesse polymammaire, il sentit l'espoir renaître en lui. Transformer *erôs* en *agapê,* encore une fois. Astarté ou une autre, il l'accueillit presque comme une vieille amie. Il se paya un repas léger avec les quelques pièces de monnaie de l'Empire qu'il possédait encore : il allait bientôt devoir trouver du travail. Il gagna un coin de la place du marché et, tel le premier baladin plein d'enthousiasme, offrit à tout un chacun le secret de la vie éternelle. Cela ne coûtait rien, finit-il par dire, rien sauf tout. Au premier rang de l'attroupement, chargé de provisions pour son garde-manger, un badaud ne cessait de lui sourire pour le remercier de sa clarté et de ses grands effets rhétoriques, mais se garda pourtant de lui dire quoi que ce soit. Paul annonça qu'il approfondirait la question d'ici deux jours, dans une synagogue où il conviait tous les païens à usurper les places normalement occupées par les fidèles. Après quoi, comme il n'avait pas de quoi se payer une chambre pour la nuit, il alla dormir dans un jardin public, sous l'effigie en bronze d'une même déesse de l'amour qui — il se dit avoir le droit de l'imaginer — tenait un phallus détaché au-dessus de lui afin de le protéger. Elle dut d'ailleurs lui semer bien des songes érotiques dans la tête car, le lendemain, au réveil, il découvrit qu'il avait eu une pollution nocturne. Ce n'était pas sa faute. Il n'empêche qu'il pria Dieu de le protéger jusqu'au plus secret de son cerveau tant qu'il lui faudrait demeurer dans une ville si célèbre pour son érotisme qu'elle avait enrichi la langue grecque d'un verbe *korinthiazein* qui signifiait « forniquer ». Il but un peu d'eau à une fontaine en guise de petit déjeuner et, sans honte aucune, demanda un morceau de pain à l'un des jardiniers. Et, de nouveau, gagna la place du marché. Dans la grand-rue néanmoins, quelqu'un le héla d'une voix amicale : c'était l'homme au léger sourire qu'il avait aperçu la veille. Assis au soleil devant une échoppe, il s'affairait à réparer quelque chose qui ressemblait fort à une tente. Paul s'immobilisa et, sans éprouver la moindre nostalgie pour ce genre de travail, s'assit à côté de lui.

— Je t'ai entendu hier, dit l'homme, et c'est avec impatience que j'attends de t'écouter encore le jour du sabbat. Ne pas s'en aller croire que je serai facile à convaincre pour autant. Je te présente ma femme, Priscilla.

Souriante, mais avec de grands airs, une femme était en train de rincer un drap sur le trottoir.

— Je te présente Paul, lui dit-il. Il prêche l'évangile nazaréen. Oh... et moi, je m'appelle Aquilas, ce qui veut dire : « aigle ». Le nez, là, regarde. Un peu de vin... ou il est encore trop tôt ?

— Un peu d'eau seulement, si c'est possible. Ce temps donne soif.

— Et, comme ça, tu t'apprêtes à te remettre à ce travail bien aride ?

— Corinthe me paraît prometteuse.

— Les gens y aiment bien la chair, si tu vois ce que je veux dire...

— Je le vois. *Korinthiao :* « je fornique ».

Aquilas parut choqué.

— Certainement pas, fit-il.

— Non, non : il ne s'agit que du mot. A croire que c'est ici qu'on a inventé la fornication.

Il regarda des femmes qui passaient — des prostituées du temple allant reprendre leur service, qui sait. Elles lui semblèrent si fort appartenir à quelque écurie érotique que, séductrices, leurs rotondités faisaient presque mal à voir. Presque, et seulement pour Paul : on ne provoquait que ce que l'on était capable d'assouvir. Sans parler de la démarche : ondulante, fesses qui frémissent et seins bien remontés par quelque artifice de corsetage. La bouche très rouge, les cheveux noirs qui craquillent encore de ce qu'on vient de les laver. Paul poussa un soupir, admit que non, sa réaction instinctive ne pouvait pas être mauvaise, à moins de souscrire au dualisme des zoroastriens de Jean Marc. Mais que faire ? Transformer le Christ en son épouse ? Cela n'allait pas sans complications. Se marier ? Lui, le fabricant de tentes qui prêchait, se marier ? Impossible. Il en eut des gémissements de ressentiment dans l'aine. Mais déjà Aquilas s'était mis à parler de la fatigue du travail, à dire la ville pleine de gens... et riche ! en partie à cause de l'afflux de Juifs exilés de Rome, quoique certains y retournassent quand même. Une place commerciale, cette cité, un grand port, rival d'Athènes. Paul n'avait aucune envie d'entendre ce nom. En contemplant les doigts d'un Aquilas qui continuait de ravauder, il lui dit :

— Je ne crois pas avoir jamais vu semblable point de couture double à Tarse.

— La manière romaine. Quoiqu'il y ait plus d'auvents et de crochets à lit en Italie. Mais... point de couture double ? Tu serais du métier ?

— Oui, c'est bien le mien et, hormis demander la charité, je n'en ai pas d'autre. Comme ceci ou comme cela, il faut bien vivre.

— Et tu as l'intention de séjourner longtemps à Corinthe ?

— Il y a beaucoup à y faire.

— En d'autres termes, tu ne verrais guère d'objections à y reprendre ton travail ?

— Quoi ? Fabriquer des tentes ? Tu m'offres un emploi ?

— J'ai assez de commandes pour deux. Et puis, j'ai une petite chambre derrière le magasin. Toute petite, cette chambre.

— Je t'en suis très reconnaissant.

— Sauf que, bien sûr, nous ne resterons pas ici éternellement. Ma femme est d'une classe supérieure à la mienne. Une bonne Juive, mais tout ce qu'il y a de plus romaine également. Elle veut retourner dans la capitale. Et d'ailleurs, moi aussi. Mais avant, nous avons envie d'apprendre le travail à des adultes, pas à des apprentis, et de mettre un gérant à la tête du magasin. Ici et à Éphèse. Il y a de l'argent à se faire en Orient. Mais l'endroit où le dépenser, c'est Rome. Tu connais ?

— Non, mais ça viendra.

Et c'est ainsi que, sustenté par les bons repas de Priscilla, Paul se mit à pourfendre vigoureusement la fornication corinthienne, à être de plus en plus visiblement béat lorsqu'il invoquait la foi nouvelle. Encore il poussa les Juifs à la colère, baptisa des païens et ouvrit une chapelle qui, à sa manière, fut rivale de la synagogue. Un certain Titus, ou Titius Justus qui était Italien ayant travaillé dans l'exportation de raisins secs, dits de Corinthe, et, veuf maintenant, s'était retiré des affaires, possédait justement une grande maison à deux pas de la synagogue. Parce qu'elle était bien trop vaste pour ce qu'il en avait à faire, il l'offrit à Paul afin qu'il pût y prêcher et accomplir la cérémonie de la Sainte Cène. Que l'Église avec un grand *E* soit l'assemblée des fidèles n'empêche pas que les églises avec un petit *e* se dressent là où lesdits fidèles ont la possibilité de se retrouver. Celle-ci fut la première à avoir été construite avec des briques et du mortier. Y vint un jour le Juif qui dirigeait la synagogue : on était fort troublé. Il s'appelait Crispus.

Il dit à Paul :

— Je suis convaincu... et que Dieu me vienne en aide ! Je dis ça parce que cette affaire me met en grand danger. En grand danger physique, s'entend. Mes anciens compagnons, mes... que vont-ils penser ? Faire ? Déjà mes pieds me gouvernent : je veux les porter vers la synagogue et, tout d'un coup, ils me font virer à gauche et terminer ici. Pour l'amour de Dieu, que vais-je faire ?

— Certains d'entre nous, chrétiens, lui répondit Paul, demeurent juifs à jamais. Il n'est que les cagots pour s'obstiner à parler *schisma.* Fais-toi baptiser en secret — tiens, on y arrivera bien dans cette espèce de fontaine, là-bas, dans le jardin de derrière —, et continue à t'acquitter de tes devoirs à la synagogue. Je suis toujours assez bon Juif moi-même pour avoir envie d'aller à Jérusalem pour la Pâque... cette année, et encore l'année prochaine... Car la foi nouvelle n'est que l'accomplissement de l'ancienne.

— Comme j'aimerais que Dieu m'aide à le faire comprendre aux autres !

— J'ai essayé. Tu sais combien j'ai essayé. Mais on ne peut pas essayer éternellement. La vie est courte et c'est le monde entier qu'il nous faut couvrir. Acceptes-tu d'être béni dans l'instant avec les eaux baptismales ?

— Oui, et que Dieu me protège.

Ses soirées, Paul les passait à veiller dans la salle de séjour avec Aquilas et Priscilla. Elle cousait des tissus délicats pendant que lui, juste récompense après une dure journée, il buvait du vin et grignotait des raisins secs posés sur un plat en argent. Paul leur racontait ses aventures. Certaines d'entre elles faisaient rire Priscilla mais il ne comprenait jamais pourquoi.

Un soir, il lui dit :

— Et donc, Silas et moi nous trouvions à Lystres et... à propos : Silas devrait bientôt revenir parmi nous... et là, dans l'assemblée, il y avait un homme plus infirme d'esprit que de corps. Il n'avait pas les membres rabougris et moi, ils me semblaient même en assez bon état. Toujours est-il que je n'eus aucun mal à le guérir et que ce fut l'extase : on cria à la magie divine et, après... tint absolument à nous prendre, Silas et moi-même, pour deux de leurs démons païens : Silas se retrouva Jupiter et moi, Mercure ! On alla jusqu'à nous amener une paire de bœufs couverts de guirlandes de fleurs. Je veux bien que Lystres soit le centre des cultes de Zeus et d'Hermès, mais... pourquoi ris-tu ? Tu trouves ces blasphèmes amusants ? Non mais ! c'est au nom du Seigneur que je travaille, moi ! Et ne voilà-t-il pas qu'on me salue en celui de Mercure, qu'on...

— Mercure, c'est le dieu des voleurs, lui fit remarquer Priscilla les yeux mouillés de larmes, mais aussi celui des beaux discours. Je trouve que cette histoire ne manque pas d'humour. Tiens, c'est comme l'autre... celle où on te met en prison et où, tout d'un coup, y a un tremblement de terre qui t'ouvre la porte ! Je le savais bien, que Dieu avait un assez bon sens du comique !

— Oui mais moi, je le vois pas, lui renvoya Paul.

— Peut-être que tu le verras quand toutes tes histoires seront couchées sur le papier. Parce qu'il n'est pas question que les générations futures en soient privées : elles sont vraiment trop bonnes !

— C'est exactement ce que dit Luc, fit-il d'un ton lugubre.

— Et qui c'est, ce Luc ?

— Un médecin grec que j'ai converti à Antioche. On ne déteste pas écrire. Il est aussi sensible à tout ce que tu qualifierais de comique. Ah ! je vois ! Ainsi donc, je deviendrais le personnage central d'un conte grec ?

— Comme s'il était personnages plus réels que certains de leurs héros ! s'écria Aquilas. Pourquoi faudrait-il que les païens se gardent les meilleurs !

— La *Pauliade* ! lança Priscilla en se remettant à rire.

— Non, non, non !

Sur quoi il y eut un tonnerre de coups frappés à la porte du magasin.

— Les revoilà ! dit Aquilas en soupirant. Ah ! ce que j'aimerais qu'ils nous laissent en paix !

— Je m'excuse, fit Paul. Ce n'est pas après toi qu'ils en ont. J'y vais.

Et, s'étant levé, il alla déverrouiller la porte. Et se retrouva en présence de trois anciens qui le regardèrent en fronçant le sourcil dans la douce lumière de ce début de soirée.

Leur chef, qui avait nom Amos, lui dit :

— Saül, ou Paul, ou un autre, enfin... Qui que tu sois, le gouverneur est prêt à te recevoir.

— Sauf que moi, lui rétorqua Paul, je ne suis pas prêt à le voir. Ça ne pourrait pas attendre, ce qu'il a envie de me dire ? N'aurait-on pas le droit de se reposer après une longue journée de travail ?

— Non, enseigner des blasphèmes ne te donne aucun droit. Gallio vient juste d'arriver d'Achaïe et meurt d'envie de juger ton affaire.

— Ne serait-ce pas plutôt vous qui en mourez d'envie ? Pas que vous auriez grand-chose à retenir contre moi, remarquez...

— Selon le droit romain, notre foi est légale alors que la tienne ne l'est pas. Je le tiens de la bouche d'un consul romain et...

— Proconsul, le corrigea Priscilla qui était venue aux nouvelles et arborait un large sourire.

— Je ne vois pas que je devrais me faire remettre à ma place par des étrangères qui se permettent de loger des hérétiques, gronda Amos. Mais bon... C'est donc un proconsul romain qui passera la sentence. En route.

Et Paul s'en fut pendant que Priscilla continuait de rire des plus joyeusement. Toutes ces histoires ! Et tout ça parce qu'il y avait des bonshommes qui s'inquiétaient de savoir si oui ou non, on allait leur trancher le prépuce !

De son vrai nom Marcus Annaéus Novatus, Gallio était né à Cordoue et, élevé à Rome, avait été adopté par le grand expert en rhétorique Mucius Junius Gallio — dont il avait repris le patronyme. L'homme avait du charme, de l'esprit et quelque tolérance — cette dernière qualité signifiant qu'il considérait la religion comme un jouet insignifiant. Fatigué par son voyage et certaine faiblesse chronique des poumons qu'il avait empêchée de virer à la phtisie en faisant, chaque hiver, un séjour en Égypte, il n'en resta pas moins d'assez bonne humeur lorsque son assistant lui annonça l'arrivée d'une bande de Juifs qui voulaient qu'il passât jugement sur certaine affaire... ou alors était-ce sur quelqu'un ? Il s'assit dans sa bibliothèque et parcourut des yeux un nouveau rouleau de poèmes apporté de Rome. *Furfur caelestis.* « Pellicules célestes. » Comme si ces modernes ne pouvaient pas dire « neige » et que c'en soit fini tout de suite ! Quoi ? Ils ne voulaient pas être entendus dans cette pièce ? Non, bien sûr : pas dans la maison d'un infidèle. Ah ! Bon, bon. Je dois baisser la tête parce que je suis impur ? Ah ! je vois qu'on a apporté ses torches. Il en apercevait la lumière par la croisée : on avançait sous les lauriers-roses. Il passa dans son jardin qui, parce qu'il appartenait à Dieu et non point à un gentil, n'était pas souillé. La bande l'y attendait en la compagnie d'un petit homme chauve au regard calme : derrière lui, on tapait du pied et poussait force hennissements.

Le vieux Juif qui s'appelait Amos parla haut :

— Proconsul Gallio, salut ! et longue vie ! Voici ce Paul dont nous t'avons déjà entretenu. Sache qu'il essaie toujours de convaincre les gens d'adorer Dieu d'une manière contraire à la loi juive. Or cette loi juive a été décrétée et ce, par l'empereur en personne, *religio licita* et...

— Aurait-il proféré quelque vilenie ? Se serait-il rendu coupable de vol... de meurtre... de trahison ? S'est-il élevé contre l'empereur ?

— Non, non. Mais il ne cesse de blasphémer en déclarant que la nouvelle hérésie a détrôné la loi de Moïse, que...

— La loi de Moïse ne me regarde pas, leur renvoya Gallio. C'est votre affaire, à vous ! Votre religion se trouve, ainsi que vous le dites avec raison, sous la protection des lois romaines. Mais cela vaut aussi pour toutes les variantes qu'elle pourrait avoir... hérétiques ou autres. Nous n'avons, nous autres Romains, aucunement le droit de nous mêler de la manière dont tout cela peut fonctionner ou, au contraire, accrocher : ce serait aller à l'encontre de notre droit. Voilà pourquoi je refuse de m'ériger en juge dans le cas présent.

— Réfléchis bien ! lui lança Amos, assez insolemment lui sembla-t-il. La décision que tu vas prendre fera jurisprudence dans toutes les provinces romaines et aura force de loi jusque dans la capitale elle-même. Si ce Paul ici présent est déclaré libre de prêcher sa doctrine, ainsi qu'il appelle la chose, ladite doctrine, ou abominable perversion de doctrine, sera absolument légale dans les termes du droit romain.

— J'y ai réfléchi aussi sérieusement que l'affaire me paraissait l'exiger, répondit Gallio. Ce qui veut dire que j'y ai consacré vingt bonnes secondes et qu'au bout de ces vingt bonnes secondes, je te déclare, avec tout le poids d'autorité que tu as l'air de vouloir de moi : ainsi soit-il.

Comme il fallait s'y attendre, un certain nombre de nazaréens avaient suivi la procession au flambeau de tous ces orthodoxes jusque dans les jardins du proconsul : on poussa aussitôt de grands youpis de joie et commença à rosser les vaincus qui s'éloignèrent avec amertume. Il se trouvait là un ancien qui, décent, avait nom Sosthène et était en train de reprendre en main la synagogue après que Crispus en avait discrètement abandonné la direction pour raisons de santé : ce fut lui qui essuya le plus de coups.

Usant de son autorité, Paul s'écria :

— Arrêtez ça ! Un peu d'amour fraternel ! Un peu de tolérance !

Mais les rosseurs continuèrent de rosser pendant que, forte en gueule dans sa déconfiture, la petite troupe descendait l'allée qui conduisait au portail du jardin.

Gallio dit à Paul :

— J'ai déjà entendu parler de ta religion. Par mon frère Lucius Annaeus Seneca. Il est philosophe. Tu le connais ?

— Je vois ! Tu es le fils du grand Sénèque. Mon père m'a dit l'avoir rencontré. Donc, cela a dû se passer en Espagne.
— Oui, nous sommes de sang espagnol. Mais... et que pouvait donc faire un Juif dans notre pays ?
— Si tu es espagnol et romain, sache que nous sommes, nous, juifs et romains. Une histoire de commerce. Les ailes de l'aigle sont larges, comme on dit. Et que t'a-t-on dit du christianisme ?
— Que ça s'apparente beaucoup au genre de philosophie que professe mon frère : c'est un stoïcien. Bien agir, même lorsque l'État conseille de mal se conduire. Être prêt à souffrir pour ce qui est juste. Être fier de savoir que le bien toujours prévaut même lorsque l'État s'acharne à l'écraser.
— Moi, je n'enseigne pas la fierté.
— Mais il est fier celui qui meurt pour sa foi !... tout comme votre homme.
— Il alla à la mort comme l'agneau s'en va à la boucherie. Et nous, nous le suivons. Le stoïcien, lui, est sans Dieu, ce qui l'oblige à s'ériger en gardien de sa propre vertu. La vertu du chrétien, elle, est tout entière en Dieu. Voilà pourquoi il peut se permettre d'être humble.
— De quel Dieu s'agit-il ? Celui de ces vieux charognards ?
— Il n'en est qu'un. Il aime l'humanité. Il lui a envoyé Son Fils unique afin qu'il souffre dans sa chair. Telle est la mesure de Son amour.
— Tu ne me fais pourtant pas l'effet d'être fou.
— Jamais tu ne trouveras foi plus sensée que celle que je prêche. L'amour, l'indulgence, le pardon... rien que des vertus sensées. Sans elles, le monde ne survivra point. Demande donc à ton frère ce qu'il en pense.

Mais voici que nous sommes absents de Rome depuis un certain temps et que le nom de Lucius Annaéus Sénèque vient d'être prononcé ; peut-être pourrions-nous observer celui qui le porte alors que, solidement installé au Palatin, il joue les confident et conseiller d'Agrippine tout en étant le tuteur de son fils. Regard hanté et bouche tordue comme en un rictus de souffrance, il a le cheveu plat. On dirait même qu'il méprise l'ordre bien peigné du monde extérieur tant sa tignasse lui retombe sur le front avec négligence. Notre philosophe se montre néanmoins suffisamment rusé dans la gestion de ses domaines pour que pareils semblants d'ascétisme ne fassent pas illusion. Voix d'une vertu qui résisterait à tous les torts à lui infligés non seulement par les hommes mais aussi par les dieux, c'est à l'un des personnages centraux d'une de ses tragédies de salon qu'il ne cesse de s'identifier, mais quoi ? Quels sont donc ces torts dont on l'aurait accablé ? Certes, l'empereur Claude l'a jadis banni à cause de certaine moquerie impertinente contenue dans l'un de ses essais de morale mais Agrippine n'a pas été longue à le rappeler. Sa fortune est énorme et, à condition de rester discret, et prudent, il aura bientôt une influence considérable dans les affaires de l'État. Il est pour l'instant assis dans l'une des salles de classe du palais : en dehors de quelques cartes et rouleaux, la pièce est vide mais il y règne une odeur de pin qui, entrant par la fenêtre, lui rappelle la grâce sauvage de la nature. À côté de lui se prélasse son élève. Et, tout d'un coup, voilà que ce dernier interrompt le discours qu'il est en train de prononcer sur la philosophie de Zénon pour lui déclarer qu'il en a plus qu'assez de cette irréalité squelettique et que c'est l'heure de passer à la leçon de musique.

— Tu auras plus besoin de philosophie que de musique, le réprimande Sénèque.

— Et pour quoi faire ?

— Pour tenir tous les rangs qu'il te sera donné d'occuper. C'est à l'exercice de la responsabilité qu'il te faut te préparer.

— Oui mais moi, je veux être un grand acteur, un grand danseur et aussi un grand chanteur. La responsabilité envers l'art n'existerait donc pas ?

— Si, mais elle n'est pas d'ordre moral.

Le nom de l'élève ? Lucius Domitius Ahénobarbus. Agrippine, la fille d'un Germanicus, lui-même frère de l'empereur Claude, est sa mère. Son père, Cn. Domitius Ahénobarbus, a trouvé la mort dans des circonstances douteuses mais, bien qu'ayant conscience de ce que sa mère, peut-être, y joua un certain rôle, son fils n'est jamais allé y voir de plus près. La morale ne l'intéresse pas.

Il dit alors :

— La morale, tu en parles dix fois trop. Qui plus est, par morale tu entends... quoi déjà ? j'ai oublié ta définition...

— La répression des élans.

— Voilà. Même que c'est toi qui as réprimé l'élan, pourtant naturel, que j'avais de voir la vie. Et l'exécution de l'impératrice Messaline, hein ? par exemple...

— La vie ? Il en était à peine question dans ce cas-là.

— Sauf qu'elle était très belle. Ah ! voir tomber sa belle tête ! Voir tout ce sang doré couler à flots, que dis-je ? gicler sur l'ivoire de sa peau ! Un poème vivant, oui ! Iras-tu donc prétendre qu'il n'était pas immoral de détourner les yeux d'un jeune homme du spectacle de la beauté du monde ?

— Il n'est point de beauté dans la mort, même lorsque c'est le manteau de la justice qui la couvre. La mort est une nécessité... que nous devrions passer toute notre vie à apprendre à enlacer sans peur. Quant à la mort d'autrui, je dois dire qu'il est quelque chose de choquant, tiens, de presque sismique à contempler la liquéfaction humaine. Parler de la beauté d'un sang doré giclant sur l'ivoire d'une peau serait, peut-être, verser dans l'immoral. On ne saurait, vivant ou agonisant, subvertir un quelconque organisme au plaisir d'un simple mariage de couleurs et de formes.

— À cela près que c'est exactement ça que je fais tout le temps. Mais tu ne comprendrais pas, Sénèque. Tu n'as rien d'un artiste.

— Je passe, lui renvoie-t-il et là, ses lèvres sinistres se détendent en un sourire de complaisance que l'élève est prompt à remarquer, pour un poète plus qu'efficace en matière de tragédies. Et d'ailleurs, demain, nous lirons ensemble mon *Hercules Furens.* Tu y verras comment exquisement agencer les mots et les rythmes pour y servir une fin stoïcienne.

— Je la connais ta pièce ! Je la trouve trop violente. Pas dans ce qui y est montré mais dans le langage dont tu uses. Tu n'as pas d'oreille pour les mots. Et puis, vouloir *servir une fin stoïcienne,* comme tu dis, c'est, sache-le, porter atteinte grossièrement immorale à l'éthique d'un art dont le propos n'est pas d'inculquer une quelconque leçon de morale mais bel et bien de servir le beau pour l'amour du beau. Oui : du *beau* !

— Qui t'a raconté ces bêtises ?

— T'occupe pas. Qui que ce soit qui l'ait fait, il a raison. Le beau et le moral, dit-il aussi, sont peut-être même à considérer comme des ennemis mortels et ça, je sais que toi, tu penses que c'est aller trop loin. Sans même parler de la question du beau et de la sexualité, ce qui, là aussi, pose un problème des plus difficiles.

— On dirait pourtant, lui répond Sénèque, que tu l'as résolu de manière satisfaisante. Et ce corps sans tête, hein ? Ce bel objet du désir sexuel, ne l'as-tu pas réduit à un simple assemblage de formes et de couleurs ? Vois donc jusqu'où te mène trop d'attention à ce que tu appelles « le beau » ! Cela te conduira au-delà de la compassion, allons ! disons-le : au-delà même de tout sentiment moral. Il n'en reste pas moins que l'homme ne saurait se définir qu'en tant que créature morale... alors que la perception du beau ne s'effectue que par les sens. Reprenons notre étude du système moral énoncé par Zénon.

— Oh ! Sénèque ! Sénèque ! s'écria alors le jeune homme précoce en s'appuyant sur son bras qu'il avait étendu à plat sur la table, mais tu es dépourvu de toute subtilité ! Discuter plus longtemps avec toi de ces hautes questions d'esthétique est inutile !... Bon, bon. Eh bien, puisque c'est à la morale qu'il faut en revenir, dis-moi donc pourquoi toi et les autres moralistes, vous avez tellement horreur de l'inceste.

— Pourquoi soulèves-tu cette question ?

— Tu le sais très bien. L'empereur Claude se propose d'épouser sa propre nièce qui n'est autre que ma mère révérée. Cela te choque, et aussi Pallas et Narcisse, du moins à ce qu'ils disent. Le Sénat, lui, refuse de passer une loi qui autoriserait la chose. Et pourtant, je ne sache pas que les rois d'Égypte auraient interdit qu'on peuplât leurs maisons d'enfants issus du mariage d'un frère et d'une sœur. L'inceste était non seulement permis mais désiré chez eux, voire sacré. Et moi, je pense qu'il l'est toujours. Pourquoi faut-il donc que les Romains y voient quelque chose de si horrible ?

— Si tu avais lu ma pièce sur Œdipe ou plutôt, vu l'aversion que tu éprouves pour son style, celle de Sophocle qui lui sert de point de départ, tu saurais que, dans notre culture occidentale, il n'est pas d'atteintes plus graves à la morale, et ce depuis toujours, que le parricide et l'inceste. Tue le père et mets enceinte la mère, la fille, la sœur ou la nièce, et c'est toute la structure sociale que tu menaces. Instinctive, l'horreur de tels actes se fonde sur une connaissance elle-même instinctive de ce qui rend possible l'équilibre de la société. Sans cela, c'est la famille qui s'effondre et, avec elle, toute l'autorité des prêtres et des gouverneurs. Sans parler du fait que le produit de l'inceste est souvent monstrueux.

— En aurais-tu vu ?

— Non, mais je l'ai lu dans des livres.

— Ainsi donc, ma mère révérée accouchera d'un monstre ? lui demanda Lucius Domitius Ahénobarbus avec un sourire de mépris.

Son *cognomen* signifiait « tête en bronze » et, bien qu'il fût encore imberbe, ses cheveux frisés déjà avaient l'éclat du bronze et luisaient comme lumière d'or au soleil. Les yeux, eux, étaient bleus et les traits du visage bien formés : on était plus joli garçon que vraiment beau. On était aussi un peu pustuleux, ce qui n'est pas rare chez les adolescents. L'âge promettait néanmoins de calmer semblables éruptions sur la peau.

Sénèque lui dit :

— L'empereur se verra refuser le droit de commettre un inceste : il est des limites à tout, même au pouvoir impérial, et il appartient au Sénat de les fixer. Non, ta mère ne sera pas impératrice.

— Tu paries ?... disons... cent sesterces ?

— Je ne joue jamais. Parier, c'est s'en remettre au hasard. Tout à fait déplacé pour un stoïcien.

— Tu n'es qu'un vieux fou, Sénèque.

— Voilà qui me paraît encore plus déplacé. Cinquante vers d'hendécasyllabes pour t'excuser et je les veux dès demain.

— Sinon ?

— Sinon j'en parle à ta mère.

— Je pourrai les chanter, mes hendécasyllabes ?

Paul se trouvait maintenant à Éphèse. Aquilas et Priscilla l'y avaient accompagné, avaient envisagé la possibilité de s'y installer, s'étaient ravisés et puis, le mal du pays ayant eu raison de Priscilla, avaient pris un bateau pour l'Italie. Silas s'était enfin montré mais non point Timothée qui s'occupait de son ministère en Macédoine. Luc, lui, arriva avec quelques pages de documentation sur le travail de Paul rédigées en grec : l'ensemble était plus ou moins exact mais surtout, aux yeux de Paul en tout cas, par trop défiguré par l'humour grec. « Barre-moi ça. Et ça aussi. Inconvenant. Et ça, là, ça l'est encore plus. — Bon, bon », en soupirant. Un jour, Paul se rendit à la synagogue où il parla en ces termes :

— Hommes d'Éphèse, à vous je viens après de nombreux voyages qui, de Jérusalem, me conduisirent à Tarse et de Tarse à Antioche. Je prêchai aussi la Bonne Parole à Chypre, à l'autre Antioche, qui est en Pisidie, à Iconium, à Lystres et Derbé, à Philippes, Thessalonique, Athènes et Corinthe. Beaucoup j'ai vu et souffert. Oui, je fus aussi malade des vagues de la mer que, dans les villes que je traversai, de la dureté inscrite au cœur des hommes. Vous apporter la Bonne Nouvelle ne fut point tâche facile mais toujours ma peine fut adoucie par la grâce de Dieu car, sachez-le, l'amour de Dieu, par signes et merveilles, permet au levain de sa Parole de travailler. Diriez-vous que l'homme Paul a guéri le malade, rendu les yeux à l'aveugle et chassé les frénésies du diable de l'âme de quelques-uns, que vous parleriez faux : en Paul, c'est la puissance de Dieu qui est à l'œuvre car, en lui-même, Paul n'est rien. Prenez donc garde, Citoyens qui habitez une Éphèse par trop célèbre dans le monde pour ses magiciens et bateleurs. Je ne viens pas ici pour les concurrencer mais pour vous prêcher la parole divine. Ce qui signifie que lorsque je vous dis que c'est la force qui, tout entière contenue dans le nom de Jésus, est seule capable de guérir, je ne me laisse nullement aller à quelque plaisanterie de baladin : il n'est que par la foi en Jésus, Fils de Dieu, que l'homme est guéri.

Un homme se leva alors dans l'assemblée et, afin que tous le voient, tendit bien haut un morceau de cuir usé.

— Tu sais ce que c'est ? cria-t-il à Paul.

— Non.

— C'est un bout de cuir découpé dans l'un des tabliers dont tu te sers pour travailler à tes tentes chaque matin. C'est mon homme à tout faire qui me l'a procuré. Oui, il reconnaît l'avoir volé. Même qu'il se promène partout avec afin de soigner l'aveugle et l'estropié. Si c'est pas de la magie, ça, alors c'est quoi qu'en est ?

— Comme si l'on pouvait m'imputer la superstition des autres ! lui renvoya Paul. Non seulement mes *semicinctia* mais encore mes *sudaria*...

— Ici, personne ne parle latin !

— Des chiffons pour s'essuyer la sueur. Il n'est ni magie sacrée ni sainte puissance dans ces objets. Ni non plus en moi, en mon ombre ou ces choses misérables qui m'appartiennent. Ne jamais l'oublier. Cette force, seul le nom de Jésus la possède.

Un homme du nom de Scéva le prit un peu trop littéralement. Il se donnait du grand prêtre, mais ce n'était qu'imposture : il faut savoir que, astuce toute-puissante en magie, lesdits grands prêtres étaient censés savoir prononcer correctement le Nom de l'Ineffable. Qu'il l'ignorât lui-même ne l'avait pas empêché, *Iao, Iae, Iaoue* et autres approximations de ce genre, de s'y essayer souvent. Scéva était, pour l'instant, assis dans son bureau étouffant avec quelques-uns de ses collègues magiciens. La pièce sentait l'assa-fœtida et autres gommes nocives soi-disant utiles dans les exorcismes. D'un air absent, il faisait rouler entre ses mains le crâne triste et sec d'un petit enfant.

Il attaqua :

— Ils disent qu'ils paieront plus sans voir de résultats.

— La *periergia,* ça ne se commande pas, lança quelqu'un qui se faisait appeler Antipholus.

— Peut-être bien, mais c'est pour ça qu'ils paient. Et on a tout essayé. On en est même retombés aux *Sabaoth* et *Abraham.* Comme s'ils nous avaient jamais servi à grand-chose, ces noms ! Le nouveau, par contre... Vous avez vu ce que ça peut donner. Peut-être qu'on pourrait y aller sans danger.

— Ça a marché avec le vieux chauve. Et aussi avec celui qu'avait des tremblements.

— Sauf que tu rates l'essentiel. C'est que ce nom, il croit à ce qu'il y a dessous, lui ! Alors que nous, non. Ça nous est complètement étranger et va savoir si ça serait pas dangereux. Il pourrait y avoir des retours de bâton, non ?

— Non. Maintenant c'est toi qu'es trop superstitieux.

— Cette force, c'est quand même dans ce nom qu'elle réside, reprit un certain Trophuz qui, petit homme à la peau très sombre, était de Dieu sait quelle origine. Et moi je dis que ce nom, c'est la propriété de tous et de personne.

— Bah ! Disons que le pire qui pourrait nous arriver, c'est que rien ne se produise, justement ! lui renvoya Antipholus.

— Bien, bien, soupira Scéva. Allons-y.

Et, tous les sept, ils gagnèrent la demeure de la veuve Saméach. Malgré son nom (qui signifie « joyeuse ») et la fortune que lui avait léguée un époux qui avait travaillé dans l'importation de bois de construction du Liban, la dame était triste : son fils Bohen (ainsi appelé parce que le Seigneur lui avait appuyé le pouce sur le cou et là avait laissé une marque profonde) passait toutes ses journées étendu sur son lit. De l'espèce de stupeur dans laquelle il était plongé, il ne s'éveillait, de temps à autre, que pour agiter férocement les membres et pousser des cris inintelligibles, ou encore se jeter dans des accès de violence pure et simple auxquels aucun vase ne résistait. Saméach avait donc pris l'habitude de fermer à clé la porte de sa chambre. Il n'était pas rare qu'il y tambourinât. Il mangeait peu, vomissait beaucoup, avait encore plus de nausées et résistait à tout traitement, magique ou médical. Lorsque Scéva et ses collègues arrivèrent, le beau-frère de Saméach, un scpetique qui en avait par-dessus la tête de cette histoire, les attendait de pied ferme.

— Du bon argent qu'on flanque par les fenêtres, oui ! fit-il. Vous n'aurez pas un sou de plus.

— Cette fois-ci, lui promit Scéva, des résultats, tu en verras.

Toujours à sept, ils entrèrent dans la petite chambre à coucher — difficile de s'y caser —, et entendirent la veuve en fermer la porte à clé derrière eux. Ils n'apprécièrent pas : une fois déjà, le gamin avait réagi assez vigoureusement à certaine déformation du Nom Ineffable qu'on avait entonné et s'était alors rué hors de son lit pour tout casser. Le reste de la journée néanmoins, il était resté calme. Le septuor le regarda. Le spectacle n'était pas ragoûtant : on bavouillait quelque chose de jaunâtre et de visqueux par la gueule et le nez, on avait les yeux qui roulaient ici et là, chacun d'un côté. De cette bouche qu'ils contemplaient il monta soudain des bruits comme d'une dispute à plusieurs voix mais dans une langue inconnue — comme si l'on était arrivé aux derniers instants d'une beuverie. A un moment donné même une basse s'en prit à une aiguë pendant qu'ailleurs d'autres s'en tenaient à une manière de silence attentif. Trophuz donna un coup de coude à Scéva et lui dit :

— Allons-y.

Scéva respira un grand coup et puis chanta :

— Mauvais esprits qui en notre frère ici présent résidez, je vous en conjure au nom de Jésus que Paul nous enseigne... laissez-le !

La réponse fut immédiate et terrifiante. De la bouche qui continuait de baver, une seule voix (ce coup-ci) se fit entendre, en un grec parfaitement clair.

— Jésus, fit-elle, je le connais. Et Paul aussi. Mais vous, qui êtes-vous ?

Sur quoi le jeune homme bondit hors de son lit et, fonçant dans le septuor avec une horrible énergie, tira des barbes, arracha des yeux, tordit des oreilles, écrasa des pieds et déchira des robes. Scéva cogna à la porte en hurlant. Deux des plus audacieux, et costauds, rendaient bien les gnons que le malade leur assenait, mais celui-ci ne semblait pas s'en soucier. Lorsque, enfin, la porte s'ouvrit, tous se ruèrent au-dehors — avec, au milieu d'eux, un Bohen qui flanquait des coups de pied d'avant et d'arrière. La veuve Saméach poussa un cri suraigu, pendant que son beau-frère marmonnait : « Plus de mal que de bien. Pas un sou de plus », en hochant tristement la tête.

Je raconte cette histoire telle qu'on me la rapporta et laisse à mes lecteurs le soin de l'accepter ou de la rejeter. Une fois dans la rue, Bohen fut merveille de férocité, qui fit aboyer et puis encore glapir et fuir tous les chiens pendant que les femmes et les enfants déchiraient l'air de leurs hurlements d'effroi. Il rugit, déshabilla presque entièrement une pauvre vieille, renversa un éventaire de marché plein de courges et enfin tomba, épuisé, dans une flaque où il demeura à gémir et grogner vaguement. Paul, qui s'était vu interdire toute utilisation de la synagogue, était, à ce moment-là, en train de débattre d'un point difficile (la résurrection était-elle de caractère physique ?) avec quelques-uns de ses nouveaux adeptes, ou néophytes, dans une salle de classe que lui avait prêtée certain maître très connu sous le sobriquet de Tyrannos (aucun lien de famille avec le père du protomartyr). On le fit mander. Il rendit visite au pauvre Bohen, ordonna qu'on le ramène à la maison de sa mère et là, le plongea dans un profond sommeil naturel d'où, pour finir, le gamin ressortit guéri. Voilà, en tout cas, ce qu'on m'en a dit.

Il faudra certainement recourir à semblable thaumaturgie pour expliquer la scène étonnante qui s'ensuivit ce soir-là sur la place du marché : on y vit en effet des dizaines de recueils de formules magiques, de traités de *periergia,* de guides grossièrement illustrés sur l'art de gagner l'amour d'autrui, d'amulettes, d'icônes, de perles et de flacons remplis de décoctions plus que malsaines (car faites de crottes de chiens, herbe à loup et sang menstruel) atterrir dans le feu. La foule essaya même d'y jeter Scéva et ses amis, mais Paul déclara que c'eût été aller trop loin. Silas et Luc, qui, l'un et l'autre, adoraient lire, furent fort mal à l'aise lorsqu'il fut question de brûler de très beaux volumes reliés en cuir avec fermoirs en or.

Mais Paul leur dit :

— Regardez-moi donc ces obscénités ! Et encore celles-là... !

Un chien qui enfilait un homme. Un homme qui enfilait un chien.

— On pourrait les vendre...

— A d'autres charlatans de la magie... ?

— C'est pas du beau travail, ça ?

— Allez ! Au feu, tout ça, Luc !

Alors une vieille femme apporta une petite figurine en argent à Paul.

— Qu'est-ce que j'en fais ? lui demanda-t-elle.

Paul l'examina en clignant les yeux : une effigie de la déesse aux seins aussi nombreux que verrues.

— Ma famille et moi... on l'adore plus.

Paul lui répondit :

— Cette effigie est mauvaise. L'argent en est du roc que Dieu fit. Fonds-le et le donne aux pauvres.

Et puis il éleva la voix :

— Il est de notoriété publique que cette ville d'Éphèse est sanctuaire à la fausse déesse Artémis, que certains appellent Diane. Or donc, vous qui lui rendez hommage... repentez-vous. Et vous, orfèvres qui faites fortune en fabriquant des objets à son image, fondez plutôt des bougeoirs. Qu'on en finisse avec ces fausses idoles !

Un orfèvre qui avait nom Démétrius entendit ses paroles et en fut très malheureux.

On en était maintenant à cette époque du printemps où les nuits et les jours étant à peu près égaux, au début du mois dit « Artémission », les prêtres eunuques et les prêtresses président, dans l'enceinte du temple d'Éphèse, aux cérémonies rituelles en l'honneur d'Artémis, ou Diane. Ce temple était déjà, et est toujours, une des merveilles du monde qui, sur cent vingt mètres de longueur et soixante de largeur, s'ornait de superbes scènes de copulation. Un temple plus ancien avait, lui, été détruit par un jeune pyromane qui, Érostrate de son nom, n'avait commis son acte que pour acquérir quelque notoriété : il y avait réussi. (Il aurait, à ce qu'on raconte, accompli son forfait la nuit où naquit Alexandre le Grand.) Toujours est-il que l'effigie de la déesse en avait réchappé : en « pierre de tonnerre », ou morceau d'étoile tombé sur la terre, elle était, effectivement, indestructible. Parce qu'elle avait alors, ô céleste hasard, pris la forme d'une femme aux seins multiples, les gens instruits et les sceptiques mêmes avaient cru sans difficulté que c'étaient les dieux qui leur donnaient ainsi à voir — grossièrement certes, mais peut-être l'objet avait-il été frappé par Vulcain en personne —, le portrait d'une de leurs sœurs. Éphèse y avait gagné la belle réputation d'être une ville que la déesse favorisait entre toutes et était devenue sans tarder le centre du culte qu'on lui vouait. Or voilà que ledit culte était battu en brèche par un Juif qui, non content d'être chauve, adorait brûler les livres ! C'en fut trop pour l'orfèvre Démétrius et nombre de ses amis qui empochaient de grosses sommes d'argent en façonnant et vendant leurs petites statues d'Artémis, ou Diane. Surtout en cette saison.

Avec quelques-uns de ses compagnons artisans il tint donc, dès le lendemain matin, une réunion dans son atelier. Il s'agissait, en fait, d'un vaste appentis plein de brasiers où pendant que les uns versaient du métal en fusion dans des moules, les autres s'affairaient à en casser dès qu'ils étaient refroidis afin d'en extraire leurs statuettes ricanantes.

Démétrius attaqua en ces termes :

— Écoutez, mes amis, il s'en prend à notre métier, à nous ! C'est comme ça que nous gagnons notre argent.

— Et, dans notre cas, ça va chercher loin.

Démétrius ignora délibérément cette dernière remarque.

— Oui, adorer la déesse, que bénis soient son nom et sa sainte puissance, nous concerne tous. Et voilà que ce Paul s'en va dire à tout le monde qu'il ne saurait être de dieux façonnés par les hommes ! J'ai bien peur qu'avant même que nous ayons pu nous retourner, il n'ait déjà fait abattre ce satané temple et, oui, mis un terme à notre trafic.

— Trafic ?

— Comme si tu ne savais pas de quoi je parle ! Allons ! Et ces pèlerinages sacrés où ça débarque de tous les coins de la Grèce et de l'Asie, hein ? C'est de notre gagne-pain qu'il est question, les amis !

— Et donc, il blasphème contre le métal précieux. Et donc, nous le...

— Nous l'arrêtons.

Et c'est ainsi que Paul et quelques-uns de ses frères et sœurs en Jésus-Christ se firent traîner jusqu'au temple par les membres plus que militants de la guilde des orfèvres, — sans parler d'un *vulgum pecus* que l'on n'avait même pas eu besoin d'embaucher tant, dans ces villes de province où, le soir venu, il n'y a pas grand-chose à faire, empoigner et malmener de l'étranger est toujours un passe-temps aussi vertueux qu'agréable. Silas, qui tremblait dans la lueur rougeâtre des torches, paniqua soudain en découvrant qu'à six mètres audessus de sa tête, l'énorme mont de la déesse le regardait d'un air menaçant. Il crut que, sang chrétien dont, laborieusement, on allait enduire ses rotondités polymastiques ou multimammaires, ils lui seraient sacrifiés l'un et l'autre dans l'instant. Alors il se mit à frapper, et Paul frappa avec lui. Toujours prompte à répondre à ce genre de signal, la foule frappa de la même manière — un jeune tout en muscles criant même à Paul : « C'est ça ! File-leur une dégelée, à ces crétins !... enfin si c'est comme ça qu'y s'appellent ! » Sur quoi un désir, très grec et très surprenant, d'en revenir à un calme plus civique s'empara de tous et ce qui avait bien l'air d'être toute la population mâle d'Éphèse rassemblée poussa deux chrétiens récemment convertis — Caius de Derbé et Aristarque de Thessalonique : des étrangers l'un et l'autre — vers l'énorme théâtre en plein air. Paul, Silas et Luc, eux, remontèrent le courant sans rencontrer d'opposition tant chacun s'affairait à hurler en cadence : « Vive Artémis d'Éphèse ! Vive Artémis d'Éphèse ! » Ce qui fait que pendant que Caius, Aristarque et d'autres convertis encore, des sans-nom, remontaient, de force, la colline vers Pion, ceux qui les avaient convertis redescendirent vers le port où, en haletant, ils se cachèrent entre des balles entourées de cordes.

Il convient de remarquer que les autorités civiles d'Éphèse, ou Asiarques, n'étaient pas hostiles aux activités de Paul. Un : la décision de Gallio avait établi un précédent dans les provinces romaines et, deux : Paul n'avait transgressé aucune loi particulière. Lorsque, un peu plus tard, il s'assit avec ses amis — et Silas était toujours en proie à la crainte — dans la salle de classe de Tyrannos, un de ces Asiarques s'en vint même, par amitié, leur raconter ce qui se passait à l'intérieur du théâtre.

— Les trois quarts d'entre eux ignorent absolument pourquoi ils sont là, fit-il. Cela ne les empêche pas de se dire qu'il s'agit d'une manifestation antijuive. Il en est même un, un certain Alexandre, qui se tue à leur répéter qu'en fait, les Juifs adorent Artémis tout autant que les autres. Un sacré mensonge, c'est sûr, mais qui oserait le lui reprocher ? Comme s'il ne valait pas mieux tout faire pour qu'ils se calment !

— A ce propos, dit Paul... et si j'allais leur dire quelques mots moi-même ? Ce n'est pas tous les jours qu'on peut parler à toute la ville.

— Mais... tu es fou ? s'écria Silas. Es-tu complètement et irrévocablement dément au point de regarder sans voir ? Mais ils vont te mettre en pièces, mon gars !

Luc s'interposa :

— Je vais aller voir ce qui se passe. Je resterai au bord avec mon petit carnet. Après tout, il s'agit bien là d'un genre de... devoir littéraire.

Ils le laissèrent partir. Luc se tint à l'arrière d'une foule qu'on avait réussi à transformer en public, s'étonna de ce que par milliers on se divertît d'entonner encore et encore le cri monotone de « Diane d'Éphèse à jamais ! » pendant qu'un vieillard à longue barbe qui, se dit-il, ne pouvait être qu'Alexandre, hurlait et gesticulait du haut du *theatron* sans arriver à se faire entendre. C'est alors que, majestueux, un homme que Luc connaissait monta sur la scène : *grammateus,* ou secrétaire général de la ville, il était fonctionnaire responsable de la publication des décrets locaux et servait d'intermédiaire entre le conseil municipal et le gouvernement provincial. Lorsque, parce qu'il avait à en référer aux autorités romaines pour tout ce qui était ordre dans la ville, il parla enfin, ce fut avec une telle urgence que l'assemblée entière fit silence pour l'écouter.

— Hommes d'Éphèse, s'écria-t-il, il n'est nul besoin de vos protestations de bonne foi. Tous nous savons la grandeur d'Artémis. Tous nous savons qu'Éphèse est la gardienne de son temple. Tous nous savons que c'est des cieux, des mains mêmes de Jupiter que son image tomba jusqu'à nous. Pourquoi ainsi gâcher votre souffle à dire et redire une vérité qui n'est que trop connue ? Pourquoi ne pas adopter plutôt une conduite digne et calme, ne pas chercher à éviter de commettre des actes par trop impulsifs ? Ces hommes que vous avez amenés ici ne sont point des voleurs du Temple, et ils ne blasphèment pas non plus contre la déesse. Si Démétrius, oui, là-bas, et aussi d'autres de ses compagnons artisans, ont quelque chose à reprocher à ces hommes qu'on appelle « chrétiens », eh bien mais... les tribunaux sont ouverts et les proconsuls prêts à siéger. Que tout, je vous en prie, soit réglé dans les assemblées régulières. Non, l'émeute et la fierté civique ne vont pas bien ensemble. Rentrez chez vous.

Si alors, en grommelant, on se dispersa avant de retourner à la maison, ce fut, en partie, parce qu'on avait un sens très grec de la forme théâtrale. Cela faisait deux heures qu'on était là — donc : assez longtemps pour une pièce —, et le discours final avait, effectivement, été couronnement de haute qualité à une dramaturgie de bel agencement. En entendant le rapport que lui faisait Luc, Paul ne put s'empêcher d'approuver, avec grands hochements de la tête, le bon sens de ce *grammateus* qui, malheureusement, et il le déplora, n'était qu'un païen.

Il dit :

— L'homme n'a rien d'un cagot. En lui, déjà l'on voit qu'un énorme changement va se produire. Les hommes bientôt refuseront de se battre pour les anciens dieux à moins qu'ils n'y trouvent du profit. S'il est du bon sens dans la sainteté, peut-être est-il aussi de la sainteté dans le bon sens. Oui, de votre vivant vous verrez fondre l'argent, et la déesse, elle, ne plus être qu'un souvenir. Elle n'est déjà rien de plus que morceau de métal mort.

Que morceau de métal mort ? Et allez donc ! S'il l'avait déjà dit auparavant, il ne devait plus jamais le répéter. Ce que j'ai maintenant à vous raconter est extrêmement pénible mais quoi ? Paul aurait dû savoir que tout se paie. Démétrius et ses amis n'étaient pas d'un naturel violent, sauf lorsqu'on s'en prenait à un argent sans défense : il ne leur déplut donc qu'à moitié d'attendre que le proconsul voulût bien s'occuper de leur affaire (il n'y en avait qu'un à l'époque malgré le pluriel que le secrétaire de la ville s'était fait une habitude d'employer chaque fois qu'il en parlait : l'autre, Marcus Junius Silanus, proconsul d'Asie, avait été assassiné sur les ordres d'Agrippine... mais c'est une autre histoire). Toujours est-il qu'ils se dirent qu'il ne serait que justice de donner à Paul certain avant-goût de la déesse : cela, s'ajoutèrent-ils, ne pourrait que modifier la teneur de ses délires sur la pureté. Ils s'arrangèrent donc pour qu'une prostituée du temple fût introduite dans la chambre où, hommage rendu à son rang, il dormait seul alors que Luc et Silas, eux, devaient partager une cellule. Cela se passa dans la maison d'un Pyrrhus qui, nouvellement converti, les logeait gratuitement. La fille, qui ne demandait pas mieux que de se prêter au jeu, fut hissée jusqu'à la fenêtre du premier étage par un Démétrius qui n'en pouvait plus de ricaner et certain nain de ses collègues qui avait nom Achille. Dans la pièce, Paul dormait d'un sommeil lourd après avoir passé toute sa matinée à coudre de la toile, et encore tout son après-midi et sa soirée à hurler la Bonne Parole. La demoiselle se dévêtit et puis se glissa dans un lit étroit où, au milieu d'une nudité poilue, elle tomba sur certaine verge molle... qu'elle s'empressa de ramener à la vie. Paul, lui, crut qu'il rêvait. Mais s'éveilla. Et fut tout choqué de se retrouver fermement maintenu dans la position du *succubus* par une femme au corps souple qui n'ignorait aucune astuce du métier. Il poussa un grand cri alors qu'en riant la fille sautait déjà du lit et disparaissait par la fenêtre au pied de laquelle les deux comploteurs l'attendaient. Honte des hontes, Paul découvrit qu'il était en train de jeter sa semence sur la couverture. Que morceau de métal mort ? Et comment !

On le montra beaucoup du doigt dès le lendemain. En ébullition, il composa dans sa tête des tas de lettres éloquentes à toutes les Églises afin d'y dire le caractère mortel du péché de fornication. Et, pour lui-même, exigea de se soumettre à la purification rituelle — qui n'avait pas sa place dans la foi nouvelle. Il eut besoin de Jérusalem, il eut besoin du Temple de Salomon. Celui d'Artémis, lui, restait bien solide et se moquait : comme en une espèce de triomphe, l'énorme effigie de la déesse le contemplait d'un œil paillard. Il ne serait pas si facile que ça de la faire fondre.

Pour avoir entendu un peu parler d'Agrippine, vous ne l'avez pas encore rencontrée. C'était, à ce moment de notre histoire, une femme au plus haut de sa beauté. Elle incarnait le même problème philosophique que l'impératrice qui l'avait précédée, Messaline. Comme elle, elle donnait l'apparence de réconcilier une vertu céleste, car la beauté, c'est cela, depuis toujours, et il ne devra jamais en aller différemment, avec la faculté de se lancer dans les vices les plus indicibles. Mais là où ceux de Messaline n'étaient, en eux-mêmes, que véniels — parce qu'ils se réduisaient essentiellement à la passion de la gratification sensuelle, cette dame n'avait, ainsi que vous l'avez vu, de vraiment dangereux qu'un manque de scrupules moraux qui subordonnait tout à sa loi —, ceux d'Agrippine, eux, ne tournaient qu'autour du pouvoir : déjà effrayante chez un homme, la chose devient terrifiante chez une femme. Elle avait ainsi contré l'opposition du Sénat à son mariage avec Claude en proférant des menaces personnelles à l'endroit des sénateurs les plus virulents — et les avait, pour certaines d'entre elles au moins, menées à très brutal accomplissement avec l'aide d'un Pallas que, ministre des Finances de l'empereur, elle avait suffisamment séduit à cette fin. Il avait, pour finir, été décidé que l'empereur aurait le droit de transgresser la loi qui interdisait l'inceste : a) épouser une nièce n'était pas très différent d'épouser une cousine, ce qui n'avait rien d'illégal étant donné que l'interdiction de mariage ne s'appliquait, en droit strict, qu'aux parentes de descendance immédiate, et c'est à savoir, à la mère, à la sœur et à la fille, et : b) Claude semblait non seulement incapable de jamais avoir un enfant (qui, évidemment, serait un monstre) mais trop vieux même, et trop faible, pour consommer son mariage. Agrippine, elle, devait coucher avec n'importe qui — non point tant pour y trouver son plaisir physique que dans l'unique espoir d'y gagner tel ou tel avantage politique. Elle avait, pour son malheur ou sa bénédiction, une grande froideur sexuelle et, en sachant aussi long qu'une prostituée du temple sur l'art de faire naître la passion maculine — et de lui donner une fin extatique —, gardait elle-même ses distances bien qu'en se laissant parfois aller à simuler le désir, voire hurler de plaisir, le tout accompagné de faux tremblements orgastiques : faire l'amour lui paraissait d'une bestialité déprimante, pour ne pas dire franchement comique. A ces transports physiques, elle avait même initié son propre fils, L. Domitius Ahénobarbus, à un âge très précoce : simple moyen de le tenir sous sa coupe. Même après son mariage avec Claude, elle entrait souvent, la nuit venue, dans la chambre du gamin sur la pointe des pieds et là, amenait son jeune corps pustuleux à des embrasements si bruyants que, réveillé, un domestique n'aurait pu les prendre que pour un cauchemar. A propos : ce fils, qui avait été adopté par Claude, portait maintenant le nouveau nom de Nero Claudius Drusus Germanicus.

Et maintenant, entrons, nous aussi sur la pointe des pieds, dans la chambre impériale. Des voiles y empêchent l'intrusion de tout rayon de soleil de cette fin d'après-midi : Claude, qui a mal à la tête, s'est mis une compresse humide sur les yeux. Somptueuse sous une fine batiste, bras nus qui sont miracle de beauté formelle et cheveux de la teinte d'un minuit égyptien qui se répandrait sur ses épaules délicates, Agrippine lui caresse le front, et puis lui demande :

— Ça va mieux ?

— Vouououi, miieueux. Mais seulement au sens de papas aussi mmmmal qu'hier. De pappapas aussi mmmammmal que dedemain.

— Personne ne sait de quoi demain sera fait, jamais.

— Le vieillard, lui, sssaissaisait que demain, il ne sesesera pas plus jeune.

— Ah, les splendides platitudes que voilà ! O ! joyaux de l'impériale sagesse ! Ô rayons d'or de l'évidence ! J'espère bien que le livre que tu es en train de dicter n'est pas rempli de semblables aphorismes.

— C'est d'histoire que je m'occupe, moi. Les plaplaplatitudes morales, je les laisse à Sénèque.

— Débarrasse-toi de ce bonhomme.

— Hein ? lança alors Claudius en se soulevant un instant — la surprise — de dessus son oreiller, avant d'y retomber. Nenene serait-ce pas moi, il semble m'enm'enm'en souvenir, qui m'en serais débarrassé il y a quelque temps de çaça? Et moi encocore, qui l'aurais fait rappeler d'exil sur ta demande?

— J'ai changé d'opinion sur son compte. Sache que sous couleur de philosophie, c'est la trahison qu'il enseigne à mon fils.

— La tratratra-hison envers son empereur?

— Son impératrice.

— Ce qui veut dire toto-toi et moi. J'en ai entendu parler. La morale, c'est la morale. Et les exceptions à la morale, Sénèque, il ne connaît pas. Sauf que, quoi qu'en disent le Sénat et l'empereur, nous nageons dans la popopol-lution de l'inceste. C'est probablement ça qu'il raconte à ton fils. Pas pour le troubler ou nous dédé-nigrer à ses yeux, non : rien que pour lui rappeler que les exceptions à la morale, ça n'existe pas.

— A cela près que moi, du temps où j'étais petite fille, on m'enseignait que le pouvoir se réduit à la faculté qu'on a de transgresser les règles du jeu.

— C'est vrai que j'en ai trantrantrans-gressé une.

Il avait parlé d'un ton désenchanté, elle lui répondit vivement :

— Tu le regrettes?

— Tu m'as appris beaucoup de ravissements nouveaux. Des choses du corps que pas même Messaline... Ah, non : je ne le regrette pas. Des fois quand même, je me sens... enfin... coucoucoupable. Surtout quand je regarde ton fils. Avoir un petit neveu qui m'appelle Pèpèp... ère, y a quelque chose qui ne va pas. Même qu'il m'appelle Père plus souvent que ne le fait Britannicus. À croire qu'y veut me cococoller une idée dans le crâne.

— Exactement, lui répondit Agrippine avec franchise. Et cette idée, c'est qu'il est bien mieux fait pour la pourpre que Britannicus. Qui n'est qu'un sot.

— Je crois que j'aurais pas tototoléré ça de toi du temps où tu n'étais encore que ma nièce. Britannicus est peut-être le fils de Messaline mais il n'empêche : il n'a hérité que de peu de seseses vices. Il a même quelque chose d'un penseur. En plus, il fut assez bon soldat en Bretagne. C'est lui qui cacacaptura Ccccaracttttacus.

— Ce que nous n'avons pas le droit d'oublier. Sauf que moi, personnellement, je ne le crois pas. Dès que tu prononces le nom de Britannicus, j'ai l'impression qu'il faut absolument tout laisser en plan pour boire à sa santé!

— J'écarterai de mon esprit, chère nièce et épouse, fit-il d'un ton las, certaine pensée qui me dit... que tu aimes plus ton fils que tu ne m'aimes moi, que cet amour que tu as pour lui fut même assez grand pour surmonter beaucoup d'obstacles... dont le moindre est l'inceste. Et maintenant, je t'en prie, laisse-moi dormir. J'ai la tête qui me lance...

— Mais, mon cher Claude, la progéniture légitime, le mariage en est la porte. Et elle est toujours ouverte. Sauf que tu es toujours ou trop fatigué ou trop malade pour... Mais n'en disons pas plus, ô Pèpèpèpère de tous les Romains !

Il se redressa sur son séant, la regarda sans aucune affection et lui dit :

— Ce genre de sarcasme est déplacé. Tout autant que de faire croire qu'il en va d'une certaine manière en la présence même de quéquéquelqu'un qui sait très bien que ce n'est pas le cas. C'est dès après la mort de ton deuxième époux révéré que les médecins te déclarèrent stérile. Ne te fffffais pas plus bête quququque tu ne l'es.

Mais se ravisa :

— Non — Pas « bête » : menteuse. Aussi menteuse qu'elle... et, je commence à le croire, bien plus vicieuse.

— Quelque chose de précis en tête ? lui renvoya-t-elle d'une voix aussi sirupeuse que le miel d'Hybla.

— Oui. Qu'est-il donc arrivé à Stttattttilius Tttauttaurus ?

— Quoi ? Le vieux taureau ? Il y a des fois où tu oublies qui tu as, ou n'as pas, réduit au silence — ceci pour reprendre le délicieux euphémisme en vigueur. Eh bien, sache que le vieux taureau a été abattu.

Il en bondit presque hors de son lit.

— Pas sur mes ordres en tout cas !

— Non : sur ceux de Pallas. Mais... ça ne serait pas la même chose ?

— De quoi l'accusait-on ? Pallas ne m'en a jamais rien dit. Il ne m'a pas non plus fait signer de papapapiers poupoupour...

— Il m'avait promis, lui répondit-elle en prenant une voix faussement enfantine, de me donner tous ses jardins... un jour. Il savait que j'en avais envie. Et puis, il a changé d'avis.

— *Quoi ?*

— Les citoyens fortunés devraient, parfois, savoir montrer leur gratitude de ce qu'on les laisse ainsi prospérer. Qui plus est, ils ne devraient jamais se permettre d'insulter leur impératrice en revenant sur leur parole : ces jardins sont, assurément, très très beaux. Tu devrais venir t'y promener avec moi. La senteur des pins et le grand air feraient beaucoup de bien à ta faible poitrine.

Il aspira, très profondément, celui, plus renfermé, de sa chambre de malade.

— Pallas, fit-il et, d'une manière plus caractéristique, se reprit : Papappallas ? Je vois. Le très efficace ministre des Finances est plus ton serviteur que le mien. Le soumettrais-tu à ta sorcellerie ?

— Ma sorcellerie ? Que veux-tu dire par là ? lui répondit-elle non sans une certaine angoisse que Claude serait forcément trop sourd pour entendre.

— Tes charmes. La pupupuissante odeur de sensualité qui ttttant sséduisit ton vieil oncle qu'il en dddevint le pauvre sot qu'il est aujourd'hui.

— Pallas t'est tout à fait dévoué. Il te décharge de tout afin que tu sois libre de t'adonner à tes préoccupations supérieures... et me consulte, ainsi qu'il convient. Ne suis-je pas l'intermédiaire de l'empereur ?

— C'est même lui qui me pressa de faire ppppppasssser l'héritage impépépérial de la tête de mon fils sur celle du tien.

— Son seul souci était celui de veiller à la bonne marche de l'État. Britannicus est un bon gros soldat, et donc un peu benêt. Alors que mon fils, lui, est prêt à assumer les plus hautes fonctions. Il travaille dur, et a les meilleurs maîtres. Il est aussi intelligent, sensible...

— Mais pas asssssez au son de sa petite voix de crécrécelle nazzzzzillarde. Qu'il dansse donc et chante tout autour de l'Empire... pour ce que j'en ai à faire ! Oui, qu'il s'achète sssses applaudissements, même ! N'empêche que la poupoupourpre, il ne la portera pas... s'il n'en va que de moi.

Sur quoi il tenta de s'extraire de son lit. Sur quoi sa migraine lui ordonna de ne rien en faire. Sur quoi il s'effondra de nouveau sur son oreiller. Agrippine acquiesça d'un gentil hochement de tête.

— Allons, dors, lui souffla-t-elle presque en chantant.

S'il avait parlé sorcellerie, Claude était par trop du genre intellectuel éclairé pour entendre par là plus que métaphore. Les sorcières n'en existaient pas moins, et l'art qu'elles pratiquaient était des plus réels. L'une d'entre elles, qui avait nom Locuste, habitait ainsi dans la *Suburra,* Agrippine avait déjà eu recours à ses services. *Subite, dis-tu ? Non, pas trop subite — il ne le faut pas. Tout l'art de celle qui conduit au sommeil tient dans l'imitation de la nature. Tu sais... l'administrer ?* Le sommeil, le silence : admirables euphémismes. Elle eut un geste moqueur à l'endroit de Claude qui, massif, grognait, et s'en fut.

Paul arriva à Césarée avec Luc, bien sûr, mais aussi avec un Éphésien converti du nom de Trophime. Lequel Trophime était jeune homme à cheveux blonds et fils d'un orfèvre qui, lui, avait été plus long à convaincre, les derniers mots qu'il avait lancés au maître au moment où son fils s'en allait ayant été : « J'y réfléchirai. » Il pensait que les jeunes se devaient de découvrir le monde mais, de préférence, en la compagnie d'hommes plus âgés qui sauraient les tenir à l'écart des tavernes et des bordels. Or, la continence et la sobriété de Paul faisaient-elles donc le moindre doute ? Une fois à Césarée, ils allèrent rendre visite au Grec Philippe qui se sentait toujours aussi mal d'avoir converti un eunuque noir. Il avait quatre pipelettes de filles qui, n'arrêtant pas de prophétiser la fin du monde, semblaient n'avoir que fort peu de temps à consacrer aux tâches ménagères. Sa grosse épouse cuisinant, elle, assez bien, ils auraient tous mangé un bon repas ensemble — lorsqu'elles ne prophétisaient pas, ces demoiselles savaient se montrer bonnes, et silencieuses fourchettes —, si un autre prophétiseur professionnel n'était pas arrivé à ce moment-là. Agabus de son nom, il était d'Antioche où personne ne l'avait oublié. Ils n'avaient pas encore fini de manger lorsqu'il se mit à prédire l'avenir de Paul :

— Et je n'ai pas eu raison, peut-être, sur cette histoire de famine en Palestine ? Bien sûr que j'ai eu raison. Or donc, regardez-moi avec attention et ouvrez grandes les deux oreilles. Et toi, passe-moi cette ceinture que tu as autour du ventre.

Ébahi, Paul la dénoua et la lui tendit.

— Sache qu'en mimant tout ce que je prophétise, je ne fais que m'en tenir aux Saintes Écritures. Achija de Silo ne prédit-il pas ainsi le démantèlement du royaume de Salomon en lui déchirant son manteau neuf ? Bien sûr que si. Et Isaïe lui-même n'annonça-t-il pas que les Égyptiens iraient en captivité en Assyrie en se promenant sans rien sur le dos ? Absolument, absolument. Et voici qu'à l'instant, voyez, Agabus s'attache les pieds et les mains ensemble... avec quelque difficulté, c'est vrai... Ceci pour vous dire que les Juifs de Jérusalem, oui, s'empareront du propriétaire de cette ceinture, lui lieront les mains et les pieds et, ainsi, le livreront entre les mains des gentils. Les seuls gentils de Jérusalem étant les Romains, n'est-ce pas ? Bien sûr, bien sûr, moi, je resterais à l'écart de Jérusalem. Il suffit.

Sur quoi il lui rendit sa ceinture. S'en ceignant à nouveau, Paul lui répondit :

— Il faut que j'y aille.

Les quatre filles de Philippe se prirent aussitôt à hurler à l'unisson.

— Du calme, les filles ! leur ordonna Paul d'un ton sec. Je te demande pardon, Philippe, c'est vrai que j'aurais dû m'en remettre à toi là-dessus, mais... je commence à en avoir par-dessus la tête de tous ces gens qui me donnent des conseils pour ma sécurité. Une prophétie similaire, on m'en fit une à Tyr — un peu moins savante que celle d'Agabus parce que purement orale, mais... Il serait plus important de trouver un logement sûr pour ces deux gentils qui m'ont accompagné jusqu'ici. En dehors de ma sœur — et elle ne m'aime plus du tout —, je ne connais pas grand monde à Jérusalem. Qui plus est, tout logeur juif aurait des doutes sur le fait de laisser entrer des incirconcis dans sa maison. Où pourrions-nous aller ?

— Y a bien ce Mnason, dit Philippe. Un chypriote grec, un des premiers convertis de Jérusalem. Il est à Césarée, en ce moment, mais je suis sûr qu'il voudra rentrer à Jérusalem pour la Pâque. Pur intérêt commercial : il vend du jus de raisin non fermenté et les enfants adorent ça.

Mnason fut d'accord pour prendre trois pensionnaires pendant un certain temps. Vieillard à la belle allure de soldat, il montait un cheval blanc.

— J'y serai avant vous, dit-il. Tout le monde vous dira où j'habite. Dommage que vous deviez y aller à pied. Quatre-vingt-dix kilomètres bien tassés... et par cette chaleur ! Quant à toi, l'ami, ajouta-t-il à l'adresse de Luc, sache que je serai heureux de passer une soirée avec toi à te raconter ce que je sais des débuts de la foi dans la région... Quand tu voudras. J'ai toujours pensé qu'il faudrait que quelqu'un écrive un livre là-dessus. Sûr que ça sera assommant, avec tout ce qu'il faudra y dire mais bon, enfin... à Jérusalem, pas ? Prenez bien soin de vos pieds.

Pieds qui lui faisaient mal, Paul s'en alla, seul, voir un Jacques qu'autrefois l'on avait appelé le Mineur mais qu'aujourd'hui, avec quelque justice, l'on disait « le Juste ». C'était le seul disciple à vivre encore à Jérusalem. Les autres s'étaient dispersés à travers le monde, certains d'entre eux étaient même morts. Il régnait sur un petit groupe de Juifs récemment convertis qui, un peu timides et reste-à-la-maison, considérèrent le célèbre missionnaire avec un respect plein de crainte. Tout comme à l'époque où il l'avait brièvement rencontré, Jacques sentit aussitôt combien il lui était intellectuellement inférieur. Cela lui pesa autant que sa propre graisse : les muscles qu'il avait au temps de sa jeunesse — au moment où, ayant lâché les luttes de foire, il s'était mis à suivre la foi — s'étaient flétris, étaient devenus adiposités inconvenantes. Qu'un être tel que lui fût maintenant évêque de Jérusalem tenait de l'absurde, il se le disait souvent. Néanmoins, il avait toutes les qualités requises et ce, même si l'on pouvait déclarer qu'aucune n'aurait fait l'affaire s'il lui avait fallu se lancer dans une mission plus active : il préférait rester là où il se trouvait et, parce qu'il n'aimait pas non plus avoir d'histoires, passait tous les compromis possibles avec les Juifs orthodoxes ; à l'entendre, la foi nouvelle, et fort révolutionnaire, n'était qu'appendice inoffensif à l'ancienne. Il payait ce qu'il fallait au Temple, s'acquittait des devoirs saisonniers rituels et donnait même de l'argent nazaréen à ceux d'entre les pauvres de Jérusalem qui déclaraient qu'on avait bien fait de l'accrocher à sa croix, celui-là qu'était mort entre les deux larrons. Il fut heureux de voir Paul lui tendre un petit sac de pièces de l'Empire afin de défrayer l'Église mère. « Continuez à ne pas oublier les pauvres » était un slogan dont Paul semblait s'être souvenu.

Jacques lui dit :

— La joie nous étreint de te trouver sain et sauf parmi nous. Elle sera encore plus grande lorsque tu nous diras tes aventures et tes succès. Peut-être conviendrait-il que tu le fasses sous la forme d'un discours que tu tiendrais devant tous les anciens. Mais, j'y pense... la maison du pauvre Matthias ne serait pas assez grande pour vous recevoir tous. Alors... peut-être en plein air ? au mont des Oliviers ?

Paul jeta un coup d'œil autour de lui : la bâtisse était devenue misérable, qui donnait l'impression d'avoir rétréci. Tels petits Romains tout noirs, des araignées s'étaient mises à jouer les ingénieurs charpentiers dans les coins sombres.

Paul lui répondit :

— Le pauvre Matthias, dis-tu ?

— Il travaille en Italie et, d'après ce qu'on nous en dit, n'a pas eu beaucoup de chance, s'il a eu beaucoup de revers de fortune. Moi je dis que l'Italie a besoin de quelqu'un comme toi.

— Rome, j'ai toutes les intentions du monde de m'y rendre. Porter la dague droit au cœur, pour ainsi dire.

— Oui. Très bien. Et maintenant je t'avertis : il y a des histoires qui courent, elles sont troublantes, et ces messieurs te les confirmeront. Des trucs très vilains qui circulent, rien de fondé, naturellement, mais qu'il faudra quand même que tu tentes de réfuter. M'est avis que tu sais très bien de quoi il s'agit.

Paul haussa les épaules.

— J'imagine que les Juifs convertis se sont remis au travail, c'est ça ? Que partout ils affirment que j'aurais dit que la circoncision n'est que bêtise inutile. Bah ! c'est vrai que ça l'est si on la compare à celle qu'on pourrait dire… « de l'esprit ». Sans parler des grognements qu'on pousse pour le nouveau sabbat — ce Dies Solis qui remplace Yom Rischon. C'était couru. Et voilà que maintenant, selon Philippe de Césarée, on m'accuse de faire de Jésus le dieu du soleil ! Qu'ils disent donc ce qu'ils veulent… !

Jacques s'en montra contrarié. Il remua lourdement, fit craquer sa chaise.

— J'ai toujours été contre les innovations trop rapides.

— Rapides ? Et moi qui pense que nous nous traînons ! La vie est peut-être éternelle, mais elle ne dure pas longtemps.

C'était là quelque chose que Jacques avait déjà entendu auparavant, un peu trop souvent peut-être même.

Il lui dit :

— Il y a ici, en Judée, des milliers de Juifs qui se sont convertis à la foi nouvelle mais n'en acceptent pas pour autant de renoncer au respect qu'ils ont de l'ancienne. Que tu essaierais de persuader les nazaréens qui vivent au sein des gentils d'abandonner Moïse, et c'est à savoir, essentiellement, de ne plus circoncire leurs fils, voilà ce que trop d'entre eux se sont laissé dire… Quant aux règles diététiques ! On en a même fait une petite chanson. Comment c'est déjà, Remaliah ?

Barbe clairsemée et manteau blanc trop propre, un converti s'éclaircit la gorge et gazouilla :

À l'office du dimanche, Paul, y dit pas que des bobards,
On finit toujours par du porc si on commence avec du homard.

— Une chanson idiote, c'est tout, lui renvoya Paul en faisant la grimace.

Et puis il se radoucit et ajouta :

— Chez les chrétiens d'Éphèse, ce dont on se plaint le plus souvent, c'est que la viande n'ait plus bon goût. Plus de sang à l'intérieur. J'ai fait tout ce que j'ai pu pour appliquer les lois sur la nourriture, mais peu de gentils comprennent de quoi il retourne. Le rêve de Pierre m'a toujours paru très solide mais on me dit qu'il nierait l'avoir jamais fait. Ah ça ! renier, il s'y entend ! conclut-il assez méchamment.

— Quoi qu'il en soit, reprit Jacques d'un ton embarrassé, il va falloir que tu donnes des explications…

— Agir vaut mieux qu'expliquer. Je vais me faire raser la tête —

pas qu'il me resterait grand-chose dessus... et puis je pars pour le Temple avec toute la ménagerie nécessaire. Il va falloir que tu me rendes un peu de cet argent.

— Un bouc, deux agneaux, un litre de vin, de la farine blanche... j'ai oublié combien, je le retrouverai. Enfin quoi : le rite de la purification, c'est ça ?

— J'en ai besoin, crois-moi.

— Ça plaira à nos gens.

Et encore :

— Besoin ? Et pourquoi ça ?

— Souillure. Je n'en dirai pas plus.

— Je ne te le demande pas. Le seul ennui véritable, c'est les Juifs venus des provinces... d'Antioche et d'ailleurs. Ils ne se sentaient pas libres en territoire gentil. Et maintenant, ils ne le sont peut-être que trop... Dans l'ombre du Temple... La consécration de la haine. Tu vois ce que je veux dire ? Ça ne fera de bien à personne s'ils commencent par s'en prendre à toi.

— Tu regrettes que je sois venu, Jacques ? Je dérangerais ta tranquillité douillette, c'est ça ? Attendrai-je la nuit pour reprendre la route ?

— Non non non non non. Tout ce que je dis, c'est qu'il va falloir que tu fasses attention.

Avant d'être complètement chauve, Paul gagna le Temple afin d'y accomplir ses rites de purification et en profita pour conduire le jeune Trophime jusqu'aux parvis extérieurs. Leur magnificence le laissa plein d'admiration craintive mais il n'en trouva pas moins difficile de la réconcilier avec les bruits du marché aux viandes. Ils tombèrent tous les deux sur un avis dont les mots clés étaient *Thanatos, Mors* et *Mavet.*

— Tu ne vas pas plus loin, lui dit Paul. Tu vois : mort par exécution publique de tout non-croyant qui pénétrerait dans le Temple. Une loi très ancienne... les Romains mêmes ne sauraient y contrevenir. Et tiens : un Romain, un jour, fut assez fou pour oser ne pas en tenir compte. Il fut lapidé à mort sur ordre des prêtres. Tout le droit romain ne parvint pas à le sauver. Faisons demi-tour.

Paul et son ami avaient été observés de près, deux Juifs d'Antioche, Job et Amos, les ayant surveillés avec une attention toute particulière, en clignant les yeux dans la lumière du soleil.

— Vous le voyez ? avait lancé Amos à un groupe de ses concitoyens qui badaient. Vous vous rappelez ? Il est ici ! Regardez ! Gros comme une maison, en train d'emmener un de ces fumiers à chapeau sur la queue dans le Saint des Saints !

— Mais non ! Il connaît nos lois. Là, tu vois : ils s'en vont.

— Toujours à souiller le Très-Haut ! Un salaud !

— Tu vas trop loin.

— Attendez.

Les ennemis de Paul le rattrapèrent au moment où il achevait ses obligations rituelles dans la cour d'Israël. Cette partie de l'enceinte intérieure du Temple était réservée aux fils lais de la foi : les prêtres et les lévites pouvaient en atteindre les limites, ou presque. *A ceux qui étaient sous la Loi, je devins, bien que n'étant pas moi-même sous la Loi, comme toi sous la Loi afin que de pouvoir gagner le cœur de ceux qui étaient sous la Loi.* Paul savoura la formule : elle irait bien dans une lettre aux Corinthiens. Levant alors les yeux, il fut surpris de découvrir ce qui lui parut être une bonne part de toute la population juive de Corinthe en train de le regarder d'un air menaçant.

Sur quoi un quidam montra un autre quidam du doigt, et dit :

— Le voilà !

Ce dernier, qui se tenait debout dans un rayon de lumière, fut, un instant, comme couvert d'or. Et puis, voyant qu'on le désignait et ayant, probablement, quelque raison de se sentir coupable, il disparut dans l'ombre, et s'en fut.

— Amener des gentils dans le Temple du Très-Haut !

Paul se fit tout mou alors qu'on s'emparait de lui : il s'y était attendu. Quoique peut-être pas aussi vite. Ni en cet endroit. On lui assena un coup de chaussure dans la figure, sans lui faire de mal. On le traîna le long de l'escalier qui descendait à la cour extérieure. Il entendit le portail du sanctuaire se fermer à grand bruit. On essaya d'y grimper pour se saisir d'un Trophime qui avait déjà quitté les lieux : la police du Temple n'avait pas envie de se retrouver avec une émeute sur les bras et cogna ce qu'il fallait, elle aussi. Ce fut une foule prête à tout qui déferla dans la cour extérieure. Un homme, en qui Paul reconnut un trublion d'Éphèse, s'écria :

— Allons, hommes d'Israël, un coup de main ! Qu'on le réduise en bouillie ! Il a souillé le Temple. Il y a amené des Grecs (il avait le pluriel facile), il s'élève contre la Loi dans ses prêches, et encore contre le peuple et le Temple. Justice ! Qu'on le remette au pas ! Faites-lui rentrer les dents dans la gueule !

Paul était en train de se faire rosser, les coups pleuvaient sourdement. Un horrible qui suait dans ses vieilles robes lui décocha un coup de poing sur la tête et demanda :

— Bon alors, qu'est-ce qu'il a fait ?

Enfin les troupes romaines arrivèrent et mirent un terme à l'échauffourée.

Une cohorte de Romains armés s'était rassemblée là-haut, au nord-est, dans la forteresse d'Antonia. Le tribun militaire n'avait pas perdu de temps. Leurs centurions à leur tête, deux cents hommes déboulèrent à toute allure, joyeusement se mirent, eux aussi, à rosser les Juifs du plat de leurs épées. Après quoi, ils passèrent les menottes au coupable et l'auraient volontiers traîné jusqu'au château — qu'était-il donc ? un criminel ? un voleur ? un pickpocket ? n'importe — si l'autre n'avait pas paru décidé à en gravir les marches avec dignité. L'arrière-garde tint la foule à distance à coups de pied. Chouette journée.

Haletant, Paul se planta devant le tribun dans la salle de garde. Las, près de la retraite, les bajoues croulant sous trop de graisse, l'officier lui cria :

— On démarre une émeute, hein ? On sème le trouble ? Mais... je te connais ! Tu es cet Égyptien qui nous causa tant d'ennuis il y a trois ans de ça. Alors, on t'a retrouvé, pas vrai ? Disais que les murs tomberaient si tu leur en donnais l'ordre et qu'après tu marcherais sur eux et prendrais le pouvoir, hein ? Bah ! ils n'ont que ce qui leur pendait au nez mais toi, tu t'en es sorti, c'est ça, hein, espèce de porc égyptien ? Bien, bien. Mais maintenant, tu y es jusqu'au cou.

— Aurais-je donc l'air d'un Égyptien ? Parlerais-je comme eux ? Non : je suis juif, de Tarse en Cilicie, citoyen de grand...

— C'est toi qui le dis...

— Si tu veux que ces gens se calment, permets que je leur parle. Dans leur langue, celle des Juifs.

— Eh ben, c'est ça ! Dis-leur d'attaquer la tour ! Allons, centurion, emmène-le.

— Parce que j'avais vraiment l'air de quelqu'un qui aurait été prêt à prendre la tête d'une émeute ? C'est mon sang à moi qu'ils voulaient, pas le tien. Laisse-moi leur dire quelques mots en araméen.

— Donne-lui-en l'autorisation, Chef, lui demanda le centurion. À voir ce qu'ils lui font, je crois qu'il en a le droit. Essayons de les disperser.

Ils ramenèrent Paul à l'escalier qui conduisait à la tour. Il avait des soldats au-dessus et au-dessous de lui. La foule hurla, et puis se fatigua de hurler. Des paroles incendiaires auraient plu : on voulait aller encore plus loin, on était émeutiers. Paul ne cria même pas. Il plaça sa voix bien haut, la fit porter en avant, dit :

— Hommes de Jérusalem, écoutez-moi. Je suis juif, natif de Tarse mais élevé ici, dans cette ville. Comme vous, je fus instruit dans la foi et la Loi de nos pères, et respectai Dieu : comme vous, oui, tous. C'est aux pieds mêmes de Gamaliel, rien de moins, la Loi dans toute sa splendeur, que j'appris ce que je sais. Juif, je le suis donc, mais Juif qui, de Sa bouche même, entendit le Seigneur lui demander de cesser de persécuter ses saints, ceux-là mêmes qui se rallient à Jésus de Nazareth qui est le Christ. Car à moi il fut dit : « Le Dieu de nos pères t'a choisi pour connaître Sa volonté, voir le Juste, et encore entendre une voix de Sa bouche. Lève-toi, sois baptisé, et lave-toi de tes péchés en invoquant Son nom. » Et encore il me fut dit : « Va, car c'est toi que j'enverrai porter la Parole aux gentils. » Et j'obéis à la voix du Seigneur de nos pères. Aurais-je mal agi à le faire ?

Ce fut le mot de « gentils » qui mit de l'huile sur un feu qui, un instant, s'était apaisé. Ce terme était souillure et la foule n'y répondit point seulement en hurlant. On suivit les plus dévots et aussitôt commença à s'arracher les vêtements, à jeter ses manteaux dans les airs, à soulever la poussière en frappant la terre de ses pieds. Paul comprit qu'il avait manqué de discrétion : rien de semblable ne serait arrivé à Jacques. La clameur qu'entendirent les soldats romains n'avait rien de nouveau mais n'était plus montée à leurs oreilles depuis longtemps : grondement du colonisé qui fait sécession, elle était aussi fureur qui ne sent ni l'épée ni les coups. Debout sur le degré immédiatement inférieur à celui d'où parlait Paul, le centurion lui-même ne put s'empêcher d'asticoter les côtes de l'orateur avant de lui faire monter tout l'escalier.

— Voilà qui n'a aucun sens ! s'exclama le tribun.

Paul avait le souffle coupé. Il regarda le sang qui, d'une blessure qu'un poing orné d'une bague lui avait faite à la joue, dégouttait sur sa main droite.

— Ce que tu as dit, reprit-il, ce que j'ai pu en comprendre et ce que, eux, ils hurlent maintenant, n'a rigoureusement aucun sens. Il va falloir qu'on examine ton cas selon le droit romain. Tu sais ce que cela signifie ?

Paul acquiesça d'un signe de tête.

— Très bien. Qu'on l'emmène jusqu'à la cour.

Dès qu'il y fut, ils commencèrent, à l'aide de lanières, par lui attacher les poignets à une chaîne qui pendait à une espèce de potence. Il vit alors deux soldats s'approcher de lui en cinglant l'air de leurs *flagella,* et c'est à savoir de longue bandes de cuir émaillées de pointes et d'éclats d'os, le tout fixé à un manche en bois.

Au centurion il dit ceci :

— Pourrais-je parler encore ?

— Non. Pas avant qu'on en ait fini avec ces préliminaires. C'est la seule façon d'aller au cœur de l'affaire.

— Je parlerai néanmoins. Auriez-vous donc le droit de fouetter ainsi un homme qui n'a pas encore été condamné, un homme qui, en plus, est romain ?

— Toi, un Romain ? lança le centurion avant d'en rester bouche bée.

— Oui, un Romain.

Le centurion vit, à l'autre bout de la cour, son tribun en train d'étudier un ordre de surseoir à exécution qu'un employé venait de lui apporter.

— Attends-moi ici, dit-il à Paul.

Celui-ci lui montra ses liens non sans humour. Les deux soldats s'entraînèrent à fouetter le dos d'un Paul qui était toujours habillé : on se tenait loin de lui, on laissait l'éclat d'os mordre son vêtement, on aimait beaucoup le long sifflement des bandes de cuir déchirant les airs. Le centurion revint avec le tribun.

Qui lui dit :

— Le centurion ici présent m'apprend que tu serais romain.

— Oui, romain, je le suis. La preuve s'en trouve au quartier général du procurateur de Césarée. Tu peux vérifier. En attendant, sache que tu vas à l'encontre de la Loi en m'attachant ainsi les mains. Ça, tu ne peux pas l'ignorer.

— Écoute, l'ami, lui répondit le tribun, ça m'a coûté une jolie petite fortune de m'acheter ma citoyenneté romaine. Bon, d'accord, je sais, tu as déjà deviné que je suis grec, mais l'aurais-je jamais nié ? Tu ne m'as pas l'air si riche que ça, toi non plus.

— Je n'ai eu, moi, nul besoin de me compter au nombre des clients de Messaline. Romain, je le suis de naissance. Comme je te l'ai déjà dit, tu peux vérifier. Et, toujours en attendant, ne t'en va surtout pas commettre quelque faute que tu pourrais regretter.

Le tribun caressa les poils bleus de son double menton. Et puis il dit au centurion :

— Détache-le. Enferme-le pour la nuit. On mettra leurs prêtres sur cette histoire dès demain. Tu sais combien il en coûte de rosser un citoyen romain ?

— Je le sais, Chef, je le sais.

Paul fut détaché et conduit au château. Contrariés, les fouetteurs essayèrent de flageller deux moineaux qui venaient de se poser par terre. Ils s'envolèrent sains et saufs. De sa cellule, Paul regarda d'autres oiseaux revenir sous des bardeaux alors que, rapidement, la nuit commençait à tomber. On lui apporta un repas de soldat : du pain bis et un morceau de viande de chèvre qui sentait fort et nageait dans son sang. Et du vin. Il le but en composant des lettres dans sa tête. C'était grâce au système des messageries romaines qu'elles parvenaient à leurs lecteurs — aux chefs des congrégations qui les lisaient à haute voix lors du festin de l'amour ou service de l'Eucharistie. Or donc mettez à la mort tout ce qui appartient à votre terrestre nature — qu'il s'agisse de l'immoralité sexuelle, de l'impureté, de la concupiscence, des mauvais désirs, de la cupidité, de l'idolâtrie. C'est à cause d'eux que vient la colère de Dieu... Époux, aimez vos épouses et ne soyez point durs avec elles... Pères, ne remplissez point vos enfants d'amertume, qu'ils n'en connaissent point le découragement. Et lors, il entrevit un monde ensoleillé, comme de pierre blanche, sentit l'odeur du crottin de chameau et des figues qui pourrissent, se dit que, peut-être, ses mots n'étaient que sculptures dans le vent. Il arrivait à l'âge mûr, froid était l'air de la nuit sur son crâne entièrement chauve, il se dit qu'on entendait ses mots mais ne les comprenait pas bien, que le Christ était devenu légende, qu'il avait perdu son temps. Ses tentes dureraient plus longtemps que la Parole qu'il avait prêchée. Et puis il sourit, reconnut certains démons d'un découragement qui, plus que familier, lui prouva, a contrario, que non, il n'avait point perdu son temps : les démons, oui, le savaient bien si les hommes, eux, l'ignoraient encore.

Il songea à sa propre mort, qui, peut-être, ne serait plus longue à venir. S'il croyait, s'il croyait vraiment, alors ce serait les dons du temps qu'il apporterait à un monde au-delà du temps et ces dons, au bord de s'endormir ainsi qu'il l'était, il se les représenta sous la forme d'un plat en terre plein de raisins de Corinthe. Il n'avait rien d'un ange, pas plus que le Christ. Il était humain mais immortel, comme si son *sensorium* s'était trouvé purgé. Les plaisirs du monde à venir seraient des sens. Ce qui voulait dire obstacle à l'expérience même du pur esprit, ce qui signifiait à son tour interdiction d'arriver à l'ultime dévoilement. D'où le fait que Christ, qui, lui aussi, était créature sensible, se voyait refuser la fusion avec le Père. Ce qui expliquait pourquoi le Père et le Fils, quoique consubstantiels, étaient personnes séparées. Théologie. La vie était trop courte pour ça mais il devina, avant de s'endormir, que des hommes, un jour, écriraient de longs traités sur la personnalité du Christ... pour mieux négliger son multiple message. L'essentiel n'en demeurait pas moins que l'affaire avait pris racine, qu'il s'agît de métaphysique ou de message. On ne pourrait point la faire disparaître à volonté, Dieu le Père lui-même n'y parviendrait pas... et Dieu le Père était quand même plus près de ce dieu inconnu et combien damnable des Athéniens que ce Jéhovah auquel il avait dédié son bouc et ses agneaux. Il dormit.

Et fut réveillé, à l'aube, afin d'être conduit devant un Sanhédrin qu'on avait convoqué en session extraordinaire. Déjà une foule pleine d'énergie s'était réunie, crachait sur la cage d'acier de son escorte militaire romaine. On le remit entre les mains des gardiens du Temple qui, gratuitement, le poussèrent à grands coups sourds dans la chambre du conseil. La garde romaine attendit dehors en grognant. Paul regarda les prêtres et autres hommes saints qui se rassemblaient en bâillant. Il n'en reconnut que quelques-uns mais distingua bien les sadducéens des pharisiens. Ces derniers avaient le visage rouge et les mains noueuses des fermiers ; les autres ressemblaient à des Romains. Tous se levèrent lorsque le grand prêtre entra dans la salle. L'homme était nouveau et, successeur de Caiaphas, avait l'air maigre et tourmenté ; l'intestin, peut-être. Un employé lui tendit un papier.

Il y jeta un coup d'œil et dit :

— Tu es, toi, Saül de Tarse, ici accusé d'avoir enfreint, et gravement, la loi juive.

Avant qu'il ait pu en dire plus long, Paul s'écria :

— Paul est mon nom. Non, je ne reconnais pas avoir enfreint la loi juive en quoi que ce soit. Sachez, mes frères, que par-devant Dieu je vécus en toute bonne conscience jusqu'à ce jour.

Il s'apprêtait à continuer lorsque, pas seulement à sa propre surprise, le grand prêtre lui assena un coup de sa main droite — ornée d'une bague — en travers de la bouche. Paul se mit à saigner. Paul en eut assez de saigner à tout instant. Ce fut avec colère qu'il écouta les paroles du grand prêtre :

— Comment peux-tu, blasphémateur, avoir le front de prétendre à la pureté de ta conscience par-devant notre congrégation ici rassemblée ?

Paul gronda :

— C'est toi, pauvre mur blanchi à la chaux, que Dieu frappera. Tu oses vouloir me juger selon la Loi et dans le même temps la bafoues en me frappant ?

Un Sadducéen se leva aussitôt pour lui crier :

— Allons ! c'est à Ananias, grand prêtre de Dieu, que tu t'adresses ! Prends garde à tes propos.

Ainsi donc, le nom était fourchu ? Pour les chrétiens, un Ananias n'était rien de plus qu'un menteur.

— Les Écrits, je les connais, lui répondit Paul : Tu ne diras pas de mal d'un dirigeant du peuple. À cela près que personne ne m'a jamais dit que cet Ananias fût grand prêtre. D'ailleurs, il ne s'est pas conduit de la manière qui conviendrait à un grand prêtre.

Au dernier rang, quelqu'un gloussa brièvement pendant qu'Ananias foudroyait Paul du regard. Celui-ci en déduisit que son grand prêtre n'avait pas droit à beaucoup de respect, hormis chez les Sadducéens les plus aisés. Audacieux, il s'écria :

— Bien je devine les dispositions dans lesquelles se trouve votre conseil. J'y vois des Sadducéens. Et aussi des zélotes et des pharisiens. Et que croient-ils donc, ces Sadducéens ? Que point il n'est de résurrection, que c'est la mort qui met un terme à tout. Mais les pharisien, eux, acceptent l'espoir de la résurrection. Mes frères, pharisiens et fils de pharisien, je le suis. Oui, les morts ressuscitent tout comme Jésus de Nazareth res...

On s'agita quelque peu dans les rangs des Sadducéens. Les zélotes crachèrent par terre, l'un d'entre eux même s'écria :

— Résurrection du libre État Juif, oui ! mais sous la loi de Dieu !

Un pharisien un peu plus jeune que Paul frappa le plancher en marbre de son bâton, y souleva quelque poussière, et hurla :

— Ça sent le complot ! — Paul ne comprit pas. — De quoi accusez-vous donc cet homme ? Allez-y doucement. On ne sait jamais à qui l'on pourrait avoir affaire.

Les dissensions se firent très bruyantes. Un deuxième pharisien se leva, de sa voix couvrit le tumulte :

— On ne nous a réunis que pour traiter d'une affaire sans importance. J'en ai assez de l'hypocrite et de l'opportuniste. Il a eu raison de parler de mur blanchi à la chaux. Profanateur du saint office. Avidité du rapace. Eh bien, puisque nous sommes réunis, condamnons donc ceux qui le méritent. Ananias, fils de Nédébaéus, reconnais que tu empoches la dîme qui devrait aller aux prêtres du bas clergé ! Lèche-cul, ami des Romains ! voilà ce que tu es !

Il y eut alors échange de coups de poing des plus inconvenants. Blanc comme un mur passé à la chaux, Ananias trembla. Mais alors, les portes extérieures furent violemment enfoncées et, à la tête des troupes qui avaient amené l'accusé, le centurion entra dans l'enceinte du Temple. Et fut tout surpris d'y découvrir un Paul qui, debout, se tenait bien à l'écart du bruit et des horions qui s'échangeaient.

Ananias jeta un coup d'œil furieux au chef du détachement et s'écria :

— Cette terre est sacrée !

— C'est ce que j'ai cru entendre. Allons, toi ! on repart au quartier général.

Il s'était adressé à un Paul qui, en acquiesçant d'un signe de tête, voulut bien qu'on l'enfermât dans la cage d'acier que, jambes nues, les soldats avaient déjà formée en brandissant leurs piques autour de lui. On reprit le chemin de la tour. Beaucoup lui crièrent dessus sans trop savoir pourquoi. Paul aperçut Luc et Trophime : ils avaient l'air très troublé, lui hurlèrent quelque chose qui ressemblait à... *Courage !* Jacques demeura invisible. Paul rejoignit sa cellule au pas cadencé.

Un peu plus tard ce jour-là, dans une taverne, un groupe de zélotes prêta l'oreille aux propos d'Amos et Job, les deux visiteurs de mauvaise fortune venus d'Antioche. Jotham de son nom, le jeune chef des zélotes avait le visage très fortement marqué par une vérole qu'il avait ramassée en Samarie.

— Alors, comme ça, fit-il, c'est ce qu'il raconte, hein ? Au diable le royaume de ce monde et on oublie qu'on est juifs ? Qu'on s'en débarrasse ! ça fera un ennemi de moins en travers. Faut bien commencer quelque part. Sans compter que s'il est romain, comme il l'affirme, la situation est magnifique. Parce que, eux, ils ne réagiront pas : ils n'oseraient pas. Les fils du royaume, tuer un citoyen romain ! Et puis... c'est la fin des nazaréens.

— Comment ça ? demanda un zélote qui, avare de ses mots, avait nom Jéhoash.

— On oblige le Sanhédrin à le ramener au Temple pour complément d'information. Mais... pas devant tout le conseil : on vide les pharisiens — ça peut s'arranger. Et après, on enfonce le poignard, jusqu'à la garde.

— Difficile.

— Écoutez, s'écria Jotham d'un ton farouche alors que le gamin qui faisait fonction de serveur leur apportait un deuxième pichet de vin sur la table, moi, je suis prêt à en jurer. On ne mange ni ne boit avant que ce soit réglé. On le dit aux prêtres. On n'est que des mécréants tant qu'on ne l'a pas fait.

— Le dire à Ananias ?

— Non ! pas à ce tas de crottes de bique. A Yochanan, le disciple de Pinqai.

Les zélotes éclatèrent de rire mais les visiteurs qui arrivaient d'Antioche ne les comprirent pas. S'ils avaient songé à la manière dont on écrit ce nom, ils auraient tout de suite vu qu'à l'envers, Hananiah donne Yochanan. Or, le vingt-quatrième psaume de David contient ce vers : « Et sur le parvis du Temple on cria : " Ô vous, grands portails, levez la tête et permettez que Yochanan fils de Narbai et disciple de Pinqai vous franchisse afin que de se remplir les entrailles du divin sacrifice. " » Ananias, lui, était connu pour sa cupidité... et Pinqai faisait penser à « pinka », mot servant à désigner certain ragoût de viande aux oignons pour lequel le grand prêtre avait plus qu'un penchant. Il y avait des domaines où les Juifs savaient se montrer fort subtils. Ayant entendu qu'on n'était disposé ni à boire ni à manger, le gamin s'apprêtait à reprendre le pichet de vin qu'il avait commencé à poser sur la table lorsque Jéhoash referma sa grosse main sur l'anse de l'objet en terre. Il faut croire que le serment ne prendrait effet que le lendemain... ou le jour d'après. Le jeune garçon s'éloigna.

Et quitta la taverne et fonça jusqu'à la tour d'Antonia. Commença même à en remonter les escaliers extérieurs en courant mais fut arrêté par une sentinelle. Qui, au début, l'aurait volontiers repoussé si elle n'avait vu qu'on n'avait aucune envie de plaisanter. Depuis cette histoire de Juif qui était aussi citoyen romain, il convenait de faire attention. Le soldat le laissa rejoindre un centurion qui venait juste d'inspecter la garde qu'on avait placée sur la terrasse du milieu. Le gamin lui parla. Le centurion le prit gentiment par la main et le conduisit devant le tribun militaire.

Qui, plus tard ce jour-là, dicta une lettre. Ce qui lui prit longtemps : on n'était pas des plus habiles au latin de Cicéron. Sans rien dire, son secrétaire lui remit sa grammaire à l'endroit :

— « Claudius Lysias, tribun de Jérusalem, à l'attention de Son Excellence Félix, gouverneur de Césarée : salut et longue vie. Cet homme a été pris par les Juifs qui se préparaient à le tuer. Ayant appris qu'il était citoyen romain, je le sauvai. Mourant d'envie de... » Non : « Fort désireux de savoir ce dont on l'accusait, je le remis entre les mains de leur conseil aux fins d'instruction judiciaire. Les chefs d'accusation retenus contre lui avaient trait à certaines questions propres à leur loi : rien là-dedans cependant qui eût mérité la mort ou même le simple emprisonnement. Or, je viens d'apprendre qu'il y avait complot d'assassinat contre lui — je me permets donc de te l'envoyer sans tarder. J'ai aussi sommé ses accusateurs de le confondre en ta présence... » T'as pigé ?... et après, fleurs de rhétorique habituelles pour finir la lettre.

Ce Lysias, un Grec qui avait repris le nom de l'empereur en achetant sa citoyenneté à l'impératrice, avait, lui aussi, de bonnes raisons de se débarrasser de Paul. Si jamais les Juifs le tuaient, il y aurait une enquête interminable, dont l'un des résultats les plus clairs serait, évidemment, de révéler qu'il avait, lui, accepté des pots-de-vin en sa qualité de tribun militaire. Tout le monde en faisait autant. Petits pourboires attachés au service outre-mer. Mieux valait refiler l'affaire au procurateur de Césarée — d'autant plus qu'avec sa petite princesse juive d'épouse... Il ordonna qu'on sellât un cheval pour Paul et le fît escorter par un escadron de cavalerie et une compagnie de fantassins. Cela devrait suffire. Se mettre en route sur le coup de neuf heures du soir, quand ces salauds de Juifs qui braillaient tout le temps se seraient endormis sur leurs poignards, avancer à allure régulière avec une pause de cinq minutes toutes les heures et arriver à Antipatris avant l'aurore. Le territoire n'étant plus juif, on serait en sûreté et il n'y aurait plus qu'à renvoyer le gros de l'escorte à Jérusalem : une poignée de cavaliers pour l'accompagner jusqu'à Jérusalem, il n'en faudrait pas plus. Et là, laisser le Félix, cette espèce de gros porc lamentable, bizarre quand même comment un nom arrive parfois à être une manière de plaisanterie dont accabler son propriétaire, et donc : laisser ledit Félix prendre les choses en main. Voilà, c'était décidé.

L'arrière-train lui cuisant encore, Paul fut logé dans une chambre relativement neutre — fermée à clé, elle n'avait pourtant rien d'une cellule — jusqu'à ce que le Sanhédrin ait eu le temps de préparer son dossier et de nommer les membres du conseil qui lui signifieraient son acte d'accusation. On l'y nourrit régulièrement de pain et de haricots, lui offrit à boire du vin coupé d'eau et lui apporta de quoi écrire. Des lettres à rédiger, il y en avait toujours. Au bout de cinq jours, il lui fut fourni des vêtements neufs et de l'eau chaude afin qu'il puisse se laver. Il était clair qu'au palais, quelqu'un n'avait pas que des sentiments inamicaux à son endroit. L'épouse du procurateur probablement, la fille de cet Hérode Agrippa Ier qu'on n'avait point pleuré. Tout propre et vêtu de sa robe neuve, Paul fut conduit par deux soldats du rang, des Syriens, jusqu'à la salle réservée aux audiences. Ananias s'y trouvait, toujours aussi fulminant, avec trois assistants du haut clergé — sans compter un bonhomme ventru qui, soufflant et suant sur ses dossiers, lui fut présenté sous le nom de Tertullus, ceci bien qu'on eût l'air d'un Juif grec. Le procurateur entra dans la pièce avec son escorte personnelle et, résigné, alla s'asseoir sur une espèce de trône où, mine irritée, il se mit à agiter un chasse-mouches. Paul devina en lui un homme de basse extraction, un fonctionnaire qui avait usé de la menace et du pot-de-vin pour remonter la filière du pouvoir. Il devait apprendre par la suite qu'affranchi, il avait travaillé sous les ordres de la mère de Claude, Antonia, et au très servile « Félix » s'était ajouté le prénom d'Antonius. Son frère n'était autre que Pallas, le propre ministre des Finances du même Claude. Ce fut son épouse, Drusilla, qui le lui révéla. Le procurateur le regarda en fronçant les sourcils et lui demanda d'où il était. « De Tarse, en Cilicie », on n'était pas un... « Qu'on passe à l'ordre du jour. » Tertullus s'inclina au-dessus de son gros ventre et attaqua :

— C'est parce que, ô illustre Félix, bien nous voyons que sous ta loi, nous pouvons jouir de la paix, et encore que grâce à tes interventions providentielles nombre de maux ont été corrigés sur ce territoire, que, par avance, nous acceptons, ô Excellence, et oui, avec toute la gratitude requise, le jugement qu'il te plaira de passer sur l'affaire que présentement nous te soumettons. Je serai bref, et aussi éviterai les détails assommants, et dirai donc, simplement, que nous avons par-devant nous un individu des plus pestilentiels, quelqu'un qui sème l'insurrection parmi les populations juives du monde entier, l'un des grands chefs de la secte dite des « nazaréens » par certains et des « chrétiens » par d'autres. Mais, venons-en au fait qui nous occupe : cet individu a tenté de profaner le Temple de Jérusalem en y amenant un gentil, ce qui est rigoureusement contraire à la loi sacrée des Juifs. À lui poser tes propres questions, ô Illustre Procurateur, tu verras bien vite qu'il en va effectivement ainsi. Je ne prendrai pas sur moi de mettre dans ton honorable bouche les termes mêmes de la condamnation qui, en droit, s'applique à ce crime, mais me contenterai pour l'instant de t'en souligner toute la gravité.

Alors qu'il était encore à reprendre son souffle pour poursuivre son discours, Lysias agita très fort son chasse-mouches et, l'ayant pointé dans la direction de Paul, annonça :

— Que l'accusé dise ce qu'il a à dire.

Paul sourit et, suave, parla en ces termes :

— C'est parce que je sais que tu juges des affaires de cette nation depuis bien des années que je ferai ma déposition par-devant toi en tout espoir et confiance. Et donc, au fait : je n'ai pas passé plus de douze jours à Jérusalem et n'ai, de tout ce temps, soulevé aucune foule ni à la synagogue ni dans l'enceinte de la ville. Je n'ai d'ailleurs même pas pris part à la moindre discussion théologique. On ne saurait donc rien retenir de ce dont on m'accuse. Les Juifs d'Asie qui ont fomenté ce complot sont, je le vois, absents de ces débats. Quant à ceux de Jérusalem, ils ne sauraient me trouver coupable que d'une chose et, qui plus est, d'une chose qu'acceptent, sans le dire tout haut, des pharisiens qui, de droit et de tradition, sont représentés dans tous les conseils religieux d'Israël...

— Et c'est quoi, cette chose ?

— Qu'il y a résurrection après la mort. Ce qui fait qu'à le croire, moi aussi, je n'attente à aucune des convictions ancestrales du peuple juif. Or donc, de quoi serais-je coupable ?

— Et l'autre affaire ?

— Quoi ? Amener un gentil dans le Temple ? Voilà qui est expressément interdit. Le sachant, je ne vois pas comment j'aurais pu vouloir conduire à une mort exemplaire un ami qui accepta de m'accompagner pendant si longtemps. Je remarque aussi qu'il n'est ici personne qui pourrait se porter garant de ces allégations.

Claudius Félix poussa un grognement. Sur quoi une très jeune dame entra dans la salle : beauté sombre et exquise, elle sourit à Paul et embrassa Félix sur le sommet du crâne. C'était sans doute la chère Drusilla, son épouse. Elle alla se placer derrière la chaise du procurateur et, debout, sourit à tout le monde.

Félix déclara :

— La manière dont procèdent les Juifs, je la connais. C'est donc avec l'accusé en personne que je vais étudier cette affaire plus à fond. Que l'on fasse évacuer la salle !

Les prêtres n'en furent pas des plus heureux mais Tertullus n'en cessa pas moins d'y aller d'une révérence après l'autre en sortant de la pièce à reculons. D'un coup sec de son chasse-mouches, Félix ordonna à Paul de s'approcher de lui — mais de rester à bonne distance de prisonnier qui s'apprête à déposer à la barre. Paul lui obéit, eut les narines un instant chatouillées par le parfum de sa très procuratoriale épouse.

Félix lui dit :

— J'entérine en effet que, d'après les registres, tu es bel et bien citoyen de Rome. Ce qui signifie que tu n'es pas sans argent.

— Oui, je naquis à Rome. Mais je n'ai pas un sou.

— Comme c'est dommage. Car c'est bien souvent que l'argent est à même de résoudre des problèmes que les subtilités de la loi ne font que rendre plus... disons : épineux ? Mais... que je te présente la dame Drusilla ici présente.

— Très honoré. La fille d'un roi d'Israël.

— Peut-être, mais elle préfère revendiquer sa qualité d'épouse d'un procurateur de Rome. Écoute... j'ai horreur des bêtises, de l'hypocrisie, des rois mesquins... et du droit. En un mot, j'aime bien ce qui est expédient.

Drusilla se mit à parler à Paul en araméen, et puis passa à un grec des plus charmants où les *chi* avaient quelque chose de fort râpeux.

— Mon père, je suis au regret de le dire, fit-elle, a commis certains actes qu'il est difficile de pardonner… et ceci, tant aux yeux des chrétiens qu'à ceux de la justice romaine. Comment pourrait-il donc t'étonner que sa fille ait grande envie d'en savoir plus long sur cette foi nouvelle ?

— Et son mari, lui renvoya Paul en souriant, son mari qui déteste le droit mais adore ce qui est expédient ?

— Écoute, Paul, dit Félix, je vais être sincère avec toi : ton histoire, je ne veux pas la juger. Je ne suis d'ailleurs même pas certain de très bien la comprendre. En plus, on vient juste de me rappeler à Rome. Des idioties… selon lesquelles je me serais soi-disant montré indûment brutal en réprimant l'insurrection en Samarie. Enfin… tu vois ce que je veux dire. Toujours est-il qu'en attendant l'arrivée de mon bateau, je te donne la permission d'exposer ta doctrine où tu voudras. Cela étant, tu n'en restes pas moins mon prisonnier et il pourrait en aller ainsi pendant assez longtemps. Ton affaire sera jugée par mon successeur et Castor et Pollux sont les seuls à savoir dans combien de temps il débarquera ici.

— Mais… avec tout le respect qui t'est dû… ne serait-il pas plus expédient de me libérer puisque, apparemment, rien ne peut être retenu contre moi ?

— Ah ! juif, tu l'es bien mais tu ne m'as pas l'air de connaître leurs manières : ton côté romain, sans doute. Sache qu'un acquittement ne les satisfera jamais. A supposer que je prenne la décision de tout laisser tomber et de t'autoriser à prendre le bateau pour Césarée, Tarse ou quelque autre destination de ton choix, je suis sûr que les grands de Jérusalem ne seraient pas longs à le découvrir et mettre la ville à feu et à sang. Et moi, je n'ai nullement l'intention de m'en aller au beau milieu d'une énième insurrection. Ah ! ces diables de *sicarii*… Tu en as entendu parler ?

— J'en ai effectivement entendu parler.

— Non, ma coupe est déjà assez pleine comme ça. Et l'on dirait que ce Néron ne refuserait pas de passer un bon coup de balai ! Ce n'est encore qu'un gamin, mais on ne semble rien ignorer de l'art et la manière de nettoyer les provinces… C'est en tout cas ce qu'on croit.

— Quel nom dis-tu ? s'enquit Paul en fronçant le sourcil.

— Ah ! bien sûr ! c'est la première fois que tu l'entends. Apprends que nous avons un nouvel empereur : Claude, lui, est devenu dieu.

— La détention, donc, conclut Paul en soupirant. Soit — je me soumets.

— Bien obligé, n'est-ce pas ? Bon, bon. Et maintenant, Drusilla, tu peux lui poser tes questions.

Le temps, le temps, le temps. Nous vivions, avec Paul, dans les temps claudiens. Passons maintenant à ceux de Néron. Car non, le temps n'est point, ainsi que le déclarent certains, clepsydre universelle mais bien épouse qui se soumet aux lois du lieu. Cela étant, à servir Chronos, le chroniqueur est obligé d'oublier que si les lieux sont, eux, réalité, le temps n'est que fantôme qui plane au-dessus d'eux telle vapeur s'échappant de la marmite. Fouetté par son maître, il remonte le temps, ce qui est absurde. Ce qui va se produire maintenant est déjà arrivé.

Claude dormait d'un sommeil agité lorsque Agrippine le réveilla en le secouant doucement.

— Je suis ffffatigué. J'ai mmmmaa...

— Je sais, très cher.

Elle enlaça son grand corps vieillissant avec un semblant d'amour, voire de désir. Aussi malade qu'il fût, il commença, tout grincements, à réagir.

— Non, très très cher, pas maintenant, roucoula-t-elle, avant de partir d'un rire délicieux. C'est l'heure de manger. Le dîner est prêt. S'affamer pareillement ! Ah ! cet imbécile de Sénèque et son abnégation de stoïcien ! Il faut que tu manges pour être en bonne santé. Je t'ai commandé ton plat préféré... des champignons sauvages.

— Des champignons ssssaauv...

Ils se trouvaient déjà sur la table lorsque l'empereur entra dans la pièce. Sa fille était absente : la migraine — don, physique, à elle laissé par son père (elle n'avait pas hérité de ses talents intellectuels). Britannicus, son costaud de fils, se mit au garde-à-vous. Avec de grands sourires, Agrippine aida son époux à s'installer sur sa couche. Tous les trois adossés lorsque, enfin, Claudius occupa la place vide.

— En retard, une fois de plus. Pas pile à l'heure, non : cinq minutes avvvvant. C'est pas la ponponpon-ponctualité militaire, ça, mon fils ?

— Un dîner de famille, c'est pas un défilé, mon père.

— Non, c'est vrai. Bah !... simple question de popo-politesse or-ordinaire. Un empire, ça devrait se gouverner comme une fafafa-famille mmm-mâtinée d'une armée. Quand c'est popo-possible.

Dans leur sauce épaisse et brune, les champignons fumaient avec moins d'urgence.

— Mange, Claude, très cher. Nous n'attendrons pas Domitien.

— Je n'ai papapas beaucoup d'apppétit, ma chère. Mais bon... l'odeur est quand même encore... alléchante.

C'est alors que le fils d'Agrippine se rua dans la salle, dégrafa son manteau, s'écria :

— Toutes mes excuses ! Un rendez-vous à Suburra. Un des porteurs de litière s'est cassé une cheville. Non, vraiment ! Je regrette sincèrement de n'être pas arrivé à l'heure, mon cher père. Je l'ai rossé, bien sûr, quel crétin ! et empruntai un esclave à quelqu'un... j'ai oublié qui... Oh oh ! des champignons ! Délicieux...

Il s'apprêtait à plonger ses doigts dans le plat sans cérémonie lorsque Claude lui tendit son assiette qui était pleine.

— Tiens ! prends ceux-là. Je n'arrive pas à manger.

Agrippine toussa violemment. Après quoi, toujours occupée à son faux paroxysme, elle renversa son gobelet à l'aveuglette, en laissa le vin tomber en cascade sur sa robe. Son fils prit la serviette de Britannicus et l'essuya de haut en bas.

Claude dit alors :

— Bon, bon... puisque c'est toi qui les as commandés, très chère...

Du bout des doigts, il s'en enfourna trois dans la bouche, trois entiers. Agrippine poussa un soupir de soulagement, s'exclama :

— Ah ! que je suis heureuse ! Buvons à notre empereur qui a recouvré la santé et retrouvé son bel appétit ! Qu'il vive à jamais !

— Mais non, très chère ! tu ne pourras jamais, pas même toi, m'empêcher de passer à tré...

Il pâlit. Il sua.

— Ah ! la gloutonnerie !... Un de mes défauts, depuis toujours. Les vertus de la temtemtem-pérance. Sénèque dit des choses passionnantes là-des... Oh ! non !

Sous les neiges de sa chevelure, son visage rond changea de couleur : encore et encore, comme celui d'un caméléon. Il suffoqua, il essaya d'inspirer tout l'air du monde. Il attrapa son gros ventre à deux mains. Résultat immédiat. La sorcière de Suburra connaissait son métier. Et ne s'était pas non plus, il fallait l'espérer, doutée de l'identité de sa cliente voilée. Mais, histoire d'être tranquille, la réduire, expression opératoire, au silence. Agrippine tape dans ses mains, son fils qui mangeait se disant, un instant, que c'était pour applaudir, mais non : seulement afin que les serviteurs se présentent. On aida Claude à sortir — il gémissait. L'un des domestiques accomplit un acte plus important — celui de réduire les champignons et ce qu'ils contenaient... au silence eux aussi. Domitien arracha un morceau de blanc à un os. Britannicus se tint au garde-à-vous, attendit des ordres qui n'arrivèrent pas.

Debout dans la chambre à coucher impériale, Pallas et Agrippine regardèrent Claude se transformer en dieu au milieu des souffrances. Il vomit mais, s'y étant préparée, elle lui tendit ce qu'elle lui affirma être un laxatif qui le guérirait. A cela près qu'elle l'avait fortement coupé d'eau. Lorsque, enfin, Claude ouvrit grands les yeux en aspirant son dernier souffle, Agrippine enlaça Pallas sans plus se cacher. L'Empereur inspira fort, voulut que l'air entrât tout au fond de lui, en lui descendît rejoindre les terres privées de sang où s'agitaient les ombres. Lorsque le râle commença, Agrippine eut comme un geste de rut entre les bras de Pallas.

— Adieu, Oncle Claude ! railla-t-elle.

Et puis, offusquée par l'effondrement fort audible des muscles inférieurs de son époux, elle alla, à grands pas, jusqu'à la seule lampe qui éclairait la pièce et la souffla.

L'aube romaine était déjà splendide au-dessus des pins, là-bas, au-delà de la terrasse, lorsque, y faisant les cent pas, Narcissus se mit à attendre l'arrivée du chef de la Garde prétorienne. Enfin il apparut un certain Afranius Burrus qui, quoique recruté par Agrippine pour effectuer ce travail, avait encore quelque décence morale.

— Quelles sont les nouvelles ? demanda-t-il.

— Tout est fini. Arrêt du cœur. Il fallait s'y attendre... à son âge... après s'être bâfré d'une manière si inhabituelle...

— Qu'avait-il mangé ?

— Des champignons.

— Des champignons ? C'est toujours risqué. A-t-il proclamé la succession ?

— Pallas et l'impératrice disent qu'en effet il l'a proclamée.

— Pourrais-tu avoir l'amabilité, lui demanda pesamment Burrus, d'assurer le nouvel empereur que la Garde prétorienne est prête à le servir avec tout le dévouement qu'elle montrait à son père ?

— Son père adoptif, c'est bien ça que tu veux dire, n'est-ce pas ? Non, ce successeur désigné n'est *pas* Britannicus.

— Ce n'est pas Britannicus ?

Burrus donna l'impression de prendre une bonne minute et demie pour avaler la nouvelle. Et puis il entendit la voix d'un gamin — mais précoce — qui se serait levé tôt pour faire ses exercices de musique et, en s'accompagnant d'un sistre, aurait chanté ceci en gémissant :

Troie n'est plus,
Mais plus grande sera
La Troie qui du vide surgira :
Personne ne la détruira plus.

Si j'ai, sur nombre de pages, négligé de vous parler des personnages secondaires de cette chronique, c'est parce qu'ils n'ont pas grand-chose qui mériterait de retenir votre attention. Comme si l'on pouvait comparer la mère qui mouche le nez de son enfant et le fait que déjà la Bonne Parole se répandait dans le monde ! Me répondriez-vous que la Bonne Parole, elle, ne durera pas alors que les nez de gamins ne cesseront de couler, que vous énonceriez sans doute une grande vérité : cela étant, on ne compile pas des chroniques pour rendre éternel ce qui est seulement évident. Ce n'est que lorsque les grands hommes ne sont plus qu'il est temps de prêter l'oreille et les yeux à ce que firent les petits. Rendons-nous pourtant, mais brièvement, à certain gymnase de Rome où Caleb, alias Metellus, plus ne s'entraîne à habilement agresser les gens, ou à s'en défendre, dans un cirque, mais, bien au contraire, prépare d'autres lutteurs à le faire. Sa jeunesse s'en est allée mais, adulte dans la force de l'âge, il est encore très robuste : on a la santé qui luit à la peau comme de l'huile, qui, peut-être même, en est.

— Repos, est-il en train de dire à deux pugilistes grecs. On s'essuie et on va aux bains. Ah... Julius !

Car, après avoir foulé l'arène et, par un chemin détourné, être passé derrière des donneurs de coups de poing et autres arracheurs d'yeux couverts de sueur, Marcus Julius Tranquillus s'en est venu dire adieu à son beau-frère. Il n'a rien fait de très remarquable de toutes ces années. Sa jambe a mis longtemps à guérir, il a pris du poids, perdu des cheveux et n'est plus le jeune officier dont on pouvait beaucoup attendre. Son seul triomphe ? Celui d'avoir confirmé la vilenie de Messaline. Il n'a pourtant pris aucun plaisir à assister à son exécution, à voir comment ce corps magnifique est proleptiquement devenu morphologie pourrissante, nourriture pour les vers. L'empereur Claude ne s'en est d'ailleurs pas montré aussi reconnaissant qu'il l'aurait pu : il faut dire que, dans sa tête, Julius est probablement resté synonyme de douleur et d'humiliation. Quant à Narcissus, il a, lui, dans sa hâte à amasser des biens avant la retraite, oublié l'humble soldat qui lui avait fait le cadeau d'un témoignage de poids dans une accusation des plus dangereuses. Marcus Julius a aussi servi, brièvement, en Syrie : il y a contracté les fièvres et a été renvoyé dans ses foyers. Peu à peu, ses obligations à la caserne ont commencé à le lasser. Mais voici que maintenant, avec ce nouvel empereur, et surtout un nouveau procurateur en Palestine, on va lui redonner une chance de servir Rome en faisant usage de son araméen. Pas qu'il en sache beaucoup, mais...

Et Caleb lui dit :

— Qu'est-ce qu'elle en pense, Sara ?

— Elle ne veut pas m'accompagner. Elle n'a aucune envie de revoir la Palestine, jamais. Elle dit qu'elle est très heureuse à Rome.

— Tu partirais avec le nouveau procurateur ?

— Oui. Avec Porcius Festus. Mais je prends ma retraite dans un an. On m'offre une petite virée, c'est comme ça qu'y disent... et après, c'est la pension, le jardin et les souvenirs assommants pour faire bâiller Sara. Mais... un an de séparation, elle croit pouvoir supporter.

— Et toi ?

— Elle a Ruth avec elle. Et toi, tu comptes retourner au pays ?

Caleb se frotta le menton comme pour se rappeler que n'ayant plus de barbe, il n'était plus tout à fait juif.

— Quoi ? Pour y semer l'insurrection ? Pour y tuer Porcius Festus et toi-même au nom d'un Israël libre ? Non, je suis un homme marié maintenant, et y a un enfant en route. Donc, les choses essentielles d'abord. Je fus séduit, je succombai.

— Enfin adulte ?

— Oh ! Je crois encore. Mais je pense qu'Israël n'arrivera à l'indépendance que par la négociation. Pour briser ses chaînes il lui faudra l'intermédiaire d'un nouveau roi-client. J'ai comme l'impression qu'un jour ou l'autre Rome aura envie de se débarrasser de la Palestine. Trop cher en impôts. Trop pauvre pour en payer. Je n' sais pas. Toujours est-il qu'Hannah passe avant tout. En plus, l'enfant va naître.

— Tu es sûr que ça sera un garçon ?

— Je prendrai ce que Dieu m'enverra. Quand est-ce que tu pars ?

— Après demain, si les vents sont bons. De Putéoli. Et bien sûr aussi, si le spectacle que l'empereur donne à Néapolis se termine à l'heure.

— Le spectacle de l'empereur ? Quel spectacle ?

— Un truc honteux, non, vraiment ! Il va chanter et danser devant un parterre d'invités. Enfin, je veux dire : d'enrôlés de force. Et j'en fais partie. Pas de chance. Nous sommes logés avec la garnison et toute la garnison est de corvée.

— Dieu te vienne en aide !

Il s'agissait de cette affaire dont tous se souviennent, au cours de laquelle les dieux, ou les démons chthoniens, montrèrent tout le déplaisir qu'ils avaient de ce qu'un empereur de Rome se rendît ridicule en public. Le scandale eut lieu dans un théâtre en plein air, à l'extérieur de Néapolis. Toute la garnison de Putéoli — plus un certain nombre de patriciens, de chevaliers et de consuls avec leurs épouses — s'était déjà lugubrement assise sur les gradins en pierre lorsque, esthète minaudant habillé d'une robe violette et porteur d'un bouquet de jacinthes, Caius Pétrone commença à se trémousser sur la scène pour annoncer :

— Très chers invités, que l'empereur vous régale... Sa grâce l'empereur Tibérius Claudius Néron César !

Sur quoi il glissa ses jacinthes sous son bras et commanda la claque. On poussa quelques *Ave!* ainsi qu'il le fallait. L'air aussi sot, mais précoce, que le gamin qu'il était, l'empereur s'avança en grimaçant. Il avait revêtu la pourpre mais l'avait agrémentée de dentelle et s'était couronné de fleurs. L'accompagnaient des joueurs de luth et de flûte qui, la honte sur le visage, n'avaient rien d'autre à faire qu'à l'aider à aller jusqu'au bout du petit air qu'il avait composé sur des paroles qu'il avait lui-même écrites. Cet air, le voici.

Les musiciens y allèrent d'un prélude sur ce thème pendant que l'empereur annonçait :

— Le siège de Troie !

Sous les applaudissements, vrais ou de sycophantes, se firent entendre des grondements plus profonds qui montaient des entrailles de la terre. Certaines de ces dames s'en montrèrent raisonnablement inquiètes mais, les yeux de lynx de l'empereur étant sur tout un chacun, leurs époux les calmèrent. L'empereur attaqua :

Dans les robes somptueuses des flammes de la fin,
Ilium abandonne ses membres aux doigts du feu,
Amoureuse, en proie au désir, elle roucoule telle colombe
Et rugit comme lionne et hurle comme louve des bois.
Voyez comme criant et se ruant, ses citoyens
Fuient comme cloportes échappés de la bûche jetée au feu...

Par inadvertance, quelqu'un bâilla dans le public : un jeune soldat qui, peu accoutumé aux arts supérieurs, aurait préféré une chanson cochonne qu'on beugle dans les tavernes.

Aussitôt l'empereur s'écria :

— Ce n'est pas seulement votre attention que j'exige ! J'exige aussi qu'on m'apprécie. Emmenez-le !

Le pauvre bougre fut traîné hors des lieux par deux de ses camarades — un peu trop vivement, se dit Marcus Julius Tranquillus qui était assis à côté de Porcius Festus.

L'empereur reprit en ces termes :

Surpris dans son sommeil, le vieil Anchise se réveille,
Et c'est aux flammes qui déjà dévorent sa robe ancestrale.
Son fils il appelle, le jeune Enée, afin qu'il le secoure.
Le pieux Enée, Enée, notre père, celui qui bâtit Rome...

Les grondements souterrains augmentèrent et les piliers du *theatron* se mirent à trembler, visiblement. Des femmes commencèrent à hurler.

L'empereur s'égosilla :

— Restez ! Restez ! Que personne ne bouge ! Ordre de l'empereur !

Nerveux, les musiciens se reprirent à grattouiller et jouer du flutiau — mais pas tous ensemble. L'empereur chanta plus fort mais pas assez cependant pour couvrir le bruit de quelque chose qui, en traître, s'effondrait à l'extérieur :

Le pieux Enée, Enée, notre père, celui qui bâtit Rome,
Alors, si beau et si musclé, porta sur ses épaules
Le vieil Anchise, le père même de tous les pères de Rome...

Et puis il renonça. Personne n'applaudit : à trembler comme elle le faisait, la terre semblait l'avoir comblé. Brave ou idiot, il regarda s'écrouler un pan du toit. Caius Pétrone s'approcha de lui et l'emmena au loin : on était toujours bouche bée.

À Porcius Festus Julius dit ceci :

— Bah ! C'est une façon comme une autre de l'arrêter !

Il n'eut pas droit à un sourire en guise de réponse. Déjà le nouveau procurateur se frayait un chemin au milieu des spectateurs pris de frénésie. Le tremblement de terre, lui, n'en cessa pas pour autant sa représentation.

IV

sûrs : d'où le fait que rechercher le beau devenait l'activité humaine la plus noble. Néron le croyait aussi : Pétrone ne le lui avait-il pas enseigné alors que, jeune encore, son esprit était page blanche ouverte à toutes les influences éloquentes ? Sénèque, lui, qui ne parlait qu'obligations morales, trouvait l'empereur ou rebelle, ou sourd à ses propos.

Jeune et concupiscent, Néron pensa, fort naturellement, que toutes les issues orthodoxes à la sexualité étaient aussi importantes que l'art — ceci, pendant les cinq premières années de son règne. De fait, même, il accepta, pour avoir lu Ovide, qu'il y eût un art de l'amour et, assidûment, le cultiva. Jeune maître qui, plein d'appétits, ne connaissait point la frustration, il sortit de ses multiples orgasmes pour dire oui à une juste gestion des affaires de l'État et une administration efficace des provinces romaines. Sa mère qui, réels, potentiels ou purement imaginaires, se souciait surtout de se débarrasser de ses ennemis, ne se mêla pas beaucoup, au début, de ses devoirs ou de ses plaisirs. Très vite cependant, elle eut tout loisir d'étudier la meilleure manière d'assumer le pouvoir de l'État en se cachant derrière son fils. Celui-ci, qu'elle avait cru entièrement contrôlable, avait pourtant, elle le découvrit alors, une volonté bien à lui.

Or donc, par un après-midi d'été ensoleillé, Néron s'ébattait dans la chambre impériale avec sa dernière conquête, une esclave affranchie du nom d'Actè. La femme était vulgaire mais avait des membres souples et une peau d'où émanaient des odeurs affolantes. Nu, et encore tristement pustuleux, Néron, tel le coureur à pied qui va franchir la ligne d'arrivée, finit par respirer lourdement en se laissant aller à la convalescence de l'orgasme réussi. Actè, elle, admira l'ameublement, où tout était grec, les tentures, les fresques pompéiennes où l'homme faisait assaut amoureux avec la bête, et dit :

— Non, mais penses-y un instant : moi ! ici !

— Et pourquoi pas ? La couche impériale n'est-elle pas le seul endroit qui convienne à la plus belle femme de Rome ?

— Je ne suis pas aussi belle que ça, fit-elle en sacrifiant aux conventions. Mais j'en sais, des choses, n'est-ce pas ?

— Une vraie mine de sagesse. Même qu'il y en a plus dans ta fesse gauche que dans toute la lugubre bibliothèque du cher Sénèque.

— Qui c'est ça, Sénèque ?

— Un vieux qui croit tout savoir. C'était mon professeur, autrefois. La vertu, la maîtrise de soi, tout ce qu'on dit être les qualités du stoïque. Il oublia pourtant de me révéler que la vraie sagesse, c'est dans les nerfs et l'essor de l'imagination qu'elle réside.

— C'est ce que je t'enseigne ?

— Tu m'en fais la démonstration pratique. Et maintenant, il faut que j'aille au Sénat.

— Il le faut vraiment ? Toi ?

— Histoire de se montrer courtois. Discret. De leur donner l'impression que c'est eux qui font la loi. On réduit les impôts. On se rend populaire. Rien que des astuces, tout ça.

Un coup fut alors frappé à la célèbre double porte. Actè couvrit ses seins délicieux avec la courtepointe et demanda :

— Serait-ce ta femme ? Enfin, je veux dire... l'impératrice ?

— Mon épouse est en train de lire du Sénèque avec Sénèque. Je ne vois pas qui c'est. Ah si ! Habille-toi. Sors par là !

Du doigt, il lui montra la nouvelle sortie que, simple porte recouverte d'une tapisserie représentant un Ulysse en train de poursuivre des Sirènes qui hurlaient, il avait fait pratiquer dans le mur.

— C'est... l' « autre » impératrice, c'est ça ? Ta mère ?

Elle se rhabilla bien plus vite qu'elle ne s'était dévêtue.

— Allez !... et reviens demain ! Même heure. T'as la bague pour pouvoir la montrer au garde à la porte ?

Elle lui fit quasi un clin d'œil du petit doigt et pout, pout, lui envoya un baiser et s'en fut. Néron enfila une robe de chambre à franges, gagna la double porte et en ôta la barre. Cou tendu en avant comme celui d'une poule, Agrippine entra dans la chambre, en renifla l'air.

— Encore cette esclave ?

— Ce n'est pas une esclave. Plus maintenant. Mais disons que ç'ait été elle : et alors ?

— Tu es lent à comprendre. Toute la maison le sait. S'il te faut, vraiment, avoir ce genre de relations malséantes, t'as qu'à sortir de la ville.

— Comme Pallas et toi, c'est ça ? Parce que toi, pour avoir ce genre de relations malséantes, c'est drôlement loin de la ville que tu vas, tu sais !

— On ne parle pas à sa mère sur ce ton ! lui lança Agrippine.

Il ramassa une flûte et y joua trois notes moqueuses.

— L'empereur parle à qui il veut et sur le ton qu'il veut, lui renvoya-t-il. Oui, l'empereur fait *tout* ce qui lui plaît — ceci dans les limites de la raison, et à condition que les très sinistres Sextus Afranius Burrus et Lucius Annaeus Seneca ne le lui déconseillent pas. Renvoyer Pallas ne fut d'ailleurs pas un conseil des plus sinistres. Et donc, la mère de l'empereur, elle, se comportera en digne matrone romaine.

Trois notes de plus, plus basses mais tout aussi moqueuses.

— Pose-moi ça et écoute-moi, lui répondit-elle.

Il s'assit sur le lit d'un air irrité. Elle prit place à ses côtés.

— Cette dame Actè n'est pas aussi bête qu'elle le paraît. Ni non plus aussi amoureuse que tu sembles le croire. La partie qu'elle joue ? Du très lent. Les situations et les lieux où elle t'entraînera ? Tes titres et ton statut ne t'y seront d'aucun secours. Sache, décida-t-elle brusquement d'inventer, que c'est Britannicus qui la paie.

— Je n'en crois rien. Non, rien. Oh, non ! Tu es en train de me raconter des histoires. Britannicus, un demi-frère de ce genre ? Non, non. Comme s'il n'acceptait pas la situation présente !

— Sauf qu'il a des amis qui, eux, ne l'acceptent pas. Ne pas oublier que c'est lui qui a été publiquement désigné comme successeur de son père. Que Claude t'ait nommé a ce poste, Rome n'en a pour preuve que notre parole à Pallas et à moi. Or je vois dans tes yeux certaine lueur qui ne me dit rien qui vaille pour Pallas : prends garde, Néron ! Je ne dédaigne pas de parler haut et fort quand il en est temps. Chevauche la monture impériale comme un vrai cavalier, sinon tu vas te retrouver par terre.

— On dirait un vers sorti tout droit d'une des pièces de Sénèque, fit-il en examinant les ongles de sa main droite et y repoussant des petites peaux de son pouce gauche. Oh ! à propos : tu te souviens de cet endroit sur le Rhin auquel le divin Claude donna ton nom ? Eh bien ce nom, j'ai décidé de le changer. Ce ne sera plus Colonia Agrippinensis mais Colonia Actensis. Ça fera un peu moins de syllabes dans la bouche, pas vrai ?

Il était en train de se détacher une envie de l'auriculaire droit à petits coups de dents. Elle le frappa au visage. Il en fut surpris.

Il dit :

— Tu ferais mieux de ne pas recommencer, ah ça, non !

Elle le frappa à nouveau. Il lui renvoya sa gifle, mais ne put s'empêcher certaine méfiance filiale instinctive.

— Je ne connais pas de fils qui aime à frapper sa mère. Sauf, bien sûr, lorsque cela fait partie d'assauts amoureux enseignés audit fils par ladite mère. J'ai l'impression que tu es jalouse d'Actè. Le corps est plus jeune, et elle en sait plus que toi. Néanmoins, tu as peut-être raison de penser qu'elle est dangereuse. Il y a des fois où je fais confiance à ton jugement : après tout, c'est celui d'une *femme âgée.* Je remarque que tu n'es pas jalouse de la chère Octavie.

— Je ne suis jalouse de personne. Je ne suis jalouse que de ta réputation. Débarrasse-toi de cette esclave.

— Je suis jeune, dit-il en faisant la moue. J'ai le droit de vivre ma vie.

— Ce qui signifie, pour reprendre les termes mêmes de Sénèque, libre de te laisser aller à une flagrante promiscuité ?

— Il a dit ça ? De moi ?

La moue devint franchement laide.

— Je ne doute pas qu'il le dise. Mais pas à moi. Tes prétentions à la pourpre, ne l'oublie pas, reposent en partie sur ton mariage. Humilie Octavie avec ton esclave et son frère agira. Il l'adore, sa sœur, Britannicus.

— Cela voudrait-il dire qu'ils couchent ensemble ? lui demanda-t-il le regard éperdu d'innocence. Pas que cela m'ennuierait vraiment... enfin, je crois. Cela me montrerait qu'il leur reste encore un peu de vie. Qui plus est, leur faire planer une accusation d'inceste sur la tête ne serait pas inutile. Tout comme pour toi, chère mère.

— Faire ta sale petite teigne, tu t'y connais ! lui renvoya-t-elle. Mais aimer... mais exprimer cet amour d'une manière naturelle, non : on n'en est pas capable. Jusqu'où pouvait aller mon amour pour toi, moi, par contre, je te l'ai suffisamment montré ! Tous ces périls que je courus pour que tu aies le titre suprême ! Et c'est quoi, les remerciements que tu me donnes, oui : quoi ?

— C'est vrai que Claude, tu l'as empoisonné, fit-il d'un ton narquois. Ainsi que quelques autres. Des gens bien, tous. Et que le fidèle Narcissus, lui, tu l'as poussé au suicide. Impunément, voilà : en totale impunité. Parce que l'empereur te protégeait, très chère Mère. Cela dit, c'est encore tout autre chose que tu m'as enseigné, à moi, ton fils. Oui, la première et la meilleure leçon pour un empereur : se débarrasser de ceux qui déparent le beau dessin d'une vie. On les efface comme on ferait d'une mauvaise esquisse à petits coups de mie de pain. Vite. Et complètement. Or moi, je me dis qu'il est temps de se débarrasser de Pallas. L'exil ne suffit plus. Comme si le fils n'avait pas le droit de protéger la belle réputation de vertu qu'a pu se faire sa mère ! Non ? Tu ne trouves pas ?

Et, jouant tout à coup à la bête en rut qui halète, il plongea la main gauche dans le décolleté profond de sa mère et lui caressa le sein droit sous sa chemise de nuit.

— La plus belle des vertus ne serait-elle pas cet amour d'un fils pour sa mère ?

D'une tape, elle repoussa sa main. Et puis se leva et le regarda avec mépris.

Et dit :

— J'ai parfois le sentiment de m'être trompée. Je le pense de plus en plus.

— Or donc, ce pauvre bafouilleur et boiteux de Claude aurait dû se changer en dieu à un âge avancé ? Et le cher et très décent et vertueux Britannicus revêtir aussitôt la pourpre ? Ou bien serait-ce que tu aurais des envies de le voir l'enfiler en ce moment même ? Des champignons empoisonnés pour ton propre fils ? Mettre ton beau-fils dans ton lit et lui enseigner tous les plaisirs qui scintillent et conduisent à l'attaque ? Mais tu le comblerais, ma mère ! Il serait cire entre tes mains ! Je vois qu'il va falloir se tenir à carreau.

— Tu le sais que tu n'es qu'un petit gamin répugnant ? lui lança Agrippine qui suffoquait de dégoût.

— Tu es une très belle femme, ma mère. Bien sûr, tu n'es pas aussi belle que mon Actè qui, elle, a la jeunesse de son côté. Sais-tu qu'avec elle, c'est dans le miel que je plonge ? Dans des neiges de pétales que je me tords ?

Il lui démangeait de le frapper encore mais elle dit seulement :

— La trempe d'une esclave et les manières d'un morveux. Le Sénat t'attend, César. Essaie au moins de te conduire en empereur !

— Oh ! mais c'est que je le ferai. J'en suis capable. Jouer n'importe quel rôle, je le peux, chère Maman. L'artiste est impressionnant, tu sais. Et maintenant, laisse-moi, que je puisse revêtir le costume adéquat. Je crois bien ne plus avoir envie que tu me voies nu.

Alors pourtant, comme en un poème qui lui serait venu tout seul, il se vit par terre, étendu nu devant elle, poignardé en ces parties mêmes de son corps qui étaient les plus belles ; dans le poème, quelqu'un marmonnait que si la mère pouvait séduire le fils, elle pouvait tout aussi bien le tuer. Elle le regarda et, après avoir semblé détacher quelque pépin de fruit d'entre ses dents, le cracha dans sa direction. Et puis s'en fut alors que déjà il se lançait dans une petite danse sauvage en son déshonneur.

Une ou deux semaines plus tard, il la vit assise, avec Britannicus, dans les rangs du public qu'il avait sommé d'assister à une représentation du *Miles Gloriosus* de Plaute où il tenait le rôle du soldat Pyrgopolnices. La salle à manger impériale avait, pour l'occasion, été transformée en théâtre avec plate-forme en dalles de bois en guise de scène et rideaux qui pendaient des deux côtés afin de masquer les entrées et les sorties. C'était Caius Pétrone qui jouait le personnage du parasite Artotrogus. Du ton du sycophante, il attaqua :

Novisse mores me tuos meditate decet
Curamque adhibere, ut praeolat mihi quod tu velis.

Et Néron-Pyrgopolnices lui demanda :

Ecquid meministi ?

Attifé d'une armure en papyrus mâché, il s'était mis un petit casque sur la tête et essayait de rendre sa voix aussi fruitée et pompeuse que celle de Britannicus : *miles,* oui, mais pas du tout *gloriosus.* Il vit qu'assis au fond de la salle, Burrus et Sénèque regardaient et écoutaient sans faire montre de beaucoup de plaisir. Caius Pétrone-Artotrogus dressa la liste des gens que Pyrgopolnices avait occis :

Memini : centum in Cilicia
Et quinquaginta, centum in Scytholatronia,
Triginta Sardis, sexaginta Macedones
Sunt homines quos tu occidisti uno die.

Mais combien en tout ?

Quanta istaec hominum summast ?

Et Artotrogus lui donna le total :

Septem milia.

Dans l'assistance, quelques-uns rirent comme il le fallait : Agrippine, Britannicus, Sénèque et Burrus, eux, restèrent de marbre. Un homme très âgé murmura à son voisin :

— Tu me sors d'ici si je fais semblant de mourir ?

La représentation ayant pris fin, Néron dit à Pétrone :

— J'ai oublié quelques vers. Tu t'en es aperçu ? Il a fallu que j'improvise.

— Alors, c'était ça ? Et moi qui croyais que le vieux Plaute avait soudain eu la faiblesse de laisser passer quelque souffle poétique dans son œuvre ! Tu devrais avoir plus de trous de mémoire, César.

— Tu es trop aimable, mon cher. Ce n'est évidemment pas que cette comédie soit des meilleures, c'est vrai. J'ai eu l'impression que certains rires sonnaient un peu... comment dire ?... forcé ? Ah ! moi, ce dont j'ai envie, c'est de jouer quelque chose de tragique. Un vrai *Œdipe,* avec rien de caché. L'inceste sur la scène, un vrai suicide et quelqu'un qui se crève réellement les yeux. Britannicus dans le premier rôle et l'impératrice douairière dans celui de Jocaste. Moi, je pourrais faire Créon.

— Voilà une plaisanterie qui ne me laisse pas indifférent, lui répondit Pétrone en hésitant parce qu'il ne voyait guère d'enjouement sur le visage mignon et boutonneux de Néron. Quant à cette manière de réalisme que tu prônes... tiens, toi et moi, nous devrions écrire quelque chose où il y aurait de la mort véritable... tu pourrais alors amener des condamnés sur scène et insérer leur décapitation dans le mouvement général de la pièce. Ah ! très cher César, tu sais que ta vision artistique est illimitée ?

— Cela étant, ils ne seraient pas obligés de parler. Enfin, je veux dire... difficile de demander à quelqu'un qui va se faire couper la tête d'apprendre un petit texte.

— Mais c'est que tu sous-estimes ton ingéniosité ! Tu lui accordes un franc pardon, tu l'enflammes en lui accordant la permission de jouer dans une des tragédies du grand César et après : coupée, la tête ! comme tu dis si joliment. Je suis sûr que la surprise serait totale.

— Laisse-moi y réfléchir un peu, cher Caius.

S'étant débarrassé de son costume militaire pour passer une tunique verte cousue de glaïeuls artificiels, Néron s'était, plus tard, mis à mâchonner des sucreries en s'essuyant les mains dans l'abondante chevelure d'un esclave grec lorsque le chef de la garde et son ancien mentor lui adressèrent quelques paroles fort sérieuses.

Ce fut Burrus qui commença :

— Je me vois dans l'obligation, et te prie de m'en excuser, d'user du peu d'autorité qu'il me reste pour te supplier de ne plus te livrer à ce genre d'exhibition en public.

— Je jouerais donc si mal ? Et chanterais et danserais de manière lamentable ?

— Les jugements esthétiques sont vraiment hors de propos en cette occasion, mon garçon, lui répondit Sénèque. Il en va ici de la dignité de tes fonctions...

Jouant les tyrans dangereux, Néron s'écria :

— « Mon garçon » ? Tu oses m'appeler ton « garçon » ?

— Que César me pardonne, se reprit le philosophe. Disons que c'est la force de l'habitude. Cela ne fait pas très longtemps que tu as quitté l'école. Je t'en prie, excuse-moi. Et excuse-moi aussi de te faire remarquer qu'acteurs, chanteurs et danseurs, tous ces gens-là font partie de la lie du peuple. Non, César, tu ne devrais pas les fréquenter, et encore moins pratiquer leurs arts.

— Tu n'y comprends rien, espèce de vieux fou ! lui renvoya Néron en continuant de mâchonner. Le vrai monde, tu n'en as rien vu.

— Avec tout le respect qui t'est dû, non, César : j'en ai au contraire un peu trop vu. C'est même cela qui a fait de moi un stoïcien. Faut-il donc, encore une fois avec tous les égards qui te sont dus, te rappeler que dramaturge moi-même, et compétent, dit-on, je ne saurais rien redire au fait qu'on lise une de mes tragédies en privé, disons... pour un public limité ? Non, ce sont ces grandes représentations publiques qui, le chef de la garde et moi-même, nous font souci. Quant à ton idée de prendre part à des courses de chars... là, sûrement... enfin, en plus de mettre en danger ton inestimable existence...

— César, dit César avec tout le poids qui convenait, songera à priver son peuple de certains divertissements aussi sains qu'édifiants... quand il y sera prêt. Pour l'instant, je me contenterai de vous demander votre avis sur une petite affaire d'État.

— Serait-ce que l'empereur rechercherait sincèrement notre avis ? s'enquit Burrus avec prudence.

— Oui. Mais d'abord, deux questions. La première : est-il vrai que ce règne ait commencé dans le meurtre, la terreur et le retour aux horreurs d'un Caligula qui ne fut point déifié ?

Encore plus prudent, Sénèque lui répondit :

— Trop de gens furent... écartés, si j'ose ainsi dire, César.

— Tu peux l'oser, lui renvoya Néron avec tout juste ce qu'il y fallait de condescendance. Ton euphémisme me plaît. C'est « assassinés » que tu veux dire, n'est-ce pas ? Et maintenant, la deuxième : qui en fut responsable ? Allons, allons, n'ayez pas peur de parler. Vous le savez parfaitement... Très bien : je répondrai à votre place. Ma mère. Oui, l'impératrice douairière Agrippine. Alors, qu'est-ce que tu en dis, Burrus ?

— Tu veux vraiment mon avis là-dessus, César ?

— Non, pas exactement. Je cherche tout simplement à ce que vous m'approuviez : n'êtes-vous pas, après tout, les mentors d'un « garçon » qui vient à peine de commencer à se raser le menton ? Oui, j'ai envie que vous disiez oui à certain petit plan d'action qui m'est venu à l'idée. Ma mère très révérée doit absolument partir en exil... à Tusculum ou Antium : elle a des domaines dans les deux endroits. Alors, vous appuyez ma décision ?

— Voilà une décision, très cher César, fit Sénèque, qu'il conviendra de formuler avec grande délicatesse... S'est éloignée de Rome pour raisons de santé... quelque chose dans ce genre-là.

— Pour raisons de santé, ça, j'aime bien ! lança le très peu filial César. La vieille a la bonne santé d'une truie. Mais c'est vrai qu'une mauvaise santé, ça pourrait s'arranger. Et elle ne l'ignore pas. Elle sait bien mes sentiments à son endroit. Hier, je lui ai retiré sa garde d'honneur.

— On n'est pas loin de l'insulte... si j'ose ainsi dire, César.

— Tu peux l'oser, Burrus. La situation, elle la connaît. Personne ne tirerait son épée pour la défendre. Voyons, Sénèque : je me souviens de quelque chose que tu me fis lire un jour... Ah oui : « Il n'est rien dans les affaires des hommes d'aussi... »

— « ... Transitoire et précaire... »

— La pause que je marquai ne disait pas : trou de mémoire, espèce de vieux crétin ! Et l'effet dramatique, hein ? Laisse-moi donc conclure... « ... Que la réputation de puissance sans rien pour l'étayer. » Là ! Et je ne serais pas un bon élève ? Or donc, un adieu plein d'amour à l'impératrice douairière Agrippine, la très vieille pute assoiffée de sang...

— C'est ta mère, César, le reprit Sénèque d'un ton désapprobateur.

— Comme si j'avais besoin qu'on me le rappelle ! Mais voilà : le petit cochon de lait est sevré. Le très révérend sein maternel a fait son devoir. Qu'on l'écarte, qu'on lui supprime son rôle dans cette comédie, qu'elle aille, seule, pourrir à Antium ou Tusculum. Mais, dites-moi, voilà qui n'est pas mauvais, non ? Voilà qui a même quelque belle cadence dramaturgique ! Parfait. Et maintenant, l'audience est levée.

Parmi les chroniqueurs du règne de Néron, il en est peu à avoir décrit avec précision la situation dans laquelle se retrouvèrent l'empereur et sa mère à partir du moment où, privée de ses gardes de Germanie et de Pannonie, Agrippine se mit, dans une rage plus ou moins solitaire, à passer son existence entre un domaine et un autre. Personne ne savait ce qu'il était advenu de son amant Pallas, mais elle craignait le pire. Elle n'avait rien d'une nymphomane et ne convoqua aucun esclave à sa couche, ni non plus n'acheta aucun incube ou succube. Elle se contenta seulement de ruminer l'infamie de son fils et fit circuler la rumeur selon laquelle il aurait essayé de la faire assassiner en s'arrangeant pour que le plafond de sa chambre à coucher d'Antium lui tombe sur la tête. Que le toit de sa maison se fût effondré n'avait rien d'un mensonge : poussière, plâtre et briques qui avaient atterri sur son lit — plus, sur le matelas, l'empreinte d'un sien corps qu'elle avait providentiellement traîné jusqu'aux cabinets d'aisances quelques instants auparavant —, elle laissa même sa chambre en l'état afin que tout le monde pût le constater. Un vieil orme s'était, effectivement, abattu sur le toit mais aucun indice ne permettait d'affirmer que son fils, ou l'un quelconque des rares ennemis auxquels elle avait aimablement permis de survivre, l'eût scié dans un but criminel. Ayant eu vent de l'incident, Caius Pétrone ne douta point que son maître impérial, et néanmoins collègue dans les arts, eût essayé de lui manigancer un ingénieux quitus.

Il en déplora l'échec en disant :

— C'est trop fréquemment que les meilleures idées de stratagèmes théâtraux ne mènent à rien. La faute n'en est pas au projet en lui-même, mais plutôt à l'intervention contraire de la très malfaisante déesse Chance. Cela dit, on peut toujours essayer à nouveau.

— Parce que tu crois vraiment à toutes ces histoires qu'on raconte ? lui demanda un Néron aux yeux tout grands écarquillés. Tu penses, honnêtement, que j'avais envie de tuer ma mère, quand bien même ce serait la dernière des salopes ?

— Ah mais, cher César... mais c'est que certains d'entre nous tuent leur mère dès qu'ils sont nés ! Je tuai bien la mienne, tu le sais : oui, elle mourut de m'avoir. Situation assez comique, en un sens... risque que les femmes finissent par prendre à force de désirer la maternité...

— Assez... « comique », dis-tu ?

— C'est à dire que... la chose ne saurait être tragique, n'est-ce pas ?... si l'on s'en tient aux règles énoncées par Aristote. Il y a des moments où, tu le sais, très cher César, oui, tu me déçois un peu en me jouant, ah ! que c'est conventionnel ! les gens que scandalise le matricide. César, non, n'est pas aussi libre qu'il le devrait. Quand je pense que tu n'arrêtes pas de te plaindre, très haut et, souvent aussi, très joliment, des persécutions maternelles ! Ah ! ces soliloques qui ne trouvent point d'issue dans l'action ! Mais... César en sait plus long que moi là-dessus. Et si ta mère était cet agent irritant si nécessaire à la formation de la perle poétique ?

— Tu penses donc que je devrais tuer ma mère ?

— « Devrais » ? « devrais » ! Mais que t'en vas-tu invoquer maintenant ? Le devoir moral ? La tranquillité d'esprit ? Quelque loi d'économie artistique ?

— Je ne te comprends pas.

— On ne va tout de même pas faire crouler la scène sous les gens alors qu'on ne voit dans la vie qu'une manière de drame théâtral, non ? Mais il suffit pour l'instant. Cela bien que cet aphorisme du cher défunt Selvaticus vaille la peine que tu t'en imprègnes le cerveau : *La liberté ne commence à être véritable que lorsque les dieux de la biologie ont été mis à mort...* Ah ! J'ai un gamin pour toi.

— Un gamin ?

— Il n'est pas de différence entre ce que l'on veut d'un jeune garçon et ce que l'on espère en se débarrassant d'une mère : il s'agit, dans les deux cas, de se libérer du tyran biologique. Soit, à le dire plus carrément, du ventre féminin.

— Mais c'est que je les aime, moi, les filles ! La chère Actè, je l'adore !

— Ah ! se libérer, César ! Suis-moi.

Ils étaient jusque-là restés assis dans un des jardins impériaux et, parmi les feuillages qui faisaient des clins d'œil, avaient parlé aussi fort que s'ils s'étaient trouvés sur une scène : autour d'eux, les oiseaux avaient continué de chanter sans aucune déférence particulière. Mais voilà que maintenant ils se faisaient transporter dans la vaste litière qui avait autrefois appartenu à Messaline. Ils arrivèrent devant une petite maison située à quelques pas du théâtre de Pompée, vers le nord. Caius Pétrone frappa trois coups à la porte et fut aussitôt accueilli par un vieux satyre grec qui l'enlaça avec cordialité. L'empereur lui ayant été présenté, celui-ci s'agenouilla sur le sol en marbre et lui embrassa les pieds avec tant de fougue qu'à la fin Néron fut même gêné de voir son crâne chauve se transformer en pendule qui oscille de droite et de gauche. L'hôte leur donna ensuite à boire de son meilleur vin de Falerne, le tout accompagné de petits encas de fromage sur canapés de pain grillé. C'est alors que les garçons furent amenés dans la salle. Exquis, ce jeune Germain tout droit importé de la lointaine Colonia Agrippinensis. Ah ! remballez-moi cette petite horreur ! Ou alors celui-ci ? Un Grec, bien sûr. Ou encore cette jeune beauté syrienne ? Pour finir, l'empereur gagna certaine case superlativement propre, aérée et délicatement parfumée, avec un jeune garçon blond qui répondait au nom de Sporus. Ce fut une révélation, vraiment.

Si sa mère n'avait pas l'autorisation de venir à Rome, rien, par contre, ne l'empêchait de se servir du courrier intérieur pour envoyer des lettres à son fils et l'y accuser de toutes sortes d'actes contre nature (au nombre desquels, sans doute, ne figurait pas l'inceste) :

... Je suis presque tentée de croire à l'une de ces folles religions d'Asie qui, posant le principe d'une lutte éternelle entre les forces de la lumière et des ténèbres, démontre de manière assez plausible que les démons malveillants s'infiltrent dans le cerveau de l'homme pour le pousser à commettre des actes ignobles. Ne crois pas que Rome n'ait pas entendu parler des perversions abominables auxquelles ton ami le poète cochon Caius Pétrone et toi-même vous livrez. Si Rome le sait, je le sais moi aussi. Mais, plus important, la faction qui soutient Britannicus n'en ignore rien et déjà prend en secret certaines mesures propres à purger ton règne de monstruosités que l'on croyait disparues depuis la mort de Caius Caligula. Ton beau-père, le divin Claude, un des meilleurs hommes qui aient jamais vécu — ah non ! point il n'était une once de perversité en lui ! —, doit se retourner dans sa tombe ou pleurer sur l'épaule de ses compagnons en divinité en songeant que c'est entre les mains d'un monstre tel que toi que l'Empire romain est passé. Car oui, c'est bien un monstre que j'ai enfanté et point je ne sais en quoi je pus tant offenser quiconque que semblables honte et misère doivent aujourd'hui m'assaillir en mes exil et solitude. Si la malédiction d'une mère t'est de la moindre importance, sache que c'en est une qui ici, à Tusculum, part vers toi tous les jours. Tu as avili l'Empire et toi avec, tu... etc., etc.

Néron était en train de lire ce billet lorsque Caius Pétrone, le poète cochon, lui fut amené dans une litière ouverte portée par ses esclaves : il avait le corps couvert de la boue du caniveau romain la plus authentique, le visage et les membres tailladés et bleus de coups et, dans la main, tenait une grosse carotte qu'affirma-t-il on lui avait, bien sûr, enfilée dans l'anus mais... à coups de marteau ! Son exquise tunique était déchirée et ses cheveux, qu'il portait longs et auxquels il consacrait une bonne heure, au moins, de soins chaque matin, donnaient l'impression de lui avoir été arrachés du crâne par plaques entières à l'aide d'un couteau de boucher. Néron écouta les plaintes bruyantes qu'il lançait et hocha la tête : c'était plus que des malédictions maternelles qui montaient de Tusculum (ou plus probablement d'Antium, Agrippine n'étant jamais qu'une immonde menteuse) : l'esclave secrétaire qu'elle avait envoyé à Rome avait tout l'or qu'il fallait pour payer des spadassins qui travaillent la nuit.

— Et oui, et oui, très cher Caius, le consola-t-il. Il est temps de mettre sur pied certaine comédie du genre de celles que tu m'as souvent suggérées... Et si on célébrait la fête de Minerve à Baiae et montait quelque chose de vraiment excitant pour couronner le tout, hein ? Ah, mon pauvre ami, très cher, très cher !

Sur quoi il rédigea une lettre et, après l'avoir fait recopier en deux exemplaires, en envoya un à Antium et l'autre à Tusculum. Il y disait ceci :

Très chère mère,

Tes paroles me sont allées droit au cœur. Je ne vois que trop clairement maintenant comment je me suis laissé entraîner par des compagnons sans scrupule qui, alors même qu'ils me juraient amitié et fidélité, se faisaient payer par Britannicus et autres semblables ennemis de l'État. Ah ! je fus bien sot et me bats la poitrine devant tant de folie ! Oui, l'Empire a besoin de ta sagesse et de tes talents politiques — tout comme ton fils entêté, mais repentant, a aujourd'hui désespérément besoin de sa mère. Réconcilions-nous donc sous l'égide de la déesse de la sagesse et célébrons la chose avec du vin, des baisers et l'autohumiliation, en public, de ton fils qui toujours t'adora... etc., etc.

Pétrone ayant été chargé de diriger les divertissements qu'on donnerait à Baiae, on estima néanmoins qu'il serait plus prudent de le tenir à l'écart lorsque, ainsi qu'elle le fit, mais c'était prévu, Agrippine arriverait de Bauli dans une galère qu'elle aurait louée et, plus belle que jamais, apparaîtrait habillée en Minerve avec une chouette vivante perchée sur son épaule. Malheureusement, au moment même où son embarcation touchait au rivage, un accident regrettable se produisit : l'une des plates-formes flottantes sur lesquelles, pour le décorum, des nymphes et des satyres se balançaient avec une modestie affectée en chantant un air que l'empereur en personne avait composé sur la beauté et la sagesse de l'invitée d'honneur, éperonna la galère et, en essayant de la repousser avec une gaffe, un batelier en transperça la coque peu solide. Sous l'eau, des nageurs, au nombre desquels certains de ces satyres chantants, y ouvrirent encore quelques trous supplémentaires et, faisant déjà, c'était visible, eau de toutes parts, le navire fut aussitôt remorqué au loin afin qu'on puisse le réparer.

— Ça vaut mieux comme ça, très chère Mère, lui dit Néron en

l'enlaçant. J'ai, moi, un navire qui conviendra mieux à ton statut. Il t'attend, il te ramènera chez toi.

Elle ne se douta de rien : son long et triste exil l'avait amenée à ne plus vouloir se méfier — c'était le plus sincèrement du monde qu'elle désirait cette réconciliation et, aussi, pouvoir entamer de nouvelles intrigues au cœur même de la civilisation impériale.

La réception était du meilleur goût, où il ne se trouvait ni éphèbes ni mignons — seulement quelques matrones adultères fort décentes plus nombre de sénateurs bien rassis qui eurent vite fait d'être soûls. On rôtit des sangliers entiers à la broche, on servit des membres de cygnes et de faisans à la sauce piquante, et encore des tartes, des crèmes aux œufs, et beaucoup de vin. La compagnie supplia Néron de chanter quelque chose mais il refusa en disant :

— Non, mes amis, rien ne serait plus inconvenant chez un empereur. La leçon qu'on m'a donnée, je l'ai comprise et, oui, suis prêt à rejoindre les rangs des gens graves et pleins de conseils judicieux : une fois de plus je me soumets à l'influence bénie de ma mère.

Sur quoi, plein d'amour, il embrassa Agrippine.

Au crépuscule, on alluma des lanternes dans les arbres et libéra une nuée de chouettes de leurs cages. Ayant peur d'entrer en collision avec ses sœurs, celle d'Agrippine s'envola au loin pour trouver un perchoir et disparut à jamais : à tout le moins n'y eut-il personne pour retrouver le petit oiseau aux pattes entourées d'anneaux d'or où pendaient de minuscules clochettes. Lorsqu'il fut l'heure de partir, Néron accompagna sa mère jusqu'au ponton d'embarquement et là, alors que les trompettes sonnaient, l'aida à monter dans l'embarcation à fond plat et dais à rideaux d'or qu'il lui avait fait amener.

— Très chère Mère, s'écria-t-il, quelle joie ce fut de t'avoir ! Il y a bien trop longtemps que nous ne nous voyons plus.

— Pas que j'en serais responsable, mon fils, lui renvoya-t-elle. Ne m'as-tu pas fait clairement entendre que je n'étais plus la bienvenue à Rome ?

— Tout ça, c'est fini, vraiment fini. Prends tes dispositions pour revenir. J'ai besoin de toi.

Ce que cette dernière phrase voulait dire prête à conjectures car tout aussitôt le fils embrassa sa mère non seulement sur la bouche mais aussi sur les seins après lui avoir doucement entrouvert sa robe à l'échancrure des épaules. Avait-on le désir de se montrer plus sincère ? ou intime ? Enfin elle monta à bord et les rameurs repoussèrent la terre loin derrière eux avant de trouver leur cadence. Agrippine s'étendit sur la couche qu'on avait eu la délicate pensée de placer sous le dais et là fut rejointe par deux servantes et son affranchi Lucius Agérinus. Ce fut lui qui, le premier, remarqua que le dais avait un drôle d'air : deux de ses supports en bois commençaient à se fissurer sous le poids de quelque chose qu'on avait dissimulé sous les tentures en or. En outre, l'embarcation était plus basse sur l'eau qu'il ne l'aurait fallu.

— Y a quelqu'un qu'a trafiqué ce bateau, dit-il. Voyons un... Oh, non ! A l'eau ! vite !

Il poussa sa maîtresse par-dessus bord au moment même où ce qui lui parut être un énorme bloc de plomb dégringolait sur le crâne d'une des deux servantes et le lui fendait. Les étais se brisèrent entièrement et entraînèrent encore plus de plomb dans leur chute. Les rameurs plongèrent par-dessus bord à leur tour mais peu d'entre eux savaient nager. L'impératrice douairière, elle, au contraire, fit montre d'un athlétisme que jamais Lucius Agérinus ne lui aurait soupçonné. Nageant lui aussi, il la vit progresser avec une belle vigueur, les mains tantôt jointes, tantôt à décrire des cercles sur un rythme régulier pendant que les jambes, fortes, battaient les flots. Arrivé sur le rivage, il tourna la tête et, recrachant de l'eau, regarda couler le bateau où des bras s'agitèrent encore dans les airs avant que tout ne fût englouti. Enfin il retrouva Agrippine ; assise dans l'eau qui dégouttait d'elle, elle essayait désespérément de reprendre son souffle.

Lucius Agérinus pataugea le long de la côte jusqu'à Baiae et là, découvrit que les lanternes de la fête étaient éteintes mais qu'il y avait encore de la lumière dans le pavillon en toile où les invités de l'empereur s'étaient retirés pour se soûler et faire honneur à Minerve. Il y tomba sur un Néron qui, d'un air plutôt absent, était en train de caresser les membres d'un mignon originaire de Syrie. Caius Pétrone qu'il croyait banni faisait lui aussi partie de la compagnie, au milieu de laquelle il se promenait avec une perruque jaune sur la tête.

— César, commença l'affranchi, je viens te dire qu'il y a eu un accident. Le vaisseau dans lequel l'impératrice Agrippine avait pris place a...

— Oui ? Il a coulé ? C'est ça ? Oh, ma pauvre mère ! Oh ma malheureuse mère chérie !

— Les dieux soient loués, César, ta mère et moi-même sommes les seuls survivants. Nous avons réussi à gagner le rivage à la nage.

— Où est-elle ? demanda Néron en faisant montre d'un soulagement un peu excessif.

— Dans la hutte d'un ouvrier. A quatre kilomètres de là en descendant la côte.

— Ah ! ce courage ! Ah ! cette *chance,* ma mère ! Et toi... comment t'appelles-tu ?

— Lucius...

— Bah ! Aucune importance. Elle t'envoie me tuer, c'est ça ? S'imagine que c'est de ma faute, non ? Rancunière jusqu'au bout. Aufidius ! Crespus !

Les deux gardes du corps entrèrent en courant.

— Il y a un assassin parmi nous. Vous savez ce qu'il vous reste à faire.

Dans la hutte de l'ouvrier, Agrippine s'était assise et, enroulée dans une couverture, buvait du vin chaud à petites gorgées. Le vieil homme qui y habitait avait fait un feu dans un brasero. Il se sentait seul et aimait parler.

— Ah, Madame, c'est qu'on n'a plus l'amour du bel ouvrage ! On ne fabrique plus les choses aussi bien qu'à la glorieuse époque de l'empereur Auguste. Ça dégringole, si vous voyez c' que j' veux dire. En plus que maintenant qu'ils ont ce quoi ? à peine un gamin, à la tête de l'Empire... et pis... rien qu'à faire des mauvais tours ! Voilà ! C'est ça qu'encourage la dégringolade générale... On se conduit mal, y a plus d'honnêteté, et le travail, il est pourri. Vraiment navré de pas pouvoir vous recevoir un peu mieux, Madame... mais vous voyez comment que c'est. Tout juste un pauvre ouvrier qu'a pas l'habitude de recevoir de la belle visite...

— Tu seras récompensé.

— Oh, moi, ce que j' dis, c'est qu'à être simplement décent, on est déjà récompensé. Pas que je serais pas reconnaissant si on glissait un mot gentil pour moi au bureau des travaux, mais... Un bon ouvrier que je suis !... Regardez-moi ces mains !... Aussi tannées que le cuir et dures comme la corne. Le travail, quand je m'y mets, je plaisante pas...

Ce fut alors que, dagues tirées, Aufidius et Crespus arrivèrent. Elle les regarda en hochant la tête.

— Tu es accusée d'avoir conspiré avec le prétendant Britannicus, lança Aufidius. Ta tentative d'assassinat a échoué. Suis-nous... comme tu es. N'essaie pas de nous résister. Nous avons ordre de prendre les mesures nécessaires au cas où tu essaierais de...

... De faire ce qu'elle était justement en train de faire : se ruer, toujours enroulée dans sa couverture, jusqu'à la porte... là-bas... Crespus la frappa. Elle tomba en gémissant. Aufidius l'acheva de deux coups de poignard.

Terrifié, l'ouvrier s'écria :

— Mais voyez !... J'ai rien fait, moi. Qui elle est ou autre, je n'en sais rien. Ai fait que la ramasser à moitié noyée, c'est tout. Les grandes affaires, je m'en mêle pas. Je dirai rien, promis.

— Ça, c'est vrai, lui renvoya Aufidius.

Et l'immobilisa pendant que Crespus lui tranchait la gorge.

Plus tard, Néron, qui était soûl, se fit apporter le cadavre de sa mère. Il le regarda : le corps était nu, on en avait nettoyé et séché les blessures.

— Ah ! je repense au moment où Messaline, elle, eut droit à la hache, dit-il. Le corps est beau. Dis, Caius, c'est quoi, l'approche esthétique qu'il convient d'avoir avec le cadavre de sa mère ? Car il ne s'agit quand même là que d'un problème de formes et de couleurs, n'est-ce pas ? Elle n'est plus que... C'est quoi, déjà, ce terme ?

— Morphologie.

— Les proportions sont belles. Et la peau très fine. Et maintenant, qu'est-ce que je fais pour vaincre les dieux de la biologie, comme tu les appelles ? Je viole son cadavre ? Non. Je lui prépare une eulogie ?... Enfin... Ou alors serait-ce d'une élégie que je veux parler ?

Cette douleur d'histrion, Caius Pétrone se le dit plus tard, ne trompait personne. Néron était profondément troublé mais faisait dans le grand décorum. Actè, elle, grimaçait derrière lui. L'impératrice Octavie avait pris un air embarrassé.

L'empereur s'écria :

— Je m'en vais écrire un poème élégiaque et le dirai en public... quoi qu'en pensent mes très savants mentors. Le fils n'aurait-il donc point le droit de pleurer la perte de sa mère et d'offrir ainsi à un monde insensible le spectacle salutaire d'une piété filiale sans égale ? Elle était tout pour moi — le ventre qui me porta, les seins qui me nourrirent, les soins et la sagesse qui veillèrent sur ma croissance. Jamais je n'en retrouverai de pareille. Très chère Mère maintenant consignée au royaume des ombres, condescends à regarder ton fils, guide-le dans ses rêves, contemple avec ténébreuse fierté le déroulement de son règne et la gloire grandissante de cette Rome que tant tu aimas. Ah ! si seulement les morts ressuscitaient ! Mais hélas !... Détruites, les cités sont reconstruites pour des gloires nouvelles, les empires, eux, périssent et renaissent, mais nous autres, humains seulement, devenons poussière, cendres, rien. Chère Mère, vis donc encore dans nos mémoires ! L'amour d'une mère est éternel tout ainsi que l'est celui d'un fils. Ah ! je pleure, je pleure... et rien ne saurait me consoler. *Vale, mater.*

Au fond, quelqu'un eut l'applaudissement ironique. On soupçonna Burrus, mais personne ne sut jamais vraiment qui c'était.

Ainsi se conduisait l'empereur que Marcus Julius Tranquillus servait en Palestine, celui à la justice duquel Paul allait bientôt en appeler. Julius ne fut pas long à regretter la mission qu'on lui avait assignée. Il n'avait aucune confiance en Porcius Festus : l'homme manquait d'expérience et débordait de préjugés, dont le plus grand était celui qu'il avait contre les Juifs.

— Césarée, fit-il ainsi alors que le navire entrait doucement dans le port. Félix m'a dit d'y rester et d'aller le moins possible à Jérusalem. Au moins respire-t-on ici le bon air de l'océan. Ces Juifs sont assez immondes comme ça à Rome. Ce à quoi ils peuvent ressembler ici... je frémis rien que d'y songer.

— Ainsi donc, tu commences ton travail en ayant la tête pleine d'idées reçues ?

— Ça ! des bêtises, ils n'en feront pas tant que je serai procurateur. Les maintenir au plus bas... leur rappeler qui est le maître dans ce pays. Non, c'est vrai : je n'aime pas les Juifs.

— Tu sais que j'en ai épousé une ?

— Oui. Bien sûr. J'avais oublié. Bah !... les femmes, elles, sont peut-être mieux. Probable qu'elles ne prennent pas toutes ces âneries religieuses au sérieux. Les Juives, j'ai rien contre. Très séduisantes même... certaines. Et bonnes au lit, à ce qu'on dit. Mais évidemment, tu dois, toi, en savoir plus long que moi là-dessus.

— Procurateur, avec tout le respect que je te dois, je n'aime pas beaucoup la manière dont tu parles.

— Ah non ? Eh bien mais, avec tout le respect que je te dois, moi, il faudra t'en accommoder. Et ce, tant que nous travaillerons ensemble. Je remarque que tu n'as eu guère envie d'emmener ton épouse avec toi.

— Elle a préféré rester à Rome. Un an, ce n'est pas l'éternité.

— C'est mieux comme ça. Elle t'aurait trop rapproché de ces gens. Tu t'y serais même peut-être perdu. Or, il va falloir garder la tête haute — c'est important. Tu connais leur langue, n'est-ce pas ?

— Un peu.

— Évite de la parler trop bien. Garde tes distances. Oblige-les à parler en grec ou en latin. J'imagine que Félix a dû laisser des tas de dossiers en suspens. Des histoires de loi juive, de tabous à la juive, de procès qui n'en finissent pas. Comme s'ils ne pouvaient pas essayer de penser comme des Romains ! De toute façon, c'est pour ça qu'on est ici. Leur apporter la clarté de pensée qui est la nôtre, oui : la raison et les manières de Rome. Mission civilisatrice.

— Et, bien sûr, on perçoit les impôts.

— Ça aussi. Après tout, la civilisation, ça se paie.

Paul, lui, se trouvait toujours à Césarée où il attendait que Porcius Festus passât jugement sur son affaire. Sa cellule était spacieuse. On l'avait autorisé à y recevoir des visites. La plus importante fut celle d'un Luc auquel il dicta une épître sur cette « Charité qui est autre nom de l'amour. Car si je parle dans la langue des hommes — et des anges — et n'ai point de charité en moi, je ne suis rien de plus que trompette fêlée ou bout de métal frappé. Je puis certes prophétiser, comprendre des mystères, avoir connaissance immense de toute chose, déplacer des montagnes même, mais si je n'ai pas de charité, je n'ai rien. Rien. Oui, je peux même vendre tout mon bien pour nourrir les pauvres. Me soumettre à l'exécution, au feu, au martyre. Mais si je n'ai pas de charité, cela ne signifie rien. Que je vous dise à quoi cela ressemble. Avoir de la charité, c'est être prêt à souffrir. Dans la charité, il n'est point d'envie. La charité, ce n'est pas quelque chose de... gonflé. Cela n'est jamais déplacé, jamais égoïste, ne pense pas au mal, ne vient pas facilement. C'est quelque chose qui propose, qui croit et point ne doute, qui espère plus loin que le désespoir. C'est quelque chose qui ne manque jamais son but — comme les prophéties, la parole, la connaissance même, le peuvent faire. Nous ne savons que peu de chose, ne prophétisons pas beaucoup. Mais lorsque la perfection nous vient — et c'est cela, la charité —, alors nous n'avons même pas besoin de ce peu. Enfant, je parlais comme un enfant mais, en devenant homme, je rejetai tout enfantillage. Et donc, en savoir davantage, la tâche est sans fin. Aujourd'hui nous ne voyons qu'au travers d'un rideau, et tout est sombre et imprécis. Mais, un jour, nous serons en face de la réalité. Aujourd'hui mes connaissances sont partielles, mais un jour je saurai, entièrement, mêmement qu'alors je serai su. Et tout cela arrivera par la force de l'amour. Car, ainsi que vous le savez, il est trois choses qui, toutes, sont grandes : la foi, l'espoir et la charité. Mais la plus grande, c'est la charité ». Bon. T'as tout noté ?

— Mais la plus grande, c'est... répéta Luc en reposant sa tablette. Et tu crois à tout ça ?

— En tout cas, ceux à qui il va falloir le lire, ils feraient mieux de le croire, eux... Oui, bien sûr que j'y crois. Tu ne restes pas manger un morceau ?

— Non, il faut que je revoie le nouvel arrivé. Problèmes de ventre. Crampes d'estomac. Diarrhée. Bizarre comme ils ne peuvent pas s'empêcher de manger des fruits dès qu'ils débarquent.

— Tu es son médecin officiel ?

— Non. On m'a juste appelé en visite. J'exerce mon métier. Il faut bien vivre. Tout le monde ne peut pas bénéficier d'une cellule de prison romaine.

— L'hospitalité est un peu excessive, non ? Deux ans !

— Tant que ça ? On a dû oublier de quoi il retournait.

— Je ne le crois pas, Luc.

Il avait raison. Festus et Julius avaient retrouvé les chefs du Sanhédrin aux abords du Temple. Les deux Romains l'ayant admiré ainsi qu'il convenait, Ananias déclara :

— Cette visite de courtoisie nous va droit au cœur, Procurateur. Nous sommes heureux de voir que la justice romaine se réveille. Cela faisait trop longtemps qu'elle était en sommeil.

— C'est aux fonctionnaires de Rome qu'il faut s'en prendre, lui renvoya Festus. Changement d'empereur, réorganisation des grands corps de l'État... Si vous avez des affaires à me soumettre... mais on m'apporte tout ça à Césarée, hein ?

— Justement, il y en a une qui dort dans les dossiers depuis le départ du procurateur Félix. Celle de ce Paul... Il est en prison à Césarée, ainsi que tu ne manqueras pas de l'apprendre et nous, nous te supplions humblement de bien vouloir nous l'envoyer à Jérusalem afin de pouvoir enquêter plus à fond sur les crimes qu'il a commis...

— Les crimes ? Certes on m'en a déjà parlé un peu, mais je ne vois toujours pas de quoi il retourne. De toute façon, c'est au pouvoir judiciaire de décider si, oui ou non, il y a crime.

— Oh ! mais ça, nous en sommes sûrs.

Festus les regarda, vit que l'un d'entre eux se léchait les babines.

Or le médecin Luc lui avait servi un peu plus que de la poudre blanche.

Festus lui répondit :

— Serait-ce qu'on aurait des idées de justice expéditive ? Un accident sur la route qui conduit à Jérusalem, peut-être ? J'ai déjà entendu parler de ce genre d'astuce.

— Sache, Procurateur, que nous ne recourons point aux « astuces ». Les « astuces », nous laissons ça aux nazaréens qui sont les ennemis de Rome. Nous ne faisons qu'un avec toi dans notre amour de la justice.

— Il l'aura, sa justice. À Césarée.

Dans la cour ouverte sise à l'extérieur du prétoire de Césarée, Marcus Julius Tranquillus observa avec curiosité ce Paul qui, poignets enchaînés dans le dos, était certes chauve, laid et vieillissant mais donnait l'impression d'être très profondément en paix avec lui-même. Il savait tout de lui. Ou plutôt de ce Saül qui, compagnon d'études de son beau-frère, avait, après avoir été un assassin, viré au fanatique de la religion nazaréenne, s'était transformé en voyageur et orateur... et avait la citoyenneté romaine. Il avait lu son dossier dans le bureau du préteur. Et ne comprenait donc absolument rien à l'acte d'accusation que, pompeusement, le Juif grec Tertullus enrobait de compliments adressés à un officiel romain qui, jusqu'à présent, n'avait rien fait pour mériter ou l'éloge ou le blâme.

— Et donc, pour conclure, ô très illustre Félix...

— Non, moi, c'est Festus. Porcius Festus.

— Je te demande pardon : je lisais les minutes du premier procès. Et donc, ô très illustre Festus, cet homme, non seulement a profané le Temple sacré de nos pères, mais encore n'a pas cessé d'enseigner de fausses doctrines au plus grand scandale de tous les vrais croyants...

— Ça, lui renvoya Festus, c'est un problème interne et local. Ça ne nous concerne pas.

— Mais, ô très illustre, s'écria l'autre, c'est qu'actes et paroles, il a beaucoup œuvré au détriment de l'ordre et de la tranquillité publics et ça, me semble-t-il, ça devrait quand même te concerner assez, non ?

— Que dit l'accusé ? demanda Festus.

Ce que ledit accusé lui raconta alors lui parut d'un grec admirable, quoique légèrement provincial où, à la fin de chaque phrase, la voix remontait un peu. Que, sans aucun doute, ce procédé oratoire servît à clarifier ses propos n'empêchait pas qu'il leur donnât, aussi, l'air de questions.

— Je n'ai rien fait de mal... n'ai commis aucun péché... tant au regard des dogmes religieux... que du droit romain.

— C'est cette dernière partie de tes affirmations qui occupe ce tribunal. Tu nous dis donc n'avoir commis aucun crime contre César ?

— Je le répète : ni contre la loi juive, ni contre le Temple, ni contre César.

— Acceptes-tu, s'enquit Festus, de te rendre à Jérusalem afin d'y être jugé... par moi... sur tous les chefs d'accusation retenus contre toi ?

Julius crut voir passer un éclair de complicité dans le regard que le procurateur jeta alors à l'homme en robe noire qu'on parait du titre de grand prêtre. Qu'un de ses soldats ait fait à un de ses collègues le geste du pouce qui, tourné vers le bas, écrase quelque chose, cela, par contre, il en fut sûr. Le collègue en question acquiesça d'un signe de tête. Que vit Paul.

Qui dit alors :

— Ici je me tiens devant le jugement d'un César dont j'ai le droit d'avoir justice. Je n'ai fait aucun mal aux Juifs — cela, tu le sais bien. Que je me sois mal conduit ou aie commis quelque crime qui mériterait la mort... eh bien, mais je ne m'opposerai ni à en être accusé ni à en souffrir la peine. Si cependant aucune de ces choses retenues contre moi n'est vraie... alors non, personne n'a le droit de me livrer à ces gens qui m'accusent. C'est à César que j'en appelle.

— Tu prétends être citoyen romain. Centurion, en a-t-on confirmation dans les dossiers ?

— Oui, il est bien citoyen romain.

— Parfait. Ainsi donc, tu en appelles à César et c'est à César que tu iras. Un instant, ajouta-t-il alors que les Juifs commençaient à pousser les hauts cris. Un peu moins de bruit dans l'assistance ! C'est devant une cour de justice que vous vous trouvez ! Ce n'était quand même pas que j'en eusse terminé, n'est-ce pas ? Et donc, tu iras devant César lorsque moi, j'aurai les idées un peu plus claires sur cette affaire.

Les Juifs se détendirent : porter l'ultime coup de couteau était toujours possible.

— Qu'on l'emmène !... Évacuez la salle !

L'image qu'encore passablement provincial Paul pouvait se faire de César ? Voilà qui n'a rien d'évident : celle, sans doute, d'un être qui, farouche et cruel certes, mais aussi droit que l'étoile du Nord dans sa course, toge gonflée par le vent et couronne de laurier façonnée par un orfèvre sur la tête, toujours levait le doigt de la justice vers les hauteurs de l'Olympe. Il ne soupçonnait même pas que les conspirateurs fussent prêts à frapper. Fort mignon mais boutonneux, le vrai César, lui, était en ce temps néronien qui ne correspond pas tout à fait à celui de Paul en train de marauder, en masque et perruque verts, dans le quartier de Rome dit Suburra avec quelques-uns de ses anciens camarades d'école : on courait les échoppes et les bordels sis entre les Vicus Longus et Patricius. L'empereur essayait, en un certain sens, d'échapper à l'angoisse du matricide qui ne devait plus jamais le quitter en se ruant dans les plaisirs d'une adolescence heureuse. Rome, elle, se félicitait qu'eût disparu une femme que sa beauté indubitable avait rendue plutôt plus que moins sinistre, mais Rome, aussi, devinait qui était responsable de cette disparition : lorsqu'il n'y aurait plus à cela aucun danger, Rome finirait par parler haut et fort de ce deuxième crime abominable. Pour l'instant, elle se contentait de se réjouir de la liquidation d'un monstre dont les agissements, de monstre, jamais n'avaient été atténués par la moindre compassion, léthargie ou rationalité masculine. Les citoyens de Rome dormaient bien si celui qui présidait à ses destinées se réveillait en sueur toutes les nuits : la voix de sa mère l'appelait. Le jour, il la revoyait par instants ressuscitée dans les rangs du public lorsqu'il jouait au théâtre ;

était-il acteur qu'elle lui faisait oublier ses vers, chanteur, qu'elle l'amenait à coasser comme une grenouille. Il commençait aussi à apprendre qu'un premier meurtre conduit toujours à un deuxième : les assassins de sa mère, il faudrait les assassiner à leur tour, tout comme il faudrait poignarder ceux qui les poignarderaient. Alors il vit que la responsabilité d'un meurtre ne pouvait être vraiment déléguée à moins qu'on ne fût prêt à tuer le monde entier. Ce qui l'amena, et c'était bien assommant, à se lancer dans l'étude des poisons et à faire la connaissance de cette Locuste (oui, là, dans ce même quartier de Suburra) que sa propre mère avait, de temps à autre, utilisée afin de lui consolider un pouvoir dont il ne lui savait aucun gré.

Caius Pétrone avait, lui, bien sûr, hautement vanté les mérites du ciel de lit chargé de plomb, y avait vu une tentative d'assassinat des plus artistiques, avait ensuite déploré l'échec de l'affaire et, pour finir, accepté le subterfuge de la soi-disant trahison : la qualité dramatique s'en était, à ses yeux, ressentie mais, quoique banale, semblable improvisation de dernière minute lui avait paru légitime. Les cauchemars et les apparitions qui réveillaient son maître ? Il les rejetait : de simples *epiphenomena,* ainsi qu'il les appelait dans son grec raffiné, des choses tout aussi ennuyeuses que les fantômes qui encombraient les tragédies de Sénèque. Un peu trop bavard à son goût, Néron l'avait envoyé faire un long voyage, payé, à Athènes : à charge pour lui d'y préparer l'opinion à ce que l'empereur participât aux concours de chant qui allaient s'y tenir. Et en attendant ? Encore plus de raids nocturnes dans les échoppes et les bordels, ceci toujours en la compagnie de ses petits copains à la jeunesse glapissante. Essoufflés d'avoir ainsi rossé un épicier qui fermait sa boutique pour la nuit, ils tournèrent, un soir, le coin d'une rue et tombèrent sur un marché aux poissons encore ouvert. Ah ! le bon temps qu'ils se payèrent à poursuivre les commis avec leurs propres couteaux à écailler et évider, à se battre à grands coups de bar et de poulpe, à déraper et se retrouver par terre au milieu des détritus gluants, à rugir et pousser des youpis retentissants. Lorsque calme, un sourire indulgent aux lèvres et un énorme turbot dans les bras — presque on eût dit qu'il portait un enfant endormi —, le propriétaire apparut enfin, tout le monde cessa de folâtrer : on se trouvait en présence d'une réaction qu'aucune expédition précédente n'aurait pu laisser présager. Âge moyen, épaules larges et teint basané, le bonhomme s'approcha d'un Néron qui était toujours déguisé et, en essayant de lui tendre son turbot, lui lança :

— Salut, César ! Accepte donc ce présent de Neptune au dieu de Rome !

— Comment as-tu deviné mon nom ?

— C'est que malgré ce masque élégant, l'impériale clarté toujours luit sur le visage de Ton Altesse ! Tu sens le divin tout autant que ce poisson sent le... enfin... ce qu'il sent. Mais à y réfléchir, l'animal n'est plus de la première jeunesse. J'en ai de plus frais à l'intérieur. Et même un en train de frire dans la poêle : ail, beurre doux, clous de girofle et câpres.

— Tu oses inviter ton empereur à souper ?

— C'est mon humble devoir, César... le fier espoir de tout sujet. Je pourrais même t'amener quelques jeunes danseuses... Ou danseurs, si tu préfères. Nus... bien sûr.

Tout emperruqué qu'il était, Néron regarda le bonhomme de haut.

— Ainsi donc, les poissonniers se font de l'argent, c'est ça ?

— On peut se faire de l'argent dans beaucoup de choses, ô Céleste Bonté. J'en suis revenu à mon premier métier, disons... par nostalgie ? J'ai l'intention de monopoliser tout le commerce du poisson dans cette ville... Ah ! du poisson frais ! Qu'on fait venir à toute allure de la côte dans des bacs refroidis ! Qu'on vend vite parce qu'on les vend bon marché ! J'ai déjà le monopole du commerce des chevaux de Sicile. Ah ! l'argent, César, oui ! Mais qu'on dépense ! Je déteste les petites économies. J'adore la vie. Les parfums les plus forts... si ton olympienne sagacité voit ce que je veux dire. Ah ! le sang du poisson est fin mais il en est d'autres qui sont aussi épais que le miel de casse. Les sucs mêmes de la vie, César ! Le sang et le sperme ! Que l'un et l'autre, ils coulent !

— L'empereur, lui renvoya Néron avec une feinte dignité, est fort heureux de voir en toi un homme selon son cœur. Tu t'appelles ?

— Ofonius Tigellinus, au service de mon empereur. Le nom est euphonique, Ta Sainteté en conviendra. Euphonius Ofonius. Tigellinus le petit tigre. Toujours prêt à donner à ta suprême divinité impériale tous les plaisirs les plus terrestres qu'il pourra. Un épicurien, voilà ce que je suis, si j'ose ainsi hausser le débat au niveau philosophique.

— Et on n'aime pas les stoïciens ?

— Les stoïciens ? La bande à Sénèque ? Ah non ! Je crache, moi, dans cette sciure qui sent mauvais. Des hypocrites, que je dis ! On joue au vertueux et, en secret, on pratique tous les vices. Je déteste les cachottiers. Que l'on rie, mais que ce soit au grand soleil !

— Ofonius Tigellinus, m'est avis que déjà, bien je sens ce poisson qui frit.

— Ça fleure bon, n'est-ce pas? C'est à cause de l'ail. Rien jamais ne vaudra l'ail.

C'était dans le Vicus Longus qu'Aquilas avait sa boutique. Les quartiers d'habitation où, avec son épouse Priscilla, il donnait parfois l'hospitalité à ses coreligionnaires juifs, se trouvaient derrière. Ils avaient gagné beaucoup d'argent à Corinthe mais étaient heureux d'être rentrés à Rome. Depuis quelque temps néanmoins, la nuit surtout, il n'était plus sage de sortir : encore une fois ils entendirent les grands cris des jeunes casseurs et se demandèrent quand viendrait leur tour. Il n'y avait pourtant là rien d'autre à casser qu'un atelier aux murs nus et les volets en pin dur avec barres de métal qu'Aquilas y avait mis. Le bruit des choses qu'on fracassait et les youpis se rapprochant, il dit :

— Ah ! cette époque à laquelle nous vivons ! Il faudrait quand même bien qu'un jour quelqu'un crie qu'on est contre tout ça ! Bien haut et bien fort ! Quelqu'un dans le genre de ton vieil ami, Caleb.

Car Caleb se trouvait là avec son épouse Hannah et leur fils Yacob, et encore Sara qui, dans la journée, avait reçu une lettre de son époux (il lui parlait du vieil ami de Caleb), et enfin Ruth qui, maintenant, était tout à fait mûre pour avoir un mari. On n'aurait pu souhaiter meilleure compagnie. Hannah qui, lorsqu'elle se trouvait avec des gentils, se faisait parfois appeler Fannia, était la fille d'un préteur décédé qu'un de ses clients sénateur avait fait condamner pour outrage à une statue de Vesta. Elle avait donc été prompte à apprendre le cynisme d'une Sara qui, elle, ne croyait ni en Dieu ni en les hommes et, de ses ancêtres, avait hérité un léger mépris pour les prétentions romaines. Elles n'en auraient pas moins, l'une et l'autre, pu passer pour des patriciennes de Rome qu'un soleil plus méridional que celui de la capitale aurait bronzées. Caleb, que le soleil de Rome avait rendu plus boucané avec l'âge, comprit l'allusion d'Aquilas et lui répondit :

— Prêcher à Rome ne le conduirait pas bien loin. Quand ça sent mauvais, il vaut mieux se sauver... pas essayer de couvrir la mauvaise odeur sous la civette.

— Les mauvaises odeurs, on arrive à s'y habituer et à dire que ça sent la rose.

Ils avaient, tous les deux, un peu perdu le fil de la conversation.

— Tiens, c'est comme toi avec le sang.

— Du sang honnêtement répandu. Jamais personne n'a demandé à un gladiateur de s'ouvrir les veines pour rien : le sang, c'est son métier.

— Et les Bretons ?

— C'est vrai que ça me flanque des cauchemars. Tous ces hommes et tous ces enfants sans entraînement qui se font déchiqueter en lambeaux. Mais la foule adore ça.

— Seulement parce qu'elle imite son empereur ! lança Priscilla en sortant quelques raisins de Corinthe d'une réserve qui semblait inépuisable. La corruption, c'est toujours au sommet que ça démarre. Pourquoi tu laisses pas tomber ?

— Pour faire quoi ? Il faut bien que je gagne ma vie.

— Non mais, Caleb, tu vois comment ça marche, tout ça ? lui demanda Aquilas. Tu commences par avoir soif de sang romain... oh ! je ne dis pas ! c'était pour la bonne cause, Dieu bénisse les zélotes. Et puis, peu à peu tu finis par accepter de faire couler celui d'absolument n'importe qui... du Syrien, du Britannique, du Romain, de tout le monde !

— Le sang, nous en sommes tous nourris, dit Priscilla.

— Les gens de Saül, fit remarquer Caleb, enfin, je veux dire, ceux de Paul... eh bien, eux, ils le boivent ! Et mangent de la chair.

— Mais c'est horrible ! s'écria Hannah. On pourrait pas changer de conversation ?

— Ah ! voilà que tu parles comme une mémère à scandales ! lui renvoya Aquilas. Écoute, ni Priscilla ni moi ne sommes encore chrétiens. Mais c'est vrai que j'ai passé un marché avec Paul. Que si jamais il arrivait sur les bords du Tibre, que je lui ai dit, il pourrait nous y plonger… tous les deux. Ce que je veux dire par là, c'est que la chair du Christ, ils la mangent, et Son sang, ils le boivent, mais sous une forme différente. Sous celle du pain et du vin. Moi, ça me semble une idée très subtile… oui, tout à fait intelligente. Tu manges le *soter* et ça devient une partie de toi-même.

— Et après, l'interrompit grossièrement Caleb, tu l'évacues ?

— Je t'en prie ! lui renvoya Hannah, tu n'es pas avec tes amis du cirque. On ne pourrait pas parler de la dernière coiffure d'Octavie ? Je n' sais pas, moi… de quelque chose d'autre ?

— La religion, dit Sara, n'est pas seulement inutile : elle est aussi dangereuse.

Aquilas, qui le lui avait déjà entendu dire, poussa un petit grognement comique.

— L'important là-dedans, reprit-elle, c'est d'arriver à la fin de la journée sans mal de tête et de pouvoir pousser un soupir de soulagement à l'idée qu'on est enfin au bout du long voyage qui conduit à l'oreiller.

Le vacarme des jeunes chambardeurs qui avait cessé un court instant reprit alors.

— Tiens, on dirait qu'ils… commença Priscilla. Oh ! non !

De grands coups de poing dans les volets de la boutique ; on criait d'ouvrir ; un grincement qui laissait penser qu'on s'était mis à travailler au pied-de-biche afin d'arracher les pattes d'attaches en fer qui renforçaient les volets en pin. Le cou de Caleb donna l'impression d'avoir grossi de trois bons centimètres.

— Toi et moi, Aquilas, dit-il, on monte sur le toit. Y a des moments où les Romains me fatiguent sérieusement.

— Et t'as envie d'y faire quoi, sur le toit ?

— Ton baquet devrait déjà être plein d'eau de pluie, non ?

— Ah ! non ! C'est pas ce que tu sembles avoir en tête qui va les arrêter, tu le sais bien. Tout ce qu'ils feront, ce sera de revenir demain.

— Bah ! je crois que je vais pouvoir m'en débrouiller tout seul, dit Caleb.

Sur quoi il se dirigea vers l'escalier qui, plus échelle fixe qu'autre chose, conduisait au toit.

— Et toi, Yacob, tu restes ici, ajouta-t-il.

Ayant soulevé la trappe, il se retrouva sous les étoiles du ciel romain. Au-dessous de lui, à droite, les cris et les martèlements continuaient. Le baquet en bois n'était qu'à moitié plein mais il lui fallut faire effort de tous ses muscles pour le soulever. Il le transporta jusqu'au parapet, haleta, marqua une pause, regarda en dessous. De jeunes imbéciles de la classe patricienne. Parmi eux, un ahuri en perruque verte. Il leur renversa le contenu du baquet sur la tête avec grand soin. Il y eut des hurlements et des menaces, des bouches en trou rond qui lui envoyaient des insultes. Il ramassa le baquet vide, l'éleva dans les airs. Et le jeta sur la perruque verte : en plein dans le mille. La perruque tomba. Son propriétaire se mit alors à décrire des cercles comme un ivrogne, glapit encore plus fort et puis s'affala. Très inquiets, ses compagnons se penchèrent sur lui.

L'un d'entre eux leva les yeux vers le toit et s'écria :

— Tu sais ce que tu as fait ? Espèce d'idiot ! Non mais, tu te rends compte de ce que t'as fait ?

Caleb y alla d'un bruit grossier qu'il fit monter de son arrière-gorge — les gladiateurs en usaient beaucoup pour dire leur dégoût et leur mépris —, et, après s'être essuyé les mains sur les fesses, redescendit retrouver ses amis. Il n'entendit pas sa victime, qui n'avait été qu'assommée, sortir des ténèbres en s'écriant :

— *Hic et ubique, mater ?*

Pas davantage il ne reconnut, quelques semaines plus tard, sa victime (qui avait recouvré la santé) en cet empereur venu rendre une visite de courtoisie aux acteurs qui allaient prendre part à ses jeux. Caleb, qui se faisait toujours appeler Metellus, se mit au garde-à-vous avec les hommes qu'il avait entraînés lorsque le beau boutonneux, car on n'était plus un enfant, descendit, tout revêtu de sa pourpre, de sa loge impériale pour gagner le puits par où les gladiateurs débouchaient dans l'arène. De cette dernière montait la rumeur d'une Rome qui, assise, mastiquait des saucisses en attendant sa ration de sang répandu. Un certain nombre de prisonniers exotiques, et qui ne comprenaient pas encore très bien qu'ils allaient devoir donner leur sang pour plaire à la capitale, se tenaient là, assis par terre. Pâles de peau, plus blonds de cheveu que l'empereur, pieds noirs de crasse, ils restèrent sans réaction lorsque le chef des jeux leur aboya qu'il fallait se mettre debout en présence de César. Lequel César était déjà fort charmé par un jeune garçon d'environ quatorze ans qui, taches de rousseur sur le visage, avait l'air complètement dépassé par le bruit, l'agitation et sa propre ignorance de ce qui était en train de lui arriver. L'ayant enlacé avec amour, Néron demanda :

— Qu'en penses-tu, Tigellinus ? Un peu trop mignon pour faire de la viande hachée, tu ne trouves pas ?

Où était le préfet Burrus ? s'inquiéta Caleb. Encore un qu'on avait exilé parce qu'il s'était permis de bâiller lors d'une séance de récitation impériale ? L'homme auquel César donnait du Tigellinus ne portait pas d'uniforme mais semblait pourtant avoir quelque autorité. Chef de la Garde ?

— Non, César a trop bon cœur, répondit ce dernier à Néron. Ce sont les sujets de César qui, eux, aiment voir la jeune chair se faire déchirer en lambeaux. Toi, là-bas ! dit-il à Caleb, comment t'appelles-tu ?

— Metellus.

— Bien… alors moi, je m'appelle Cléopâtre ! Mais dis-moi ! Est-ce qu'il s'y connaît assez au maniement de la dague pour que ça ressemble un peu à un combat ?

— Ce n'est qu'un gamin. Il n'a aucune chance d'en sortir vivant.

— Il aura quand même une armure, non ?

— Si. Mais ils comprennent même pas à quoi ça sert. En plus, comment veux-tu qu'il résiste à Tibulus ?

Néron fit un joli sourire audit Tibulus qui, beau morceau de pierre de Ligurie, était plus massif que souple et, toujours lent et pesant à tuer, n'avait même pas l'intelligence de deviner ce qu'était la souffrance.

Le chef des jeux dit alors :

— Il se retiendra, César. Cinq feintes au moins avant de passer à la mise à mort.

— Et voilà, rien que ça ! s'écria Caleb avec chaleur. La mise à mort ! Avec un bambin qui ne comprend même pas de quoi il retourne. Il ne sait pas le latin et nous, nous ignorons tout du britannique.

Sur quoi il y alla d'un bruit grossier qu'il fit monter de son arrière-gorge — les gladiateurs en usaient beaucoup pour dire leur dégoût et leur mépris. L'empereur fut ravi de ce borborygme que, semblait-il, il n'avait jamais encore entendu.

— C'est rien que des animaux ! conclut le chef des jeux. César, nous attendons ton bon plaisir.

Néron et son entourage remontèrent jusqu'à la loge impériale et y retrouvèrent un air qui n'était plus pollué par la rage, la sueur, la peur et autres semblables émanations de basse bestialité. L'impératrice, cette pauvre conne, était là, elle aussi. Elle se leva à l'arrivée de Néron et, comme lui, resta debout un instant avant de s'incliner devant la foule qui leur hurlait sa fidélité. Gigantesque, cette foule : on n'aurait pu rêver signe plus sûr de la prospérité de l'Empire que l'énormité de cette récréation de fin d'après-midi. L'*hydraulus,* ou orgue à eau, fut mise en route et, dans l'instant, déversa ses tonnerres de grondements chthoniens, se fit voix de citoyens vulgaires et gâtés qui gesticulaient comme sous la vaste coiffe commune d'un ciel au bleu placide et sans défaut. Faiblement le fantôme de Virgile les appelait à la vertu collective alors que seule les intéressait la question de savoir pour quelle équipe avait déjà joué Curgil à moins que ce ne fût Purvil. Néron fit une moue de dédain, opina du bonnet et lança, tout fort mais sans que personne l'entendît :

— Tas de vauriens sans art ! Que savent-ils donc du tourment que c'est de forger de parfaits hendécasyllabes ?

Après quoi, il s'assit. Britannicus arriva en retard, un peu éméché aussi, à en juger sur sa mine. Néron fronça le sourcil, il eut, lui, un sourire rayonnant. Mais lorsque, ahuris, les Bretons commencèrent à manipuler des armes inconnues contre (au début) des adversaires professionnels qui ne s'en tenaient encore qu'aux agaceries, son sourire se fit beaucoup moins rayonnant : ces pâles Nordiques sans rien sur le dos lui inspiraient une espèce de souci de propriétaire. « Parodie ! l'entendit-on s'écrier. Ils se battaient bien, à leur manière. Et se battent encore honorablement après tout ce que nous leur avons fait subir de viols, de défaites et d'incendies. » Néron écouta tous ces propos qui sentaient la trahison avec grand plaisir. Il avait déjà vu ses Bretons frapper ici et là sans adresse, et se faire, en retour, hacher menu avec efficacité lorsque la clameur générale commença à exiger du sang avec plus d'insistance. Nues, des victimes qui gisaient dans le sable rouge, il n'en manquait pourtant pas. C'est alors que, tout couvert de taches de rousseur, le jeune de quatorze ans fut poussé dans l'arène et là, se mit à contempler sa dague avec l'étonnement du gamin qui, pour la première fois, tient un lézard dans sa main. Tibulus répondit sans s'émouvoir à l'accueil de la foule, ce qui signifie qu'il la regarda avec le même air, ou à peu près, que l'enfant avait pris pour étudier son arme. Présumant qu'il devait s'en servir contre le bonhomme qu'il avait devant lui, le jeune Breton la lui plongea dans le bras. Le filet de sang romain qui en coula déclencha un beau concert de récriminations patriotiques : sale petit fumier d'étranger ! même les moussaillons qui, dans ces saloperies de montagnes du Nord, savaient s'attaquer en traître à nos braves ! Tibulus regarda dégoutter ce sang rouge qui était le sien avec tout le franc intérêt qu'un Pline l'Ancien aurait pu mettre à décrire une procession de fourmis rouges et puis, terrible, fit tournoyer son épée dans les airs au grand ravissement de la foule. Le gamin, alors, exécuta ce qu'on prit pour une danse de guerre aussi barbare que répugnante et, acte qui attentait à toutes les règles du fair-play, après avoir tourné, encore et encore, en rond autour du courageux Romain, le piqua aux fesses non pas seulement une fois mais *deux* ! Surpris de ne pas entendre Britannicus aller à contre-courant de tout le monde, Néron regarda autour de lui et s'aperçut qu'il avait disparu. Tibulus, lui, resta un instant à contempler son jeune danseur en clignant les yeux et puis abattit son épée sur la dague de l'enfant. Qui parut heureux de s'en retrouver ainsi débarrassé mais, aussi, sembla se demander si, selon les règles de ce sport qu'il commençait vaguement à comprendre avec l'aide de la foule, il ne fallait pas, peut-être, aller la ramasser aux pieds de Tibulus où elle était tombée. Au lieu de cela, il décida de fuir à toutes jambes l'épée dont ce dernier le menaçait en l'agitant et faisant désagréablement briller au soleil. Mais non : à s'en tenir aux hurlements de rage de l'assistance, cela ne devait pas non plus faire partie des règles du jeu. En se sauvant, quand même, au plus vite, il trébucha sur le cadavre d'un Breton, en eut un accès de colère aussi larmoyant qu'impuissant et parut enfin prêt à l'ultime équarrissage : tel était, évident quoique mystérieux, le désir de la foule — mieux valait en terminer. Ce fut alors que Britannicus fit son entrée dans l'arène et arrêta le combat. Personne ne sachant qui il était, on tenta d'étouffer ce qu'il disait sous des cris. Et puis, à l'horrible étonnement de l'empereur, Britannicus se mit à chanter.

A chanter ! Il chantait ! Britannicus ouvrait le gosier et chantait ! D'une voix claire et audible, dans l'ensemble, celle d'un ténor apparemment accompli, il y alla de deux ou trois mesures d'un air qui, sans paroles, fit à la foule l'effet d'une trompette qu'on eût sonnée en haut d'un minaret. Tout le monde se tut, et entendit ce qui suit :

— Je m'appelle Britannicus et, oui ! suis le fils du divin Claude. Or donc, où est passée, je vous le demande, l'antique vertu romaine qui veut qu'on ait pitié de l'ennemi quand il est brave ? Les Bretons, je les ai combattus, aidai à les défaire et dis qu'il suffit. Qu'on n'aille pas, en plus, les humilier !

Et, comme Néron l'avait fait auparavant mais sous l'impulsion d'un tout autre sentiment, il serra l'enfant sur son cœur. Versatile, la foule hurla sa joie. La foule, on ne pouvait jamais s'y fier. Caligula, pensa Néron, avait eu bien raison de vouloir que le peuple romain n'eût qu'une gorge afin qu'il ait, lui, son empereur, la satisfaction de la lui trancher. Ceci, naturellement, à condition de s'acquitter d'abord du devoir d'en ouvrir de plus particulières.

Toutes les foules adorent vociférer — même lorsque, pas plus que le chien qui hurle à la mort, elles ne savent pourquoi elles crient. La foule juive, elle — celle qui se trouvait, là-bas, à Jérusalem, ou qui, par tronçons, s'était transférée jusqu'à un port de Césarée essentiellement gentil afin d'approcher au plus près de sa cellule —, continuait de hurler après Paul. Il y avait longtemps qu'elle avait oublié pourquoi. Peut-être même ne l'avait-elle jamais su. Il était plus que l'heure que le nouveau procurateur se fît personnellement une idée de la raison pour laquelle ce petit homme chauve ainsi enchaîné avait encouru le déplaisir des hautes et basses autorités et déterminât en quoi son affaire concernait le gouvernement de Rome.

C'est à peu près à cette époque qu'il eut la chance de recevoir une visite de courtoisie du roi Hérode Agrippa II et de sa sœur Bernice. Ce fils du monarque de Judée dont personne n'avait pleuré la mort savait en effet, disait-on, tout ce qu'il fallait connaître de la loi juive. Déjà maître d'une Chalcidique qui se trouvait entre le Liban et l'Anti-Liban, il avait repris les tétrarchies dont Caius Caligula avait fait présent à son père avant de l'élever à un trône plus important. Alors qu'il était encore consciencieux, Néron y avait, au début de son règne, ajouté quelques rognures de territoires autour du lac de Galilée et, en signe de gratitude, le petit roi avait alors changé le nom de sa capitale de « Caesarea Philippi » en « Neronias ». Bernice, ou, selon la forme originale, ou macédonienne de son nom, Bérénice, était une veuve jeune et jolie qu'on avait mariée à son oncle Hérode de Chalcis. Il y avait tellement d'unions avunculaires dans cette famille qu'il est étonnant que personne ne se soit élevé là contre et que, les Juifs se montrant si chatouilleux à toute atteinte aux conventions du mariage, ç'ait été un Sénat romain qui, lui, n'était pas particulièrement rigoureux sur la morale, avait poussé les hauts cris lorsque Claude s'était mis en tête d'épouser sa nièce — ceci, précisons-le, jusqu'au jour où ladite nièce avait fait taire ces hurlements en y allant d'un ou deux assassinats.

Jolie barbe bien propre et beaux vêtements noirs à fils d'or, le petit monarque prit donc place (avec sa sœur qui, elle, s'était fait récemment faire une beauté, et une coiffure, à Alexandrie) sur un petit trône qu'on avait installé sur le rostre du procurateur. L'affaire se déroulant par une belle journée de ciel bleu et de lumière dorée, Bernice avait plus souci de faire marcher ses petites oreilles fines pour analyser les chants d'oiseaux qui montaient autour d'eux que pour prêter attention au grec fort grinçant dont le procurateur allait se servir dans son exorde.

— Nous sommes ici assemblés afin d'une fois encore tenter de clarifier l'accusation portée par le peuple juif contre le citoyen Paul. Le droit romain n'étant opératoire que dans la sphère du séculier, il nous paraît juste qu'un monarque qui a grande expérience de la loi juive s'en vienne, gracieusement, aider le bras de Rome à trancher dans ces matières. Hérode Agrippa, voici ton homme.

Toujours dans ses chaînes, Paul inclina légèrement la tête dans la direction de Son Hébraïque Royauté.

— Les Juifs de Judée, reprit-il, m'ont fait représentation de ce qu'il devait cesser de vivre. Mais je n'ai, pour ma part, rien trouvé en lui qui mérite la mort. Il a enfin, de son côté, fait appel à l'empereur de Rome, requête dont le bénéfice lui a été accordé. Cela étant, voici ma question : que faut-il donc que je rapporte à Rome ? Peut-être allons-nous enfin réussir à le savoir. Que le prisonnier dise ce qu'il a à dire.

L'accusation exigea alors à grands cris qu'on présentât l'affaire en araméen étant donné, sans doute, que la situation n'avait pas été suffisamment éclaircie en un grec qui, après tout, n'était qu'une langue païenne. Mais Festus déclara aussitôt que bien le satisferait, pour sa part, que l'accusé rendît l'accusation aussi claire que la défense. Avec une éloquence que, répétition oblige, il avait eu tout le temps de peaufiner, Paul mit droit le cap sur un véritable océan d'autojustifications. Marcus Julius Tranquillus l'écouta avec soin mais, nonobstant son mariage avec une Juive, eut bientôt la tête qui tournait tant les propos de Paul avaient de subtilité orientale. L'accusation selon laquelle il aurait profané le Temple ne semblait plus avoir grande importance. Il était évident que les Juifs s'attaquaient à lui parce qu'il prêchait des doctrines hérétiques et que, non contents de cela, ils espéraient entraîner les Romains à leur suite en lui imputant certain désordre public dont, à rejeter la logique de ce qui, au fond, n'avait rien d'hérétique, ils étaient seuls responsables. Il lui sembla que Paul faisait, avec élégance, un historique fort concis de la nation juive, bien disait ses espoirs d'enfin avoir un sauveur et soulignait ainsi que ce n'était que parce que, tout en s'étant habitués à l'espoir, ils ne voulaient pas, au fond, qu'il se réalisât sous aucune forme, qu'ils s'obstinaient maintenant à rejeter ce qu'on leur offrait. Paul citant d'abondance, il fut vite manifeste que les noms d'Ezra, Néhémie, Jérémie, Ézéchiel, Daniel, Osée, Joël, Amos, Obadiah, Michée, Nahum, Habaquq, Sophanie, Haggaï et Zacharie n'étaient que bruits grossiers aux oreilles d'un Festus qui, l'œil fixe, avait, sans tarder, ressombré dans son sommeil d'intellectuel romain.

Alors, Paul conclut en ces termes :

— Ma mission je portai en Grèce et en Asie, au Juif tout comme au gentil. C'est pour cela qu'on s'empara de moi dans le Temple et qu'encore on essaya de me tuer. Mais, avec l'aide qui seulement vient de Dieu, ici je me tiens pour témoigner devant tous, grands et petits, et redire que jamais je ne fis plus que prêcher ce que Moïse et tous les autres prophètes avaient affirmé qu'un jour sûrement il se produirait : et c'est à savoir comment le Christ devrait souffrir pour que, par sa résurrection, la lumière fût enfin apportée au Juif et au gentil également.

Festus et Hérode Agrippa voulurent parler en même temps.

— Je te demande pardon...

— Non, c'est moi qui t'en prie...

— Non, moi, tout ce que je voulais dire, c'est qu'il est complètement fou. Trop ruminer rend malade.

Julius se sentit, à son corps défendant, plutôt d'accord avec lui : la vie était déjà assez compliquée comme ça sans qu'on y ajoutât Habaquq. Qu'il y ait suffisamment à boire et à manger, qu'on puisse de temps en temps passer l'après-midi au cirque, payer ses impôts, retenir quelques citations des grands auteurs avant d'enfin s'en aller rejoindre l'*una nox dormienda,* les Romains n'avaient d'autre désir que celui de simplifier l'existence à tout le monde.

— En ai vu plus d'un dans ce cas en mon temps, ajouta Festus en mentant.

Bonhomme, Paul lui répondit :

— Je ne suis pas fou et dis la vérité, en toute sobriété. Le roi ici présent est parfaitement au courant de toutes ces choses. Rien ne lui a été celé. Rien de ce qui s'est passé ne s'est fait dans le dos de personne. Comme si tu ne croyais pas aux prophètes, ô Roi Agrippa ! Je n'en dirai pas plus.

A quoi l'autre lui rétorqua :

— Sauf que si tu as raison et prêches l'accomplissement de la foi juive, je ne vois pas ce que les gentils viennent faire là-dedans.

Très astucieux, songea Julius.

— Voudrais-tu donc que la Bonne Parole soit mise en cage ? lui renvoya Paul. Souhaiterais-tu lui imposer des limites ? Dieu a quand même fait plus que les Juifs. Ne pourrait-on pas affirmer qu'il a fait même les Romains ?

Festus n'apprécia guère que sa propre race fût ainsi enveloppée dans le même torchon créatif que les peuples assujettis mais se contenta de grommeler que Paul était fou.

Agrippa adressa un sourire grimaçant à Paul et reprit :

— Tu as assez de persuasion pour me montrer la route bien que je n'entende point la suivre. Qu'à force de conviction tu te sois mis dans une situation bien particulière m'éclaire sur la façon dont tu t'y es pris pour en convaincre tant d'autres !

— C'est vrai. Ah ! que je voudrais, je le jure devant Dieu, que tous témoignent ainsi que je le fais, ici, debout devant vous ! Sans ces chaînes, bien sûr !

Il les agita. Julius se mit à rire et Festus se demanda ce qu'il avait.

— Moi, fit Agrippa, je dirais qu'effectivement ces chaînes devraient t'être ôtées. Si l'accusé avait la bonté de bien vouloir se retirer et se les faire enlever, peut-être le procurateur et moi-même pourrions-nous nous entretenir un instant là-dessus.

Paul fut donc emmené dans un grand cliquetis. Festus dit à Agrippa :

— Tout ça me semble passablement cinglé.

— Pas très romain, veux-tu dire ? Non, moi, ça me paraît assez sensé. L'ennui là-dedans, c'est qu'il n'a rien fait de mal. On peut le libérer.

— Et le laisser se faire tailler en pièces ? Joli début de mandat ! Un citoyen romain qu'on taille en pièces et moi, je me retrouve dans l'obligation de procéder à un petit massacre rien que pour calmer les tailleurs en pièces ? On ramène des troupes de Syrie ? Ah non, alors ! En plus, il y a le problème de son appel à César. Il est parti, notification en a été dûment enregistrée et je ne peux pas revenir là-dessus.

— C'est vrai que s'il n'avait pas fait appel, tu aurais très bien pu le reconduire jusqu'à un bateau en partance pour Corinthe ou ailleurs. Alors que là, tu es bien obligé de l'expédier à Rome. J'ai comme l'impression que c'est plus de Rome que de la justice de César qu'il a envie. Belle occasion de répandre sa doctrine dans la capitale impériale, tu ne trouves pas ? Aux frais du prince, cela s'entend. Ce bonhomme n'est pas idiot.

— Donc, à ton avis, il n'est pas fou ?

— Loin de là.

C'est alors que, sans qu'on s'y fût attendu, Bernice prit la parole. Elle avait une voix agréablement basse et, résonances qu'elle avait appris à y mettre aussi bien que contenu de ce qu'elle déclara, sut rappeler à son frère que cette école d'Alexandrie qu'elle avait fréquentée était des meilleures.

— Et à Rome, bien sûr, dit-elle, ce serait une *religio licita* qu'il prêcherait.

— Une *quoi* ? s'écria Festus comme s'il ne savait pas le latin.

— La Loi nazaréenne n'est pas, que je sache, interdite sur le territoire romain. C'est Gallio qui en a établi le précédent.

— Qui c'est, ou était, ce Gallio ?

— Allons, Procurateur, le reprit Hérode Agrippa, c'est le frère du tuteur et rédacteur des discours de l'empereur en personne ! Tu sais bien... Sénèque.

— Des Espagnols, c'est ça ?

Il n'ignorait pas que Sénèque en fût un et donc... il s'ensuivait que...

— Ma sœur a raison, poursuivit Agrippa. Évidemment, les prêtres n'accepteront jamais ce précédent et ça, Paul le sait. Ce qu'il cherche, c'est que l'empereur confirme cet état de choses. Dans ce cas, le Sanhédrin grommellera sans doute beaucoup mais devra y réfléchir à deux fois avant de jeter des pierres à tout le monde. J'ai même dans l'idée que Paul pourrait très bien arriver à ses fins : Rome ne déteste pas s'enthousiasmer pour les choses nouvelles. Quoi qu'il en soit, mon conseil est le suivant : mets-le dès que possible sur le premier bateau qui quittera le port. Sous escorte militaire, s'entend. Ne pas oublier que c'est toujours en prisonnier qu'il convient de le traiter. Une fois cette tâche accomplie, tu ne seras plus responsable de son sort. C'est à Rome qu'il appartiendra.

Ce qui semblait sous-entendre que, lui, Porcius Festus, n'était pas Rome. Il n'en manqua pas pour autant le point essentiel de tout ce discours : c'était de la *vraie* Rome qu'il s'agissait.

Tigellinus, ainsi que Néron l'avait découvert, était un homme entier, voire un peu brutal, mais non dénué d'une certaine philosophie. Un jour qu'il écoutait son maître impérial lui exposer la conception de l'art que lui avait enseignée un Caius Pétrone qui se trouvait toujours en Grèce, il ne put s'empêcher de grogner et en hochant la tête — ce qui ne signifiait pas qu'il y acquiesçât —, il lui renvoya :

— Je vois... une image de la réalité, *et cætera, et cætera...* mais qu'as-tu besoin d'une pareille image alors que, pour ainsi dire, la réalité, c'est toi ?

— Je ne saisis pas très bien ce que...

— Oh allons, César ! L'art, c'est pour les impuissants. Rêver de manipuler les gens, c'est rêver de pouvoir. Or moi je dis : pourquoi rêver alors qu'il est plus satisfaisant de rester éveillé ? La réalité, c'est la *potestas.*

— Bien sûr, mais la *potestas* de créer la *pulchritudo.*

— Sauf que cette *pulchritudo,* comme tu l'appelles, réside tout entière dans la *potestas.* Il n'y a pas à en sortir.

— Étrange, vraiment. C'est exactement ce que me répétait ma mère.

— Dans l'un de tes rêves, César ?

— Ne méprise pas les rêves, Tigellinus. C'est un moyen formidable de faire le point, de préciser les choses, de voir ce qu'on pense vraiment sans le savoir. Des cauchemars où il y avait ma mère, j'en ai eu des tas. Il faut croire que je ne fus pas un aussi bon fils que ça. Toujours est-il que voici ce qu'il m'arriva l'autre jour seulement, juste avant mon réveil : ma mère se tenait debout devant moi et, aussi belle que jamais — elle l'était même lorsqu'elle me harcelait de ses plaintes —, elle me disait en souriant :

« Tout est juste lorsqu'on agit pour la *potestas*. Telle est la leçon que je t'ai inculquée, mon fils, celle dont je devins le *martus*. »

— Dont je devins le quoi ?

— Je crois qu'elle voulait dire le témoin. C'est un mot grec. Alors je me réveillai, me sentis très bien et songeai que je n'étais plus un mauvais fils.

Il sourit d'un air satisfait et se radossa contre ses coussins. Ils étaient assis ensemble dans une loggia où venait mourir la lumière du jour et sirotaient une boisson que Tigellinus avait importée de l'étranger. Vin rehaussé d'herbes amères, ce mélange alcoolisé aiguisait l'appétit.

Tigellinus lui répondit :

— Il va falloir que tu fasses un peu le ménage dans ta vie.

— Tu veux dire... moralement ? On dirait du Sénèque.

— Non, non, non ! Comme si le règne du dernier empereur ne pesait pas encore trop ! Ça sent toujours le renfermé ici. Et non : ce n'est pas non plus de Sénèque que je parle. Enfin... pas encore.

— Veux-tu nous inviter à dîner, Tigellinus ?

— Nous ?

— Oh ! moi, l'impératrice et... oui, Sénèque... et, bien sûr, mon beau-frère. Peut-être qu'on pourrait le convaincre de nous chanter quelque chose, ajouta-t-il avec amertume.

— Tel le cygne, lui renvoya Tigellinus.

Il ne s'agissait pas d'une question. Il reprit :

— Mais naturellement, César. J'en serai très honoré. On fait ça à la villa ?

— C'est-à-dire que... pas un seul d'entre eux ne pourrait supporter la puanteur de Suburra. Tu la connais, toi, cette Locuste ?

— J'en aurai fait la connaissance avant le début du repas.

La villa en question était, ainsi que Néron s'y était attendu, d'une opulence un peu vulgaire : Tigellinus s'était fait tout seul et le montrait. Le festin fut, heureusement, servi loin de tous les ornements qui s'y empilaient dans une cour pavée, au bord de la *piscina*. Sur la table, qu'on avait encombrée de fleurs au parfum lourdement suave, se trouvait une vraie *piscina,* ou aquarium, où évoluaient de petits poissons. Tigellinus avait servi son apéritif amer mais seul son invité d'honneur était soûl. Il devina sans mal combien en lui l'artiste était faible : il lui avait fallu se griser pour être en mesure d'affronter la suite. Hôte de la soirée, Tigellinus avait toute latitude de babiller et ne s'en priva pas :

— Apportés d'Ostie ce matin par bateau plat, ces poissons ! En ai surveillé la cuisson moi-même. Et là, tu vois, d'autres qui, eux, sont vivants. Ah ! comme il est agréable de les sentir descendre crus et frétillants dans son gosier ! Sais-tu qu'ils te mordillent encore en s'y enfonçant ? Mais... César ne voudrait-il pas s'essayer à ce plaisir douloureux ?

— Essaie donc d'abord sur le vieux Sénèque ! Parce que, lui, des plaisirs, il en a vraiment besoin ! Toute cette longue vie qu'on a menée sans en avoir !

— J'en doute, César ! ricana Tigellinus.

Sénèque ne se sentait pas spécialement mal à l'aise quoiqu'il ne mangeât guère. Son stoïcisme lui servit bien. Le sommelier apporta du vin. Qui fumait.

Néron lança :

— Ainsi donc notre hôte s'est-il, avec grande délicatesse, souvenu qu'au cours de sa campagne britannique, le seigneur Britannicus fut un jour initié aux douceurs du vin chaud ? Goûte-moi un peu ça. Et toi aussi, espèce de vieux poisson froid de Sénèque que tu es.

— Les poissons froids, César, préfèrent toujours l'eau froide.

— Ah ! Très astucieux ! Mais l'eau est une boisson dangereuse. Goûte-moi donc cette délicieuse tisane chaude, Britannicus. Aux herbes rares. Allons, la nuit est fraîche. Ah ! mais je vois bien ton dilemme ! Ce que je puis être insultant ! Il a peur que l'empereur ait envie de l'empoisonner, comprends-tu, Tigellinus ? Mais Tigellinus, lui, n'a pas ce genre de peur, pas ? Regarde !

Et leur hôte, en effet, en avala quelques gorgées.

— Tu vois ? Inoffensif... parfaitement sain. Mais peut-être préfères-tu attendre encore un peu, cher Britannicus. Et si notre ami Tigellinus avait quelque chose d'un Socrate ! C'est vrai qu'il est des poisons qui sont lents à agir. — Et, sans changer de ton, il ajouta : Octavie, tu me trompes.

Il y eut de l'émoi. L'impératrice bafouilla :

— Je demande pardon à l'empereur ?

— Ça, tu as bien raison de le lui demander ! Pas que tu l'obtiendrais, remarque. Non mais ! Rester cloîtrée tout le jour avec le vieux Sénèque à faire semblant d'étudier la philosophie ! Grattez la peau du stoïcien et le vieux cochon ne tarde pas à se montrer par en dessous, pas vrai, Tigellinus ?

— Voilà une plaisanterie de très mauvais goût, César, lui renvoya Sénèque.

— De très mauvais goût ? On dirait un jugement esthétique ! Allons, Sénèque ! laisse donc ce genre d'opinion à l'artiste ! A des gens comme ton seigneur et maître. *Artifex, artifex.* Bon, bon, Octavie : je sais bien que tu ne toucherais même pas au vieux Sénèque avec un strigile de dix pieds de long ! Cela étant, le sang chaud appelle le sang chaud. Je le confondrai bien un jour, n'en aie crainte.

— Bbbbbritannicus, bégaya Octavie, aie au moins le coucoucourage de pppprotéger ta sœur !

— Oh ! mais c'est que ça serait dangereux, n'est-ce pas ? ricana Néron. Qui sait si cela n'offenserait point l'empereur ! Oui, ce bon et brave empereur qui a eu la gentillesse de convaincre notre hôte, et voyez comme il est aimable ! de préparer un peu de vin chaud épicé pour le vainqueur de tous les Bretons. Allez ! Goûte ! Notre hôte l'a déjà fait et toujours sourit sans dommage.

La rage lui faisant trembler les avant-bras, Britannicus obéit.

— Trop chaud, déclara-t-il.

— Rien de plus facile. Allons ! Quelqu'un ! Qu'on y ajoute de l'eau froide !

Tigellinus fut prompt à s'exécuter et lui en versa d'un pichet bleu posé près de son assiette. Britannicus but plus copieusement, quoique sans grand plaisir.

Tigellinus dit alors :

— Parce que tu n'as ni chaleur ni froideur mais seulement es tiède, tu seras vomi de ma propre bouche.

— Voilà qui n'est pas mal tourné ! s'écria Néron. Oui, c'est même très bien. Et qui est-ce qui a inventé ça ?

— On attribue le mot à l'intuable Chrestus. Celui-là même autour duquel fleurit aujourd'hui certain culte d'inspiration cannibale. Parce que... c'est qu'ils s'entre-dévorent, tu sais ? Et encore se lutinent les uns les autres sans se soucier de ce qui est droit du mariage. La sœur avec le frère, la mère avec le fils, le père avec la fille...

— J'ai bien peur qu'il ne s'agisse là que d'une calomnie, l'interrompit Sénèque. Mes sources me disent autre chose.

— Comme si tu ne disais pas toujours autre chose, hein ? se moqua Néron. Pas vrai, vieille gousse de Séné ? Pourquoi faut-il donc que chaque fois que quelque chose a l'air aussi modérément intéressant que, tiens, disons, ces histoires de Chrestus, tu viennes, toi, y jeter de l'eau froide par-dessus ?

Britannicus rota.

— Mais que se passe-t-il, ô toi, doux chanteur et amant de petits Bretons ? lui demanda Néron. Un petit poisson vivant serait-il en train de te mordiller la grappe ? Mais dieux du ciel, c'est qu'on n'a pas l'air d'aller bien !

Car, de fait, Britannicus avait essayé de parler mais n'y était pas arrivé. Tenta de respirer mais en fut incapable. Fit effort pour se lever, mais.

Tigellinus dit alors :

— Un peu d'eau froide peut-être ?

— Trop tard. S'est étranglé sur une arête. Quel dommage. Pas un bien grand chanteur mais... quel beau soldat !

Mains qui battaient l'air pour dire leur vain souci, Octavie et Sénèque descendirent de leurs couches. Britannicus suffoqua tel le bar échoué sur la grève. Cessa de suffoquer.

— Asseyez-vous ! Tous les deux ! Allons, Sénèque ! Et moi qui croyais que les stoïciens prenaient toujours ce genre de chose dans la foulée ! Le *vomiturium,* c'est à gauche... enfin, je crois.

Octavie titubait déjà ici et là, à l'aveuglette. Tigellinus observa Néron avec attention, sans pour autant cesser de garder ses distances. Il fit claquer ses doigts afin qu'un serviteur débarrasse les assiettes, et que quatre autres encore emportent le corps. Néron, songea-t-il, jouait assez bien le rôle du monstre sans aucune morale. Néanmoins, il n'avait pas, vraiment, l'étoffe d'un meurtrier. Il ne dormirait pas bien cette nuit-là. Il aurait des cauchemars. L'hystérie de l'artiste certes, mais sans le talent. Mais lui, Tigellinus, il veillerait sur lui.

A Césarée, le vent était joli. Déjà les voiles faisaient le gros ventre. En fait de navire, il s'agissait plutôt d'un vaisseau côtier parti d'Adramyttium, non loin de l'île de Lesbos. Assez spacieux mais qui aurait eu besoin d'un petit coup de peinture — plus : certains cordages élimés. Des grues grincèrent : on hissait des ballots à bord.

— Tu verras Rome plus vite que tu ne le croyais, dit Porcius Festus.

— Je la verrais encore plus tôt si nous attendions un bateau qui y aille directement.

Yeux qui n'étaient plus que fentes contre l'éclat du soleil, le procurateur regarda la foule. Il ne fallait pas moins de toute la garnison pour la contenir.

— Un bateau t'attendra à Sidon. Ou à Chypre. A moins que ce ne soit à Myra.

Le propriétaire et capitaine du bateau enguirlanda deux nouvelles recrues dans un obscur dialecte grec et flanqua un marron au mousse.

— Il faut absolument qu'on le sorte de là. J'en ai marre de me faire jeter des pierres ! Sans même parler de ces railleries : la prétendue amitié des Romains pour les hérétiques ! Et c'est quoi, d'abord, les hérétiques ? Si j'arrivais seulement à savoir de quoi il retourne ! Mais peut-être que j'y comprends rien. Quoi qu'il en soit, tout ça, c'est... enfin... c'est sale — c'est pas romain. T'as mis ta lettre en sécurité ?

Marcus Julius tranquillus se tapota la poitrine.

— Merci de me l'avoir écrite. Évidemment, avec l'épouse juive que tu as, tu comprends tout ça un peu mieux que moi. Bah ! ta femme, tu seras au lit avec elle dans pas longtemps. Enfin, pas trop vite quand même, j'espère.

Plus affable avec son premier centurion. Savait qu'il en était enfin débarrassé. L'avait, après autorisation reçue de Syrie, transféré au corps des courriers ou *frumentarii.* Mais toujours commandant de troupe, et donc encore responsable des prisonniers.

Paul était déjà dans la cale. Luc l'accompagnait, prenait grand plaisir à jouer ses esclaves personnels. Histoire de marquer certaine différence. D'autres prisonniers, il y en avait. De la racaille mais tous citoyens romains : un soldat éméché qui avait attaqué son décurion, un déserteur qu'on avait repris, un assassin des bords du Tibre qui s'était enfui en Syrie mais qu'on avait pincé à Damas. Paul avait fait appel à la justice de César. Il n'avait donc rien d'un prisonnier. Mais de là à espérer que les soldats feraient la distinction une fois à bord ! Lui offrir un esclave qui dirait oui maître non maître, voilà qui peut-être leur ferait entrer dans le crâne et... qu'il était épais !, qu'il y avait là un *gentleman* chauve et à nez crochu. Quelques tuniques neuves étaient arrivées de Néronias : un cadeau de Bernice. Il n'était pas rare que le bonhomme fît forte impression sur les femmes de la haute société. L'officier responsable — il s'était présenté sous le nom de

Julius, tout simplement — leur avait, à ce Paul et à ce Luc, alloué une cabine à deux couchettes juste à côté de celle que, privilège de son rang oblige, il était seul à occuper. Il s'était même, déférence inouïe mais qu'il avait entièrement expliquée, excusé auprès dudit Paul de ce que, peut-être, la traversée serait longuette.

— J'ai bien peur qu'on ne fasse un grand détour : Rome via l'Asie Mineure !

— Une folle traversée pour un homme qui est fou, bah ! Et puis non : le bonhomme n'est pas si fou que ça, et la traversée non plus. Le procurateur avait l'air très pressé de me chasser, mais pas trop de me voir arriver à Rome ! Les relations d'un procurateur avec sa capitale devraient toujours être des plus simples : on y rapporte le fruit des impôts à l'heure et c'est tout. Alors que là, il va lui falloir entrer en contact avec la justice. Je crains fort de lui créer bien des soucis. M'est avis qu'il ne lui déplairait pas de nous voir faire naufrage quelque part.

— La saison des naufrages, lui répondit Julius en souriant, nous allons y filer droit dessus et toutes voiles dehors !

Paul lui renvoya son sourire. Des mouettes croarcassèrent. Paul lui demanda :

— Dis-moi, *toi,* est-ce que tu comprends la situation dans laquelle je me trouve ? Est-ce que tu comprends, *toi,* quoi que ce soit à ce que je prêche, enseigne et fais ? Parce qu'il est clair que ton officier supérieur n'y entend rien du tout.

— J'ai un avantage sur lui : ma femme est juive. Et d'ailleurs, mon beau-frère prétend même t'avoir connu. Vous auriez étudié ensemble. A cette époque-là, on t'appelait Saül.

— Et c'est qui, ton beau-frère ?

— Caleb. Lorsqu'il se sent d'humeur révolutionnaire, il se donne même du Caleb le Zélote.

— Ah oui ! je me souviens. Mais que peut donc faire un zélote à Rome ?

— Finies, les menées révolutionnaires !... « Pour le moment, en tout cas », dit-il. Marié, un fils. Entraîne des lutteurs et des gladiateurs. J'attends vos retrouvailles avec impatience.

— Des retrouvailles, j'en attends bien d'autres avec impatience. Y compris une à Sidon — si du moins tu me donnes la permission d'aller à terre. Assez ironique. C'est moi qui persécutai ces nazaréens grecs de Jérusalem dont certains s'enfuirent pour aller fonder une Église à Sidon. Ce qui fait que, dans un certain sens, cette Église, c'est moi qui l'ai fondée. Les voies de Dieu. Tu ne me trouves pas fou de dire *de Dieu* au lieu de *des dieux ?*

— Sara le dit aussi.

— Sara ? Ah oui ! la sœur de Caleb. Je n'arrive plus à me souvenir de leurs parents. Mais je n'ai pas oublié un de leurs oncles. Le douzième des disciples.

— Matthias. On mentionne encore parfois son nom.

— Et il y avait aussi une deuxième fille...

— Ruth. Son nom vit encore dans celui de notre fille. Ruth est morte. Oh ! pourquoi te cacher ce qui lui est arrivé ? Ruth s'est fait massacrer. Rome était vicieuse sous le règne de Caius.

— Et sous celui du nouvel empereur ? Celui dont j'exige la justice ?

— Trop tôt pour le dire. Il est jeune. Mais il a Sénèque pour le garder dans le droit chemin.

— Sénèque ? Ah oui.

Sénèque ? Ah oui. Néron était devant son petit déjeuner (et déjà gris) lorsque, enfin, Sénèque réussit à obtenir de lui un entretien qu'il sollicitait depuis longtemps. Tigellinus s'était installé en retrait de la table impériale. On lui en avait octroyé une plus petite mais cela convenait bien à un repas qui, lui aussi, était moins important. Cela étant, les plats ne manquaient pas : écrevisses mijotées au safran, œufs de pluviers cuits durs, un morceau de bœuf braisé, froid, en croûte, de l'eau froide, à laquelle il ne toucha pas, et du vin chaud, dont, par contre, il but.

— Je préférerais t'adresser ma requête en privé, César.

— Il n'y a pas de cachotteries à faire devant le chef de la Garde.

— Je ne... je ne comprends pas.

Sauf que si : il comprenait.

— Il faut savoir que de manière assez inexplicable, le préfet Burrus a disparu. Que j'ai donc eu besoin de quelqu'un pour le remplacer. Et que pour remplir ce poste, qui mieux que... ?

— Qu'un poissonnier ? Je vois.

Tigellinus n'en prit pas ombrage et, même, grimaça d'aise.

— Et quand tu dis que Burrus a disparu, cela signifie...

— Cela signifie que Burrus n'était pas bien. Que Burrus n'était pas heureux. Que Burrus était insatisfait. Que Burrus n'était pas des plus efficaces dans son travail. Et... ne t'en va pas dire du mal des marchands de poisson, Sénèque. Ils savent au moins vendre du poisson, eux. Alors que toi et Burrus, ce que vous avez essayé de vendre, personne n'en a voulu. En tout cas, pas ici.

— Ma requête tombera donc fort à propos. Je me fais vieux. J'ai des livres à écrire... des idées que je voudrais approfondir. J'ai besoin de faire retraite.

— Et cela se passerait dans l'un de tes innombrables domaines ? Mais lequel, Sénèque ? Dis, Tigellinus, regarde un peu : cet œuf n'est pas assez cuit.

— Je ne doute pas d'avoir accumulé plus de biens que peut-être il ne sied à... à un stoïcien. Si je suis très obligé à César de tous ses présents, j'aimerais bien, maintenant, les lui retourner.

— Ainsi donc, voici qu'enfin tu te décides à être vraiment stoïcien ? Tu avais raison, Tigellinus. De sacrés hypocrites, tous autant qu'ils sont ! On prêche les vertus de la vie simple et, pendant ce temps-là, on remplit ses armoires d'or, d'argent et de titres. Non, je ne crois pas, moi, avoir envie de te laisser partir, Sénèque, très cher Sénèque. Tu m'écris de trop beaux discours. Ça impressionne toujours le Sénat.

— Oui, César, tu as raison de parler d'hypocrisie.

— Or donc (en suçant un os à moelle), que veux-tu dire (en soufflant dedans et y produisant un son rauque), exactement, par là ?

— Je découvre que la politique et la morale n'ont pas grand-chose à voir. Je te supplie de me laisser aller. Je ne saurais nettoyer l'Empire. Non, pas seulement avec des mots. Mais faire quelque chose pour moi, oui, je le peux.

— Le laissera-t-on filer, Tigellinus ?

— Il ne serait peut-être pas inutile que César sache où il a, et précisément, l'intention de se rendre, lui répondit-il. Il ne faudrait quand même pas qu'un homme aussi plein de talents que Sénèque s'en aille lui aussi disparaître... comme Burrus.

— Ce qui fait que tu resteras à Rome, Sénèque... à Rome ou dans ses environs immédiats. Il se pourrait bien que je fasse appel à toi pour m'écrire encore un discours de temps en temps. Et, bien sûr, il me serait tout à fait agréable de t'entendre dire quelques mots à l'occasion de mon prochain mariage. Disons... quelque chose sur les vertus de l'amour conjugal et la gloire que c'est pour l'épouse que de toujours demeurer fidèle à son mari.

— Ton prochain mariage ? Je ne comprends pas.

— Décidément, Sénèque, tu ne m'as pas l'air de comprendre grand-chose ! Pour un philosophe, tu me sembles avoir assez peu d'intelligence du vrai monde. Quant à ta protégée, l'impératrice Octavie, elle n'a pas, elle non plus, appris grand-chose de ce qu'est la vertu malgré toutes tes leçons de morale. Or, l'adultère est et sera toujours un crime. Et lorsque c'est l'empereur que l'on cocufie, cela devient même un crime de haute trahison. Auquel, bien sûr, il n'est qu'une seule réponse.

— Tu veux dire, fit Sénèque atterré, que tu te proposes d'épouser cette... mais je croyais... enfin, je pensais...

— Alors, crache-la, bonhomme, ta phrase ! Tu es encore pire que ce pitre de Claude ! Non ! Non, pas Actè — et pourtant, elle était bien délectable. Non, Actè, c'est fini. Une dame, Maître. Oui, l'empereur s'en va épouser une dame.

Sur quoi, pour conclure, il rota :

— Allez, c'est bon. File.

Ils firent voile vers le nord, en serrant la côte de près, jusqu'à l'ancienne capitale phénicienne de Sidon : soixante-dix milles de mer calme. Là, deux balles de blé de Galilée furent déchargées. Dans le gréement, quelques cordages durent être réparés. Paul et Luc reçurent l'autorisation d'aller à terre en se faisant accompagner par Julius. Deux ports s'ouvrant devant eux, ils jetèrent brièvement l'ancre dans celui dit de Leucippe. Ce fut sous un véritable sanhédrin de mouettes hurlantes que les membres de l'Église locale se rassemblèrent pour accueillir Paul. La tâche d'annoncer son arrivée avait été confiée à Luc. Croyant que Paul était mort depuis longtemps, certains des chrétiens de Sidon lui palpèrent les membres comme on l'eût fait au marché aux viandes. Il y eut aussi des enlacements pleins de larmes que les soldats du rang installés au couronnement de la poupe prirent en mauvaise part : personne n'ignorait que les chrétiens fussent tous cannibales et pervers.

Alors Paul leur dit les paroles urgentes qu'il avait déjà dictées à Luc avant de quitter la cabine :

— De vous l'Esprit Saint fait présentement les gardiens, ou évêques, d'un troupeau que toujours menacent les loups. Ce troupeau, cette Église, il l'acheta de son sang, celui-là même qui, en conjonction avec le Père, encore nourrit cet Esprit afin qu'il vous guide. Je sais que déjà l'ennemi s'est mis au travail, que déjà il essaie d'attirer les sectateurs du Christ sur les voies de la lascivité et des mauvaises habitudes, qu'encore il aimerait les voir cracher sur ce qu'autrefois ils révéraient. Or donc, travaillez dur, aidez le faible, donnez de votre force et de votre amour, et jamais n'oubliez qu'il est plus béni de donner que de recevoir.

Après quoi, il fallut retourner à bord. Mais, alors qu'il était en train de marcher derrière Julius, Paul soudain se retourna et aux fidèles encore assemblés cria des mots que, semblait-il, il n'avait pas préparés.

— Je sais comment c'est. Vous vous dites que le sang du Christ vous a à jamais rachetés de vos péchés et que vous êtes donc libres de faire le mal sans avoir peur qu'on vous le reproche ou vous en châtie. Sachez que cette rançon du Christ ne vaut que de manière rétrospective. Si vous vous croyez à part, justement à l'écart des sanctions de Rome et de la loi juive, si vous pensez avoir le droit de coucher avec qui bon vous semble et de manger des ordures si tel est votre bon plaisir, eh bien, sachez que vous ne le pouvez point. La lumière qui vous est venue, les autres ne l'ont pas vue et c'est cela même qui vous oblige à certaine responsabilité dont ces mêmes autres n'ont que faire. Je ne reviendrai plus ici et ma voix, vous ne l'entendrez plus que sous la forme fantomatique des lettres que je vous écrirai. Cela étant, n'oubliez pas ce que j'exige de vous, ce que le Christ exige de vous, et c'est à savoir : la pureté, la pureté et encore la pureté.

— Il est l'heure de rembarquer, dit Julius en s'excusant.

— Très bien. J'ai dit ce que j'avais à dire.

Certains des soldats postés au couronnement de la poupe s'étaient déjà mis à composer une chansonnette sur la pureté : il était clair que le mot avait porté. Paul leur fit un sourire mais ses yeux brûlaient de colère. Julius eut l'impression que c'était à lui-même qu'il s'en prenait : le travail n'avait pas été bien fait, sa mission n'avait pas été comprise et cette traversée tournait au long voyage qui précède l'intuition qu'on va à l'échec. Il n'arriva pourtant pas à en être sûr.

Ils voguèrent à l'est et puis au nord de Chypre. Comme c'était l'été et que les vents dominants soufflaient de l'ouest ils restèrent délibéré ment sous celui de l'île. Paul alla s'allonger sur sa couchette et, mains jointes sous la nuque, posa la tête sur un oreiller en paille crasseux. Luc, lui, s'assit sur le rebord de sa couchette, le contempla. Rien à dicter ? Non, rien. Comment va le ventre ? Pas trop mal. Sur le pont, des soldats jouaient à essayer d'encercler des chevilles avec des anneaux en corde. La porte de la cabine était ouverte pour qu'on eût un peu de brise, leurs cris grossiers résonnaient fort. *Pone in culum. Filii scortorum.* Luc sortit, découvrit que, sous le vent d'ouest, on se laissait dériver vers les côtes de l'Asie. Il ne faudrait plus, pour y arriver, que lentement remonter vers le nord, serrer la terre au plus près, jeter l'ancre dans de petits bras de mer lorsque le vent n'aurait plus raison des courants côtiers et des brises légères montant du continent. Le voyage serait long, sans célérité aucune. En toute justice Paul aurait dû quitter sa couchette pour aller prêcher la Bonne Parole aux soldats ou à ces vrais prisonniers qui, eux, étaient enchaînés dans les ténèbres de l'entrepont. Mais il semblait que Dieu eût été enfermé à l'intérieur des terres, ne fût plus que faible voix tout là-haut dans le gréement, qu'esclave des vents et des marées, Il eût succombé à l'horreur de la mer qu'Il avait créée. Qu'avait donc à faire de la vertu, de la rédemption et de l'étrange doctrine de l'hypostase le Dieu qui, seul, avait joint ensemble toutes les pièces de l'univers ?

Hormis ceux qui étaient enchaînés, tous se retrouvèrent sur le pont pour voir le port de Myra danser doucement dans leur direction. C'était là qu'on devait changer de bateau.

— Là ! dit Julius en en montrant un du doigt, c'est celui-là que nous prendrons ! Un transport de blé.

— En provenance d'Alexandrie, précisa Paul qui avait décidé de ne plus jouer que les voyageurs avertis.

En dehors du capitaine et propriétaire du bateau, personne à bord n'avait voyagé autant que lui.

— Ils font tous escale à Myra, reprit-il. Cap au nord. La baie est accueillante.

Le bateau dansa vers Myra qui dansait, ne fut pas entouré par toutes les embarcations de misère qui, croulant sous les fruits, les petites idoles et les babioles aux couleurs criardes, jeune garçon qui rame et vendeurs qui hurlent, se pressaient déjà autour du transport de blé. Visage chastement voilé, des prostituées remontèrent leurs jupes d'un air langoureux pour aguicher les soldats qui se moquaient. La coupée fut abaissée. Clignant douloureusement les yeux, les prisonniers aux fers remontèrent à la lumière. Il faisait une chaleur d'étuve ; des brises esclaves agitaient des serviettes froides. Bras d'honneur aux putains et grands cris en mauvais araméen, les soldats enfilèrent leur barda sur leurs épaules et, dos rond, gagnèrent la terre. Des passagers en robes qui jusque-là étaient demeurés anonymes sur le pont des équipages enfournèrent des marchandises non moins anonymes dans des sacs et, là-bas, au loin, firent des signes à des grappes de gens venus les accueillir près des hangars. Patients, Paul et Luc restèrent debout à côté de balles qu'on chargeait, sous l'œil d'un soldat qui crachait des noyaux de dattes comme des gros mots. Marcus Julius Tranquillus tendit de l'argent au capitaine-propriétaire du bateau qui, aussitôt, leva les bras au ciel en hurlant que les Romains étaient trop durs en affaires : Marcus Julius Tranquillus se mit à chercher le commandant du transport de blé. Déjà on en hissait des sacs à l'aide d'un palan

— Attention ! s'écria Luc au moment où l'un d'eux s'étant ouvert, tout son contenu se vidait sur le quai.

Paul l'évita. Jaunâtre et très finement granuleux, ce blé semblait d'une espèce passablement inconnue. Luc en laissa couler un peu entre ses doigts.

— Du sable ? fit-il.

— Du sable pour Rome, lui cria le bosco, tu me crois si tu veux. Ce monde est vraiment fou.

Deux lutteurs se battaient et, en se battant, expédiaient du sable dans les airs. L'un d'entre eux n'était autre que Caleb : encore bien musclé mais trop lourd à la taille. La foule graillonnait de la saucisse et puis rugissait et huait. Tout Rome était là, comme toujours à ne rien faire. Le blé venait d'Égypte et le sable de Myra. Le monde entier lui payait tribut et donnait tout loisir de voir couler un sang qui valait encore moins que le sable sur lequel il se répandait. Ce n'était d'ailleurs pas qu'on eût été en train d'en faire couler en ce moment. Il ne s'agissait que d'un simple interlude : l'empereur avait voulu assister à des joutes entre Juifs. Bah ! il en avait un devant lui : plus tout à fait à la hauteur certes, mais... Son adversaire, qu'il avait entraîné lui-même, était un Sicilien qui savait quand ne pas y aller trop fort : Caleb concéderait sa défaite dès qu'il se sentirait fatigué.

L'empereur mâchonnait des dattes en en recrachant les noyaux d'un air irrité. Debout derrière lui, Tigellinus ; en grand uniforme. Sa nouvelle épouse — dont le mari avait été banni en Lusitanie — s'était assise à ses côtés. Je m'aperçois que je n'ai pas encore décrit une seule femme laide dans toute cette chronique. Rien que pour varier un peu, je n'hésiterais certes pas à faire de Sabina Poppée un laideron si je le pouvais mais voilà : c'est impossible. Elle était en effet de la race, tout en ivoires et noirs de jais, des Messaline et Agrippine. Visage et corps d'une perfection qui rendrait assommante la moindre description, elle avait en plus, et ce au contraire des deux autres, beaucoup de bonté. Et encore était intelligente, quoique en des domaines qui n'avaient rien à voir avec l'intrigue. Elle lisait les poètes et les philosophes. Elle avait même lu la Septante. Néron fit la grimace devant les efforts de Caleb.

— Trop vieux, dit-il. Je préfère les corps jeunes.

— Cet homme-là, lui répondit Poppée, s'est pourtant fait une belle réputation : un jour il étrangla presque feu notre cher Caius Caligula. Au cours d'une rencontre un peu dans ce genre. C'était Caligula qui l'avait défié. Les Juifs se battent bien quand il le faut.

— Tu les admires, les Juifs, n'est-ce pas ? Un peuple intransigeant. Encore des émeutes rien que la semaine dernière. A l'extérieur de leur — c'est quoi déjà ?

— De leur synagogue.

— Encore des histoires avec ces gens qui adorent Chrestus. Je trouve d'ailleurs que l'idée de Claude était raisonnable. C'est même une des rares bonnes idées qu'il ait jamais eues : les flanquer dehors. Ils sont pénibles. Ils crachent sur les dieux de Rome. Ce qui est une autre manière de cracher sur César.

— Les Juifs que je connais sont tout à fait respectables et intelligents. Ils lisent des livres au lieu d'aller traîner à des jeux qu'ils ne considèrent que comme sanglantes puérilités.

— Non ! Vraiment ? Ils sont aussi un peu trop riches. M'est avis que le responsable du Trésor impérial devrait leur coller quelques dettes. Ah ! voilà qui est bien joué !

Ce qui voulait dire que le pseudo-Juif avait coincé le vrai à l'aide d'une clé au bras des plus douloureuses. Le vrai Juif martela le sable pour lui signifier qu'il lui concédait la victoire. Ils se relevèrent, firent la révérence et filèrent vivement de peur qu'histoire de faire diversion, l'empereur n'ordonnât de trancher la gorge au vaincu.

— Et après, qu'est-ce qu'il y a ? demanda Néron à Tigellinus.

— Les éléphants, César.

— Ah ! les éléphants ! « Fier que ses pachydermes obstruent les cols périlleux... » Extrait d'un poème que jadis je commençai à écrire sur Hannibal. Ne l'ai jamais terminé. Poppée, très chère, les relations que tu as avec ces gens pourraient m'être utiles. Tâche de savoir combien ils se sont mis de côté. Écume leurs — comment appelles-tu ça déjà ? Ah oui : leurs synagogues — Rome a besoin d'argent. Parce que oui, pour Rome, j'ai des projets parfaitement grandioses. De l'art. Je suis incapable de finir mes poèmes. Bien sûr, je chante, je joue la comédie et je danse mais tout ça s'en va, disparaît. Aucune permanence là-dedans : rien que de la fumée qui se perd dans le vent. « Ah ! point n'attend le retour du phénix. » Ce poème-là non plus, je ne l'ai jamais fini. Non, moi, mon rêve, c'est une œuvre d'art qui dure.

— Me servir de mes amitiés, je n'y suis pas très habile. Les Juifs me font confiance.

— Non ! Vraiment ? Ah ! quelles bêtes merveilleuses ! Et si intelligentes !

Gris, gauches et tout plissés, les éléphants, massifs, étaient entrés dans l'arène. Ils se mirent à danser lourdement, sous les coups de fouet et les jurons de leurs cornacs — ainsi qu'on les appelle —, l'éléphantesque musique de l'*hydraulus* accompagnant leurs évolutions. Rome mâchonnait sa saucisse. Du blé, du sable, des éléphants.

Sortir de Myra prit du temps. L'odeur du blé dans la cale donnait envie de vomir, mais pas autant que le roulis du bateau. La mer, se dit Luc après avoir rendu son petit déjeuner aux vagues, avait tout du marbre qui se dissout — comme si Rome avait fondu dans le Tibre. En lui il restait encore quelque chose du poète. Paul était allé s'allonger sur sa couchette et là, gémissait. Ils partageaient leur cabine avec un certain Aristarque qui, originaire de Thessalonique, avait embarqué à Myra et se proposait de quitter le bord à Cnide, au bout de la péninsule carienne de Tropium — si jamais on y arrivait. Gros mangeur, l'homme leur parla beaucoup des cuisines de Tropium qui, disait-on, étaient exceptionnelles. Ayant aussi l'élégance de s'intéresser à l'histoire de ses compagnons, il se montra prêt à écouter tout ce que Paul voudrait bien lui raconter sur sa grande mission évangélisatrice dès que son estomac lui permettrait de retrouver quelque raison. Manger et boire le *soter* lui parut alors d'excellente doctrine.

— À être bonne, déclara-t-il, toute religion devrait manger et boire de ce qu'elle supplante.

Il n'en avait pas pour autant l'air d'avoir de religion lui-même.

— Certains voyageurs m'ont entretenu de ce qu'on appelle l'anthropophagie. Cela se passerait dans des contrées primitives que Rome n'a toujours pas colonisées. Des gens qui en mangent d'autres. Qui leur mâchonnent les os, leur mastiquent la chair. Cuite, bien sûr, et sans doute avec des herbes du lieu.

— Je t'en prie. Pas maintenant !

— J'ai dans l'idée que c'est parce qu'ils manquent de sel. Or, le corps humain en contient. Ce qui fait que lorsqu'on se trouve très loin du sel de la mer... il se pourrait bien qu'alors les cadavres des amis, des parents, et des ennemis évidemment, soient la seule source de ces sels minéraux si importants dont on dispose, fit-il.

Et ajouta qu'il n'avait, pour le moment, pas particulièrement besoin d'une quelconque religion.

— Non, reprit-il, ce qu'il me faut maintenant, c'est une main-d'œuvre moins chère et des bénéfices plus élevés.

Néanmoins, dès après avoir pris sa retraite, il étudierait d'un peu plus près ce que prétendait offrir cette foi nouvelle. Il avait le sentiment qu'elle était fort populaire chez les esclaves, ce qui, naturellement, ne la rendait pas très attirante pour les hommes libres. Sur quoi, il se mit à ronfler pendant que Luc continuait de tourner et virer sur sa couche afin de contrecarrer les mouvements du bateau. Paul, lui, resta allongé sur le dos, entendit craquer la mâture, écouta les vagues qui se jetaient sur la coque et puis retombaient en sifflant le long de ses flancs. Il essaya d'entamer un colloque avec le Christ, mais le Christ resta sur la réserve et refusa de lui venir. Ce ne fut que lorsque, enfin, il sombra dans un sommeil agité que les réponses à ses questions commencèrent à lui sourdre d'une espèce de phosphorescence marine intérieure.

— Que va-t-il m'arriver à Rome ?

— La question est déplacée. Le temps est une route hérissée de hauts portails. Même moi, je dus m'y attaquer.

— Es-tu satisfait de ce que j'ai fait jusqu'à présent ?

— Tu as choisi la voie la plus facile. Tu n'as pas assez insisté auprès des Juifs. À me voir transformé en Seigneur des gentils, ils seront encore plus enclins à rejeter ma fonction messianique. Tout ça est très dommage.

— Me prends-tu toujours pour un assassin ?

— Naturellement. C'est là quelque chose qui ne sera jamais oublié. Cela étant, ton énergie meurtrière était nécessaire.

— Je crois bien que je vais encore vomir.

— Tu trouveras un paquet en toile accroché à un taquet au pied de la descente.

Il leur fallut plusieurs journées de nausées pour atteindre Cnide. Là, bronzé et débordant d'énergie, Aristarque de Thessalonique descendit, par un filet affalé le long de la coque, dans l'une des embarcations que, déjà sautillantes sur les voies maritimes, on avait préparées pour les passagers. Ses bagages lui furent jetés du bastingage ; l'un d'entre eux tomba à l'eau, fut repêché à l'aide d'une gaffe. Alors, il s'éloigna vers le rivage en faisant de grands gestes d'adieu. Le capitaine, qui portait le nom fort simple et engageant de Philos — mais ne le méritait pas étant donné qu'il était misanthrope et avait mauvais caractère —, débattit avec Julius de la question de savoir s'il convenait de jeter l'ancre dans l'un ou l'autre des deux ports qui se présentaient à eux : celui qui s'ouvrait à l'est était plus vaste. On se rangerait au beau milieu des nombreux navires de commerce égyptiens en attendant que le vent changeât. Quoique soldat, Julius avait droit à quelque autorité : il représentait l'État romain alors que Philos n'était que simple concessionnaire maritime.

Son avis l'emporta lorsqu'il lui fit remarquer :

— Je vois ce que tu veux dire. Cythère est plein ouest mais il se pourrait que nous ayons à rester ici plusieurs semaines avant que le vent ne se décide à tourner. Or, j'ai, moi, reçu instruction de préférer la rapidité à la sécurité.

— Et mon bateau ? Et mon équipage ? Et la cargaison ? Et mes passagers qui, eux, paient de leur poche et ne comptent pas sur la toute-puissance de Rome, hein ? Oh ! je vois bien ce que c'est : tu veux te débarrasser au plus vite de ton gibier de potence pour aller retrouver ta bien-aimée ! Sauf que moi, dans ce métier, il faut que j'y aille doucement.

Julius posa l'index sur la carte et le fit glisser vers la droite.

— Faisons route sur l'est de la Crète.

— Cap Salmoné.

— C'est comme ça qu'il s'appelle ?

— J'aime pas du tout ça.

Philos grommela qu'il avait eu raison, que cet horrible noroît allait les jeter comme coquille de noix sur ces rochers, là, dès qu'ils se mettraient à sortir, et avec quelle lenteur, au sud de cette île qui était si mince ! En hurlant énormément et faisant appel à trente années d'expérience maritime — dont quinze en qualité de capitaine-propriétaire —, il s'en débrouilla cependant et entra dans la baie de Limonas Kalous, ou Joli Havre : ce fut la première qui leur offrit un abri dès après qu'ils eurent contourné le cap. On y attendrait une fois de plus que le vent veuille bien tourner.

Julius dit alors :

— Il ne va pas changer du jour au lendemain.

Ils restèrent debout sur le pont, à regarder l'équipage rapporter des outres d'eau fraîche dans la chaloupe qui avait quitté le petit quai où traînaient des fournisseurs qui faisaient toujours payer des prix exorbitants pour leurs marchandises. Le navire tira sur son ancre.

Paul dit :

— Centurion, Capitaine, si je puis mettre mon grain de sel... La mauvaise saison a déjà commencé. Nous sommes au mois de tishri...

— Au mois de quoi ?

— D'octobre. Que je sois un terrien n'empêche pas que ces mers me soient un peu familières. Vous allez être obligés de passer tout l'hiver dans le...

— Écoute, lui rétorqua le capitaine qui avait déjà le verbe haut, j'ai pas besoin des conseils d'un rat de prison et, qui plus est, juif !

— Tu retires ce que t'as dit ! lui lança Luc.

— Je crois bien que tu ferais mieux de t'exécuter, lui suggéra Julius. C'est à un citoyen romain qui a fait appel à la justice de César que tu t'adresses.

— Bon, d'accord : je retire ce que j'ai dit. Mais ce que vous n'avez pas l'air de comprendre, tous autant que vous êtes, c'est que c'est pas un bon port où passer l'hiver.

Julius contempla les petites îles qui faisaient comme un demi-cercle autour du port.

— Elles coupent pas le vent ? fit-il.

— La rade est plus ouverte que tu ne le crois. Vent de plein travers... et regarde-moi ces rochers ! Pointus comme des dents. Non, ce qu'on va faire, c'est mettre le cap sur Phénix, « Phineka », comme ils disent. Tu la vois, là, sur la carte ?

Il renifla comme si de bonnes odeurs de souper lui arrivaient aux narines.

— Ça m'a l'air de vouloir changer. Je le sens déjà dans l'air. À condition que le suroît soit passable, nous devrions atteindre Phénix sans encombre. Chaque chose en son temps. On réfléchira à la suite quand on aura jeté l'ancre et qu'on sera en sécurité.

Et, sans attendre que l'État romain lui en ait donné l'autorisation, il lança ses ordres — que le bosco retransmit en sifflant. Paul huma la douceur embaumée du vent du sud. Bientôt ils glissèrent doucement vers l'ouest, bientôt les hommes d'équipage lui chantèrent des airs comme l'on ferait à une femme volage, lui parlèrent avec tendresse, le supplièrent de bien vouloir leur faire gentiment traverser l'embouchure du golfe de Messara. Paul se demanda si semblables prières n'étaient point idolâtres. Parce que c'était tout là-haut que siégeait Dieu, alors que le vent, lui, était affaire d'ici-bas. Adresser ses suppliques à quelque chose qui, aussi capricieux qu'un dieu ou une femme, se trouvait pourtant, et palpablement, oui : ici-bas ? Non, le monothéisme n'avait que faire de ces gens qui, angoissés tous les jours, s'en tiraient en touchant du bois. S'agissait-il d'un luxe semblable à l'art ?

Alors le vent tourna. Rapidement, sans avertir. Est-nord-est — *anemos typhonicos* : le vent des tempêtes, des typhons. Il entendit un marin maudire la femme qui s'était changée en la bête d'Eurakylon. Du grec « Euros » et du romain « Aquilo ». Ces deux termes fondus en un mot hybride comme un centaure. Et, dans le cas présent, ailé. Ils ne pourraient pas tenir face au vent. Aux quatre coins du ciel, des nuages se mirent à rouler les uns contre les autres, les éclairs y jetant brièvement des paraphes. Pour ceux qui ne savaient pas lire, le tonnerre donna de la voix, creuse, quelques instants plus tard. Ils filèrent sous vergue sur vingt ou trente milles. Les nuages se firent d'encre et la pluie commença à tomber à verse. Le capitaine s'accrocha au gréement, comme Julius, pendant que Luc gagnait l'entrepont en titubant. La petite île qui se dessinait à peine, là-bas, sous le vent ? Celle de Cauda. Appelée aussi Gavdho par certains. Que Dieu, ou les dieux, soient remerciés de cet abri qui s'offrait. Tout l'équipage occupé à détacher l'embarcation de sauvetage. On n'avait pas cessé de la tirer par l'arrière, même une fois remplie d'eau. Le mât de misaine qui penchait un peu en avant servit de point d'appui ; tous aidèrent à amener les câbles afin de l'amarrer solidement. Suivirent les opérations de sous-poutrage : enfin elle fut cintrée.

Fasciné, Paul observa la manœuvre. Les câbles furent sortis de leurs compartiments, ou *hypozomata,* mot qu'il n'avait jamais entendu prononcer auparavant. De robustes marins sautèrent par-dessus bord, les passèrent sous la virure de bâbord, en remontèrent les bouts, assemblèrent les couples de levée comme autant de faisceaux de magistrats. Coque et espars, le vent allait tout fracasser si l'arrimage n'était pas suffisant.

Préoccupé, le capitaine dit à Julius :

— Ce vent va nous jeter droit sur la Grande Syrte. Tu sais ce que c'est ? Non ? Eh bien, apprends qu'il s'agit d'une énorme étendue de sables mouvants à l'ouest de la Cyrénaïque. On va abattre le fardage et hisser la voile de cape. Après, on fait route tribord amures en se laissant doucement dériver vers le nord.

Il regarda Paul d'un œil farouche et lui demanda :

— Tu es pieux ?

— Tu veux dire que je prie beaucoup ? Oui, sans doute. Et je vais le faire.

— Tâche de ne pas te tromper de dieux. Poséidon, Éole, n'en rate pas un. Celui des Juifs, c'est inutile. Je ne sache pas qu'il leur ait jamais fait de bien. Quant à nous en faire à nous ! Or, l'aide d'en haut, il va nous la falloir tout entière. Sans même parler, ajouta-t-il en se battant les flancs d'un air désespéré, de toute celle qu'il nous faudra ici-bas, là, tout autour !

Le lendemain, Philos ordonna encore qu'on jetât la cargaison à la mer. La tempête était féroce et vengeresse. Côté dieux, personne n'avait écouté — ou alors peut-être que si. Les premières marchandises à filer furent les sacs de sable destinés aux arènes de Rome. On les traîna hors de la cale, on les lança dans le vent : doigts astucieux, celui-ci y ouvrit des trous, renvoya le sable dans la figure des marins. Le blé, lui, passa par-dessus bord sans se plaindre. Le surlendemain, ce fut tout l'armement de rechange qui dut disparaître.

— L'armement de rechange ? s'enquit Paul.

Il eut tôt fait de découvrir qu'il s'agissait de rien de moins qu'une grand-vergue qui faisait toute la longueur du bateau ! Équipage, passagers et prisonniers, tous s'unirent pour mettre la main à la pâte et jeter l'affaire à la mer. Il n'y eut alors plus rien à faire. La tempête ne mollit pas pendant plusieurs jours. Plus d'étoiles ni du nord, ni de l'est, ni de l'ouest, le firmament entier se couvrit comme d'un énorme sac de toile noire et grossière pendant que, cogneuse acharnée et tourbillonnante, la mer battait les membrures en chêne de la coque. Tout le monde se rassembla sur le pont principal : les panneaux avaient été mis en place mais, déjà, des fuites dans les cloisons montraient assez qu'impatiente, la mer avait l'intention de prendre possession du bateau tout entier — ce serait d'abord un second, et puis le capitaine, et puis enfin Dieu et tout le reste. Philos trouva la situation désespérée.

— Si seulement je savais où est la terre, fit-il, je pourrais essayer d'échouer le bateau sur le rivage, pas ? Mais voilà : je ne le sais même pas ! Si ça continue, nous allons couler. Et moi je vous dis : vous feriez mieux de vous y préparer.

Plusieurs passagers fondirent en sanglots.

— Excusez-moi de vous rappeler que je vous l'avais bien dit, lança Paul, mais le fait est que si nous avions passé l'hiver au Joli Havre...

Philos aurait sûrement explosé de colère s'il n'avait pas été aussi épuisé.

Paul reprit en ces termes :

— La situation étant ce qu'elle est, je crois que nous devrions tous manger un morceau. Ça fait des jours et des jours que ça dure et moi, je pense que s'il est effectivement de notre destin d'aller retrouver Dieu, il vaudrait mieux le faire après avoir avalé quelque chose.

Julius aurait souri si ses muscles du ris avaient été capables de remuer. Fort mal en point pendant ce qui, alors, aurait passé pour une période d'assez beau temps, cet homme chauve et vieillissant semblait être maintenant, à leur presque désespoir, en parfaites santé et bonne humeur.

Paul ajouta :

— Une chose dont je suis sûr : j'arriverai à Rome. Moquez-vous des rêves si vous voulez, mais, moi, l'expérience m'enseigne que c'est dans le rêve que Dieu trouve le moyen de rompre le silence. Si je dois, moi, atteindre Rome, cela veut dire que vous aussi, vous verrez certainement la terre. Nous sommes, pour ainsi dire, dans le même bateau. Et maintenant, voyons un peu ce que la mer a bien voulu nous laisser comme provisions.

Le cuisinier du bord, un Phénicien à grand nez, vacilla sous la nausée comme tous les autres mais, comme il ne restait plus rien à vomir... Deux hommes d'équipage tentèrent de colmater une fuite dans une cloison de tribord à l'aide de bouts de toile à sac imbibés d'eau. Un troisième se mit à écoper des paquets de mer avec un petit baril — qui se renversa sur le pont.

Dans la cambuse proche des cuisines, Paul et Julius trouvèrent un sac de farine de blé dont, quoique grouillante de charançons, la moitié supérieure n'était pas détrempée, un baquet fermé plein d'eau croupie et des haricots secs qui avaient cessé de l'être. Bétail et volaille — des poules et deux moutons en l'occurrence — avaient depuis longtemps été emportés par les vagues. Avec du silex, de l'amadou encore sec et du bois vert, ils allumèrent un feu. Pain grossier et sans levain, haricots bouillis. Les amphores de vin scellées à la poix furent entamées. Beaucoup gardèrent ce qu'ils avaient mangé, mais le vin réveilla en eux une crainte plus vive de ce qui allait leur arriver. Paul entonna un hymne gaillard en araméen. Le réconfort de l'amour du Seigneur, Sa bonté infinie : tout cela n'était que métaphore tirée par les cheveux pour dire combien les hommes mettaient d'obstination à survivre. « Ah ! la ferme ! », bougonna le capitaine au moment où Paul en attaquait le cinquième couplet.

Certains de mes amis qui ont une grande connaissance des choses de la mer m'affirment que la vitesse de dérive d'un navire pris dans ce genre de tempête avoisine les trente-six milles nautiques par vingt-quatre heures. Treize jours et un peu plus d'une heure : de Clauda, celui-ci devait être arrivé en vue de Koura, qui se trouve sur la côte orientale de Melita, ou Malte. Le vent mollissant quelque peu, Philos et son bosco ouvrirent les panneaux : le ciel était plein de diablotins, les lames se brisaient sur le rivage en rugissant. Ils dérivaient droit sur les rochers, voilà ce que leur hurlaient les brisants. Philos ordonna qu'on jette la sonde.

— Vingt brasses.

(Voix très faible dans la chamaille des vents.)

Paul et Julius avaient suivi le capitaine qui était remonté vers les souffles de la nuit : plus agréables que les odeurs de renfermé de l'entrepont.

Julius dit alors :

— Je pense que je crois. Si jamais nous venons à bout de toutes ces eaux, j'accepte d'en prendre une goutte de plus.

— Te faire baptiser ? Toi ? Mais tu ignores absolument tout de ce en quoi il te faudra croire !

— Oh mais non ! Et d'abord, c'est un Dieu qui accepte aussi bien les païens que les Juifs. Et puis... la solidarité de tous ceux qui sont pris dans la tempête. Tu as rompu le pain, versé le vin et dit ce qu'il adviendrait d'eux. Je t'ai cru. Que te faut-il de plus ?

Il avait crié sa question au-dessus de la tempête — mais elle n'était pas sincère. Paul garda le silence, écouta le résultat du dernier sondage.

— Quinze brasses.

Ce qui voulait dire qu'ils se rapprochaient des rochers invisibles. Déjà ils pouvaient sentir l'odeur rance des algues flottantes. Le capitaine ordonna en hurlant de jeter quatre ancres par l'arrière. Agrippé à la lisse de couronnement de la poupe, Paul vit les deux câbles se dérouler lentement par les écubiers : cela permettrait de maintenir le nez du navire pointé vers le rivage. Quatre membres de l'équipage commencèrent à sectionner en douce les câbles servant à fixer la chaloupe sur le pont.

— Qu'est-ce que vous faites ? leur cria-t-il.

— On jette des ancres par l'avant.

— J'ai pas entendu qu'on vous en ait donné l'ordre !

— T'occupe pas !

Ils avaient, c'était clair, l'intention de gagner le rivage en toute sécurité. Paul appela Julius. Julius appela ses soldats. Qui se battirent avec les marins, expédièrent le bateau de sauvetage à la mer où il se mit à dériver. La mesure n'était pas très sage : on allait en avoir besoin, de cette embarcation. Pour l'instant, le navire pouvait encore tenir grâce à ses ancres de poupe. On tenta de dormir un peu mais ce fut difficile.

À l'aurore, Paul sortit non seulement les restes de pain grossier et sans levain, mais aussi un plein panier de nourriture qu'il avait découvert niché derrière la dernière de leurs amphores.

— Vous allez avoir besoin de toutes vos forces. Mangez ! Buvez !

Côte rocailleuse qui se dessinait devant eux et vent qui brûlait de se remettre à jeter le navire à son ultime désastre, Paul rompit le pain dans la lumière maladive du petit matin.

— Nous Te remercions de ce présent. Ô Seigneur, nous ne sommes plus qu'enfants entre Tes mains. Nous avons foi en Toi, nous aimons et avons espoir. Amen.

— Amen, répéta Julius.

Alors ils virent la côte un peu plus clairement. Seule la partie ouest de la baie était hérissée de rochers et c'était sur elle que la tempête les avait dirigés. À l'est s'ouvrait une crique à la plage sablonneuse.

Philos donna des ordres :

— Jetez les ancres ! Qu'on se débarrasse du reste de la cargaison. Petit foc droit au vent ! Dégagez les godilles ! On vire de bord.

— Et les prisonniers ? demanda le sous-officier à Julius. Ils vont s'échapper. Il va falloir les tuer.

— Les tuer ?

— Oui, les prisonniers, mon commandant. On commence par

celui-ci ? s'enquit-il en désignant Paul d'un hochement de tête où il n'était pourtant aucune menace.

— Mais quelle sorte d'homme es-tu donc ?

— C'est le règlement, mon commandant.

— Que je ne te revoie plus !

— Mais... mon commandant ! fit-il d'un ton perplexe.

— Non, attends. Et tu fais passer : pas de différence entre les prisonniers et les hommes de troupe. Qu'on permette à tous ceux qui savent nager de sauter par-dessus bord immédiatement ! Quant aux autres... Aïe ! Ça y est ! C'est parti !

Ils touchèrent. L'avant du bateau ne donna pas contre de la roche mais s'enlisa dans un haut-fond de boue épaisse qui l'immobilisa fermement droit sur sa quille. L'arrière, lui, fut laissé aux battements furieux de tous les dragons verts qui, vent à chevaucher leurs dos d'écailles, salivaient à la gueule : la mise à mort serait pleine de rancœurs. Paul sauta, et puis Julius, et puis encore, aussi rondouillard que Jules avec ses chroniques enfermées dans un rouleau en cuir attaché à sa ceinture à l'aide d'un bout de cordage, Luc. Là-bas, à hurler sans bruit, d'autres encore : on s'accrochait à des tronçons de mâts. *Rari nantes.* L'expression était de Virgile. Étrange vraiment, se dit Julius en nageant, comme le cerveau peut rester calme, choisir ici et là dans le passé, ah ! la salle de classe ennuyeuse ! et froidement évaluer les vieilles connaissances inutiles à la lumière, ou aux ténèbres de la crise. Ceux qui ne savaient pas nager et pensaient se noyer furent avec une sollicitude brutale, où le vicieux le disputait à la tendresse, rejetés à la plage. Et là, encore se virent offrir une couche d'où, en haletant, pouvoir observer comment à belles dents la mer brisait les reins et dévorait les entrailles de leur navire. Tout fut englouti dans la panse glauque, pendant que la proue de plus en plus profondément s'enfonçait dans l'argile. Ils furent tous sauvés.

Les temps pauliniens, les temps néroniens : point ils ne se rencontreront, pas encore au moins. Aucune importance. Il est bien possible que notre petit groupe de naufragés n'ait pas remarqué comment la mer désintégrait le marbre ici en dessous, là tout autour, et là encore au-dessus d'eux à l'époque où Néron demandait au Sénat de lui offrir les moyens d'ériger des monuments faits d'un marbre plus durable.

— Ce n'est que pour Rome que je veux ce que je veux. Telle qu'elle est aujourd'hui, cette ville fait affront à mon sens artistique. Ce que je désire laisser derrière moi... vous le savez bien. Les frais pourront en être couverts en faisant appel à diverses sources. Oui, le peuple est prêt à un relèvement des impôts ! Notre clémence fiscale n'a que trop duré. De l'or, il y en a : il dort dans les temples de notre cité. Feu l'impératrice Messaline joliment sut mettre la citoyenneté aux enchères : voilà une mesure que l'on pourrait remettre en vigueur... dont il serait possible de tirer des bénéfices encore plus importants — des bénéfices pour l'État, je le répète, oui : pour Rome, pour Rome ! il faut que cela soit clair. Qui plus est, il est certaines communautés qui rejettent Rome, ses vertus et ses dieux. Je veux parler ici des Juifs et des sectateurs de ce Chrestus ou Christus. Ne serait-ce point beau geste de clémence que de permettre à ces gens de continuer à s'adonner à leurs rituels barbares et insolentes croyances... mais, bien sûr, en leur faisant payer, en impôts, le prix fort à semblable autorisation ? Il est plus d'un moyen dont financer la construction d'une ville qui, nouvelle, serait enfin digne de ses citoyens. Je ne vous les soumets que par pure courtoisie impériale... Et vous rappelle que le pouvoir toujours repose entre les mains de celui qui doit y avoir droit. Cela étant, bon fils de Rome, je le suis et reconnais les sagesse et expérience de ce Sénat... sans, évidemment, m'engager à suivre nécessairement ses avis.

Reprenant à son compte la sourde désapprobation avec laquelle on avait accueilli l'insolence impériale, le jeune Caius Calpurnius Piso se leva et, sans crainte, lui répondit :

— Les ambitions artistiques de l'empereur sont bien connues de cette assemblée. Vouloir reconstruire Rome à son image est, à ce titre, désir suprême auquel nous nous attendions depuis longtemps de sa part. Que l'empereur me permette néanmoins de lui rappeler qu'il est des urgences plus grandes qui devraient retenir son attention. C'est à la situation qui règne en Gaule et en Espagne que je fais plus particulièrement allusion : n'y voit-on point en effet la loyauté de nos troupes aller aujourd'hui plus aux commandants de nos provinces qu'au chef de notre empire ? Quant à ce qui se passe en Bretagne, c'est tout simplement atterrant : soixante-dix mille de nos citoyens ne s'y font-ils pas constamment massacrer par les barbares ? Pourquoi n'a-t-on pas encore pris de mesures de rétor... ?

— Non, non ! s'écria Néron au comble de l'outrage. Il n'est pas du devoir de cette auguste assemblée de jouer les consciences morales de l'empereur ! Les provinces romaines ? Des prolongements de Rome dont on peut se débarrasser ! Oui, qu'elles se détachent de nous telles queues de lézards ! Pour ce que nous en avons souci ! Rome d'abord ! Rome en dernier...

Un vieux sénateur qui avait nom C. Lepidus Calvus se leva alors et lui dit :

— Rome ? Mais ce sont toutes ses provinces ! Rome ? Mais c'est son empire ! Oui, Rome est l'impériale paix du monde, la grande dispensatrice de l'ordre public ! Non, Rome ne se réduit pas à quelques chansons à vomir, à des danses obscènes, à des spectacles avilissants, ni non plus à une ville qu'on voudrait reconstruire selon les goûts répugnants d'un soi-disant artiste des plus médiocres ! Oui, j'ouvre la bouche, César, et c'est sans crainte des conséquences. Un vieil homme auquel ses médecins n'accordent plus que peu de temps à vivre n'a pas grand-chose à redouter. Que, pour une fois, l'empereur entende la vérité et point n'écoute les mensonges de sycophantes du crapaud et du mignon !

— Je suis prêt à accepter bien des insultes, lui renvoya Néron avec indulgence. Mais non, je ne tolérerai pas qu'on s'en prenne à ce divin sens du beau que dans ma courte vie toujours je tentai d'honorer ! Cette Rome nouvelle, vous la verrez, que vous le vouliez ou non ! Bande de barbons grisonnants, de vacillants imbéciles, d'hypocrites impuissants... vous croyez donc qu'on a encore besoin de vous ? C'est au nom de Rome que je parle. Alors que vous, vous ne parlez jamais qu'au nom de principes civiques dépassés, d'une vertu impériale aussi terne et effilochée que vieille toile à sac. C'est au nom d'un âge nouveau que je vous parle. Sénateurs, sachez-le donc : vous êtes morts ! tous autant que vous êtes !

Sur quoi, pourpre à dentelle, il s'en fut entre ses deux rangées de gardes du corps. Tigellinus le suivit. Une partie de son escorte resta derrière : il fallait bien faire muettement semblant de menacer l'assemblée.

— Le refuge, dit Paul. Rien à voir avec le miel.

C'était au nom de l'île qui les avait abrités qu'il faisait allusion — phénicien ou cananéen avec racine identique en hébreu. Debout sur le pont d'un navire alexandrin qui, *Dioscuri,* ou *Célestes Gémeaux,* était en train de sortir du port, ils regardèrent le spectacle qu'ils avaient autour d'eux. De la roche et des bâtiments couleur d'or dans la lumière du soleil. Sur le quai, le gouverneur romain, Publius, et son vieux père : tous les deux à lui faire des *vale* de la main. Paul et Luc avaient, ensemble, guéri le vieillard d'une fièvre. Toute l'aide romaine imaginable dans la rapide conversion d'une bonne partie de l'île. Julius lui-même baptisé dans un étang d'eau salée à l'intérieur des terres, Paul lui expliquant : « Symbole de purification, rien de plus. Mais les symboles ont leur importance. L'esprit humain ne vit-il pas dans le monde de l'eau, du feu, du pain et du vin ? Ne jamais se couper du monde. Du monde des choses. Mais des choses sanctifiées par la foi. Que par ton baptême l'eau de la mer soit sanctifiée. » Il fit des signes à un groupe de Maltais et de Phéniciens qui, convertis eux aussi, lui faisaient des signes : des êtres courtauds à la peau brune, des êtres prompts à donner le feu, l'*hobz* et l'*ilma.*

Ce fut par temps clair qu'après une journée de voyage ils arrivèrent à Syracuse. Le suroît qui les avait poussés commença à tomber. Ils louvoyèrent par noroît à la hauteur de Rhégium, au bout de la botte italienne.

Julius dit alors :

— Il m'est venu une étrange pensée pendant la nuit. Ne suis-je pas, moi, soldat qui jamais ne se serait attendu à semblable conversion à la foi ? Or, ce qu'il arriva à un seul païen de Rome ne pourrait-il pas arriver à beaucoup d'autres ? Ne pas oublier que, sans même le savoir, Rome rend les choses plus faciles... avec toutes les routes et voies maritimes qui relient nos provinces ! Non, toujours nous ignorons le vrai propos de ce que nous faisons. Un empire qui tiendrait sans l'épée ? Bah ! Il faut croire que l'idée est ridicule.

Mais Paul lui répondit :

— Nous ne sommes tous qu'instruments. Mon grand désir à moi, c'était d'aller à Rome... volontairement... en tant que libre instrument de la foi. Et pourtant, voilà que j'y touche dans les chaînes.

Il ne l'entendait pas littéralement. Il savait néanmoins que, manière de symbole décoratif qui dirait la servitude juridique de celui qui en appelait à César, c'en étaient de bien réelles qui l'attendaient.

— Mais ces chaînes ne signifient rien ! s'écria Julius. Ta voix est toujours celle d'un homme libre. Un prisonnier qui a réussi à convertir son geôlier ! Comme si l'on pouvait rêver chose plus invraisemblable !

— Que se passera-t-il à Rome ? Comment jugera-t-on mon affaire ? Combien de temps me faudra-t-il attendre ? Quelle sera l'issue du procès ?

— Si tu veux mon opinion, je peux déjà te prédire que tu obtiendras défaut-congé par manque d'accusateurs. Ce qui fera de toi encore un prisonnier mais seulement jusqu'au moment où les tribunaux décideront de s'en laver les mains.

— Oui. Ça s'est déjà vu. De très mauvais augure, cette histoire de juges prêts à se laver les mains de mon sort.

Julius ne comprit pas. Ils étaient devant Rhégium depuis une journée lorsque le vent du sud se leva et les poussa jusqu'à Putéoli, le plus grand port méridional de la péninsule sis au fond de la baie de Néapolis. Leur bateau faisait partie de la flotte des transports de blé en provenance d'Alexandrie et, en tant que tel, avait priorité sur tous les autres vaisseaux marchands qui se pressaient sur la mer. A l'encontre de ces derniers, il n'était pas requis de hisser les huniers, ou *suppara,* signe qu'on surveillait des quais. Le *Céleste Gémeaux* mouilla doucement ses ancres.

— L'Italie, dit Paul sans que ce fût nécessaire.

Luc, lui aussi, contempla l'Italie. Grec de la province, il n'en restait pas moins grec et fut moins impressionné. On s'affairait beaucoup sur le quai : débardeurs qui chargeaient et déchargeaient les navires et officiels du port qui vérifiaient leurs manifestes, le travail semblait pourtant comme entravé par la célèbre statue de l'empereur en dieu de la mer montrant le bout de la rade de son trident. Le socle de l'énorme monument en bronze servait quand même d'abri aux mendiants et vendeuses de fruits abîmés. La coupée fut abaissée. Les soldats de Julius attendirent les ordres de leur chef.

Qui leur dit :

— Il faut d'abord que j'aille faire mon rapport au bureau des *frumentarii.* Et après... la marche sera longue.

— Aurons-nous le temps d'entrer en contact avec les chrétiens d'ici ? demanda Paul.

Julius s'excusa :

— J'ai bien peur que tu ne doives rester avec les autres prisonniers. Nous allons vous faire avancer dans les chaînes et le défilé va bientôt commencer. Non, tu ne pourras pas aller en ville, non... j'en ai bien peur.

— Mais moi, si ! s'écria Luc.

Alors que la plupart de ses compagnons de voyage avaient perdu du poids, il semblait, lui, avoir pris du muscle, en avait même presque le cou taurin. À croire qu'il se sentait obligé de montrer à tous ces Romains qui l'entouraient ce dont un Grec, un concitoyen du grand Ulysse qui, comme lui, avait fait naufrage, était censé avoir l'air.

— J'aperçois justement tout un tas de Juifs... Ils sauront bien.

Barbus en robes rayées, il en était en effet un certain nombre qui, bagues lançant des éclairs dans la lumière du soleil, marchandaient tapis et lingots d'or.

Anciens de la foi qui résidaient à Néapolis, prisonniers et escorte militaire, tout le monde s'engagea sur la Via Appia avec Paul.

Qui dit :

— Ne jamais oublier d'analyser les motifs de chacun. Si l'esclave devient chrétien, c'est parce que cette vie ne lui offre aucun espoir. Rêvant d'un royaume du ciel, il y voit l'apaisante douceur d'un bain qu'il prendrait alors qu'on s'affairerait à le gaver de grappes de raisin. Il n'a rien à perdre mais tout à gagner. Voilà pourquoi il m'encouragerait plus d'apprendre que le riche aurait tout donné au pauvre et qu'en haut lieu on aurait pris tous les risques, jusqu'à celui de déplaire à l'empereur. Comment réagit-on dans les sphères officielles ?

Le vieux Simon, dont la famille avait quitté la Galilée pour venir s'installer à Néapolis à une époque dont on n'avait pas gardé la trace, lissa sa barbe brune et lui répondit :

— Notre foi est tolérée. Essentiellement, je crois, parce que ce sont surtout les pauvres qui l'embrassent. On répand beaucoup d'absurdités sur nos soi-disant cannibalisme et penchant à l'inceste. Nous n'aurions que faire des contraintes de la civilisation... Enfin, c'est ce qu'on aime à penser. Et moi, j'y vois un danger.

— Pour quand ?

— Comme s'il était une seule société qui n'éprouvât pas le besoin d'avoir une minorité sur laquelle faire retomber tout le blâme ! Inondations, famines, bas salaires, rhumatismes du préfet, tout est bon lorsqu'il s'agit d'incriminer. Qui plus est, le clergé romain n'apprécie guère la désaffection qui frappe le culte des dieux d'autrefois. Au Sénat, les conservateurs parlent déjà de menées antiromaines. Notre foi ne touche encore que ceux qui vivent dans les greniers, les caves et les coins sombres mais... l'idée a germé et grandit.

Ils avaient atteint le Forum Appii.

— Mais ! reprit-il, on dirait des membres de l'Église romaine ! Il faut croire que le message leur sera parvenu... Comment ? Dieu seul le sait.

Et, de fait, un groupe de gens — pas tous juifs à en juger d'après leur mine — s'était agglutiné au-devant d'eux et se préparait à les accueillir à bras ouverts. Au milieu d'eux, leur grand âge disant assez son propre vieillissement, Paul reconnut Aquilas et son épouse Priscilla. Ils étaient venus dans une charrette tirée par un vieil âne.

— Dans le Tibre, tu te souviens ? lui rappela Aquilas. Mais... mon Dieu ! mais tu es enchaîné ! Pourquoi ?

Les croyants de Rome qui, après tout, étaient de la capitale, furent salués avec déférence, mais aussi un certain ressentiment, par leurs frères de Néapolis. N'y avait-il pas, en outre, que c'était à eux, Romains, que Paul avait écrit trois ans auparavant afin de leur promettre une visite toute d'amour et de passion ? Néanmoins, Simon et son contingent partagèrent poliment le vin avec eux et Paul dans une taverne au bord de l'eau. Les soldats de l'escorte se tinrent à l'écart en se demandant ce qu'il fallait faire d'un gibier de potence qui, lui, se posait autant de questions sur ses geôliers. Tout un chacun affirma l'unité de la Chrétienté italienne avant de reprendre, avec joie, le chemin du retour.

Sur celui qui, au contraire, les poussait vers la capitale, Paul et ses Romains arrivèrent en un endroit qui, dit des Tres Tabernae, en contenait, en fait, cinq, et débordait d'autres Romains venus les accueillir avec encore plus de plaisir. Julius se sentait divisé : qu'était-il donc ? Officier de l'État romain ou membre de ce rassemblement de gens exubérants qui, juifs pour la plupart, avaient le geste extravagant et, enjoués, ne cessaient de s'envoyer de grandes claques et de gros baisers bruyants ? Non, décida-t-il, il ne serait vraiment chrétien que lorsqu'il l'aurait annoncé à sa femme et ça, il ne le ferait que le lendemain de leurs retrouvailles, au petit matin. Se montrerait-elle agacée ? méprisante ? indifférente ? Cela ne changerait rien : au contraire de son corps, l'âme du mari n'appartient point à l'épouse.

Ils entrèrent dans Rome par la Porta Capena. Julius dirigea aussitôt sa colonne de prisonniers vers le mont Caelius où se trouvait le quartier général du « stratopédarque » ou *princeps peregrinorum*, responsable des messagers impériaux. Les criminels furent alors expédiés en prison pour y attendre leur jugement. À Paul qui avait fait appel à la justice de César, on attacha, et littéralement — au moyen d'une chaîne longue et fine —, un jeune soldat chargé de le surveiller. Après quoi, on lui ordonna d'aller se chercher un lieu où loger. Il savait déjà où se rendre : chez Aquilas et Priscilla, dans le quartier de Suburra. Julius lui ayant fait ses adieux, Paul lui renvoya une esquisse de bénédiction. On se reverrait bientôt. En attendant, Julius irait, sur ordre du princeps, déposer le dossier procuratorial au siège des services juridiques de l'empereur. Paul traîna son soldat jusqu'au Vicus Longus et le présenta à ses hôtes :

— Ce jeune homme s'appelle Sabinus. Il trouve cette chaîne aussi embarrassante que moi mais… la loi, c'est la loi. Je me suis laissé dire que vous auriez droit à une indemnité de logement si vous le preniez chez vous. Sabinus, tous ces gens sont juifs. Des objections ?

— Ça m'est complètement égal, lui répondit-il dans le grec qu'on parlait en Calabre. Mais j'aime pas la cuisine juive. Je me préparerai mes rations moi-même.

— Alors, lança Paul à Aquilas, on a retrouvé le bon vieux métier d'autrefois ?

— Oui, mais ici, on ne fabrique pas des tentes, lui répondit son hôte. Ici, on fait des dais. C'est plus délicat.

Les anciens de la foi non réformée furent prompts à leur rendre visite. Assis enchaîné à un Sabinus qui, ne comprenant rien à l'araméen, ne cessait de bâiller, Paul leur expliqua sa situation :

— Mes frères, je n'ai commis aucun crime contre la foi ou le peuple juif et pourtant, voici que Jérusalem m'a fait prisonnier et livré entre les mains des Romains à Césarée. Mais eux, ils me libérèrent parce qu'en moi ils n'avaient pas vu un condamné à mort. Néanmoins, les grands de Jérusalem étant toujours contre moi, je fus obligé d'en appeler à la justice de César. Encore une fois, je veux qu'il soit clair que je n'ai rien contre mon peuple. En fait, c'est même à cause de cet espoir qu'a le peuple d'Israël que ainsi que vous pouvez le voir, je suis enchaîné… enfin, disons : attaché par une chaîne.

Le rabbin Ishmaël lui répondit alors :

— Personne, que je sache, ne s'est levé contre toi. Aucune lettre ne nous est arrivée de Jérusalem. Aucun de nos frères n'est venu me voir pour t'accuser. Tout ce que je sais, c'est qu'on fait des reproches à la secte dont tu es le chef. Et c'est de ta bouche même que nous aimerions apprendre pourquoi il en va ainsi.

— Ou plutôt… pourquoi on ne devrait pas nous faire de reproches ? Très bien. Écoutez-moi.

Toujours enchaîné à Sabinus, Paul procéda à un certain nombre de baptêmes dans un Tibre dont les eaux n'étaient pas très hautes en cette saison. Luc, qui s'était installé dans le quartier des médecins, en retrait de la Via Lata, vint l'aider. De bons citoyens de Rome — tous païens — assistèrent à la cérémonie et en dirent du mal : *Rien que des cannibales ! que des fouteurs de leurs mères ! Salir les eaux du Père Tibre avec sa crasse, moi, je trouve ça dégoûtant !*

Sabinus les rappela à l'ordre :

— Écoutez, mes amis ! Son escorte officielle, c'est moi, vu ? Ordres de l'empereur. Gênez-le et c'est moi que vous gênerez. Et maintenant, cassez-vous !

— Je te baptise, Aquilas, au nom du Très-Haut, du Fils qui de Lui procède et du Saint-Esprit qui procède de l'Un et de l'Autre. C'est à la vie nouvelle de cet Esprit que tu es présentement admis.

Le soir, les discussions étaient souvent très vives dans la maison d'Aquilas. Sara, qui avait salué la conversion de son mari d'un haussement d'épaules, n'en restait pas moins curieuse d'observer ce

Paul que son frère s'obstinait à appeler Saül. Elle choqua même les chrétiens, sinon les Juifs, en déclarant une fois :

— Dieu, nous dis-tu, pardonne tous les péchés. Mais moi, ce que je veux savoir, c'est... qui est-ce qui Le pardonne, Lui ?

Ni Luc ni Julius n'avaient lu le Livre de Job.

— Un Dieu bon n'aurait pas toléré ce qui est arrivé à ma sœur. Quoi ? Une innocente, se faire mettre en pièces par un fou sous les yeux de tous ! Alors que tous, ils voyaient ce qui se passait ? Car j'y étais, moi ! et Julius aussi ! Mais surtout, il y avait Lui ! Dieu ! Et lui aussi, Il regardait tout ça ! Si les Israélites l'appellent *abba* — « père » —, c'est rien que pour avoir le plaisir de se faire casser les dents par lui !

Paul lui répondit :

— À l'homme, Dieu a donné la liberté — ceci pour le meilleur ou pour le pire. Le cadeau est terrible certes, mais splendide aussi. Car Dieu refusera toujours de limiter la liberté de Ses créatures. Ceci, encore une fois, pour le meilleur ou pour le pire. Il est encore beaucoup de souffrance à venir... pour les Juifs, pour les chrétiens, pour ceux qui ne professent aucune foi. L'histoire n'est rien d'autre que longue relation de la douleur humaine. Dieu le sait et pourtant Dieu refuse de S'en mêler.

— À ceci près, le reprit le rabbin Ishmaël, que selon ce que tu crois, toi, Il s'en est quand même mêlé. En envoyant son fils — ah ! blasphème ! blasphème ! — afin qu'il se joigne au flot de la vie... ce qui signifie (oh, blasphème !) qu'il est descendu sur terre... en personne !

— Mourir, souffrir mais être ressuscité. La méchanceté humaine ne saurait prévaloir à jamais. Mourir sous ses coups est déjà, en soi, une victoire, car à ne pas d'abord mourir, rien ne saurait être ressuscité. La naissance, c'est avec l'animal que nous la partageons. La résurrection, c'est avec Dieu.

— Impossible d'accepter ça. Aucun d'entre nous ne le pourrait.

Paul haussa le ton : c'était là qu'on se séparait.

— Par la voix du prophète Isaïe, le Saint-Esprit a parlé — et bien parlé : « Va à ce peuple, et dis-lui : " Par l'oreille tu entendras, et en aucune manière ne comprendras. Et par les yeux verras, et en aucune manière ne percevras. " Car le cœur de ce peuple est grossier, ses yeux sont clos et ses oreilles bouchées à la cire. Point ils ne désirent voir avec leurs yeux, ni entendre avec leurs oreilles, ni comprendre avec le cœur. Qu'on sache donc que le salut de Dieu va aux gentils : car les gentils entendront. » Mes frères, inconnus voulais-je dire, les gentils ont déjà entendu.

— Et moi, je pense, lui renvoya le rabbin, que *nous,* nous en avons assez entendu comme ça. Je ne vois pas qu'il y aurait grand intérêt à rester ici plus longtemps pour en entendre davantage.

Sur quoi, courtoisement ils souhaitèrent bonne nuit à la compagnie : courtois et honnêtes, on était Juifs qui jamais ne démordraient d'une façon de vivre où l'espoir ne pouvait se réaliser. Paul se sentit très déprimé.

Sur ces entrefaites, Julius fut appelé au bureau des juristes Holconius

Priscus et Vettius Proculus. Bien qu'encore sous l'uniforme, il avait déjà été relevé de ses fonctions : bientôt il serait renvoyé dans ses foyers, bientôt il aurait droit à ce petit lopin de terre qu'il s'était promis de transformer en argent liquide. Vieillards très versés dans les moindres subtilités du droit romain, les deux juristes eurent tôt fait d'élucider la situation dans laquelle se trouvait Lucius Shoel Paulus, alias Paullus.

— Shoel ! La touche d'exotisme est jolie. Et où se trouve-t-il en ce moment ?

— Assigné à résidence, enfin... en quelque sorte, lui répondit Julius. Une chaîne au poignet. À attendre votre bon plaisir.

— Non, celui de l'empereur. Celui du peuple de Rome. Et ça fait combien d'années qu'il est en détention... au nom de ce bon plaisir ?

— Deux ans et demi. Ce qui nous amène au-delà des délais qui, statutairement, sont requis pour intenter un procès.

— Pas du tout, car son statut a changé : c'est à César qu'il a fait appel. Dans ce cas-là, le délai réglementaire commence à la date de l'appel... Quand s'y est-il pris ?

— Il y a plus d'un an.

— Je ne vois pas qu'on nous ait transmis le moindre acte d'accusation là-dessus. Donc, il lui reste encore un mois. Si rien n'a changé à ce moment-là, nous ferons partir une demande de *liberetur*.

Venons-en maintenant à certain épisode qui, quoique mes informateurs se soient montrés très précis dans les relations, concordantes, qu'ils m'en firent, est, peut-être, apocryphe. Il semblerait qu'un jour, l'empereur Néron se soit trouvé dans le quartier de Suburra. Il y serait venu sous un déguisement, et c'est à savoir emperruqué, afin de rendre visite à une sorcière Locuste dont les affaires étaient toujours florissantes. Comment d'ailleurs ne l'auraient-elles pas été vu la discrétion de cette dame ? Il s'agissait, en l'occurrence, de donner quitus immédiat, et sans douleur, à la panthère préférée de l'empereur qui, vous n'êtes évidemment pas obligés de croire cette histoire, souffrait beaucoup. Les gardes du corps étaient eux aussi déguisés, ce qui signifie qu'on s'était revêtu d'une cape pour cacher ses poignards et que, cinq mètres devant et cinq mètres derrière, on se tenait à bonne distance de son maître. Tigellinus ne se trouvait pas avec son ami — ni non plus Caius Pétrone qui, craignant un peu ledit Tigellinus, était parti écrire à une quinzaine de kilomètres de là, dans son domaine de la Via Ostiensis. Toujours est-il que Néron semblait se souvenir de certaine échoppe particulière : il n'y avait pas de doute, c'était bien du haut de ce toit-là, qu'on lui avait jeté de l'eau sur la tête. Qui donc avait eu cette effronterie ? L'affaire lui avait occasionné un léger refroidissement et il n'en avait rien oublié. Ce n'était d'ailleurs pas qu'il aurait eu l'intention de sévir : c'eût été indigne de lui qui, après tout, avait alors tenu son rang caché et, toujours dans ces cas-là, acceptait, cela faisait partie du jeu, les soufflets qu'on pouvait lui infliger (un jour même un citoyen de l'ordre des Chevaliers l'avait rossé, et en toute impunité, pour avoir importuné son épouse). De fait, César contempla son échoppe avec un certain respect — et puis, avec une certaine curiosité : devant lui, un vieillard n'arrêtait pas de ravauder quelque chose qui ressemblait à de la toile à voile pendant qu'à ses côtés un petit chauve travaillait à ce qui était, très clairement, un ciel de lit. A ce dernier un soldat romain était attaché par une chaîne.

— Que signife ceci ? voulut-il savoir.

— Et c'est qui qui le demande ? lui renvoya le chauve qui cousait.

Néron lui répondit :

— Pas de cérémonie, je t'en prie. César, parfois, aime à se promener parmi son peuple.

Sur quoi il ôta sa perruque. Ayant aussitôt reconnu un visage qui s'étalait sur toutes les pièces de monnaie, les deux ouvriers commencèrent à se lever.

— Non, je vous l'ai déjà dit : surtout pas de cérémonie. Asseyez-vous. Ce soldat, lui, pourra rester debout. Auriez-vous une tasse de quelque chose de rafraîchissant à offrir à votre empereur ?

Ainsi il advint que Paul, qui toujours était à faire appel à une abstraction dénommée César, tomba alors nez à nez avec lui et, même, s'en trouva encouragé à lui parler.

— Chrétien, dis-tu, chrétien ? Une secte bien dangereuse et contre nature ! Enfin, tout porte à le croire...

— *Religio licita* néanmoins, César. Tes archives impériales te le diront.

— Des cannibales ! Des gens qui se laissent aller à des amours monstrueuses ! En irait-il donc autrement ?

— Des amours monstrueuses ? Voilà qui est formellement interdit chez nous. Quant au cannibalisme ! Non, nous ne mangeons point les petits enfants ainsi qu'on le prétend trop souvent. Nous nous contentons de manger le corps et de boire le sang du Fils de Dieu sous les espèces du pain et du vin. Semblable cérémonie est inoffensive qui, au contraire, promeut la solidarité et, par là, atteint à une signification mystique particulièrement saine.

— Le fils de quel dieu ?

— Il n'est qu'un seul Dieu, César. Sa nature est simple qui, chez les Romains et les Grecs, a jusqu'ici été fragmentée en diverses formes qui, toutes, passent pour divines. Sache pourtant que lorsque vous dites Zeus ou Jupiter, vous ne faites qu'essayer d'appréhender tel ou tel aspect particulier de cette unique essence qui est Dieu. Car le Dieu auquel nous croyons créa le monde et l'aime de tout Son amour ; car aussi Il créa l'homme et aussi l'aime de tout Son amour. Il est Dieu hautement moral, qui déteste le mal et approuve le bien.

— Je ne vois pas que la morale ait beaucoup à voir avec la divinité.

— Et pourtant si. Dieu est d'une pureté radieuse, qui entend que

Sa créature atteigne, elle aussi, à semblable pureté. C'est au moindre péché que Sa pureté hurle de douleur.

— Voilà qui est bien absurde.

— Non, César. Parce qu'elle est infinie, Sa perfection se doit absolument d'être atterrée par le mal.

— Qu'entends-tu par ce terme de « mal » ?

— J'entends tout ce qui est destruction, corruption et égoïsme.

— Et... par « bien » ?

— Tout ce qui est amour du prochain, et même de nos ennemis. J'entends par là tout acte qui tend à témoigner d'un tel amour.

— Mais... aimer ses ennemis ? Mais c'est impossible !

— C'est difficile, César, mais nous devons essayer. Oui, il faut essayer de trouver le moyen de transformer nos ennemis en amis.

— C'est donc d'une autre manière de vivre que tu me parles, non ? Voilà qui ressemble assez à cette tentative stoïcienne des plus idiotes que m'enseigna un Sénèque qui ne naquit point sous une très bonne étoile !

— Non, César. Car cette vie vertueuse, nous ne nous y efforçons qu'afin d'être dignes de comparaître devant Dieu.

— Comment ça ?

— Dans l'autre monde. Dans le monde d'après la mort. Là, ceux qui furent bons atteignent au plein dévoilement de la vision divine alors que ceux qui firent le mal s'en voient rejetés. La douleur qu'ils en ressentent est alors tout entière contenue dans la connaissance qu'ils ont de ce qui leur échappe. En eux ce sont comme des millions de feux qui brûlent à jamais.

— Et tout cela t'aurait été enseigné par un esclave ?

— Non, César, là encore on fait erreur. Dieu aime tellement Sa création qu'il accepta de descendre sur la terre et d'y vivre tout comme un homme. Oui, Il nous enseigna son message et, aussi étrange que cela puisse paraître, en fut puni. A un arbre on le cloua en Judée et là il périt. Mais de Sa tombe Il fut ressuscité.

— Bêtises et niaiseries que tout cela. Comme si les morts pouvaient ressusciter ! Hommes ou femmes, d'ailleurs !

Ce qu'ayant affirmé, il ne put pourtant s'empêcher de frissonner.

— Non, César : des témoins, il y en eut trop, dont certains sont encore en vie. Oui, certains Le virent après Sa mort. Et c'est très précisément sa résurrection qui de nous exige foi en la nôtre propre. Oui, les bons sont ressuscités après la mort. Et les mécréants aussi. Et tous sont jugés. Les brebis sont séparées d'avec les boucs. Le bonheur ou le feu éternel. A chacun de choisir : c'est là une liberté que tous nous avons.

— Ainsi donc, à vos yeux, la mort serait portail ouvrant sur une vie meilleure ? Si on a été sage... !

— Comme César le dit bien ! Et si simplement !

— Et donc, l'anéantissement du corps ne serait rien ?

— La chose est douloureuse, certes, mais acceptable... Que dis-je ? Plus qu'acceptable pour le juste.

— *Una nox dormienda.* Nous aussi, on nous l'enseigne. Et ça, j'y crois.

— Sauf que Catulle se trompait, César. Anéanti, l'être s'élève à une beauté plus grande. La légende païenne du phénix en est une illustration qui convient. Il faut que la chose commence par mourir pour pouvoir renaître ensuite. Dans la mort nous semons, et récoltons dans la vie. La mort n'est pas un obstacle.

— Tout ce que tu me dis là... comment t'appelles-tu ?

— Paul, César.

— Tout ce que tu me dis là, Paul donc, me fait l'effet d'une belle négation de la vie ! Pas étonnant qu'il y en ait certains pour vous craindre et plus encore vous mépriser.

— Toutes choses que nous acceptons, César. Être avili, souffrir l'exécution pour l'amour de la foi... non, ce qui arriva au Fils de Dieu ne saurait être redouté par ceux et celles qui ne sont jamais qu'hommes et femmes.

— Le phénix, c'est ça ? Périr afin de renaître. N'être plus que grisaille dans la flamme pour enfin brûler d'or. Mais... ce Fils de Dieu dont tu me parles, qu'a-t-il donc décrété pour un César qui, lui, n'est point comme les hommes ordinaires ?

— Le César qui est chair, sang, os et esprit, comme les autres devra affronter Son jugement. L'autre, celui qui est maître, doit être obéi. « Rendons à César ce qui est à César, et à Dieu ce qui est à Dieu. »

— Et si l'on disait que César est au-dessus de Dieu ?

— Celui qui fut créé ne saurait être plus grand que celui qui le créa. Il n'est rien au-dessus de Dieu.

— Mais s'il est un créateur éternel, comme tu l'appelles, il doit bien aussi y avoir un destructeur éternel, non ?

— Oui, César, Dieu a ses ennemis. Ce que tu dis là est bien dit. L'histoire veut que le plus bel ange de Dieu, Lucifer, soit « celui qui porte la lumière », se soit un jour rebellé contre Sa loi et que Dieu l'ait alors écarté de Sa présence. Dieu ne pouvait l'anéantir étant donné que c'est à créer que toujours Il S'attache. S'Il ne put, non plus, empêcher le Malin d'être ainsi attaché à la destruction de tout, c'est parce qu'encore Il fait de Ses créatures des êtres entièrement libres. Voilà pourquoi le mal toujours rôde en ce monde mais, à la fin, ne saurait l'emporter. Dieu est trop puissant pour cela.

— A t'entendre, on dirait que ton Dieu a fait vœu de se rendre impuissant.

— C'est là la mesure de son amour, César.

— Intéressant, fit César en se levant pour partir. Ainsi donc, à accepter ta religion... Non, non, je t'en prie, reste assis, il me faudrait être bon ? Comme si les empereurs pouvaient se payer pareil luxe ! Non, l'empereur ne peut pas aimer ses ennemis. Il est regrettable certes, mais tout à fait inévitable qu'il doive les anéantir. A régner, on ne peut qu'on ne soit, comme tu dis, attaché à faire le mal.

— Il est toujours le pardon, César. Car Dieu, Lui, pardonne tout.

C'est dans l'instant qu'Il répond au moindre geste de repentir. Car Dieu, ainsi que je te l'ai dit, est bon.

— Ce qui ne l'empêche pas de précipiter les gens dans les flammes et le néant, c'est bien ça que tu dis aussi, non ?

— Non : les flammes, c'est de son propre fait que le pécheur s'y précipite. Choisir, César, tout le monde en a la liberté. L'esclave, au même titre que César en personne. Car oui, César même est libre de faire le bien dans sa vie — dans cette vie qui n'est jamais qu'ombre de celle à laquelle il faut se préparer, de celle qui, véritable, commence à la mort du juste. Cela étant, et alors on aurait dit que c'était aux Éphésiens qu'il assenait ses coups, s'identifier aux forces faillies de l'anéantissement ? Il ne saurait y avoir alors le moindre doute sur la nature de l'ultime châtiment ! Car, quand bien même il meurt, le corps toujours se relève sous une forme transfigurée et c'est pour la béatitude ou le châtiment — selon le choix que seul on a fait. Le châtiment, César... l'égarement, les ténèbres, un néant tout empli d'une douleur plus grande que celle que donne le feu, à jamais. L'empereur, lui-même, ne saurait être exempt de la logique de ses actes. Tel il sème, tel il...

Et il se pencha pour entamer une autre couture. Néron se sentit congédié.

Il lui demanda :

— Et le premier pas vers cette foi, ce serait ?

— Le baptême, César. Le fait de se laver de ses péchés.

— De se laver ?

— Dans de l'eau, César. Une eau transfigurée en signe de rédemption.

— De l'eau ordinaire ?

Le vieillard qui, de tout ce temps, n'avait cessé de raccommoder sa toile, parut mal à l'aise. Néron hocha la tête, enfila sa perruque, ébaucha une manière de bénédiction confuse et s'en fut. D'une démarche passablement tremblante, il se dirigea vers le Forum impérial, ses gardes drapés d'une cape allant devant et derrière lui. Une vieille femme en châle se retourna sur son passage et lui fit un sourire grimaçant. Agrippine. Ses dents avaient noirci, ses cheveux étaient brûlés — elle revenait de là-bas. De l'enfer. Et puis non, ce n'était pas elle. Qu'y avait-il besoin que sa mère s'en revînt ainsi des ténèbres lointaines pour lui rendre de brèves visites ? Même chose pour Britannicus. Et Octavie. Et tous les autres encore, dont il avait oublié le nom. Cette vision d'un néant peuplé de flammes était probablement suffisante. Ah ! jeter des taches cramoisies sur la candeur illimitée du beau éternel. Ou du bon. Ou de tout ce qu'il avait voulu dire. Ah ! Ce cri blanc et pur, très fort, de douleur elle aussi pure et blanche.

On pourrait dire que Paul avait semé certaines idées dans l'esprit de son empereur. Qu'il y eût un ultime créateur semblait parfaitement logique. Il aurait alors créé Jupiter, Apollon, Mars, Priape et tous les autres ? Ceux qui siégeaient dans ce pseudo-panthéon de pure comédie ? Il lui avait toujours paru en aller ainsi : cela avait beaucoup à voir avec un principe du beau que la mort ne touchait pas. Mais qu'il dût aussi y avoir un principe éternel de bonté et un système, non moins éternel, de récompense et de punition, voilà qui n'était pas aussi recevable. Sénèque avait bien fait des sermons là-dessus et, sinon là-dessus, au moins sur quelque chose d'approchant, mais jamais pourtant il ne lui avait évoqué la possibilité d'une damnation qu'on aurait pu choisir. Les flammes éternelles, Néron n'eut pas grand mal à voir que c'était de cela qu'il s'agissait. Il les vit de ses propres yeux — il y avait là une cité qui éternellement brûlait et était pleine des cris de ceux qui brûlaient. Mais que le principe d'anéantissement eût aussi la faculté de ne pas anéantir était difficile à admettre. Il semblait plus logique de passer du temps terrestre à une région qu'on aurait pu dire parachronique, mais certainement pas achronique. Le feu pouvait en effet, à brûler, épuiser la culpabilité et l'être ainsi purgé de là s'élever à la pureté de la vision éternelle : du beau. De l'idée que Platon s'en faisait, mais personnalisée, déifiée en une manière d'œuvre d'art qui se serait mue et aurait respiré tel un être organique non limité par la mort — d'une musique qui, à ne point cesser, aurait aussi offert un acte d'amour sans aucune fin. Sauf que c'était peut-être absurde. Oui, c'était complètement absurde. Il y avait le temps et le non-temps. Dans le non-temps on allait à la béatitude ou au châtiment éternels. Néron n'apprécia guère l'idée qu'il y eût peut-être des milliers de gens dans son empire en train de s'imaginer leur souverain dévoré par les flammes de l'enfer. Qui plus est, à jamais. Et tout ça alors que des esclaves avec des noms tels que Félix et Chrestus le regardaient hurler dans le brasier du haut d'un frais abri où tout était musique et poésie ? Non, cela n'allait pas ! C'était injuste. Il y avait là état de *laesa maiestas* et il ne le tolérerait pas. En se débarrassant des croyants, on se débarrasserait de ce à quoi ils croyaient. Bien il vit le feu et puis, par la grâce qui seulement est accordée à l'artiste, vit le phénix qui s'en élevait. Voilà qui était différent : cela au moins, on pouvait l'embrasser du regard. Et puis, encore il revit cette pure candeur qui n'avait point de limites. Elle était offensée. Elle hurlait et c'étaient ses hurlements qui remplissaient l'éternité. Idioties que tout cela.

Tigellinus se montra du même avis.

— La bonté ? Le *summum bonum* ? Mais tout homme a le sien ! Et encore tout ce qui est chose vivante. Il ne saurait être de *summum bonum* unique. Car, quel est donc le *summum bonum* du lion qui a faim ? Le bond qu'il fait pour sauter à la gorge de sa proie ? La bonté sur ordre divin ? Balivernes ! L'ordre n'est qu'expédient. L'ordre est corps mort. Pour le commun, cela signifie que demain ne sera pas pire qu'aujourd'hui. L'ordre de rupture exceptionnel... afin de découvrir la lumière qui aveugle. Tu ne me comprends pas ? La raide vérité du plaisir lorsqu'il y a outrage. Et si ce soir nous allions, disons, déflorer les vestales...

— Oh non !

— Oh non ? La chose serait nouvelle... et choquante. Les feux d'une autre force se libérant de l'acte de destruction ! La porte qui s'ouvre sur une réalité que la majorité ne saurait connaître ! Ce n'est qu'au travers de certains modes de destruction que l'on atteint à des visions nouvelles.

Il marqua un temps d'arrêt, et puis reprit en ces termes :

— Ce n'est pas sur de semblables notions de tolérance et d'amour fraternel que nous avons bâti l'Empire. Cela étant, l'Empire n'en serait-il pas le plus grand bien que le monde ait jamais connu ? Je sens là des forces prêtes à le briser : non point par des actes, mais bel et bien par l'inaction. Aimez-vous les uns les autres ? Voilà qui dit bien les tribus qui ne se lavent ni dans le Rhin ni dans le Danube ! Mais allons ! Laissons-les donc entrer ici, oui ! prendre Rome et renverser ses dieux ! Les Juifs ! Ces gens de Chrestus ! Ils seraient fort capables de laisser faire ! — Et puis il ajouta : L'impératrice est beaucoup trop aimable avec ces Juifs.

— Attends qu'elle leur soutire de l'argent ! L'argent juif, Rome en a besoin.

— Sauf que ce n'est pas ça qu'elle veut. Elle est bien trop fascinée par leurs yeux noirs, leur teint olivâtre, leur savoir sexuel et toute cette magie qu'ils ont héritée de leurs prophètes du désert. L'enfant qu'elle porte n'est certainement pas de toi.

Fou de rage, Néron frappa — laissa, rouge, la marque de sa bague sur la joue gauche d'un Tigellinus qui l'avait comme de cuir.

— Ce que tu dis est révoltant ! C'est presque une trahison !

Tigellinus trouvait toujours bon de savoir jusqu'où il pouvait aller. Après quoi, comme alors, il battait prudemment en retraite.

— Il est probable que je me trompe. Mais ma dévotion à César est telle que parfois je vois du mal là où il n'y en a pas. N'y pense plus. La dame est digne d'estime. Je te demande pardon de mes misérables soupçons.

Cette nuit-là, Néron rêva, comme il lui arrivait si souvent de le faire, d'un autre monde dont les poètes épiques avaient clairement défini la géographie, le climat et l'organisation sociale : l'endroit était sans épaisseur, qui n'avait point de sang. Et lui, César, il allait rejoindre les fantômes qui n'avaient point d'épaisseur. Aucune rancœur n'animait les ennemis d'antan. Le problème n'était pas celui de l'amour ou du pardon. C'était, tout simplement, qu'il n'y avait pas assez de sang pour nourrir les émotions violentes de ceux qui vivaient. Et puis il vit encore un autre monde, et celui-là ne manquait ni de sang ni d'épaisseur. Le feu. Des nerfs tendus comme cordes de lyre, tendus à se rompre mais incapables de le faire. La douleur. Une neige qui, folle d'être constamment souillée, se prenait à hurler. Et Néron hurla lui aussi, enfin se libéra de son rêve. Ah ! ce maudit chrétien !

Le maudit chrétien en question fut un jour informé de ce que sa demande de *liberetur* avait été acceptée : Sabinus et Paul cessèrent d'être attachés l'un à l'autre. Sur l'Esquilin, le Caelius, le Viminal, l'Aventin, le Quirinal et même au Champ de Mars Paul avait déjà parlé aux croyants (dont il avait converti un grand nombre dans les eaux du Tibre) lorsque enfin il se prépara à gagner l'Espagne par la mer : l'argent qui sonnait à sa ceinture serait amplement suffisant pour le voyage. La foule fut importante qui l'accompagna sur le quai de Putéoli. Il y avait là des Juifs, des gentils, des patriciens, des esclaves et le *miles* Sabinus : instabilité émotionnelle propre au tempérament insulaire oblige, certains se mirent à pleurer. Luc lui annonça qu'il était arrivé au bout de son histoire et l'avait fait reproduire en dix exemplaires par des copistes professionnels. Mais il lui fallait quelqu'un à qui la dédicacer, quelque personnage fictif dont on aurait pu imaginer qu'il eût besoin d'être initié aux principes élémentaires de la foi et à l'historique de sa propagation.

— « À tous ceux qui aiment Dieu », lui suggéra Paul.

Qui ajouta en grimaçant un petit sourire :

— « À l'empereur » ? Non, pas à l'empereur.

— Je suis depuis peu en assez bons termes avec un de mes patients... un poète... Caius Pétrone, reprit Luc. Très sincèrement intéressé par notre entreprise. A lu mon opuscule avec une avidité qui me flatte. Ex-ami de César : s'efforce de trouver la lumière, dit-il. Voudrait que je l'appelle Théophile.

— Théophile ? Voilà qui fera l'affaire. Théophile, ça pourrait être n'importe qui.

Enlacements, embrassades, larmes, femmes qui gémissent. Une chansonnette aussi, païenne mais appropriée en la circonstance : « Reviens-nous bientôt, reviens-nous ». Paul leur fit de grands gestes d'adieu au moment où, proue tournée vers le port espagnol qu'Hamilcar Barca avait construit, son navire sortait de la rade en se frayant un chemin au milieu d'innombrables bateaux de commerce. Il remarqua, sans y prêter grande attention, qu'un autre navire y entrait doucement. Assis sur une glène, un vieillard noueux à la barbe mal entretenue y regardait vaguement son bateau se diriger doucement vers la sortie. « Et où pourrait-il donc s'en aller ? » Un marin le lui dit.

— Ah ! C'est un bien grand empire qu'ils ont là, ces Romains ! Un vaste monde ! Et je n'en ai pas vu beaucoup, dit Paul.

— Et moi qui croyais que tu faisais la ligne, toi aussi ! Les nœuds et les palans, t'as pourtant l'air de connaître...

— Rien que des petits bateaux sur le lac de Galilée. Ravauder les filets. Le poisson. Mon ancien boulot.

Et c'est ainsi que, ballot sur l'épaule et, à la main, un bâton de prunellier taillé grossièrement, Pierre descendit la coupée d'une démarche hésitante. Il était vieux, il n'allait pas bien mais il lui fallait arriver à Rome, où que Rome se trouvât. Il y avait beaucoup de gens autour de lui. Des Juifs, des gentils. Ils avaient l'air nazaréens mais bavardaient en latin ou en grec, langues qu'il n'avait jamais apprises. De toute façon, il était déjà trop tard. Mais « Reum » ?, demanda-t-il à un docker qui flemmardait, et l'autre lui montra vaguement quelque chose du doigt. Tous les chemins y menaient, disait-on. Au bout d'un ou deux kilomètres des plus pénibles, il déboucha dans ce qu'on appelait la Via Appia. Beaucoup de circulation. On ne cessait de le dépasser : des nobles dans des litières, des esclaves qui portaient de lourdes charges sous le fouet, des manipules de soldats qui suaient sous les ordres qu'on leur aboyait. Couvert de poussière, il gagna le bord de la route en boitillant, s'assit sous un arbre d'une espèce qu'il ne connaissait point... Un hêtre ? Un pin ? Un platane ? Il souffrait, il avait les jointures qui craquaient. Il aurait dû rester à Joppa mais Jacques s'était montré très pressant sur cette mission. L'homme qu'il devait voir avait nom Linus. Un Grec romain ou quelque chose de ce genre, un vrai étranger... mais nazaréen. Devait absolument le rencontrer et pourtant ils ne parlaient pas la même langue. Pierre grommela dans sa barbe. Un autre bateau repartirait pour Césarée dans quelques jours. En plus, il avait l'argent du voyage : ses frères de Jérusalem lui en avaient donné plus qu'il ne lui en fallait. Jérusalem : il y régnait une atmosphère curieuse. On avait l'impression que tout y filait, que tout se refermait, que la foi perdait du terrain, qu'il y avait de l'apostasie dans l'air, que le relâchement s'étendait. Il n'était plus question que des Juifs et des Romains. Les nazaréens étaient hors du coup, qui prêchaient la paix alors qu'on ne parlait que de la lutte qui allait commencer. Pierre avait soif de cette Joppa où, chef de l'Église locale, il appartenait aussi à un syndicat de pêcheurs. Mais voilà : le chef de l'Église *tout entière,* c'était lui : il y avait longtemps qu'on le lui avait dit. Lui, et pas Jacques. Ce Saül qui, par la suite, était devenu Paul ? Il n'avait pas, lui, reçu d'instructions particulières. Et pourtant, avec son grec, son latin et son hébreu raffinés, il semblait bien se prendre pour le grand chef. Aussi terrorisé qu'il fût par le chant du coq, par ses propres rêves, Pierre n'en était pas moins, avec ses membres affaiblis et sa tête où tout se mélangeait, le dernier rocher de la foi. De sa besace, ô réconfort, il sortit un peu de poisson séché, un peu de pain aussi, et une petite gourde qu'il avait remplie à la fontaine près des docks. De l'eau de source qui avait jailli de la gueule grimaçante d'une créature encornée faite d'un métal de couleur terne. Il fallait se remettre en route. Il s'y remettrait dès après avoir pris du repos. Le rêve qu'il avait fait à bord avait été aussi clair et ensoleillé que celui qui, lait de chèvre, viande de porc et homard, avait déclenché le scandale général. Il s'y était vu assis sous un arbre semblable à celui sous lequel il se trouvait. Il décidait de s'en retourner au port afin d'y attendre le premier bateau en partance pour Césarée. Un joli temps d'été, propice à un voyage sans histoires. Et c'est alors qu'Il lui était apparu, Lui. Que portant allégrement une croix sur Ses épaules immenses, Il lui avait souri, avait hoché la tête comme pour Se gausser de sa sottise, brièvement encore avait imité le chant du coq et, pied léger, presque enjoué, avait repris le chemin de Rome. On ne pouvait se tromper sur le sens de l'affaire : il fallait absolument se remettre en route, même si ce devait être d'un pied plus lourd. Il poussa un soupir, se leva, recommença à se traîner vers le nord. Il vit se coucher un soleil étranger, et encore une nuit étrangère se lever avec une étrange lenteur. Enfin il s'installa sous des arbres, s'enroula dans son manteau, entendit des chouettes et bien d'autres *tsiporim* du *laylah :* l'un d'eux chantait même comme si son cœur allait se rompre. Il vit des étoiles qu'il connaissait mais eut le mal du pays : terriblement, désespérément. Il y avait erreur : il ne faisait pas l'affaire. Il le savait depuis toujours.

Péniblement il avança néanmoins, un jour, et puis encore un autre. Personne ne lui parlait. Il achetait de quoi manger en montrant du doigt ce qu'il voulait à l'étalage. Au lieu dit des Trois Tavernes il entendit ce qui, au début, lui parut être de l'araméen mais, bientôt, devint une autre langue — du phénicien sans doute. Il s'était enfoncé un nom dans le crâne et, aussi, l'image vague d'un certain endroit : Linus ; une fontaine dans une rue près de la Via Tabicana, à l'est de la ville. Enfin il aperçut les abords d'une énorme cité : bien plus vaste que Jérusalem, elle jouait à cache-cache au travers d'un bouquet d'arbres qu'il prit pour des pins. Aussitôt il demanda à un ânier comment se rendre à la Via Tabicana : mais l'autre se moqua de lui, fit de grands gestes avec ses bras. On en était encore loin — très très loin. Il passa une deuxième nuit sous les arbres. Temps chaud et sec — absolument parfait pour rentrer au pays en bateau. Petit matin : légèrement vert et gris perle au début. Et puis couvert d'or. Il déjeuna du pain trop levé et du quart de vin pâle et acide qu'il avait achetés la veille. Il reprit son souffle et, en la compagnie de corbeaux qui se disputaient au-dessus de lui, se dirigea vers la ville en boitant.

A couper le souffle. Pas un endroit pour lui. Il y traînait la faible odeur d'une brutalité où personne n'avait cure de personne. La Via Tabicana ? La vieille femme en train de verser le contenu de son seau dans le caniveau d'une rue qui n'était que sombre vallée entre des masures qui s'écroulaient ne le comprit pas tout de suite. Et puis elle tendit le bras vers quelque chose. Pierre n'en fut pas plus avancé. Ainsi donc il y avait des gens qui vivaient ici, qui, une volée de marches après l'autre, montaient des escaliers pour mettre des vêtements à sécher à leurs fenêtres. Qui ensuite les redescendaient à toute allure, en mâchonnant du pain à la hâte, pour aller travailler. Travailler. Personne n'y coupait.

Paupières plissées, il marcha vers un soleil encore bas sur l'horizon. Il chercha des fontaines et, bénédiction de Rome à ses citoyens, en trouva, d'eau de source, à toutes les *piazze.* Les femmes se levaient tôt pour laver le linge, remplir leurs baquets et les remonter le long de tous ces escaliers. Dans certaines familles pourtant, on avait l'ingéniosité d'accrocher la lessive à des cordes qu'on manœuvrait avec des poulies attachées au rebord des fenêtres. On se querellait beaucoup. Très juif tout ça — avec des tas de bras qu'on levait au ciel afin de marchander le prix d'un poisson que le vendeur avait fait retomber d'un grand coup sur sa charrette à bras. A une femme qui tenait son enfant bavouillant sur ses hanches il posa sa question, celle qui toujours tenait en un mot. Petit miracle matinal, elle le comprit. Et tendit le doigt.

La même question, encore — en montant douloureusement les

nombreuses marches usées qui conduisaient à son appartement. Linus ? *Sum Linus, ego*. Teint basané, imberbe, plutôt chauve, un homme relativement jeune le regarda du haut de la cage d'escalier.

— Petrus, dit Pierre en soufflant.

Au moins savait-il son nom. Il monta. Petrus le *piscator* à Rome. Petrus qui entre dans une pièce unique au sixième étage. Petrus en train d'y découvrir un lit, une table et un poêle à huile éteint. Les deux nazaréens, ou *christiani,* se dévisagèrent — la foi en commun mais aucun langage. Linus lui offrit du pain de la veille, du vin coupé d'eau, du veau froid en tranches fines, de l'ail. Et puis, sur le tard, il se souvint de quelque chose — et s'agenouilla devant Pierre pour lui demander sa bénédiction. Après quoi, il alla chercher un interprète. Pierre se retrouva seul, à contempler une table surchargée de rouleaux, tous écrits en latin. Il n'avait aucune envie de redescendre les marches (et puis de les remonter en souffrant) pour trouver des latrines publiques ; il chercha un endroit où uriner. Derrière un rideau il tomba sur un seau et vida, avec quelque douleur mais plus encore de soulagement, sa vieille vessie. Bientôt Linus s'en revint accompagné d'un jeune Juif romain qu'à cause de ses aboiements constants tout le monde appelait Canis. De son vrai nom Shadrach ben Hananiah, il s'était habitué à celui de Canis : appelez-moi donc Canis. Pierre se sentit réconforté d'entendre à nouveau parler sa langue — avec un accent assez voisin de celui qu'on avait en Galilée.

Il dit :

— Pierre, chef de tous les croyants, nommé par le Christ en personne. Tu es bien celui qu'on m'a envoyé voir. A ce propos, quel est ton métier ?

— Je travaille pour un éditeur de livres païens. Poésie et histoire. Je lui recopie des textes. Je suis un bon copiste. Mais... pourquoi suis-je l'homme qu'il te faut ?

— Jacques m'a montré tes lettres à Jérusalem. Je n'ai pas pu les lire, ni lui non plus, mais certains y sont arrivés et en ont effectué des traductions. C'est Rome qui devra nous servir de mère. De mère qui se cache sous les jupes d'une pute, comme dit Jacques.

— Mais... pourquoi moi ?

— Eh bien parce que si moi, je viens à Rome en qualité de père de la foi, je ne suis quand même qu'un pauvre sot qui ne sait ni le grec ni le latin. En plus, je suis vieux et il ne m'en reste plus pour longtemps. L'âge, ou la hache, me réglera bientôt mon compte. Des rêves, j'en ai autant que Jacques. Il y voit que tout se jouera ici. Je crois qu'il a raison. Paul, lui aussi, sentait les choses de cette manière et avait raison — même si je m'opposai à lui. Néanmoins, ce Paul, tu ne le connaîtras point.

— Oh que si ! Il a écrit une lettre aux Romains et puis est venu ici. Il nous a d'ailleurs quittés il y a à peine une semaine. Oh que si, que je l'ai rencontré, ce Paul ! Un homme remarquable...

— Sans doute... mais qui n'a jamais fait partie des douze, lui renvoya Pierre. Un Juif qui n'eut jamais de chance avec les Juifs. Et donc, comme ça, il est passé ici ? Et est déjà reparti ?

— Il reviendra, il l'a promis. Ce que tu me dis là me trouble beaucoup. L'Église mère, c'est à Jérusalem que nous la voyons. Rome n'est jamais qu'une ville païenne parmi d'autres.

— Il y a deux religions à Jérusalem et elles ne sauraient coexister, dit Pierre. Celle que nous enseignâmes s'adressait aux Juifs mais ne parlait ni rébellion ni bain de sang. Les Romains ont fait le jeu des zélotes. Des gens aux mœurs relâchées, des gens corrompus et cruels. Tôt ou tard, il y aura rupture. Ce Néron que vous avez ici a permis que tout s'effondre un peu partout et, maintenant, les Juifs de Jérusalem veulent entrer dans la danse et chasser les Romains. Ils pensent que Rome ne bougera pas et ils ont peut-être raison. Néanmoins, ils ne veulent toujours pas entendre parler des nazaréens et de leurs paix, amour et tendez-l'autre-joue. Écoute, il suffit de réfléchir un peu pour voir que tout cela est évident. Cette foi est devenue une foi pour les gentils. Un jour, ils l'enseigneront aux Juifs, mais le moment n'est pas encore mûr pour ça. Jamais nous n'aurions imaginé que les choses prendraient cette tournure. Ne pas oublier que le cœur du grand empire des gentils, c'est ici qu'il se trouve. Oui, c'est ici que l'Église mère doit s'installer. Et c'est toi qui en seras le premier vrai Père.

— Mais j'en suis absolument indigne !

— Non. Tu es romain. Tu connais Rome. C'est ta ville, à toi.

— A cela près qu'en fait, je suis grec. Mais, c'est vrai, depuis longtemps établi à Rome.

— Bien. Et donc, tu connais parfaitement la Rome des rues, des places et des fontaines. Et aussi celle des caves et des coins sombres.

— La foi, nous la pratiquons au grand soleil. Les coins sombres, nous n'en avons nul besoin.

Pierre hocha plusieurs fois la tête.

— Ne dis pas ça. Les coins sombres, vous serez contents d'en avoir. Je le sens venir. Les Juifs se révoltent ? Écrasez-les ! Et les nazaréens aussi, pendant que vous y êtes ! Les nazaréens ne sont jamais que des Juifs parmi d'autres.

— Ce n'est plus tout à fait vrai.

— Je le sais bien. Trop bien, même. À un moment donné, il y a quelque chose qui a commencé à aller de travers.

— Ta venue parmi nous est un grand moment. Il faut absolument que tu parles à l'assemblée des fidèles.

— En araméen ?

— La langue du Maître, la voix authentique ! Tout ceci est encore difficile à comprendre. Mais toi, tu l'as connu, tu as travaillé avec lui, tu l'as vu crucifié, là-bas, sur cette colline...

— Sur le Golgotha. Non, je n'y étais pas. Non, Dieu me garde, je n'y étais pas.

La rencontre se déroula dans un gymnase désaffecté, non loin du jardin de Mécène et de la villa d'Aulus, au coin des Viae Tabicana et Tiburtina. Ceux des chrétiens de Rome qui étaient juifs se souvinrent de leur araméen. Les trois quarts d'entre eux n'étaient pas circoncis, certains avaient même le cheveu blond et appartenaient à la classe des patriciens. Les gentils, eux, contemplèrent avec quelque terreur sacrée, mais aussi un mépris qu'ils eurent bien du mal à cacher, cet ancien de la foi à l'aspect si lamentable : pionnier sorti du brouillard, il se montra incapable d'expliquer le mystère de la Sainte Trinité ou de mettre en relation la venue du Messie avec certaine obscure prophétie contenue dans les églogues de Virgile. En fait, il ne sut que s'étendre sur la genèse du Pater Noster dans une langue aussi grossière qu'elle était lointaine :

— Car c'est Jésus en personne qui m'apprit cette prière, oui, à moi et à mes compagnons, des pêcheurs ordinaires, au temps où nous jetions nos filets dans le lac de Galilée. Un jour, la tempête se leva et nous eûmes peur mais lui, il nous dit alors de ne plus jamais être dans la crainte. C'était en la personne du Père que nous devions mettre toute notre confiance, à Celui qui nous tient en Sa sauvegarde que nous devions adresser cette prière : « Notre Père, qui êtes aux cieux, que Ton nom soit sanctifié... »

Ils se joignirent au débat, certains en grec, la plupart en latin. Tous autant qu'ils étaient, les gentils n'en restèrent pas moins un peu gênés.

La réunion ayant pris fin après la bénédiction et la communion dans le pain sacramentel, ceux qui avaient le nez fin sentirent de la fumée : c'était du sud qu'elle venait et chaud et sec était le vent qui la portait vers eux. Pierre, lui, fut incapable de sentir quoi que ce soit.

Personne ne sait comment l'incendie se déclara mais il en est encore pour jurer avoir vu Tigellinus en train de jeter un tison ardent dans une huilerie, tout en bois sec, au nord des jardins de Servilius, sur la colline de l'Aventin. La quasi-totalité des maisons étant en bois, la chaleur sèche de cette nuit d'été eut tôt fait de les transformer en amadou. L'huilerie appartenait à un certain Accius qui n'y habitait pas. L'ayant vue s'embraser de sa maison, à une cinquantaine de mètres de là, il hurla qu'on aille tirer des seaux d'eau à la fontaine et fasse la chaîne pour les vider dans les flammes : langues de feu jaune et bleu, celles-ci se contentèrent d'avaler l'eau qu'on leur offrit avant d'en redemander. La chaleur fit naître la sueur et la sueur aveugla. De grands éclats de noir se mirent à tournoyer dans l'air enflammé telles des chauves-souris. Le feu grimpa la colline, y broya les pins, dévora la résidence d'été, en bois, de Lucius Aemilius — en grossit d'autant. La famille de C. Aeserninus se retrouva piégée à l'intérieur de sa petite maison en brique, le feu y entra, grimpa les escaliers, dévora tout sur son passage. Panique de la mère, un enfant fut jeté du haut d'une fenêtre du dernier étage, s'écrasa la cervelle sur le pourtour en pierre de la demeure. Dans le Onzième District, aux abords du Tibre, les immeubles locatifs des environs du Circus Maximus se prirent à jeter des chants enflammés à la voûte céleste, qui resta invisible derrière l'écran de fumée. Les familles qui, par centaines, se trouvaient à l'intérieur s'entre-tuèrent à coups de griffes, toussèrent plus qu'elles ne hurlèrent, bloquèrent entièrement les cages d'escaliers. Ceux qui survécurent à ce déchiquetage en règle, et désespéré, virent alors que le feu les attendait là-bas en bas, à l'entrée des immeubles. Certains en sortirent en glapissant, coururent jusqu'au moment où ils tombèrent : on s'était transformé en torches vivantes. Et noires, les flammèches dansaient, se faisaient porter par le vent, tels noirs flocons fondaient en touchant le fleuve cependant que la foule pataugeait dans ses eaux, qu'on se passait et repassait des baquets en toile, qu'on en jetait le contenu dans les mâchoires d'un incendie qui, telle une énorme vache, en faisait maigres pissenlits bien vite avalés. Il y avait, au croisement des Viae Ostiensis et Latina, un vaste entrepôt bourré de jarres remplies d'huile d'olive : bouchons qui sautaient, elles explosèrent ou, se fissurant sous les flammes, laissèrent couler de leurs flancs un grand fleuve de feu aromatique où, queues ainsi que petites chandelles et peau roussie, des rats se mirent à nager. La bibliothèque de l'Aequiculi était, sur l'Aventin, tout entière construite en marbre : le feu ne s'y engouffra pas moins par une fenêtre dont les volets de bois furent dévorés en un instant. Alors, un immense trésor de livres d'histoire romaine et grecque servit de rapide collation, presque comme de jus de fruits bien frais, aux panses assoiffées du gang des flammes. Le citoyen Bogudes qui en était le conservateur fut casse-croûte plus long à avaler mais, pour finir, rejoignit lui aussi le tas de cendres qu'étaient devenus ses manuscrits.

Et encore l'incendie gagna, aussi bien vers l'est que vers le nord, jusqu'au mont Caelius. Le temple du divin Claude se retrouva au cœur d'un embrasement proprement terrifiant où, des prêtres comme des augures, toutes les maisons prirent feu en dépit de prières qu'à battre follement ici et là, les flammes étouffèrent. Hommes et femmes déshabillés ou habillés de vêtements noircis ou fumant à l'ourlet, on courait par les rues en gémissant, emportait avec soi des trésors sans aucune valeur. Le temple d'Isis, lui, parut tendre un bras en avant et, magie égyptienne, vouloir barrer le passage au feu : il fut obéi. Au nord de la ville, à l'intérieur du périmètre du Panthéon, mausolée d'Auguste et Castra Urbana, l'incendie qui faisait rage ne semblait rien devoir au zèle colonisateur déployé par l'Empire écarlate qui s'étendait au sud, les bains d'Agrippa, le temple de Jupiter et le quartier général des vigiles de la ville n'étant même pas, eux, touchés du bout du doigt par l'enfer du feu.

Les païens de Rome, ceux-là mêmes qui, empilés en rangs en une parodie d'ordre civique, passaient leur temps à graillonner et boire du vin coupé d'eau par outres entières avant de hurler qu'enfin on s'occupât de leur faire couler du vrai sang bien rouge aux jeux du cirque, n'étaient plus maintenant que milliers de fourmis fuyant dans toutes les directions l'énorme poing de feu et de fumée qui encore et encore s'abattait sur leurs collines. Mais qu'avons-nous à faire de tous ces Canus et Capys, des frères Casca, des Cestius, Crassus, Domitilla, Fausta, Augusta, des danseuses récemment arrivées d'Alexandrie, de Polla et Vettius, d'Omphale la mère maquerelle, de Macro et Marius, des Salnatores, des Livius et Livia, des... ? Pas grand-chose étant donné que nous ne les connaissons pas. Caleb, son épouse Hannah et leur fils Yacob, par contre, nous les avons déjà rencontrés, au minimum. Ils habitaient alors un deux-pièces au cinquième étage d'un immeuble sis au nord du Douzième District. Ils étaient au lit lorsque la chaleur, le bruit et une étrange lumière les réveillèrent.

— Le ciel est en feu ! hurla Hannah en attrapant le garçonnet.

Ils se bousculèrent jusqu'à la porte en chemise de nuit, découvrirent des hommes et des femmes qui, cheveux emmêlés et jambes nues, fuyaient dans les escaliers, des enfants qu'on attrapait et qui hurlaient. Caleb ordonna à sa femme de rester où elle se trouvait et, s'emparant de sa tunique d'une main et de son fils de l'autre, se mit en devoir de frapper brutalement des poings afin de se frayer un passage dans la foule qui, en toussant et suffoquant, grossissait à chaque palier : on essayait d'écraser le voisin à qui mieux mieux, par lui on se faisait écraser avant d'être dévoré par les flammes qui attendaient tout le monde à la grand-porte de l'entrée.

— Là ! maintenant ! hurla Caleb.

Tous les trois ils se jetèrent dans la cohue pour arriver au troisième étage, dans l'instant se firent écorcher vifs, s'agrippèrent l'un à l'autre, se mirent à saigner.

Dans le mur il y avait une fenêtre ouverte et, au-dessous, bien éclairé par des flammes sur la gauche mais pas encore touché par le feu, un buisson de jeunes arbousiers.

— Allons-y ! hurletoussa-t-il et, d'un bond, sauta dehors.

Le buisson ayant amorti sa chute, il se retrouva pieds nus sur la terre brûlante.

— Lance-le-moi !

Elle lui lança l'enfant à l'aveuglette et, en le rattrapant, il n'eut pas, lui, le temps de s'étonner de ce que le gamin ne fût pas tourbillon vagissant de bras et de jambes mais d'un calme si étrange qu'on aurait pu croire qu'il avait passé tout son temps à dormir.

Il déposa l'enfant sur le sol pendant que, du haut de la fenêtre, Hannah se lançait vers ses bras. Il la rattrapa elle aussi. Elle ramassa Yacob : il saignait abondamment à la tête et... et cet os nu, là... en dépassait-il ? Elle fut incapable de crier, ne put que cracher sa douleur aux cieux qui lui étaient celés. Vers le sud ils coururent avec son cadavre, à peine s'arrêtèrent avant d'avoir atteint le triple croisement des Viae Ardeatina, Latina et Appia. Plus d'incendie, ils ne furent plus que corps pelotonnés qui gémissaient de cette perte irréparable.

Comme les trois quarts des chrétiens qui habitaient sur l'Esquilin et le Viminal, Marcus Julius Tranquillus, son épouse et leur fille étaient, eux, en sécurité sur le Janicule. Là-bas en bas, dans les Douzième et Treizième Districts, échoppes dévastées et pauvres maisons devenues braise de charbon de bois qui rougeoyait aux abords d'un incendie repu de flammes, les Juifs avaient beaucoup souffert. Ceux qui, sur le mont Caelius, se trouvaient à la limite du feu, virent Rome brûler vers le nord-est, jusqu'au Palatin. Certains, qui s'occupaient à piller, avaient bu et virent davantage : un Jules César qui s'avançait dans les rues à la tête d'une légion de feu, Romulus et Rémus en train de sucer les tétons d'une louve tout entière de flammes. La rumeur courut même qu'avec toute l'huile qui y avait lourdement roulé des entrepôts qui se dressaient au sud du Circus Flaminius, le Tibre n'était plus qu'un seul et même embrasement. À cheval sur un taureau ailé, Jupiter bondissait par-dessus le brasier, ici et là ramassait de grosses brassées de flammes et, de joie, les lançait dans les airs. Les vestales relevaient leurs jupes pour montrer leur buisson enflammé. Sur le pont qui conduisait du Capitolin aux Naumachia Augusti les fourmis hurlantes se ruaient, n'avaient pas un regard pour la péniche impériale amarrée à l'île de Tibur droit au nord. Là, l'empereur et son entourage observaient la progression de l'incendie, le regardaient illuminer la ville du Circus Maximus au Palatin, indifféremment broyer et avaler parcs élégants et palais de la dernière splendeur. Profondément ému par la majesté, toute de pourpre et d'or, de cette armée de feu qui avançait, Tigellinus déclara qu'il était quelque vertu aux catastrophes, que Rome, ou alors Néropolis si tel était le nouveau nom qu'on allait lui donner, devrait maintenant être reconstruite, que le Sénat même ne pourrait pas ne pas le voir.

Tremblant comme s'il était arrivé au bout du court chemin qui mène à l'orgasme, Néron lui répondit :

— Il n'est aucun art de cet ordre, non, aucune musique, aucun poème lyrique, aucune tragédie de cette grandeur. Enfin je vois ce que jusqu'à présent je n'ai fait que chanter : les derniers jours de la deuxième Troie, et la troisième et dernière qui ainsi naît dans les affres.

Et il chanta :

Dans les robes somptueuses des flammes de la fin,
Ilium abandonne ses membres aux doigts de feu,
Amoureuse, en proie au désir, elle roucoule telle colombe,
Et rugit comme lionne et hurle comme la louve des bois...

Devant le mot toujours inadéquat il n'en éprouvait pas moins le désespoir qui frappe jusqu'au meilleur artiste. L'énorme linceul de fumée avait effacé et la lune et les étoiles, telles chauves-souris les flocons de suie volaient en hordes massives et sans loi, on étouffait, Rome lentement se faisait dévorer, marbre noirci qui point encore ne concédait la victoire mais renforts de bois déjà grignotés jusqu'au néant, étais en métal qui déjà ployaient dans la chaleur blanche où ils fondaient. Et sans cesse, de l'autre côté du fleuve, les hurlements, les grognements, les quintes de toux démentielles d'une ville qui, comme toutes les autres, avait déjà souffert ainsi qu'il se doit, mais jamais encore à ce degré. Hommes équipés de pompes et qui s'entraînaient dans une caserne à l'ouest de la Via Lata, Rome avait, depuis deux cents ans, un corps de pompiers mais le vent sec qui, du sud, leur jetait le feu à la figure était si fort qu'impuissants, ils furent obligés de battre en retraite. Ce ne fut qu'au moment où, soudain, il vira au nord-ouest qu'il parut possible de le repousser loin d'un Forum et de la frontière nord d'un Palatin qui, tous deux, étaient menacés. Mais il était trop tard pour se servir des échelles de sauvetage et des couvertures humides qui, dans les rues pleines de taudis dévastés, dessinaient comme d'énormes prés. Lentement, timidement, les citoyens de Suburra, du Quirinal et de l'Esquilin descendirent jusqu'aux jardins de Mécène, jusqu'aux abords de ce qui, plus tard, devait devenir le Domus Aurea. On voulait voir ceux qui s'étaient rués au nord de cette horreur, on était en proie à un émerveillement un peu répugnant mais pris, aussi, d'un grand désir d'aider. On n'en resta pas moins impuissant devant ces femmes qui, folles de douleur, les cheveux brûlés, se penchaient en hurlant sur les cadavres calcinés de leurs enfants. Les parfums de Rome n'étaient plus maintenant qu'odeur de roussi de chez le barbier follement multipliée par millions.

Pierre qui, parce qu'il ne pouvait même plus envisager de grimper les escaliers qui conduisaient à l'appartement de Linus, avait élu domicile derrière l'échoppe d'Aquilas, parla de Sodome et Gomorrhe mais aucun des gentils qui se trouvaient là ne comprit à quoi il faisait allusion. Il était du devoir des chrétiens de porter secours à ceux que le malheur avait frappés mais, hormis la prière, quel secours auraient-ils donc pu leur apporter ? Ceux qui gisaient dans les jardins de Mécène, ou dans les rues du triangle dont la Via Praenestina formait la base, furent, dans leur faiblesse, complètement stupéfaits lorsque, levant les yeux au ciel, ils aperçurent un vieillard barbu qui, bâton à la main, écartait les doigts au-dessus d'eux en marmonnant des incantations magiques dans une langue rugueuse. Luc avait apporté sa besace pleine d'onguents avec lui mais ne pouvait que rester impuissant devant toutes ces chairs dures et calcinées au-delà du moindre réconfort. La soif qui régnait autour de lui était terrifiante. On pouvait certes l'apaiser mais trop souvent seulement à l'aide d'un *viaticum* qui ne précédait que de peu un sommeil dont personne ne se relevait jamais. Catulle déambulait ici et là à grands pas et, tel tison ardent, marmonnait des choses sur son *una nox dormienda.*

L'aurore enfin se fraya un chemin à travers le linceul de fumée qui dérivait vers le sud-est. Il aurait mieux valu que la nuit fût sans fin, que toujours elle cachât les pauvres corps brûlés, celât les poutres dont encore les derniers rougeoiements pouvaient se faire brève malédiction embrasée sous la brise. La puanteur était insupportable, des brindilles noircies voletaient, alanguies, dans les airs, des bosquets incendiés montaient, dans le vent déjà plus franc du matin, des tourbillons de feuilles squelettiques dont la chair avait été dévorée mais où pourtant, miracle, les nervures étaient restées intactes. Avec cette nudité une obscénité nouvelle se dévoila : dans l'horreur même, et visible, de sa mutilation, la ville avait jeté ses habits de feuillage à l'ultime gloire de la mort. Pendant deux jours entiers personne ne s'occupa des cadavres que les rats s'étaient mis à grignoter. Dans les fumées qui déjà se mouraient des silhouettes elles-mêmes enfumées erraient ici et là, penchées, trébuchaient dans les ruines, cherchaient, ne trouvaient rien ou bien alors, automatisme affolé, réaffirmaient le primat de la vie en se reprenant à marcher sans but. Au troisième jour, le Sénat se réunit en session extraordinaire et découvrit que certains de ses membres avaient disparu. Personne ne savait où se trouvait l'empereur : la rumeur voulait qu'avec ce qui lui restait de cour, il se fût replié dans un domaine de la Castra Praetoria. Caius Calpurnius Piso fut élu président d'une petite commission d'enquête chargée d'élucider les causes d'un incendie dont les braises rougeoyaient encore, s'enflammaient même à l'occasion. Sinistrement on piétina dans les décombres, bondit de côté lorsque, soudain, par-dessous, les flammes étaient encore vives, se couvrit le nez d'un bout de toge lorsque, là, devant soi, les cadavres étaient noirs. Sur l'Aventin enfin, on rencontra, ce à quoi on s'était un peu attendu, un Tigellinus qui s'avançait à la tête d'un manipule de gardes prétoriens : on attendait César. Qui arriva en litière. Avec lui, une impératrice qui était très visiblement enceinte. Piso se présenta, énonça le but que le Sénat s'était donné.

— ... Et, bien sûr, superviser l'établissement de refuges pour les malheureuses victimes.

— Je te connais, Piso — ne t'imagine pas que je t'aie oublié. C'est toi qui m'as repris devant tout le Sénat en m'accusant de diverses négligences dont la nature m'échappe quelque peu aujourd'hui. Et cette puanteur ? Quelqu'un va-t-il enfin s'en occuper ? Vous ne voyez donc pas que ça donne envie de vomir à l'impératrice ?

D'un geste du bras, un sénateur fit mine de chasser l'horrible odeur.

— Bien, bien, reprit Néron. Quant aux sans-abri, ah ! les pauvres âmes ! sachez que votre empereur a déjà pris certaines mesures à leur endroit. Les jardins impériaux sont à leur disposition et, charpentiers et fabricants de tentes, on s'affaire à leur dresser des lieux où se reposer. Et, bien sûr, le Champ de Mars : on est en train de l'aménager afin de pouvoir y loger un nombre, j'en ai bien peur, incalculable de malades et de vagabonds. Des messagers ont été dépêchés à Ostie avec pour tâche d'en rapporter des fournitures d'urgence. Comme vous voyez, nous avons la situation bien en main. Mais... vous seriez-vous donc attendu à autre chose ?

— Nous nous émerveillons de la célérité avec laquelle César a mis les choses en route.

— Sénateurs révérés, retrouvons-nous donc dès demain pour discuter des moyens financiers qu'il nous faudra mettre en œuvre afin de reconstruire la ville. Il n'y a plus un moment à perdre.

— César aurait-il quelque idée de la manière dont a pu commencer ce désastre ? demanda Piso.

— Oh ! côté risques d'incendie, Rome est depuis toujours un endroit terrifiant... avec tous ces taudis et échoppes en bois, toutes ces lampes à huile, ces vents soudain si forts ! Cette fois-ci pourtant, nous avons eu plus de chance que d'habitude. — Et ne pouvant, sembla-t-il, s'empêcher de sourire, il ajouta : Mais songez au phénix, à la résurrection, à tout ce genre de choses ! Ne jamais perdre de vue le bon côté du malheur. Un de ces jours, et il se pourrait bien que ce fût avant longtemps, vous verrez que vous aurez une Rome dont vous pourrez être fiers !

— L'ennui, le reprit Tigellinus en continuant de marcher à côté de la litière qui, cahin-caha, avançait toujours vers le nord, c'est qu'on va vouloir faire retomber le blâme sur quelqu'un...

— Mais pourquoi donc ? Fait des dieux que tout cela ! Accident ! Rome n'en est pas à sa première expérience.

— Et si je disais les choses autrement ? Si je disais qu'on se sentirait beaucoup plus heureux, si tant est qu'on puisse parler de semblable émotion en la circonstance, oui, beaucoup plus heureux si l'on avait quelqu'un qu'on pût accuser de tout cela ? Permets-moi de te faire remarquer, ô César, que tu as peut-être un peu trop parlé de ce beau phénix que sera Néropolis.

— Comme si tous les empereurs n'avaient pas déjà parlé, et d'abondance, de la brique qu'ils trouvaient en prenant le pouvoir et du marbre qu'ils laisseraient derrière eux !

— A ceci près que ce nôtre empereur n'est pas l'enfant chéri d'un Sénat qui tiendra vite à lancer des accusations dans telle ou telle autre direction. Tes ennuis, César, commenceront avec les premiers lois de finances. On dira que tu entends affamer les légions là-bas, dans les provinces, afin de pouvoir payer tes folies.

— Il ne s'agit nullement de folies. Mes plans sont chefs-d'œuvre de... euh... de planification !

— Je les ai vus : c'est vrai que tu n'as jamais rechigné à les montrer. Et donc, tout le monde les connaît. C'est vrai que tu les as dressés afin de faire face à une situation d'urgence. Cela fait plus d'un an qu'ils circulent.

— Oh ! mais bien plus que ça, Tigellinus, bien plus que ça !

— Et moi je dis que César devra y aller un peu de sa propre poche avant de même seulement rêver de les mettre en action.

— Moi ? Donner de l'argent ? Et à qui ?

Tigellinus poussa un grand soupir, et puis toussa : il y avait encore de la fumée, et âcre, dans l'air.

— Bah ! Je dirais, moi, à certain sénateur du nom de Vettius Caprasius. Un bel orateur ! Les idées justes, il saura les faire naître.

— Mais où le trouverai-je ?

— Je m'en charge.

Ce ne fut qu'une semaine plus tard que, plein d'une modestie affectée, Néron alla prendre place au Sénat afin d'y entendre un Vettius Caprasius dire à tout un chacun, et avec quelle éloquence, qui étaient ces gens qui avaient mis le feu à la ville. Homme maigre et d'âge moyen, il attaqua en ces termes :

— César, honorables Sénateurs, permettez qu'ici je me lève afin de vous rapporter les conclusions de la commission spéciale chargée d'enquêter sur les causes de l'incendie qui, récemment, a dévasté notre ville et l'a laissée défigurée. Sachez donc que documents, lettres et dépositions — que nous encourageons le Sénat à étudier à loisir —, tout pointe, et inévitablement, dans une seule direction. Cet incendie est, oui, crime perpétré par un groupe qui s'est mis en dissidence, par un groupe qui méprise Rome, qui nargue ses dieux et ne voit dans nos vertus militaires traditionnelles — jusques et y compris celles qui nous permirent de bâtir et préserver notre empire — que des qualités totalement dérisoires. Ce n'est pas des Juifs que je parle, non. Ils ont souffert autant que nous et déjà s'empressent de contribuer, et amplement, à notre fonds de reconstruction. Non, c'est aux chrétiens ou chrestiens que je fais référence : on est secte préférée des esclaves, des plébéiens, des pervers et des étrangers, on est individus pour qui le vice est vertu et la vertu rien d'autre que du vice. Déjà bien connus pour pratiquer en secret des choses aussi ignobles que l'inceste et le cannibalisme, refuser toute forme de service patriotique — on va même jusqu'à prendre les armes contre Rome —, voilà qu'enfin on devient terroristes et incendiaires. Je propose donc qu'une nouvelle commission soit formée dont le but sera de sortir ces misérables reptiles de leurs trous et de les traiter non point selon les règles de la justice mais d'une manière qui bien répondra à nos dégoût et outrage. Le chien enragé ne passe pas en cour de justice : on le tue sur-le-champ. Ils ont juré de faire souffrir notre cité ? Il leur faudra souffrir eux aussi.

— Je suis sûr que si on les obligeait à payer une amende..., lança Néron par-dessus les grognements et murmures de l'assemblée. Une grosse amende, s'entend... La justice ne s'en montrerait-elle pas satisfaite ?

— Comme toujours, César est trop bon. Que notre juste indignation suive inexorablement son cours !

Le Sénat n'en était pas pour autant unanime. Nombre de ses membres se faisaient une idée assez claire de ce qui était en train de se passer. Néanmoins, il n'y avait aucun mal à laisser ceux qui souffraient s'attaquer aux chrétiens : pendant ce temps-là, ils ne s'en prendraient pas à des sénateurs qui s'étaient déjà fait invectiver par des orateurs populaires qui les avaient traités de pères anormaux et autres égoïstes au cœur froid dont les villas n'avaient pas été touchées par le feu. Comme si César lui-même n'avait pas connu la douleur ! Comme s'il n'avait pas amèrement pleuré l'anéantissement du Palatin ! Discrètement, Tigellinus paya une bande de vauriens pour aller hurler après les chrétiens et rameuter assez de gens pour pouvoir marcher en force sur une maison insolemment proche du Forum impérial. Ils surent tout de suite quel jour choisir — le Dies solis, celui où cette bande d'athées se réunissaient pour faire cuire des nourrissons et les manger. La résidence appartenait à un maître tailleur grec qui, goitreux, répondait donc au nom de Lémos. Les émeutiers furent ravis de l'y découvrir en train de présider un repas où hommes, femmes et enfants, tous de cette immonde religion, mangeaient de la viande blanche et buvaient du vin grec. La viande blanche, ils le jurèrent, était, en fait, du pain : il suffisait d'y goûter ! On trouva que ça avait le goût du pain alors que tout un chacun savait parfaitement que c'était de la viande blanche. On la recracha par terre, on passa à la cuisine et là, prépara des tisons avec lesquels on commença à mettre le feu à la maison. Qu'ils crament donc, tous ces salauds ! Oui, comme ces pauvres Romains qui, eux, étaient si corrects. On alla plus loin : on alluma un feu devant la maison et l'alimenta à l'aide de meubles, livres et literies. Après quoi on y jeta le plus petit bébé chrétien qu'on trouva, afin de sauver le pauvre pourceau du cannibalisme de ses parents. Les chrétiens adultes, ceux-là mêmes qui étaient censés tendre l'autre fesse du cul qu'on leur bottait, devinrent fort méchants et, toutes griffes dehors, foncèrent sur les émeutiers imbus de leur bon droit. On les jeta dans les flammes eux aussi — quelques-uns d'entre eux au moins.

Alors l'armée prit la relève. Il était clair que nos chrétiens avaient, et le plus délibérément du monde, fait brûler cette maison qui appartenait à un Romain grec du nom de Lémos, à quelqu'un qui, en plus, fournissait, par contrat, des uniformes à la Garde prétorienne. On n'était donc que de vulgaires incendiaires. On avait donc réduit en cendres la ville tout entière. Les soldats reçurent l'ordre de planter des poteaux de trois mètres de haut dans la terre calcinée et, dans les quartiers résidentiels qui avaient le plus souffert, d'y attacher, tous les deux mètres, des chrétiens qu'hommes, femmes et enfants on enduirait de résine avant d'y mettre le feu avec des torches. On n'eut aucun mal à trouver des chrétiens. Ils ne niaient même pas être ce qu'ils étaient, se contentaient seulement de faire un signe cabalistique en forme de croix lorsqu'on les arrêtait. Sauf que, bien sûr, on ne les attrapa pas tous : il y en avait dix fois trop pour ça !

C'est ainsi, par exemple, qu'on ne parvint pas à coincer un Marcus Julius Tranquillus qui, alors même qu'il était en train de faire ses ballots, eut droit aux récriminations de son épouse Sara :

— Je te l'ai dit dès le début : tu n'aurais jamais dû aller te fourrer avec eux.

— Tu dis des bêtises. Paul nous avait avertis que nous servirions de boucs émissaires à la moindre occasion. Dieu merci, nous avons été prévenus à temps !

— Paul... Paul... Paul ! On est d'abord responsable d'un naufrage et après d'un incendie ! J'ai jamais aimé sa gueule !

— Allons, femme, tu parles bien sottement ! Mais j'aurai tout le temps de te ramener à la raison, et comme il faut, dès que nous serons en sécurité à Pompéi.

— Et comment sais-tu que nous y serons en sécurité, hein ? Et d'abord, où ça se trouve ?

— Tout simplement parce que mon oncle y veillera. On le respecte, il est discret, il aime lire, il est gentil... et seul... ça fait longtemps que je lui dois une visite. On n'aura qu'à répandre le bruit que j'ai encouru le déplaisir de Néron pour une vétille. Il sera très heureux de nous abriter. La république de nos ancêtres, il y croit encore !

— Tout ça, ça sent le désastre et rien d'autre. On commence par allumer l'incendie et, après, On fait souffler le vent. Ah oui, alors ! Béni soit Son nom ! Dans les siècles des siècles ! La fuite, l'exil, l'errance dans le désert !

— Sauf que pour une fois les Juifs ne sont l'ennemi de personne ! parce que, ce coup-ci, ce sont les chrétiens. Tu sais, ceux qui prêchent l'amour et la tolérance. Voilà : les ennemis, c'est nous !

Ayant reçu commande urgente d'un certain nombre de tentes destinées au Champ de Mars, Aquilas fut obligé d'embaucher du personnel. Personne ne l'aurait pris pour un chrétien. Après avoir laissé quelques exemplaires de sa « Pauliade » à son patient Caius Pétrone, Luc était parti pour la côte adriatique. Linus s'était, de son côté, contenté de disparaître discrètement... Au contraire d'un Pierre qui, barbe tremblant dans le vent humide et bâton à la main, passait son temps à sangloter sur les cadavres de ceux qu'il prenait sans doute pour des brebis qu'on lui avait égorgées. Là où Linus, le futur « papa » de Rome, pouvait repousser sa paternité à plus tard, Pierre devait une mort à Dieu et, tous les matins, défiait le chant du coq en allant pleurer les morts et offrir sa bénédiction à toute la ville. Au début, on ne vit en lui qu'un pauvre vieux fou d'étranger et le laissa en paix.

Mais un jour, Tigellinus dit à Néron :

— S'il était du bon plaisir de César de lire ce rapport... J'ai ici une liste de certains des membres les plus inattendus de notre... euh... secte.

Ils étaient assis sur les hauteurs de cette partie du Palatin qui, au nord-ouest, avait échappé aux flammes. La résidence offrait assez d'espace pour qu'on y vive, sauf, bien sûr, à être empereur. Les travaux de reconstruction avaient déjà commencé : les ingénieurs consultaient leurs plans, les contremaîtres enguirlandaient leurs esclaves couverts de sueur.

— Je n'aurais jamais imaginé qu'il y en eût tant parmi nos aristocrates de souche irréprochable ! s'écria Néron. Quoi ? Lucius Popidius Secundus en faisait partie et je ne le savais pas ? Ah ! On était pourtant fine gueule et bon buveur !

— C'est-à-dire que... certains ennemis de l'État y ont été inclus, lui répondit Tigellinus. Ça facilite beaucoup les choses. Il n'en reste pas moins vrai que la plupart d'entre eux le sont vraiment... chrestiens.

— Non, Tigellinus, pas « chrestiens » mais « chrétiens ». En plus, je commence à en avoir assez de ces allégations d'anthropophagie et autres mensonges. L'ignorance, je ne supporte pas. C'est qu'il m'en a appris des choses, cet homme, tu sais ?

— Cet homme qui, malheureusement, a quitté le pays... Mais on m'assure qu'il reviendra. Il faut reconnaître que ces gens parlent très librement. Et ne mentent pas, ou alors n'en ont pas l'air. On dirait même que ça leur fait plaisir d'être arrêtés, enfin... pour certains. Ils sont fous... ah non ! vraiment ! être romain et en avoir perdu les qualités à ce point ! Une superstition des plus débilitantes, non ?

— Tu ne comprends donc absolument rien, hein, Tigellinus ? Sache qu'ils se moquent de mourir. Que pour eux, la mort est la porte de la vie éternelle — cela, à condition de s'être bien conduit toute sa vie durant. Et quand ils ont fait le mal, c'est dans un endroit où le feu brûle éternellement et sans se consumer que l'on va. Oui, pour toujours. Être condamné à mort pour la foi ? Mais cela les transforme en témoins et, du coup, toutes leurs mauvaises actions se trouvent effacées.

— A t'entendre, César, on dirait que tu en as un certain regret. Et pourtant la pensée n'est pas plaisante : le feu éternel pour avoir assassiné, violé, essayé de castrer un gamin pour en faire une femme, de se transformer soi-même en épouse qui perd sa virginité et que l'on va jeter aux vestales ? Non, ce n'est pas là une religion qu'on aurait plaisir à voir se développer ! On sera bien mieux lotis sans eux. Mais ça ! Qu'est-ce qu'ils en prennent, du bon temps, nos chers Romains, à tout brûler et piller ! Ah ! la ligne politique ! la ligne politique ! Allez, on les coincera tous, jusques et y compris ce Juif chauve dont tu t'es entiché !

— Non, le reprit Néron, tous ces incendies, ça ne va pas ! J'en ai assez de cette puanteur ! Ça fait désordre. Et Caius Pétrone est d'accord avec moi. Son sens du beau et de l'ordre en est tout offensé.

— Et moi qui croyais que tu l'avais banni, ce vieux nénuphar !

— Ce *vieux nénuphar,* comme tu l'appelles si grossièrement, a plus de sens du beau dans ses petits orteils que tu n'en as, toi, dans toute ton énorme carcasse bouffie de poisson ! Tu es un homme vulgaire, Tigellinus.

— C'est vrai que pour ce qui est de la vulgarité, César sait tout ce qu'il en faut savoir.

— César sait beaucoup de choses, Tigellinus. C'est même pour ça qu'il l'est — « César ».

Au nombre de ces choses dont il n'ignorait rien se trouvait un petit livre dans lequel un médecin grec décrivait par le menu les premiers combats et triomphes de la foi chrétienne. Caius Pétrone s'était montré fort enthousiaste devant la force de ce récit, la concision quasi homérique de la phraséologie qu'y employait l'auteur. Il n'en avait pas moins regretté un grec qui avait beaucoup perdu depuis l'époque des grands maîtres. Deuxième langue de l'Empire, il était en effet devenu moyen d'expression servant à dire l'utilitaire, le commercial et le politique — voire le sentimental. Il avait, en tant que tel, perdu la vieille noblesse du marbre et de la flamme. C'est que, tu vois, le livre était dédicacé à un certain Théophile, ou « personne qui aime Dieu » et Caius Pétrone tenait, et ce de la bouche même de l'auteur, qu'on pensait qu'un jour César serait ce Théophile : comme s'il pouvait être un seul homme qui, mieux que lui, devinât tout le bien qu'il y avait à baigner dans la pure lumière de cette vérité qui montait ! Néron comprit que Caius Pétrone s'était remis à jouer les flatteurs extravagants mais laissa faire. Néron l'enfant chéri du dernier dieu de la vérité, du beau et du bien ? L'idée n'était pas déplaisante. Malheureusement, il y avait toujours cette doctrine du feu éternel. A condition qu'on lui en donnât le temps, il pourrait se repentir de ses actes les plus infâmes — ceux que son destin d'empereur lui avait imposés —, mais cela ne lui laissait quand même aucune garantie. Non, il valait mieux, après tout, en revenir à l'*una nox dormienda* et ça, ça signifiait qu'il ne saurait être question d'avoir des chrétiens dans le royaume. Il brûla le petit volume de ses mains, en ignorant qu'il en existait d'autres exemplaires. Cette foi qui naissait, il l'annihilerait en en tuant tous les adhérents : à ainsi interdire qu'aucun d'entre eux ne lui babillât feux éternels à l'oreille, il n'en permettrait pas moins à tous de croire que c'était au bonheur éternel qu'ils s'en allaient. Cela ne lui coûterait rien. Il conviendrait néanmoins que l'affaire soit menée avec *esthétisme*. Avec Caius Pétrone, Néron conféra sur la meilleure manière d'y arriver.

— Comme tu as raison, César ! C'est vrai que voir et sentir tous ces cadavres éparpillés le long de la Via Appia, que dis-je ? jusqu'au cœur de la cité, offense les sens.

Ils s'étaient assis dans le jardin de Pétrone, sous le feuillage d'une tonnelle que la puanteur d'une Rome où l'incendie se mourait avec lenteur n'avait jamais atteinte.

— Affiner le goût du peuple... n'est-ce pas là notre propos depuis toujours ? Qu'on confine la mort de ces fanatiques dans l'arène mais, surtout, pas de brutalités ! Que tout cela soit spectacle illustrant les mythes et l'histoire de Rome. Et aussi de la Grèce. Ah ! quelle occasion merveilleuse ! Laisseras-tu donc à ton humble ami et coadjuteur le soin d'esquisser le programme ?

Ce qu'on allait lui offrir, le petit peuple de Rome l'ignorait encore lorsque, après avoir quitté ses abris temporaires, il s'en vint, fort de vingt mille personnes, faire la queue à l'entrée du cirque. Comme on était devenu tatillon sur tout ce qui était brûlures, avec femmes, enfants et saucissons à l'ail, il aurait le droit de prendre place sous de grandes bâches destinées à le protéger du soleil. A grand bruit, l'*hydraulus* lui expédia sa musique impériale habituelle à la figure et puis, brusquement, cessa de jouer alors que fièrement une centaine d'hommes et de femmes faisaient, en chantant, leur entrée sur la piste. On était déjà prêt à applaudir ce chœur qui, au plus haut de la poésie, semblait-il, disait les bonnes vieilles vertus de Rome lorsque le nom de Chrestus se fit entendre à plusieurs reprises : la réaction de la foule ne fut pas des plus favorables. Dans la cervelle des moins subtils, on trembla même à l'idée terrifiante que tout était chamboulé, que, soudain, l'empereur était devenu fou et voulait les présenter non plus sous les traits d'incendiaires attachés à la perte de la ville mais sous ceux d'individus qu'on se devait d'admirer pour leur courage... non moins incendiaire : « Comme si je l' disais pas depuis toujours que c' fumier mourait d'envie de faire tout cramer ! Mais non ! Ce coup-ci, ce salaud-là s'en tirera pas comme ça !... » Tout rentra néanmoins dans l'ordre lorsque, une herse ayant été relevée, des employés porteurs de masques étrusques et de fouets à cinq queues poussèrent une bande de lions affamés dans l'arène. En grondant, les bêtes se retournèrent bien contre leurs maîtres mais, grand fracas métallique, la herse fut rabaissée : on commença, vaguement, à s'intéresser aux chanteurs de la chrétienté. Parce qu'ils avaient très faim, des animaux allèrent renifler la sueur humaine. Et puis rampèrent sur le ventre, qu'ils avaient poilu, parce que, aussi, ils s'attendaient à ce que la proie leur résistât. Ce qu'il arriva ? Au signal que leur avait donné le jeune homme musclé qui avait l'air d'être leur chef, tous les chrétiens tombèrent à genoux avec une belle unanimité avant de se mettre à réciter une manière de poème en latin à la gloire d'un père qui se trouvait quelque part dans les cieux. L'expression *panem quotidianum* déclencha quelques rires chez le vulgaire : du pain quotidien, c'était pas eux qu'allaient en avoir ! Lorsque, instinct de la mère qui cherche de la chair fraîche pour ses petits, une lionne bondit au *Amen,* les condamnés retrouvèrent leur combativité ; à l'apparente surprise de l'animal, plusieurs d'entre eux lui sautèrent dessus et, l'ayant renversé, le clouèrent, pattes en l'air, dans le sable — on en rugit. Du côté des lions, on regarda la scène sans beaucoup d'intérêt. Jusqu'au moment où l'un d'entre eux décida que semblable agression contre la horde ne saurait être tolérée : sans se presser, il marcha sur une vieille qui était toujours à genoux. Elle hurla mais resta immobile alors que la bête se mettait à lui lécher le bras gauche de sa langue râpeuse. Lui déchirait la manche afin d'arriver à la chair : le sang commença à couler. Il n'en fallut pas davantage. En un éclair, le lion retourna la pauvre femme sur le dos, se coucha sur elle et lui ouvrit la gorge. Deux ou trois adolescents, ses fils peut-être, lui flanquèrent des coups de pied dans l'arrière-train et tentèrent de lui arracher sa crinière : impavide, le lion continua de manger.

Un certain nombre de ces victimes prédestinées ayant fui loin des bêtes féroces, la foule les agonit d'injures : on n'avait guère l'esprit sportif, on ne faisait pas montre de beaucoup de solidarité. Néanmoins, il apparut bien vite que les lions ne pourraient pas avaler tout le monde. Faire craquer des os et déchiqueter des membres, on s'y appliquait certes avec une belle concentration et la réussite était évidente mais, dans l'ensemble, abdomens qu'on éventre d'un coup de patte et boyaux qu'on répand par terre avant de se gorger de boudin sanglant, on avait quand même assez de jugeote pour se contenter des morceaux les plus tendres et les plus faciles : les bras et les jambes, ça serait pour plus tard. Et... de là à dire que c'était à de l'art qu'on avait affaire ! Non, ceci n'avait rien à voir avec un quelconque spectacle de gladiateurs : de la boucherie, tout au plus. Dans la loge impériale, Caius Pétrone hocha la tête : l'ouverture n'avait que trop duré, il était temps d'en venir à la partie esthétique. Le maître des jeux n'avait pas dû en penser moins : toujours masqués, les employés du cirque reparurent avec leurs fouets — on ramena les bêtes à leur enclos à grand déchaînement de lanières. Encore attablés à leur festin, les animaux y trouvèrent à redire, rugirent, levèrent une patte pendant que l'autre restait fermement posée sur la viande humaine. Ayant tâté du fouet, ils finirent néanmoins par se laisser convaincre de retourner au bercail. Morceaux de chrétiens à la gueule, ils s'en furent pendant qu'os, chairs et sable ensanglantés, on poussait le reste des cochonneries derrière eux avec de gros râteaux de bois à long manche, les chrétiens qui avaient échappé au festin étant, pour leur part, chassés vers la porte d'en face à coups de fouet. Ce n'était d'ailleurs pas qu'ils en auraient eu besoin : fermement on avança, certains même en chantant, pendant que d'autres saluaient la foule des mâchonneurs de saucisses. Les hourras dont on les couvrit ne furent pas tous ironiques : décidément, le spectacle ne tournait pas aussi rond qu'il l'aurait dû.

Caius Pétrone n'avait trouvé que fort peu de mythologie ou histoire romaine à utiliser dans son spectacle : tout y disait en effet un peuple qui conquérait ou se faisait trahir, et habiller ces chrétiens en Étrusques ou Carthaginois, voire les armer d'épées et de lances ne suffirait peut-être pas à les amener à combattre. De jolis bâillements se firent clairement entendre chez certains spectateurs déjà gavés de cartilage croquant. On avança une catapulte — massive, elle était d'un modèle propre à lancer d'énormes pierres contre des remparts ennemis —, et là, plaça des chrétiens qu'on expédia dans les airs après qu'un hurleur à voix de taureau eut expliqué aux quatre coins de l'arène que les chrétiens n'avaient qu'une idée en tête — monter au ciel. Et donc : regardez-les-y monter ! L'arc d'acier ayant été tendu au moyen d'un tourniquet, la corde fut relâchée à l'aide d'un ressort et, de droite et de gauche, les sectateurs du Christ se mirent à atterrir dans une foule qui ne leur en avait pas accordé la permission. Il en résulta des blessures graves chez nombre de bons Romains tout ce qu'il y avait de plus plébéien : on marmonna, à juste raison, que ces salauds de chrétiens avaient déjà fait assez de mal comme ça sans qu'il soit besoin d'aller en rajouter. Restaient les mythes grecs : peut-être passeraient-ils mieux.

Très amer et vindicatif, Caleb expliqua alors à un jeune chrétien ce qui allait lui arriver :

— Tu connais l'histoire, pas ? lui demanda-t-il. Ce Dédale fut donc le premier homme à se fabriquer des ailes pour voler. Même qu'il en confectionna aussi pour son fils. Qui s'appelait Icare. Mais voilà : le jeune Icare vola trop près du soleil et la cire de ses ailes fondit. Et donc, il tomba. Eh bien aujourd'hui, cet Icare, ce sera toi : tu vas tomber à ton tour. Et te fracasser le crâne par terre. Même chose pour vous autres ! ajouta-t-il en élevant la voix à l'adresse d'un certain nombre d'autres Icare en puissance.

— Tu es juif, n'est-ce pas ? Et c'est à un autre Juif que tu parles, non ?

— Non. Toi, tu es chrétien. Et donc, un tueur. Même que tu as eu mon fils. Va te faire foutre en enfer.

— Parce que tu crois ce qu'on raconte ?

— Ni plus ni moins que toi. Allez ! tire-toi ! va te faire voir !

Au centre de l'arène avait été dressée une grande tour en bois fermement maintenue au sol par huit entretoises. Une échelle permettait d'accéder à son sommet, où se tenait un Dédale qui, la fiction valait ce qu'elle valait, y était arrivé en volant à l'aide de ses ailes en bois et toile à sac. Il avait pour tâche d'attraper tout Icare se présentant au haut de l'échelle et de le précipiter en bas de l'édifice. Pour être sûr que le fracassage de crânes donnât toute satisfaction, on avait pris la précaution d'entourer la base de l'échafaudage d'un lit de gros rochers. Il n'empêche : l'affaire tourna en eau de boudin. Il y eut d'abord que certains Icare refusèrent de monter : pourquoi devoir s'épuiser physiquement et se faire humilier en public si mourir à tout coup était le but recherché ? Au pied de l'échelle on se prit à tellement leur taper sur la tête à coups de gourdin que Caius Pétrone s'en tordit les mains de désespoir : ces chrétiens n'avaient vraiment aucune disposition pour l'art. Comment même leur dieu pouvait-il prétendre régner sur le beau ? Ce fut avec soulagement néanmoins qu'il vit alors, tout en muscles, barbe fournie et cou de taureau, un Juif chrétien grimper allégrement l'échelle avec ses fines ailes de fil de fer et de drap. Arrivé sur la plate-forme, il avisa une outre d'eau fraîche mise à la disposition de l'artiste de cirque qui jouait Dédale, attrapa ledit Dédale par le cou et... solennellement le baptisa. Après quoi, une main sur la nuque et l'autre en travers d'un cul qu'il avait grassouillet, il projeta le père de la lumière dans les airs... où il hurla. Tout en bas, la victime s'écrasa en un vaste éclatement de cochonneries mais quoi ? Le trépas était, sans doute, celui d'un saint. Caius Pétrone, lui, se rongea les ongles : il n'y avait là que mensonge, trahison de l'antique légende, perversion et manque total de sens de l'art. Des employés montèrent l'échelle pour s'en prendre à cet Icare qui n'avait pas voulu tomber mais celui-ci n'eut aucun mal à leur en faire redescendre les degrés à coups de pied ou même, à un moment donné, en se servant du gourdin dont il avait été prévu que Dédale ferait usage pour convaincre les plus récalcitrants. Pour finir, ce fut l'édifice tout entier qui, grâce aux muscles additionnés d'une bonne douzaine d'employés, fut renversé dans la poussière : le jeune chrétien bénit la foule et, délectation suprême de cette dernière, se fracassa le crâne sur les rochers. Le numéro avait, certes, eu une conclusion spectaculaire mais même les plus sots sentirent bien que l'affaire n'avait pas répondu aux souhaits de ceux qui en avaient eu l'idée : sans qu'on pût savoir pourquoi, tout cela manquait de justice sportive.

On fit encore chevaucher un vigoureux taureau blanc par diverses chrétiennes sans rien sur le dos. Mais quoi ? Zeus n'était-il donc rien de plus que cet animal ? On trouva que la parodie touchait à un blasphème qui, heureusement, fut un peu atténué lorsque, l'une après l'autre, nos Europe furent dûment jetées à terre et là, non moins dûment massacrées.

— Regarde ! Mais regarde donc ! ordonna Néron à Poppée qui s'était caché les yeux derrière son voile.

Elle ne le laissa alors tomber que pour mieux se crisper sous une nausée qui eut vite fait de lui ratatiner tout son beau visage. Elle quitta aussitôt la loge impériale et, au passage, vomit sur Tigellinus. Certains le remarquèrent et dans les gradins, il faut le supposer, il y eut comme une risée d'approbation. Néron se mit en colère et, méchant, cracha sur Caius Pétrone.

C'est alors que, interlude dénué de toute référence mythologique, plusieurs chrétiens revêtus de peaux de bêtes furent traînés sur la piste et, dans l'instant, quelques chiens sauvages lâchés sur eux. Mais les condamnés ayant brusquement entonné une hymne pleine de confiance, les animaux prirent peur, et puis furent carrément perdus lorsque, parmi les victimes, on se mit à s'arracher la peau pour la jeter au-devant des bêtes qui grondaient et salivaient. Les chiens comprirent que c'était bien là ce qu'il leur fallait dévorer et, malgré les remontrances de la foule, s'y attachèrent pendant un certain temps. Après quoi, ne trouvant plus rien à manger dans ces fourrures qui sentaient bon, ils sautèrent à la gorge de chrétiens qui, heureusement, étaient assez nombreux pour qu'il y en eût pour tout le monde. Le clou du spectacle arriva enfin, où, ballet très réglé, des soldats romains firent leur entrée dans l'arène déguisés en barbares bretons : moustaches jaunes collées et perruques de même couleur, on avait pensé à tout. Les chrétiens mâles avaient, eux, été assez comiquement attifés en soldats romains armés de lances et d'épées en bois : beau style et visée précise, les pseudo-barbares prirent tout le temps qu'il leur fallait pour transpercer leurs pseudo-ennemis. Sauf que, soudain, la foule se retrouva avec un joli dilemme sur les bras. Certes, bien on entendait que le spectacle avait pour but de rappeler à tout un chacun que, récemment encore, les Bretons s'étaient révoltés contre un colonialisme romain plein de bonnes intentions, certes, on comprenait aussi que si ces chrétiens se faisaient écharper, c'était parce que, dans un certain sens, ils jouaient aux vigoureux soldats de Rome et certes, enfin, on saisissait que la démonstration à l'arc bien disait une adresse romaine que des armes barbares mêmes n'auraient su troubler mais... quand même ! La confusion atteignit à son comble lorsque, moustaches qui se décollaient et perruques qui partaient de guingois, les archers se mirent à pousser de grands youpis dans la lumière du soleil couchant. Ce tableau final était-il donc la représentation d'une idée vraiment impériale et romaine ? Néron en douta, trouva même que le patriotisme de Caius Pétrone laissait beaucoup à désirer : l'art, et qui plus est des plus médiocres, en obscurcissait par trop l'éclat. Mieux valait espérer que la deuxième journée serait plus réussie que la première.

Dans les bureaux de la préfecture sise au coin de la Via Tiburtina et du Vicus Longus, l'officier de garde resta fort perplexe lorsque, ce même soir, un vieillard qui ne parlait ni grec ni latin se présenta à lui en exigeant, lui sembla-t-il, de se faire arrêter tout de suite. Ayant, c'était déjà ça, établi que le bonhomme était juif, il partit à la recherche d'un interprète et en trouva un en la personne d'un soldat qui, blessé en Palestine et faisant maintenant fonction de messager boitillant entre les divers services de la municipalité, n'eut pas trop de mal à comprendre ce que racontait le vieil homme.

— Il prétend s'appeler Pierre. Il dit que non seulement il est chrétien mais que leur grand chef, c'est lui. Placé à la tête de leur Église par le grand patron en personne... enfin, je veux dire, ce Christus que...

— Qu'est-ce qu'il veut ?

— Il dit qu'il voit pas pourquoi il devrait continuer à vivre alors qu'il y a tant de ses amis qu'on... comment dire ?... qu'on accompagne à la mort...

— Quoi ? Il veut mourir ? C'est ça ?

— Ben, c'est assez raisonnable, non, Chef ? Il arrête pas de répéter qu'il est chrétien.

— Mais... on n'est pas au quartier général de l'armée, ici ! Allons, Crassus ! Ça ne nous regarde pas, ça ! On ferait mieux de l'envoyer à la Castra Praetoria. Les rafles de chrétiens, c'est eux qui s'en occupent. C'est quand même bizarre, pas ? Alors, comme ça, il tient absolument à mourir ?

— Dans un certain sens, ça se comprend aussi. Il a fait son temps, qu'y dit. Il dit que ça devrait pas être possible que le père des comment qu'y s'appellent déjà ?... y puisse aller où il veut quand y a des enfants qui se font crever le bide. Y dit qu'il a fait tout ce qu'il a pu pour se faire repérer, jusqu'à crier comme un fou dans les rues, mais que personne l'a même remarqué.

— C'est qu'il a l'air bien inoffensif ! Allez, conduis-le là-bas. Tu crois que t'auras besoin d'aide ?

— Ben, c'est-à-dire que c'est pas exactement dans mes attributions, pas ? Et puis... avec ma patte. Et si on demandait à un vigile ? Ils sont juste au coin de la rue.

— Bon, d'accord. Qu'on m'en ramène un.

Ce n'étaient pas les gens qui parlaient mal l'araméen qui manquaient à la Castra Praetoria. Devant ce qui, venant de ce vieillard, lui parut être la calme acceptation d'une culpabilité absolument collective, l'officier du renseignement qui l'interrogea resta aussi stupéfait que son collègue de la municipalité. Mais de quoi exactement se reconnaissait-on fautif ? D'avoir déclenché l'incendie de Rome ou d'appartenir à une secte déclarée illégale ? Car, de fait, l'autre n'arrivait jamais à lui parler que de deux lieux qui, parfaitement bizarres, avaient nom Sodome et Gomorrhe et, Sodome et Gomorrhe, avaient été brûlés par un Seigneur Dieu qui voulait les punir de leurs péchés... même que, selon lui, Rome était encore pire que ces endroits-là ! Tout cela semblant indiquer que les chrétiens se reconnaissaient coupables d'incendies gigantesques, il demanda au vieil homme de lui signer une déclaration dans ce sens. Mais, rien à faire : l'autre s'y refusa. On n'avait jamais signé quoi que ce soit de sa vie. « Crucifiez-moi ! Qu'on en finisse ! — Te crucifier ? Mais qui es-tu donc pour m'ordonner de t'expédier à la mort comme ci plutôt que comme ça ? — Je me suis rendu, non ? Et donc, j'ai certains droits, non ? Or j'entends être crucifié mais pas de la façon habituelle. Je veux qu'on me mette la tête en bas. » Le bonhomme était, évidemment, complètement fou. La tête en bas ? Et allez donc ! Cela étant, c'est vrai que ça rendait l'affaire plutôt comique. Bah ! on pourrait s'en laver les mains en l'expédiant chez le maître des jeux du cirque : les chrétiens n'étaient-ils pas devenus matériel propre à amuser les foules ? Ce qui, quand même aussi, manquait de dignité. Mais, ah ! même côté dignité dans le châtiment, Rome était en train de perdre toute sa belle réputation.

Pierre fut enfermé dans une cellule pour la nuit et conduit devant le maître des jeux dès le lendemain matin. On trouva que la crucifixion tête en bas offrait des tas de possibilités. Assez comique, certes, mais bien dans le ton actuel. Et d'ailleurs les charpentiers feraient mieux de se mettre tout de suite à la construction d'une potence qu'on pourrait fixer, tête en bas, à une espèce de charrette. Et tiens ! Ce qu'il resterait de chrétiens à la fin de la journée pourrait même la tirer dans l'arène, avec le vieux accroché à sa croix tête en bas... et après, ils pourraient tous entonner une hymne avant d'être opposés aux gladiateurs qui les zigouilleraient parce que là, ça, c'était prévu. Et pendant ce temps-là, le vieux, lui, on pourrait y mettre le feu et annoncer au porte-voix que ça y était, l'incendie de Rome était enfin vengé. On pourrait même ajouter que les chrétiens, y en avait plus !

Caius Pétrone avait imaginé des numéros très compliqués pour le programme de ce jour-là. Malheureusement, les chrétiens ne parurent pas, une fois de plus, se soucier beaucoup des devoirs que leur imposait le respect de l'art. Un bateau monté sur des roues fut tiré dans une arène où il devait aborder à une île artificielle peuplée de Sirènes qui chantaient — ces Sirènes n'étant, en fait, que des hommes ou plutôt, à proprement parler, des moitiés d'hommes coiffés de perruques et munis de melons qu'on leur avait collés sur la poitrine en guise de seins. Porteurs de gants d'où sortaient des griffes acérées comme rasoirs, ils devaient mettre en pièces les marins d'Ulysse (il s'agissait, en réalité, de chrétiens entièrement nus) avant de les jeter par-dessus bord à l'aide de piques bien aiguisées — des femmes (authentiques, mais cachées sous des rochers en bois) se chargeant de fournir les chants de Sirènes adéquats. Certains chrétiens eurent la mauvaise idée de préférer les piques aux griffes pendant que d'autres, et fort vicieusement, rossaient les Sirènes jusqu'à ce que, les yeux arrachés aux trois quarts, ils ne puissent plus combattre. Qui plus est, nombre de spectateurs trouvèrent que regarder des hommes déguisés en Sirènes était peu défendable : il y avait déjà assez d'efféminés en ville sans qu'on aille les glorifier d'une manière aussi publique. Énormes gladiateurs déguisés en Minotaures en train d'assommer les chrétiens qui erraient dans un labyrinthe en bois, la légende crétoise passa mieux. Le numéro d'un cheval de Troie dans les flancs duquel on enfourna deux cents chrétiens par une porte avant de les y faire brûler vifs fut déclaré ingénieux mais on trouva de très mauvais goût celui qui, avant-dernier de la journée, le suivit immédiatement.

Les quelque cent enfants chrétiens qu'il restait avaient été revêtus de peaux d'agneau. Les plus jeunes d'entre eux ne détestant pas ce qui leur semblait être une jolie partie de plaisir se mirent à gambader deci, de-là dans l'arène, au milieu d'un groupe d'aînés qui, soupçonneux, y avaient été, eux, conduits de force par un berger bondissant. Qui fut d'ailleurs prompt à en sortir avec drôlerie lorsque, lourd repas de la veille depuis longtemps digéré, les chiens sauvages firent leur entrée et commencèrent à massacrer ses petits agneaux. Dans les rangs des plus raisonnables il y eut des murmures : ces bambins n'étaient évidemment pas coupables de cannibalisme ou d'inceste et il y avait toute raison de douter qu'ils aient pris la moindre part à l'incendie de la ville. Ne mâchons pas les mots : l'affaire était d'une cruauté parfaitement gratuite. Beaucoup s'en allèrent. Ce fut même devant un cirque à moitié vide que, pour finir, les derniers chrétiens entonnèrent leur hymne à la foi et au courage en traînant une charrette sur laquelle, tout ensanglanté, un vieillard qui ne ressemblait jamais qu'à un bon grand-père avait été cloué à une croix absurdement renversée. S'il voyait encore, ce n'était plus qu'un monde à l'envers et qui disparaissait. Le hurleur annonça alors que c'était lui qui avait ordonné qu'on mît le feu à la ville. Peu de gens le crurent. Il était, très clairement, déjà mort lorsqu'on lui enduisit le corps de résine brûlante. Les chrétiens qui n'avaient toujours pas répondu avec fougue aux assauts des porteurs d'épées se laissèrent couper en morceaux. Aucun intérêt sportif, une fin des plus faibles, ces deux journées s'achevèrent, que personne n'aurait vraiment pu qualifier de « journées de jeux ». En s'en allant, on murmura encore plus fort.

Cette nuit-là, couché dans un lit aussi vaste qu'une péniche, Néron rêva de l'enfer. Il se réveilla en hurlant et passa le reste de sa nuit debout, à boire sinistrement du vin chaud non coupé d'eau. Il était déjà d'une humeur exécrable lorsque, au petit déjeuner, il retrouva une impératrice qui eut le malheur de raviver sa vague colère en s'en prenant avec vigueur à la brutalité des jeux de la veille qui, lui fit-elle remarquer, auraient le résultat contraire de celui qu'il recherchait.

— Toi et ton peuple romain ! Tous à trembler sous la toge en regardant des hommes, des femmes et des enfants se faire réduire en lambeaux ! Comme si ce n'était pas facile de laisser se déchaîner la bête qui est en nous ! Et moi qui croyais que l'Histoire était récit de son domptage ! Ah ça ! L'Empire remplace l'Histoire et proclame la victoire de la raison à grands coups de trompette ! Des trompettes de brutes, oui ! D'éléphants mal élevés ! Oui, les bêtes sont parmi nous et elles ont des noms ! Sache, César, que le mien n'y sera pas associé.

— Il était de ton devoir d'épouse impériale de réclamer le sang des criminels... comme tout bon Romain qui se respecte, tu entends ?

— Tu veux dire celui de Tigellinus et de ses complices ? Mon dernier devoir d'épouse impériale, je l'ai accompli : dans mon ventre, je porte ce qui pourrait bien être le prochain empereur. Que quiconque est Dieu lui accorde d'avoir plus de mon sang que du tien.

— De ton sang et de celui de combien d'autres, hein ? Celui d'un athlète juif qui court derrière son ventre ? Celui de quelque barbu ânonneur de bêtises hébraïques ? Tu as goûté au circoncis et il faut croire que tu aimes ça. Moi, c'est le cri de tous les pères que je pousse : comment savoir, comment savoir ?

— Cet enfant, et j'en ai honte, est de toi. Ah Dieu ! Si seulement c'était celui d'un autre !

— Dieu, hein ? De quel dieu parles-tu donc, espèce de pute ! Espèce de vieille rosse méprisable ! Tu as nommé la bête, dis-tu ? Eh bien, continue à la nommer... allez ! cria-t-il, et il la fit tomber par terre avant de vicieusement la rouer de coups de pied dans le ventre.

Elle se débattit, hurla et puis cessa de hurler. Néron lui flanqua un ultime coup de pied. Douleur ou terreur, l'impératrice ne réagissant plus, il prit peur. Et puis il n'eut plus peur, admit que parce qu'il se trouvait du côté des annihilateurs, tout lui était permis sauf de craindre ou d'éprouver de la compassion. Il y avait, oui, pourvu qu'on remît l'élan à détruire dans le contexte d'une lutte aux dimensions cosmiques, de la dignité à tout briser. C'était même là que la religion romaine tournait court. Combattre Dieu conférait une manière de sainteté.

Il ne faut pas s'étonner que les souffrances et le courage de ces chrétiens qui mouraient aient fait naître des images nouvelles dans le parler secret de Romains qui, vertueux, en avaient plus qu'assez de leur empereur et souhaitaient s'en débarrasser. Caius Calpurnius Piso avait ainsi découvert le mot « martyr » et en faisait trop usage en présence d'un Subrius Flavus qui appartenait à la Garde.

— Très bien, lui renvoya ce dernier un jour, certains d'entre nous devront mourir. Mais s'obnubiler là-dessus est morbide et loin de nos traditions. Qu'on s'accroche à la solidité de l'acte positif et oublie les finasseries ! Quand il faut mourir, il faut mourir et c'est dommage. Mais d'abord, s'en aller à la bataille avec le désir d'y vaincre.

Ils étaient à bavarder dans une maison de Piso qui, sénatoriale, faisait partie des nombreuses demeures que l'incendie n'avait pas touchées. De la terrasse, labeur sans fin des esclaves et trésor des provinces lourdement ponctionné afin de payer l'équarrissage et le transport des marbres, des pierres précieuses, de l'or et des statues volées en Grèce, ils avaient vue sur tout le travail de reconstruction.

Piso lui demanda :

— Comment ça se passe dans la Garde ?

— Elle te soutient. Enfin... ceux qui n'ont pas peur.

— Il y en a trop qui tremblent.

— Et tu as l'air d'en être, Piso.

— Oui, mais moi, c'est normal. Dénoncer Tigellinus en public ne fut pas des plus discret. En plus, Néron a tellement pris l'habitude de se faire accuser de tout qu'il n'y prête même plus attention. Tigellinus sait que je suis au courant de certaines choses. J'ai là des déclarations sur l'honneur que m'ont données certains de ceux qui l'ont vu la nuit de... Ah ! et puis quelle importance ? La question est très simple : qui ? Et, bien sûr, quand et où ?

— Tu veux dire la tête et non pas le bras droit ?

— La racine et la branche...

Un esclave qui avait nom Félix entendit tout cela alors qu'il leur servait du vin. Ce soir-là, dans les logements sordides qu'il partageait avec d'autres de sa condition, il resta éveillé à se demander quel genre de récompense on pourrait... sa manumission, évidemment, mais quoi d'autre ?... pendant que deux de ses compagnons, un homme et une femme, gémissaient en faisant l'amour. Il attendit la fin de leurs transports, se leva et enfila son unique vêtement et ses sandales.

— Où vas-tu ?

— Au cloaque. J'ai mangé quelque chose que j'aurais pas dû.

Il se rendit à la ville et, avançant au clair de lune, regarda les montagnes de marbre qui s'élevaient au milieu des palans et des mélangeurs de ciment qui traînaient partout. Tantôt courant, tantôt marchant, il arriva enfin à la villa de Tigellinus, au sud de la Castra Praetoria.

Le maître était au lit avec un garçon. Des lampes brûlaient des deux côtés de leur couche : Tigellinus aimait bien regarder ce qu'il faisait ou se faisait faire. On avait frappé à la porte. À cette heure ?

— C'est Cnéius, Maître.

— Qu'est-ce que tu veux ?

— C'est urgent, Maître.

— Avec toi, c'est toujours urgent. Entre, démon !

Il fit signe au garçon de filer par une autre porte. Il bâilla, se radossa contre ses oreillers. Affranchi chauve et rondouillard, Cnéius entra :

— Y a un esclave qui dit qu'il a des renseignements, Maître. Et il veut une récompense.

— Un esclave ? Qu'on le fouette ! Qu'on lui enfourne ses renseignements dans le cul ! C'est l'esclave de qui ?

— Y dit travailler pour le sénateur Piso.

— Piso ? Amène-moi ce gredin.

Le gredin entra, en tremblant.

— Tous les jours, Maître. Ils arrêtent pas de dire des noms différents. Des gens qu'ils voudraient mettre dans la combine mais dont ils sont pas sûrs.

— Du genre ?

— Y en a un, c'est Sénèque, Maître.

— Je vois. Et tu dis que Subrius Flavus en serait ? Tu en es certain ? Réfléchis-y à deux fois. Subrius Flavus, c'est quelqu'un de très haut placé dans la Garde prétorienne.

— C'est lui qui parle le plus, Maître.

— Tu es un brave garçon, lui dit Tigellinus. Et un excellent patriote. Pas, bien sûr, que tu aurais même le droit d'en être un mauvais, mais... Mais un esclave, ça doit toujours être fidèle à son maître. Et donc, va-t'en voir Cnéius qui t'attend dehors. Le fouet est prêt.

— Mais, Maître, je pensais que...

— Les esclaves, on ne les paie pas pour penser. Même qu'on ne les paie pas du tout, vu ? Sors d'ici !

Sors d'ici fut ce que, le lendemain, il eut envie de dire à Caius Pétrone qui, revêtu de son exquise robe de couleur violette et chaussé de ses bottes en cuir souple, s'était, avec César, assis sous une tonnelle d'où l'on pouvait entendre le revigorant fracas, heureusement atténué par la distance et la verdure, d'une Rome en train de se reconstruire pour devenir Néropolis. De la voix de son maître, Caius Pétrone était en train de dire que « poignante épée qui frappe au cœur même de la *pia mater* », elle « empalait les centres mêmes de l'amour tel aphrodisiaque presque intolérablement puissant ». Après quoi, il parla d'Athènes : les juges avaient décerné la récompense à leur empereur *in absentia* — on savait, en sa grecque subtilité, l'invincible excellence de la voix impériale sans même avoir besoin de l'entendre.

— Un jour, lui renvoya Néron, ils l'entendront pourtant ! L'*incendie de Troie,* je le leur servirai.

— Mais, je l'espère, sans l'accompagnement pyrotechnique qui distingua ta dernière représentation de ce chef-d'œuvre immortel, lui répondit un Pétrone qui, au froncement de sourcil de son patron, avait bien senti qu'il s'était montré indiscret. Bien sûr, c'est à cet incendie des passions esthétiques de tous ceux qui t'entendirent que je fais référence.

Tigellinus fut incapable d'en supporter davantage. Et même, il y avait certaines urgences... Du treillis tout de fleurs et de feuilles de l'entrée de la tonnelle, il s'avança à grands pas vers César et lui dit :

— J'ai des nouvelles. Urgentes. Faudra-t-il que ce nénuphar reste là pendant que je te les dis ?

— Quoi ? Mon petit papillon à moi ? Mais c'est que si je le laissais s'envoler de-ci de-là, il pourrait bien m'échapper. Tu es grossier, Tigellinus, oui : très vulgaire. Oh bon, allez ! J'irai jusque là-bas s'il faut vraiment que tu me chuchotes des choses à l'oreille.

Ils parlèrent ensemble et Pétrone ni ne les entendit ni ne le souhaita. Une crotte d'oiseau lui avait souillé le bout de sa botte gauche. Il l'essuya avec une feuille de sycomore.

Néron l'appela :

— Pétrone !

— Oui, *cher* César ?

— Tu sais donc bien des façons élégantes de vivre. Mais... en connais-tu d'aussi élégantes de mourir ?

— Oh... il y a le suicide, lui répondit-il promptement. Dans un bain chaud, de préférence. On se tranche doucement les poignets... L'eau se teinte jusqu'à être d'un rose délicat, qui se fait plus profond, devient pourpre royale... On s'en va comme en un rêve.

Tigellinus lui demanda :

— Tu le sais d'expérience ?

— Non, je l'imagine.

Tigellinus acquiesça d'un signe de tête.

— Voilà qui fera l'affaire pour Sénèque mais non, pas de rose délicat ni de pourpre royale pour Flavus. Non, pas pour Flavus.

Lorsque, quelques jours plus tard, il se retrouva mains liées et prêt à recevoir le coup de hache fatal, Flavus tint absolument à parler. Juste un mot.

— Non, tu ne diras pas un mot, lui ordonna Tigellinus.

— Je souhaite m'adresser à l'empereur. À toi, je n'ai plus rien à dire, hormis que tu étais plus supportable quand tu puais le poisson que tu ne l'es maintenant — où tu pues le sang.

— Oh ! laisse-le donc parler ! dit Néron. Il a un certain don, grossier, pour la rhétorique.

— Sache, César, que je te fus loyal lorsque tu le méritais. Que même lorsqu'il n'en alla plus ainsi je continuai de te donner toute ma fidélité. Mais, aussi, que je commençai à te haïr lorsque tu assassinas ta mère et ton épouse et t'imaginas de jouer les chanteur et acteur de deuxième rang ; que ma haine enfin déborda lorsque tu décidas de te faire incendiaire. Tu as détruit l'Empire et c'est aujourd'hui cet empire qui refuse sa loyauté à Rome. Déjà les gouverneurs de province proclament leur indépendance. Et les barbares se révoltent. Nous avions besoin d'un chef, on ne nous accorda qu'un pitoyable danseur, qu'un pitoyable meurtrier, qu'un pitoyable matricide, qu'un pitoyable assassin de son épouse, qu'un pitoyable sodomite, qu'un pitoyable incendiaire.

Deux mètres plus loin, on était déjà en train de creuser sa tombe.

— Pitoyable travail que ceci... comme tout ce qui se perpètre sous ta loi. Oui, je serai heureux d'en être délivré. Frappe dès que tu seras prêt.

Néron et Tigellinus contemplèrent la décapitation.

Et Néron dit :

— Un seul coup... Non, encore un petit. Hmm ! Pitoyable travail, a-t-il dit. Très méchant, ça, Tigellinus.

Sénèque reçut son ordre de suicide, et la façon bien précise dont il devait l'accomplir, sans grande surprise. On n'avait vu en lui que quelqu'un à qui l'on avait demandé de conspirer et qui avait refusé. Mais qu'on le lui eût demandé avait suffi. Parfaitement caractéristique et des plus approprié. Il se glissa dans son bain chaud avec tout le soin de l'arthritique : ses esclaves pleurèrent de voir son corps aussi fané.

— Ne pleurez pas, leur dit-il. La vie est un lourd fardeau, même pour les hommes et les femmes qui sont libres. Et maintenant, laissez-moi.

Il usa encore une fois de son rasoir mais le sang ne coula qu'avec lenteur. Bientôt cependant il réagit à la chaleur du bain et Sénèque s'en fut avec le sommeil. *Medea superest. Seneca superest.* Sauf que ce n'était pas vrai : il ne restait rien.

Au reçu de ses ordres à lui, Caius Pétrone protesta qu'il n'avait rien fait de mal. On était l'ami de César, non ? Mais c'était justement là que le danger s'était toujours trouvé : Tigellinus n'aimait pas que Néron eût des amis, surtout quand ils étaient aussi exquisément doués que Caius Pétrone. Il repoussa jusqu'au moment où il entendit dire que le chef de la Garde s'impatientait, que d'ici peu des soldats viendraient disposer de lui bien plus brutalement que ne le pourrait faire un simple rasoir. Pétrone n'avait rien d'un stoïcien. S'il avait été charmé par certains des aspects les plus poétiques de la foi nouvelle, ses adhérents l'avaient déçu, qui avaient souci si féroce de la morale que se ravir du beau — et c'était pourtant la caractéristique la plus fondamentale de l'homme civilisé — en était exclu. Le dieu qu'ils adoraient manquait encore d'un visage qui pût être révélé aux êtres d'un monde plus grossier. Mais, bah...

Pétrone se trancha dûment les poignets, admira le beau flot de sang rouge qui en coulait mais, tout à coup, ordonna à son nouveau médecin de les lui tenir bandés pendant un moment. Luc, son ami aux mains exquisément grecques et aux remarquables baumes et potions asiatiques, il l'avait perdu mais... bah ! Son suicide, ainsi exquisément prolongé, oui, se déroulerait en public, par-devant ses amis qui buvaient, mangeaient et faisaient l'amour tout autour de lui. La vie ! C'était elle qu'il quittait. Et avec elle, ces marbres, cette chambre admirable tapissée de fleurs de saison. Et encore cette table si joliment décorée, au bout de laquelle il se tenait allongé.

A son jeune ami, le poète Hortensius, il dit alors :

— Ces vers exquis de Catulle ?

— Bien sûr.

Soles occidere et redire possunt;
Nobis cum semel occidit brevis lux
Nox est perpetua una dormienda.

— Exquis. « Les soleils se lèvent et se couchent. Lorsque notre brève lumière a sombré et péri, seule il nous reste une longue, longue nuit qu'à dormir il nous faudra connaître jusqu'au bout. » Dis, Hortensius, crois-tu que la chose soit vraie ?

— Une vie sans épaisseur toujours au gémissant affût du sang humain. Ne vaut guère la peine d'être vécue. Ou alors rien. Oui, rien : il vaut mieux ça.

— Mais c'est que la vie me fut douce, tu sais. Et je n'y fis aucun mal.

— Je crois que l'heure est venue, Pétrone. Il y a des soldats qui attendent à la porte. Ils meurent d'envie de rentrer à Rome à cheval afin d'annoncer la nouvelle.

— Tiens-les à l'écart. Ce sont des brutes. Feras-tu ça pour moi ?

— Tu sais bien que je ne le puis.

— Très bien... dans ce cas. Rouvrons nos mortelles plaies et voyons le sang en couler. Et même, entaillons-nous encore une fois. Faisons semblant de nous débarrasser de ce blond duvet que nous avons sur les avant-bras, rendons-les aussi nus que ceux d'un eunuque. Mais ah ! encore un peu de vin. Encore un peu de Catulle.

— Non. Il faut y aller : dans l'instant.

— Plus fort, la musique, s'il vous plaît !

La musique était douce que Néron était en train de jouer sur une lyre accordée d'une manière inepte.

Tigellinus lui dit :

— Il n'est plus.

— Qui ça ?

— Le nénuphar sous lequel se cachait un serpent.

— Le seul homme qui ait jamais vraiment apprécié mon chant. Et il aura fallu que tu le fasses mourir. Tu auras fait mourir absolument tout le monde, n'est-ce pas ? De Rome tu as d'abord fait une prison... avant d'y répandre un bain de sang.

— La métaphore est plutôt banale, non ?

— Je n'avais pas du tout prévu que les choses tourneraient de cette manière. Tout ce que je désirais, c'était rendre les gens heureux. Jamais je ne voulus être empereur. Mais grand artiste, ça, oui. Et grand artiste, je le fus... le suis encore.

— Mais sans public. Là-dessus, je te quitte, César.

— Toi, me quitter ?

— Les jeux sont finis. Les esclaves sont en train de balayer les peaux de fruits et les coquilles de noix qui jonchent l'arène vide. Il faut que j'y aille. Le Sénat exige ma tête.

— Ta tête ? A toi ? Mais qui c'est le maître, ici ? Qu'est donc ce Sénat qu'il exigerait... Voudrait-il donc aussi ma tête à moi ? Alors ?

— Moi, je te conseille de filer. Et tout de suite.

— Pourquoi le palais me semble-t-il aussi désert ? Je puis y entendre l'écho de ma voix. Où est passé tout le monde ?

Tigellinus sourit tristement et lui dit :

— *Vale,* César.

Et s'en alla sans tarder.

— Où êtes-vous donc, vous tous ? Lepidus ! Myrtilla ! Phaon !

Affranchi ni insolent ni plein de déférence, Phaon entra dans la pièce et lui demanda :

— César m'a appelé ?

— Ah ! Le Ciel en soit remercié, tu es toujours des nôtres ! Mais où sont passés les autres ?

— Ils sont partis. Et nous aussi, c'est l'heure d'y aller. A la villa. A cinq ou six kilomètres d'ici seulement. Il n'y a plus assez d'esclaves pour porter une litière mais j'arriverai peut-être à trouver deux ou trois chevaux.

— Quitter Rome ? Ma Rome à moi ? Le grand présent que je fis au monde ? Ah ! et puis bon. Mon manteau, Phaon, et mes bottes de cheval !

Au Sénat, le chef de la Chambre venait de donner les dernières nouvelles :

— Vindex, légat des Gaules, a déclaré allégeance aux seuls Sénat et peuple de Rome. Le légat d'Espagne, Servius Sulpicius Galba, a, lui aussi, fait une déclaration dans ce sens. Ce qui fait que civils ou militaires, l'empereur n'a plus personne derrière lui. La révolte a éclaté dans les provinces. Aussi vieux qu'il soit, il ne nous reste plus raisonnablement d'autre candidat à la couronne que Galba. Mais, commençons par le commencement. Arrêterons-nous que notre auguste corps d'État vient de déclarer ennemi public le présent détenteur du pouvoir impérial? Qu'il en fait un hors-la-loi qu'il convient d'appréhender, de juger et d'exécuter?

Piso aurait dû se trouver là : c'eût été un grand moment pour lui. Mais voilà : Piso n'était nulle part en vue.

Dans la villa à peine utilisée qui se trouvait à cinq ou six kilomètres de la cité, Néron était, lui, bien présent, qui s'était mis à y briser des jarres et y déchirer les rideaux. Il n'avait pour public que son esclave Phaon qui, assis sur un tabouret, le regardait en mâchonnant des noix : on écoutait mais restait sans réaction visible devant les allées et venues d'un maître qui passait son temps à en appeler, avec force hurlements, à des gens qui avaient depuis longtemps disparu.

Néron lui demanda tout à coup :

— Il ne leur viendra quand même pas à l'idée d'aller fourrer leur nez dans le quartier des esclaves, non? Non, ils trouveront la place vide et s'en iront. C'est bien ça, Phaon, n'est-ce pas? Allez, Phaon, montre-moi donc où se trouve le quartier des esclaves. Vite, vite!

Phaon prit tout son temps pour se lever. Oreille fine, il avait entendu du bruit dehors, là-bas, assez loin — des chevaux.

— Très bien. Alors, accompagne-moi. Prends une torche.

Il sortit, sans trop se presser, et, en trébuchant, son maître le suivit fébrilement jusqu'au moment où, par-delà les cuisines, ils arrivèrent dans un coin sombre et poussiéreux. Il y avait bien longtemps que ces cuisines n'avaient pas servi.

— Et donc, ici, on est en sécurité? C'est ça, dis, Phaon? Tout à fait en sécurité?

Sa torche découvrit un candélabre. Il y déposa son flambeau. Toutes ces ombres ne lui disaient rien qui vaille. Pas davantage il ne lui plut de voir Phaon se mettre à hocher la tête et sortir une dague de sa tunique. L'esclave la lui tendit avec une légère révérence.

— Quoi? Moi, faire ça? Jamais, jamais! Ce serait d'un couard, Phaon!

Mais Phaon insista.

— Alors, tu me montres. Tu me montres comment on s'y prend. Tu le fais d'abord et, après, je te suis.

Mais Phaon se contenta de refermer le poing de l'empereur sur le manche de l'arme et de la guider vers sa gorge. Être un si grand artiste et devoir mourir! Non, pas si grand que ça, l'artiste : il n'était plus temps de se raconter des histoires. Ah! si seulement il avait eu la chance d'apprendre, d'apprendre humblement! Mais martyr de l'art, oui, quand même — dans un sens : celui qui dirait aux générations futures qu'alors qu'il lui aurait fallu tout sacrifier à l'art, la chose ne lui avait pas été permise. Au moment même où il commençait à s'étouffer dans son sang, une pleine page de vers saphiques des plus parfaits se révéla à ses yeux : mais il était trop tard pour l'écrire. Il entendit quelqu'un les dire d'une voix qui, de phénix, était parodie de la sienne propre — et puis la voix s'arrêta au milieu du deuxième vers. Juste à la césure. Déjà l'escadron qui arrivait s'était mis à faire du bruit dans la maison.

Il est quelque ironie à ce que Paul ait trouvé la mort après Néron. Il était arrivé d'Espagne pendant l'interrègne mais la loi avait toujours cours, même si ce cours avait tout de celui du cheval fou qu'on ne peut plus arrêter — ce dont Paul ne se rendait nullement compte : la religion chrétienne était toujours *licita.* Son navire — un transport de blé qui avait priorité à quai — avait accosté à Putéoli. On l'avait aussitôt vidé de sa marchandise et de ses passagers. Deux officiels du port demandèrent alors au capitaine de leur montrer son manifeste.

— Des permissionnaires d'Espagne. Passagers privés. Qui est ce Paul ?

— Un citoyen romain.

— Ça ne ressemble guère à un nom romain.

— C'est comme ça qu'on l'appelle. Un prêcheur chrétien. A fait beaucoup de convertis en Espagne. Jusques et y compris certains de nos permissionnaires. Mais pourquoi ces questions ? Il y a un problème ?

— Ça fait combien de temps que tu as quitté l'Italie ?

— Ai fait la navette entre l'Espagne et les Baléares pendant trois ans. Pourquoi ?

— La religion chrétienne est interdite. Passible de la peine de mort. Où est-il, ce Paul ?

Le capitaine du bateau lui montra un homme qui, très brun, très chauve et très maigre quoique très âgé, portait un habit brun et, après avoir mis son ballot sur ses épaules, se préparait à quitter les docks.

L'officiel reprit la parole :

— Et il ne le sait pas, lui non plus ?

— Pas plus que moi. Que vas-tu faire ?

— Nous avons reçu des ordres.

Un manipule fut aussitôt rassemblé, qui s'approcha de Paul et l'arrêta. Paul ne comprit pas pourquoi. Il tenta de résister mais des bras puissants l'enserrèrent dans l'instant. On l'emmena jusqu'au bureau du questeur de Néapolis. Ce fut Paul qui parla le premier.

— On dirait que je suis en état d'arrestation. Me sera-t-il permis de demander pourquoi ?

— Soit. Disons que tu as droit à des explications. Sache donc que la religion que tu prêches a été proscrite. En fait, tu ne devrais pas tellement t'en étonner.

— Pourquoi ça ?
— Les activités chrétiennes sont déclarées antiromaines. Vous n'êtes qu'une bande de cannibales, de baiseurs effrénés, d'incendiaires et autres Jupiter sait quoi encore.
— Parfait. Et c'est donc là-dessus qu'on va me juger ?
— Non. L'État ne juge plus ces affaires : il s'est dispensé de ces formalités.
— Même lorsque l'accusé est citoyen romain ?
— Les citoyens romains qui ont brûlé leur ville, ce n'est pas ça qui manque !
— Et moi, là-dedans, qu'est-ce qu'il m'arrive ?
— Je suis obligé d'ordonner ton exécution immédiate. C'est comme ça qu'on procède de nos jours. Écoute, ajouta le questeur qui, quoique bien plus jeune que Paul, était aussi chauve et basané que lui, j'aime pas beaucoup, moi non plus. Je ne crois même pas à toutes ces histoires qu'on raconte. Ce n'est pas comme ça qu'on s'y prenait avant. Mais j'ai reçu des ordres.
Il n'était question que d'ordres reçus. Un jour, à force d'en recevoir, Rome finirait par s'étouffer.
Paul dit alors :
— Crucifixion ?
— Non. La hache. Ça va plus vite.
Et là, Paul eut une pensée indigne. La crucifixion ne transperçait rien. Les clous, on les enfonçait dans les poignets, parfois même sans que les os en fussent brisés. Une fois descendu de la croix, le corps du supplicié n'avait rien d'un cadavre. Il y avait encore des poches d'air dans les poumons. Réanimation. Les disciples auraient-ils remarqué la fine ligne rouge qui, tel délicat collier, délimitait la miraculeuse rejointure de son corps si le Christ avait été décapité ? Mais voilà : le Christ n'avait pas été décapité.
— Quand ? s'enquit-il.
— Tout de suite. Mieux vaut s'en débarrasser au plus vite. On a été obligés d'installer un billot dans la cour, là-bas. Y va falloir que j'appelle le bourreau. Désolé.
Il était juste que Paul trouvât la mort dans un port de mer. Rome n'avait jamais été sa ville et il est irrationnel de partir à la recherche de ses ossements dans ce lieu. C'est au vent de la mer qu'il périt. Pièce à verser au dossier, il tint à faire la déclaration suivante :
— Il me faut ici élever une dernière protestation contre une erreur judiciaire absolument flagrante. Je suis citoyen romain et ne me reconnais coupable d'aucune faute. C'est l'État lui-même qui m'a acquitté des accusations que l'on portait contre moi. Oui, je suis juif et chrétien et, en tant que tel, professe des croyances qui n'offensent en rien l'État romain. J'ai le droit d'exiger qu'on me rende justice.
Personne ne prit la peine de retranscrire ses paroles. On l'emmena au billot.
Avant d'y poser sa tête chauve, il pria :
— Père, pardonne-leur car ils ne savent point ce qu'ils font. Qu'à

Dieu le Père, qu'à Dieu le Fils et qu'à Dieu le Saint-Esprit je confie maintenant mon âme et celles de mes ennemis. Amen.

Il avait prié en araméen. La hache s'abattit.

A Rome, malgré la mort du très impérial architecte, les travaux de reconstruction se poursuivirent. Après avoir laissé tomber les véritables boucheries de l'arène, Caleb s'était engagé comme contremaître responsable du charroi de blocs de marbre et de travertin. Un jour qu'on était en train de démolir un mur en ruine pour faire de la place pour quelque chose de plus épais, de plus haut et de plus noble, il remarqua que, presque oblitérée par la poussière, une inscription semblait avoir été gravée dans la pierre. En ayant écarté la poussière avec une brosse, il découvrit la représentation grossière d'un poisson. Il approuva d'un hochement de tête : ce signe, il le connaissait. Là où Pierre avait été pêcheur, Tigellinus, lui, n'avait fait qu'en vendre. Mais il y avait aussi que le Christ s'était, lui, bel et bien transformé en poisson. Le poisson, Caleb n'en raffolait pas : ses muscles, c'était en mangeant de la viande qu'il se les était faits. Il n'en regarda pas moins ce dessin grossier avec une certaine tendresse. On n'avait pas là affaire à des gens qui renonceraient en un rien de temps. La foi qu'ils pratiquaient n'était-elle pas, après tout, d'origine juive ? Quant aux Juifs, ce n'était pas non plus demain la veille qu'ils allaient renoncer.

V

C'est la dernière fois que vous allez devoir entendre parler de mes infirmités : le temps de ce mois auquel on donna le nom d'un Caius Julius qui, lui, n'était point César plein de méchanceté, est au beau fixe et a quelque peu atténué mes douleurs. Cela étant, pas plus que mes médecins je ne saurais nier qu'il ne me reste plus grand-chose à vivre. Le crabe qui se traîne dans mon ventre a, pernicieux, des pinces qui me rongent chaque jour davantage. De l'état de mes intestins, c'est à peine si j'ose parler. Néanmoins, je vois bien maintenant que vous imposer la description de mes maux avait plus de pertinence que je ne le pensais au début : le délabrement d'un corps, même petit, fut métaphore de la corruption qui, organique, s'était attaquée à l'Empire romain.

Je me souviens aujourd'hui de la mort du père d'un de mes amis. Le vieil homme avait été surnommé Kederah à cause de ses rondeurs mais déjà ce sobriquet n'était plus que moquerie. Son trépas fut celui d'un homme dont les organes souffrants n'étaient que trop décidés à hâter la fin — indomptable cependant, son esprit la retardait à chaque instant. Ou plutôt non : ce fut le pouvoir de séduction d'un livre particulier qui, pendant un moment au moins, rendit son esprit indomptable. Il avait travaillé dur dans le commerce toute sa vie durant, au point de ne pouvoir, avant d'avoir atteint la retraite, retourner à la grande passion de son enfance qui était la lecture. Il n'avait jamais lu *l'Odyssée* pendant sa jeunesse et n'avait pas réussi à en trouver un exemplaire jusqu'à sa dernière maladie. Alors il décida d'en achever la lecture dans son lit avant de s'abandonner aux bras des ténèbres. Ainsi donc, étant parvenu aux derniers vers de l'ouvrage, il les lut, posa son livre à côté de lui et se prépara à sa fin de païen. Il mourut en paix. Il avait enfin accompli un de ses plus chers désirs — les ombres pouvaient maintenant l'envelopper à loisir.

Or je suis, moi, du moins le pensé-je, un peu dans la même situation que lui. J'ai, moi aussi, un livre à finir — d'écrire, s'entend —, et crains même de ne pas avoir le temps de le relire afin d'en corriger le style, d'en bannir les contradictions, d'y affiner le portrait que j'ai tenté de tous ces grands hommes du bien et du mal. Alors seulement, je consentirai avec joie à quitter ce monde si beau et si damnable (il y avait, hier soir, des lucioles dans ma chambre et par la fenêtre je pouvais voir Sirius comme posé en équilibre à la cime d'une de mes Alpes) dont je reçus si peu de chose après en avoir tant espéré. Nettoyage de son royaume insulaire et douceur d'enfin pouvoir s'étendre à côté de la patiente Pénélope et de lui faire l'amour, l'ami de mon père avait au moins eu la possibilité de se réjouir des triomphes d'Ulysse — je n'ai, moi, guère que des échecs à vous dire. Une foi nouvelle naquit un jour, et puis mourut. Les Juifs et les Romains, ensemble, l'avaient abattue. Les paroles d'espoir que Linus adressa à un sien troupeau déjà bien diminué par le martyre et les défections me semblent toujours aussi pathétiques :

— Enfants dans le Christ, nous venons de célébrer ce dernier repas du Seigneur, d'en amour et concorde manger de ce pain et boire de ce vin qui, miracle quotidien, incessamment se muent en Sa chair et Son sang. Son corps fut déchiré, rompu et crucifié afin que tous nous puissions vivre. Mais la dure tâche de proclamer Sa Parole et de souffrir afin de la dire toujours, nous la partageons et sommes fiers de la partager avec Lui. À Rome, oui, les chrétiens ont beaucoup souffert. Ils furent spectacle sanglant dont on gratifiait une foule dépravée et un empereur qui l'était encore plus. Mais non, ils ne moururent pas en vain. À un monde de païens ils surent montrer que si la foi est forte, toujours des hommes et des femmes accepteront de mourir pour elle. Si elle est aujourd'hui en proie à des périls constants, l'Église de Rome n'est point en danger de disparaître. Hélas, les grands hommes, ceux-là mêmes qui en des terres lointaines fondèrent notre foi, déjà ne sont plus sous nos yeux, bientôt peut-être même s'effaceront de nos mémoires. Pierre fut crucifié à Rome, Paul décapité à Néapolis et moi, Linus, votre humble évêque, ne fais qu'essayer de suivre leurs traces. Permettez qu'aujourd'hui je vous présente notre frère Clétus : c'est lui qui me succédera lorsque, aux mains du bourreau ou entre les mâchoires de la bête sauvage, il sera temps que je meure. Il me vient ici le désir de vous dire, et je le fais avec force, que notre Église prévaudra. Elle est, effectivement, plus forte que l'Empire qui l'assaille car c'en est un qui, désespérément, cherche un autre César. La confusion y règne et un jour prochain qui sait s'il ne connaîtra pas la guerre civile ? Nous autres, qui toujours professons la paix, n'avons rien à en craindre hormis de mourir dans notre corps. Nous autres, qui toujours professons l'amour, le verrons peut-être même, agonisant, se transformer en agent d'une charité humaine et divine à l'expression universelle. Soyez forts dans votre faiblesse, fiers dans votre humilité. Au nom du Père…

Pathétique, oui — à s'en damner. Car il nous faut imaginer un Linus et son troupeau qui, pauvre rassemblement de gens qui ont peur, se sont réunis, ô ironie, dans des bocages sis à moins de cinq kilomètres d'une Rome où déjà la tombe de Néron disparaît sous l'envahissement des liserons et d'une herbe grossière. C'était souvent qu'à cette époque-là on récitait sa prière à toute allure, que trop fréquemment on avait à peine le temps d'avaler les oblats consacrés. La fin de Néron ne fut pas celle d'une intolérance qui, chiendent à l'odeur fétide, aussitôt repoussa et pousse encore aujourd'hui.

Pensez à ce Servius Sulpicius Galba qui, un jour, se trouvait dans son camp non loin d'une Cordoue où étaient nés Sénèque et Gallio. Gouverneur d'Espagne il allait boitillant, debout sur ses pieds qui, tordus par l'âge, à peine supportaient des sandales : une fois de plus, il allait supplicier des dissidents d'Ibérie. Satisfait, il leva les yeux sur les trois hommes qui, cloués à trois croix plantées sur une petite colline, se tortillaient et suffoquaient tels poissons échoués sur la grève. Soixante-dix ans, plus un cheveu sur la tête, jointures des membres toutes tordues, il avait gardé l'esprit vigoureux et permis à son grand âge de durcir encore en lui la cruauté dont il avait hérité en naissant : jamais ses yeux ne brillaient de la moindre lueur de compassion. Son aide de camp, Porcellus, qui en avait un peu, lui dit alors, avec quelque nervosité, le déplaisir que, peut-être, le Sénat aurait de ces crucifixions de citoyens romains.

— Mais regarde donc plus attentivement ! lui renvoya Galba. Tu ne vois pas que notre criminel romain est cloué un peu plus haut que ses confrères ibériques ? Cela étant, non : les citoyens romains ne sauraient prétendre à aucune indulgence particulière — la justice, c'est la justice. Quant à ce Sénat dont tu me parles, aurait-il donc cessé de dénoncer les chrétiens avec force ? Je ne fais jamais que plaire à un corps d'État qu'il est de mon devoir de servir et que pourtant je ne sers point. Ah ! si seulement j'avais pu me saisir de ce Paul avant qu'il ne prenne son bateau ! Parce que, lui aussi, c'était un citoyen romain.

— Nos chrétiens, lui fit vigoureusement remarquer Porcellus, ne sont pas pires soldats que les autres.

— Prends garde, Porcellus, vas-y doucement ! Que ni mes yeux ni mes oreilles n'aient à connaître de la sympathie que tu leur portes. C'est par définition que ces chrétiens sont sectateurs d'un culte d'esclaves, qu'encore ils méprisent nos vertus et nos dieux, détestent le sang sauf lorsque c'est celui d'enfants et qu'à vous dégoûter de tout ils le boivent au cours de leurs banquets incestueux. Dans ma Rome à moi, pas un chrétien ne vivra.

Ils étaient arrivés devant la tente de Galba : construction compliquée, elle était surmontée d'une aigle qui déployait ses ailes au sommet d'une manière de coupole en toile disposée autour du mât central. Comprenant aussi des tentes extérieures toutes rattachées à son corps principal, elle était gardée en permanence par douze soldats en armes. Au loin, hantées par des aigles véritables, s'étendaient, bleutées, des collines espagnoles qui se perdaient dans les brumes de cette journée d'ennui et de grande chaleur. Galba marqua un temps d'arrêt avant d'entrer.

— Tu l'as lue cette lettre, Porcellus ?

— Je l'ai même étudiée avec soin.

— Bien, bien : voilà qui est consciencieux de ta part. Tu es donc d'accord qu'il n'y a pas moyen de procéder autrement ? Si Néron a ordonné ma mort, c'est parce que de son côté l'armée me proclame... Et puis, les dieux seuls savent comment il envisage d'arranger mon exécution ! Et donc, je m'oppose à son ordre et donc, il n'est qu'une façon d'y parvenir...

— Il va falloir que je m'habitue à t'appeler César, César.

— Servius Sulpicius Galba César, répéta-t-il en y allant d'un sourire grimaçant qui découvrit le peu de dents qui lui restait. Ça sonne bien, non ? Ah ! c'est bien dommage que je sois si vieux, Porcellus. Combien d'années voudra-t-on bien m'accorder pour nettoyer tout ce gâchis que Néron a laissé derrière lui ? Ah, va ! Envoie-moi donc une femme, veux-tu ? Pas trop jeune : je n'ai plus grand-chose d'un athlète.

— Ces femmes ibériques sont très sales, César. En forcerai-je quelques-unes à prendre un bain afin que César puisse en choisir une ?

— Non, une seulement. Je te laisse le soin de la choisir. Dis, tu seras comme moi, à soixante-dix ans, Porcellus ? Tu demanderas encore à ce qu'on t'envoie des femmes ?

— Je doute fort de jamais atteindre cet âge, César.

— Très juste. Même que tu risques de ne pas arriver à quarante si tu continues à me dire que ces chrétiens font de bons soldats. Allez, rompez.

La vérité était autre : propres ou sales, Galba n'aimait guère les enlacements féminins. Cela étant, ce geste hétérosexuel fut bien vu dans une province qui associait toujours l'homosexualité à la saleté et à une Rome brûlée qu'il était maintenant du destin de son gouverneur d'aller nettoyer. Galba adorait tout autant ses petits garçons que n'importe lequel de nos païens de magnats romains — à l'exception de Claude. On pourrait même se poser certaines questions sur cette maladie de l'inversion qui n'était pas seulement culte importé de Grèce mais profondément enraciné dans les glandes et la psyché de tous les mâles de la classe dirigeante : on ne faisait des enfants que lorsqu'on avait l'esprit ailleurs. Mais peut-être avait-on aussi très peur de ces grottes du corps féminin dont on retrouve la contrepartie dans l'esprit de la femme. Oui, ces gens tremblaient plus devant elles qu'ils n'osaient l'admettre et bien se satisfaisaient de laisser les jeux infantiles de l'amour au gymnase ou aux bains de l'école se prolonger jusqu'à un âge avancé. À peine débarqué à Ostie avec sa légion, Galba mourut d'envie, tout tordu et sans dents qu'il était, de renouer avec les perversions d'une vie impériale qui — faute grave chez un Néron qui, soyons juste, avait, au début, essayé d'y résister — se devait absolument d'en comprendre d'autres, au nombre desquelles la cruauté gratuite et le pouvoir arbitraire. Galba, non, ne nettoya point la capitale. Rome d'ailleurs ne devait plus jamais être propre.

Ce n'en fut pas moins un Romain des plus propres qui se porta à sa rencontre. Pendant que se poursuivaient les opérations d'un débarquement de troupes et de machines de guerre qui n'avait rien de simple, il l'accosta et, adressant aussitôt à ce nouveau César un sourire qui, sans être d'obéissance servile, n'en était pas moins agréable, il lui dit :

— Marcus Salvius Othon... tu ne m'as peut-être pas oublié.

— Je me souviens de ton épouse.

— Évidemment, lui répondit Othon tristement, l'épouse de César. Mais, permets que je te contredise, tu ne l'as jamais vue. Elle ne m'a pas suivi en Lusitanie. En fait de divorce officiel, j'eus droit au gouvernorat de cette province.

— Je ne me souviens pas d'avoir jamais fait appel à tes services en Lusitanie. Mais avoir rencontré Poppée à Rome, ça, je ne l'ai pas oublié. Ah, Rome ! Je m'y rendrai dès demain. Inutile de te demander des nouvelles de ton épouse, pas ? Ou même seulement de chercher à savoir si elle est encore en vie.

— C'est inutile, en effet. Tout autant que de s'interroger sur mes fidélités.

— Oui, oui : je vois bien à qui elles pourraient aller. Ainsi donc, tu te joins à moi pour aller trancher la gorge à Néron ?

— Mais... c'est que, naturellement, naturellement... tu n'auras pas appris la nouvelle. Ce devoir nécessaire, Néron l'a accompli lui-même. La semaine dernière. Et déjà le Sénat approuve ta candidature. Ta marche sur Rome sera triomphale, César.

— Merci. Et toi, tu as le privilège d'être le premier à me donner de ce titre sur le sol italien. Où coucherons-nous ce soir ?

— J'ai bien peur que l'empereur n'ait encore droit qu'à un logement des plus rudes... Dans la demeure confisquée à un importateur qui avait eu l'imprudence de se convertir à la foi nouvelle.

— Imprudence, tu l'as bien dit.

— Mais ne sommes-nous pas, nous autres soldats, habitués à des quartiers bien grossiers ?

— Te dirais-tu soldat ?

— Oh ! mais c'est que commander les troupes, j'en eus ma part !... Contre les ennemis de Rome, s'entend, ajouta-t-il.

Ils se regardèrent fixement. Des esclaves s'empressaient d'apporter une litière. Othon sourit à Galba et puis, sans plus sourire, baissa les yeux pour contempler les pieds tordus de son empereur.

— Une maladie bien pénible, fit-il.

— C'est l'âge, Othon, l'âge, l'âge, l'âge.

Et confirma cette déclaration en ouvrant largement sa bouche ravagée en un rictus qui, difficile à interpréter, n'en était pas moins parfaitement laid.

— Il va falloir que je fasse très vite quelque chose pour proclamer mon successeur à la pourpre, non ? demanda-t-il. C'est que le vieil homme que je suis n'a ni épouse ni héritiers directs ! Quel âge as-tu, Othon ?

— Trente-sept ans, César.

— Ah, jeunesse ! jeunesse ! Et on a aussi beaucoup de bonnes relations, n'est-ce pas ? Très proche de deux empereurs, c'est bien ça ?

— Comme tu peux le deviner, le fait que j'aie été proche de Néron a beaucoup à voir avec la politique — une politique dont on pourrait d'ailleurs dire qu'elle avait beaucoup à voir avec le simple désir de survivre. Le divin Claude fut très bon avec moi, César. Avec moi et avec toute ma famille.

— Donc, de très bonnes accointances, c'est bien ce que je disais. Et ces quartiers, on en est encore loin ?

— À peine mille pas.

La marche sur Rome, qui eut lieu le lendemain, aurait dû avoir la qualité de ces saintes processions où les prêtres entonnent des hymnes à la gloire du libérateur et les petits enfants jettent des fleurs sous ses pas. Là, tuba et buccin ne firent que braire en rudes tonalités qui s'opposaient pendant qu'on tapait sur de gros tambours et donnait la fessée à d'autres qui étaient plus petits. L'homme qui s'avançait à la tête de ses soldats était vieux et chauve et, pieds tordus, chevauchait une jolie monture baie en faisant d'horribles grimaces aux foules qui le saluaient. Il y avait bien là des gens pour, mystérieusement, trouver à redire à cette succession mais personne n'osa crier des noms qui en auraient été plus dignes. En outre, le nouvel empereur fut prompt à rendre ce qu'il appelait sa justice : tous ceux qui se trouvaient en désaccord avec lui furent rondement cloués à des arbres ou décapités sans jugement. Faisant son entrée dans Rome par la Via Ostiensis, Galba fut néanmoins un peu déçu de voir que les ravages du célèbre incendie avaient été rapidement réparés : la ville que Néron avait laissée derrière lui avait plutôt plus fière allure que celle dont il avait, lui-même, gardé le souvenir. Rendre le Palatin plus beau que jamais, on s'y affairait encore et le palais dans lequel il entra pieds nus — mouillés, ils laissèrent des marques aussi plates que hideuses sur ses sols de marbre —, était d'une magnificence que, bien sûr, rien en Espagne n'aurait su égaler. Là où il avait espéré créer une manière de Galbapolis, c'était une Néropolis qui, tout autour de lui, resplendissait. Il convoqua la cour sans tarder : elle ne comprenait plus guère, et cela incluait le grand survivant Tigellinus, que les membres de l'ancienne administration du palais. Le Sénat, on le verrait plus tard.

Il leur dit :

— Servius Sulpicius Galba... César. La pourpre est neuve sur un corps qui est vieux mais ne vous laissez pas abuser par les signes d'une décrépitude fort naturelle. Si je suis ici, c'est pour commander et non point chanter, danser et faire des galipettes sur la scène.

Tigellinus parut ricaner comme si, dans sa tête, il voyait l'image d'un Galba en train d'essayer de danser sur ses pieds immondes. Mais l'empereur lui demanda :

— Et toi, qui es-tu ?

— Ottonius Tigellinus, César, pour te servir, César. Chef de la Garde sous le dernier empereur.

— Mon chef de la Garde, c'est moi qui le nommerai, lui rétorqua

Galba. Sache que j'ai pour habitude de nommer qui je veux. Cela étant, je ne pense pas forcément que les serviteurs de notre dernier boucher ne mériteraient pas un emploi. Écoutez-moi bien, vous tous qu'il me faut bien prendre pour ce qu'on appelle la cour impériale. L'horrible époque à laquelle vous avez survécu, certains d'entre vous ont aidé à la faire naître. Mais ces temps, nous devons les oublier pour songer à un avenir qui, par la nature même des choses, ne saurait être que fort bref pour votre empereur. Ma carrière provinciale trouve aujourd'hui son couronnement dans les honneurs suprêmes mais je n'en suis pas moins veuf d'une épouse qui n'est plus depuis longtemps et, hélas, privé de fils qui soient encore en vie. Or donc, par ce premier décret impérial, ici je nomme pour successeur à la pourpre le très noble Piso Licinianus.

Il avait, en lançant cette déclaration, longuement regardé Othon. Qui, apparemment, ne montra alors que de la satisfaction. Piso Licinianus — en uniforme de soldat, le jeune homme était beau mais avait les yeux vides — fit un pas en avant afin que la cour assemblée pût l'examiner de plus près. Personne ne le connaissait. Rares étaient ceux qui même en avaient entendu parler. Tous se demandèrent par quel hasard Galba en était venu à le connaître. En vérité, Galba ne le connaissait même pas : c'était d'une manière parfaitement arbitraire qu'il l'avait choisi parmi le détachement de jeunes nobles qu'on lui avait présenté à Ostie. Mais quoi ? Pour la succession, n'importe qui aurait fait l'affaire. Galba s'adressa alors aux chefs de l'armée qu'il avait devant lui :

— Aux forces impériales, je dirai ceci : c'est la justice qu'il faut rechercher et non point les faveurs particulières. Je ne sais que trop combien l'armée se croit faiseuse d'empereurs. Les empereurs au pouvoir, on ne les soutient que si l'on en a envie. C'est d'ailleurs moi qui, par le présent décret, viens de nommer l'empereur qui me succédera. Sachez qu'il est dans mes habitudes de lever les troupes, et pas de les acheter. Votre loyauté à tous, je ne la recherche pas... je l'exige. Et maintenant, Titellonus, tu restes avec moi un instant. Rompez.

En traînant les pieds ou les levant bien haut, la cour s'en alla. Les deux mécréants — celui qui, déjà, était d'un âge avancé et l'autre qui, lui, y tendait en grisonnant — se regardèrent longuement.

— Ainsi donc, Titilinus...

— Tigellinus, César, Tigellinus.

— Qu'importe, qu'importe ! Ai-je assez bien parlé ?

— En quelle qualité entends-tu que je te réponde, César ?

— Je vois... On tient du rufian. Responsable de l'incendie de Rome, c'est ça ?

— Seul, feu l'empereur en est responsable, César. On était artiste. On aimait les couleurs vives.

— Eh bien moi, artiste, je ne le suis pas. Je suis quelqu'un de très ordinaire. Mais, et toi ? Tu vendais du poisson autrefois, me suis-je laissé dire...

— L'occupation est honnête, César. Travailler au service de l'empereur, on m'y amena par la séduction. Et d'ailleurs, ruses du défunt Néron, mon poste, je l'occupe toujours. Oui, ce que je vécus fut bien difficile, mais je fis mon devoir.

— Et donc, tu n'as plus envie de servir ? Tu préfères retourner à ta poissonnerie ?

— Servir un vrai empereur, je le désire de tout mon sang et de tous les tendons de mon corps.

— Très bien. Je vais nommer un nouveau préfet à la tête de la Garde. T'occupe pas de savoir qui pour le moment : une promesse que je fis. Mets ça sur le compte de l'honneur. Il n'en reste pas moins qu'une Garde prétorienne surveillée de près, j'en ai grand besoin. Mais peut-être as-tu deviné pourquoi...

— Les troupes, tu les lèves, César, tu ne les achètes pas. Je suis à ton service, César. Me voici donc espion d'une garde qu'autrefois j'eus l'honneur de commander ?

— Voilà qui est dit assez grossièrement. Mais grossier, tu l'es, n'est-ce pas ?

— Je suis tout ce que César voudra que je sois.

Sur quoi Galba partit d'un petit rire étouffé. Lorsqu'il parut certain que la nomination de Piso Licinianus serait confirmée officiellement, Othon donna une réception pour les officiers supérieurs de la Garde dans sa résidence qui dominait le Tibre. Dès le début néanmoins, il ne sortit pas les victuailles et les vins fins que tout le monde attendait : devant ce manque de munitions propres aux réjouissances, on resta fort perplexe. On le fut encore plus en découvrant la présence souriante de Tigellinus et, surtout, l'absence du nouveau préfet, Cornélius Laco. Cette dernière on expliqua par une rage de dents, et la première attribua au désir bien nostalgique qu'aurait eu Tigellinus de se retrouver avec de vieux amis. Othon fut obligé de dire des choses fort sévères avant que ses invités ne glissent à l'hébétude et, de là, à la lubricité :

— Citoyens, leur lança-t-il sous une tonnelle fleurie où, joyeusement et sans discipline, des grives s'étaient mises à chanter, j'ai assez fait le soldat pour savoir combien leur vie est difficile. Quant aux récompenses matérielles qu'on pourrait en attendre, elles sont bien vagues. Voilà pourquoi, en ma qualité d'ami de l'armée, et ce depuis toujours, je ne puis que rougir devant l'ingratitude de César, voire, oui, devant sa sottise. Je crois, moi, soyons charitable, qu'on peut déjà parler de sénilité.

Beaucoup d'officiers se dévisagèrent : le langage ne manquait pas d'audace.

— Sénèque, un grand homme qu'on assassina, dit un jour, je crois m'en souvenir, quelque chose de très sage là-dessus, qui parla des dangers d'une autorité sans pouvoir. Des dangers qu'encourt celui qui est à la tête de l'État, s'entend. Se trancher la gorge, voilà à quoi s'emploie cet homme-là.

Ce qu'ayant dit, il eut un sourire rayonnant. C'était là, et on ne se le rappelait que trop vivement, beaucoup plus qu'une simple métaphore.

— Oui, on a fait trop de promesses, et n'en a tenu que très peu. Alors que moi, mes promesses, je les...

— Que veux-tu dire par là exactement ? lui demanda un vieil officier à la mine grave.

— Que je pense être, avec l'aide de mon bon ami Tigellinus ici présent, heureusement en mesure de compenser les carences de l'empereur à votre endroit.

Il frappa dans ses mains à l'orientale et, dans l'instant, des sangliers rôtis entiers furent apportés devant eux. Dans les verts bosquets qui faisaient partie du domaine, chacun eut l'impression fugitive de voir passer des corps nus et blancs et d'entendre en monter des éclats de rire cristallins.

— Je ne suis pas, bien sûr, reprit-il, à vous parler pots-de-vin.

Bien sûr que non : le mot eût été très dangereux. On avait l'estomac creux, on s'attaqua au repas.

Un peu plus tard, Galba alla faire son discours au Sénat. Suivi de ses partisans les plus niais, tels Titus Vinius qui avait servi sous ses ordres en Espagne, Cornélius Laco qui n'était guère qu'un imbécile plein d'arrogance et un Icelus Marcianus qui, affranchi, cherchait à remplacer Laco dans son poste, il se dirigea vers la chaise curule. Et la trouva tournée vers le mur.

Alors que les employés s'empressaient de la remettre dans la bonne direction, Galba laissa libre cours à sa colère :

— Qui a fait ça ? s'écria-t-il. Qui a eu l'effronterie de perpétrer cet acte de mauvais augure ?

Personne ne lui répondit. Il dit alors :

— Je suis, honorables Sénateurs, tout à fait au courant de l'attitude que vous avez adoptée à l'endroit de votre empereur. Habitués à la corruption comme vous l'êtes, vous ignorez ce qu'est la justice. Je vous entends murmurer promesses non tenues et sommes d'argent non payées. De moi entendez donc ceci... ceci... ceci... qu'il est des degrés pour arriver à l'autorité et qu'ils sont pénibles à gravir. Mais que si, toujours pour les gravir, on se fait aider par des mains et des bras secourables, alors il est juste que pareille aide soit récompensée de douces paroles. Il n'empêche que, tout en haut de l'escalier, s'étend le plateau du pouvoir, que ce pouvoir réside dans le nom même de la charge qu'on assume, dans son histoire, dans sa résonance proprement mystique. Le soutien que vous m'apporterez, je ne l'achèterai pas. César, c'est César.

Les honorables sénateurs se rappelèrent avoir déjà entendu ce genre de propos : Sénèque en avait été l'auteur, Néron leur avait prêté sa voix et voilà que, peut-être, à cet homme nouveau ils étaient transmis par un Tigellinus qui, tout particulièrement damnable, avait, grâce à un *fiat* impérial, été mis à l'abri de la vindicte, ou justice sénatoriale. Ce fut sans grande confiance qu'ils contemplèrent ce vieillard sans cheveux ni dents chez qui seuls les yeux d'un bleu vif semblaient brûler d'un éclat prometteur de quelque vigueur impériale à venir. Pitié et mépris de ces mains qui, nouées par la goutte, étaient même incapables de dérouler un parchemin sans qu'on les aide, on se demanda combien de semaines il lui restait encore à vivre.

Plus tard, dans les jardins du Palatin, Tigellinus dit à Galba :

— Il en va bien ainsi que tu le pensais, César. La Garde était prête à se mutiner. De sales bonshommes. Et quelle vénalité !

— Comme le reste de la ville. Qu'est-ce qui les a fait changer d'avis ?

— Un petit discours que leur a adressé ton humble serviteur. Plus quelque menue monnaie.

— De qui ?

— De moi.

— C'est pousser bien loin la fidélité. Qu'est-ce que tu veux ?

— César le sait.

— Les postes, je ne les vends pas, Tigellinus. Enfin, pas habituellement. Et donc, euh, tu disais, euh, que leur désaffection a été, euh, endiguée ?

— César peut sortir en toute sécurité.

Lorsque César sortit, ce fut pour se rendre au temple de Saturne. Icelus Marcianus lui apprit qu'Othon s'était emparé du camp de la Garde.

— Les légions ! s'étouffa Galba. Où sont passées les légions ? Qu'on donne immédiatement ordre aux légionnaires de se rallier à mon étendard !

Paniqué, il vit alors son entourage se ruer, à des allures diverses, dans la direction du Forum.

— Là, César, la cavalerie ! Tu la vois ?

On n'avait pas eu besoin de le lui faire remarquer. Des cavaliers armés venus de l'est de la ville arrivaient au galop. Galba se retrouva, sous un soleil brûlant, face à un escadron qui s'était arrêté dans un nuage de poussière. À son grand soulagement, il entendit, et puis vit, une section de soldats germains qui, eux aussi, s'étaient mis à courir. Son soulagement disparut lorsqu'il comprit qu'ils couraient trop lentement et que les autres avaient déjà tiré leurs épées qui brillaient.

— Que signifie tout ceci ? Qu'attendez-vous de moi ? Je n'aime pas beaucoup ces mines ! Allons ! Ne sommes-nous point camarades ? Vous m'appartenez tout autant que moi je vous appartiens.

On aurait dit une chanson populaire dont son prédécesseur aurait méprisé la banalité. Le chef de la troupe ayant poussé un cri rauque, tout ne fut bientôt plus que sang et sabots de chevaux. Abattu. On le laissa là, étendu à côté d'un bassin décoratif dédié à Curtius. Les Germains qui se trouvaient dans les parages firent demi-tour et s'éloignèrent au pas cadencé. La cavalerie, elle, s'en retourna au galop vers la caserne de la Garde, à l'est de la ville : Othon était en train de s'y faire proclamer empereur. Le cadavre sanglant fut abandonné aux phagocytes. Un soldat du rang qui l'avait reconnu songea vaguement qu'il pourrait s'en faire payer la tête. Il la scia sans difficulté — pas très épais, le cou se réduisait à des tendons —, mais aussitôt jura : pas de cheveux pour la transporter. Il enfourna son pouce dans la bouche sans dents et le cala contre le fond du palais. Et puis il la souleva et, en la balançant, l'emporta vers le quartier général de la Garde prétorienne. Il y entendit des vivats. Othon avait été juché sur de solides épaules. Encore un autre César. Combien durerait-il ?

Aulus Vitellius — la cinquantaine, tout en longueur, il avait une panse grossièrement disproportionnée qu'on semblait lui avoir collée sur le ventre — apprit la nouvelle de l'accession d'Othon à la couronne dans son camp sur les bords du bas Rhin. En mâchonnant de fibreuses bouchées d'une viande de sanglier trop bouillie avec ses belles dents marron, il lut et relut la lettre dans laquelle Othon lui demandait la main de sa fille et l'invitait à partager le pouvoir avec lui. Lent d'un cerveau incurablement encombré de toute la graisse d'une nourriture grossière, Vitellius y réfléchit, et réfléchit aussi au fait que Galba venait à peine de le nommer gouverneur. Il était évident que ces jeunes Césars le craignaient. Le premier avait voulu le tenir à l'écart et voilà que l'autre souhaitait ardemment son alliance. Prendre le pouvoir, autant dire qu'on l'y poussait presque. Son aide de camp, Severus, en fut d'accord.

En grignotant délicatement l'os que son maître lui avait offert, il lui dit :

— Le fait est que les temps ont changé. La Garde prétorienne s'imagine être en mesure de faire et défaire les empereurs. Les jours de la puissance militaire de Rome sont bien finis. C'est aujourd'hui notre province de Germanie qui dit l'avenir. L'Empire, c'est ses provinces.

— Il y a combien de temps qu'Othon s'est emparé du pouvoir ?

— Quelques semaines.

— Qui l'y a aidé ?

— Un certain Tigellinus. Tu le connais ?

— Oui, je le connais, ce fumier. Quelques semaines, dis-tu ? Il semble assez injuste de l'autoriser à s'y asseoir plus fermement.

Et donc, Vitellius montra aussitôt à ses troupes une affabilité qu'il ne leur avait jamais témoignée auparavant. On enlaça, ici et là, son soldat d'aussi près que le ventre le permettait, inonda tout un chacun de pièces d'or et invita même ses centurions à prendre part à un petit déjeuner qui tendit à tellement se prolonger qu'on l'aurait pu appeler dîner. Ce fut sans grande difficulté qu'à la fin ils lui accordèrent leurs ovations et le proclamèrent empereur. Comme tout cela est sordide ! Ayant appris que les légions de Vitellius avaient été déjà repérées en Italie du Nord, Othon se plaça à contrecœur à la tête de la 13ᵉ. Prêt à entamer des pourparlers, il fut déprimé au point d'envisager le suicide en découvrant que la bataille était inévitable. Othon n'avait rien d'un guerrier. Sous sa tente, aux abords de Brixellium, il eut des mots durs à l'endroit d'un Tigellinus qui, inopinément, avait décidé de troquer l'uniforme contre l'habit du voyageur :

— Inopinément ? Que veux-tu dire par là ?

— Que je ne m'attendais pas, lui répondit doucement Tigellinus, à te trouver aussi peu préparé. C'est sur des bases bien différentes que je t'avais donné mon appui. Même sous mon premier maître Néron, il y avait quelque stabilité dans l'Empire. Cela étant, je dois reconnaître qu'il a fini par la détruire. Mais, après tout, c'est à Rome que va ma loyauté.

— Et c'est à savoir à quiconque est capable de la prendre ?

— Oui, on peut dire ça comme ça. Te laisser maintenant, Othon, ce n'est pas attenter au patriotisme.

— On m'appelle encore César, lui renvoya l'autre d'une voix forte mais sans conviction.

— Pour peu de temps ! Oh, si peu de temps ! Mais, allons : tu as toujours droit à certains honneurs. Et donc : *Vale, César !*

Sur quoi, il le salua selon l'ancienne manière européenne et quitta sa tente. Un des officiers d'Othon y entra ensuite et jeta un coup d'œil interrogatif à son chef.

Othon lui répondit :

— Non. Je sais déjà ce que tu vas me suggérer. Laissons tout cela à Vitelllius.

— Nous battrons-nous, César ?

— Ben... C'est-à-dire que nous n'allons certainement pas nous rendre. Mais... la guerre civile ne m'attire guère. Je crois que je ferais mieux de mettre mes papiers en ordre.

L'affaire lui prit longtemps. À son secrétaire Britannus il donna certains ordres simples et signés. On ne punirait pas les déserteurs. On brûlerait toutes les déclarations de soutien qui lui avaient été apportées — et aussi toutes les lettres privées qui pourraient incriminer ses amis. En d'autres termes, on ferait disparaître toutes les traces. Une exception pourrait être néanmoins faite à cette règle en ce qui concernait Tigellinus.

— Et maintenant, je vais me retirer. Je ne veux pas qu'on me dérange avant l'aurore. Et d'ailleurs, je te recommande d'aller te reposer, toi aussi. En un lieu sûr et éloigné. Tu sais qu'on prendra soin de toi.

— Je t'en suis reconnaissant, César.

Comme tant d'autres personnages de cette histoire, Othon était complètement chauve mais portait depuis toujours une perruque qui dissimulait son état à ses amis et, même, à ses concubines. Il l'ôta alors. D'une humeur parfaitement sereine, il prit un repas léger et puis alla se coucher. Près de son lit l'attendait une bonne dague bien aiguisée. A l'aube, l'armée de Vitellius entra dans le camp en rugissant et, dans la lumière furieusement rouge qui tenait lieu d'avertissement du berger, se livra au pillage. Dans la tente d'Othon on retrouva son corps très proprement transpercé : au-dessus de la blessure, le visage de l'empereur avait fini par cesser de se contorsionner contre la mort, était même empreint d'une paix profonde. Sur le dessus de la tête, il s'était aussi arrangé fort joliment les cheveux. L'empereur avait eu ce qu'on appelait alors une belle fin à la romaine.

Rome, Vitellius y arriva comme en dévorant la route — ici, en faisant craquer sous ses dents les grappes de raisin qu'humblement les paysans lui offraient en cadeau votif, là, en plongeant rudement ses doigts dans des melons d'eau, là encore, en exigeant de la viande grillée des marchands ambulants installés au bord des chemins. Le premier banquet officiel allait durer trois jours entiers.

Tigellinus était en train de se vautrer dans un bain de boue plein de bulles, dans l'établissement d'un certain Laetus sis aux limites de Rome, lorsqu'il apprit que ses jours, voire ses heures, étaient comptés. Une employée nue était alors à lui pétrir l'aine à l'aide d'un mélange d'eau et de terre rouge et brûlante pendant qu'une autre le rasait. Il enlaça la pétrisseuse avec une ferveur affamée avant de poliment dire à celle qui le rasait :

— Donne-moi ce rasoir. Et puis laissez-moi, toutes les deux. Il est des moments où l'homme bien né doit être seul. Il y a parfois des choses qu'il est le seul à pouvoir se faire.

Les filles décrochèrent des peignoirs de bain et sortirent en pouffant de rire. Tigellinus attrapa le rasoir par son manche d'ivoire blanc en marmonnant ces mots :

— Eh bien, mon petit Néron, ton trajet ne fut pas nul. Dans le droit fil de ton tempérament. Et moi, je fus toujours fidèle au mien. Enfin, jusqu'à il y a peu. C'est vrai qu'à être noble, on ne devrait jamais comploter pour gagner de l'influence. Le pouvoir ne vient qu'à ceux qui savent s'en servir... à quelque fin que ce soit. Je fus un homme méchant, Néron. Totalement méchant. Voilà qui, à soi seul, devrait faire plaisir à un dieu ou à un autre. Mais qui ? j'en ignore le nom. C'est de la boue que je sortis. Et me voici... aux dernières extrémités.

Il s'entailla les deux avant-bras.

— Tu as sommeil, tout juste un peu sommeil. Retourne à ta boue, Tigellinus.

Il s'y enfonça.

On pourrait considérer que Tigellinus ne fut jamais qu'élément superfétatoire dans le règne d'un empereur tel que Vitellius : les caractéristiques principales de ce dernier étaient en effet la gloutonnerie et la cruauté — se laisser aller aux deux à la fois, on ne demandait même souvent que cela. Songez, par exemple, au jour où, assis seul à table à se gaver de cervelle, de foie et de pancréas dégoulinants de crème et de miel après avoir déjà avalé en guise de casse-croûte du matin toutes les viandes sacrificielles offertes aux dieux, plus quelque collation d'esturgeon, d'huîtres et autres pâtés d'oiseaux sauvages et pâtisseries sucrées à vomir, il se mit à se réjouir de l'exécution d'un bon citoyen de Rome, un certain Octavius, qu'on allait lui offrir pour le dessert. Le condamné se tenait debout près du billot qu'on avait eu soin de poser assez loin de l'empereur pour que le linge de table ne fût pas taché de sang. A sa gauche le bourreau attendait, pendant qu'à sa droite son épouse, Livia, ne cessait de pleurer et de supplier.

Courtois, Vitellius lança alors :

— Excuse-moi de dîner à une heure qui doit être bien solennelle pour toi, Octavius, mais j'ai une journée chargée. J'en ai le temps, il faut absolument que je mange. As-tu quoi que ce soit à déclarer avant que le bourreau ne te... euh... découpe ? Ah !

— Je méritais de mourir, César, lui répondit Octavius. Il n'est pire crime que celui d'être bête. Tu devrais écrire un traité intitulé : *Comment se débarrasser de ses créanciers au plus vite.*

— Oh ! César, mon maître, sanglota Livia, il ne t'a fait que du bien. Il a même vendu la maison de sa mère pour obtenir l'argent dont tu disais avoir besoin ! Aie pitié de lui ! Il ne le refera plus.

À ces mots, Vitellius s'étouffa et remplit l'air environnant d'un brouillard de rate au bouillon. Octavius dit à sa femme :

— Va-t'en, Livia. Souviens-toi de celui que je fus.

Mais Vitellius l'arrêta :

— Non, Oliva, ou Lavia, ou... enfin quoi, je ne sais pas ton nom mais... ne t'en va pas. Te souvenir de celui qu'il fut, tu vas pouvoir le faire pendant une seconde ou deux. *Capiti,* ce mari, non ? Pour ainsi dire... Mais, tu comprends bien que, naturellement, le crime que tu viens de commettre est pire que celui de ton époux, non ? Tu m'as demandé de l'épargner. Et donc, as, de fait, proclamé que mon verdict impérial était injuste. Décapiteur ! Viens-t'en un peu essayer ta lame sur un cou plus *facile*... un cou délicat, un cou de cygne comme diraient les poètes, enfin... je crois.

— Permets que je te félicite, Vitellius, lui renvoya Octavius. Et moi qui croyais que Caius et Néron avaient atteint au summum de la monstruosité ! Va ! Tu fais mieux que l'un et l'autre ensemble. Tu connaîtras la même fin qu'eux. Si tu n'éclates pas comme un chien empoisonné avant !

Ce fut une Livia qui hurlait qu'on amena devant le billot pendant que Vitellius continuait à se régaler. Pour lui, pareille journée n'avait rien d'exceptionnel : une journée exceptionnelle, c'était celle où il consommait d'un célèbre gâteau de Minerve qui, sous une épaisse croûte de farine et blancs d'œufs, renfermait des organes de brochets, de carpes, de faisans, de cailles, de perdrix, de paons, de flamants et de lamproies, ou bien alors faisait procéder à l'exécution non seulement de créanciers mais aussi d'amis proches venus tout sourire assister à ses banquets. Pour ce qui était de manger, Vitellius ne manquait jamais de rien.

Que dire de cette Rome si ce n'est qu'elle avait grand besoin de rédemption morale et avait raté sa chance ? Que dire aussi de la corruption d'un présent écrivain qui, s'il reconnaît sa grossière fascination pour l'époque de désordres sanglants qu'il dépeint, toujours éprouve une certaine répugnance à en revenir à la description de ces petites gens qui balaient, cuisent le pain, font, décemment et conjugalement, l'amour, accomplissent leurs humbles devoirs envers la communauté mais immanquablement suscitent plus les bâillements que l'admiration dès qu'ils se transforment en la matière même d'un livre ? Dieu, s'Il existe et ne reconnaît point Pétrone, peut penser autrement mais quoi ? Vous n'êtes pas Dieu.

Marcus Julius Tranquillus, son épouse et sa fille quittèrent Rome à un moment opportun. L'oncle de Julius, qui se faisait vieux et seul, les aida à se sentir chez eux dans la villa qu'il avait à Pompéi, non loin des pentes fertiles du Mons Summanus. Ce volcan était récemment entré en éruption mais — au moins les astrologues l'avaient-ils décrété — s'était rendormi pour un bon siècle. Soldat à la retraite, Julius s'éprit de l'occupation dans laquelle se lançaient à l'époque nombre d'anciens combattants pour améliorer leur santé et trouver du plaisir à la vie : il cultiva un jardin. Il entretint aussi, pour le profit, les terres de son oncle que celui-ci avait négligées. À son jardin il ajouta deux acres de pré à chevaux : le sol était si riche après les éruptions que presque il criait qu'on le plantât et moissonnât. Julius y fit donc pousser de la salade, des conconbres, des melons et des aubergines, y cueillit des prunes et des cerises, y soigna encore des vignes dont le vin était si miraculeux qu'on lui avait donné le nom de « Larmes des dieux ». Les quelques chrétiens fort tranquilles du coin (dont Julius ne faisait plus partie) allèrent plus loin et l'appelèrent « Larmes du Christ ». Lorsque, chargé d'ans et toujours à rêver au retour de la république, son oncle mourut, la villa passa au neveu. Julius y prospéra et embaucha ses deux fils et son propre beau-fils pour en semer, cultiver et vendre les produits au marché. Ruth avait épousé le fils d'un ingénieur des ponts grec qui, comme son père, avait nom Démétrios. C'était de l'Ouest de Chypre qu'enfant, il avait émigré avec toute sa famille. Si, pour ce qui est de la morale et du gouvernement, l'Empire romain donnait à l'Histoire le pire exemple possible, il proclamait aussi — pour ainsi dire sans y faire attention — les vertus d'un mariage mixte que je tiens depuis toujours pour l'un des espoirs d'une humanité qui n'a passé que trop de temps à tenter de trouver le bonheur dans le cloisonnement.

Julius commençait déjà à vieillir. Il n'était pas chauve mais avait les cheveux gris fer. Musclé et brûlé par le soleil, il souffrait souvent de douleurs dans le dos et dans les cuisses. Sara, elle, était moins âgée mais, comme lui, s'était mise à grisonner. Son corps, autrefois aussi élancé qu'une épée, était devenu aussi acceptablement rond que celui d'une matrone. Elle ne s'était jamais départie de son cynisme sur les voies de Dieu et des empires. Il lui suffisait de vivre au jour le jour et, travail à la cuisine, retombée de la poussière rouge sur le sol, pigeons et poules à nourrir, bavardages du soir devant une coupe pleine de larmes des dieux, promenade avec sa fille mariée tout au long d'une ville qui, quoique bien conçue, s'était amollie à force de cultiver le plaisir et regorgeait de statues ridicules et de fontaines rafraîchissantes, de goûter à tout ce qui s'offrait à elle. Pompéi était une ville de bains et de bordels, où, cheveux et habits, les patriciennes se laissaient aller à une mode fantastique, où les riches donnaient des dîners somptueux, où, hormis la religion chrétienne, on tolérait toutes les fois orientales, où il y avait des jeux, du théâtre et des concours de chant, où le climat était doux, où, depuis qu'il avait recouvré la santé, le Mons Summanus lançait de la fumée d'un air doux et détendu.

Un jour, le frère de Sara, Caleb, et son épouse, Hannah, arrivèrent sans crier gare. Ils tiraient un âne gris sur le dos duquel ils avaient empilé et ficelé tous leurs dieux lares. Couverts de la poussière du voyage et fatigués, ils se lavèrent à grande eau, chaude, et après avoir bu une coupe des divins larmoiements, retrouvèrent promptement toute leur vigueur. On déchargea l'animal et l'envoya paître dans le verger, au milieu des prunes que le vent avait fait tomber.

— Combien de temps avez-vous l'intention de rester ? demanda Sara.

— Moi, je veux m'en aller tout de suite. Hannah, elle, voudrait rester jusqu'à mon retour... si jamais je reviens.

Douleur qui ne la quittait pas et dont elle ne semblait d'ailleurs pas vouloir se libérer, Hannah était la maigreur même. Encore assez solide, Caleb, lui, avait pourtant l'air plus vieux que Julius. Son nez était devenu plus présent qu'avant alors que ses joues avaient rétréci. Ils n'avaient pas eu d'autre enfant et, d'une manière peu philosophique, s'étaient installés dans le ressentiment qu'ils avaient de la mort de leur fils.

— Il y a de la place pour elle.

— Elle est très douée pour les travaux d'aiguille... et elle ne fait pas trop mal la cuisine.

— Et tu veux aller où ?

— Ah ! C'est une longue histoire, répondit Caleb à Julius et Sara.

Ils s'étaient assis devant un pichet de vin frais.

— Je retourne à Jérusalem, reprit-il. Je prendrai le bateau à Putéoli. Ça fait combien d'années déjà que j'attends ce moment-là ? Ah ! Et dire qu'il faut que ça m'arrive alors que je suis déjà trop vieux ! Oui, que je suis un vieil homme marié qui n'a point de fils auquel promettre un avenir !

— Un avenir ? Quel avenir ? s'enquit Julius. Qu'est-ce qui se passe ?

— Quoi ? Vous ne savez pas la nouvelle ?

— La nouvelle de quoi ?

Assis, épaules tombantes, dans son petit fauteuil décoré à réchauffer sa coupe, Caleb poussa un profond soupir.

— Que les Romains gouvernent mal notre Palestine, ça ne date pas d'hier. Notre peuple en a supporté beaucoup mais il fallait bien qu'un jour ça dépasse les bornes. Et ça, le procurateur Florus est arrivé à le faire sentir à tout le monde. Non mais ! Voler le Temple ! Dieu nous garde ! Alors, qu'est-ce qu'ils font, les Juifs ? Ils restent là à se tourner les pouces ? À laisser aller ? Non : ils ont frappé. En tout cas, les zélotes ! Ah ça oui ! Ce qui fait que des Romains sont morts. Et que

Florus a ordonné un massacre. Et qu'une femme a essayé de l'en empêcher. La fille de la marionnette de Caligula... j'ai oublié son nom...

— Bernice... ou Bérénice, le reprit Julius. Je l'ai rencontrée à Césarée. Un joli petit bout de femme. Et pas bête !

— Sauf que maintenant, elle est passée aux Romains, dit Caleb. Bah ! Peut-être qu'on ne peut pas lui en vouloir. Les Juifs lui ont brûlé son palais de Jérusalem. C'est vrai que les Juifs, y a des fois où ils ont pas beaucoup de reconnaissance. Mais, pour l'instant, ils sont surtout en colère et je ne vois pas qui pourrait le leur reprocher.

— Et où as-tu appris tout ça ? lui demanda Sara.

— C'est arrivé jusqu'à Rome. On prie dans les synagogues. Enfin c'est la guerre. Et ce sont les Romains qui l'ont voulue. Voilà. Et moi, il faut que j'y aille !

— Pour te faire tuer ! s'écria Hannah en se mettant à sangloter. Parce que vous ne gagnerez pas ! Vous pouvez pas. Ça va être la boucherie !

— C'est vrai, reconnut Caleb, qu'ils ont ramené des légions de Syrie. Et que nous, enfin... eux, les zélotes, ils ont que des cailloux et quelques marteaux... et pas d'organisation. Aucune unité, aucun contrôle. Les sadducéens veulent pas s'en mêler et les pharisiens hésitent. Quant aux nazaréens... Eh bien, fit-il en regardant Julius droit dans les yeux, les nazaréens, c'est la fin.

— Ça devait arriver un jour, je le pense depuis longtemps, dit Julius. Les nazaréens, Dieu ne les a jamais beaucoup aidés. Ni non plus les Juifs. J'ai perdu la foi. Je vois bien maintenant que c'était en Paul que je croyais.

— Tu n'es plus avec eux ?

— Non. Ma foi, je l'attache à autre chose. À quelque chose qui est plus en rapport avec les besoins d'un centurion à la retraite.

— Il veut dire par là, le reprit Sara d'un ton quelque peu méprisant, qu'il a accepté de se laver dans le sang du taureau blanc. C'est aussi idiot que la religion d'avant... mais plus recherché. Le mithraïsme, qu'ils appellent ça.

— Et, reprit Julius, dans quel sens crois-tu que ce soit la fin des nazaréens ?

Il avait l'impression d'avoir un morceau de gâteau rassis en travers de la gorge.

— Comment veux-tu qu'on puisse leur faire confiance ? Ils ne croient pas à la guerre. Ils tendent l'autre joue. Ils ne mourront certainement pas pour le Temple.

— Même qu'ils auront drôlement raison ! s'écria Sara. Comme si on pouvait avoir envie de mourir pour un tas de pierres !

— Sauf que lui, sanglota Hannah, lui, il y est prêt ! Les hommes sont bêtes !

— Des crétins suicidaires ! renchérit Sara.

Caleb prit un air penaud.

— Qu'est-ce qui leur est arrivé ? s'enquit Julius.

— Pas grand-chose. On les avait pourtant avertis. On leur avait demandé de bien montrer le côté qu'ils soutiendraient. Sauf que lorsque leur *espicopos,* comme ils l'appellent, il a vu les pierres lui...

Il se souvint d'Étienne et avala sa salive avec difficulté.

— Qui c'était ? insista Julius.

— Jacques. Le chef des nazaréens de Jérusalem. Le dernier de ceux qui connurent Jésus Naggar. Les zélotes prétendaient qu'il était dangereux de le laisser en liberté.

— Je ne l'ai jamais rencontré, dit Julius. Mais j'ai beaucoup entendu parler de lui. Il se débrouillait bien. L'équilibre, il savait le faire respecter. Je croyais que les Juifs l'adoraient.

— Oh, ça ! C'est vrai qu'ils étaient assez prêts à le tolérer... jusqu'à ce que ce Florus se mette à piller le Temple. Parce qu'alors il a commencé à parler pardon et temple que la main humaine n'aurait point fabriqué. C'est ça qui a décidé le grand prêtre Ananius à autoriser la lapidation. Il savait ce qu'il arriverait s'il refusait. Ils ont tué le grand prêtre Ananias. On fait le grand nettoyage du camp juif avant la guerre. On purifie la lame de la belle épée d'Israël.

Sur quoi, comme son épouse, il se prit à sangloter, mais s'arrêta bientôt et, fièrement, montra ses yeux mouillés de larmes à la compagnie.

— Je sais que ça ne sert à rien mais qu'est-ce que je peux faire d'autre ? Vivre en paix avec moi-même sans y aller ? Non, je prends le bateau à Putéoli.

— La guerre sera terminée quand tu arriveras à Césarée, lui fit remarquer Julius.

— Cette guerre-ci n'aura jamais de fin, lui répondit Caleb. Tuer tous les Juifs du monde, les Romains, ça leur prendra des éternités. Il se peut que le Temple soit détruit mais l'arche d'alliance, les Juifs, ils l'ont déjà transportée à travers le désert et ils le referont.

— Alors, vas-y, dans ce désert, et attends-les ! lui cria sa sœur. Le rêve que tu poursuis est bien mauvais !

— Non, il est bon. Je l'ai fait, tu t'en souviens, quand j'étais enfant. Et moi, l'enfance, j'entends lui rester fidèle. C'est aussi simple que ça.

Cône du célèbre volcan masqué par un brouillard gris sans cesse en mouvement, ce fut par une journée pluvieuse que Caleb gagna le port. Il embrassa sa femme, sa sœur et sa nièce et pleura. Julius lui serra la main d'un air désespéré et puis s'en fut assister à l'office hebdomadaire dans un temple beaucoup moins glorieux que celui de Salomon. L'autel n'y était que simple table en marbre. Derrière lui, sur le mur, se trouvait un tableau tout en bruns et bleus de Pompéi. Le dieu Mithra y était représenté sous les traits d'un beau jeune homme en train d'enfoncer son épée dans le cou d'un taureau blanc qui, pour faire bonne mesure, était déjà lui-même en train de se faire simultanément dévorer par un scorpion, un crabe et un chien. Julius se retrouva à adresser une prière à la tête coupée de Paul : il désirait que son beau-frère fût en sécurité. Et puis il se secoua et renonça à son blasphème. Masqué, couteau à la main, le prêtre se tenait à côté d'un bouvillon blanc au bout d'une longe. Julius s'était, lui aussi, couvert le visage d'un masque et, comme nombre de ses compagnons de culte, portait un uniforme militaire usé, trop petit et quelque peu rongé par la moisissure.

Le prêtre dit alors :

— Adorateurs et amants de Mithra, dieu du soleil et seigneur de la vie, oyez bien son histoire. Le dieu de la lumière fut conçu pour nous sauver du dieu des ténèbres Ahriman, prince du mal. Entre eux la lutte continuera jusqu'à la fin des temps et nous, nous y prenons part. Oh ! voyez comme son mystère est solennel ! Voyez comme elle est vive, cette épée de lumière qui empêche les forces de la procréation de se faire dévorer par celles du mal ! Mais cette épée qui tue est aussi épée qui permet de renaître. Car c'est du sang même de ceux qu'elle frappe que jaillit la vie nouvelle. Pour tous ceux qui, postulants, sont aujourd'hui ici rassemblés, un moment solennel est arrivé. Car, oui, ils seront baignés du sang de la victime et, en lui, retrouveront une vie nouvelle.

Sur quoi il leva son couteau sacrificiel pendant que Julius fermait les yeux. Sur le toit du temple, la pluie battait fort. Julius se souvint d'une autre immersion sur les rivages de l'île de Melita. Le serment du soldat, voilà à quoi se résumait le sacrement. Tous ses serments, il les avait bafoués. Par couardise. Non — par réalisme. Tous ces dieux n'étaient-ils donc point identiques ? Ah ! cet Osiris et cette Isis ! Ces cérémonies ! Celle où sa fille Ruth avait pleuré la mort du dieu de la fertilité avant de se réjouir de sa résurrection ! Celle où, enceinte depuis peu, elle était allée voir la prêtresse d'Isis afin d'en recevoir la bénédiction. Sous des noms différents, toutes ces religions étaient semblables. Il rouvrit les yeux au moment même où, lourde masse, le bouvillon ensanglanté tombait à genoux, se couchait sur le flanc et, en hurlant de terreur, mourait les yeux pleins de fanfares. Les postulants s'avancèrent vers l'autel afin de se faire asperger du sang de la bête sacrifiée. « Car, au dernier repas, le Seigneur parla et leur dit : " Prenez et mangez car ceci est mon corps. Prenez et buvez car ceci est mon sang. " » Ce n'était pas les bonnes paroles que Julius entendait.

Le prêtre, lui, disait :

— Soumets les armées d'Ahriman, ô Sauveur, accepte notre amour.

La pluie continuait de battre son refus, Julius se frappa la poitrine.

La cinquantaine vigoureuse, l'ancien *legatus legionis* de Bretagne Titus Flavius Sabinus Vespasianus, que nous appellerons simplement Vespasien, celui-là même que Néron détestait mais qui, général efficace, infatigable et incorruptible, avait su se rendre indispensable, était assis avec son fils qui avait le même nom mais que nous appellerons simplement Titus. Cela se passait au quartier général des forces armées sis près de la frontière syrienne.

— La 10e Fretensis, dit Titus.
— La 12e Fulminata. La 15e Apollinaris. La 5e de Macédoine.
Les ordres de combat ayant été scellés, on les empila pour distribution.
Vespasien dit alors :
— Je t'en charge.
— Mais je suis sûr qu'il n'y a pas urgence. Les Juifs passent en premier.
— Non, c'est Rome.
Vespasien relut encore une fois les dépêches. Les légions de Moésie et de Pannonie avaient répudié Vitellius. Même chose pour celles de Syrie et de Judée. Personne n'avait brigué leur allégeance et non, bien sûr qu'on ne les avait pas achetées. Vespasianus César.
— Si tu m'en charges, tu me charges aussi de réaliser le rêve antonien, reprit Titus.
— Écoute, l'interrompit son père d'un ton pressant, l'Histoire ne se répète jamais. L'Empire de l'Est était un rêve impossible et Antoine l'aurait vu si on ne l'avait pas trompé.
— À cela près que Bernice n'a rien d'une Cléopâtre. La *pax romana,* elle l'accepte, elle.
— *Pax romana* qui se décide à Rome. Où, à sa mort, tu deviendras empereur. Autre chose : Jérusalem, ce n'est pas Alexandrie. Je sais bien ce que tu as en tête... jeune comme tu l'es !
Titus avait, en fait, dans les vingt-cinq ans.
— L'idée est néronienne, insista-t-il, dans le sens où elle s'apparente à une vision d'artiste. La fusion de la discipline romaine et de l'enchantement oriental. Sauf que les Juifs n'ont rien d'enchanteur. Que la douceur décadente des Égyptiens, ils ne savent pas ce que c'est. Cela étant, je comprends bien que ta princesse galiléenne t'ait ensorcelé. Mais ce n'est là qu'histoire de jeune homme qui succombe à la langueur asiatique. Tu en reviendras.
— Je me propose de l'épouser.
— Ah, non ! Jamais les Romains n'accepteront une impératrice étrangère lorsque ton heure sera venue d'assumer le pouvoir. Sans compter que tu ne vas même pas avoir le temps d'en faire ta maîtresse. N'oublie pas que la campagne de Palestine, c'est toi qui la diriges entièrement et ce, dès maintenant. Ça ne durera guère. Sois sans pitié. Car ils ne la méritent pas. Réduis-moi ça en poussière et sème du sel dans les ruines. On n'épargne personne. Ni rien non plus. Pas même leur temple !
— Il est certaines choses que même un vainqueur se doit de ne pas faire.
— Oh ! je sais... L'architecture ne manque pas de beauté et l'édifice est sacré aux yeux de ce peuple très ancien. Mais non ! Tu le détruis au bélier, tu le violes ! Ne te fais pas avoir par les larmes de ta maîtresse galiléenne. Il n'y a pas de place pour les dieux étrangers dans l'Empire. Enfouis le corps de la foi juive sous la chaux vive.
— Et la religion chrétienne ?

— Elle n'existe déjà plus.

Je n'ai pas grand-chose à dire d'une campagne de Palestine dont l'histoire a été racontée de bout en bout, de manière un peu inexacte, c'est vrai, par un certain Joseph ben Matthias qui, après avoir retourné sa veste par dévotion à la dynastie créée par Vespasien, se donna le nouveau nom de Joséphus Flavius. Ce fut après le massacre de Jotapata en Galilée dont il avait été un des rares survivants, que, capitaine d'infanterie fort compétent, il chercha à se faire recevoir par Titus.

— Il vient sous le drapeau de la trêve, dit le centurion Libéralis à son général. Il affirme vouloir passer de notre côté. Il a des renseignements importants... à ce qu'il prétend.

— Je n'aime pas les traîtres. Pourquoi n'est-il pas mort avec le reste des habitants de... comment s'appelle cet endroit, déjà ?

— Jottapatata... enfin, quelque chose dans le genre. Je le fais entrer ?

Titus acquiesça en hochant la tête d'un air las. Barbe fournie et yeux bruns au regard vif au point d'en être presque fiévreux, un jeune homme en armure franchit le seuil de sa tente. Il lui déclina aussitôt son nom et celui qu'il espérait pouvoir porter un jour.

— La cause juive est perdue depuis toujours, lança-t-il. Pourquoi en avez-vous fait crucifier certains et pas d'autres ?

— On a manqué de bois.

Joséphus poussa un soupir.

— Je me suis battu mais ai compris que lutter contre vous n'était qu'une autre façon de m'immoler. Je désire embrasser la cause romaine.

— Et qu'en attends-tu, de cette cause romaine ?

— Pour moi ? Rien. Hormis la vie. Rome, je connais. J'y ai déjà plaidé la cause des Juifs une fois. L'impératrice Poppea Sabina eut alors assez de générosité pour m'avouer que je l'avais impressionnée. Elle voulut même rejoindre les rangs de ceux qui craignent Dieu. Mais... ceci n'a rien à voir avec cela. J'aime bien écrire des histoires. C'est même pour ça que je sais parfaitement qu'aucun homme ne peut aller contre l'Histoire. La marée en est forte et il vaut mieux la chevaucher dans le bon sens. L'Histoire, c'est, indubitablement et inéluctablement, du côté de l'Empire romain qu'elle penche et ce, pour plusieurs centaines d'années à venir.

— Et tes compatriotes, combien sont-ils à penser la même chose ?

— Pas beaucoup. Nous sommes, nous autres Juifs, un peuple têtu. Quand j'en viendrai à écrire l'histoire de cette guerre, je ne nierai ni leur obstination, ni leur courage, ni leur foi. À la manière dont c'est parti, il ne restera plus guère du peuple juif que ce que l'on trouvera dans mon livre. Aussi bien en va-t-il ainsi de tous les peuples jusques et y compris ceux qui croient asseoir leur empire pour l'éternité.

— Je suis un homme patient, lui répondit Titus. Je t'ai écouté mais sans grand intérêt. Pourquoi me racontes-tu tout ça ?

— Parce que, sans même que tu t'en rendes compte, cela te fascine.

Il n'est aucun général victorieux qui n'ait besoin des lauriers du poète ou de l'historien. Sans eux, il n'est vite que fable dénaturée qu'on raconte aux enfants. Mais ce n'est pas pour te tenir ce genre de propos que je suis venu te voir. Non, si j'ai cherché à te trouver, c'est pour te dire les failles dans les fortifications de la Ville sainte.

Titus eut un bref haut-le-cœur.

— Quoi ? Tu viens ici pour trahir les tiens ?

— Pas vraiment ! Je n'ai pas envie de voir Jérusalem supporter un siège interminable. Que sa prise s'effectue en versant le moins de sang possible. Je vais te montrer le chemin le plus sûr pour parvenir à la citadelle. Je crois que tu me trouveras utile à d'autres titres. Ton araméen, c'est à peine s'il existe. Et moi, l'araméen, c'est ma langue maternelle.

— Qu'est-ce qui m'empêche de te traiter en prisonnier et en esclave ?

— Ton bon sens. Ta générosité de vainqueur. Le fait que je suis ce que je suis. Et c'est à savoir quelqu'un qui a la vision juste de l'Histoire. Pour ce qui est de la captivité et de l'esclavage, je ne saurais, évidemment, les tolérer. Il m'est toujours possible de te sauter à la gorge et de me faire abattre sur-le-champ. Toutes les morts ne sont que captivité. Vivants, il nous reste un choix.

— Très philosophique, tout ça. Tu ferais mieux de me parler de ces failles dans les fortifications de Jérusalem.

Ses renseignements ne furent pas d'une grande utilité. Les béliers n'avaient eu aucun mal à trouver les points faibles dans les remparts. Les catapultes y expédièrent de gros rochers. En entrant dans la ville, les forces de Titus tombèrent sur un peuple en sanglots : on était couvert de poussière, on levait les bras au ciel, les femmes hurlaient la perte des enfants morts qu'elles serraient encore sur leur sein, Juif, on combattait le Juif. Ici et là, des bandes de zélotes armés de la fronde que David avait trouvée efficace dans son duel avec Goliath manièrent aussi la dague et l'épée. On ouvrit sauvagement la gueule pour insulter l'envahisseur, on se rua sur lui mais sans grand effet. Les Romains clouèrent en croix ceux qu'ils avaient pris sur les murs de la ville. Les vieux et les faibles avaient déjà cherché refuge dans un Temple que défendait une garnison de jeunes guerriers. La tour d'Antonia était entre les mains des Juifs. Flèches et pierres s'abattirent en pluie sur l'avant-garde que Titus en personne conduisait aux portes du Temple. En pénétrant dans la cour intérieure, il découvrit, avec intérêt, un avis qui, dans les trois langues de la province, promettait la mort à tout gentil qui s'y aventurerait. C'était déjà, en soi, un défi. Il ordonna d'amener les béliers au pied des énormes vantaux, s'émerveilla de leurs ors et de leurs ivoires, lutta contre une nausée qui n'était que malaise passager dû à sa jeunesse impressionnable.

— Doucement, là ! Attention à cette roue de côté. Allons, remuons-nous !

Des plaintes leur arrivaient à travers les nuages de poussière blanche. Les Romains achevèrent d'enfoncer les portes, se dirent que la tâche n'avait rien de facile. A l'intérieur du Temple, ils tombèrent sur des femmes qui, en hurlant, brandissaient leurs bébés comme des armes ou des boucliers. Les vieux étaient à genoux, mais se détournaient des Romains. Quelle bande de braillards ! songea le centurion Libéralis. Mais déjà on se battait dans le Temple. De jeunes hommes à la barbe drue mouraient pour le Saint des Saints. En priant et pleurant, des prêtres en appelaient à leur Très-Haut. En suant, des soldats romains à qui la magnificence de l'or, de l'onyx, de l'escarboucle et de l'améthyste faisait perdre la tête fichaient leurs lances ici et là, avaient l'impression d'entendre le sang fuser en cris d'horreur poussés devant la dernière des profanations.

Dans la gloire des oiseaux qui chantent au petit matin, Titus contempla les innombrables corps crucifiés qui s'entassaient à l'horizon. En supplicier d'autres ? Il n'y avait plus un arbre dans les environs pour le faire. Dans la fumée, la poussière et la pierre cassée, il se promena avec Joséphus, avec lui buta dans des cadavres. Dont l'un reprit vie et s'écria :

— Yusef ben Matthias : traître !

— Joséphus Flavius : citoyen romain.

Aussitôt transpercé à la lance, le cadavre alla retrouver ses frères.

— Voilà quelque chose que je n'aimerais pas voir relaté dans mon histoire, dit Joséphus d'un ton calme. La profanation du Temple par le pillage et la destruction. La postérité ne l'oubliera jamais.

— Même après qu'on s'en sera servi comme d'un fort militaire ?

— Simple nécessité. La citadelle de la foi. Et la foi, ça veut dire la ville. Je vais te la donner, la vraie raison pour laquelle j'accepte que Rome ait la haute main sur les terres de la Méditerranée : l'avenir jamais ne s'accommodera de la théocratie.

— Et si tu expliquais ce grand mot à un simple soldat ?

— Les chrétiens ont raison lorsqu'ils veulent rendre leur dû à César et à Dieu, mais insistent pour que ces deux tributs soient nettement séparés. Il ne saurait être de gouvernement que séculier. Dès l'instant où il se mêle de politique, Dieu se transforme en son contraire. Ça ne date pas d'hier et ne cessera pas demain.

Titus ne comprit pas très bien. Dans les avant-cours, les soldats trébuchèrent sur des corps d'hommes, de femmes et d'enfants.

— Ordures de païens ! lança Libéralis alors que débutait le pillage.

Le voile du Temple fut déchiré. On emporta la grande minorah. Un jeune soldat hocha tristement la tête.

— Un peu douteux, ça, non, l'ami ? Pas d'ordre direct, c'est ça que tu te dis ? Tu n'as jamais entendu parler de ce qu'on appelle la « discrétion » ? Ordonner ce genre de choses, aucun officier n'adore. Cela ne l'empêche pas de savoir qu'il le faut.

La destruction d'un Temple qu'on avait mis à sac exigea toute l'habileté technique des légions de l'envahisseur. D'énormes boules de métal se mirent à se balancer au bout de chaînes accrochées à des derricks : têtus, les murs extérieurs l'étaient mais, tourmentés de poussière et de fumée, ils finirent par céder. Les piliers s'étant fendus, on se rua à l'abri lorsque le grand plafond décoré commença à s'écrouler. Il ne restait plus que quelques Juifs pour se lamenter. Au bout de deux ou trois semaines passées à dépenser toute l'énergie destructrice dont on était capable, il n'y eut plus qu'un gigantesque tas de débris d'où la poussière montait jusqu'à un soleil invisible.

À son arrivée à Césarée, Caleb ressemblait à un Romain qui aurait perdu sa jeunesse à travailler dans des cambuses de navires. À tous ceux qui lui demandaient son nom, il donnait son pseudonyme de Metellus. Il se sentait étranger dans ce port où c'était à peine si l'on voyait ou entendait un seul Juif. Cliquetis de métal, des patrouilles romaines descendaient les rues ; le long du quai une légion défilait avant de rentrer au pays. Caleb aperçut un vieillard aveugle assis sur une borne d'amarrage : on demandait l'aumône en agitant une coupe en fer. Il y déposa une pièce.

— *Todach, ach, achot,* fit-il.

— Quelles sont les nouvelles de Jérusalem, *av* ?

— Comme si on pouvait avoir envie de les connaître, *ben* ! Jérusalem n'est plus. Va et rejoins Massada.

— Massada ? Et pourquoi ?

— Parce que d'Israël il ne restera plus que les jeunes hommes de Massada. Jusqu'au moment où les Romains y arriveront. Parce qu'alors ils viendront vous en chasser par la famine. Mais alors, *ben,* la foi prévaudra.

— Mais, dis-moi encore Jérusalem, *av*.

— Le grand Seigneur de la Création en soit loué, je n'ai jamais vu Jérusalem. Et même si la vue m'était rendue, je ne voudrais point la voir. Parce que Jérusalem ne sera plus. C'est par forêts entières qu'on a coupé les arbres pour y crucifier les gens. Et l'herbe des pâturages à l'extérieur de la ville on a brûlé, et encore ensemencé de sel les terres mêmes de la richesse afin que plus jamais la vie n'y jaillisse. Va et rejoins Massada, *tsair.*

Caleb trembla et se mit en quête de la route. Il y rencontra une colonne de zélotes en haillons qui entendaient faire leur jonction avec les forces d'Éléazar.

Vitellius éprouva une peur horrible en apprenant la nouvelle mais, en lui, cette peur déclencha un appétit monstrueux. Il grignota de la viande — en tremblant. En tremblant, il s'enfourna de la tourte dans la bouche, à deux mains. Se battre. Commencer à recruter, libération immédiate après la campagne, indemnité, pension ordinaire après la victoire. Troupes massées en Palestine. Jamais voulu devenir empereur, jamais cherché à l'être, contraint et forcé. Donne-nous l'argent tout de suite et on te soutiendra. Faire appel à Flavius Sabinus, frère de l'envahisseur Vespasien : n'aura pas à te mettre à mort pour trahison. Au lieu de ça, offrir cinq cent mille, non, un bon million de pièces d'or si retient le frère. La paix, c'est ça que je désire. Dire au Sénat d'envoyer des messagers pour l'armistice. Mettre des vestales devant, à roucouler « Paiaiaix, Paiaiaix ! ».

— Qui es-tu ? demanda-t-il, en mangeant.

— *Explorator,* César. Premiers détachements des légions de Vespasien tout près d'ici. Recommande évacuation immédiate du palais.

Il fit appeler une litière fermée pour lui-même et une autre pour son chef cuisinier et son expert arabe en pâtes feuilletées. Gavé jusqu'à la gueule, pilon de poulet au poing, il s'enfourna dans la litière. Vite, à la maison de son père, sur l'Aventin. Des soldats à l'extérieur du palais, détendus, en train de roucouler « Paiaiaix ! Paiaix ! », inutile de se faire du souci, Vespasien toujours occupé en Judée. Mais le palais était vide. D'un buffet, Vitellius sortit une ceinture dont les poches étaient déjà bourrées de pièces d'or et se la passa autour de la taille. Ne pas crever de faim, disparaître en boitillant, jouer les anonymes, ne pas se faire remarquer, cape et capuchon. Et puis il entendit du bruit. En courant, cliquetant et mâchant, il gagna les quartiers du portier. Chien enchaîné dehors : on gronda férocement. Vitellius lui jeta un morceau de viande et entra. Coinça le lit, avec son matelas, contre la porte. Déjà on entendait l'avant-garde se rapprocher : pas lourds, objets brisés, pillage. Ils fracassèrent la porte.

— Qui es-tu ?

— Le seul qui soit resté. M'occupe du palais. Qu'est-ce que vous avez fait à mon pauvre chien ?

Le centurion et ses hommes regardèrent la bedaine de Vitellius et hochèrent la tête.

— Message important pour Vespasien. Exige prison sûre jusqu'à son arrivée.

Ils lui attachèrent les mains dans le dos, serrèrent un nœud coulant autour de son cou, le traînèrent hors du palais : il gémit, il avait désespérément faim. Ils lui arrachèrent ses vêtements, le délestèrent de sa bourse en cuir d'un coup d'épée, en jetèrent les pièces d'or à la foule. Et puis, à grands coups de pied, ils lui firent descendre la Via Sacra jusqu'au Forum. Il tenta d'enfouir son visage aviné dans sa poitrine mais ils lui collèrent une épée sous le menton et l'obligèrent à cligner les paupières dans la lumière du soleil. La foule hurla au gras du bide, au vieux salop. Un petit coup d'épée ici, une entaille à la dague là, les soldats s'amusèrent à le faire saigner un peu. Et puis, sur les marches de l'Escalier des Gémissements, ils le frappèrent au ventre et le regardèrent répandre ses boyaux partout. Après quoi ils jetèrent son cadavre dans le Tibre. Il y flotta un moment avant de couler au fond.

En entrant au palais, Vespasien y trouva un personnel au grand complet et un banquet qu'on lui avait préparé — pour lui et tout son entourage. Il contempla la table chargée de victuailles d'un air dégoûté.

— Emportez-moi ces cochonneries !

— Ces cochonneries, César ? Mais on les a cuisinées exprès pour…

— Ne jamais oublier mon nom. C'est Vespasianus César que je m'appelle, et pas Vitellius Pseudo-César ! Et Vespasianus César, lui, c'est de pain, de fromage de chèvre et d'oignons crus qu'il aimerait bien faire son repas impérial. Et, pour boire, de la *cervisia.*

— De la *ccccccervisia,* César ?

— Parfaitement. Et la *cervisia,* ce n'est pas du vin. Mais une boisson fermentée faite avec de l'orge et du malt. Ça mousse. C'est amer et revigorant. Acerbité salutaire ; Rome aurait bien besoin de pareille infusion de vigueur ! Oh, mais c'est que ça va changer, dans les environs, vous savez !

Ainsi donc, l'ensemble d'Israël ayant été soumis hormis la forteresse de Massada, les Romains n'avaient plus maintenant pour tâche que de briser la résistance d'Éléazar. Chef des plus zélés des zélotes, ou *sicarii,* il avait rassemblé ses forces et, péniblement, les avait poussées à remonter la pente raide du rocher au sommet duquel se trouvait Massada. Il n'y avait que deux chemins permettant d'y accéder, l'un et l'autre au bord de grands précipices. Le premier, à l'est, surplombait le lac d'Asphaltitis tandis que le second, qui se réduisait à un sentier, serpentait autour du massif par son flanc ouest. En haut du rocher, Hérode avait fait construire une manière de palais entouré d'une enceinte toute de pierre blanche avec, érigées à intervalles réguliers, trente-huit tours de guet sur son pourtour. Le nouveau procurateur, Flavius Silva, y fit route de Jérusalem avec des machines de siège qu'il installa sur le promontoire blanc qui se dressait jusqu'à trois cents coudées au-dessous des points les plus élevés de la forteresse. Je vous demande de m'excuser de ne pouvoir vous en dire plus long sur ce siège : je ne suis pas très versé dans cet art et puis, aussi, je souffre et suis un peu éméché. Il suffira néanmoins de dire qu'Éléazar put alors contempler les fumées d'un vaste camp romain où tout le monde était prêt. Il savait déjà que les réserves de la forteresse étaient épuisées, qu'il ne restait plus d'eau que dans des puits naturels, que l'ennemi était persuadé qu'aucun Juif ne pourrait s'échapper et que demain ou après-demain, le flot de ces Romains en armure commencerait à remonter le lit des deux chemins, ouvrirait des brèches dans les murailles et qu'alors on se mettrait au travail et, systématiquement, ô Dieu, protège-nous ! massacrerait tout le monde.

— Je sais bien ce que pensent certains d'entre vous, dit-il aux hommes de la garnison (il y avait là des femmes et des enfants qui, eux aussi, se feraient systématiquement massacrer). Mieux vaut se rendre pour être nourris. Sauf que non : les Romains ne feront pas de prisonniers.

Le bonhomme qu'on appelait « le vieux Caleb » marmonna quelque chose sur les poireaux et les oignons que les Israélites avaient mangés en Égypte, grogna que la captivité n'était pas un fardeau si lourd.

— Tu n'as pas l'air de bien comprendre, Caleb, reprit Éléazar. Les Romains n'ont aucune intention de se conduire comme les Égyptiens. Ni même comme les Babyloniens. Nous sommes déjà dans les temps modernes. L'Histoire repose maintenant entre les mains des Romains et son schéma fondamental n'est pas celui d'un esclavage relativement humain mais bel et bien de la liquidation la plus féroce.

Quoiqu'il se prît surtout pour un homme de combat, Éléazar adorait s'écouter parler. Ce qu'il fit alors à longueur, — sur les beautés de la mort, sur le fait qu'il ne s'agissait là que d'une manière de sommeil et rien de plus et que quoi ? ne fallait-il donc pas considérer ledit sommeil comme une grande bénédiction après une dure journée de labeur, de soif, de chaleur et de muscles qui font mal ? Non, ils n'allaient pas se faire assassiner par les Romains ! Ce serait en vain qu'ils se lanceraient dans leur laborieuse ascension ! Quand ils arriveraient à la forteresse, ils n'y trouveraient que les cadavres d'hommes courageux (et, bien sûr, de femmes et d'enfants qui, selon les normes morales de la guerre sainte, n'auraient su être ni hommes ni courageux). Les Romains, voilà, se seraient fait voler leur proie. Quelqu'un était en train de mâcher quelque chose. Caleb le regarda en clignant les yeux. Cela ressemblait à un rat mort. Interdit, naturellement. Tout comme le suicide en masse, censément. Afin de témoigner de la gloire de la Loi, il allait falloir la violer.

— Vous autres hommes qui avez des femmes et des enfants qui gémissent dans les quartiers des mères, dit encore Éléazar, ne devez rigoureusement pas les mettre au courant de ce que vous vous proposez de faire. Ne leur donnez pas le temps de protester mais accomplissez votre tâche sans un mot. Vous pourrez cependant, car cela est de saison, leur accorder un baiser d'adieu.

— Tu veux dire, s'écria un certain Yigel qui avait l'esprit lent, qu'il va falloir qu'on plante nos couteaux dans tous ceux et toutes celles qui nous sont le plus chers ?

— Tu t'exprimes un peu grossièrement mais c'est exactement ça dont je vous parle. Mais regardez-les donc, ces Romains, là-bas en bas ! Comme s'ils ne dévoraient pas la viande de notre pays près de leurs feux de camp ! Comme s'ils n'affûtaient pas déjà leurs épées et ne bavaient pas à l'idée de nous massacrer tous ! Je sais bien ce que raconte la loi de Moïse sur le meurtre mais ce que je vous propose, que dis-je ? ce que je vous ordonne n'entre pas dans la catégorie de l'homicide sous l'emprise de la colère, de la concupiscence ou de la cupidité. En nous tuant les uns les autres, nous ne cesserons pas de mener une guerre juste. Mais je vois que le vieux Caleb est en train de hocher la tête. Allons ! C'est ta vie de sybarite romain qui t'a gâté, sans même parler, je n'en doute pas, de certain code de conduite proprement déliquescent propre aux nazaréens. Sois juif, Caleb ! Sois courageux ! Donne l'exemple aux plus jeunes !

Massacrer de sang-froid n'est jamais facile, même lorsque la cause est bonne. On trouva qu'il valait mieux disposer des enfants en premier, ce dont on s'acquitta en les jetant sur la roche, de façon que leurs têtes se fracassent sur leurs surfaces dures ou les pointes de silex qui y affleuraient. Les Romains qui étaient en train de manger, de laver leur linge ou de polir leurs armes levèrent les yeux pour voir des bouts de choses blanches tomber dans l'air rare des hauteurs : était-ce le signe qu'on allait se rendre ou quoi ? Le massacre des mères fut plus difficile bien que certaines se fussent, en sanglotant ou jurant, déjà précipitées dans le vide derrière leurs enfants. Il fallait, en général, que deux amis maintiennent l'épouse hurlante sur le dos pendant qu'en tremblant, son mari la poignardait sous le sein. Rendus ainsi veufs, ces hommes furent les premiers à accepter de s'adosser courageusement au mur d'enceinte et, gorge nue sous la lame, de murmurer *Israël* alors que le sang en giclait.

A un moment donné, Caleb se retrouva en face d'un Yigel qui s'était penché au-dessus des cadavres. Éléazar, qui était toujours à pérorer sur la beauté de la mort, avait déclaré qu'il ne consentirait à s'immoler qu'après avoir couché tous ses amis aux portes mêmes de la nuit éternelle.

Yigel dit alors à Caleb :

— Qui c'est qui y va le premier ? C'est Yacob, là-bas, qui réglera son compte à celui de nous deux qui restera debout.

Caleb songea à son petit Yacob à lui, le revit mort et enterré à Rome, sentit comme l'acide d'un énorme désespoir lui monter dans le gosier. Sans même lui répondre, il passa derrière Yigel qui contemplait les collines d'Israël et le frappa entre les épaules avec la dague qu'il avait empruntée. Et puis il le frappa encore dans sa chair et vit que le sang s'était mis à sourdre de son corps.

Yigel lui dit :

— Après tout, c'est pas aussi terrible qu'on se l'imagine.

— Perdre son sang, dit Éléazar, induit le désir de dormir. Et dormir est une bénédiction qu'il est bon de rechercher.

— Ah, tais-toi ! lui renvoya Yigel en titubant.

Homme tout en muscles et au visage presque sans expression, Yacob, qui arrivait à l'âge mûr, attrapa soudain Caleb par le col de sa tunique crasseuse et, dans un grand arc de cercle du bras, laissa la pointe de sa dague voler jusqu'à sa gorge. C'était donc ça ? Que signifiait-il de vivre ? Pourquoi les avait-on envoyés ici ? Caleb vit et entendit la marée rouge qui lui descendait en galopant sur le devant de la tunique. C'est Hannah qui allait être ennuyée ! Faudrait la laver... le sang, toujours le laver à l'eau froide. Et puis, chose qui n'avait rien d'agréable, il commença à s'étouffer. Coup au cœur, la meilleure solution, le centre de la ville écarlate, non, pas les rues autour. Il entendit quelqu'un crier *Israël* et se souvint, en suffoquant, que le mot signifiait combat avec Dieu.

Combat avec Dieu, et allez donc ! Je suis assez soûl pour proclamer au monde entier, et c'est à savoir à ces quelques arbres, ces Alpes que j'aperçois derrière le lac, ces grives qui font leur nid et cette herbe qui, en silence, mais très activement, s'affaire à pousser, que malgré toutes les dépositions des sceptiques, oui, Dieu existe. Il faut bien qu'il y ait une explication à toute cette misère que l'homme ne veut pas. Et pourtant, Dieu est au-dessus de la morale humaine et, dans l'arène des morales, ne sait point ce qu'Il fait. Un parieur, rien de plus. Comme si tout ceci n'avait pas été un jeu ! Comme s'Il n'avait pas joué en faisant descendre Son Fils incarné dans ce monde en lui confiant la tâche de crier au salut d'Israël ! Comme s'Il ne S'était pas encore assuré qu'Israël se bouche bien les oreilles à ce cri, ou alors s'en étonne aussi fort que si on lui avait parlé une langue étrangère — pour mieux le rejeter. Car afin d'être certain que Jérusalem ne serait pas le centre de cette croyance en sa propre rédemption, n'est-ce pas Lui encore qui écrasa Son Église et en envoya le père dans une Rome où, avant d'y trouver une mort ridicule, il devrait établir la lignée spirituelle de cette paternité sans substance ! Comment imaginer pire endroit pour une doctrine fondée sur l'amour ? Oui, voilà bien un jeu dont l'origine est indubitablement divine ! Et... il se poursuit encore ! Qu'Il fasse souffrir des hommes n'entre pas, semble-t-il, dans la sphère d'omniscience qu'on Lui attribue : la chair doit être une bien curieuse substance, qu'Il ne connaît point. C'est vrai qu'Il n'en est point doté et que, n'en étant point doté, Il doit la considérer comme une essence négative. Et moi, c'est de vin aigre que je suis soûl. Or donc, pardonnez-moi. Il n'empêche : Il ne voit pas ma douleur et m'a l'air tout à fait incapable de l'éprouver. Et non, Il ne voit pas non plus la profonde blessure dans le corps d'Israël, Son Temple en ruine, toutes ces rues où les chiens aboient et gémissent au milieu des gravats, les champs où croassent les corbeaux qui picorent les yeux des crucifiés innombrables. A Rome, les trompettes ont un bruit suraigu alors que la minorah est portée dans le triomphe de Titus. La femme qu'on appelle Israël pleure sous les saules. Qu'on me libère, j'en ai assez !

A Pompée la veuve israélite Hannah pleurait, elle aussi, et Sara ne lui apportait que peu de réconfort.

Sardonique, elle avait entonné ceci :

— Si jamais je t'oublie, ô Jérusalem, que ma main droite perde son adresse ! Que ma langue me crève la voûte du palais si jamais je ne me souviens plus de Jérusalem, oui, par-dessus même ma grande joie !

— Tu es une... une sans-cœur ! C'était ton frère !

— Je ne pense pas aimer beaucoup les martyrs. La vie est dure et il faut bien s'en débrouiller. Pourquoi aller la rendre encore plus difficile en s'inventant des dieux, des causes et des villes saintes ? Les villes, ça n'est jamais que de la pierre, des briques et du chaume. Ça brûle facilement. Rome a brûlé, et Jérusalem aussi. La belle affaire !

Vivre, voilà ce qui compte... comme ça... essayer de ne pas mourir malgré tous ces gens... tous ces visages durs, tous ces hommes qui sont si pleins de leur autorité, de leurs grandes causes, de Dieu, de Deus, de Zeus, de Jéhovah...

— Il est quand même réconfortant de savoir, fit Hannah en reniflant, qu'il est mort pour ce en quoi il croyait.

— Bêtises, tout ça ! C'est en toi, oui, qu'il aurait dû croire ! Mais, bon : un homme qui croira en toi, tu en retrouveras un. Espérons qu'il se contentera de gagner son pain quotidien et ne s'en ira pas ouvrir de grands yeux en rêvant à de grandes causes.

— Tu n'es qu'une sans-cœur, voilà ! Non, t'as vraiment pas de cœur ! Je ne veux pas d'un autre mari. Mourir, je ne veux rien d'autre !

— Bah ! C'est ce que tu dis maintenant. D'ici à quelques semaines, tu te réveilleras au milieu de la nuit et découvriras que tu as froid et que tu es bien seule. Alors, tu verras comme tu n'en auras pas envie, du réconfort de quelqu'un ou de quelque chose ! Passe-moi le truisme mais : « La vie continue. »

— T'arrête pas de me le seriner ! Ça ne veut rien dire !

— C'est pas non plus que ça voudrait dire grand-chose. Tiens, je vais te faire de la soupe au poulet. Allez, mange. Continue. Vis, si c'est ça qu'on appelle vivre !

Elle mangea, elle continua et, si c'était ça qu'on appelait vivre, vécut et accepta que le veuf Isidorus qui, malgré son nom, n'avait rien d'un cynique, lui fît la cour. Et la fille de Sara, Ruth, qui avait donné naissance à une fille prénommée Miriam l'année de la mort de Néron, fut assez heureuse dans la petite maison où elle habitait, au bout de la rue des Forgerons — Julius, lui, se faisant vieux au travail mais gardant, malgré un dos qui craquait, et ses belles couleurs et sa bonne santé au grand air. Ce n'est pas avec ça qu'on écrit l'Histoire. L'Histoire prétend être ligne droite qui aurait, à son extrémité invisible, un but bien déterminé alors que la vie ordinaire, elle, n'est que cercle. Miriam grandit, devint mince comme roseau et fière de ses cheveux noirs où couraient des vagues et, à l'âge de treize ans, se lia d'amitié avec un jeune homme qui, Ferrex, en avait seize. Ce Ferrex, son nom le dit assez, était un Breton. Arrivé avec les prisonniers de Caractacus mais ayant des dons pour la lutte, son père était devenu gladiateur affranchi à Néapolis. La mort, il l'avait trouvée dans l'arène de Pompéi lorsque, au cours de sa visite au cirque local, Galba avait tourné son pouce vers le bas. Le jeune Ferrex s'entraînait au même métier lorsqu'il avait rencontré Miriam pour la première fois.

Si ainsi je fais faire un bond en avant à mon récit et m'occupe de ces deux adolescents, c'est parce que j'ai besoin d'espoir et qu'il n'y a que chez les jeunes que je puisse en déceler. Ils vivaient sous un empereur raisonnable dont le fils aîné devait, fort raisonnablement, poursuivre l'œuvre de son père. De son autre fils, cet empereur qui, aujourd'hui, m'envoie son percepteur, je ne dirai rien pour l'instant. La vie et le monde s'ouvraient à nos deux amoureux. L'Empire en était, une fois de plus, à son jeu insouciant et ancien du mélange des sangs : Ferrex aimait Miriam. Assis sur les premières pentes d'un Vésuve qui envoyait gentiment des bouffées de fumée dans les airs, ils parlaient. Les cheveux roux de Ferrex étaient devenus tout dorés dans la lumière du soleil. On parlait du grand-oncle de Miriam : on ne l'avait pas encore tout à fait oublié. Ferrex pensait qu'à s'être rendu dans un pays étranger pour s'y laisser tuer, il avait fait quelque chose de bien idiot.

— Mais il croyait, lui !

— Bah ! mais moi aussi, je crois. Comme toi d'ailleurs, non ? Au dieu Osiris. Mais de là à mourir pour ma religion, ah non !

— Sauf que c'est peut-être ça qui cloche chez ce dieu Osiris : personne n'accepterait de mourir pour lui. Une espèce de poème sur l'hiver et le printemps, ça ne va pas plus loin.

— Vaudrait mieux que les prêtres ne t'entendent pas dire des trucs comme ça.

— Et puis, il n'a pas créé le ciel, la terre, la mer et tout ce qui s'y trouve.

— Ça y est ! Voilà que tu te remets à parler comme une Juive !

— Mais c'est que j'en suis une !

— Ça aussi, tu ferais mieux de pas en parler trop haut. Les Juifs, c'est censé passer en esclavage ou aller nourrir les animaux du cirque.

— Il n'y a que les Juifs qui se sont battus contre les Romains en Judée. Pourquoi t'as dis ce que t'as dit ?

— Qu'est-ce que j'ai dit ?

— « Ça y est ! Voilà que tu te remets à parler comme une Juive. » Comme si c'était mal d'être juif !

— Y a rien de mal à ça, mais... ah ! et puis vous prenez tout tellement au sérieux !... Ce Dieu qui a tout créé et qu'arrête pas de nous regarder tout le temps... qui gronde si jamais on s'embrasse ou alors... quand... enfin...

— Oui ?

— On devrait se marier...

— Tu recommences ? Et allez ! T'arrêtes pas, toi, hein ? Comme le dieu Osiris ! Et moi, je dis qu'on est trop jeunes.

— Non, on n'est pas trop jeunes pour... enfin... ah ! si tu savais ce que j'éprouve pour toi !

— Oh ! mais c'est que je le sais bien ! Peut-être même qu'on devrait cesser de se voir. Peut-être que tu devrais sortir avec cette fille grecque qui te fait les yeux doux chaque fois qu'elle oublie de faire semblant d'adresser des prières au divin Osiris ! C'est comment qu'elle s'appelle déjà ? Daphné, c'est ça ? Parce qu'elle, t'aurais pas besoin de l'épouser...

— C'est pas très gentil, ce que tu me dis là. Je suis pas... enfin, j' suis pas comme certains hommes... enfin, comme certains garçons qui... L'amour, j'y crois, moi !

— *Amor, erôs, agapê, ahavah !* Regarde la montagne. Elle crache du feu... Voilà, c'est fini maintenant.

— C'est ton Dieu qui se met en colère.

— C'est idiot ce que tu dis... et aussi... enfin, tu le sais.

— Blasphématoire, c'est ça ? Ça arrangerait les choses, si je me faisais Juif ? Tu m'épouserais ?

— Ça aussi, c'est idiot. Juif, on peut pas le devenir. Juif, on l'est ou on l'est pas.

— Chrétien, alors ? Ça aussi, c'est du sérieux. Avec un Dieu qu'a tout créé et qu'a même un fils de chair et de sang dont on mange et boit tous les dimanches !

— Ils le font plus aujourd'hui. Ils ont plus le droit. Être chrétien, c'est être condamné à mort.

— C'est pour ça que le père de ta mère, il a abandonné ? Parce qu'il avait la trouille qu'on le jette aux bêtes féroces ? Moi, je dis que si c'est ça dont on a peur, c'est juste de renoncer. Même si c'est pas très courageux.

— Mon grand-père était très très courageux !

— Bien sûr !... Quand il avait des soldats romains devant et derrière lui ! Il est plus aussi courageux aujourd'hui. Non mais ! Adorer ce dieu qu'a tué le taureau blanc !... avec tous les autres, les vieux !... ça doit lui donner l'impression d'être toujours un combattant !

— Écoute, Ferrex. Si tu dis encore un seul mot contre mon grand-père, je me lève et je m'en vais. Tu m'entends ?

— Oui, je t'entends. Et le Vésuve aussi, il t'entend. Même qu'il est en train de te tirer sa grande langue toute rouge. Ah... ça y est ! l'est plus là ! Je t'aime, Miriam.

— Et moi aussi, je t'aime, Ferrex.

Et bras enlacés, mais bouches fermées, ils s'embrassèrent. Là-bas, sans qu'ils l'aient vu, le grand volcan cracha un petit jet de lave.

Charmants, n'est-ce pas ? Oh ! je sais bien que certain bouillonnement glandulaire y a sa part, mais je crois que s'il y avait un Dieu et qu'Il comprît l'amour, Il laisserait tomber ses petits jeux sur le papier, rien qu'un instant, afin de les bénir. Son Fils n'en ignorait rien si Paul, lui, n'en était pas trop certain. Et les autres disciples ? Soixante-dix-neuf ans après la naissance de leur maître, il aurait été impossible de le demander à aucun d'entre eux car ils avaient tous disparu, avaient, pour la plupart, connu des morts plus que barbares dans des lieux reculés mais... Ne partez pas encore !

Un après-midi que Julius était en train de déplorer les déprédations que les oiseaux avaient commises dans son verger, un vieillard, et il était beaucoup plus vieux que lui, s'avança timidement jusqu'au portail et lui demanda :

— Julius, c'est toi ? C'est bien là ton nom ?

— A ton service. Que veux-tu que je te vende ? Un beau melon ? des cerises ? quelques courgettes ? un concombre ?

— Je peux entrer ? On pourrait parler ?

— Oui.

Très âgé, infirme, en haillons, l'homme avait un bâton noueux dont il s'aidait pour sautiller ici et là.

— Et si on s'asseyait ici, sous ce hêtre ? Veux-tu un peu de cette eau avec du vin ? Comment sais-tu mon nom ? C'est quelqu'un qui t'envoie ?

Ils s'assirent sur le banc en bois que Julius avait grossièrement assemblé. Le vin et l'eau avaient été déjà mariés dans l'outre en cuir. Le vieillard en but en tremblant, mais avec gratitude. En s'essuyant la bouche sur sa manche en tissu gris déchiré, il lui répondit :

— Oui et non. Mais je ferais mieux de commencer par te donner mon nom, à moi. Il n'est pas juste d'ainsi abuser de toi. Je m'appelle Matthias. Je viens de Jérusalem. On m'appelait autrefois l'associé aux onze apôtres. Ça te dit quelque chose ?

— Mais alors, s'écria Julius, tu es l'oncle de Sara ?

— Sara ! dit Matthias. Elle vit encore ?

— Et comment ! Elle est justement à la maison. Si on allait la voir ? Qu'est-ce qu'elle va être étonnée !

— Mais peut-être pas si contente que ça. Elle avait pas mal de choses contre moi... enfin, une surtout. Cela remonte à l'époque de Ponce Pilate. Son frère, mon neveu donc, venait d'être condamné et il était encore possible de corrompre des gens. Mais les premiers nazaréens croyaient qu'on n'avait pas le droit de disposer de son argent à sa guise. En plus, et je ne dis pas ça méchamment, les femmes, ça jase. C'est tout à fait en secret que je suis venu te rendre visite.

— Tu es donc juif et chrétien, fit Julius. Deux crimes qui entraînent la mort... surtout dans la situation actuelle. J'imagine que tu t'es enfui de Rome...

— J'ai fui Rome, effectivement. Et si je suis venu à Pompéi, c'est parce qu'on m'a dit qu'on y était plus tolérant... De la tolérance, c'est vrai qu'il y en a beaucoup... et pour trop de choses... Toutes ces religions étranges venues de l'Euphrate ! tous ces bordels qui sont devenus une industrie de première importance... la boisson, l'adultère... Et mon neveu Caleb, il est toujours en vie, lui aussi ?

— Non, il est allé faire la guerre en Judée et n'en est jamais revenu.

— Il fallait s'y attendre... S'est battu pour le Temple... Alors que Jacques et Étienne, eux, sont morts parce qu'ils ne lui trouvaient rien de particulier... Presque tous morts, mes collègues, mes compagnons, je crois. Et moi aussi, j'approche de la mort. A considérer ce qu'on est en droit d'attendre de la vie, j'ai même trop duré. Mais, comme tu le vois, je suis encore gaillard, quoiqu'un peu maigre. Et ma voix porte toujours bien. J'ai du travail à faire... ici.

— Oh non ! lui renvoya Julius en hochant sa vieille tête avec vigueur. Il n'y a pas de travail pour toi ici.

— Si, si ! Il y a un bosquet près du bas de la montagne. Tout juste ce qu'il faut pour se retrouver. Et rompre le pain. Mais d'abord, il faut que tu me dises où sont les chrétiens.

— Ça, je l'ignore et n'ai aucune envie de le savoir. Je crois que tu ne comprends pas bien la situation. Chrétien, je l'ai été, baptisé par l'apôtre Paul en personne, mais, depuis, j'ai répudié la foi. J'ai rejoint le culte de Mithra.

— Permets-moi de te dire que cette substitution manque son but ! C'est un mythe que tu adores au lieu d'une réalité de chair et de sang. Alors même que Dieu entre dans l'histoire humaine, tu lui tournes le dos ?

— Je t'avertis de nous laisser tranquilles ! lui renvoya Julius d'un ton dur. Il ne faut surtout pas que Sara apprenne ta venue. Avoir une famille implique certaines responsabilités.

— Je comprends très bien. C'est d'ailleurs pour ça que je viens à toi sous ces arbres, et non pas dans ta maison. C'est elle, là-bas... celle avec la cheminée qui fume ?

Elle se dressait en effet à un bon kilomètre et demi des parcs à chevaux transformés en pâturages où ils se trouvaient. Julius acquiesça d'un signe de tête.

— Se lancer sur le chemin du martyre est plus simple pour un homme seul. Mais tu peux quand même m'aider d'une autre manière. Donne-moi du travail. Je suis encore capable de ramasser des fruits, de balayer ou d'arracher les mauvaises herbes. Vieux mais encore debout, comme je dis toujours. Et puis, il faut que je gagne mon pain.

— Mon beau-fils travaille ici. Aujourd'hui, il est parti aux jeux. Les Pompéiens sont très fiers de leur amphithéâtre... aussi grand que celui que Vespasien est en train de construire à Rome. Du travail, dis-tu ? Mais, ton pain, je te le donnerai de bon cœur. Quant à un toit...

— Oh ! je vois. Un jour je me ferai arrêter et toi, on t'emmènera pour avoir abrité un criminel ? Mais, tu dois bien avoir un appentis, une écurie... un endroit où je pourrais me glisser la nuit venue et toi... et toi, tu pourrais prétendre tout ignorer de ma présence... Mais, peut-être que ce que je suis en train de te proposer va te rendre la vie un peu trop dure...

— Écoute, je te donne des trucs mais toi, tu fais semblant de me les prendre. Je te laisse de la nourriture mais tu me la voles. Je suis sûr que des amis chrétiens avec des caves profondes, tu en trouveras vite.

— Cela me peine de savoir que tu n'en fais plus partie. Mais ton... ton apostasie, sache que je n'y vois que quelque chose de temporaire. Tu nous reviendras.

— Je ne le pense pas.

— Allons, Julius ! lui répondit Matthias en lui adressant un sourire édenté, mais c'est que tu es bien plus connu que tu ne le crois ! N'as-tu pas, un jour, fait la connaissance d'un certain Luc, qui était médecin grec ayant quelque talent pour écrire ? Apprends donc qu'il a fait une brève apparition à Rome au moment où moi, je m'étais lancé à la recherche de Paul. Toujours est-il qu'il a de nouveau

disparu et, cette fois-ci, Dieu sait où. Peut-être est-il retourné à Athènes où ils ont un évêque dénommé Dionysius et où les Romains leur laissent la paix. On dirait qu'ils prennent notre foi pour une espèce de platonisme inoffensif, enfin... si je ne m'abuse.
— Luc, oui, je l'ai connu. Lui, Paul et moi, on était... assez amis. On a fait naufrage ensemble. Bien plus connu que je ne le crois, dis-tu ? et comment ça ?
— Sache qu'il a tenu le registre des beaux jours pour que l'avenir soit moins sombre. Et que ses écrits ont été recopiés et qu'on les lit. Et que dedans, on trouve le nom de Julius. D'un Julius qui aurait été centurion humain et secourable.
— Et comment as-tu fait pour savoir que j'étais ici ?
— Un très vieux couple qui, à Rome, m'a parlé de toi et de ton épouse Sara. Un fabricant de tentes, très âgé. Mais il a survécu et sa femme aussi. Et toi, je crois bien que tu survivras. Tu as l'air de quelqu'un qui survivra.
— De quelqu'un qui a déjà survécu, oui ! Mais qu'est-ce que ça peut faire maintenant ? Des survivants, j'en ai d'autres dont me soucier.
— Moi aussi, faut croire que je pourrais en dire autant de moi-même. Mais bah ! je ne compte plus guère... et les autres non plus... enfin, pas vraiment. On se rappelle les grandes batailles mais qui se souvient des noms de ceux qui y combattirent ?

A Rome, tout allait bien pour ceux qui, même cyniquement, rendaient dûment hommage aux dieux. Il ne s'en préparait pas moins un joli retour aux horreurs d'autrefois. Titus Flavius Domitianus, le deuxième fils de l'empereur, celui que j'appellerai simplement Domitien, n'avait, bien qu'il approchât des trente ans, aucune envie de suivre les chemins de la vertu et de la sagesse. Il buvait, jouait, putassait et se donnait en spectacle dans les rues. Il y déambulait en la compagnie de forts en gueule et de certain chien-loup assoiffé de sang ramené de Néapolis et prénommé, sans grande originalité onomastique, « Lupus ». Domitien n'avait aucun talent pour l'art militaire, ni même pour celui de la chasse. Il était néanmoins assez habile au tir à l'arc. Un jour que, quittant les appartements impériaux, un esclave se dirigeait vers le jardin enserré de murs où, sur le Palatin, Domitien et ses amis étaient en train de se bombarder de fruits tombés par terre pendant que Lupus, lui, tuait le temps en hurlant, l'empereur ne lui permit pas de lui tendre son message avant de l'avoir, badin, soumis à une petite séance de torture. Il l'obligea en effet à se tenir, bras droit tendu de côté et doigts écartés, debout contre une planche peinte en blanc apposée au mur. Il sortit alors son arc et ses flèches et, s'étant reculé de plusieurs mètres, visa entre les doigts de son messager. Il ne lui transperça pas la main et fut dûment, quoique avec lassitude, applaudi par ses amis.

L'esclave lui dit alors :

— Mon seigneur Domitien.

— Je sais, je sais. Mon empereur de père m'attend. Allons, Lupus ! Qu'ensemble les deux bêtes sauvages rejoignent sa présence sacrée ! Pourquoi veut-il nous voir ?

— Te voir toi, Seigneur ! Pas le chien. Il m'a donné des ordres précis là-dessus et demandé de te les transmettre : ton chien, il refuse absolument de le voir. Toi seul, maître. Pourquoi ? Je n'en sais rien.

— Reste où tu es ! On ne bouge pas !

Sur quoi, il lui décocha une dernière flèche qui lui dessina une raie au milieu des cheveux.

— Un jour, fit-il, je tirerai plus bas. Beaucoup plus bas. Tu sais où. Tu parles trop.

Une fois qu'il fut parti, un de ses amis s'écria :

— *Exeunt* les bêtes sauvages !

— Tu n'es pas très juste avec le chien-loup, lui renvoya un autre.

Vespasien était en train de prendre, seul, un déjeuner frugal dans la petite salle à manger d'appartements impériaux qu'il disait fort réduits mais amplement suffisants. Il se régalait de pain, de fromage, d'ail et de bière blonde importée d'Alexandrie. Ayant entendu le chien qui, attaché dehors à un piquet, s'était mis à gémir, il leva la tête dans l'espoir d'apercevoir son deuxième fils.

Mielleux, trapu et insolent, celui-ci entra et le gratifia d'un semblant de bonjour :

— Salut, César ! s'écria-t-il.

Et puis il se coupa un bout de fromage et se mit à le mâchonner bruyamment.

— Je n'aime pas beaucoup tes manières, mon fils. Si tu te conduis comme ça avec moi, les dieux seuls savent comment tu te comportes avec tes esclaves. Tu peux prendre place.

Domitien s'assit en continuant de mâchonner, de ricaner et de lui montrer ce qu'il avalait.

— Tu n'as pas l'air de très bien connaître l'histoire impériale, n'est-ce pas ? reprit Vespasien. Il me semble même qu'en dehors d'aller putasser ici et là, on ne sache pas grand-chose de quoi que ce soit.

— Je me débrouille pas mal à l'arc.

— Mais tu ignores comment, avec l'aide de ton frère, j'ai remis cet empire sur le sentier de la sagesse après des décennies de désastre absolu. Après moi, ce sera Titus et après lui, ce sera toi.

— A condition que je vive jusque-là. Même chose pour Titus.

— Nous comptons bien que vous y arriviez l'un et l'autre. Néanmoins, ce n'est pas moi qui reprocherais au premier esclave venu de t'étrangler dans ton sommeil. Ou à n'importe quelle pute de sortir un rasoir et de te... mais laissons tomber. Je n'en dirai pas plus. Je sais très bien comme il te fatigue que les gens te rappellent à tes devoirs futurs. Je me propose donc de te donner une questure dans la province. Je ne veux plus te voir à Rome. Tu dessers la réputation des Flavien.

— Mais c'est que je n'ai aucune envie d'aller jouer les questeurs de province, moi ! Non, moi, je veux rester ici pour t'aider, mon père ! Ainsi que je l'ai déjà fait. Oui, t'aider à percevoir l'impôt.

— L'impôt sur les Juifs est utile, je n'en ai jamais douté. Et d'ailleurs, tous les impôts sont utiles. Mais, écoute un peu quand même...

— Moi, mon père, je dirais plutôt que tous les impôts sont utiles sauf lorsqu'ils attentent à la dignité impériale. Les gens qui pratiquent les urinoirs publics ont commencé à leur donner ton nom. Des vespasiennes, qu'ils appellent ça ! Ta dignité n'en souffre pas ?

— Ça m'est égal. Voilà un impôt qui est sain. En plus, l'argent n'a pas d'odeur. Et puis, ceux qui vont aux pissoirs, c'est en privé qu'ils découvrent leurs parties. Alors que toi, à ce qu'on m'a dit, tu obliges les hommes à montrer qu'ils ne sont pas juifs en public. C'est inconvenant.

— Ouais, mais les Juifs sont nos ennemis. Qu'ils s'estiment heureux de ne pas avoir droit à pire !

— Les Juifs sont des ennemis que nous avons vaincus et ça, ce n'est pas tout à fait la même chose. Le seul sel que nous leur mettions dans les blessures est celui d'un impôt exorbitant. Les chrétiens, eux, c'est autre chose. Les débusquer en leur découvrant les parties, ça ne mène à rien. Et puis, ils défient nos dieux et crachent même sur le temple que je viens de faire construire. Tous ceux que tu trouveras, je te donne la permission de les persécuter. Mais pas à Rome. Les chrétiens, on peut s'en occuper sans ton aide. Je t'envoie à Pompéi.

— Mais je veux rester à Rome, moi ! C'est là que j'ai tous mes amis !

— Des amis, tu t'en feras d'autres là-bas. Des hommes d'affaires grecs et des centurions à la retraite, tout ça, bien comme il faut. En outre, tu y trouveras un conseil municipal qui saura te remettre à ta place. Sur mes ordres, à moi. Je lui ai demandé de m'envoyer un rapport sur toi tous les mois. Si tu t'amusais à faire encore pire que d'habitude, sache que je t'expédierais dans un endroit perdu et bien sauvage. Tiens, en Bretagne. Et maintenant, va te préparer !

Domitien se leva, prit encore une miette de fromage, fit semblant de le saluer et lui donna son *Vale*. Après quoi il s'en fut. Vespasien entendit qu'au lieu de gémir, son chien s'était mis à aboyer. Et puis le bruit diminua, se perdit dans la direction où son maître avait décidé d'aller porter ses frasques pour l'après-midi.

Comme toujours ou presque, jusques et y compris le dernier qu'il passa à Rome avant de rejoindre son poste à Pompéi, Domitien le gaspilla dans un tripot à jouer aux dés avec un borgne dénommé Scrupulus. Lupus, lui, resta à haleter à ses pieds (« Allez, gamin, porte-moi bonheur ! ») pendant qu'autour de lui des putains buvaient un vin additionné de sirop de raisin — en avalant le plomb de leurs coupes, ce qui, peut-être, contribuait beaucoup à la folie des Romains.

Scrupulus lui dit à un moment donné :

— Eh là, Seigneurie, je t'ai bien coincé ! Allez, je mise trois cents sesterces.

— Et moi, je double. Non, attends... oui, voilà : je double, plus trente-trois deux fois !

— Ça fait six cent soixante-six ! Le chiffre sacré ! Parfait, Monseigneur !

Domitien perdit et lança :

— Les dés sont pipés !

— Tu n'aurais pas dit ça si c'était toi qui avais gagné, Seigneurie ! Allons : six cent soixante-six sesterces !

— Arrête de me cracher dessus ! Attaque, Lupus ! Mords-le !

Très obligeant, l'animal se mit à gronder et avança sur Scrupulus qui courut se réfugier dans un coin sombre où les crocs dégoulinants de la bête le tinrent en respect. Domitien porta la somme sur le mur à la craie : DCLXVI.

Et ajouta :

— Très bien. C'est donc là ce que je te dois. Je te réglerai à mon retour de Pompéi. Il n'empêche : je maintiens que ces dés sont pipés. Allez, Lupus, en route.

Et il s'en fut. Ce nombre est depuis lors devenu la marque même de la bête, que les chrétiens ont, dans leurs écrits secrets, transformé en *Domitianus Caesar Legatos Xsti Violenter Interfecit* ou : « l'empereur Domitien occit violemment les légats du Christ ». Il restait encore à mettre ensemble tâche qu'on se proposait d'accomplir et lieu où s'en acquitter, ce dont on s'occupe toujours en ce moment, mais, très vite, alors qu'il n'était encore que prince, le jeune Domitien se lança dans les persécutions.

Ce fut après avoir ficelé Lupus sur un panier de selle qu'il alla prendre ses fonctions à Pompéi. Ses esclaves personnels l'y suivirent, ainsi que le morne Amilon, un Grec raide comme amidon que l'empereur parait du titre de secrétaire. Les officiels de la ville le gavèrent de nourriture et de vin et l'installèrent dans certains logements impériaux de la rue des Fleurs dont on faisait rarement usage. Ses premiers jours et nuits, Domitien les passa à reconnaître les innombrables plaisirs de la ville. Il courut les putes, joua de l'argent, but, assista aux jeux dans la loge impériale et fut bientôt tenu pour un jeune homme vociférant auquel on avait accordé une autorité des plus dangereuses. C'est ainsi qu'un jour on le vit poursuivre un dénommé Keravnos (il avait hérité de ce surnom à cause de sa grosse voix) à la tête d'un groupe de licteurs : le prince exigeait que le jeune homme relevât sa tunique pour lui montrer le bout de son pénis. Croyant qu'il ne s'agissait que d'une plaisanterie de très mauvais goût, Keravnos s'était enfui à toute allure. Lupus gambadant sur ses talons, il entra alors dans la maison de Marcus Julius Tranquillus dont la porte était toujours ouverte. Il la referma d'un coup sec derrière lui, la verrouilla et, entendant le chien gémir et gratter de l'autre côté et puis, tout d'un coup, les licteurs se mettre à cogner sur le bois avec leurs faisceaux, demanda qu'on l'admît à l'intérieur. La veuve Hannah était justement en train de parler avec son dernier prétendant qui avait nom Achille.

On avait déjà eu la conversation suivante :

— Enfin, je veux dire : je connais.

— Tu connais ?

— Oui, enfin quoi... la solitude. Quand ma deuxième femme est morte... ben... ben, tu vois, j'ai bu un peu. Voilà : j'ai bu. Et ça fait du bien à personne.

— Quoi ? de boire ? Non.

— La solitude. Et boire donc, ça fait du bien à personne : homme ou femme... Mais je me suis repris. Mes affaires en ont souffert. Mais l'autre truc, alors là non : je m'en suis jamais remis. Ce qui fait que je te demande de réfléchir.

— Oh ! mais réfléchir, j'arrête pas.

— Voilà : réfléchis. On a tous droit à ses petits réconforts.

— Voilà qui est parler comme un Grec.

— Mais c'est que j'en suis un, de Grec, moi !

— Ben, faut croire que c'est pour ça que tu parles comme eux. Mais voilà que je fais... comment qu'on dit, déjà ? l'effrontée ? Oui, je fais l'effrontée. Je m'en excuse. Je te suis très reconnaissante de m'avoir demandé ça.

— C'est-à-dire que... je ne t'ai encore rien demandé. Mais qu'avec ta permission, je vais le faire tout de suite. Y a pas besoin que tu me répondes immédiatement. Disons... demain ?

— Ou après-demain.

C'était à ce moment-là que Keravnos était entré et avait verrouillé la porte derrière lui.

— Les licteurs ! s'écria-t-il essoufflé. Ils me demandent un truc idiot et y a le nouveau, ce Domiquelque chose qui...

— Domitien ! compléta Achille en pâlissant. C'est le fils de l'empereur.

Il leur sembla alors qu'on essayait de faire sauter la porte de ses gonds. Comme pour dire une autorité héritée de Romulus et Rémus, une manière de hurlement de loup se fit aussi entendre, auquel se mêlèrent des « Ouvrez ! Ouvrez ! » que lançaient plusieurs voix.

— On ferait mieux...

Juste à ce moment-là, Sara arriva de la cuisine. Elle alla droit à la porte, fronça les sourcils et la déverrouilla. Domitien et son chien s'y engouffrèrent.

Toujours en fronçant le sourcil, Sara regarda Keravnos et demanda :

— C'est un de tes amis ?

— L'ai jamais vu de ma vie.

Les licteurs qui n'avaient aucun mauvais rapport sur cette famille restèrent dehors : on était embarrassés, on rechignait sous les ordres. Domitien et son chien firent le tour de la pièce à grandes enjambées.

— Domitien, fils de l'empereur, lança-t-il. Mission impériale. Serait-ce une maison juive ?

Et, se tournant vers Achile, il ajouta :

— Et toi, tu es juif ?

— Non, grec. Et d'ailleurs, je ne suis ici qu'en visite.

— On reparlera de l'impôt sur les Grecs un peu plus tard. Pour l'instant, nos frères non circoncis ne nous intéressent pas. L'une de ces femmes est-elle ta mère ?

Keravnos hocha la tête.

— Le chef de cette famille est parti pour affaires, l'interrompit Sara. Il est citoyen romain. Centurion en retraite. Il a servi dans les forces impériales. Je crois que ça devrait te suffire... comment que tu t'appelles, déjà ?

— Je t'ai déjà dit qui j'étais, femme.

— C'est ta parole contre la mienne, rien de plus. Qui que tu sois donc, n'oublie pas que les citoyens romains ont certains droits. Au nombre desquels celui de vivre en paix chez eux. Je te prierai d'empêcher ton chien, ou ton loup ou autre, de lever la patte sur mon mobilier. Et maintenant, dehors ! Qui que tu sois !

— Qui que je sois ? Eh bien, nous allons voir ça ! Tu as mon bonjour.

Sur quoi il s'en fut, pendant que Lupus y allait encore de quelques gouttes sur le plancher en guise d'adieu.

— Des paroles bien peu sages, tout ça, fit remarquer Achille.

Sara lui renvoya un gros mot en araméen et alla chercher une serpillière.

Matthias, dont l'araméen maternel avait cédé la place à un grec qu'il parlait en allongeant les voyelles et faisant crisser les *chis*, était, à ce moment-là, en train de s'adresser à un certain nombre de chrétiens de Pompéi rassemblés dans un bosquet au pied du Vésuve. Calme, ce dernier se contentait d'expédier de petits soupirs de vapeur dans les airs de temps à autre.

— Le mariage, reprit-il, et c'est à savoir la très sainte union conjugale, est un sacrement, ou vœu d'allégeance sacré, qu'on ne saurait rompre qu'à ses propres risques et périls. Pour nous, chrétiens, il s'agit là d'un acte de grâce qui nous lie à Dieu et à Son Fils béni. En entrant dans le saint état du mariage, l'homme et la femme se placent, de fait, devant le trône de Dieu et là, s'obligent à une fidélité éternelle. Ils procréent et ainsi aident à peupler le ciel d'âmes nouvelles...

Main dans la main, Ferrex et Miriam étaient justement en train de flâner aux abords du bosquet. Miriam fut tout étonnée de trouver son grand-père assis, seul, sur un gros bloc de lave depuis longtemps refroidi. Julius connaissait déjà Ferrex.

Il leur sourit à tous les deux d'un air entendu et dit :

— Je monte la garde. Réunion secrète.

— Quel genre de réunion ? demanda Miriam.

— Si vous avez envie de voir un homme qui a effectivement connu

Jésus-Christ, eh bien… il est là, en train de parler à quelques chrétiens dans ce bosquet. Je crois qu'on peut vous faire confiance à tous les deux, n'est-ce pas ? Moi, je suis là pour pousser un hurlement de loup si jamais quelqu'un de douteux se pointait dans les environs. Vous savez ce qui leur arrive, aux chrétiens, non ?

Ils acquiescèrent d'un signe de tête : ils le savaient bien. Toujours main dans la main, ils entrèrent dans le petit bois et y découvrirent un vieil homme en train de s'adresser à une quinzaine de citoyens de Pompéi.

— Cette cérémonie est particulièrement sacrée, disait-il. Il ne s'agit nullement d'une manière de contrat civil. Ce contrat est tout au contraire d'ordre céleste, à l'établissement duquel préside un des diacres ou évêques de Dieu. Je suis aujourd'hui obligé de me considérer comme évêque de Pompéi et, par le Seigneur Lui-même, investi du pouvoir de nouer ce nœud sacré. Jésus-Christ prononça un jour certaine parole que je vous demande de ne jamais oublier. La voici : « Que personne ne sépare ce que Dieu a joint ensemble. » Ce contrat est éternel, qui est passé entre l'homme, la femme et Dieu en personne. Ni les lois de l'homme, ni les lois de l'État ne sauraient le casser…

— Tu as vu Jésus ? demanda une femme.

— Je suis aujourd'hui le seul être vivant à l'avoir effectivement vu. On venait juste de m'élire à la condition de disciple. Il y avait deux candidats à cet honneur… moi-même et le pauvre Barnabas. Il fut convenu que la décision serait prise aux dés. Le Seigneur nous apparut alors. Il avait encore ses blessures aux mains et aux pieds mais déjà était véritablement ressuscité d'entre les morts. Il nous ordonna de prêcher la Parole mais… je m'égare…

Un cri de loup monta du bas de la colline. Le groupe se dispersa. Matthias s'éloigna en boitillant après avoir adressé un bref sourire aux deux enfants dont l'un était juif et l'autre celte.

Ferrex dit à Miriam :

— Eh bien, nous y voilà : le mariage.

— Le mariage chrétien.

— Quoi qu'il en soit, ils prennent ça au sérieux.

— Mais ils disent que je suis prêt, reprit Ferrex. Ils disent que je peux faire un combat mineur aux prochains jeux. Ils disent que je peux me considérer comme un gladiateur. Ma période d'essai est terminée. J'ai le droit de loger dans la grande caserne. Alors, j'ai demandé qu'on me mette au quartier des hommes mariés.

— Oh non !

— C'est justement ce qu'ils ont dit ! Enfin, je veux dire, ils ont rigolé et pis, ils m'ont dit que les gladiateurs, ça se marie pas, que ça a une femme différente tous les soirs… même qu'elles se battent pour ce privilège et, attention ! des dames ! des femmes bien nées !

— Mais c'est horrible, ça !

— C'est ce que j' leur ai dit. J' leur ai dit que j'aimais quelqu'un et alors, ils ont pas tous ri. Y en a même un qui a dit qu'il y avait pas de mal à aimer quelqu'un du moment que ça empêchait pas de s'entraîner, mais alors qu'être marié, c'était tout à fait autre chose.

— Qu'est-ce qu'il entendait par là ?

— Y a un des gladiateurs qui m'a fait des bruits de suçon. Ça non plus, j'ai pas compris.

Domitien, lui, ne comprenait pas les signes que l'un de ses licteurs traçait au charbon de bois sur les murs blancs des édifices publics.

— Une croix, dit-il, je croyais qu'ils avaient une croix.

— Un *khi* grec, veux-tu dire ? Non, ça, c'est le signe de reconnaissance des mendiants. Ils marquent les maisons où on leur donne quelque chose de la main à la main. De la nourriture ou de l'argent. C'est la première lettre du mot *cheirè* qui signifie la main. De la main à la main, tu vois ? Non, ce qu'on avait le plus l'habitude de trouver, mais plus à Néapolis qu'ici, c'était le dessin d'un berger, pas facile à faire d'ailleurs, ou alors d'un poisson.

— Un poisson ? Et pourquoi ?

— Parce qu'en grec, poisson, c'est *ikhthus* et que *ichthus,* c'est toutes les initiales de *Iesous Christos Theou Uios Soter.* Tu vois, Maître ? La première fois que j'en ai vu un, c'était au marché ichtyologique, ce que les ignorants appellent le marché ichtyologique aux poissons. Enfin, je veux dire... à Néapolis. Ici, il n'en reste plus beaucoup. Et des signes comme ça, y en a pas des masses.

— Ce truc de poisson, j'en ai vu un aujourd'hui même.

— Où ça, Maître ?

— Ah ! mais c'est qu'on va les faire sortir de leurs trous, tous autant qu'ils sont !

Sara était en train de chercher son mari Julius. Il y avait là-bas, près du portail branlant du verger, un petit appentis où l'âne qui, dans sa jeunesse — mais qu'il était déjà vieux maintenant ! —, appartenait à Hannah et Caleb, était remisé pour la nuit. Parfois, Julius allait s'y asseoir afin de tailler des supports pour ses plantes. Elle y trouva l'âne en train de mâcher de la paille et, assis au beau milieu de cette dernière, un très vieil homme qui essayait d'attacher deux bouts de bois ensemble de façon à en faire une croix. Le vieillard lui sourit d'un air incertain. Ils se dévisagèrent longuement.

— Qui es-tu ? Qu'est-ce que tu fabriques ici ?

— Tu ne me reconnais pas, Sara ?

Perplexe, elle fronça les sourcils.

— Moi, je te reconnais bien. Je t'ai même reconnue dès que je t'ai aperçue au marché l'autre jour. Mais j'ai rien dit.

— Oncle Matthias ? Mais c'est pas possible ! Oncle Matthias a rejoint les rangs des nazaréens. Il est mort, comme tous les autres !

— Mort, je devrais l'être. Mais il faut croire que j'ai eu de la chance. Et la foi, je ne l'ai pas quittée. C'est pour ça qu'il vaudrait mieux que tu fasses semblant de ne pas me connaître, Sara. Je ne suis qu'un vieux qui fait des petits boulots ici et là et qui dort dans une écurie. Je ne veux pas te causer d'ennuis. Je me demandais seulement combien de temps...

— Bon Dieu de bon sang ! s'écria Sara avec force et décision, faudra-t-il donc que nous passions toute notre vie à avoir peur et à rester sur le qui-vive même quand personne ne nous pourchasse ? N'y a-t-il donc aucun endroit au monde où les gens puissent penser et faire ce qu'ils veulent sans que des hommes armés de textes de lois, d'épées, de haches et de croix s'en mêlent ? Tu viens à la maison tout de suite, Oncle Matthias ! Il n'est pas question que ma chair et mon sang passent leurs nuits dans une auge crasseuse.

— Non, laisse-moi ici. N'allez pas vous mettre, toi et Julius, plus en danger que vous ne pourriez déjà l'être !

— Julius ? Mais comment tu le connais ? C'est lui qui t'a dit de rester ici ? Et en quoi il serait en danger, Julius ?

— Il monte la garde quand nous nous réunissons entre chrétiens. C'est bien bon et courageux de sa part.

— Julius, lui rétorqua-t-elle avec un sourire amer, s'est lavé dans le sang du taureau blanc. Et tu l'as retraîné chez les nazaréens ?

— Non. Il n'est toujours pas des nôtres. Il se trouve juste qu'il s'est rangé du côté de ceux qu'on persécute, c'est tout. Je n'ai eu recours à aucune persuasion.

— Tu viens à la maison tout de suite.

— Laisse-moi y réfléchir. J'ai un rendez-vous de prévu ici même. Un jeune couple. Ils veulent se marier. Il va falloir leur dire qu'ils ne peuvent pas se marier comme des chrétiens sans l'être. Et là, j'ai l'impression que de la persuasion, je vais en avoir besoin. Je ne tiens pas à ce qu'ils soient baptisés. Ils sont trop jeunes pour le martyre.

Ce ne fut pas avant le lendemain que reprenant courage, un courage pour les autres, c'est vrai, Matthias gagna la maison de sa nièce. Il en admira les signes d'aisance fort modeste, et aussi, balayage et récurage, la propreté toute juive. Il n'y trouva pas seulement Sara et Julius, mais encore la veuve de son neveu Caleb et sa petite-nièce Ruth avec, jeune homme rougeaud aux ongles sales, son Démétrios d'époux. La table était chargée d'assiettes, de coupes pour le vin, de pain en tranches et d'un pichet de Pompéi avec le corps contorsionné d'un jeune athlète en guise d'anse. Du potage aux légumes fumait dans la soupière.

— Asseyez-vous, dit Julius. Toi, Oncle Matthias, c'est bien comme ça qu'il faut que je t'appelle, pas ? tu te mets au bout de la table, à la place d'honneur.

Ils s'assirent. Matthias dit alors :

— Ainsi donc, voici que, chrétien, je me retrouve dans une maison aux croyances très mélangées. Hannah et Sara, qui ne croient pas beaucoup...

— Pas du tout, tu veux dire ! le corrigea Sara. Sauf en ce qui est si simple qu'on ne l'a jamais : la possibilité d'aller son chemin, à soi, comme on l'entend.

— Cela vous gênerait-il, demanda Matthias, si je dédiais ce pain et ce vin ainsi qu'on me l'a appris ?

Il s'ensuivit un silence un peu embarrassé.

— Si cela te fait plaisir, Oncle Matthias, lui répondit Sara. Je ne vois pas que ça pourrait nous faire du mal.

— Or donc, la veille de sa mort, le Seigneur prit du pain et le rompit en disant : « Ceci est mon corps, mangez-en en souvenir de moi. »

Sur quoi, Matthias fit passer le pain. Sara refusa d'en manger. Hannah en grignota un bout.

Ruth, elle, dit :

— Le corps brisé d'Osiris. J'en prendrai.

Julius fut incapable d'en avaler. Lorsque le vin arriva, Sara dit :

— J'en boirai comme du vin. Le vin, c'est le vin.

— Le sang répandu d'Osiris.

Julius marmonna :

— Mon Seigneur et mon Dieu.

Un aboiement féroce se fit entendre dehors. La porte fut enfoncée d'un coup. Cette fois-ci, les licteurs entrèrent dans la pièce précédés d'un Domitien en grande tenue de prince.

— Mes enfants, dit-il, ici, nous sommes dans la Rome impériale. Recherchons les Juifs qui essaient d'échapper au paiement de l'impôt. Toi, là-bas, le vieux ! Je t'ai à l'œil. Le poisson, t'y connais quelque chose ?

Julius, qui s'était levé, lui répondit :

— Nous sommes dans une maison romaine, mon seigneur. Nous avons donné brièvement asile à un vieil homme qui n'a ni pain, ni travail, ni maison. Nous n'avons enfreint aucune loi.

— Comment t'appelles-tu, toi, le vieux ?

— Matthias.

— Pas très romain comme nom, ça. Qu'on l'emmène ! Et toi aussi, quel que soit ton nom...

— Marcus Julius Tranquillus, ancien centurion, citoyen de Rome.

— Il va falloir t'expliquer un peu, centurion. Le reste, je pourrai m'en occuper plus tard. Allons, en route !

Matthias, que les licteurs avaient écrasé contre la porte à coups de faisceau, s'abstint de bénir la compagnie. Sara cracha par terre. Domitien l'ignora.

Il ignora aussi Matthias et Julius jusqu'au lendemain, jour où Ferrex allait entrer pour la première fois dans l'arène. Il vomit d'ailleurs le matin même mais se remit sur le coup de midi. Matthias et Julius, eux, restèrent sans manger dans une cellule jusqu'au moment où on les convoqua dans une salle d'interrogatoires des bureaux de la questure. Ils y retrouvèrent un Domitien nonchalamment assis à côté d'un petit arc et d'un carquois de flèches courtes. Déjà le préfet Rusticanus était prêt à entamer la procédure de rigueur en matière d'interrogatoires. Il attendit que Domitien lui donne l'ordre d'y...

— Allez !

— Ton nom ?

— Matthias bar Yacob.

— Né où ?

— À Jérusalem, dans la province de Judée.
— Tu reconnais donc être juif ?
— De naissance, oui. Mais je ne pratique pas la foi des...
— Quel genre de vie mènes-tu ?
— Dépêchons ! le pressa Domitien. Les jeux m'attendent.
— Quel genre de vie ? répéta Matthias. Sans reproche... enfin, je crois. Qui ne me vaut en tout cas la condamnation de personne que je connaisse.
— Tu as dit que tu étais né juif mais ne l'étais plus. Alors, qu'est-ce que tu es ?
— Chrétien.
— Mais, Seigneur, s'écria Rusticanus, c'est que ça change tout ! On ne peut plus mener cet interrogatoire selon la procédure applicable aux Juifs.
— Serait donc doublement coupable, c'est ça ? demanda Domitien. Procédons ainsi qu'il le faut pour quelqu'un qui professe une foi que l'État romain a condamnée. Mais surtout, dépêchons !
— Quelles sont les doctrines que tu prêches ?
— J'ai essayé de me tenir au courant de toutes celles que l'on peut professer mais me suis engagé à servir la seule qui soit vraie : celle des chrétiens. Même si à le faire je cours le risque de déplaire à ceux qui s'attachent à de fausses croyances.
— Y a-t-il d'autres chrétiens dans cette ville ?
— Il y en a.
— Les rencontres-tu ?
— Oui.
— Où les retrouves-tu ?
— Dans des endroits divers.
Domitien, qui avait l'oreille fine, entendit la rumeur des citoyens en train de se rendre à l'amphithéâtre.
— Allons, bonhomme ! Les jeux sont sur le point de commencer.
— Qu'est-ce que c'est, ce truc que tu as à la main ?
— Une croix en bois. Le symbole de ma foi. Mon maître est mort sur la croix.
— Qu'est-ce qu'il y a d'écrit dessus ?
— Pater Noster, Notre Père. C'est-à-dire mon Dieu.
— Tu crois donc que tu ressusciteras après la mort ?
— Oui.
— Et tu crois aussi que si on te fouette et te décapite, tu iras en un lieu appelé paradis ?
— Je le sais. Je sais que le don divin de la vie éternelle attend tous ceux qui, ici-bas, mènent une vie juste.
— Ainsi donc, tu penses que tu vas monter au ciel ?
— Je ne le pense pas, je le sais.
— Es-tu prêt à obéir à la loi et à sacrifier aux dieux de Rome ?
— Je ne le peux pas. Ces dieux sont l'œuvre de la main humaine. Je ne saurais adorer des dieux de pierre, de bois et de métal. Il n'est qu'un seul vrai Dieu.

— Ceux qui refusent de sacrifier aux dieux sont condamnés à être fouettés et puis exécutés selon les termes de la loi. Tu es ainsi condamné.

— Ainsi soit-il.

Domitien se leva et dit :

— Matthias, c'est laquelle, la main qui te porte bonheur ?

— Qui me porte bonheur ? Je ne comprends pas.

— Je vois que tu tiens ton truc en forme de croix dans la main gauche. C'est celle-là dont tu te sers pour tenir les objets ?

— Oui.

— Bien. Es-tu joueur ?

— Encore une fois, je ne comprends pas.

— As-tu de la chance aux dés ?

Matthias eut un bref sourire avant de lui répondre :

— Il y a bien des années de ça, oui, j'eus de la chance aux dés.

— Parfait. Eh bien, Matthias, je vais t'en redonner une autre. Prends ces dés et jette-les.

Et, de la bourse accrochée à sa ceinture, il sortit des os blancs gravés de points noirs. Il les lança sur la table.

— Si tu jettes plus haut que cinq, tu pourras faire l'expérience de mon adresse à l'arc. Si tu jettes en dessous, tu meurs dans l'instant... d'une flèche que je te décocherai droit à ton petit *cor cordium*.

— On ne joue pas avec... enfin, disons : son destin.

— Allez, prends-les et jette !

Matthias revit Pierre et les autres en train de le regarder... surtout Barnabas. Il ramassa les dés. Sous leurs pieds un tremblement se fit sentir et, par la fenêtre sans volets, il entra une légère odeur de soufre.

— Ce n'est rien, maître, dit Rusticanus. Des secousses de ce genre, on en a parfois. Ça passera.

— Allez, jette !

Matthias les fit rouler. Six.

— Étale la main sur le mur, là-bas ! Celle qui te porte *bonheur* !

— Mais c'est pure folie ! s'écria Matthias.

Néanmoins il obéit. S'étant reculé de ses trois bons mètres habituels, Domitien tira ses flèches. Toutes ratèrent leur cible, deux d'entre elles refusant même de se planter dans le mur.

— Tu as une chance étonnante, Matthias. Mais il y a des fois où la chance, ça ne suffit pas.

Sur quoi il lui tira une flèche en plein cœur. Elle s'y enfonça très profondément : la tunique grise du vieillard se couvrit d'une tache de sang écarlate. Au moment où il tombait Julius courut vers lui.

— Toi là-bas ! le centurion romain ! Tu es chrétien, toi aussi ?

— Je le suis.

— Bien. Suspension de l'interrogatoire jusqu'à la fin des jeux. Colle-moi ça dans une cellule, n'importe laquelle.

Le sol trembla de nouveau. De grosses vapeurs de soufre s'engouffrèrent dans la pièce. Domitien sortit dans la cour. Le Vésuve vomissait un feu doré, dégoulinait de lave rouge. Attaché à un piquet, Lupus hurlait violemment, la queue entre les jambes.

— Allez, bonne chance ! lui lança Domitien en le caressant après lui avoir détaché sa laisse.

Membres qui avaient perdu toute coordination, l'animal s'enfuit en gémissant. Domitien gagna les écuries à grandes enjambées. L'œil agrandi par la peur, les palefreniers s'y tenaient immobiles, comme paralysés. *Ça y est ! C'est en train d'arriver !* Crinière en bataille, regard plein d'horribles fanfares, les chevaux ruaient, renâclaient, suaient.

— Vite ! Le pie !

Seul, il s'enfuit en galopant vers l'est. Il lui fallait bien vivre pour devenir empereur : les cœurs qu'il lui restait à transpercer avant sa mort, il y en aurait encore beaucoup.

La fumée, le feu, la lave. Les poumons qui se remplissent, l'étouffement. La sérénité du jour se couvrit comme d'un grand linceul noir. Dans l'amphithéâtre dix mille Pompéiens sentirent le sol se soulever, entendirent le tonnerre, virent le nuage noir en travers du ciel. Ils crièrent, ils hurlèrent, ils s'écrasèrent les uns sur les autres. Ferrex laissa tomber son épée et courut droit devant lui. Le volcan n'arrêtait pas de vomir. L'air devint épais, souillé, que parfois un soleil pâle essayait de traverser. Brûlante, la lave descendit comme une route le long de la montagne, gagna les rues de la ville, se divisa.

Il me plaît d'imaginer, si tant est qu'encore je sois capable de goûter à quoi que ce soit, qu'au cœur de ce nuage de fumée Ferrex et Miriam vont ensemble, qu'au milieu des briques qui, en tombant, ont soulevé tellement de poussière, ils courent quatre à quatre. Un âne déjà s'est enfui de son appentis à toute allure, le mur qui s'est écroulé ayant, de peu, manqué de lui écraser la cervelle. Ferrex et Miriam le trouvent. Miriam l'enfourche. Peut-être ont-ils anticipé leur union, peut-être, déjà, Miriam est-elle grosse. Que pour faire bonne mesure, encore ils retrouvent la croix en bois de Matthias, celle où il a gravé « Pater Noster ». Alors je les vois en train de fuir le désastre, d'avec eux emporter un ultime espoir. Je ne crois malheureusement pas qu'il se soit passé rien de tel. C'est, dans un sens, toujours sans espoir que l'on espère. Ah ! si seulement cette montagne pouvait être mon corps ! Si seulement la vie pouvait en fuser ! Mais encore il me faut attendre.

Ils ont tous disparu. Accius et Acerronius Proculus, et encore Achille : étouffés, et puis écrasés par un toit qui s'effondrait. Caius, Aviola et Glabrio Acilius foulés aux pieds par les fuyards. Paulus Aemilius : alors qu'il retrouvait un Aeneas en train de sortir Laerte d'un tas de ruines branlantes. Afranius, Agrippa et Titus Ampius : ils courent, ils ont levé les bras au ciel, l'incendie souligne leurs silhouettes. Les Aequiculi : ils ont trébuché dans un flot de lave brûlante. Annona et Antistius : ensemble, dans leur lit ; en s'effondrant, la charpente leur a fracassé le crâne. Aponius, Antillus et Anicetus : surpris à biberonner. On se portait des toasts, on est obligé d'avaler du feu. Epicadus Asinius : à cheval sur le corps d'Asillius :

une pierre de fronton lui a brisé les reins. Un prêtre en train d'invoquer Osiris. Un autre d'en appeler à Mithra. Un évêque, lui, d'implorer le Seigneur Jésus. Julius : redisant « Mon Seigneur et mon.. » au moment de mourir. Hannah et Sara suffoquées par les vapeurs empoisonnées qui flottent dans l'air. Balbillus, Bibulus et Blossus : incapables de sortir le nom de la « Bona Dea » de bouches que le flot de lave a envahies. Caesonius Priscus : piétiné par Cassius Longinus. Cornélius Fuscus, Corvinus, Crémutius, Clodius, Salvito, Licinius et Marcus Curtius surpris aux bains, découvrant avec surprise qu'une rivière de fumée solide a commencé de se mélanger à l'eau, d'en élever la chaleur jusqu'à des températures que jamais encore ils n'ont connues. Drusilla : dans les douleurs de l'enfantement. Domitia s'est portée à son aide ; l'enfant, déjà, est prêt à sortir, à plonger droit dans l'enfer. Ennia Naeva : l'air est noir, l'air est doré, elle y suffoque. Flavia Domitilla... Non, elle, elle est à Rome. Elle est saine et sauve. Domitilla, c'est la fille de Vespasien. Furius Maximus : il a la jambe cassée, il se traîne en hurlant vers un endroit plus sûr, il s'aperçoit qu'il l'est encore moins. Fontéius et Gabinius : ils lisent de la poésie pendant que Vésuve hurle la sienne, pendant qu'à coups sourds il bat la mesure de ses énormes pieds. Gallius. Et Quintus, ou alors Marcus : on s'est muni d'une torche, on s'enfonce dans un souterrain, on en voit les briques s'écrouler aux deux bouts — déjà le poison s'est mis à y ramper. Halotus, Hasdrubal, Hécuba et tous les visiteurs venus d'Helvétie : on chevauche la vague de feu, une dernière fois on y fait une brasse, on coule au fond de l'ultime incendie. Hortensius et Hermogène : à l'abri dans une cellule profonde. Jusqu'au moment où la pierre s'est mise à cogner, a bloqué le passage que, ravis, ils avaient découvert au moment où la porte avait sauté de ses gonds. Isidorus en train de perpétrer son dernier acte de cynique. Janus Quirinus qui ne sait plus de quel côté se tourner. Julius Marathus, et Julius Saturninus, et encore Julius Vestinus Atticus, et Julius Vindex et Junia Calvina : les cheveux arrachés par des doigts de feu, les dents retirées à bouches entières par les serres du brasier. Labérius, Labénius, Lactus, Livius et Lollia. Et encore Lollius et Luccéius :. on mange de la nourriture dans des feuilles au milieu d'un jardin d'agrément rempli de peupliers. On entend des cailloux qui roulent. On les voit se transformer en rochers, qui soudain s'embrasent et écrasent tout sur leur passage. Macro et Marcia Furnilla : ils se ruent pour retrouver l'enfant et la gouvernante qu'ils ont laissés à la maison, la maison n'est plus que poussière, poussière, ils ne sont bientôt plus que ça, à leur tour. Mummia et Mucia : la mort, on y est allées tout droit — c'était l'après-midi, on faisait un petit somme. Nonius, Norbanus, Novius Niger et le vieux Nymphidius, en train de dévorer de la lave brûlante, de voir au milieu des ténèbres l'enfer rouge du volcan triomphant soudain balayé par le vent, en train, déjà, de ne plus discerner ces mêmes ténèbres. Les sœurs Oculata : résignées, elles se sont raidies dans les bras l'une de l'autre alors que, brouillon, le déferlement les engloutissait. Ulysse,

Œdipe et Œnone tous volatilisés dans le ciel ; énormes, brûlés sur des nuages aussi raides que suaires, appelant qui son épouse, qui son épouse sa mère, qui encore Pâris. Oreste que l'on poursuit. Paconius, Pacuvius, Paetus, Palfurius et Pallas : dans les chambres les plus reculées de leur cerveau entendent de grandes flûtes de Pan alors que déjà ils suffoquent dans le soufre et la poix de leur dernier souffle. Pédius aussi : sodomisé par un énorme fragment de colonne en bois ; en train, dans un bordel de la basse ville, de donner les ultimes plaisirs à Phœbe et Phyllis ensemble. Pitholaus : Platon déjà lui murmure que seule l'idée est réelle. Essaie donc cette douleur, Platon... et puis la souffrance n'est plus. Plautius, Pollux, Pompéius et les frères Psylli, charmeurs de serpents qui maintenant se tordent dans les rafales d'un vent sorti des entrailles de la terre. Priape déphallifié. Proserpine raide morte en enfer. Ptolémée se rappelant quelque prophétie sur la fin du monde : par le feu... mais seulement pour Alexandrie. Pyrrhus en victime, Romulus en train de hurler en suçant un téton de feu, Rubria qui n'est plus que corps incandescent avant mise en cendres finale. Salus qui dans son dernier cauchemar adresse une prière à Saturne. Un Saturne qui, dieu de la santé, a atteint à un grand âge en faisant amplement usage de sel marin ; en violant aussi les Sabines sous les yeux approbateurs de ses prêtres chantants, les Salli. Salvidiénus en train de s'arracher la peau du visage. Scipion en train de se faire dévorer par une Afrique embrasée et grouillante de scorpions. Séléné qui toujours n'arrive pas à faire monter Sémiramis jusqu'à la lune. Spiculus lapidé par Stéphanus, l'un et l'autre à leur tour lapidés par d'ultimes pluies de pierres enflammées. Statilius attaqué par un taureau aussi gros qu'une île. Sulpicius se balançant à une potence de marbre fondu. Théogène ne voyant plus des cieux qui, tous, ont brûlé, où, malgré ses pleurs, les étoiles ne sont plus qu'étincelles qui fusent. Sans même parler des Thessaliens, de Trioptolémus, des Vinii, des Vonones qui étaient venus en visite. Les lumières se sont éteintes, le temps est ruines, ô notre mère, ô notre meurtrière, ô divinité sans amour, ainsi tout s'achève, ainsi tout n'est qu'image d'une finalité où rien ne s'accomplit.

Sadoc, fils d'Azor, lui, est déjà en grande agonie parmi les chèvres qui broutent, parmi les chèvres aux pis innombrables. Il n'a plus rien à quoi adresser sa prière : grande fut l'idée qui naquit, fleurit et mourut. Là-bas, au-dessus des Alpes circoncises et des grives d'Helvétie qui se rengorgent et ouvrent le bec, le soleil attend une autre fin.

Achevé d'imprimer le 30 octobre 1986
sur presse CAMERON,
dans les ateliers de la S.E.P.C.
à Saint-Amand-Montrond (Cher)
pour le compte des éditions Grasset
61, rue des Saints-Pères, 75006 Paris

N° d'Édition : 7146. N° d'Impression : 2684-1760.
Dépôt légal : novembre 1986

Imprimé en France

ISBN 2-246-36571-6

